GOLDMANN

Buch

Die großen Reptilien waren die erfolgreichsten Lebensformen, die unsere Erde jemals bevölkerten. 140 Millionen Jahre beherrschten sie die Erde, den Himmel und das Meer. Zu dieser Zeit waren die Säugetiere, die Vorfahren der Menschheit, nur winzige Kreaturen, denen von den intelligenteren Sauriern nachgestellt wurde.

In seinem packenden Urzeit-Epos verfolgt Harry Harrison den faszinierenden Gedanken, wie die Geschichte unseres Planeten hätte verlaufen können, wenn die Saurier nicht ausgestorben wären: die intelligenten Nachfahren der Saurier, die Yilanè, fordern die Menschen heraus, um die Vorherrschaft auf der Erde zu kämpfen. Und nur eine Kultur wird überleben.

Autor

Der Amerikaner Harry Harrison, Jahrgang 1925, zählt zu den wenigen großen, klassischen Autoren des Genres. Die Eden-Saga, in der er den Evolutionsverlauf aus einer faszinierenden Möglichkeitsperspektive betrachtet, darf als sein Hauptwerk betrachtet werden. Als Kultklassiker gilt auch sein Science-Fiction-Roman »Soylent Green«, nach dem Richard Fleischers Film »Jahr 2022 – die überleben wollen« entstand.

HARRY HARRISON

Diesseits von Eden

ROMAN

Illustrationen
Bill Sanderson

GOLDMANN VERLAG

Aus dem Amerikanischen von Walter Brumm
Titel der Originalausgabe: West of Eden
Originalverlage: Granada Books, London,
und Bantam Books, New York

Der Goldmann Verlag
ist ein Unternehmen der Verlagsgruppe Bertelsmann

Made in Germany · 9/91 · 1. Auflage dieser Ausgabe

Umschlaggestaltung: Design Team München
Umschlagillustration: Gino d'Achille/Granada Books, London
Druck: Elsnerdruck, Berlin
Verlagsnummer: 41089
Lektorat: Sky Nonhoff
Herstellung: Peter Papenbrok
ISBN 3-442-41089-4

Für T. A. Shippey und Jack Cohen,
ohne deren Hilfe
dieses Buch niemals hätte geschrieben
werden können.
Besonderer Dank gebührt auch
John R. Pierce und Leon E. Stover.

4,16 So zog Kain vom Herrn hinweg
und siedelte
im Lande Nod, östlich von Eden.

2,8 Nun hatte der Herr Gott im Osten
einen Garten in Eden gepflanzt;
dort ließ er nun den Menschen sein,
den er gebildet hatte.

GENESIS

Inhalt

DANKSAGUNG

Beim Schreiben dieses Romans habe ich mich um den Rat von Sachverständigen auf verschiedenen Gebieten bemüht. Die Biologie der Yilanè ist das Werk von Dr. Jack Cohen. Die Yilanè- und Marbak-Sprachen sind das Werk von Prof. T. A. Shippey. Ohne ihre Hilfe und ihren Rat wäre dies sicher ein ganz anderes und geringeres Buch geworden. Ich bin ihnen unendlich dankbar.

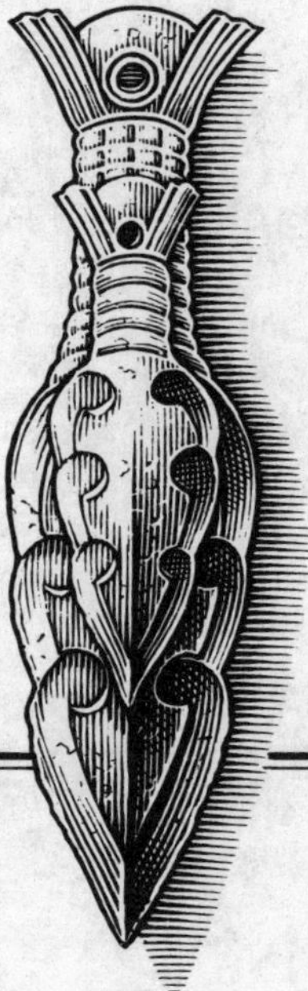

Die großen Reptilien waren die erfolgreichsten Lebensformen, die unsere Erde jemals bevölkerten. 140 Millionen Jahre lang beherrschten sie die Erde, erfüllten den Himmel und durchwimmelten die Meere. Zu dieser Zeit waren die Säugetiere, die Vorfahren der Menschheit, nur winzige, mäuseartige Tiere, denen von den größeren, schnelleren und intelligenteren Sauriern nachgestellt wurde.
Dann, vor etwa 65 Millionen Jahren, änderte sich alles. Aus Gründen, die nicht bekannt sind – eine Erklärung führt die Nordverlagerung der Kontinente an, eine andere die Ausbreitung der Säugetiere, die sich von den Eiern der Reptilien ernährten, und eine dritte vermutet eine globale Katastrophe durch den Aufschlag eines Riesenmeteors –, wurden innerhalb einer relativ kurzen Zeitspanne mehr als fünfundsiebzig Prozent aller damals bestehenden Arten ausgelöscht. Das Zeitalter der Dinosaurier war vorüber; es begann die Evolution der Säugetiere, die sie seit 100 Millionen Jahren unterdrückt hatten.
Wie wäre die Geschichte aber verlaufen, wenn diese Umwälzung nicht stattgefunden hätte?
Wie würde unsere Welt heute aussehen?

Kerricks Vorrede

Ich habe die Seiten, die hier folgen durchgelesen, und ich bin überzeugt davon, daß sie eine wahrhafte Geschichte unserer Welt darstellen.

Zu dieser Überzeugung zu kommen war nicht einfach, aber ich muß auch sagen, daß meine Weltsicht sehr beschränkt war. Ich wurde in einem kleinen Lager geboren, das aus drei Familien bestand. Während der warmen Jahreszeiten hielten wir uns am Ufer eines großen, fischreichen Sees auf. Meine ersten Eindrücke von dort waren, daß ich über das stille Wasser auf das Gebirge gegenüber blickte, dessen Gipfel vom ersten Schnee des Winters weiß wurden. Als der Schnee auch unsere Zelte und das Gras drumherum bedeckte, war die Zeit angebrochen, daß sich die Jäger zum Gebirge aufmachten. Ich konnte es gar nicht erwarten, denn ich wollte ebenfalls an ihrer Seite auf die Jagd, vor allem auf die Großwildjagd, gehen.

Diese kleine Welt mit ihren einfachen Freuden ist für immer verloren. Alles hat sich geändert – und nicht zum Besseren. Manchmal wache ich nachts auf und wünsche mir, daß das Geschehene sich niemals zugetragen hätte. Aber das sind törichte Gedanken, und die Welt ist eben wie sie ist – gänzlich verändert. Bis zu diesem Zeitpunkt hatte ich geglaubt, die ganze Schöpfung zu kennen, aber ich mußte erkennen, daß es nur ein winziger Teil der Wirklichkeit war. Mein See und meine Berge sind nur ein kleiner Punkt auf einem weiten Kontinent, der sich zwischen zwei riesigen Meeren ausdehnt. Vom Meer im Westen wußte ich, da unsere Jäger dort auf Fischzug gegangen waren.

Ich hatte auch von den Anderen gehört und sie zu hassen begonnen, lange bevor ich sie jemals zu Gesicht bekam. Das Blut, das in unseren Adern fließt ist warm, während ihres kalt ist. Unseren Kopf bedecken Haare und die Jäger lassen sich ansehnliche Bärte wachsen, und die Tiere, die wir jagen sind warmblütig und haben ein Fell, was aber nicht für die Yilané gilt. Es sind Kaltblüter, und ihre Haut ist glatt und mit Schuppen bedeckt, sie haben Klauen und ein Gebiß mit dem sie andere Geschöpfe reißen. Sie sind groß, schrecklich und furchteinflößend. Und verhaßt. Ich wußte damals, daß sie sich in den warmen Gewässern des südlichen Ozeans und den heißen Gebieten des Südens aufhalten. Sie vertrugen die Kälte nicht, die uns nichts ausmachte.

All dies hat sich in so schrecklicher Weise verändert, daß nichts mehr sein wird wie früher. Ich muß mit dem unseligen Wissen leben, daß wir nur ein kleiner Punkt in der Welt der Yilané sind. Wir leben im Norden eines großen Erdteils, der sich mit einem weiten Kontinent im Süden verbindet, und auf diesem gesamten Gebiet, von einem Ozean zum anderen, breiten sich nur noch die Yilané aus.

Und was noch schlimmer ist, jenseits des westlichen Ozeans liegen noch größere Erdteile, wo es nicht einmal mehr Jäger gibt, keinen einzigen mehr, nur noch Yilané. Sie beherrschen die ganze Welt, außer unserem kleinen Gebiet.

Und nun kommt das Schlimmste, was die Yilané angeht: Sie hassen uns im gleichen Maße wie wir sie hassen. Das würde uns nichts ausmachen, wenn sie nur große Tiere ohne Bewußtsein wären. Wir würden im kalten Norden bleiben und so nie mit ihnen zusammentreffen.

Aber es gibt auch welche, die genauso intelligent und genauso unerschrocken wie die Jäger sind. Wir können uns nicht vorstellen, wie viele Yilané es eigentlich gibt. Jedenfalls wimmelt es von ihnen auf diesem großen Erdkreis.

Es ist nichts Erfreuliches, was ich jetzt erzählen werde, aber es hat sich wirklich ereignet und muß deswegen erzählt werden.

Dies ist die Geschichte unserer Welt und all ihrer Bewohner. Sie berichtet über die abenteuerliche Reise einer Gruppe von Jägern in den Süden, entlang der Küste, und was sie dort vorfanden. Sie berichtet auch, was geschah, als die Yilané entdecken mußten, daß diese Welt nicht ihnen allein gehörte, wie sie es stets geglaubt hatten.

Erstes Buch

Isizzô fa klabra massik, den sa rinyur meth alpi.

Spuck dem Winter ins Gesicht, denn im Frühling
muß er sterben.

1

Amahast war bereits wach, als das erste Licht des nahenden Morgens sich über den Ozean auszubreiten begann. Über ihm waren nur noch die hellsten Sterne zu sehen. Er kannte sie als das, was sie waren: die Seelen der toten Jäger, die jede Nacht in den Himmel emporstiegen. Nun aber flohen selbst diese letzten, die besten Spurensucher, die erfahrensten Jäger vor der aufsteigenden Sonne. Sie war unbarmherzig hier im tiefen Süden, anders als die im Norden, die sie gewohnt waren, die kraftlos in einen blassen Himmel über verschneiten Wäldern und Bergen stieg. Dies hätte eine ganz andere Sonne sein können. Jetzt aber, kurz vor Sonnenaufgang, war es hier am Wasser beinahe kühl. Diese angenehme Morgenfrische war jedoch nicht von Dauer; schon mit den ersten Strahlen wurde es heiß. Amahast kratzte an den Insektenstichen auf seinem Arm und wartete auf den Tag.

Der Umriß des hölzernen Bootes wurde langsam in der Dunkelheit sichtbar. Sie hatten es hoch auf den Strand gezogen, ein gutes Stück über den Saum aus getrocknetem Seetang und Muschelschalen, der die Flutgrenze kennzeichnete. Nahebei konnte er die dunklen Gestalten der schlafenden Angehörigen seines Sammad ausmachen, der vier Männer, die mit ihm auf diese Reise gegangen waren. Aber ungebeten kehrte die bittere Erkenntnis zurück, daß einer von ihnen, Diken, im Sterben lag; bald würden sie nur noch zu dritt sein.

Einer der Männer setzte sich auf und erhob sich langsam und mühevoll. Er hatte sich schwer auf seinen Speer gestützt. Das mußte der alte

Ogatyr sein; in den Armen und Beinen hatte er die schmerzende Versteifung, die mit dem Alter von der Feuchtigkeit des Erdbodens und dem kalten Zugriff des Winters kommt. Auch Amahast stand auf und ergriff seinen Speer. Gemeinsam gingen die zwei Männer zur Wasserstelle.

»Wird einen heißen Tag geben«, sagte Ogatyr.

»Alle Tage sind heiß hier, Alter. Zu dieser Wahrsagung bedarf es keiner Weisheit. Die Sonne wird dir den Schmerz aus den Gliedern kochen.«

Wachsam näherten sie sich der schwarzen Wand des Waldes. Das hohe Gras raschelte in der Morgenbrise, und aus den Baumwipfeln ertönten die ersten Vogelrufe. Ein Waldtier hatte die Triebe der niedrigen Palmbäume abgefressen und dann im weichen Erdboden gegraben, um Wasser zu finden. Die Jäger hatten das Loch am Vorabend erweitert und vertieft, und nun stand klares Wasser darin.

»Trink, was du kannst«, sagte Amahast und wandte sich dem Wald zu. Hinter ihm ließ Ogatyr sich schnaufend auf die Knie nieder. Er beugte sich zum Wasser und schlürfte begierig.

Es war möglich, daß ein Nachtraubtier noch aus der Dunkelheit des Waldes hervorkommen würde, um Beute zu machen. Amahast hielt mit stoßbereitem Speer Wache und schnupperte die feuchte Luft, die vom Geruch zerfallender Vegetation und dem feinen Duft nächtlich erblühender Pflanzen gesättigt war. Als der alte Mann getrunken hatte, hielt dieser Wache, während Amahast sich über das Wasserloch beugte. Nachdem er seinen Durst gestillt hatte, steckte er den Kopf tief in das kühle Wasser, richtete sich dann keuchend auf, schöpfte mit beiden Händen Wasser und übergoß damit seinen bloßen Körper, der noch vom Staub und Schweiß des vergangenen Tages bedeckt war.

»Wo wir heute abend haltmachen, wird unser letzter Lagerplatz sein. Morgen müssen wir umkehren«, sagte Ogatyr über die Schulter, ohne sich von den Büschen und Bäumen vor ihm abzuwenden.

»Ich glaube nicht, daß ein paar Tage mehr etwas ausmachen werden.«

»Es ist Zeit. Ich habe jeden Sonnenuntergang in meine Schnur geknotet. Die Tage sind kürzer, ich weiß das. Jeder Sonnenuntergang kommt früher als der vorausgegangene, mit jedem Tag wird die Sonne schwächer und kann nicht mehr so hoch in den Himmel steigen. Und der Wind beginnt umzuschlagen, selbst du mußt das bemerkt haben. Den ganzen Sommer hat er aus Südwesten geweht. Das ist vorbei. Erinnerst du dich des letzten Jahres, an den Sturm, der das Boot beinahe zum Sinken brachte und die Waldbäume entwurzelte? Der Sturm kam zu dieser Zeit. Wir müssen umkehren. Ich erinnere mich dieser Dinge und knote sie in meine Schnur.«

»Ich weiß es, Alter.« Amahast fuhr mit den Fingern durch die nassen Strähnen seines ungeschnittenen Haares. Es reichte ihm bis über die Schultern, während der blonde Vollbart tropfnaß auf seiner Brust ruhte. »Aber du weißt auch, daß unser Boot nicht voll ist.«

»Es gibt viel getrocknetes Fleisch...«

»Nicht genug. Wir brauchen mehr, wenn wir den Winter überstehen wollen. Die Jagd ist nicht gut gewesen. Darum sind wir weiter als jemals zuvor nach Süden gezogen. Wir brauchen das Fleisch.«

»Noch einen Tag, dann müssen wir umkehren. Nicht länger. Der Weg zu den Bergen ist weit und mühsam.«

Amahast sagte nichts mehr. Er achtete Ogatyr wegen seiner Kenntnisse und seines Wissens um die rechte Art und Weise, Werkzeuge herzustellen und zauberkräftige Pflanzen zu finden. Der Alte kannte die Beschwörungen, die nötig waren, um sich für die Jagd vorzubereiten, ebenso wie die Gesänge, welche die Geister der Toten abwehren konnten. Er besaß alles Wissen seiner Lebenszeit und der Zeiten vor ihm, der Dinge, die er gehört und sich gemerkt hatte. Ihrer waren so viele, daß er vom Sonnenaufgang bis zum Sonnenuntergang davon erzählen konnte, ohne damit fertig zu werden. Aber es gab auch Neues, wovon der Alte nichts wußte, und diese Dinge beunruhigten Amahast, da sie neue Antworten verlangten. Die Ursache seiner Beunruhigung waren die harten, nicht enden wollenden Winter. Zweimal schon hatten die wachsenden Tage und die hellere Sonne den Frühling angekündigt – aber er war nie gekommen. Der tiefe Schnee war nicht geschmolzen, das Eis auf den Bächen war nicht aufgebrochen. Daraufhin hatte der Hunger Einzug gehalten. Der Hirsch und der Riesenhirsch waren nach Süden gezogen, fort von ihren heimatlichen Tälern und Bergwiesen, die nun in der unnachgiebigen Gewalt des Winters verblieben. Um nicht zu verhungern, war er mit seinem Sammad den Tieren gefolgt und aus dem Bergland in die weiten Ebenen hinabgezogen. Aber die Jagd war nicht gut gewesen, denn der furchtbare Winter hatte die Herden gelichtet. Noch war ihr Sammad der einzige, der in Schwierigkeiten geraten war. Andere Sammads hatten auch dort gejagt, nicht nur solche, die seinen Leuten durch Eheschließungen verbunden waren, sondern auch Sammads, die man nie zuvor gesehen hatte. Es waren Menschen, die das Marbak seltsam oder überhaupt nicht sprachen und ihre Speere in Zorn und Mißtrauen gegen die Neuankömmlinge richteten. Doch alle Sammads waren Tanu, und Tanu kämpften niemals gegen Tanu. Sie hatten es nie zuvor getan. Nun aber kam es immer wieder zu Zusammenstößen, und an den scharfen steinernen Spitzen der Speere klebte Tanublut. Dies beunruhigte Amahast ebensosehr wie der endlose Winter. Ein Speer zum Jagen, ein Messer zum Abhäuten, ein Feuer zum Kochen. So war es immer gewesen. Tanu töteten ihresgleichen nicht. Um dieses Verbrechen nicht auf sich nehmen zu müssen, hatte er seinen Sammad aus dem Hügelland geführt und war in langen Tagesmärschen der Morgensonne entgegengezogen, bis sie die Salzwasser der großen See erreicht hatten. Er wußte, daß der Weg nach Norden nicht offen war, denn dort kam das Eis bis an den Rand des Ozeans, und nur die Paramutan, die Fellbootleute, konnten in jenen gefrorenen Ländern leben. Der Weg nach Süden war frei, aber dort, in den Wäldern und Dschungeln, wo niemals Schnee war, lebten die Murgu. Und wo diese waren, da lauerte der Tod.

Also blieb nur die wogenerfüllte See. Sein Sammad beherrschte seit langem die Kunst, hölzerne Boote für den sommerlichen Fischfang anzufertigen, aber noch nie hatten sie sich außer Sichtweite des Festlandes oder ihres Strandlagers auf das Meer hinausgewagt. In diesem Sommer mußten sie es tun. Die getrockneten Tintenfische konnten sie nicht über den Winter bringen. Und wenn die Jagd so schlecht sein würde wie jene des vergangenen Winters, dann würde im Frühling keiner von ihnen mehr am Leben sein. Also waren sie südwärts gezogen und hatten im Küstengebiet und auf den vorgelagerten Inseln gejagt, immer in Furcht vor den Murgu.

Auch die anderen waren mittlerweile aufgewacht. Die Sonne stand am Horizont, und aus den Tiefen des Waldes drangen die ersten Schreie ungesehener Tiere. Es war Zeit, das Boot ins Wasser zu lassen.

Amahast nickte ernst, als Kerrick ihm den Lederbeutel mit Ekkotaz brachte. Er nahm eine Handvoll der klebrig zusammengebackenen

Masse aus zerdrückten Bucheckern und getrockneten Beeren heraus. Mit der anderen Hand zauste er seinem Sohn das dichte Haar. Sein Erstgeborener. In wenigen Sommern war er ein Mann und groß genug, eines Mannes Namen zu tragen. Aber jetzt war er noch ein Junge, obwohl er für sein Alter kräftig und groß war. Seine sonst blasse Haut war gebräunt, weil er, wie alle anderen auf dieser Reise, nur einen in der Mitte zusammengebundenen Fellschurz trug. Um seinen Hals hing an einer Lederschnur eine kleinere Version des Messers aus Himmelsmetall, das Amahast trug. Es war ein Messer, das nicht so scharf war wie ein sauber abgeschlagenes Steinmesser, aber wegen seiner Seltenheit geschätzt wurde. Diese zwei Messer, das große und das kleine, waren das einzige Himmelsmetall des Sammad. Kerrick lächelte zu seinem Vater auf. Er war acht Jahre alt, und dies war seine erste Jagd mit den Männern. Es war das Wichtigste, was ihm in seinem Leben bisher widerfahren war.

»Hast du dich sattgetrunken?« fragte Amahast. Kerrick nickte. Er wußte, daß es bis zum Abend kein Wasser mehr geben würde. Dies war eines der wichtigen Dinge, die ein Jäger lernen mußte. Als er mit den Frauen und anderen Kindern gelebt hatte, hatte er Wasser getrunken, wann immer er durstig gewesen war, und wenn er Hunger verspürt hatte, war er an die Vorräte der Beeren, Bucheckern und Wurzelknollen gegangen. Das war vorbei. Jetzt ging er mit den Jägern, tat, was sie taten, ging von Sonnenaufgang bis zum Dunkelwerden ohne Essen und Trinken. Stolz hielt er seinen kleinen Speer und versuchte nicht zusammenzuschrecken, als es im Dschungel hinter ihm rauschte und knackte.

»Laßt das Boot ins Wasser!« befahl Amahast.

Die Männer bedurften keiner zweiten Aufforderung; die Geräusche des durch den Wald brechenden Murgu wurden lauter und bedrohlicher. Das Beladen des Bootes war bald geschehen, denn sie hatten nur ihre Speere, Bogen und Köcher mit Pfeilen, ihre Hirschfelle und Beutel mit Ekkotaz. Sie schoben das Boot ins Wasser, und der große Hastila und Ogatyr hielten es ruhig, während der Junge an Bord kletterte. In den Händen hatte er eine große Muschelschale, die sorgfältig gehütete Glut aus dem Lagerfeuer enthielt.

Am Strand hinter ihnen versuchte Diken aufzustehen und zu ihnen zu kommen, aber seine Kräfte reichten nicht aus. Er war blaß, und große Schweißtropfen bedeckten sein Gesicht. Amahast ging zu ihm und kniete bei ihm nieder. Er nahm einen Zipfel des Hirschfells, auf dem der Verwundete lag, und wischte ihm damit das Gesicht.

»Bleib ruhig liegen. Wir werden dich ins Boot tragen.«

»Nicht heute. Nicht, wenn ich nicht aus eigener Kraft an Bord steigen kann.« Dikens Stimme war heiser; das Sprechen strengte ihn so an, daß er die Worte nur keuchend hervorstieß. »Es wird einfacher sein, wenn ich hier auf euch warte. Und auch besser für meine Hand.«

Der Zustand seiner linken Hand hatte sich sehr verschlechtert. Er hatte zwei Finger verloren, als eines Nachts ein großes Raubtier in ihr Lager eingedrungen war. Es handelte sich um eine kaum auszumachende Gestalt, die sie mit Speeren verwundet und in die Dunkelheit zurückgetrieben hatten. Anfangs hatte Dikens Wunde nicht allzu ernst ausgesehen. Jäger hatten schon mit Schlimmerem überlebt, und sie hatten alles für ihn getan, was ihnen möglich gewesen war. Sie hatten die Wunde in Seewasser ausgewaschen, bis sie kräftig geblutet hatte, und dann hatte Ogatyr sie mit einem warmen Breiumschlag aus Bensilmoos verbunden, das in den Hochmooren der Berge gesammelt worden war. Diesmal aber war es nicht genug gewesen. Das Fleisch hatte sich entzündet, war brandig geworden, dann schwarz, und zuletzt hatte die Schwärze Dikens Arm erfaßt; der Geruch war schrecklich. Seine Stunden waren gezählt. Amahast blickte von dem geschwollenen Arm zu der grünen Wand des Urwalds auf.

»Wenn die Tiere kommen, wird mein Tharm nicht mehr hier sein, damit sie ihn verschlingen können«, sagte Diken, als er die Blickrichtung des Freundes sah. Seine rechte Hand war zur Faust geballt; er öffnete sie kurz und ließ Amahast das scharf abgeschlagene Steinmesser sehen, das er darin hielt. Es war ein Messer, wie man es zum Schlachten und Abhäuten eines Tieres gebrauchte. Es war scharf genug, um eine Schlagader zu öffnen.

Amahast stand langsam auf und streifte sich den anhaftenden Sand von den bloßen Knien. »Ich werde am Himmel Ausschau nach dir halten«, sagte er. Seine ausdruckslose Stimme war so leise, daß nur der Sterbende sie hören konnte.

»Du warst immer mein Bruder«, sagte Diken. Als Amahast ging, wandte er das Gesicht zur Seite und schloß die Augen, um nicht sehen zu müssen, wie die Gefährten den Lagerplatz verließen und ihm vielleicht noch ein Zeichen gäben.

Als Amahast das Boot erreichte, schwamm es bereits im hüfttiefen Wasser und schaukelte ein wenig in den kleinen auslaufenden Wellen. Es war ein gutes, widerstandsfähiges Fahrzeug, das aus dem ausgehöhlten Stamm einer großen Zeder angefertigt war. Kerrick kauerte im Bug und blies in das kleine Feuer, das dort auf den Steinen brannte. Als er neue Holzstücke hineinlegte, flackerte es knisternd auf. Die Männer hatten ihre Ruder zwischen die Pflöcke gesteckt und waren bereit. Amahast zog sich über das Heck an Bord und brachte sein Steuerruder an. Er sah die Blicke der Gefährten von ihm zu dem Jäger gehen, der am Strand zurückblieb, aber keiner sagte etwas. Wie es sich gehörte. Ein Jäger zeigte weder Schmerz noch Mitleid. Jeder hatte das Recht zu wählen, wann er sein Tharm freigeben wollte, damit es zu Erman, dem Nachthimmel, emporsteige, um von Ermanpadar, dem Himmelsvater, der dort herrschte, willkommen geheißen zu werden. Dort würde das Tharm des Jägers sich den anderen Tharmen zwischen den Sternen zugesellen. Jeder Jäger hatte dieses Recht, und kein anderer konnte darüber sprechen oder ihm den Weg dorthin versperren. Selbst Kerrick wußte das und war so still wie die anderen. »Vorwärts«, befahl Amahast. »Zur Insel.«

Die niedrige, grasbedeckte Insel lag nicht weit vor der Küste und schützte den Strand dort vor der Gewalt der Brandungswellen. Weiter südlich stieg sie höher an, und dort, außerhalb der Reichweite salziger Gischtwolken, begann der Baumbewuchs. Grasland und Wald verhießen eine gute Jagd. Es sei denn, die Murgu waren auch hier.

»Seht, im Wasser!« rief Kerrick und zeigte hinab. Ein gewaltiger Schwarm von Hardalt zog unter ihnen vorüber, die Fangarme nachziehend, die knochenlosen Körper geschützt durch ihre Schalen. Hastila ergriff seinen Speer beim stumpfen Ende und hielt ihn stoßbereit über das Wasser. Er war ein großer Mann, noch größer als Amahast, doch bei allem sehr schnell und gewandt. Er wartete einen Augenblick, dann stieß er den Speer hinab in die See, tief hinunter, bis sein Arm im Wasser war. Dann zog er ihn heraus.

Seine Speerspitze hatte den weichen Leib hinter der Schale getroffen. Der aufgespießte Hardalt wurde aus dem Wasser gezogen und ins Boot geworfen, wo er mit schwächlich zuckenden Fangarmen lag. Aus seinem durchbohrten, sackartigen Leib sickerte schwarze Farbe.

Alle lachten darüber. Hastila trug seinen Namen zu Recht: Speer-in-Hand. Ein Speer, der sein Ziel nicht verfehlte.

»Gutes Essen«, sagte er, setzte seinen Fuß auf die Schale und zog den Speer aus dem Körper des Tieres.

Kerrick war aufgeregt. Wie leicht es aussah. Ein einziger schneller Stoß, und sie hatten einen großen Hardalt, genug, um sie alle für einen Tag zu ernähren. Er nahm seinen eigenen Speer am Ende, wie Hastila es getan hatte. Die Waffe war nur halb so lang wie der Speer des Jägers, aber ihre Spitze war genauso scharf. Die Hardalt waren noch immer da, womöglich noch mehr als zuvor, und einer berührte die Wasseroberfläche gerade neben dem Bug.

Kerrick stieß mit aller Kraft abwärts. Er fühlte die Spitze auf Widerstand stoßen und in Fleisch eindringen. Er ergriff den Speer mit beiden Händen und zog die Beute empor. Der hölzerne Speerschaft zitterte und zerrte an seinen Händen, aber er hielt grimmig fest und zog mit aller Kraft.

Aufgewühltes Wasser spritzte und schäumte, und neben dem Boot erschien ein naßglänzender Kopf an der Oberfläche. Der Speer riß sich aus dem Fleisch des Tieres, und Kerrick fiel rücklings ins Boot, als die Kiefer aufklappten und mit spitzen Zahnreihen nach ihm schnappten. Der stinkende, von einem kreischenden Brüllen ausgestoßene Atem schlug ihm entgegen. Scharfe Krallen kratzten am Holz und rissen Splitter heraus, und das Boot geriet in heftige Schwankungen.

Dann war Hastila zur Stelle. Sein Speer stieß zwischen die schrecklichen Kiefer, einmal, zweimal. Der Marag kreischte lauter, und Blut bespritzte den Jungen. Dann klappten die Kiefer zu, und das Tier sank ins aufgewühlte, von blutigem Schaum bedeckte Wasser zurück.

»Weiter!« befahl Amahast. »Es werden noch mehr von ihnen in der Nähe sein, auch größere, die dem Hardalt nachstellen. Ist der Junge verletzt?«

Ogatyr klatschte eine Handvoll Wasser in Kerricks Gesicht und rieb es sauber. »Nur verschreckt«, sagte er nach einem Blick in das verzerrte Antlitz des Jungen.

»Kann von Glück sagen«, sagte Amahast grimmig. »Aber Glück kommt nur einmal. Er wird nie wieder einen Speer in die Dunkelheit stoßen.«

Nie wieder! dachte Kerrick und hätte das Wort beinahe laut geru-

fen. Ein Frösteln überlief ihn, als er das aufgerissene Holz der Bordwand sah, in die sich die Krallen des Ungeheuers tief eingegraben hatten. Er hatte von den Murgu gehört, hatte ihre Krallen an einer Halskette gesehen, sogar einen glatten und vielfarbigen Beutel berührt, der aus der Haut eines dieser geheimnisvollen Geschöpfe gemacht war. Aber die Geschichten hatten ihn niemals wirklich geängstigt; hoch wie der Himmel, Zähne wie Speere, Augen wie Steine, Krallen wie Messer. Das waren Vergleiche, die ihm nicht allzuviel gesagt hatten. Aber jetzt fürchtete er sich. Er wandte sich nach vorn zum Ufer, weil er Tränen in den Augen fühlte und nicht wollte, daß die anderen sie sähen. Als sie sich langsam dem Land näherten, biß er sich auf die Lippen. Das Boot schien auf einmal eine dünne Schale auf einer See aus Ungeheuern zu sein, und er verspürte ein verzweifeltes Verlangen, wieder festen Boden unter den Füßen zu haben. Beinahe hätte er vor Erleichterung laut gejubelt, als der Bug über den Sand schrammte. Während die anderen das Boot aus dem Wasser zogen, wusch er alle Spuren vom Blut des Marag ab.
Da stieß Amahast ein leises, zischendes Geräusch zwischen den Zähnen hervor, ein Jägersignal, und alle erstarrten und waren sofort stumm und bewegungslos. Er lag im Gras und spähte über die dem Strand nächste Bodenwelle. Mit einer Handbewegung bedeutete er ihnen, sich flach hinzulegen, dann signalisierte er sie vorwärts. Kerrick kroch wie die anderen bäuchlings durch das Gras, und als er die kleine Anhöhe erreicht hatte, hob er nicht den Kopf darüber, sondern schob die Halme behutsam mit den Fingern auseinander, so daß er zwischen ihnen hindurchsehen konnte.

Rehe. Ein starkes Rudel der zierlichen Geschöpfe graste kaum einen Bogenschuß von ihnen entfernt. Wohlgenährt vom fetten Gras der Insel, zogen sie gemächlich äsend durch die kleine Talsenke. Ihre langen Ohren zuckten unaufhörlich, um die Fliegen abzuwehren, die sie umschwärmten. Kerrick sog schnüffelnd die Luft ein und konnte den Wohlgeruch ihrer Felle wittern.

»Wir folgen dem Ufer«, sagte Amahast. »Der Wind weht von ihnen zu uns, sie werden uns nicht wittern. So können wir nahe herankommen.« Er zog sich vom Ausguck zurück und lief geduckt den Strand entlang, gefolgt von den Gefährten. Kerrick bildete den Schluß.

Mit aufgelegten Pfeilen pirschten sie sich im Schutz der Bodenwelle tief gebückt näher an ihre Beute heran. Dann spannten sie die Bogen, standen auf und schossen zusammen die Pfeile ab.

Kein Pfeil verfehlte sein Ziel; zwei Tiere brachen auf der Stelle zusammen, ein drittes war getroffen. Dieses, ein kleiner Rehbock, flüchtete lahmend, den Pfeil in der Flanke. Amahast rannte ihm nach, und als der Bock erkannte, daß er nicht entkommen konnte, warf er sich todesmutig herum und senkte drohend das Gehörn. Amahast lachte und sprang auf ihn zu, ergriff geschickt die Hörner und drehte sie mit einem Ruck zur Seite. Der Bock schnaubte und schwankte und fiel dann mit einem blökenden Wehlaut hin. Amahast bog ihm den Hals zurück, als Kerrick gelaufen kam.

»Stoß ihm den Speer in die Kehle. Von der Seite, stoß ihn tief hinein und dreh ihn herum.«

Kerrick tat wie geheißen, und der Rehbock bellte in Agonie, als das rote Blut aus der Wunde spritzte und Kerricks Hände und Arme hinunterfloß. Er stieß den Speer tiefer in die Wunde, bis das Tier sein Leben ausröchelte.

»Gut gemacht«, sagte Amahast stolz. Die Art und Weise, wie er es sagte, ließ Kerrick hoffen, daß über den Zwischenfall mit dem Marag nicht mehr gesprochen würde.

Die Jäger lachten und schwatzten vergnügt, während sie die Jagdbeute öffneten und ausweideten. Amahast zeigte südwärts zum höheren Teil der Insel. »Tragen wir sie zu den Bäumen, wo wir sie aufhängen können.«

»Sollen wir die Jagd fortsetzen?« fragte Hastila.

Amahast schüttelte den Kopf. »Nicht, wenn wir morgen die Rückreise antreten müssen. Es wird uns den Rest des Tages und die Nacht kosten, um zu zerlegen und zu räuchern, was wir hier haben.«

»Und zu essen«, sagte Ogatyr und schmatzte vernehmlich. »Je mehr wir in uns hineinstopfen, desto weniger werden wir auf dem Rücken tragen müssen!«

Obgleich es unter den Bäumen kühler war, wurden sie von Stechfliegen gepeinigt, die sie in Wolken umschwärmten und keine Stelle ihrer bloßen Körper verschonten. Sie konnten nur nach den zudringlichen Insekten schlagen und hoffen, daß der Rauch des Feuers sie vertreiben würde.

Aber es erwies sich als schwierig, trockenes Brennholz zu finden.

»Häutet die Tiere ab«, sagte Amahast. »Das Holz hier unter den Bäumen ist zu feucht, um zu brennen. Ogatyr, bring den Feuerbrand vom Boot und nähre ihn mit trockenem Gras, bis wir zurückkommen. Ich werde mit dem Jungen zum Strand gehen und Treibholz holen.«

Er ließ den Bogen und die Pfeile zurück, nahm aber den Speer auf und ging durch den lichten Wald zur Meeresseite der Insel. Kerrick eilte ihm nach.

Der Strand war breit und der feine Sand beinahe so weiß wie Schnee. Vor der Küste brach sich die auflaufende Brandung in rhythmischen dumpfen Schlägen und entsandte schäumende Ausläufer zischend den Strand hinauf bis zu ihnen. Allerlei Treibgut bedeckte den Strand, gebleichtes Holz, losgerissene Schwämme, Muschelschalen und Schnekkengehäuse der verschiedensten Formen und Farben, Seetang, zwischen dessen lederigen Blättern sich winzige Krabben versteckten. Die Treibholzstücke waren hier zu klein, als daß es sich gelohnt hätte, sie einzusammeln, und so gingen sie weiter zu einer Landzunge, die sich, von Felsen durchsetzt, in die See vorschob. Als sie den niedrigen Rükken der Halbinsel erstiegen hatten, konnten sie zwischen den Bäumen die andere Seite überblicken und sahen, daß die Halbinsel dort eine geschützte Bucht bildete. Am Strand sonnten sich längliche Körper, die Robben gehören mochten.

Im selben Augenblick bemerkten sie, daß unweit von ihnen jemand unter einem Baum stand und auch über die Bucht hinausblickte. Einer der Gefährten vielleicht. Amahast hatte schon den Mund geöffnet, um ihn zu rufen, als die Gestalt in den Sonnenschein hinaustrat.

Die Worte blieben ihm in der Kehle stecken; jeder Muskel seines Körpers spannte sich.

Das war kein Jäger, kein Mensch. Menschengleich, aber in jeder Weise abstoßend anders.

Die Kreatur war haarlos und nackt, mit einem farbigen Zackenkamm versehen, der vom Kopf über das Rückgrat und erst auf der Oberseite des kräftig ausgebildeten Schwanzes allmählich auslief. Im Sonnenschein war die Hautoberfläche hell, und man sah deutlich, daß sie geschuppt war und in verschiedenen Tönen schillerte.

Es war ein Marag. Kleiner als die Riesen in den Sumpfwäldern, aber ein Marag. Wie alle Vertreter seiner Art hielt er sich in der Ruhestellung völlig bewegungslos, als wäre er aus Stein oder Holz gemacht.

Dann wandte er den Kopf mit einer Serie kleiner ruckartiger Bewegungen zur Seite, bis sie sein rundes und ausdrucksloses Auge und die massiven, vorgeschobenen Kiefer sehen konnten. Sie standen so bewegungslos, als wären sie selbst Murgu. Die Speere hielten sie mit den schwitzenden Händen fest umklammert. Sie wurden nicht gesehen, denn die Kreatur hatte sich nicht weit genug umgewandt, um ihre reglosen Gestalten zwischen den Bäumen zu bemerken.

Amahast wartete, bis der Blick des anderen wieder zum Ozean hinausging, bevor er sich in Bewegung setzte. Dann glitt er mit der Lautlosigkeit des geübten Jägers mit erhobenem Speer näher heran. Er hatte den Waldrand erreicht, bevor die Bestie ihn hörte oder seine Annäherung fühlte. Erst im letzten Augenblick wandte sie mit einer schnellen Bewegung den Kopf und starrte ihm direkt ins Gesicht.

Der Jäger stieß die Steinspitze seines Speeres in ein lidloses Auge und tief in das Gehirn dahinter.

Ein krampfartiges Schütteln durchlief den Körper des Marag. Dann fiel er schwerfällig zu Boden und war tot, ehe er ins Gras schlug. Amahast hatte den Speer noch vorher herausgerissen und spähte mit gespannter Aufmerksamkeit umher. Es waren keine anderen Murgu in der Nähe.

Kerrick kam an die Seite des Vaters, und schweigend blickten sie auf den Leichnam.

Es war eine grobschlächtige und abscheuliche Parodie der menschlichen Gestalt. Rotes Blut sickerte aus der Höhle des zerstörten Auges, während das andere ausdruckslos zu ihnen hinaufstarrte. Seine Pupille war ein schwarzer vertikaler Schlitz. Eine Nase gab es nicht; nur durch Hautlappen verschließbare Öffnungen, wo sie sich hätte befinden sollen. Der breite Unterkiefer war im jähen Tod herabgesunken und enthüllte Reihen scharfer, spitzer Zähne.

»Was ist das?« fragte Kerrick, dem der Anblick die Kehle zuschnürte.

»Ich weiß es nicht. Eine Art Marag. Ein kleiner; ich habe seinesgleichen noch nie gesehen.«

»Er stand und ging wie ein Mensch, wie ein Tanu. Ein Marag, Vater, aber er hatte Hände wie wir.«

»Nicht wie wir. Zähle. Eins, zwei, drei Finger und einen Daumen. Nein, er hat nur zwei Finger – und zwei Daumen.«

Amahast starrte auf den toten Marag nieder. Seine Beine waren kurz und krumm, die Füße platt, mit kräftigen Krallen an den Zehen. Er hatte einen dicken, nicht allzu langen Schwanz. Amahast stieß ihn mit dem Fuß an und wälzte ihn herum. Der andere Arm kam in Sicht. Für den Jäger ergab sich ein neues Geheimnis, denn in der Hand des toten Marag konnte er einen Gegenstand sehen, der ein Stück knorrigen schwarzen Holzes zu sein schien.

»Vater – da, am Strand!« rief Kerrick.

Sie suchten Deckung unter den Bäumen und beobachteten, wie die Gestalten unterhalb der Stelle, wo sie standen, der See entstiegen.

Es waren drei weitere Murgu. Zwei von ihnen glichen sehr dem getöteten, der dritte aber war größer, fett und von trägen Bewegungen. Noch halb im Wasser, blieb er auf dem Rücken liegen, hatte die Augen geschlossen und ließ die Gliedmaßen schlaff baumeln. Die zwei anderen zogen und schoben ihn weiter auf den Strand hinauf. Der große Murgu blubberte durch seine Nasenschlitze, dann kratzte er sich mit den Krallen eines Fußes gemächlich den Bauch. Einer der kleineren Murgu fuchtelte mit den Armen in der Luft herum und machte ein scharfes, knackendes Geräusch.

Eine unvernünftige Wut stieg in Amahast auf und verschloß ihm die Kehle, so daß er laut keuchte. Von blindem Haß erfüllt, stürzte er sich ohne bewußten Entschluß mit geschwungenem Speer auf die Geschöpfe am Strand.

Er hatte sie im Nu erreicht und rannte seinen Speer dem Nächstbesten durch den Leib. Dieser aber wandte sich im letzten Augenblick mit einer Seitwärtsbewegung um, und die steinerne Speerspitze riß ihm lediglich die Seite auf und glitt von seinen Rippen ab. Das zähnestarrende Maul bleckte im Reflex die Zähne und zischte laut. Amahast stieß wieder zu, und der Murgu brach auf der Stelle zusammen.

Amahast zog den Speer aus dem Körper. Er wandte sich um und sah den anderen klatschend ins Wasser flüchten, dann die Arme hochreißen und vornüber in die Brandung fallen, als der kleine Speer, durch die Luft geschleudert, sich in seinen Rücken bohrte.

»Ein guter Wurf«, sagte Amahast. Er vergewisserte sich, daß der Murgu tot war, bevor er den Speer herauszog und Kerrick zurückgab.

Nur der große Marag blieb übrig. Seine Augen waren geschlossen, und er schien nicht zu bemerken, was um ihn vorging.

Amahasts Speer bohrte sich tief in seine Flanke, und er stieß ein beinahe menschliches Stöhnen aus. Er trug eine dicke Fettschicht auf dem Körper, und Amahast mußte wieder und wieder zustoßen, bis er sich nicht mehr regte. Als der Murgu endlich leblos zu seinen Füßen lag, stützte Amahast sich schweratmend auf seinen Speer und blickte voller Abscheu und noch immer von Haß besessen auf die hingeschlachteten Kreaturen.

»Dinger wie diese muß man zerstören. Die Murgu sind nicht wie wir, du siehst es schon an ihrer Haut, die schuppig ist. Sie haben kein Fell, sie fürchten die Kälte, sind ungenießbar und giftig. Wo wir sie finden, müssen wir sie vernichten.« Er stieß die Worte abgehackt hervor, und Kerrick konnte nur mit dem Kopf nicken. Er verspürte die gleich tiefe und gedankenlose Abneigung.

»Geh und hol die anderen«, sagte Amahast. »Schnell. Siehst du dort, auf der anderen Seite der Bucht? Da sind noch mehr von ihnen. Wir müssen sie alle töten.«

Eine Bewegung ließ ihn aufmerken, und er riß den Speer hoch und holte zum Zustoßen aus, da er den Murgu noch am Leben wähnte. Er bewegte den Schwanz.

Nein. Der Schwanz selbst bewegte sich nicht, aber etwas zuckte obszön unter der Haut an der Schwanzwurzel. Dort war ein Schlitz, eine Art Öffnung. Ein Beutel am Schwanzansatz. Amahast riß ihn mit der Speerspitze auf. Beim Anblick der bleichen Kreaturen, die in den Sand herausfielen, mußte er gegen eine Anwandlung von Übelkeit ankämpfen.

Runzlige, blinde kleine Imitationen der ausgewachsenen Exemplare. Es mußten ihre Jungen sein. Brüllend vor Wut zertrampelte er sie.

»Vernichtet, alle vernichtet.« Diese Worte murmelte er wieder und wieder, und Kerrick floh vor dem beängstigenden Wutausbruch des Vaters zum Waldrand.

enge hantèhei,
agatè embokèka lirubushei kakshèsei,
hèawahei; hevai 'ihei,
kaksheintè, enpelei, asahen enge.

Das Verlassen der väterlichen Liebe
und das Eingehen in die Umarmung der
See ist der erste Schmerz im Leben
– das erste Glück sind die Gefährten,
die sich dir dort zugesellen.

2

Die Entisenat durchschnitten die Wellen mit rhythmischen Bewegungen ihrer großen, paddelförmigen Flossen. Einer von ihnen streckte den Kopf aus dem Wasser, das von der dunklen Haut tropfte, hob ihn höher und höher auf dem langen Hals, drehte ihn und blickte zurück. Erst als er die weiter rückwärts tief im Wasser liegende mächtige Gestalt sah, ließ er den Kopf wieder mit gestrecktem Hals unter die Wasseroberfläche sinken.

Weiter vorne war ein Schwarm Tintenfische in Sicht gekommen – der andere Entisenat gab laut knackende Signale der Erregung von sich. Die mächtigen Paddel der Brust- und Schwanzflossen schlugen das Wasser mit verdoppelter Geschwindigkeit, und sie schossen dahin, gigantisch, unaufhaltsam und mit weitgeöffnetem, zähnestarrendem Rachen. Mitten hinein in den Schwarm der Tintenfische.

Diese sahen die Gefahr kommen, stießen schwarze Farbstoffwolken aus und flohen in alle Richtungen. Die meisten entkamen, viele aber fanden den Tod zwischen den immer wieder blitzschnell zuschnappenden Kiefern und wurden ganz hinuntergeschluckt. Dies dauerte an, bis die See wieder leer war und die weithin verstreuten Überlebenden des Schwarmes außer Sichtweite der Räuber sich allmählich wieder zusammenfanden.

Gesättigt, machten die beiden mächtigen Meeresbewohner kehrt und paddelten langsam zurück.

Vor ihnen zog eine noch größere Tiergestalt ihre Bahn durch den Ozean, dunkel und mit einer gewaltigen Rückenflosse, die über die Meeresoberfläche hinausragte. Als sie dem Uruketo näher kamen, tauchten die Entisenat, paßten ihre Geschwindigkeit seiner gleichmäßigen Bewegung durch die See an und schwammen zu beiden Seiten seines gepanzerten, schnabelartigen Maules. Er mußte sie gesehen haben, denn ein großes, dunkles Auge bewegte sich langsam in seinem Knochenring und verfolgte ihre Bahn. Allmählich durchdrang Wiedererkennen das trübe Gehirn des Giganten, und das schnabelartige Maul begann sich zu öffnen, bis es weit auseinanderklaffte.

Nacheinander schwammen die beiden Entisenat zu dem weit geöffneten Maul und steckten ihre Köpfe in die höhlenförmige Öffnung hinein. Dort würgten sie dann die kurz zuvor gefangenen Tintenfische wieder heraus. Erst als ihre Mägen leer waren, zogen sie die Köpfe zurück und entfernten sich mit seitwärts paddelnden Flossen. Hinter ihnen schlossen sich die schnabelbewehrten Kiefer so langsam, wie sie sich geöffnet hatten, und der massige Leib des Uruketo zog weiter seine Bahn durch das Meer.

Die abgeflachte Spitze der großen Rückenflosse war getrocknet und lederig, gesprenkelt mit weißen Exkrementen, wo Seevögel sich niedergelassen hatten, auch narbig, wo sie mit ihren scharfen Schnäbeln die Haut bearbeitet hatten. Einer dieser Vögel war nun im Begriff, sich auf der Rückenflosse niederzulassen und hing von seinen ausgebreiteten Schwingen herab und hatte die Füße vorgestreckt. Plötzlich kreischte er und hob mit schnellen Flügelschlägen ab, erschreckt von der langen Spalte, die im oberen Rand der Rückenflosse entstanden war. Dieser Spalt weitete und verlängerte sich durch die ganze Rückenflosse wie eine große Öffnung im lebenden Fleisch, die immer weiter klaffte und einen Schwall von abgestandener Luft entließ.

Nicht lange, und die Öffnung bot genug Raum, damit die Yilanè hervorkommen konnten. In diesem Fall war es der wachhabende zweite Offizier. Sie kletterte auf den breiten Knochenwulst, der die Rückenflosse innen auf halber Höhe stützte, sog mit tiefen Zügen die frische Seeluft ein und blickte umher. Nur Kopf und Schultern erhoben sich über den Flossensaum. Nachdem sie sich vergewissert hatte, daß alles klar war, stieg sie wieder hinunter, vorbei an dem Besatzungsmitglied, das durch eine transparente Sichtscheibe nach vorn spähte. Der Offizier blickte über die Schulter auf die leuchtende Kompaßnadel und sah sie von der Kursmarkierung abkommen. Die Rudergängerin bemerkte die Abweichung, ergriff ein knollenartiges Nervenende nahe dem Kompaß und drückte es kurz. Ein Beben durchlief das lebende Schiff, und es änderte seinen Kurs. Der zweite Offizier nickte und stieg weiter hinab in die lange Höhle des Inneren; ihre Pupillen weiteten sich rasch in der schwach erhellten Dunkelheit.

Fluoreszierende Flecken waren die einzige Beleuchtung in der Kammer mit den lebenden Wänden, die zwischen Rückgrat und Rippen gut die halbe Länge des Uruketo einnahm. Im rückwärtigen Teil, wo fast vollständige Dunkelheit herrschte, lagen die Gefangenen mit zusammengebundenen Füßen. Behälter mit Vorräten und Trinkwasser trennten sie von der Besatzung und den Passagieren im vorderen Teil. Der zweite Offizier ging nach vorn zur Kommandantin und machte Meldung. Erefnais blickte von der matt leuchtenden Karte auf, die sie in den Händen hielt, und signalisierte Zustimmung. Darauf rollte sie die Karte zusammen, steckte sie in ihre Nische zurück und machte sich daran, selbst zum Ausguck der Rückenflosse hinaufzusteigen. Sie hinkte beim Gehen. Es war eine Kindheitsverletzung ihres Rückens, dessen runzlig vernarbte Haut noch die Wunde erkennen ließ. Nur durch ihre außerordentliche Tüchtigkeit war es ihr gelungen, mit einer solchen entstellenden Behinderung zu diesem hohen Rang aufzusteigen. Auch sie atmete tief die frische Luft ein, als sie den Ausguck erreichte und umherblickte.

Achteraus verlor sich die Küste von Maninlè in Dunst und Wolken. Am Horizont war mit Mühe eine Kette niedriger Inseln auszumachen, die sich nordwärts erstreckte. Befriedigt wandte sie sich zurück. Wenn sie Befehle erteilte, konnte sie sehr knapp sein, sogar brüsk. Jetzt aber war sie höflich und unpersönlich, wie es sich in der Gegenwart von Höherrangigen geziemte.

»Wenn es beliebt, Vaintè, es gibt Dinge zu sehen.«

Mit diesen Worten trat sie zurück und machte den bevorzugten Platz vorn im Ausguck für die Angesprochene frei. Vaintè kletterte hinauf, gefolgt von zwei anderen, und stellte sich auf den Knochenwulst. Während die anderen sich respektvoll zurückhielten, ergriff

Vaintè den lederigen Flossensaum, ließ ihren Blick in die Ferne schweifen und sog die salzige Luft ein. Erefnais betrachtete sie mit Bewunderung, denn sie war wirklich schön. Selbst wenn man nicht gewußt hätte, daß ihr die Leitung der neuen Stadt anvertraut worden war, wäre ihr Status aus jeder ihrer Gesten und Körperbewegungen ersichtlich gewesen. Obwohl sie sich des bewundernden Blickes nicht bewußt war, stand Vaintè stolz aufgerichtet da. Sie hielt den Kopf hoch und das Kinn hervorgereckt, und ihre Pupillen hatten sich im blendenden Licht der Sonne zu schmalen vertikalen Schlitzen verengt. Ihre kräftigen Hände hatten den Flossensaum in festem Griff, während die gespreizten Zehen ihren Körper im Gleichgewicht hielten; eine langsam wogende Bewegung ging wie ein Schauer durch ihren leuchtend orangefarbenen Zackenkamm. Sie war zum Herrschen geboren; das war von jedem Zoll ihrer Haltung abzulesen.

»Sag mir, was dort vorne liegt«, fragte sie.

»Eine Inselkette, Höchste. Ihr Name ist ihr Sein. Alakas-aksehent, die gelben, aufeinander getürmten Steine. Ihre Strände und das Wasser ringsum sind das ganze Jahr über warm. Die Inseln erstrecken sich in einer Reihe, bis sie das Festland erreichen. Dort, an der Küste des Festlands, wächst die neue Stadt.«

»Alpèasak. Die schönen Strände«, sagte Vaintè zu sich selbst, so leise, daß die anderen es nicht hörten. »Ist das mein Schicksal?« Sie wandte sich zur Kommandantin um. »Wann werden wir dort ankommen?«

»Heute nachmittag, Höchste. Sicherlich vor dem Dunkelwerden. In dieser Gegend des Ozeans gibt es eine warme Strömung, die uns rasch zur Küste trägt. Tintenfische gibt es in großen Mengen, so daß die Entisenat und der Uruketo sich gut ernähren können. Bisweilen zu gut. Das sind die Probleme des Kommandos auf einer langen Reise. Wir müssen sie sorgfältig beobachten, oder sie werden langsamer, und unsere Ankunft...«

»Still. Ich wünsche mit meinen Efensalè allein zu sein.«

»Mit Vergnügen.« Erefnais zog sich zurück.

Vaintè wartete, bis die Kommandantin im Bauch des lebenden Schiffes verschwunden war, und dann wandte sie sich mit Wärme in jeder Bewegung zu den stummen Begleiterinnen um. »Wir sind da. Die Mühsal der langen Reise zu dieser neuen Welt, Gendasi, ist zu

Ende. Nun wird die größere Mühsal der Errichtung der neuen Stadt beginnen.«

»Wir helfen und tun, was du verlangst«, sagte Etdeerg. Sie war stark und fest wie ein Felsen, bereit, all ihre Kräfte für das gemeinsame Ziel einzusetzen. »Befiehl uns – und wenn es den Tod bedeuten sollte.« Aus einem anderen Mund hätten diese Worte hochtrabend geklungen; nicht so bei Etdeerg. Aus jeder ihrer entschiedenen Bewegungen sprach Aufrichtigkeit.

»Das werde ich nicht verlangen«, sagte Vaintè. »Aber ich werde dich bitten, an meiner Seite zu dienen und in allem meine erste Beraterin zu sein.«

»Es wird mir eine Ehre sein.«

Darauf wandte sich Vaintè zu Ikemend, die sich aufrichtete, bereit, Anweisungen entgegenzunehmen. »Deine Stellung ist die verantwortungsvollste von allen. Unsere Zukunft liegt in deinen Händen. Du wirst die Aufsicht über den Hanalè und die Männer übernehmen.«

Ikemend signalisierte bereitwillige Annahme, Freude und Festigkeit des Vorsatzes. Vaintè spürte ihre Kameradschaft und die Wärme ihrer Loyalität, aber ihre Stimmung war umgeschlagen. »Ich danke euch beiden«, sagte sie. »Nun geht. Ich wünsche, daß Enge zu mir gebracht wird. Allein.«

Vaintè umklammerte mit beiden Händen das lederige Fleisch, als der Uruketo von einer großen Welle emporgehoben wurde und tief ins nächste Wellental eintauchte. Grünes Wasser brandete über seinen Rücken und brach sich am schwarzen Turm der Rückenflosse. Salzige Gischt spritzte Vaintè ins Gesicht. Halbtransparente Nickhäute glitten über ihre Augen und zogen sich langsam wieder zurück. Sie war sich des prickelnden Salzwassers nicht bewußt, denn ihre Gedanken eilten diesem gewaltigen Tier, das sie von Inegban über die See trug, weit voraus. Vor ihnen lag Alpèasak, lagen die goldenen Strände ihrer Zukunft – oder die schwarzen Felsen, auf denen sie Schiffbruch erleiden würden. Das eine oder das andere würde es sein, nichts dazwischen. Seit sie die Ozeane ihrer Jugend verlassen hatte, hatte ihr Ehrgeiz sie hoch hinaufgetragen, und viele aus ihrem Efenburu hatte sie hinter sich gelassen, auch solche, die ihr viele Jahre voraus hatten. Wenn man den Gipfel erreichen wollte, mußte man den Berg erklimmen und sich unterwegs Feinde machen. Aber Vaintè wußte besser als viele andere, daß es genauso wichtig war, Verbündete zu gewinnen. Seit langem hatte sie es sich zur Regel gemacht, für alle anderen aus ihrem Efenburu einzutreten, selbst für jene von niedrigem Stand, und sie besuchte sie, wann immer es ihr möglich war. Von gleicher oder noch größerer Bedeutung war, daß sie die Fähigkeit hatte, den Respekt und sogar die Bewunderung derjenigen zu gewinnen, die den jüngeren Efenburu angehörten. Sie waren ihre Augen und Ohren in der Stadt, ihre geheime Stärke. Ohne ihre Hilfe wäre es ihr niemals möglich gewesen, diese Reise anzutreten, die ihr größtes Wagnis war. Ihre Zukunft – oder ihr Untergang. Das Vorsteheramt von Alpèasak, der neuen Stadt, war ein großer Schritt vorwärts. Es war eine Stelle, die sie über viele erhob. Die Gefahr bestand darin, daß sie mit einem Fehlschlag endete, denn diese Stadt, die weiter als andere von Entoban entfernt lag, hatte bereits jetzt Schwierigkeiten. Wenn es zu Verzögerungen in der Errichtung der neuen Stadt käme, würde sie die Verantwortung dafür tragen müssen und so tief fallen, daß es nie zu einem neuen Aufstieg kommen würde. Wie Deeste, welche sie als Eistaa der neuen Stadt ablösen sollte. Deeste hatte Fehler gemacht. Die Arbeit ging unter ihrer Leitung zu langsam voran. Vaintè ersetzte sie – und nahm alle ungelösten Probleme auf sich. Versagte sie, so würde man auch sie durch eine andere ersetzen. Es war eine Gefahr, aber auch ein Risiko, das auf sich zu nehmen lohnte. Denn im Falle ihres Erfolgs, auf den alle hofften, würde ihr Stern aufsteigen und voll erstrahlen, und niemand könnte sie mehr aufhalten.

Jemand stieg von unten herauf und stand neben ihr. Eine vertraute Gegenwart, wenn auch eine bittersüße. Vaintè fühlte jetzt die Kameradschaft einer Angehörigen ihres eigenen Efenburu, die stärkste Bindung, die es gab. Doch war sie überschattet von der ungewissen Zukunft. Vaintè mußte ihrer Efensalè zu verstehen geben, was mit ihr geschehen würde, sobald sie das Festland erreichten. Und sie mußte es jetzt tun, denn es war die letzte Gelegenheit zu einem persönlichen Gespräch, bevor sie landeten. Unten im Bauch des lebenden Schiffes gab es zu viele Augen und Ohren, als daß es ihr möglich wäre, dort offen zu sprechen. Hier aber konnte sie es tun und dieser Narrheit ein für allemal ein Ende machen.

»Wir sind unserem Ziel nahe. Das Land voraus ist Gendasi. Die Kommandantin hat mir versichert, daß wir am Nachmittag in Alpèasak sein werden.« Vaintè beobachtete die andere aus den Augenwinkeln, aber Enge sagte nichts. Sie signalisierte bloß ihr Einverständnis mit einer Daumenbewegung. Die Geste war nicht beleidigend, noch verriet sie irgendeine Emotion. Das war kein guter Anfang, aber Vaintè war entschlossen, sich weder zu ärgern noch daran hindern zu lassen, zu tun, was getan werden mußte. Sie wandte sich ganz um und stand ihrer Efensalè gegenüber.

»Das Verlassen der väterlichen Liebe und das Eingehen in die Umarmung der See ist der erste Schmerz im Leben«, sagte Vaintè.

»Das erste Glück sind die Gefährten, die sich dir dort zugesellen«, fügte Enge hinzu und vervollständigte die allen vertraute Redensart. »Ich demütige mich vor dir, Vaintè, weil du mich erinnerst, wie meine Eigennützigkeit dich verletzt hat…«

»Ich wünsche keine Demütigung noch Entschuldigungen – noch Erklärungen deines außergewöhnlichen Verhaltens. Ich finde es unerklärlich, daß du und deine Anhängerinnen nicht tot seid, wie es sich gehört, aber auch das will ich nicht diskutieren. Und ich denke nicht an mich selbst. Ich denke an dich, das ist meine Sorge. Die irregeführten Geschöpfe dort unten kümmern mich wenig. Wenn sie intelligent genug sind, ihre Freiheit ungebührlichen Philosophien zu opfern, dann sind sie sicherlich auch intelligent genug, gute Arbeitskräfte abzugeben. Die Stadt kann sie gebrauchen. Sie kann auch dich gebrauchen – aber nicht als eine Gefangene.«

»Ich habe nicht darum gebeten, daß mir die Fesseln abgenommen werden.«

»Es war auch nicht nötig. Ich gab den Befehl. Ich schämte mich, von einer aus meinem Efenburu umgeben zu sein, die wie eine gewöhnliche Verbrecherin in Ketten liegt.«

»Es war niemals mein Wunsch, dir oder unserem Efenburu Schande zu machen.« Enge war nicht mehr reumütig. »Ich handelte gemäß meinem Glauben. Einem Glauben, der so stark ist, daß er mein Leben völlig verändert hat – wie er auch das deinige verändern könnte, Efensalè. Aber es ist erfreulich zu hören, daß du dich schämst, denn Scham ist Teil der Selbsterkenntnis, welche die wesentliche Voraussetzung zum Glauben ist.«

»Sei still. Ich schäme mich nur für unser Efenburu, das du herabgewürdigt hast. Was mich selbst betrifft, so fühle ich nur Zorn, nichts weiter. Wir sind jetzt allein, niemand kann hören, was ich sage. Ich bin verloren, wenn du davon sprichst, aber ich weiß, daß du mir keine Ungerechtigkeit zufügen wirst. Hör mich an. Geh zurück zu den anderen. Du wirst wie sie gefesselt sein, wenn man euch an Land bringt. Aber nicht lange. Sobald dieses Schiff ausläuft, werde ich dich von ihnen trennen lassen, dir die Freiheit geben und veranlassen, daß du mit mir arbeitest. Dieses Alpèasak wird mein Schicksal sein, und ich brauche deine Hilfe. Gewähr sie mir. Du weißt, welche schrecklichen Veränderungen stattfinden, und daß die kalten Winde aus dem Norden länger und stärker wehen als je zuvor. Zwei Städte sind tot, und es besteht kein Zweifel, daß Inegban die nächste sein wird. Es ist der Voraussicht der Vorsteherin unserer Stadt zu danken, daß an diesen fernen Ufern eine neue und größere Stadt erstehen soll, bevor das geschieht. Wenn Inegban sterben muß, wird Alpèasak darauf warten, die Bewohner aufzunehmen. Ich habe hart um das Privileg gekämpft, Eistaa der neuen Stadt zu sein. Ich werde ihr Wachstum formen und sie auf den Tag vorbereiten, da unser Volk kommen wird. Dazu werde ich Hilfe brauchen. Ich muß Freundinnen um mich haben, die hart arbeiten und mit mir aufsteigen werden. Ich bitte dich, Enge, dich mit mir zusammenzutun und mir bei diesem großen Werk zu helfen. Du bist meine Efensalè. Wir gingen zusammen in die See ein, wuchsen zusammen, kamen als Gefährtinnen im selben Efenburu daraus hervor. Das sind Bande, die nicht leicht zerreißen können. Schließe dich mir an, steige mit mir auf, bleib zu meiner Rechten. Du kannst dich nicht weigern. Stimmst du mir zu?«

Enge hatte den Kopf gesenkt und die Handgelenke gekreuzt, um zu zeigen, daß sie gebunden war. Nun hob sie die übereinandergelegten Hände vor ihr Gesicht, bevor sie aufblickte.

»Ich kann es nicht. Durch Bande, die noch stärker sind als jene meines Efenburu, bin ich meinen Gefährtinnen verbunden, den Töchtern des Lebens. Sie folgen, wohin ich sie geführt...«

»Du hast sie in Wildnis und ins Exil geführt – und in den sicheren Tod.«

»Ich hoffe nicht. Ich habe nur gesagt, was Recht ist. Ich habe von der Wahrheit gesprochen, wie sie von Uguenapsa, die ihr ewiges Leben gab, enthüllt worden ist. Ihr selbst, mir, uns allen. Du und die anderen Yilanè, ihr seid zu blind, um sie zu sehen. Nur eines kann dir und ihnen das wahre Augenlicht wiedergeben: das Bewußtsein der Todeserkenntnis, welche dir die Erkenntnis des Lebens schenken wird.«

Vaintè war außer sich vor Zorn. Sie war momentan unfähig zu sprechen und hob die Hände vor Enge wie ein Kind, so daß die andere das entzündete Rot ihrer Handflächen sehen konnte, um sie ihr dann in der beleidigendsten Gebärde vor das Gesicht zu stoßen. Ihr Zorn nahm noch zu, als Enge unbewegt blieb, ihre Erbitterung unbeachtet ließ und mit ruhiger Freundlichkeit fortfuhr:

»Es muß nicht sein, Vaintè. Du kannst dich uns anschließen und entdecken, was größer ist als persönliches Verlangen, noch größer als die Verbundenheit mit dem Efenburu...«

»Größer auch als die Untertanentreue zu deiner Stadt?«

»Vielleicht; weil es über alles das hinausgeht.«

»Es gibt kein Wort für das, was du sagst. Es ist ein Verrat an allem, wodurch wir leben, und ich spüre nur eine große Abneigung. Yilanè leben seit dem Ei der Zeit als Yilanè. Und dann drang deine abscheuliche Farneksei in diese Ordnung ein, wie ein Parasit, der sich in lebendiges Fleisch bohrt, und predigte diesen rebellischen Unsinn. Man hatte große Geduld mit ihr, doch sie wollte nicht von ihren Torheiten ablassen. Sie wurde gewarnt, und auch dies blieb ohne Erfolg – bis es kein anderes Mittel mehr gab, als ihre Vertreibung aus der Stadt. Sie starb nicht daran und wurde die erste der lebenden Toten. Wäre nicht Olpèsaag die Erretterin gewesen, würde sie vielleicht noch heute leben und Zwietracht predigen.«

»Uguenapsa war ihr Name, weil durch sie diese große Wahrheit enthüllt wurde. Olpèsaag war die Zerstörerin, die ihr Fleisch vernichtete, aber nicht ihre Offenbarung.«

»Ein Name ist, was einem gegeben wird, und sie war Farneksei, Sucherin jenseits der Klugheit, und sie starb für dieses Verbrechen. Und damit wird auch dein kindischer Glaube enden und deine unreinen Gedanken, die in die Tiefe zu den Korallen und dem Kelp gehören.« Sie holte tief und angestrengt Atem und war bemüht, die Herrschaft über ihren Zorn zu bewahren. »Begreifst du denn nicht, was ich dir biete? Eine letzte Chance. Leben statt Tod. Folge mir, und du wirst hoch emporsteigen. Wenn dir dieser geschmacklose Glaube so wichtig ist, so behalte ihn meinethalben, aber sprich nicht zu mir oder anderen

Yilanè davon, sondern behalte ihn bei dir, wo niemand ihn sehen kann. Das kannst du tun.«

»Ich kann es nicht. Die Wahrheit ist da und muß laut verkündet werden...«

Vaintè brüllte wütend auf, packte Enge am Kamm, wo er ihren Nacken bedeckte, drehte das Handgelenk mit grausamer Kraft und stieß ihr Gesicht gegen die unnachgiebige Oberfläche der lederhäutigen Brustwehr.

»Da ist die Wahrheit!« rief sie und riß Enges Kopf herum, damit sie jedes Wort deutlich verstehe. »Der Vogelkot, in den ich dein dummes Mondgesicht stoße, das ist die Wirklichkeit und Wahrheit! Dort draußen ist die Wahrheit der neuen Stadt am Rand der Wildnis, harte Arbeit und Schmutz und nichts von den Bequemlichkeiten, die du gekannt hast. Das ist dein Schicksal und dein sicherer Tod, das verspreche ich dir, wenn du deine hochmütige Haltung nicht aufgibst, dein schwaches, quäkendes...«

Vaintè fuhr herum, als sie das erschrockene kleine Geräusch hörte. Sie sah die Kommandantin, die zu ihnen heraufgestiegen war und sich nun zurückzuziehen versuchte.

»Komm herauf!« rief Vaintè und schleuderte Enge von sich. »Was hat diese Störung, dieses Spionieren zu bedeuten?«

»Ich wollte nicht... es war keine Absicht, Höchste, ich werde gehen.« Erefnais war so verlegen, daß sie auf jede Erklärung oder Ausschmückung verzichtete.

»Was hat dich dann hierher geführt?«

»Die Strände. Ich wollte nur auf die weißen Strände hinweisen, die Geburtsstrände. Gerade hinter der Landzunge, die vor uns liegt.«

Vaintè war froh über die gebotene Gelegenheit, dieser widerwärtigen Szene den Rücken kehren zu können. Widerwärtig, weil sie die Beherrschung verloren hatte. Ein Fehler, der ihr selten unterlief, weil sie nur zu gut wußte, daß er in anderen Händen zur Waffe werden konnte. Diese Kommandantin würde Geschichten davon erzählen, und es konnte nichts Gutes dabei herauskommen. Es war Enges Schuld. Die undankbare, dumme Enge. Sie hatte sich ihr Schicksal selbst zuzuschreiben und würde den verdienten Lohn erhalten. Vaintè umfaßte den lederigen Rand vor ihrer Brust mit aller Kraft, und allmählich verflog ihr Zorn, und ihr Atem ging langsamer. Sie blickte hinaus zu der grünen Küste, die nun nahe vor ihnen lag. Sie hörte, wie Enge sich aufrappelte, sie schenkte ihr aber keine Beachtung mehr.

»Wir werden so nahe wie möglich am Strand vorbeilaufen«, sagte Erefnais.

Unsere Zukunft, dachte Vaintè, die ersten Paarungen, die ersten abgelegten Eier, die ersten Geburten, die ersten Efenburu in dieser warmen grünen See. Ihr Zorn war ganz verflogen, und sie lächelte beinahe bei dem Gedanken an die fetten und trägen Männer, wie sie stumpfsinnig in der Sonne lagen, die Jungen sicher in ihren Beuteln. Die ersten Geburten, ein denkwürdiger Augenblick für diese neue Stadt.

Unter der Anleitung der Rudergängerin wurde der Uruketo bis an den Abhang der Flachwasserzone gelenkt und geriet dabei beinahe in die Brecher der Brandung. Das Ufer zog an ihnen vorüber, und die Strände kamen in Sicht. Die schönen Strände.

Dort erwartete sie ein Anblick, der ihnen die Sprache verschlug. Als erste fand Vaintè in einem langgezogenen gequälten Aufschrei die Stimme wieder.

Aufgerissene und verstümmelte Leichen lagen auf dem glatten weißen Sand verstreut.

3

Vaintès Schmerzensschrei brach plötzlich ab. Ihre nächsten Worte waren kalt und nüchtern, ohne Zugeständnisse an Form und Stil. Sie wandte sich an die Kommandantin und sagte:

»Du wirst sofort zehn deiner kräftigsten Besatzungsmitglieder an Land führen. Bewaffnet euch mit Hèsotsan. Du wirst den Uruketo hier warten lassen.« Sie zog sich auf den Rand der Rückenflosse, dann hielt sie ein und zeigte auf Enge. »Du kommst mit mir.«

Sie stieß ihre Zehenkrallen in die dicke, zähe Haut des Uruketo, und ihre Finger suchten Halt in Falten und Runzeln, als sie auf den Rücken hinabkletterte und von dort in die durchsichtige grüne See sprang. Enge folgte ihr dichtauf.

Nahe bei dem abgeschlachteten Leichnam eines Mannes tauchten sie aus der Brandung auf. Fliegen wimmelten in den klaffenden Wunden und bedeckten Fleisch und geronnenes Blut. Enge schwankte bei dem Anblick wie unter einem unsichtbaren Windstoß. Ihre Daumen und Finger verkrampften sich zu infantilen Schmerzsignalen.

Nicht so Vaintè. Ruhig und fest stand sie völlig ausdruckslos da. Nur ihr Blick ging wachsam und alles registrierend über den Schauplatz des Gemetzels.

»Ich möchte die Kreaturen finden, die das getan haben«, sagte sie in einem Ton, der keine Gemütsbewegung verriet. Sie trat vor und beugte sich über den Leichnam. »Sie töteten, ohne zu fressen. Sie müssen Krallen, Stoßzähne oder Hörner haben, nach den Wunden zu urteilen. Siehst du? Und nicht nur die Männer, sondern auch ihre Wärterinnen sind tot, in gleicher Weise getötet. Wo sind die Wachen?« Sie wandte sich zur Kommandantin, die an der Spitze der bewaffneten Besatzungsmitglieder durch die Ausläufer der Brandungswellen gestapft kam. Sie winkte die Leute vorwärts und rief ungeduldig: »Bildet eine Kette, haltet die Waffen bereit und sucht den Strand ab. Seht zu, wo die Wachen sind, die hier Posten gestanden haben müssen – und folgt diesen Fährten und seht nach, wohin sie führen. Vorwärts!« Sie beobachtete, wie die Leute sich zu einer Kette formierten, und wandte sich erst um, als Enge sie rief.

»Vaintè, ich kann nicht verstehen, welches Tier diese Wunden geschlagen hat. Es sind alles einzelne Schnitte oder Löcher, als ob das Tier nur ein einziges Horn hätte.«

»Nenitesk haben ein einzelnes Horn am Ende ihrer Nasen, dick und groß, und die Huruksast haben auch ein einzelnes Horn.«

»Das sind große, langsame und dumme Geschöpfe, sie können dies nicht angerichtet haben. Du selbst warntest mich vor den Gefahren dieser Wälder. Unbekannte Bestien müssen es gewesen sein, schnell und tödlich.«

»Wo waren die Wachen? Sie kannten die Gefahren, warum taten sie nicht ihre Pflicht?«

»Sie waren auf Posten«, sagte Erefnais, die langsam zum Strand herunterkam. »Alle sind tot. Sie wurden auf die gleiche Art und Weise getötet.«

»Unmöglich! Und ihre Waffen?«

»Unbenutzt. Voll geladen. Es müssen gefährliche Bestien gewesen sein, die sie überfallen haben...«

Eines der Besatzungsmitglieder rief vom anderen Ende des Strandes herüber; ihre Körperbewegungen waren aus der Entfernung undeutlich, der Klang ihrer Stimme ging im Rauschen der Brandung unter. Sie eilte auf die Gruppe um Vaintè zu, bis sie sich verständlich machen konnte.

»Ich habe eine Fährte gefunden... kommt, da ist Blut...«

In ihrer Stimme war ein namenloser Schrecken, der ihren Worten Gewicht verlieh. Vaintè führte die anderen rasch zu ihr.

»Ich folgte der Fährte, Höchste«, sagte das Besatzungsmitglied und zeigte zum Dickicht der Bäume. »Es waren mehrere von den Kreaturen, fünf, denke ich. Alle Spuren enden am Ufer. Sie sind fort. Aber da ist noch etwas, was du sehen mußt.«

»Was ist es?«

»Ein Ort, an dem getötet wurde, mit viel Blut und Knochen. Aber noch etwas. Du mußt es selbst sehen.«

Sie konnten das aufgeregte Fliegengesumm schon von weitem hören, und als sie die Stelle erreichten, sahen sie die Reste eines großen Gemetzels, wie die Fährtensucherin gemeldet hatte, aber noch etwas Wichtigeres.

Asche und verkohlte Holzstücke lagen in einem Haufen. Aus seiner Mitte qualmte dünner grauer Rauch.

»Feuer?« sagte Vaintè und war über den Anblick so verwundert wie die anderen. Sie kannte es von früher und betrachtete es voller Abneigung. »Nicht anfassen, Dummkopf«, befahl sie, als die Kommandantin in die rauchende Asche greifen wollte. »Das ist Feuer. Es ist sehr heiß und schmerzt.«

»Das wußte ich nicht«, entschuldigte sich Erefnais. »Ich habe davon gehört, es aber nie gesehen.«

»Ich habe noch etwas gefunden«, sagte die Fährtensucherin. »Am Ufer ist lehmiger Boden. Die Sonne hat ihn ausgetrocknet und festgebacken. So hat er sehr klare Fußabdrücke bewahrt. Ich habe einen herausgelöst, er ist hier.«

Vaintè schritt mit ihr zur Seite und blickte auf den rissigen Lehmklumpen, dessen harte Oberfläche den Abdruck eines Fußes zeigte.

»Diese Geschöpfe sind klein. Kleiner als wir. Und sie haben weiche Fußballen ohne Krallen. Aber was ist das – zählt einmal die Zehen!«

Sie richtete sich auf und sah von einem Gesicht zum anderen, eine Hand mit den gespreizten Fingern ausgestreckt.

»Fünf Zehen haben sie, nicht vier. Wer weiß, welche Tiere fünf Zehen haben?« Alle schwiegen. »Es gibt hier zu viele Geheimnisse. Das gefällt mir nicht. Wie viele Wachen waren aufgestellt?«

»Drei«, sagte Erefnais. »Eine an jedem Ende des Strandes, die dritte in der Mitte...«

Sie brach ab, als eines der Besatzungsmitglieder hinter ihnen durch das Unterholz brach. »Da ist ein kleines Boot«, rief sie aus. »Es landet am Strand.«

Als Vaintè unter den Bäumen herauskam, sah sie das Boot in der Brandung schaukeln. Es war mit Behältern irgendeiner Art beladen. Eine der Insassinnen war im Boot geblieben und hinderte das Tier am Streunen; die anderen zwei standen am Strand und starrten die Leichen an. Sie wandten sich um, als Vaintè näherkam, und sie sah, daß eine von ihnen eine Halskette aus zusammengedrehtem Draht trug.

»Du bist die Esekasak, diejenige, welche die Strände verteidigt. Warum warst du nicht hier, um deine Schützlinge zu verteidigen?«

Die Nasenschlitze der Esekasak blähten sich zornig auf. »Wer bist du, daß du so zu mir sprechen darfst?«

»Ich bin Vaintè, die jetzt Eistaa dieser Stadt ist. Und nun beantworte meine Frage, Niedrige, denn ich verliere die Geduld.«

Die Esekasak berührte mit einer unterwürfigen Gebärde die Lippen mit der Hand und wich dabei einen Schritt zurück. »Verzeih mir, Höchste, ich wußte es nicht. Der Schreck, diese Todesfälle...«

»Sie unterliegen deiner Verantwortung. Wo warst du?«

»In der Stadt. Ich holte Nahrung und die neue Wache.«

»Wie lange bist du fortgewesen?«

»Nur zwei Tage, Höchste, wie immer.«

»Wie immer!« Vaintè fühlte ihren Hals in einem Zorn anschwellen, der jedem ihrer Worte scharfen Nachdruck verlieh. »Ich verstehe nichts davon. Warum verläßt du deinen Strand, um mit dem Boot zur Stadt zu fahren? Wo sind die Verteidigungsanlagen, wo ist die Dornenwand?«

»Noch nicht gewachsen, Höchste. Der Fluß wird verbreitert und vertieft und ist noch nicht von den gefährlichen Tieren gesäubert. Aus Sicherheitsgründen wurde beschlossen, den Strand für die Geburten am Ozean anzulegen, natürlich nur zeitweise.«

»Aus Sicherheitsgründen!« Vaintè konnte ihren Zorn nicht länger beherrschen. Sie zeigte auf die Kadaver und schrie: »Sie sind tot, alle miteinander. Deine Verantwortung. Ich wünschte, du wärst mit ihnen tot. Für dieses, das größte der Verbrechen, fordere ich die schwerste Bestrafung. Du bist verstoßen aus dieser Stadt, aus der Gemeinschaft der Sprechenden, um dich den Sprachlosen anzuschließen. Du wirst nicht lange leben, aber jeden Augenblick, bis zu deinem Tode, wirst du dich daran erinnern, daß es die Vernachlässigung deines Auftrages, deiner Verantwortung war, die dieses Urteil herbeigeführt hat.«

Vaintè trat vorwärts, hakte die Daumen um das Metallemblem der Amtsträgerin und riß es ihr mit einem harten Ruck herunter, ohne zu beachten, daß der Draht in den Hals einschnitt. Sie schleuderte das Abzeichen in die Brandung und stimmte die Litanei der Entpersönlichung an.

»Ich entkleide dich deines Amtes. Alle, die hier versammelt sind, entkleiden dich wegen der Vernachlässigung deiner Pflichten deines Ranges. Alle Bürger von Inegban, unserer Heimatstadt, alle lebenden Yilanè entkleiden dich deiner Bürgerrechte. Nun nehme ich dir deinen Namen, und keine Lebende wird ihn jemals wieder laut aussprechen, sondern wird statt dessen von Lekmelik reden, der Dunkelheit des Bösen. Ich gebe dich den Namenlosen und den Sprachlosen zurück. Geh.«

Vaintè zeigte auf den Ozean hinaus, furchterregend in ihrem Zorn. Die entpersönlichte Esekasak fiel auf die Knie und streckte sich zu Vaintès Füßen im Sand aus. Ihre Worte waren kaum verständlich.

»Nicht das, nein, ich bitte. Nicht diese Schuld, es war Deeste, die es befahl, die uns zwang. Es hätte keine Geburten geben sollen, sie erzwang keine Disziplin, ich kann dafür nicht die Verantwortung tragen, es hätte keine Geburten geben sollen. Was geschehen ist, ist nicht meine Schuld...«

Die Stimme raschelte in ihrer Kehle, erstarb; kurz darauf hörte auch die Bewegung ihrer Gliedmaßen auf.

»Dreht sie um«, befahl Vaintè.

Erefnais gab zweien ihrer Besatzungsmitglieder ein Zeichen, und sie zogen an dem erschlafften Körper, bis er auf den Rücken fiel. Lekmeliks Augen blickten starr, und ihre Atmung war bereits verlangsamt. Bald würde sie tot sein. Gerechtigkeit war geschehen. Vaintè nickte, dann verbannte sie die Unglückliche aus ihren Gedanken; es gab zu viel zu tun.

»Erefnais, du wirst bleiben und dafür sorgen, daß die Toten beseitigt werden«, befahl sie. »Dann bringst du den Uruketo zur Stadt. Ich werde jetzt in diesem Boot fahren. Ich möchte diese Eistaa Deeste sprechen, deren Platz ich einnehmen soll.«

Als Vaintè an Bord des Bootes ging, bat die Wächterin dort mit demütigen Gebärden, etwas sagen zu dürfen. »Es wird nicht möglich sein, Deeste zu sprechen«, sagte sie mit einiger Anstrengung. »Deeste ist tot. Schon seit vielen Tagen. Es war das Fieber; sie war eine der letzten, die starb.«

»Dann hatte meine Ankunft sich schon zu lange verzögert.« Vaintè setzte sich, und die Wächterin sprach in das Ohr des Bootes. Eine pulsierende Bewegung ging durch den Körper des Tieres, als es vorwärtsglitt, angetrieben von dem Wasserstrahl, den es ausstieß.

»Erzähl mir von der Stadt«, sagte Vaintè. »Aber zuerst sag mir deinen Namen.« Sie sprach jetzt ruhig und nicht ohne Wärme. Diese Wächterin trug keine Schuld an den Ereignissen, sie war nicht im Dienst gewesen. Nun galt es, an die Stadt zu denken und die Verbündeten zu suchen, die sie brauchen würde, wenn die Arbeit richtig getan werden sollte.

»Ich bin Inlènat«, sagte die Wächterin, deren Furcht nachzulassen begann. »Es wird eine gute Stadt sein. Wir alle arbeiten angestrengt dafür, obwohl es viele Schwierigkeiten und Probleme gibt.«

»War Deeste eines der Probleme?«

Inlènat nahm die Hände auf den Rücken, um die verräterische Verfärbung durch ihre Emotionen zu verbergen. »Es ist nicht an mir, darüber zu urteilen. Ich bin erst seit kurzer Zeit eine Bürgerin.«

»Wenn du in der Stadt bist, gehörst du zu ihr. Du kannst zu mir sprechen, weil ich Vaintè bin und Eistaa dieser Stadt. Deine Loyalität gilt mir. Laß dir Zeit und denk darüber nach, was das bedeutet. Von mir geht die Autorität aus. Mir werden alle Probleme vorgetragen. Ich werde alle Entscheidungen treffen. Nun kennst du deine Verantwortlichkeiten. Du wirst sprechen und meine Fragen freimütig beantworten.«

»Ich werde antworten, wie du befiehlst, Eistaa«, sagte Inlènat nach kurzem Zögern; sie begann sich bereits auf die neue Ordnung einzustellen.

Durch sorgfältiges und geduldiges Befragen gelang es Vaintè, sich nach und nach ein Bild von den Ereignissen in der Stadt zu machen. Die Wächterin war von zu niederem Rang, um Kenntnis von den Vorgängen in den höheren Bereichen der Macht zu haben, aber über die Entscheidungen und ihre Ergebnisse war sie gut im Bilde.

Deeste war nicht beliebt gewesen, soviel war offensichtlich. Anscheinend hatte sie sich mit einer Gruppe von vertrauten Freundinnen umgeben, die wenig oder nichts getan hatten. Manches sprach dafür, daß diese diejenigen gewesen waren, die ihre Verantwortlichkeiten vergessen und nicht die anderen Wege der Befriedigung eingeschlagen hatten, als die Eiszeit gekommen war, und die statt dessen trotz des Umstandes, daß der Strand noch nicht fertig gewesen war, die Männer benutzt hatten. Wenn dies zutraf, und die Wahrheit ließ sich leicht genug in Erfahrung bringen, dann sollte es keine Zeitvergeudung mit öffentlichen Gerichtsverfahren geben. Die Schuldigen sollten in Arbeitskolonnen außerhalb der Stadt eingesetzt werden und arbeiten, bis sie umfielen oder von den wilden Tieren getötet und gefressen würden. Mehr hatten sie nicht verdient.

Die Nachrichten waren jedoch nicht durchweg schlecht. Die ersten Felder waren gerodet worden, und die Stadt selbst war mehr als zur Hälfte gewachsen und gedieh planmäßig. Seit es gelungen war, das Fieber zu bezwingen, hatte es keine größeren medizinischen Probleme als solche gegeben, wie sie durch normale, von der schweren Arbeit verursachte Verletzungen entstanden. Als das Boot in den Fluß einlief, hatte Vaintè eine klare Vorstellung davon, was zu tun war. Sie war entschlossen, Inlènats Informationen zu überprüfen, das war selbstverständlich. Aber ihr Instinkt sagte ihr, daß das einfache Geschöpf ihr im wesentlichen zutreffend über die Probleme der Stadt berichtet hatte. Manches mochte Klatsch sein, aber die Masse der Fakten konnte nicht erfunden sein.

Die Sonne verschwand hinter einer Wolkenbank, als das Boot zwischen den Wasserwurzeln der Stadt, wo sie sich in den Hafen hineinstreckten, anlegte. Vaintè spürte den Hauch abendlicher Kühle und warf sich einen Umhang über die Schulter. Der Umhang war gut gefüttert und warm. Er verbarg auch ihre Identität, und das kam ihr zu diesem Zeitpunkt nicht ungelegen. Wäre nicht das Gemetzel am Strand gewesen, so hätte sie bei der Ankunft des Uruketo auf einer formellen Begrüßung bestanden. Das würde jetzt aber unschicklich sein. Sie wollte still und unauffällig in Alpèasak Einzug halten, und wenn die Nachricht vom Massaker sich in der Stadt ausbreitete, würde sie zur Stelle sein, um die Bevölkerung zu führen. Die Morde sollten nicht vergessen sein, aber sie sollten an das Ende der schlechten Periode und an den Beginn der guten erinnern. Sie versprach sich feierlich, daß von nun an alles ganz anders sein sollte.

4

Vaintès Ankunft blieb nicht unbemerkt. Schon beim Anlegen sah sie, daß jemand am Ufer stand, ganz eingehüllt in einen Umhang, und offensichtlich auf sie wartete.

»Wer ist das?« fragte Vaintè.

Inlènat folgte der Richtung ihres Blickes.

»Ich habe gehört, daß sie Vanalpè genannt wird. Ihr Rang ist der höchste. Sie hat nie zu mir gesprochen.«

Vaintè kannte den Namen, weil sie ihre Berichte gelesen hatte. Sie waren geschäftsmäßig und förmlich abgefaßt, und es hatte nie ein Wort über Persönlichkeiten oder Schwierigkeiten darin gestanden. Sie war die Esekaksopa, buchstäblich Welche-die-Form-der-Dinge-veränderte, denn sie war eine der sehr wenigen, die sich auf die Kunst verstanden, Pflanzen und Tiere in neuen und nützlichen Gestalten zu züchten. Sie trug die Verantwortung für den Entwurf und das Wachstum der Stadt. Während Vaintè die Eistaa war, die Vorsteherin der neuen Stadt und ihrer Bewohner, trug Vanalpè die letzte Verantwortung für die physikalische Gestalt der Stadt selbst. Vaintè versuchte ihre jähe Anspannung nicht zu zeigen: Diese erste Begegnung war von größter Bedeutung, weil sie ihr ganzes künftiges Verhältnis bestimmen konnte. Und von diesem Verhältnis hingen das Schicksal und die Zukunft der Stadt ab. »Ich bin Vaintè«, sagte sie, als sie auf das unbearbeitete Holz des Anlegestegs trat.

»Ich begrüße dich und heiße dich in Alpèasak willkommen. Du bist eine von mehreren, die mir genannt wurden. Es war mein größter Wunsch, daß du es seist. Mein Name ist Vanalpè, eine die dient«, sagte sie förmlich und begleitete die Worte mit dem Unterwerfungszeichen vor einer Höhergestellten. Sie tat es in der altmodischen Art und Weise, mit der vollen zweihändigen Bewegung, nicht in der üblichen und moderneren abgekürzten Form. Danach verharrte sie in ruhiger Gelassenheit und wartete auf eine Anweisung. Vaintè erwärmte sich sogleich für sie und ergriff ihre Hand in einer impulsiven Freundschaftsgeste.

»Ich habe deine Berichte gelesen. Du hast fleißig für Alpèasak gearbeitet. Hat die Fargi dir etwas gesagt... hat sie von dem Strand gesprochen?«

»Nein, nur von deiner Ankunft. Was gibt es?«

Vaintè öffnete den Mund, um es zu sagen, und merkte, daß sie es nicht konnte. Seit jenem ersten Schreckensschrei hatte sie ihre Empfindungen vollkommen beherrscht. Doch spürte sie, daß ihr Zorn und ihr Entsetzen sich Luft machen würden, wenn sie jetzt von der Abschlachtung der Männer, der Jungen und der Wachen erzählte. Das aber wäre politisch unklug und würde dem Vorstellungsbild kalter Effizienz schaden, das sie der Öffentlichkeit stets zeigte.

»Inlènat«, befahl sie, »sag Vanalpè, was wir am Strand vorfanden.«

Sie ging den Anlegesteg hinaus und wieder zurück und nutzte die Ruhepause, um ihre nächsten Schritte zu planen. Als die Stimmen verstummten, blickte sie auf und sah, daß beide auf ihre Äußerung warteten.

»Jetzt verstehst du«, sagte sie.

»Ungeheuerlich. Die Kreaturen, die dies verübten, müssen ausfindig gemacht und vernichtet werden.«

»Weißt du, von welcher Art sie sein könnten?«

»Nein, aber ich kenne eine, die dir vielleicht weiterhelfen kann. Stallan, die mit mir arbeitet.«

»Ist es Absicht, daß sie Jägerin genannt wird?«

»Es ist der Name, der ihr zukommt. Sie allein hat sich in die Wälder hinausgewagt, die unsere Stadt umgeben. Sie weiß, was dort zu finden ist. In Kenntnis dieser Umstände habe ich Veränderungen des Stadtplanes ausgeführt, deren Einzelheiten ich dir...«

»Später. Obwohl ich jetzt Eistaa bin, können die weniger dringenden Pflichten warten, bis in der Sache dieses Massakers etwas geschehen ist. Die Stadt gedeiht gut – es gibt keine unmittelbaren Probleme?«

»Keine, die nicht warten können. Alles läuft planmäßig. Dem Fieber ist Einhalt geboten worden. Einige starben.«

»Darunter auch Deeste. Wird man sie vermissen?«

Vanalpè schwieg mit nachdenklich niedergeschlagenem Blick. Als sie sprach, war der Rede anzumerken, daß sie ihre eigene Verantwortung wohl bedacht hatte und ihre Worte sorgfältig abwog. »Es hat in dieser Stadt schlechte Stimmungen gegeben, und viele sagen, daß Deeste dafür verantwortlich war. Ich schließe mich dieser Meinung an. Sehr wenige werden sie vermissen.«

»Und diese wenigen...«

»Waren persönlich mit ihr befreundet. Du wirst bald erfahren, wer sie sind.«

»Ich verstehe. Nun laß Stallan rufen und sage ihr, daß ich sie sprechen möchte. Während wir auf sie warten, zeige mir deine Stadt.«

Vanalpè ging zwischen den hohen Stelzwurzeln voraus, und dann schob sie einen Vorhang zur Seite, der unter ihrer Berührung erschauerte. Im Innern war es wärmer, und sie legten ihre Umhänge auf den Stapel neben der Tür. Die Umhänge bildeten amöbenhafte Pseudopoden aus, mit denen sie langsam die Wand abtasteten, bis sie den süßen Baumsaft witterten und sich an der Rinde festsaugten.

Sie durchwanderten die Behelfsbauten am Wasser, durchscheinende Bahnen, die an raschwüchsigen Bäumen befestigt waren. »Diese Technik ist neu«, erläuterte Vanalpè. »Alpèasak ist seit langer Zeit die erste neugegründete Stadt. Die Zeit seit der letzten Gründung wurde weise genutzt, und in Entwurf und Ausführung konnten große Verbesserungen erzielt werden.« Nun, da sie von ihrem Fach sprechen konnte, war sie lebhaft und munter. Sie lächelte selbstzufrieden, als sie mit der Hand gegen das spröde Material der Bahnen klopfte. »Diese habe ich selbst entwickelt. Ein abgewandelter und sehr vergrößerter Kokon von Insektenlarven. Solange die Larven gut gefüttert werden, erzeugen sie große Mengen dieser Bahnen bevor sie sich verpuppen. Die Bahnen werden zusammengefügt, solange sie noch weich sind. An der Luft härten sie aus. Vor allem ist damit kein Rohstoff vergeudet. Nun, da kommen wir schon zum Stadtbaum.«

Sie zeigte auf das Geflecht dicker Wurzeln, das nun die Wände bildete und das durchscheinende Material der Abdeckbahnen einhüllte und umschloß. »Die Bahnen sind reine Kohlehydrate. Sie werden vom Baum absorbiert und bilden eine wertvolle Energiezufuhr.«

»Ausgezeichnet.« Vaintè blieb unter einem Licht stehen, das in der Nachbarschaft eines Wärmers kauerte, welcher seine Flügelmembrane ausgebreitet hatte. Sie blickte in ungespielter Bewunderung umher. »Ich kann dir nicht sagen, wie erfreut ich bin. Ich habe alle deine Berichte gelesen und wußte, was du hier bewerkstelligst. Aber der eigene Augenschein ist doch eine andere Sache. Es ist eindrucksvoll, eindrucksvoll, eindrucksvoll.« Sie deutete eine Wiederholung und Vergrößerung des letzten Wortes an. »Mein erster Bericht für Entoban wird darauf hinweisen.«

Vanalpè wandte wortlos den Kopf zur Seite und wagte nicht zu sprechen. Die Stadtplanung war ihr Lebenswerk, und Alpèasak war die Krönung all dieser Arbeit. Die Begeisterung der neuen Eistaa überwältigte sie. Eine Weile verging, bevor sie wieder sprechen konnte. Dann zeigte sie zum Wärmer. »Dieser ist so neu, daß in den Berichten noch nichts darüber stand.« Sie streichelte den Wärmer, der seine Saugarme vom Baum löste, seine sichtlosen Augen auf sie richtete und ein dünnes Quieken vernehmen ließ. »Ich habe diese Geschöpfe seit Jahren experimentell gezüchtet und kann wahrheitsgemäß melden, daß die Experimente erfolgreich waren. Sie sind langlebiger und benötigen keine andere Nahrung als den Zucker des Baumsaftes. Und wenn du die Körpertemperatur fühlst, wirst du bemerken, daß sie höher ist als jede andere.«

»Ich kann diese Arbeit nur bewundern.«

Vanalpè führte sie weiter zwischen den Vorhängen ineinandergeflochtener Wurzeln. Sie bückte sich beim Durchschreiten einer Öffnung und hielt die Wurzeln hoch, so daß Vaintè eintreten konnte. Dann zeigte sie auf den dicken Stamm, der die Rückwand bildete.

»Das ist sie, die Stelle, wo ich das Samenkorn des Stadtbaumes pflanzte.« Sie lachte und streckte die Hand aus, die Innenseite nach oben. »Es lag hier in meiner Hand, so klein, daß es unmöglich schien, daran zu glauben, daß Jahre mühevoller Arbeit nötig waren, die mutierten Genketten vorzubereiten, die sein Wesen bestimmen sollten. Und bis das Samenkorn keimte und wuchs, wußte niemand mit absoluter Gewißheit, daß unsere Arbeit erfolgreich gewesen war. Ich ließ diese Fläche von Gestrüpp und Bäumen ausräumen und den Erdboden auflockern. Dann düngte und wässerte ich ihn selbst, drückte mit dem Daumen ein Loch hinein und pflanzte das Samenkorn. In der ersten Nacht schlief ich daneben, ich konnte es nicht allein lassen. Und am nächsten Tag war der winzigste grüne Schößling zu sehen. Ich kann nicht beschreiben, wie mir zumute war. Und nun ist dies daraus geworden.«

Stolz und glücklich klopfte Vanalpè mit der Hand auf die dicke Borke des mächtigen Baumes, der dort wuchs. Vaintè stand neben ihr, berührte selbst den Baum und verspürte die gleiche Freude. Es war ihr Baum, ihre Stadt.

»Hier werde ich bleiben. Sag allen, daß dies mein Platz ist.«

»Dies soll dein Platz sein. Wände werden gepflanzt werden, um den Sitz der Eistaa zu umzäunen. Ich werde jetzt gehen und auf Stallan warten und sie dann hierher bringen.«

Als sie gegangen war, saß Vaintè schweigend und in Gedanken versunken, bis eine vorübergehende Fargi zu ihr herblickte; dann gab sie ihr ein Zeichen und schickte sie um Fleisch. Aber als die Fargi zurückkehrte, war sie nicht allein.

»Ich werde Hèksei genannt«, sagte ihre Begleiterin ganz förmlich. »Die Nachricht von deiner Ankunft hat sich herumgesprochen, Große Vaintè, und ich bin herbeigeeilt, um dich zu begrüßen und in deiner Stadt willkommen zu heißen.«

»Welches ist deine Arbeit in dieser Stadt, Hèksei?« fragte Vaintè.

»Ich bemühe mich, nützlich zu sein, anderen zu helfen und der Stadt Treue zu bezeigen...«

»Du warst eine enge Freundin der verstorbenen Eistaa, nicht wahr?«

Es war mehr eine Feststellung als eine Frage, und sie traf genau ins Ziel. »Ich – weiß nicht, was du gehört hast. Manche Leute sind eifersüchtig auf andere und tragen Geschichten herum...«

Sie verstummte, als Vanalpè zurückkehrte, gefolgt von einer anderen, die eine Schlinge über der Schulter trug. Von dieser Schlinge hing ein Hèsotsan. Vaintè blickte hin, dann wieder fort und sagte nichts, obwohl das Gesetz das Tragen einer Waffe an diesem Ort verbot.

»Dies ist Stallan, von der ich sprach«, sagte Vanalpè. Ihr Blick ging über Hèksei hinweg, als existiere sie nicht.

Stallan machte das Zeichen formeller Begrüßung, und dann trat sie rückwärts zur Tür.

»Ich bin im Irrtum«, sagte sie heiser, und Vaintè bemerkte zum erstenmal die lange Narbe, die ihren Hals entstellte. »Unüberlegt trug ich meine Waffe. Erst als ich bemerkte, daß du sie sahst, wurde mir klar, daß ich sie hätte zurücklassen sollen.«

»Warte«, sagte Vaintè. »Du trägst sie immer bei dir?«

»Immer. Ich bin so oft außerhalb der Stadt wie in ihr. Dies ist eine neue Stadt, und es gibt Gefahren.«

»Dann trage sie auch weiterhin, Stallan, wenn du ihrer bedarfst. Hat Vanalpè dir gesagt, was am Strand geschehen ist?« Stallan signalisierte ihr Ja in grimmigem Stillschweigen. »Weißt du, welches Tier es gewesen sein könnte?«

»Ja und nein.«

Vaintè ignorierte Hèkseis Geste des Unglaubens und der Geringschätzung. »Erkläre dich«, sagte sie.

»In dieser neuen Welt gibt es Sümpfe und Dickichte, riesige Wälder und Berge. Im Westen liegt ein großer See, und jenseits davon ist wieder der Ozean. Im Norden endlose Wälder. Und Tiere. Einige sind sehr ähnlich denjenigen, die wir in Entoban kennen. Andere sehr verschieden davon. Die Verschiedenartigkeit ist nach Norden zu größer. Dort habe ich mehr und mehr Ustuzou gefunden und einige von ihnen getötet. Sie können gefährlich sein. Viele von den Fargi, die ich bei mir hatte, wurden verletzt, einige starben.«

»Gefährlich!« diesmal lachte Hèksei laut auf. »Eine Maus unter dem Flechtboden gefährlich? Wir müssen ein Elinou kommen lassen, um sich deiner Gefahr anzunehmen.«

Stallan wandte sich bedächtig zu Hèksei um. »Du lachst immer, wenn ich von diesen Dingen spreche, über die du nichts weißt. Die Zeit ist gekommen, dieses Lachen einzustellen.« In ihrer Stimme war eine Kälte, die keine Antwort zuließ. Sie standen schweigend, während Stallan hinausging, um einen Augenblick später mit einem großen, eingewickelten Bündel zurückzukehren.

»In diesem Land gibt es Ustuzou, pelztragende Tiere, die größer sind als die Mäuse unter dem Boden, über die du lachst. Weil das die einzige Art von Ustuzou ist, die wir kannten, ehe wir an diese neue

Küste kamen, glauben wir noch immer, daß alle Ustuzou kleine Schädlinge sein müssen. Es ist an der Zeit, diese Idee aufzugeben. Die Verhältnisse hier sind anders. Da haben wir zum Beispiel dieses namenlose Tier.«

Sie riß das Bündel auf und breitete es am Boden aus. Es war die Haut eines Pelztieres. Sie war so groß, daß sie von einer Wand zur anderen reichte. Alle starrten in bestürztem Schweigen darauf, als Stallan eines der Gliedmaßen aufhob und auf den Fuß an dessen Ende zeigte. Er war mit Krallen bewehrt, von denen jede so lang wie ihre Hand war.

»Ich antwortete auf deine Frage mit ja und nein, Eistaa, und dies ist der Grund. Es gibt hier fünf Zehen mit Krallen. Ich glaube, daß die Mörder am Strand Ustuzou von einer Art waren, die uns bisher nicht bekannt geworden ist.«

»Ich glaube, du hast recht«, sagte Vaintè. Sie stieß mit dem Fuß gegen das dicke Fell und versuchte bei der weichen und ekelhaften Berührung nicht zu schaudern. »Denkst du, daß du diese Bestien finden kannst?«

»Ich werde ihre Fährten suchen und ihnen nach Norden folgen. Es ist die einzige Richtung, die sie genommen haben können.«

»Dann mach dich auf die Suche. Bald. Und melde mir dein Ergebnis. Dann werden wir sie vernichten. Du wirst am Morgen aufbrechen?«

»Mit deiner Erlaubnis werde ich jetzt aufbrechen.«

Vaintè erlaubte sich einen Ausdruck von Ungläubigkeit. Es war genug, um forschend, aber nicht höhnisch oder beleidigend zu wirken. »Es wird bald dunkel sein. Kannst du bei Nacht reisen?« fragte sie. »Wie kann so etwas möglich sein?«

»Ich kann es nur nahe der Stadt, wo der Küstenverlauf bekannt und gleichmäßig ist. Es gibt große Umhänge, und ich habe ein Boot, das nachtaktiv ist. Es wird der Küste folgen, so daß wir bei Tagesanbruch bereits ein gutes Stück des Weges hinter uns haben werden.«

»Du bist wirklich eine Jägerin. Aber ich wünsche nicht, daß du dich allein hinauswagst und diesen Gefahren allein die Stirn bietest. Du wirst Hilfe brauchen. Hèksei hier hat mir gesagt, daß sie anderen hilft. Sie wird mit dir gehen und dir helfen.«

»Es wird eine anstrengende Reise sein, Eistaa«, sagte Stallan mit ausdrucksloser Stimme.

»Ich bin sicher, daß sie von der Erfahrung profitieren wird«, sagte Vaintè und wandte sich ab. Sie ignorierte Hèkseis unglückliche Miene und die verzweifelten Signale, mit der sie um Aufmerksamkeit bat. »Möge deine Reise erfolgreich sein.«

Naudinza istak ar owot at kwalaro,
at etcharro – ach i marinanni terpar.

Der Pfad des Jägers ist immer der mühsamste
und längste. Aber er endet in den Sternen.

5

Tief am Horizont wetterleuchtete es, und für wenige Augenblicke traten die dunklen Wolkenbänke plastisch hervor, ehe sie wieder mit dem allgemeinen Grau verschmolzen. Mehrere Atemzüge verstrichen, ehe in der Ferne dumpfes Donnergrollen folgte. Der Gewittersturm zog seewärts ab und nahm den prasselnden Regen und die heftigen Windböen mit sich fort. Aber die See war noch immer aufgebracht. Die Brandung warf sich mit krachenden Schlägen auf den Strand und entsandte ihre gischtenden Ausläufer weit über den Sand hinauf und in das Salzgras dahinter, beinahe bis zu dem hoch hinaufgezogenen Boot. Jenseits von diesem befand sich ein kleines Gehölz, wo zwischen den Bäumen ein provisorischer Wetterschutz aus Rudern und Tierhäuten errichtet worden war. Rauch zog unter den durchnäßten Fellen hervor und breitete sich tief hängend zwischen den Ästen aus. Der alte Ogatyr kroch aus dem Dickicht heraus und blinzelte in die ersten Strahlen der Nachmittagssonne, welche die aufreißenden Wolken durchdrangen. Dann schnupperte er die Luft.

»Der Sturm ist vorüber«, verkündete er. »Wir können weiter.«

»Nicht bei diesem Seegang«, sagte Amahast und stocherte im Feuer, bis es aufflammte. Das in der Hitze geräucherte Wildbret tropfte zischenden Fleischsaft in die Flamme. »Das Boot würde vollschlagen, ehe wir durch die Brandung hindurch wären. Vielleicht am Morgen.«

»Es ist spät, sehr spät...«

»Wir können nichts daran ändern, Alter. Ermanpadar schickt seine Stürme, ohne sich allzusehr darum zu sorgen, ob es uns paßt oder nicht.«

Er wandte sich vom Feuer zu dem noch nicht zerteilten Reh. Die Jagd war über alle Erwartungen gut gewesen; große Rudel von Rehen bevölkerten das grasreiche Buschland entlang der Küste. Sobald dieses letzte Tier zerteilt und geräuchert wäre, würde das Boot voll beladen sein. Er spreizte die Vorderbeine seiner Jagdbeute und bearbeitete die Haut mit der Klinge seines Steinmessers, aber sie war nicht mehr scharf. Als er sah, daß sie das zähe Fell nicht zerschneiden konnte, warf er sie fort und rief Ogatyr: »Ich habe Arbeit für dich, Alter; du kannst mir eine neue Klinge machen.«

Steif und ächzend richtete Ogatyr sich auf. Die ständige Feuchtigkeit verursachte ihm Gliederschmerzen. Eine Hand ins Kreuz gedrückt, humpelte er steif zum Boot und suchte darin herum. Dann kehrte er mit einem Stein in jeder Hand zurück.

»Nun wirst du etwas lernen, Junge«, sagte er und kauerte sich langsam nieder. Er zeigte Kerrick die Steine. »Schau her. Was siehst du?«

»Zwei Steine.«

»Natürlich. Aber was für Steine sind es? Was kannst du mir darüber sagen?« Er drehte sie zwischen den Fingern um und um, damit der Junge sie genau betrachten konnte. Kerrick befühlte sie und zuckte mit der Schulter.

»Ich sehe nur Steine.«

»Das kommt daher, daß du jung bist und es nie gelernt hast. Von den Frauen wirst du es niemals erfahren, denn es ist die Fertigkeit eines Mannes. Um ein Jäger zu sein, mußt du einen Speer besitzen. Ein Speer muß eine Spitze haben. Darum mußt du lernen, wie man einen Stein vom anderen unterscheidet und die Speerspitze oder die Klinge sieht, wo sie sich im Stein verbirgt. Du mußt lernen, wie man den Stein richtig aufschlägt und findet, was darin verborgen ist. Nun gib acht.« Er reichte Kerrick den vom Wasser rund geschliffenen Stein. »Dies ist der Hammerstein. Siehst du, wie glatt er ist? Fühle sein Gewicht. Er kann andere Steine zerschlagen. Er wird diesen hier aufspalten, der ein Klingenstein ist.«

Kerrick wendete den Stein in seinen Händen hin und her, starrte ihn in angestrengter Konzentration an und bemerkte seine unebene, körnig geglättete Oberfläche. Ogatyr saß geduldig da und sah zu, bis der Junge fertig war. Dann nahm er den Stein zurück.

»In diesem Klingenstein ist keine Speerspitze verborgen«, sagte er. »Er hat die falsche Größe, die falsche Form. Aber eine Klinge steckt darin, kannst du es sehen? Fühlen? Ich hole sie jetzt heraus.«

Sorgfältig legte er den Klingenstein am Boden zurecht und schlug in einem bestimmten Winkel mit dem Hammerstein zu. Ein scharfkantiges Stück spaltete sich vom Klingenstein.

»Da haben wir die Klinge«, sagte er. »Scharf, aber nicht scharf genug. Nun schau her, was ich tue.«

Er zog eine handlich bearbeitete Spitze von einem Hirschgeweih aus seinem Beutel. Dann legte er die Steinklinge an seinen Oberschenkel und drückte die Geweihspitze sorgfältig gegen die Schneide. Jedesmal, wenn er zudrückte, löste sich daraus ein winziger Splitter. Als er sie in ihrer ganzen Länge bearbeitet hatte, war sie scharf und ein wenig wellenförmig gesägt. Er gab sie Amahast, der den ganzen Vorgang geduldig beobachtet hatte. Nun legte er die Klinge in seiner Hand zurecht, befühlte sie und nickte anerkennend. Mit der Geschicklichkeit langer Übung schnitt er eine Öffnung in die Haut des Rehs und schnitt sie vom Hals bis zum Schwanz auf.

»Niemand in unserem Sammad kann so gute Klingen aus dem Stein herausholen wie dieser«, sagte Amahast. »Lerne von ihm, mein Sohn, denn ein Jäger ohne Klinge ist kein Jäger.«

Eifrig ergriff Kerrick die Steine und schlug sie zusammen. Nichts geschah. Er versuchte es noch einmal, aber ohne Erfolg. Erst als Ogatyr seine Hände ergriff, sie in die richtige Position brachte und führte, gelang es ihm, einen ungleichmäßigen Splitter abzuschlagen. Aber er war sehr stolz auf diese erste Frucht seiner Mühe und machte sich daran, die Klinge mit der Hirschhornspitze zu bearbeiten, bis ihn die Finger schmerzten.

Der hünenhafte Hastila hatte die Anstrengungen des Jungen mißmutig beobachtet. Nun kroch er unter dem Wetterschutz hervor, gähnte und reckte sich, schnupperte die Luft, wie Ogatyr es getan hatte, und stapfte die sandige Anhöhe hinauf, die ihr Notlager vom Strand trennte. Der Gewittersturm war abgezogen, der böige Wind hatte sich gelegt, und die Sonne schien durch aufgerissenes Gewölk. Nur die weißen Schaumkronen der hochgehenden Wellen zeugten noch von der wütenden Gewalt des Sturmes. Auf dem landseitigen Küstenstreifen jenseits des Gehölzes, worin sie Unterschlupf gefunden hatten, erstreckte sich sumpfiges Grasland. Dort machte er die dunklen Umrisse äsender Rehe aus. Nachdem er sie kurze Zeit beobachtet hatte, kehrte er eilig zum Lagerplatz zurück.

»Draußen ist mehr Wild. Die Jagd ist gut hier.«

»Das Boot ist voll«, sagte Amahast, der mit dem Zerlegen der letzten Jagdbeute beschäftigt war. »Noch mehr, und es wird sinken.«

»Die Knochen schmerzen mich vom Herumliegen«, brummte Hastila und hob seinen Speer auf. »Was der Junge noch lernen muß, ist, wie man an das Wild herankommt, und daß man es mit einer scharfen neuen Spitze töten kann. Komm, Kerrick, nimm deinen Speer und folge mir. Wenn wir das Wild nicht töten können, wollen wir es wenigstens beschleichen. Ich werde dir zeigen, wie man sich ganz nahe selbst an die wachsamste Beute heranarbeitet.«

Kerrick hatte den Speer schon in der Hand. Er blickte aber zu seinem Vater, bevor er dem großen Jäger folgte. Amahast nickte zurück. »Hastila kann dir viel zeigen. Geh mit ihm und lerne.«

Kerrick lachte glücklich, als er Hastila nachlief. Dann bezähmte er aber seinen Übermut und ging neben ihm her.

»Du bist zu laut«, sagte Hastila. »Alle Tiere des Waldes haben gute Ohren und können dich kommen hören, lange bevor sie dich sehen...«

Er blieb stehen und hob die Hand in einer Geste, die Schweigen gebot. Dann legte er die hohle Hand ans Ohr und zeigte zu einer Senke in den Dünen vor ihnen. Kerrick lauschte angestrengt, konnte aber nur das dumpfe Rauschen der Brandung hören. Dann aber vernahm auch er das andere Geräusch. Es war ein leises Knistern und Knacken an der anderen Seite der Düne. Hastila hob den Speer und bewegte sich lautlos weiter. Kerrick folgte ihm, so leise er konnte; sein Herz pochte so heftig, als wolle es ihm die Brust sprengen.

Der süßlich-eklige Geruch fauligen Fleisches drang an ihre Nasen. Hier, ein gutes Stück von ihrem Lagerplatz entfernt, hatten sie die unverwertbaren Reste der Tierkadaver abgeladen. Das Knacken und Knistern war jetzt viel lauter und wurde noch vom Gesumm ungezählter Fliegen überlagert. Hastila bedeutete Kerrick zu warten, schlich den Hang hinauf und spähte hinüber. Dann zog er sich zurück, das Gesicht zu einer Grimasse des Ekels verzogen. Er winkte den Jungen zu sich. Als sie beide unterhalb des Dünenkammes angekommen waren, hob er den Speer in Wurfposition, und Kerrick tat es ihm nach. Was war dort? Welches Tier beschlichen sie? Er kauerte in einer Mischung von Furcht und Neugierde, bis der Jäger aufsprang; dann stürmte er mit ihm vorwärts.

Drei Gestalten blickten von ihrer grausigen Mahlzeit auf und verharrten bei seinem plötzlichen Erscheinen einen Augenblick in Bewegungslosigkeit. Der kraftvoll geschleuderte Speer traf den Nächsten zwischen den Vorderbeinen. Er fiel und schlug kreischend um sich. Die anderen warfen sich zischend herum und ergriffen die Flucht. Kerrick sah, daß sie halb aufgerichtet auf den langen Hinterbeinen liefen, die Hälse vorgestreckt und die Schwänze zur Balance bis in die Waagerechte erhoben.

Kerrick hatte den Speer noch in der Hand und stand wie gelähmt. Murgu. Der Sterbende, der sich mit scharfen Klauen an den in seiner Brust steckenden Speer krallte, ähnelte zu sehr dem Marag, den er im Meer verletzt hatte. Der aufgesperrte, zähnestarrende Rachen, das laute Zischen, die wütenden Schwanzschläge – es war wie etwas aus einem Alptraum. Hastila bemerkte nichts von der Angst des Jungen; die Besessenheit seines Hasses verengte seine Wahrnehmung auf die getroffene Bestie. Murgu. Wie er sie verabscheute, diese Aasfresser. Sie waren blutig und stinkend von den verwesenden Kadavern, aus deren Brustkörben sie die fauligen Fleischfetzen gerissen hatten. Er ging näher heran, wich geschickt den schwächlich zuschnappenden Zähnen aus und trat auf den faltigen Hals, um seinen Speer herauszuziehen. Das Tier war von blaugrauer, grün gefleckter Farbe und erreichte die Länge eines Mannes, obwohl sein Kopf nicht größer als eine menschliche Hand war. Noch einmal stieß er mit dem Speer zu, und das Tier verendete unter Zuckungen. Er schlug nach den Fliegen, die ihn in Wolken umschwirrten, und kehrte dann zu dem Jungen zurück. Sein erfahrener Blick sah das verräterische Zucken um Kerricks Mundwinkel, und er legte dem Jungen die Hand auf die Schulter.

»Fürchte sie nicht. Bei all ihrer Größe sind sie feige Aasfresser, unrein und verächtlich. Du kannst sie verabscheuen, solltest sie aber nicht fürchten. Bedenke immer, was sie sind. Als Ermanpadar die Tanu aus dem Lehm des Flusses formte, da machte er auch die Hirsche und die anderen Tiere, von denen wir Tanu leben. Er bevölkerte die Berge und die Täler mit ihnen, wo es reinen Schnee und frisches Wasser gibt. Dann aber blickte er umher und sah die Leere im Süden. Doch war er inzwischen müde geworden und weit entfernt vom Fluß, also kehrte er nicht dahin zurück, sondern grub tief in dem grünen Schlamm des Sumpfes. Daraus formte er dann die Murgu, und deshalb sind sie bis auf den heutigen Tag grün und grau und taugen zu nichts als zum Töten, so daß sie wieder zu dem Sumpfe verfaulen können, aus dem sie geboren wurden.«

Während er sprach, stieß Hastila seinen Speer in den Sand und drehte ihn darin herum, um alle anhaftenden Spuren vom Blut des Marag zu entfernen. Als dies getan war, wurde er ruhiger; auch Kerricks Furcht war verflogen. Der Marag war tot, die anderen waren geflohen. Bald würden sie diese Gegend verlassen und zum Sammad zurückkehren.

»Nun will ich dir zeigen, wie man sich an ein Wild heranpirscht«, sagte Hastila. »Die Murgu waren beim Fressen, andernfalls hätten sie dich gehört – du bist wie ein Mastodon den Hang hinaufgetrampelt.«

»Ich war ganz leise!« verteidigte sich Kerrick. »Ich kann leise schleichen. Einmal habe ich ein Eichhörnchen beschlichen und kam bis auf eine Speerlänge heran, bevor es mich sah.«

»Das Eichhörnchen ist das dümmste Tier, der Langzahn ist das klügste. Das Reh ist nicht klug, aber es hört am besten von allen. Jetzt werde ich hier im Sand stehen bleiben, und du gehst dort in das tiefe Gras. Dann schleichst du dich an. Ganz leise – denn ich habe die Ohren des Hirsches.«

Kerrick rannte fröhlich die Bodenwelle hinauf und durch das nasse Gras. Dann schlug er einen weiten Bogen, um sich von hinten anzuschleichen. Es war heiß, naß und anstrengend und außerdem ohne Erfolg. Als er nach langem Kriechen auf dem Bauch den Dünenkamm hinter Hastila erreichte, erwartete ihn dieser bereits dort.

»Du mußt ganz genau aufpassen, bevor du den Fuß niedersetzt«, sagte der Jäger. »Dann mußt du ihn leise und federnd abrollen, ohne zu trampeln. Teile das Gras behutsam, und streife nicht zu schnell durch die Halme; sonst rascheln sie. Jetzt versuchen wir es noch einmal.« Hastila ging über den Strand hinab zum Wasser und wusch die restlichen Blutspuren von seinem Speer. Bevor Kerrick sich aufmachte, rief er: »Diesmal wirst du mich nicht hören!« Und er schüttelte trotzig seinen Speer.

Hastila winkte zurück, mit einer Hand auf den Speer gestützt.

Etwas Dunkles tauchte aus der Brandung hinter ihm auf. Kerrick schrie ihm eine entsetzte Warnung zu, und Hastila fuhr herum, den Speer zum Zustoßen bereit. Es gab ein knackendes Geräusch, wie das Brechen eines kräftigen Astes; der Jäger ließ den Speer fallen, drückte beide Hände gegen seinen Leib und fiel vornüber ins Wasser. Nasse Arme zogen ihn ins Tiefe, und er verschwand zwischen den schaumfleckigen Wellen.

Schreiend vor Entsetzen rannte Kerrick zum Lager zurück und traf dort die anderen, die ihm bereits aufgeschreckt entgegenkamen. Keuchend stieß er hervor, was er gesehen hatte. Dann führte er sie zurück zu der Stelle, wo das schreckliche Ereignis stattgefunden hatte.

Der Strand war leer, der Ozean ebenso. Amahast bückte sich und nahm den langen Speer des Jägers aus dem flachen Wasser, dann blickte er wieder zur See hinaus.

»Du konntest nicht erkennen, wie es aussah?«

»Nur die Beine, die Arme«, sagte Kerrick mit klappernden Zähnen. »Sie streckten sich aus dem Wasser nach ihm aus.«

»Ihre Farbe?«

»Konnte ich nicht sehen. Naß waren sie, vielleicht grün. Könnten sie grün gewesen sein, Vater?«

»Sie können alles gewesen sein«, sagte Amahast grimmig. »Hier gibt es Murgu aller Arten. Wir werden von nun an beisammen bleiben. Einer wird immer wach sein, während die anderen schlafen. Wir kehren sobald wie möglich zum Sammad zurück. Diese südlichen Gewässer bergen nur Tod.«

Alaktenkèalaktèkan
olkeset esetakolesnta tsuntesnalak
tsuntensilak satasat.

Was jetzt und später geschieht, ist
ohne Bedeutung, solange das Übermorgen dem Vorgestern gleichbleibt.

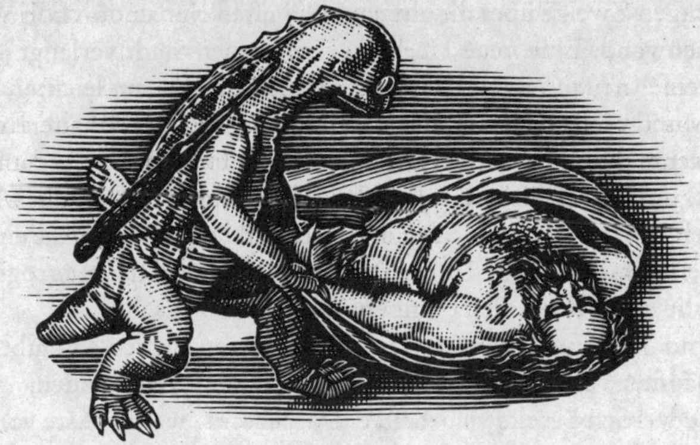

6

Der Sturm war abgezogen, und der Regen hatte aufgehört; der Boden dampfte in der Wärme der Nachmittagssonne. Vaintè stand im Schatten des toten Baumes und sah zu, wie die Arbeiterinnen sorgfältig die Setzlinge pflanzten. Vanalpè selbst hatte die Reihen in den Erdboden gezogen, denen die anderen zu folgen hatten. Sie kam nun auf Vaintè zu, langsam und mit offenem Mund, weil die Hitze zunahm, um sich zu ihr in den Schatten zu stellen.

»Sind die Setzlinge gefährlich zu handhaben?« fragte Vaintè.

Vanalpè, die noch heftig atmete, signalisierte eine Verneinung. »Erst wenn die Dornen zu wachsen beginnen, und das geschieht erst nach achtzig Tagen. Einige der Tiere werden sie bis dahin noch abweiden. Aber das hört auf, sobald die Dornen anfangen, ihre Giftstoffe abzugeben. Sie machen den Geschmack für die Pflanzenfresser unangenehm bitter, für kleinere Tiere sind sie sogar tödlich.«

»Ist das eine deiner neuen Modifikationen?« fragte Vaintè, in den Sonnenschein hinaustretend.

»Ja. Sie wurde in Inegban entwickelt, und wir haben die Samenkörner mitgebracht. Die Dornenhecken um die Felder der Stadt, die weit höher als unsere Köpfe sind, sind uns mit den Jahren so vertraut geworden, daß wir geneigt sind zu vergessen, daß sie nicht seit dem Ei der Zeit dagewesen sind. Sie wurden einmal gepflanzt und waren klein, bevor sie wuchsen und sich ausbreiteten. Inzwischen wachsen die jungen Zweige über die alten und schaffen eine undurchdringliche Dornenwand. Eine neue Hecke in einer neuen Stadt verlangt jedoch nach einer neuen Antwort.« Das Sprechen fiel ihr nun leichter, da sie den Mund nicht mehr zum Temperaturausgleich offenhalten mußte. Es machte ihr nichts mehr aus, daß ein Teil ihres Körpers in die Sonne geriet, als sie sich Vaintè zuwandte. »Diese neue Hecke, die ich entwickelt habe, ist raschwüchsig, kurzlebig und giftig. Bevor sie eingeht, werden wir die übliche Dornenhecke ausgesät und herangezogen haben, die dann ihren Platz einnehmen wird.«

»Und die Bäume?« fragte Vaintè und schaute zu den entlaubten toten Bäumen, die dürr über das neue Feld verstreut standen.

»Sie werden bereits verarbeitet. Du siehst es, wo die Äste von dem großen Baum dort abgefallen sind. Die gefräßigen Larven von Holzkäfern haben sie durchlöchert. Nach einiger Zeit verpuppen sich die Larven, und wir sammeln sie ein und bewahren sie in kühlen Räumen auf, wo sie sich nicht weiterentwickeln. So können wir sie bis zur Wiederverwendung lagern. Ihre Ausscheidungen, das Bohrmehl, gibt zusammen mit dem morschen, sich rasch zersetzenden Holz der umgestürzten und zerkleinerten Bäume einen guten Dünger ab, der zur Bodenverbesserung beiträgt.«

Vaintè trat in den Schatten zurück. Sie sah, daß viele von den Arbeiterinnen das gleiche getan hatten. Der Nachmittag war warm und angenehm, aber für anstrengende körperliche Arbeit zu heiß.

»Schick die Arbeiterinnen zurück zur Stadt, wenn diese Setzlinge gepflanzt sind«, sagte Vaintè.

Enge arbeitete unter ihren Gefährtinnen auf dem Feld; Vaintè wartete, bis sie herübersah, dann winkte sie sie zu sich. Enge machte eine Geste der Dankbarkeit, bevor sie sprach.

»Du hast deinen Gefangenen die Fesseln abnehmen lassen. Wir sind sehr dankbar.«

»Dazu besteht kein Grund. Ich ließ sie während der Überfahrt in Fesseln legen, damit sie keinen Versuch unternähmen, das Boot in ihre Gewalt zu bekommen und damit zu fliehen.«

»Du verstehst die Töchter des Lebens nicht. Gewalt ist nicht unsere Art...«

»Ich bin erfreut, das zu hören«, sagte Vaintè trocken. »Meine Art ist es, unnötige Risiken zu vermeiden. Nun, da der Uruketo fort ist, gibt es nur Wälder und Sümpfe als Zuflucht für jene, die mit ihrem Los hier nicht zufrieden sind. Und nicht nur das: deine Gefährtinnen werden ohne Fußfesseln besser arbeiten.«

»Dennoch bleiben wir Gefangene.«

»Nein«, erwiderte Vaintè entschieden. »Ihr seid freie Bürgerinnen von Alpèasak, mit allen Rechten und Pflichten anderer Bürger. Verwechselt, was geschehen ist, nicht damit, was geschehen wird. Der Rat von Inegban erklärte euch der Bürgerrechte jener Stadt für unwürdig und sandte euch hierher, um ein neues Leben in einer neuen Stadt zu beginnen. Ich hoffe, ihr werdet die gleichen Fehler, die ihr dort machtet, hier nicht wiederholen.«

»Ist das eine Drohung, Vaintè? Glaubt die Eistaa von Alpèasak, daß wir anders sind und anders behandelt werden müssen?«

»Es ist keine Drohung, sondern eine Warnung, meine Efensalè. Lerne aus dem, was geschehen ist. Glaubt unter euch, was ihr wollt, aber behaltet eure Geheimnisse für euch. Es ist euch verboten, zu anderen von diesen Dingen zu sprechen. Wir übrigen wollen nichts davon wissen.«

»Bist du dessen so sicher?« fragte Enge ernst. »Bist du so weise?«

»Weise genug, um zu wissen, daß ihr Unruhestifter seid«, versetzte Vaintè. »Und dieses Umstandes hinreichend eingedenk, um Vorsichtsmaßregeln zu ergreifen: Ihr werdet unter Beobachtung bleiben. Ihr werdet hier nicht die Unruhe stiften, die zu eurer Vertreibung aus Inegban geführt hat. Ich werde nicht so geduldig mit euch sein wie der dortige Rat.«

Enges Körper bewegte sich kaum, als sie sprach, und ihre Worte vermieden jede Herausforderung. »Wir stiften keine Unruhe, beabsichtigen keine Störung. Wir glauben nur...«

»Fein. Solange ihr eurem Glauben an dunklen Orten nachgeht, wo andere euch nicht hören. Ich werde in meiner Stadt keine Subversion dulden.«

Vaintè spürte, daß sie im Begriff war, die Geduld zu verlieren, wie es ihr immer ging, wenn sie es mit der steinernen Unbeweglichkeit von Enges seltsamen Glaubensvorstellungen zu tun hatte. Daher begrüßte sie den Anblick der Fargi, die mit einer Botschaft herbeigeeilt kam. Obgleich sie ihrer Jugend wegen nicht sehr gut sprechen konnte, war ihr Gedächtnis gut.

»Die Stadt... kommt jemand... namens Stallan. Wichtige Dinge zu sagen... Anwesenheit erbeten.«

Vaintè nickte und entließ sie. Dann kehrte sie Enge brüsk den Rükken und ging in die Stadt. Stallan war bereits dort und erwartete sie. Die Haltung und jede Bewegung ihres gestählten Körpers kündeten von Erfolg.

»Du hast getan, womit ich dich beauftragte?« fragte Vaintè.

»Ich habe, Eistaa. Ich folgte den Mörderbestien, bis ich sie einholte. Dann erlegte ich eine und bin mit dem Körper zurückgekehrt. Er liegt in der Nähe. Ich habe die nichtsnutzige Hèksei dort gelassen, damit sie darauf achtgibt. Es gibt Seltsames an diesem Ustuzou, das ich beunruhigend finde.«

»Seltsames? Was? Du mußt mir erzählen.«

»Ich muß es dir zeigen, damit du es verstehen kannst.«

Schweigend führte Stallan sie zu dem Teil der Stadt, welcher dem Fluß am nächsten war. Dort wartete Hèksei neben einem eng umwikkelten Bündel. Ihre Haut war schmutzig und zerkratzt, und sobald sie der beiden ansichtig wurde, brach sie in Wehklagen und Protestgewinsel aus. Stallan schlug sie ohne Umschweife auf den Kopf und schleuderte sie zu Boden.

»Schlimmer als nichtsnutzig«, zischte sie. »Faul, geräuschvoll auf der Jagd, ängstlich und feige. Hielt mich auf und brachte es zuwege, daß wir um ein Haar getötet worden wären. Ich will nichts mehr mit ihr zu schaffen haben.«

»Auch Alpèasak mit ihr nicht«, sagte Vaintè rasch entschlossen. »Verlasse uns. Verlasse die Stadt. Geh zu den Ambenin.«

Hèksei hob an zu protestieren, aber Stallan versetzte ihr einen grausamen Tritt in den Mund. Hèksei entfloh, und noch lange widerhallten ihre gequälten Schreie vom Dach der Luftwurzeln und Blätter. Vaintè verdrängte das unwürdige Geschöpf augenblicklich aus ihren Gedanken und zeigte auf das Bündel.

»Ist dies das Mördertier?«

»So ist es.«

Stallan öffnete die Verschnürung, zog an der Umhüllung, und Hastilas Leichnam rollte auf die feuchte Erde. Vaintè reagierte auf diesen Anblick mit Gesten des Schreckens und der Verblüffung. Erst als es ihr gelungen war, ihre instinktive Abscheu zu überwinden, konnte sie nähertreten und den Kadaver mit dem Fuß anstoßen.

»Es waren vier von ihnen«, sagte Stallan. »Alle kleiner als dieser. Ich spürte sie auf und folgte ihnen. Sie gingen nicht am Ufer, sondern waren auf dem Ozean. Sie hatten kein Boot. Statt dessen saßen sie auf einem Baum im Wasser und stießen ihn mit Holzstücken vorwärts. Ich sah, wie sie andere Felltiere töteten, gerade so, wie sie die Männer und ihre Wachen am Strand getötet haben mußten. Sie gebrauchen weder Zähne noch Krallen oder Hörner, denn sie sind hornlos, wie du sehen kannst, und ihre Zähne und Krallen sind klein und schwach. Sie töten mit einem Ding, das wie ein scharfer Zahn aussieht und an einem langen Stück Holz befestigt ist.«

»Sie verstehen sich auf manche List, diese Felltiere. Sie haben Gehirne.«

»Alle Geschöpfe haben Gehirne, selbst ein primitiver Hèsotsan wie dieser.« Stallan klopfte an die von ihrer Schulter hängende Waffe. »Aber der Hèsotsan ist an sich nicht gefährlich, wenn man ihn richtig behandelt. Das ist bei diesen Felltieren anders. Sieh dir diesen Kadaver genauer an. Um den Kopf haben diese Tiere viel Fell, wie man sieht. Aber dieses andere Fell, weiter unten, gehört nicht zu ihm, sondern ist nur darum gebunden. Es enthält einen Beutel, in welchem ich dies fand. Es scheint ein geformtes Stück Stein zu sein, mit einer scharfen Kante. Siehst du, dieses umgebundene Fell läßt sich entfernen, und das Tier hat sein eigenes darunter.«

»Es ist männlich!« rief Vaintè. »Ein männliches Felltier mit einem trüben und bestialischen Gehirn, das sich erdreistet, uns zu bedrohen, die Yilanè. Das ist es, was du mir sagen willst, nicht wahr? Daß diese häßlichen Bestien eine Gefahr für uns sind?«

»Ich glaube es, Vaintè. Aber du bist die Eistaa und hast zu entscheiden, welches Ding was ist. Ich habe dir nur gesagt, was ich gesehen habe, und dir gezeigt, was ich gefunden habe.«

Vaintè befühlte die harte Schneide des Steines mit den Daumen und starrte lange auf den Leichnam herab, bevor sie antwortete.

»Ich glaube, es ist möglich, daß sogar ein Ustuzou zu einer niederen Art von Intelligenz und Schlauheit gelangen kann. Unsere Boote verstehen einige Anweisungen. Alle Tiere haben Gehirne von dieser oder jener Art. Entisenat können so abgerichtet werden, daß sie im Meer nach Nahrung suchen. In diesem wilden Teil der Welt, so weit entfernt von unserer Heimat, mögen seit dem Ei der Zeit seltsame Dinge geschehen sein. Wir sind dabei, unsere Erfahrungen damit zu machen. Die Verhältnisse sind ungeordnet und seit jeher sich selbst überlassen gewesen, da es hier keine Yilanè gegeben hat. Es ist deshalb möglich und schwer zu leugnen, da der Beweis hier vor unseren Augen liegt, daß eine abscheuliche Säugetierart im Laufe ihrer Entwicklung zu einer Form von pervertierter Intelligenz gelangen konnte. Sie haben eine Intelligenz, die ausreicht, daß sie Steinbrocken suchen, Waffen daraus machen und damit töten können. Ja, dies ist möglich. Aber sie hätten in ihrem Urwald bleiben und einander umbringen und auffressen sollen. Es war ein Fehler, daß sie sich herauswagten. Ungeziefer wie dieses, männlich obendrein, muß ausgerottet werden. Du verstehst, was wir tun müssen. Es gilt, diese Felltiere ausfindig zu machen und allesamt abzuschlachten. Es bleibt uns keine andere Wahl, wenn unsere Stadt an diesen Ufern überleben soll. Können wir das tun?«

»Wir müssen es tun. Aber wir müssen mit starken Kräften ausziehen und alle mitnehmen, die in der Stadt entbehrlich sind. Und alle müssen mit Hèsotsan bewaffnet sein.«

»Aber du sagtest, es seien nur vier gewesen? Und von diesen sind nur noch drei am Leben...«

Ehe Stallan antworten konnte, kam Vaintè die Erkenntnis, daß es mit diesen wenigen nicht sein Bewenden haben konnte. »Gibt es andere? Mehr von diesen?«

»Ohne Zweifel. Diese wenigen müssen sich aus irgendeinem Grund vom Hauptrudel getrennt haben und südwärts gezogen sein. Jetzt kehren sie zu ihm zurück. Ich bin fest davon überzeugt. Wir müssen mit einer starken Streitmacht ausziehen und sie alle töten.«

»Richtig. Ich werde die Befehle geben, so daß wir gleich aufbrechen können.«

»Das wäre nicht weise, da der Tag weit vorangeschritten ist, und viele von uns unterwegs sein werden. Wenn wir hingegen am frühen Morgen abreisen und nur die wohlgenährtesten und schnellsten Boote nehmen, werden wir sie leicht einholen, weil sie langsam ziehen. Dann werden wir ihnen folgen und die anderen finden.«

»Und sie abschlachten, wie sie es mit den Männern getan haben. Es ist ein guter Plan. Laß dieses Felltier zum Ambesed schaffen und auslegen, damit alle es sehen können. Sodann werden wir Proviant benötigen und genug Süßwasser für einige Tage, so daß wir ohne Zwischenaufenthalte auskommen.«

Fargi wurden eilig in alle Teile der Stadt entsandt und verbreiteten die Nachricht. Sie riefen die Bürger zur Versammlung zum Ambesed, bis auf dem Platz ein Gedränge herrschte, wie man es nie zuvor gesehen hatte. Ein zorniges Murmeln erhob sich aus der Menge der Yilanè, die einander stießen, um einen Blick auf den Kadaver werfen zu können. Als Vaintè den Ambesed erreichte, fiel ihr Blick auf Ikemend, die um Aufmerksamkeit signalisierte; sie blieb stehen.

»Ein paar Worte, bitte, Eistaa.«

»Gibt es Schwierigkeiten mit deinen Schützlingen?« fragte Vaintè in plötzlicher Furcht. Ikemend hatte als ihre Efensalè die verantwortungsvolle Aufgabe, für Bewachung und Unterkunft der Männer zu sorgen. Schon nach kurzer Befragung hatte die frühere Wächterin zugegeben, daß Mangel an Kontrolle und Disziplin zu der Katastrophe am Strand geführt hatte. Sie war gestorben, als Vaintè sie ihres Namens entkleidet hatte.

»Alles ist gut. Aber die Männer haben von dem toten Ustuzou gehört und wollen ihn sehen. Soll es ihnen erlaubt sein?«

»Gewiß – sie sind keine Kinder. Laß sie über ihre Verantwortlichkeit nachdenken. Aber erst wenn der Ambesed geräumt ist. Ich will keine hysterischen Szenen.« Ikemend war nicht die einzige, die ihre Aufmerksamkeit suchte. Enge vertrat ihr den Weg und wollte nicht weichen, als ihr befohlen wurde, Platz zu machen.

»Ich habe gehört, daß du die Absicht hast, den Felltieren zu folgen und sie zu töten.«

»Was du gehört hast, ist richtig. Ich werde jetzt die öffentliche Erklärung dazu abgeben.«

»Ehe du das tust – es gibt etwas, was ich dir sagen muß. Ich kann dich nicht unterstützen. Keine von den Töchtern des Lebens kann das. Es liefe allem zuwider, woran wir glauben. Wir können an diesem Abschlachten nicht teilhaben. Tiere sind, was sie sind, weil ihnen das Wissen um den Tod fehlt. Sie deswegen zu vernichten, ist nicht erlaubt. Wir töten nur, wenn wir essen müssen. Alles andere Töten ist verboten. Daher wirst du verstehen, daß wir nicht...«

»Schweig! Du wirst tun, was ich befehle. Alles andere wird Verrat sein.«

Enge beantwortete ihren Zorn mit kühler Vernunft. »Was du Verrat nennst, nennen wir das Geschenk des Lebens. Wir haben keine andere Möglichkeit.«

»Ich habe eine. Ich kann euch alle auf der Stelle töten lassen.«

»Gewiß. Dann aber wirst du die Mörderin und die Schuldige sein.«

»Ich kenne keine Schuld – nur Zorn. Und Verachtung, daß eine meiner Efensalè imstande ist, uns alle in dieser Art und Weise zu verraten. Ich werde euch nicht töten, weil ich eure Körper für harte Arbeit brauche. Ihr werdet zusammengekettet sein, bis wir zurückkehren. Und du wirst mit ihnen an der Kette hängen. Du hast keine Privilegien mehr. Ich verleugne dich als eine Efensalè. Du wirst mit ihnen arbeiten und sterben. Verleugnet und verachtet wegen deines Verrats. Das ist dein Schicksal.«

Alitha thurlastar, hannas audim senstar,
sammad deinarmal na mer ensi edo.

Der Hirsch wird erlegt, ein Mann mag
sterben, eine Frau alt werden – nur der Sammad hat Bestand.

7

Kerrick kauerte in seiner gewohnten Haltung im Bug des Bootes und nährte das Feuer. Aber das war die Arbeit eines Jungen, und er hatte eigentlich mit den anderen rudern wollen. Amahast hatte es ihm erlaubt, doch es hatte sich gezeigt, daß er zu klein war und seine Kräfte noch nicht ausgereicht hatten. Er beugte sich nach vorne und blinzelte durch den Nebel, aber es war nichts zu erkennen. Ungesehene Seevögel riefen mit den Stimmen jammernder Kinder, unsichtbar im Nebel. Nur das rhythmische Rauschen der Brandung zur Linken gab ihnen einen Anhaltspunkt. Normalerweise hätten sie bis zur Auflösung des Nebels gewartet, aber nicht an diesem Tag. Die Erinnerung daran, wie Hastila in die See gezogen und verschwunden war, hatte sie mit heillosem Schrecken erfüllt. Sie paddelten, so schnell sie konnten: Sie wollten nichts als diese Reise hinter sich bringen und zum Sammad zurückkehren. Kerrick schnüffelte, hob den Kopf und schnüffelte noch einmal.

»Vater«, rief er. »Rauch – ich rieche Rauch!«

»Du sitzt über einem Feuer, und wir haben geräuchertes Fleisch bei uns«, sagte Amahast. Aber er paddelte dennoch ein wenig rascher. War es möglich, daß sie dem Sammad so nahe waren?

»Nein, dieser Rauch kommt mit dem Wind von vorn. Und die Wellen: hören sie sich nicht anders an?«

Tatsächlich war ihr Geräusch schwächer geworden, es blieb allmählich hinter ihnen zurück. Die Zelte des Sammad waren an den Ufern eines großen Flusses aufgeschlagen, wo er in die See mündete. Es war möglich, daß die Meereswellen von der Flut ein Stück flußaufwärts in das Mündungsgebiet getragen wurden, bevor sie schließlich von der gegenläufigen Süßwasserströmung zum Stillstand gebracht wurden.

»Wir legen an!« befahl Amahast und legte sein schweres Steuerruder um.

Der Himmel hellte sich allmählich auf; der Nebel hob sich. Durch die Schreie der Möwen hörten sie eine Frauenstimme und riefen zurück.

Die ersten warmen Sonnenstrahlen begannen den Nebel zu durchdringen und beschleunigten seine Auflösung. Noch lagerte er dicht über dem Wasser. Aber jenseits davon war das Ufer, waren die Zelte, Kochfeuer und Abfallhaufen, lag die ganze vertraute Szenerie ihres Lagers ausgebreitet in der Morgensonne. Das Boot wurde gesehen, Stimmen flogen hin und her, und Leute stürzten aus den Zelten zum Anlegeplatz. Alle riefen freudig durcheinander, und von der Wiese, wo die Mastodons weideten, drang antwortendes Trompeten herüber. Sie waren daheim.

Männer und Frauen liefen in das aufspritzende Wasser hinaus und riefen den heimkehrenden Jägern Begrüßungen zu. Aber ihre Rufe verstummten, als sie die Gestalten im Boot zählten. Fünf waren zur Jagdexpedition aufgebrochen; nur drei waren zurückgekehrt. Sobald das Boot knirschend auf den sandigen Grund lief, wurde es von kräftigen Fäusten ergriffen und auf den Strand gezogen. Niemand stellte Fragen. Aber Aleth, Hastilas Frau, brach in lautes Jammergeschrei aus, als sie sah, daß er nicht unter den Heimgekehrten war. Dikens Frau und seine Kinder stimmten in ihr Wehklagen ein.

»Beide tot«, waren Amahasts erste Worte, damit sie sich keine falschen Hoffnungen machten, daß die anderen noch nachkämen. »Diken und Hastila. Sie sind unter den Sternen. Sind viele vom Lager fort?«

»Alkos und Kassis sind flußaufwärts gezogen, um zu fischen«, sagte Aleth. »Alle anderen sind hier in der Nähe.«

»Schickt jemand zu ihnen«, befahl Amahast. »Bringt sie sofort zurück. Brecht die Zelte ab, packt zusammen. Wir treten noch heute den Rückmarsch zu den Bergen an.«

Darauf gab es Protestrufe und Geschrei, weil sie auf diese plötzliche Abreise nicht vorbereitet waren. Solange sie auf der Wanderschaft waren, machte es ihnen nichts aus, jeden Morgen das Lager abzubrechen; es war keine große Anstrengung für sie, weil nur die benötigten Gegenstände ausgepackt wurden. Dies war jetzt anders. Das Sommerlager erstreckte sich zu beiden Seiten des kleinen Flusses, und in den Zelten waren alle Körbe, Felle und sonstigen Habseligkeiten in buntem Durcheinander ausgebreitet.

Ogatyrs Stimme erhob sich über das Jammergeschrei der Frauen. »Tut, was Amahast sagt, oder ihr werdet im Schnee umkommen. Die Jahreszeit ist spät, der Weg lang.«

Amahast sagte nichts mehr. Dieser Grund war so gut wie jeder andere. Vielleicht noch besser als der wahre Grund, für den er keine Beweise anführen konnte. Trotz dieses Mangels war er überzeugt davon, daß sie beobachtet wurden. Er, ein Jäger, spürte, wenn er selbst gejagt wurde. Diesen ganzen Tag und schon den Tag vorher hatte er sich beobachtet gefühlt. Dabei hatte er nichts gesehen; die See war immer leer gewesen, wenn er seinen Blick über die Oberfläche hatte schweifen lassen. Aber etwas war dort draußen, er wußte es. Er konnte nicht vergessen, daß Hastila unter Wasser gezogen worden und nicht zurückgekehrt war. Eine tiefe Unruhe hatte sich seiner bemächtigt. Es war wichtig, daß sie noch heute aufbrachen, die Schleifgestelle beluden, die Mastodons vorspannten und der See und allem, was darin war, den Rücken kehrten. Erst wenn sie wieder im vertrauten Bergland wären, würde er sich geborgen fühlen können.

Obwohl er sie zur Arbeit antrieb, bis ihnen der Schweiß von den Gesichtern rann, benötigten sie den ganzen Tag zum Abbruch des Lagers. Er schrie die Frauen an und schlug die Jungen, wenn sie nicht arbeiteten. Es war nicht einfach, ein Sommerlager zu verlassen. Herumliegendes Gut und Werkzeug mußte eingesammelt und verpackt, die Trockengestelle, an denen Fische und Hardalt hingen, abgebaut und die Nahrungsvorräte in Körbe geschichtet werden. Wie sich zeigte, gab es nicht genug Körbe für alle getrockneten Tintenfische, und es gab Jammer und Klagen, als er befahl, einen Teil des Fanges zurückzulassen. Es war nicht einmal genügend Zeit, um die Toten zu betrauern; das würde später geschehen. Jetzt mußten sie fort.

Die Sonne versank hinter den Hügeln, bevor sie abmarschbereit waren. Sie mußten bei Nacht marschieren, aber das war ihnen nichts Neues. Der Himmel war klar, der zunehmende Mond zeigte seine Sichel, und die Tharme der Krieger leuchteten hell vom Himmel und würden ihnen den Weg weisen. Es gab viel entrüstetes Trompeten und Gefuchtel mit den Rüsseln, als die Mastodons, seit Monaten der Zuggeschirre entwöhnt, gegen ihr Los protestierten. Aber sie ließen dennoch die Jungen auf ihre Rücken klettern und sahen mit Augenrollen zu, wie die langen Stangen beiderseits angeschnallt wurden. Zwei waren es an jedem Tier, die nachgezogen wurden und zusammen mit den verbindenden Querhölzern rahmenartige Gestelle ergaben, die mit den Zelten, Vorräten und Habseligkeiten des Sammad beladen wurden.

Kerrick saß im Nacken des großen Bullen Karu. Er war müde wie alle anderen, aber froh über den Aufbruch des Sammad. Er wollte so bald wie möglich fort vom Ozean; eine tiefe Furcht vor der See und ihren Bewohnern hatte von ihm Besitz ergriffen. Vom ganzen Sammad war er der einzige, der die Arme gesehen hatte, die sich aus der See erhoben hatten, um Hastila hinabzuziehen. Dunkle Arme, dunkle Gestalten unter der Meeresoberfläche.

Er schaute hinaus zur See. Seine gellenden Schreie durchschnitten das Stimmengewirr und die Rufe des Aufbruchs, brachten alle anderen zum Schweigen und lenkten ihre Blicke zur Meeresküste, auf die er mit beiden fuchtelnden Armen zeigte, während seine Angstschreie sich überschlugen.

Aus der Abenddämmerung auf dem Wasser kamen schwarze Umrisse zum Vorschein. Tiefliegende, schwarze Boote, die keine Paddel hatten und doch schneller waren als jedes Tanu-Boot. Sie glitten in einer Reihe, die so gerade war wie eine Brandungswoge, auf den Strand zu. Mit unverminderter Geschwindigkeit durchstießen sie die Brandungszone und strandeten im Flachwasser. Aus ihnen sprangen die Murgu, deren Gestalten trotz des nachlassenden Lichtes deutlich zu erkennen waren.

Ogatyr, der nahe dem Ende des zur Marschkolonne formierten Sammad und dem Strand am nächsten war, wußte sofort, wer sie waren. Und was sie zum Lagerplatz geführt hatte.

»Die wir getötet haben, am Strand...«

Der nächste Murgu hob einen klafterlangen Knüppel und drückte ihn mit beiden Händen. Es gab ein laut knackendes Geräusch, und ein Schmerz traf Ogatyrs Brust, und er stürzte zu Boden.

Andere Knüppel ließen ihr ominöses Knacken hören, und in das fremdartige Geräusch mischten sich menschliche Schmerzens- und Angstschreie.

»Sie fliehen!« rief Vaintè und feuerte die Angreifer mit Armbewegungen an. »Ihnen nach! Keiner soll entkommen!«

Sie war die erste am Ufer gewesen, hatte als erste den Hèsotsan abgefeuert und den ersten Ustuzou getötet. Sie war nicht gewillt, sich damit zufriedenzugeben.

Es war keine Schlacht, sondern ein Massaker. Die Yilanè schlachteten unterschiedslos alle Lebewesen ab, Männer, Frauen, Kinder, Tiere. Ihre eigenen Verluste waren gering. Den Jägern blieb keine Zeit, ihre Bogen zu finden. Sie hatten ihre Speere. Obwohl ein geschleuderter Speer verwunden oder töten konnte, wollten die meisten Jäger diese ihre einzige Waffe angesichts der anstürmenden Angreifer nicht aus den Händen geben und wurden niedergeschossen, bevor sie noch von ihnen Gebrauch machen konnten.

Den Tanu blieb nichts als die Flucht, und die Mörder aus der See verfolgten sie. Verängstigte Frauen und Kinder rannten an Karu vorüber, und der Mastodonbulle warf den Kopf hoch und trompetete ängstlich. Kerrick hielt sich mit beiden Händen im groben, langhaarigen Nackenfell fest, um nicht hinuntergeschleudert zu werden. Dann stieg er über die Schleifstange hinunter und eilte zur fertiggepackten Ladung, um seinen Speer an sich zu nehmen. Eine kräftige Hand ergriff ihn bei der Schulter und riß ihn herum.

»Lauf!« befahl sein Vater. »Lauf zu den Hügeln!«

Dann wandte er sich rasch um, denn schon kam der erste Murgu hinter dem Mastodon zum Vorschein und übersprang die hölzerne Schleifstange. Bevor er seine Waffe in Anschlag bringen konnte, durchbohrte Amahast ihn mit seinem Speer und riß ihn aus dem fallenden Körper.

Vaintè sah die getötete Fargi fallen, und ein wütender Vergeltungsdrang überkam sie. Die von Blut tropfende Speerspitze richtete sich auf sie, aber sie wich nicht zurück. Sie hob den Hèsotsan, drückte schnelle Explosionen hinaus und brachte den Ustuzou zu Fall, bevor er sie erreichen konnte. Sie hatte den Kleinen nicht bemerkt, wußte nicht, daß er da war, bis der Schmerz ihr Bein durchfuhr. Aufbrüllend schlug sie die Kreatur mit dem hinteren Ende des Hèsotsan zu Boden.

Die Wunde war blutig und schmerzhaft, aber nicht gefährlich, wie sie nach kurzer Untersuchung feststellte. Ihr blindwütiger Zorn hatte sich durch den Zwischenfall gelegt, und sie konnte ihre Aufmerksamkeit dem ringsum tobenden Kampf zuwenden.

Er näherte sich bereits dem Ende. Nur wenige Ustuzou waren noch am Leben. Die andern lagen leblos zwischen den Körben herum, schlaffe widerwärtige Körper zwischen Fellen und Stangen. Die Angreifer von der See trafen bereits mit den anderen zusammen, die flußaufwärts gegangen waren, um die Ustuzou im Rücken zu fassen. Sie veranstalteten ein Einkreisungsmanöver, das sie in ihrer frühen Jugend angewendet hatten, um ihre Jagdbeute in der See zu fangen. Es hatte sich auf dem Land ebenso gut bewährt.

»Laßt das Töten sein!« befahl Vaintè denen, die in ihrer Nähe waren. »Sagt es den anderen. Ich will ein paar Überlebende. Ich möchte mehr über diese Felltiere wissen.«

Es waren bloß Tiere, die scharfe Steinspitzen gebrauchten, das konnte sie jetzt sehen. Sie hatten eine primitive soziale Organisation, einfaches Steinwerkzeug, und sie benutzten sogar größere Tiere, die jetzt auch getötet wurden, als sie in Panik flohen. Dies alles deutete darauf hin, daß, wenn es eine Gruppe dieser Größe gab, es sehr wahrscheinlich auch noch andere gab. Verhielt es sich so, dann war es notwendig, so viel wie möglich über diese Kreaturen in Erfahrung zu bringen.

Das Junge, das sie niedergeschlagen hatte, regte sich und wimmerte. Sie winkte Stallan zu sich, die in der Nähe war.

»Jägerin, fessele dieses hier, daß es nicht entkommen kann. Wirf es in ein Boot.«

In einem Behälter, den sie mit sich trug, waren weitere Pfeile als Ersatz für jene, die sie verschossen hatte. Der Hèsotsan war wohlgenährt und sollte in der Lage sein, noch einige Zeit zu feuern. Sie stieß ihn mit dem Finger, bis die Ladeöffnung sich erweiterte, dann steckte sie die Pfeile hinein und brachte sie in die richtigen Positionen.

Die ersten Sterne erschienen, und das letzte Rot am Westhimmel verblaßte hinter den Hügeln. Sie brauchte einen Umhang vom Boot und signalisierte einer Fargi, daß sie ihr einen bringen sollte. Dann hüllte sie sich in seine warme Umarmung, als die Überlebenden vor sie gebracht wurden.

»Das ist alles?« fragte sie.

»Unsere Kämpfer waren schwer zu beherrschen«, sagte Stallan. »Wenn du einmal anfängst, diese Kreaturen zu töten, fällt es dir nicht leicht, damit aufzuhören.«

»Das weiß ich selbst. Die ausgewachsenen Exemplare sind alle tot?«

»Alle tot. Dieses Kleine zog ich aus einem Winkel, wo es sich versteckt hatte.« Sie hielt das Ding bei seinem langen Haar und schüttelte es hin und her, so daß es vor Schmerz jammerte. »Dieses ganz Junge fand ich unter einem Fell.« Sie hielt einen Säugling in die Höhe. Es war ein wenige Monate altes Kind, das sie aus seiner Fellumhüllung aus den Armen der getöteten Mutter gezogen hatte.

Voll Abscheu betrachtete Vaintè das haarlose winzige Ding, das Stallan ihr entgegenstreckte. Die Jägerin war es gewohnt, alle Arten von abstoßenden Geschöpfen zu berühren und zu handhaben; die Vorstellung, es selbst zu tun, erregte Vaintès Widerwillen. Aber sie war Eistaa, und was andere konnten, das konnte sie auch. Sie nahm Stallan das schwächlich zappelnde Ding aus den Händen. Es war warm, wärmer als ein Umhang, beinahe heiß. Ihr Abscheu ließ momentan nach, als sie die angenehme Wärme fühlte. Dann drehte sie es um, und das Junge öffnete einen roten und zahnlosen Mund und winselte. Ein Strahl heißer Exkremente traf Vaintès Arm und rann daran herab. Die von der Wärme ausgelöste angenehme Empfindung verlor sich unter einer Welle von Ekel.

Es war zuviel, zu abstoßend. Sie schleuderte das Junge mit aller Kraft gegen einen Felsblock in der Nähe. Es rührte sich nicht mehr. Rasch ging sie zum Wasser hinunter, um sich den Schmutz abzuwaschen. Dann rief sie über die Schulter zu Stallan:

»Sag den anderen, sie sollen zu den Booten zurückkehren, nachdem sie sich vergewissert haben, daß niemand mehr am Leben ist.«

»Ich werde mich selbst vergewissern, Höchste, daß alle tot sind. Der Untergang dieser Bestien.«

Vaintè fragte sich, ob es wirklich ihren Untergang bedeutete. Statt Freude über den Sieg zu empfinden, fühlte sie sich in eine schwarze Depression versinken.

Das Ende – oder nur der Anfang?

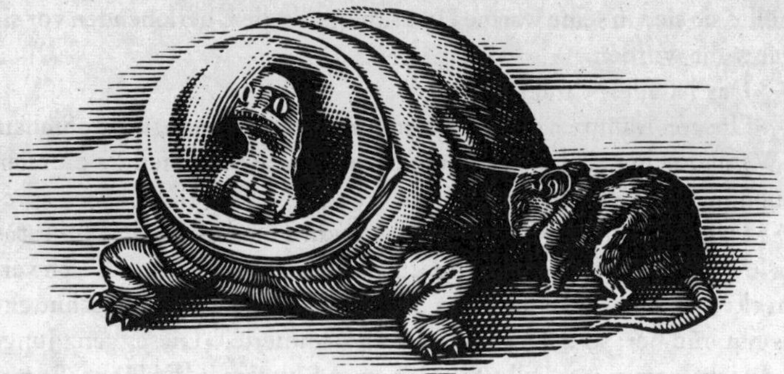

8

Enge lehnte sich an die Wand, wo sie die wohltuende Ausstrahlung des Wärmers spüren konnte. Obwohl die Sonne aufgegangen war, hielt sich in der Stadt noch ein Rest der Nachtkühle. Ringsum erwachten die Tiere und Pflanzen von Alpèasak zum Leben, doch war dies so alltäglich, daß sie es nicht beachtete. Unter ihren Füßen war das geflochtene hölzerne Gitterwerk des Bodens, das auf den dicken Schichten des trockenen und allmählich zu Humus zerfallenden Laubes beruhte. In dieser Laubschicht raschelten große und kleine Käfer und andere Insekten, die Abfälle beseitigten. Hätte Enge genau hingehört, so hätte sie hier und dort das feine Trippeln und Knuspern einer Maus vernommen. Überall regte sich das Leben des neuen Tages. Hoch über ihr lagen die Laubmassen der hohen Bäume bereits im Schein der Morgensonne, erfüllt von Vogelgezwitscher. Wasser verdunstete nun aus den Spaltöffnungen der zahllosen Blätter, um von dem ersetzt zu werden, das von Millionen feiner Haarwurzeln aus dem Erdreich aufgenommen wurde und langsam durch die Kapillargefäße der Bäume, Sträucher, Kletterpflanzen und Lianen emporstieg. Enges abgelegter Umhang entsandte unbemerkt von ihr Pseudopoden, die durch die Risse in der Rinde den aus den Blättern abwärts fließenden zuckerhaltigen Baumsaft anzapften.

Für Enge war dies alles so natürlich und selbstverständlich wie die Luft, die sie atmete, und der Reichtum der ineinander verflochtenen und voneinander abhängigen Lebensformen, die um sie her existierten. Gelegentlich dachte sie darüber nach, auch über die moralischen Folgerungen, die sich daraus ergaben. Aber nicht heute, nicht nach allem, was sie gehört hatte. Sich mit der Ermordung einer anderen Art zu brüsten! Wie gern würde sie zu diesen unschuldigen Prahlereien Stellung nehmen, den Leuten von der Bedeutung des Lebens sprechen, sie zum Verständnis des schrecklichen Verbrechens führen, das sie begangen hatten. Leben war die Balance des Todes, wie die See die Balance des Himmels war. Wenn man Leben tötete – nun, dann tötete man sich selbst.

Ihr Gedankengang wurde unterbrochen, als eine von den Fargi an ihren gefesselten Händen zog, verwirrt durch ihren Status und im Zweifel, wie sie sie ansprechen sollte. Die junge Fargi wußte, daß Enge eine der Höchsten war; doch waren ihre Hände gebunden, als sei sie eine der Niedrigsten. Da ihr die Worte fehlten, konnte sie Enge nur berühren, um auf sich aufmerksam zu machen.

»Die Eistaa wünscht dich jetzt zu sehen«, sagte die Fargi.

Vaintè saß an ihrem Platz unter dem Baum, als Enge das eingezäunte Geviert betrat. Ihren Sitz bildete die lebende Borke des Stadtbaumes. Auf dem Tisch neben ihr waren die Gedächtnistiere. Eines von ihnen hatte den Fühler über seinen verkümmerten Augen in eine Falte des Ugunkshaa gesteckt, des Gedächtnis-Sprechers. Der Ugunkshaa sprach leise und ruhig, während seine aus organischen Molekülen bestehende Linse zuckende Bewegungen zeigte, eine Schwarzweißabbildung der Yilanè, die ursprünglich zu dem Gedächtnistier gesprochen hatte. Bei Enges Eintreten brachte Vaintè den Ugunkshaa zum Schweigen und nahm die steinerne Speerspitze auf, die daneben lag.

»Komm näher«, befahl sie, und Enge gehorchte. Vaintè umfaßte die Steinklinge mit der Hand und hob sie, als wollte sie zustoßen; aber Enge wich keinen Schritt zurück.

»Du bist furchtlos«, sagte Vaintè. »Obwohl du sehen kannst, wie scharf diese Steinspitze ist. Sie ist ebenso gut wie unsere Saitenmesser.«

Sie durchschnitt die Fesseln, und Enges Hände waren frei. Behutsam rieb sie sich die Haut, wo die Fesseln gescheuert hatten. »Du befreist uns alle?« fragte sie.

»Sei nicht zu gierig. Ich befreie nur dich, denn ich bedarf deiner Kenntnisse.«

»Ich werde dir nicht beim Morden helfen.«

»Das ist nicht nötig. Die Zeit des Tötens ist vorbei.« Einstweilen, dachte sie bei sich, hütete sich aber, dies laut zu sagen. Hätte sie darüber gesprochen, so wäre es auf eine vollständige Offenlegung ihrer Gedanken hinausgelaufen. Sie war nicht nur unfähig zu lügen, sondern selbst die Vorstellung der Lüge war ihr völlig fremd. Es ist unmöglich zu lügen, wenn jede Körperbewegung eine Bedeutung enthält. Die einzige Möglichkeit für eine Yilanè, ihre Gedanken geheimzuhalten, war, nicht davon zu sprechen. Vaintè war in dieser Form des Verbergens äußerst geschickt. Sie wandte sie auch jetzt an, da sie Enges Hilfe brauchte. »Die Zeit des Lernens ist gekommen. Hast du nicht einmal den Gebrauch der Sprache studiert?«

»So ist es, mit Yilespei. Ich war ihre erste Schülerin.«

»Ihre erste und beste, bevor die Fäulnis sich in dein Gehirn fraß. Ich erinnere mich, daß du dich mit allen möglichen Torheiten beschäftigt hast. Du hast beobachtet, wie Kinder miteinander kommunizieren, und bisweilen tatest du es selbst, um ihre Aufmerksamkeit zu erregen. Ich hörte, daß du sogar die Männer belauschtest. Das wundert mich. Warum ausgerechnet diese einfältigen Kreaturen? Was sollte man von ihnen lernen können?«

»Sie haben eine Art, miteinander zu sprechen, wenn wir nicht in der Nähe sind, eine Art und Weise, Dinge in einer anderen Form auszudrücken...«

»Davon spreche ich nicht. Ich meine, warum solches Zeug studieren? Von welcher Bedeutung kann es sein, wie andere sprechen?«

»Von größter Bedeutung. Wir sind Sprache. Die Sprache ist unser wichtigstes Ausdrucksmittel. Fehlt sie uns, sind wir stumm und nicht mehr als Tiere. Gedanken und Studien wie diese führten mich zu der großen Uguenapsa und ihren Lehren.«

»Du wärst heute weit besser daran, wenn du deine Sprachstudien fortgesetzt und dich von aufrührerischen Bestrebungen ferngehalten hättest. Jene unter uns, die Yilanè werden, müssen mit dem Heranwachsen sprechen lernen; das ist eine Tatsache, sonst würden wir zwei nicht hier sein. Aber kann man ein Junges sprechen lehren? Es erscheint mir als eine einfältige Idee, aber ist es möglich?«

»Es ist möglich«, antwortete Enge. »Ich habe es selbst getan. Es ist nicht einfach, die meisten Jungen wollen nicht hören, aber es ist zu machen. Ich verwendete die Ausbildungstechniken der Bootsmeister.«

»Aber Boote sind beinahe so stumpfsinnig wie Umhänge. Ein paar Befehle sind alles, was sie jemals verstehen lernen.«

»Die Technik ist die gleiche.«

»Gut.« Vaintè warf ihr einen schlauen Seitenblick zu und wählte sorgsam ihre Worte. »Dann könntest du ein Tier verstehen und sprechen lehren?«

»Nein, nicht sprechen. Verstehen ja, einige einfache Befehle, wenn das Gehirn groß genug ist. Das Sprechen aber verlangt Stimmorgane und Teile des Gehirns, die Tiere nicht besitzen.«

»Aber ich habe Tiere sprechen hören.«

»Nicht sprechen, sondern Lautmuster wiederholen, die sie gelernt haben. Vögel können das.«

»Nein, ich meine sprechen, miteinander kommunizieren.«

»Unmöglich.«

»Ich spreche von Felltieren, von schmutzigen Ustuzou.«

Enge begann zu verstehen, worauf die andere hinauswollte, und machte ein Zeichen des Begreifens. »Gewiß. Wenn diese Kreaturen ein gewisses Maß an Intelligenz haben, und der Umstand, daß sie primitive Werkzeuge herstellen, legt diesen Schluß nahe, dann mag es gut sein, daß sie zueinander sprechen. Welch ein außerordentlicher Gedanke. Hast du sie sprechen hören?«

»Ich habe. Und du kannst sie auch hören, wenn du willst. Wir haben zwei von ihnen hier.« Sie winkte eine vorübergehende Fargi zu sich. »Such die Jägerin Stallan. Bring sie sofort zu mir.«

»Wie geht es den Tieren?« fragte Vaintè, als Stallan erschien.

»Ich habe sie waschen lassen, dann untersuchte ich ihre Verletzungen. Nur Quetschungen und Prellungen. Ich habe auch das von Schmutz starrende Fell von ihren Köpfen entfernen lassen. Das größere ist weiblich, das kleinere männlich. Sie trinken Wasser, essen aber nichts von dem, was ich ihnen bisher vorgeworfen habe. Aber man muß vorsichtig sein, wenn man ihnen nahe kommt.«

»Ich habe nicht die Absicht, das zu tun«, sagte Vaintè, vor Abscheu schaudernd. »Enge wird sich mit ihnen befassen.«

Stallan wandte sich an diese. »Du mußt sie immer im Auge behalten. Niemals darfst du einem wilden Tier den Rücken zukehren. Das kleine beißt, und sie haben Krallen, also habe ich sie zur Sicherheit binden lassen.«

»Ich werde tun, was du sagst.«

»Noch etwas«, sagte Stallan und nahm einen kleinen Beutel von der Schulter, den sie auf dem Tisch öffnete. »Als ich die beiden säuberte, fand ich dies hier. Das männliche Tier hatte es um den Hals hängen.« Und sie legte einen kleinen Gegenstand vor Vaintè auf den Tisch.

Es war eine Art Klinge und aus Metall gefertigt. An einem Ende befand sich eine gebohrte Öffnung, und die übrige Oberfläche war mit einfachen Kratzmustern verziert. Vaintè berührte das Ding mit dem Daumen.

»Es ist gründlich gereinigt worden«, sagte Stallan.

Vaintè hob es auf und betrachtete es eingehend.

»Die Muster sind uns unbekannt, ebenso wie das Material«, sagte sie. Was sie sah, gefiel ihr ganz und gar nicht. »Wo haben die Tiere das gefunden? Wer hat die Ornamente eingeritzt? Und das Metall, woher haben sie das? Versucht nicht, mir zu erzählen, daß sie über die Wissenschaft verfügten, Metall zu erzeugen.« Sie erprobte die Schneide an ihrer Haut. »Überhaupt nicht scharf. Was kann es bedeuten?«

Es gab keine Antworten auf diese beunruhigenden Fragen, aber sie hatte auch keine erwartet. Sie gab das Metallstück Enge. »Ein weiteres Geheimnis, das du aufklären kannst, wenn du lernst, zu den Kreaturen zu sprechen.«

»Wann darf ich sie sehen?« fragte Enge.

»Jetzt«, erwiderte Vaintè. Sie gab Stallan ein Zeichen. »Führe uns zu ihnen.«

Stallan ging voraus durch die Korridore der Stadt bis zu einem hohen, dunklen Gang. Mit einem Signal, das ihren Begleiterinnen Schweigen gebot, öffnete sie eine Klappe in einer schweren Tür. Vaintè und Enge blickten durch ein kleines Loch in eine Kammer, die keine anderen Öffnungen hatte und ihr spärliches Licht durch eine hohe Decke aus zähen, transparenten Bahnen empfing.

Zwei abstoßende Geschöpfe lagen am Boden der Kammer. Es waren kleine Versionen des verstümmelten Leichnams, den Enge im Ambesed hatte sehen müssen. Ihre Schädel waren kahl und zerkratzt, wo man ihnen das Fell entfernt hatte. Ohne dieses und der stinkenden Fellstücke beraubt, die sie getragen hatten, zeigte sich, daß sie vollständig mit einer ekelerregenden, einfarbigen und wächsernen Haut bedeckt waren. Das größere, weibliche Geschöpf lag flach am Boden und gab ein eintönig winselndes Geräusch von sich. Das männliche Exemplar kauerte daneben und ließ verschiedenartige Grunzlaute hören. Dies dauerte längere Zeit an, bis das Gewinsel aufhörte. Dann machte auch das weibliche Exemplar andere Geräusche. Vaintè bedeutete Stallan, die Klappe zu schließen und zu gehen.

»Es könnte eine Art Sprache sein«, sagte Enge. Sie war wider Willen fasziniert von dem, was sie gesehen und gehört hatte. »Aber sie bewegen sich sehr wenig, wenn sie die Geräusche machen. Das ist verwirrend. Es wird viel Studium erfordern. Das ganze Konzept ist neuartig. Es ist eine andersartige Sprache, die Sprache von Ustuzou, einer Tierart, die sich von allen unterscheidet, die wir bisher untersucht haben. Es ist eine gewaltige und erregende Idee.«

»In der Tat. So interessant, daß ich dir befehle, ihre Sprache zu erlernen, damit du dich mit ihnen verständigen kannst.«

Enge machte ein Zeichen der Ergebung. »Du kannst nicht befehlen, daß ich denke, Eistaa. Selbst deine große Macht reicht nicht bis in die Köpfe anderer. Ich werde die Sprache der Tiere studieren, weil ich es wünsche.«

»Deine Gründe kümmern mich nicht, solange du meinen Befehlen gehorchst.«

»Warum möchtest du sie verstehen?« fragte Enge.

Vaintè wählte ihre Antwort sorgfältig, um nicht all ihre Motive zu offenbaren. »Wie du, fühle ich mich von dem Gedanken, daß ein Tier sprechen könnte, herausgefordert. Glaubst du, ich sei keiner intellektuellen Neigungen fähig?«

»Vergib den negativen Gedanken, Vaintè. Du warst in unserem Efenburu immer die Erste. Du führtest damals, weil du verstandest, was wir nicht verstanden. Wann fange ich an?«

»Jetzt gleich. Wie willst du es in Angriff nehmen?«

»Ich habe keine Ahnung, denn es ist noch nie gemacht worden. Laß mich zu der Klappe zurückkehren und den Geräuschen lauschen. Während ich das tue, werde ich mir einen Plan ausdenken.«

Vaintè verließ sie ohne weitere Fragen. Sie war erfreut und zufrieden mit ihrer Leistung. Es war zwingend notwendig gewesen, Enges Mitarbeit zu gewinnen, denn wenn sie sich geweigert hätte, wäre es unvermeidlich zu einem größeren Zeitverlust gekommen. Man hätte Botschaften nach Inegban senden müssen, um dort eine geeignete Person ausfindig zu machen, die dann nach Alpèasak geschickt worden wäre, um die sprechenden Tiere zu erforschen. Sofern sie wirklich sprachen und nicht bloß Geräusche machten. Vaintè aber benötigte diese Information so bald wie möglich, da es in den nördlichen Gegenden weitere Kreaturen dieser Art geben mochte, die zu einer Bedrohung werden könnten. Die Sicherheit der Stadt verlangte, daß sie sich Klarheit verschaffte.

Zuerst mußte sie sich so vollständig wie möglich über diese Felltiere unterrichten und in Erfahrung bringen, wo und wie sie lebten, wie sie sich fortpflanzten und wie viele von ihnen es gab. Das mußte der erste Schritt sein.

Der zweite würde ihre Verfolgung und Ausrottung sein. Es kam darauf an, sie vom Angesicht der Erde zu tilgen. Denn mit ihrer niederen Verschlagenheit und ihren Steinwerkzeugen waren sie tödliche Tiere, denen nicht zu trauen war; Tiere, die am Strand gnadenlos alle Yilanè abgeschlachtet hatten, deren sie habhaft geworden waren. Das würde ihr Untergang sein.

Enge beobachtete die Kreaturen aus der Dunkelheit und hing ihren Gedanken nach. Hätte sie Vaintès wirkliche Motive gekannt, so würde sie sich standhaft geweigert haben, ihr diesen Handlangerdienst zu erweisen. Vielleicht hätte sie bei eingehender Überlegung Vaintès verborgene Absichten erkannt. Dazu kam es aber nicht, weil ihre Gedanken ganz und gar auf das faszinierende linguistische Problem konzentriert waren.

Fast einen halben Tag lang verharrte sie in stiller Beobachtung, lauschte und versuchte zu verstehen. Am Ende begriff sie nichts von allem, was sie gehört hatte, aber es zeichneten sich die Umrisse eines Planes ab, wie sie ihr Vorhaben beginnen sollte. Still schloß sie die Klappe und machte sich auf die Suche nach Stallan.

»Ich bleibe bei dir«, sagte die Jägerin, als sie die Tür entriegelte. »Sie können gefährlich sein.«

»Nur für kurze Zeit. Sobald sie sich beruhigen, wird es nötig sein, daß ich mit ihnen allein bin. Aber dann wirst du draußen in Bereitschaft stehen. Sollte ich dich brauchen, werde ich rufen.«

Ein unkontrollierbarer Schauer kräuselte Enges Kamm, als Stallan die Tür öffnete und sie einließ. Der grobe Gestank der Tiere verblüffte sie. Es glich allzusehr dem Eindringen in eine Tierhöhle. Aber ihre Intelligenz überwand den instinkthaften Abscheu, und sie stand fest und entschlossen da, als die Tür hinter ihr geschlossen wurde.

Kennep at halikaro, kennep ar hargoro,
ensi naudin ar san eret skarpa tharm
senstar et sano lawali.

Ein Junge kann leichtfüßig und von
kräftigem Arm sein, aber er ist nur
dann ein Jäger, wenn an seiner Speer-
spitze das Tharm eines Tieres ist.

9

»Sie haben meine Mutter getötet, dann meinen Bruder, direkt neben mir«, sagte Ysel. Sie hatte aufgehört zu schreien und zu jammern, aber noch immer waren ihre Augen voll Tränen, die ihr über die Wangen rannen. Sie wischte sie mit dem Handrücken weg, dann rieb sie sich den rasierten Kopf.

»Sie haben alle umgebracht«, sagte Kerrick.

Er hatte nicht geweint, kein einziges Mal, seit man ihn hierher gebracht hatte. Vielleicht lag es an der Art und Weise, wie das Mädchen sich aufführte und die ganze Zeit heulte und schrie. Sie war älter als er, fünf oder sechs Jahre älter, und doch schrie sie wie ein Säugling. Kerrick verstand das, wußte, daß es leicht dazu kommen konnte. Man brauchte dem nur nachzugeben. Aber er wollte es nicht tun. Ein Jäger weinte nicht, und er war auf einer Jagd dabeigewesen. Er war mit seinem Vater, Amahast, dem größten Jäger, unterwegs gewesen. Er war jetzt tot, wie alle anderen Angehörigen des Sammad. Bei dem Gedanken schnürte es ihm die Kehle zu, aber er kämpfte gegen die Tränen an. Ein Jäger weinte nicht.

»Werden sie uns umbringen, Kerrick? Das werden sie nicht tun oder?« fragte sie.

»Doch.«

Ysel fing wieder an zu jammern, warf die Arme um ihn und zog ihn fest an sich. Das war nicht recht; nur kleine Kinder umschlangen einander mit den Armen. Doch obgleich er wußte, daß es ungehörig war, empfand er ihre Berührung als angenehm. Ihre Brüste waren klein und hart, und es gefiel ihm, sie zu berühren. Aber als er es tat, stieß sie ihn von sich und weinte noch lauter. Verdrießlich stand er auf und entfernte sich. Sie war dumm, und er mochte sie nicht. Vor ihrer gemeinsamen Gefangenschaft hatte sie nie mit ihm gesprochen, nun aber, seit sie nur noch zu zweit waren, sah sie es anders. Er nicht. Es wäre besser gewesen, wenn an ihrer Stelle einer seiner Freunde hier wäre. Aber sie waren alle tot; die Erinnerung löste Angst in ihm aus. Niemand sonst war am Leben geblieben. Sie würden die nächsten sein. Ysel schien das nicht zu verstehen. Sie konnte nicht einsehen, daß sie nichts tun konnten, um sich zu retten. Er hatte wieder und wieder sorgfältig die Kammer durchsucht, aber es gab nichts, was als Waffe verwendbar gewesen wäre. Auch gab es keine Fluchtmöglichkeit. Die aus Kürbisschalen hergestellten Wasserbehälter waren zu leicht, als daß man ein Kind damit hätte niederschlagen können, geschweige denn einen der Murgu, die sie hierhergebracht hatten. Er hob die Wasserschale vom Boden auf und trank; sein leerer Magen knurrte. Er war hungrig – aber nicht hungrig genug, um das Fleisch zu essen, das sie ihnen gebracht hatten. Der bloße Anblick verursachte ihm Brechreiz. Es war nicht gekocht oder gebraten, noch war es roh. Etwas war damit geschehen, denn es hing wie kalte Gallerte am Knochen. Er stieß es mit dem Finger an und schauderte. Im selben Augenblick knarrte die Tür und wurde geöffnet.

Ysel drückte das Gesicht in den Winkel zwischen Wand und Boden und schrie. Sie hatte die Augen geschlossen und wollte nicht sehen, was hereinkam. Kerrick stand mit geballten Fäusten der Öffnung gegenüber und dachte an seinen Speer, und was er ihnen antun würde, wenn er ihn nur hier hätte.

Diesmal waren es zwei von den Murgu. Vielleicht hatte er sie vorher schon einmal gesehen, vielleicht auch nicht. Ihm schienen sie alle gleich. Höckerig, schuppig, dickschwänzig, schillernd in verschiedenen Farben, die oftmals von einem Augenblick zum anderen wechselten, mit fleischig-harten Kämmen über Kopf und Rücken. Es waren Murgu, die wie Menschen gingen und mit deformierten, zweifingrigen Händen zugriffen, wenn es etwas anzufassen gab. Kerrick wich bei ihrem Eintreten langsam zurück, bis seine Schultern die Wand berührten, und er nicht weiter konnte. Sie starrten ihn mit ausdruckslosen Augen an. Einer zuckte und bewegte die Arme und machte dazu quäkende Geräusche. Das Holz drückte hart gegen seine Schulterblätter.

»Haben sie schon etwas gegessen?« fragte Enge. Stallan verneinte mit einer Gebärde, dann zeigte sie zu den Kürbisgefäßen.

»Das ist gutes Fleisch, enzymbehandelt und gut zu essen. Sie pflegen ihr Fleisch im Feuer zu brennen, bevor sie es essen. Also dachte ich mir, daß sie es nicht roh würden haben wollen.«

»Hast du ihnen Früchte hingelegt?«

»Nein. Sie sind Fleischfresser.«

»Vielleicht sind sie Allesfresser. Wir wissen wenig über ihre Gewohnheiten. Bring ein paar Früchte.«

»Ich kann dich nicht hier allein mit ihnen lassen. Vaintè selbst befahl mir, dich zu bewachen.« Stallan machte ein Zeichen des Unwillens über die gegensätzlichen Anweisungen.

»Ich kann mich gegen diese kleinen Geschöpfe verteidigen, wenn es sein muß. Haben sie bisher jemand angegriffen?«

»Nur als wir sie hereinbrachten. Das männliche Exemplar war bösartig, versuchte zu beißen und wehrte sich mit Händen und Füßen. Wir schlugen es, bis es damit aufhörte. Seitdem hat es Ruhe gegeben.«

»Ich werde ungefährdet sein. Du hast Vaintès Anweisungen befolgt. Nun befolge meine.«

Stallan hatte keine andere Wahl. Sie verließ widerwillig die Kammer. Enge wartete in nachdenklichem Schweigen, während sie überlegte, wie sie die Kommunikation mit den Geschöpfen eröffnen könnte. Das weibliche Exemplar lag noch immer am Boden, das Gesicht der Wand zugekehrt, und es machte wieder das hohe, quietschende Geräusch. Das kleine männliche Exemplar war still und unzweifelhaft so dumm wie alle Männer. Sie bückte sich, ergriff die Liegende bei der Schulter und versuchte sie herumzuziehen. Die Haut war warm und fühlte sich nicht unangenehm an. Das winselnde, quietschende Geräusch wurde lauter – und auf einmal durchzuckte ein jäher Schmerz ihren anderen Arm.

Enge schrie auf. Sie schlug instinktiv zu und warf die kleine Bestie zu Boden. Der kleine Teufel hatte sie in den Arm gebissen, so daß es blutete. Sie krümmte die krallenbewehrten Finger und zischte vor

Wut. Die Kreatur krabbelte von ihr fort, und sie folgte ihr. Dann blieb sie schuldbewußt stehen.

»Wir sind im Unrecht«, sagte sie. »Wir haben euer Rudel getötet. Was du getan hast, darf man dir nicht vorwerfen.« Sie rieb sich den schmerzenden Arm und besah das frische Blut an ihrer Handfläche. Die Tür wurde geöffnet, und Stallan kam herein. Sie hatte eine Kürbisschale mit orangefarbenen Früchten im Arm.

»Das männliche Tier hat mich gebissen«, sagte Enge ruhig. »Sind sie giftig?«

Stallan warf die Schale mit den Früchten beiseite und stürzte zu ihr, warf einen Blick auf die Wunde und wandte sich mit erhobener Faust dem kauernden Übeltäter zu. Enge hielt sie mit einer leichten Berührung zurück.

»Nein. Es war meine Schuld. Nun, was ist mit der Bißwunde?«

»Nicht gefährlich, wenn sie gut gereinigt wird. Du mußt mit mir kommen, daß ich sie behandeln kann.«

»Nein, ich werde hier warten. Ich will vor diesen Tieren keine Furcht zeigen. Du kannst die Verletzung hier behandeln.«

Stallan zeigte ihre Mißbilligung, sie konnte aber nichts dagegen tun. Sie eilte hinaus und kehrte kurz darauf mit einem hölzernen Kasten zurück. Diesem entnahm sie einen kleinen Wasserbehälter und reinigte die Wunde mit einem Schwamm. Dann zog sie die Hülle von einem Nefmakel und setzte ihn an den Arm. Enges feuchte Haut erweckte die schlafende Kreatur zum Leben, die sich sogleich an ihrem Arm festsaugte und antibakterielle Flüssigkeit auszuscheiden begann. Sobald dies getan war, nahm Stallan zwei knotige schwarze Klumpen aus dem Kasten.

»Ich werde dem männlichen Jungen Arme und Beine binden. Die Bestie ist bösartig und gefährlich.«

Der Übeltäter zappelte und versuchte zu entkommen, aber Stallan packte und schleuderte ihn zu Boden. Dann kniete sie auf seinem Rükken und hielt mit einer Hand seine Beine nieder. Mit der anderen Hand ergriff sie eine der Fesseln, wickelte sie dem Gefangenen um die Knöchel und steckte der lebenden Fessel den Schwanz in den Mund. Die Fessel schluckte ihren Schwanz durch einen Reflex und zog ihren Körper fest zusammen. Erst als auch die Arme des Gefangenen gebunden waren, ließ Stallan ihn los und warf ihn beiseite.

»Ich werde bleiben und dich bewachen«, sagte sie. »Es ist meine Pflicht. Vaintè befahl, daß ich dich beschützen solle. Ich bin einmal nachlässig gewesen, und du bist verletzt worden. Ich kann nicht zulassen, daß es noch einmal geschieht.«

Enge signalisierte widerwillige Zustimmung und hob eine der verstreut liegenden Orangen auf. Sie zeigte auf das weibliche Exemplar, das eng an die Wand geschmiegt am Boden lag.

»Nun werden wir sehen. Dreh diese da um, daß sie mich sehen kann.«

Ysel stieß einen heiseren Schrei aus, als die kalten Hände sie ergriffen, unsanft aufhoben und sie mit dem Rücken gegen die Wand stießen. Sie biß auf ihre Knöchel und schluchzte, als der andere Marag auf sie zukam, stehenblieb und eine Orange in die Höhe hielt. Langsam öffnete er den Mund und zeigte Reihen spitzer weißer Zähne. Dann stieß er ein tierisches Gekreisch aus und fuchtelte mit der Orange vor Ysels Gesicht herum. Gleichzeitig kratzten die Fußkrallen den Boden. Ysel zitterte und wimmerte vor Angst, bemerkte aber nicht, daß sie ihre Knöchel aufgebissen hatte, und daß das Blut über ihr Kinn rann.

»Frucht«, sagte Enge. »Runde, süße gute Frucht. Wenn du sie ißt, füllt sie dir den Magen und macht dich froh. Essen macht stark. Nun tue, wie ich dir sage.« Sie sprach zuerst lockend, dann befehlend. »Du wirst diese Frucht nehmen. Du wirst sofort essen.«

Dann sah sie das Blut, wo die Kreatur sich selbst verletzt hatte, und wandte sich angewidert ab. Sie sammelte die Früchte ein, legte sie in die Kürbisschale, stellte diese auf den Boden der Kammer und zog sich mit Stallan zur Tür zurück.

»Sie haben primitive Werkzeuge«, sagte sie. »Nach deinem Bericht haben sie außerdem Schutzdächer aus Tierhäuten und große Tiere, die ihnen dienen, nicht wahr?«

Stallan bejahte.

»Dann müssen sie ein gewisses Maß an Intelligenz besitzen.«

»Das heißt nicht, daß sie sprechen können.«

»Richtig. Aber einstweilen werden wir annehmen müssen, daß sie eine Sprache haben, die sie untereinander zur Verständigung benützen. Ich darf mich nicht durch einen Fehler in der Einschätzung täuschen lassen –. Sieh an, das männliche Exemplar bewegt sich! Es muß die Früchte gewittert haben. Maskuline Reaktionen sind derber. Sein

Hunger bedeutet ihm mehr als die mögliche Bedrohung durch uns. Siehst du, wie es uns beobachtet? Noch immer ein wildes Tier. Da!« Sie rief es triumphierend. »Es macht sich über die Frucht her. Ein erster Erfolg. Wenigstens können wir sie jetzt füttern. Und da, sieh nur, es bringt dem weiblichen Exemplar eine Frucht. Altruismus – das muß Intelligenz bedeuten.«

Stallan war nicht überzeugt. »Wilde Tiere füttern auch ihre Jungen. Ich habe gesehen, wie sie bei der Jagd zusammenarbeiten. Das ist kein Beweis.«

»Vielleicht nicht, aber ich will mich nicht so rasch von dieser Möglichkeit abbringen lassen. Wenn Boote einfache Befehle verstehen können, dann sollten Kreaturen wie diese mindestens imstande sein, das gleiche zu tun.«

»Willst du sie dann lehren, wie wir es mit den Booten machen?«

»Nein. Anfangs wollte ich es so versuchen, aber ich möchte eine bessere Verständigungsmöglichkeit erreichen. Die Abrichtung von Booten besteht aus positiver und negativer Verstärkung einiger weniger Befehle. Ein elektrischer Schlag ist die Antwort auf eine falsche Reaktion, während ein Stück Nahrung den Erfolg belohnt. Das ist gut für Boote, aber ich versuche nicht, diese Tiere für eine Aufgabe abzurichten. Ich möchte mit ihnen sprechen, mit ihnen kommunizieren.«

»Sprechen ist eine sehr schwierige Sache. Viele von uns, die aus der See kommen, lernen es nie.«

»Du hast recht, Jägerin, aber das ist eine Sache des Grades. Die Jungen mögen Schwierigkeiten haben, wie Erwachsene zu sprechen, aber du darfst nicht vergessen, daß alle Jungen miteinander sprechen, wenn sie in der See sind.«

»Dann lehre diese Tiere die Kindersprache. Vielleicht sind sie in der Lage, diese zu meistern.«

Enge lächelte. »Es ist viele Jahre her, seit wir als Kinder sprachen. Erinnerst du dich daran, was dies bedeutet?«

Sie hob die Hand, und die Tönung der Handfläche wechselte von Grün zu Rötlich, dann wieder zurück zu Grün, als sie mit den Fingern ein Zeichen machte. Stallan lächelte.

»Tintenfische – viele.«

»Ja, du erinnerst dich richtig. Hast du aber auch bemerkt, wie wichtig die Farbe meiner Hand ist? Was ich sagte, würde ohne sie unverständlich sein. Können diese Felltiere die Farbe ihrer Handflächen verändern?«

»Das glaube ich nicht. Ich habe es nie beobachtet. Obwohl ihre Körper rote und weiße Farben haben.«

»Das könnte ein wichtiger Teil ihrer Sprache sein...«

»Wenn sie eine haben.«

»Richtig, wenn sie eine haben. Ich muß sie genauer beobachten, wenn sie wieder ihre Geräusche machen. Wichtiger aber ist, daß sie lernen, wie Yilanè zu sprechen. Man muß mit den einfachsten Ausdrücken beginnen. Sie müssen die Vollständigkeit der Kommunikation erlernen.«

Stallan machte eine Geste der Verständnislosigkeit. »Ich weiß nicht, was das heißt.«

»Dann werde ich es dir durch eine Demonstration erklären. Gib gut acht auf meine Worte. Fertig? Nun: Mir ist warm. Verstehst du?«

»Ja.«

»Gut. Mir ist warm, das ist eine Feststellung. Die Vollständigkeit ergibt sich aus der Vereinigung der Teile, der Feststellung. Jetzt sage ich es noch einmal, aber langsamer: Mir... ist... warm... Ich bewege meinen Daumen in dieser Weise, blicke gleichzeitig ein wenig aufwärts und sage warm, wenn ich den Schwanz ein wenig hebe. Alles das, die laut gesprochenen Töne und die richtigen Bewegungen verbinden sich miteinander und bilden erst dadurch den vollständigen Ausdruck.«

»Über solche Dinge habe ich nie nachgedacht. Und ich finde, daß es mir Kopfschmerzen bereitet, wenn ich es tue.«

Enge lachte und signalisierte Anerkennung der humoristischen Note. »Mir würde es im Dschungel draußen so schlecht ergehen wie dir im Dschungel der Sprache. Wenige studieren sie, vielleicht, weil sie so komplex und schwierig ist. Ich glaube, daß der erste Schritt zum Verständnis darin besteht, daß wir uns bewußt werden, wie unsere Sprache die Phylogenese rekapituliert.«

»Jetzt habe ich wirklich Kopfschmerzen. Und du glaubst, Tiere wie diese können das verstehen? Wenn selbst ich keine Ahnung habe, wovon du redest?« Stallan zeigte auf die Kreaturen, die nun still an der Wand kauerten und die Kürbisschale von ihren Früchten geleert hatten. Stücke der Orangenschalen lagen um sie verstreut.

»Ich werde nichts derart Schwieriges versuchen. Ich meinte damit, daß die Geschichte unserer Sprache unserer Entwicklung im Leben entspricht. Wenn wir jung sind und unser Leben in der See beginnen, sprechen wir noch nicht, aber wir suchen den Schutz und die beruhigende Nähe der anderen Mitglieder unseres Efenburu, die gleichzeitig mit uns das Leben im Wasser beginnen. Mit der Zunahme unserer Intelligenz sehen wir ältere miteinander sprechen. Einfache Bewegungen der Hände oder Beine, eine Farbveränderung der Handfläche. Mit wachsendem Alter lernen wir mehr und mehr, und wenn wir die See verlassen, fügen wir gesprochene Töne den anderen Zeichen hinzu, die wir im Meer gelernt haben, bis wir in der Vollständigkeit unserer Kommunikation Yilanè werden. Das führt mich zu meinem Problem hier. Wie bringe ich unsere Sprache diesen Kreaturen bei, die unseren Lebenszyklus nicht mit uns teilen? Oder tun sie es vielleicht? Machen sie nach der Geburt eine aquatische Periode durch?«

»Meine Kenntnis dieser Dinge ist weit davon entfernt, vollständig zu sein, und du mußt bedenken, daß uns diese Art von Ustuzou neu ist. Aber ich bezweifle sehr, daß sie jemals aquatisch waren. Ich habe einige der häufigeren und kleineren wilden Arten, die im Urwald vorkommen, gefangen und gezüchtet. Sie scheinen alle bestimmte Eigenschaften gemeinsam zu haben. Sie sind sehr warm, und zwar immer.«

»Das habe ich auch bemerkt. Es ist sehr seltsam.«

»Andere Dinge sind ebenso seltsam. Schau dir dieses männliche Exemplar an. Du siehst, daß er nur einen einfachen Penis hat, der nicht anständig zurückgezogen werden kann. Keine der Arten von Ustuzou, die ich gefangen habe, hat einen normalen doppelten Penis. Nicht nur das, ich habe ihre Paarungsgewohnheiten studiert; sie sind abscheulich.«

»Was meinst du damit?«

»Ich meine, daß die weiblichen Tiere das Ei austragen. Und wenn sie geboren sind, behalten die weiblichen Tiere sie bei sich und nähren sie mit weichen Organen, die an ihren Körpern wachsen. Du kannst sie sehen, dort an dem jungen weiblichen Tier.«

»Sehr ungewöhnlich. Dann glaubst du also, daß die Jungen sich auf dem Lande entwickeln und daß sie nicht in die See gehen, wie es normal ist?«

»Richtig. Das ist ein Wesenszug, der allen verschiedenen Ustuzou-

Arten, die ich beobachtet habe, eigentümlich ist. Ihre Lebenszyklen scheinen sich von den unseren in jeder Weise zu unterscheiden.«

»Siehst du, wie bedeutungsvoll deine Beobachtungen sind? Wenn sie eine eigene Sprache haben, können sie sie nicht in der gleichen Weise lernen, wie wir die unsrige.«

Stallan pflichtete ihr bei. »Das ist mir jetzt klar, und ich danke dir für die Erklärung. Ergibt sich aber nicht daraus eine äußerst wichtige Frage? Wenn sie eine Sprache haben – wie lernen sie sie?«

»Das ist tatsächlich die wichtigste Frage, und ich muß versuchen, die Antwort darauf zu finden. Aber ich kann dir aufrichtig sagen, daß ich nicht die leiseste Ahnung habe.«

Enge betrachtete die wilden Kreaturen, deren Gesichter vom Saft der verzehrten Früchte klebrig waren; sie starrten sie an. Wie könnte sie eine Möglichkeit finden, mit ihnen zu kommunizieren?

»Laß mich jetzt allein mit ihnen, Stallan. Das männliche Exemplar ist gefesselt, das weibliche zeigt keine Neigung zu Gewalttätigkeit. Wenn ich allein bin, werden sie nur mich beobachten können, und ihre Aufmerksamkeit wird nicht abgelenkt sein.«

Stallan dachte eine Weile darüber nach, bevor sie zögernd zustimmte. »Es soll sein, wie du verlangst. Ich stimme zu, daß die Gefahr jetzt nicht groß ist. Aber ich werde vor der Tür bleiben, die angelehnt und unversperrt sein wird. Du mußt mich rufen, wenn sie dich in irgendeiner Weise bedrohen.«

»Das werde ich tun, du hast mein Versprechen. Nun soll meine Arbeit beginnen.«

10

Ausbau und Erweiterung der neuen Stadt brachten eine Menge Arbeit mit sich. Viel zusätzliche Anstrengung war nötig, um die Fehler der früheren Eistaa, der verdientermaßen toten Deeste, zu berichtigen. Mit alledem waren Vaintès Tage vom frühen Morgen bis zum späten Abend ausgefüllt. Wenn sie sich müde schlafen legte, beneidete sie bisweilen die nachtaktiven Boote und die anderen Tiere mit nächtlicher Lebensweise. Wenn sie länger wach bleiben könnte, und wäre es jeden Tag nur für eine kurze Zeit, ließe sich so viel mehr bewerkstelligen. Es war ein unnatürlicher Gedanke, der sie gleichwohl an vielen Abenden vor dem Einschlafen beschäftigte. Den Schlaf selbst beeinträchtigte es indessen nicht, denn ein unruhiger, nervöser Schlaf war für die Yilanè eine physikalische Unmöglichkeit. Wenn sie die Augen schloß, schlief sie bewegungslos und tief, was für Außenstehende eine beunruhigende Ähnlichkeit mit dem Tod hatte. Dennoch war dieser Schlaf so leicht, daß er von etwas Ungewöhnlichem leicht unterbrochen werden konnte. Während der dunklen Nachtstunden kam es nicht selten vor, daß Vaintè von den Schreien ungesehener Tiere erwachte. Dann öffnete sie die Augen und lauschte einen Augenblick. Hörte sie nichts mehr, schloß sie sie und schlief wieder ein.

Erst mit dem Tageslicht erwachte sie ganz. An diesem wie an jedem anderen Morgen stieg sie aus dem warmen Bett, wandte sich um und stieß die Schlafstelle mit dem Zeh an. Als sie sich regte, trat sie zu der

Stelle, wo einer der ungezählten Baumstämme der lebendigen Stadt zu einer wassergefüllten schüsselförmigen Ausbauchung verwachsen war. Sie beugte sich über dieses natürliche Becken und trank vom süßen, klaren Wasser. Das Bett hinter ihr zog sich in einer Serie langsam erbebender Zuckungen zu einem langen Bündel an der Wand zusammen; sein Körper kühlte ab, und es versank in einen scheintoten Zustand, bis es wieder benötigt wurde.

Während der Nacht hatte es geregnet, und die Feuchtigkeit des geflochtenen Bodens war unangenehm kühl an Vaintès Fußsohlen, als sie eine offene Fläche überquerte. Daraufhin blieb sie auf überdachten Wegen, als sie zum Ambesed ging; viele Fargi schlossen sich ihr an.

Jeden Morgen vor Arbeitsbeginn kamen die Projektleiterinnen wie alle anderen Bürger der Stadt auf dem Ambesed zusammen. Es war Brauch, daß sie dort eine Weile im Gespräch beisammen blieben. Diese große, offene Fläche im Herzen der Stadt war der Mittelpunkt, um den sich all ihre verschiedenartigen Aktivitäten drehten. Vaintè ging zu ihrem bevorzugten Platz auf der Westseite, wo die aufsteigende Sonne zuerst schien. Sie war tief in Gedanken versunken und ging, ohne die Bürger zu beachten, die ihr den Weg freimachten. Sie war die Eistaa, diejenige, welche immer in gerader Linie ging. Die Borke des Baumes war bereits warm, und sie lehnte sich zufrieden daran, während ihre Pupillen sich zu schmalen Schlitzen verengten, als die ersten Sonnenstrahlen den Teil des Platzes erfaßten, wo sie stand. Der Anblick des erwachenden Alpèasak erfüllte sie mit großer Befriedigung: Er brachte ihr eine andere Art von Wärme, die noch erfreulicher war als die natürliche. Sie war stolz, auf diesen Platz gestellt zu werden, den höchsten Platz, denn dies war ihre Stadt. Unter ihrer Obhut sollte sie wachsen, sich ausdehnen, geschaffen aus der Wildnis dieser feindlichen Küste. Sie war entschlossen, ihr Bestes zu geben. Wenn die kalten Winde über das ferne Inegban bliesen, sollte diese neue Stadt bereit sein. Dann könnte ihr Volk kommen und hier leben und sie für alles ehren, was sie geleistet hatte. Wenn sie daran dachte, stellte sich stets der ärgerliche Gedanke ein, daß sie an dem Tag, da dies geschehen würde, nicht länger die Eistaa von Alpèasak wäre. Mit all den anderen würde Malsas kommen, die Eistaa von Inegban, der es bestimmt war, auch über die neue Stadt zu herrschen. Nun, vielleicht. Vaintè hielt dieses Wort geheim und sprach es niemals laut aus. Vielleicht. Im Lauf der Zeit kann vieles geschehen. Malsas war nicht mehr jung, und es gab andere, die von unten nachdrängten. Die Zeit ändert alles. Man tat gut daran, abzuwarten und die Entwicklungen zu beobachten. Einstweilen genügte es, die neue Stadt zu erbauen; gut zu erbauen.

Etdeerg fing Vaintès Blick auf und kam sofort zu ihr.

»Hast du gefunden, was die Nahrungstiere getötet hat?« fragte Vaintè.

»Wir haben, Eistaa. Es war ein großer Ustuzou, schwarz von Farbe, mit tödlichen Krallen und langen, scharfen Zähnen – so langen Zähnen, daß sie aus dem Maul der Bestie ragen, selbst wenn dieses geschlossen ist. Stallan ließ nahe der Öffnung, die das Tier in den Zaun gerissen hatte, Fallen aufstellen. Dort fanden wir es heute morgen tot. Die Fallen hielten es bei den Beinen, so daß es nicht fliehen konnte, während eine weitere seinen Hals umschlungen und es erwürgt hatte.«

»Enthauptet es. Wenn der Schädel gereinigt ist, bringt ihn mir.«

Vaintè schickte sie fort und ließ Vanalpè zu sich kommen. Die Biologin verließ die Gruppe, in der sie im Gespräch verweilte, und begrüßte die Eistaa mit einem Zeichen der Ergebenheit.

»Du wirst über den neuen Strand berichten«, sagte Vaintè.

»Er ist der Vollendung nahe, Eistaa. Der Boden ist bereitet, die Dornenhecke ist hoch, die Korallen vor der Küste gedeihen gut – berücksichtigt man, daß alles erst vor kurzem angelegt worden ist.«

»Ausgezeichnet. Dann können wir uns auf die neuen Geburten freuen. Geburten, die für immer alle Erinnerungen an die schrecklichen Geschehnisse am alten Strand auslöschen werden.«

Vanalpè stimmte ihr zu, drückte aber auch Zweifel aus. »Obwohl der Strand bald bereit sein wird, können wir ihn noch nicht als sicher ansehen.«

»Noch immer das gleiche Problem?«

»Es wird mit der Zeit gelöst werden. Ich arbeite eng mit Stallan zusammen, und wir glauben jetzt, daß eine Lösung in greifbarer Nähe ist. Die Bestien werden vernichtet werden.«

»Sie müssen vernichtet werden. Was geschehen ist, darf nie wieder vorkommen.«

Die düstere Stimmung wich langsam wieder von ihr, als Vaintè mit anderen sprach und in die Einzelheiten des ungeheuren und vielgestaltigen Werkes verstrickt wurde, welches der Aufbau der neuen Stadt war. Dennoch entfernten ihre Gedanken sich niemals weit von der Jägerin. Als einige Zeit verstrichen und Stallan nicht erschienen war, sandte sie eine Fargi nach der Jägerin aus. Es ging bereits auf Mittag zu, als Stallan sich bei ihr im kühlenden Schatten des Laubwerks einfand.

»Ich bringe dir eine gute Nachricht, Eistaa. Der Strand wird bald sicher sein.«

»Wenn das der Fall ist, wird die Schande der Stadt ein Ende haben.«

»Und die Plage der Alligatoren. Wir haben die Plätze gefunden, wo sie ihre Eier ablegen. Ich habe alle Eier einsammeln und die Jungen einfangen lassen. Sie sind sehr schmackhaft.«

»Ich habe sie gegessen und stimme dir zu. Dann wirst du sie mit den anderen Fleischherden aufziehen?«

»Nein, dafür sind sie zu gefährlich. Am Flußufer werden besondere Einfriedungen gebaut.«

»Sehr gut. Aber was machst du mit den ausgewachsenen Tieren?«

»Diejenigen, welche für unsere Fallen zu groß sind, werden gejagt und getötet. Es ist eine Vergeudung guten Fleisches, aber wir haben keine andere Wahl. Mit nachtaktiven Booten nähern wir uns ihnen, bevor die Tageswärme sie lebendig werden läßt, und wir töten sie dann am Strand.«

»Zeig mir, wo sie ihre Eier ablegen. Ich möchte es selbst sehen.«

Vaintè hatte genug vom Ambesed. Mit zunehmender Wärme machte sich eine allgemeine Trägheit bemerkbar, und viele zogen sich in den Schatten zurück, um zu ruhen. Sie aber wollte der Verlockung nicht nachgeben; es gab zu viel zu tun.

Eine Gruppe Fargi folgte ihnen, als sie langsam zum Strand gingen. Selbst unter den Bäumen war es heiß, und mehr als einmal erfrischten sie sich in den Tümpeln, die zu Abkühlungszwecken neben dem Pfad ausgehoben worden waren. Der größte Teil des Sumpfes, den sie durchschritten, war noch nicht urbar gemacht worden. Es war ein Dickicht aus Unterholz, Zypressen und faulenden Resten abgestorbener Vegetation, die von Wolken kleiner stechender Insekten belebt war. Endlich gelangten sie an eine von dichtem Busch und Palmen gesäumte sandige Küste. An den höher gelegenen Stellen gediehen hohes Gras und seltsam abgeflachte Pflanzen, die mit langen Nadeln bewaffnet waren. Dieses Land Gendasi war eine ganz andere Welt als jene, die sie kannten, voll von einer endlosen Vielfalt neuer und unbekannter Erscheinungen.

Vor ihnen lag der Fluß, der hier im Mündungsbereich tief und langsam dahinzog. Die Boote waren an den Strand gezogen und wurden gerade von den Wärterinnen gefüttert. Blut tropfte aus ihren schnabelartigen Mäulern, als die Fargi rote Fleischbrocken hineinstopften.

»Alligatorfleisch«, sagte Stallan. »So geht es nicht ganz verloren. Die Boote sind so gut genährt, daß sie bald zur Fortpflanzung bereit sein werden.«

»Dann laßt sie ein wenig hungern. Wir brauchen sie jetzt alle in betriebsbereitem Zustand.«

Wo das Sumpfgebiet endete, trat dichter Wald nahe an die Ufer heran. Zu Füßen der mächtigen Zypressen und immergrünen Eichen leuchteten, im Unterholz versteckt, Blumenteppiche am Waldboden. Lianen hingen von bemoosten, weit ausgreifenden Ästen herab, die einer erstaunlichen Vielfalt von Schmarotzerpflanzen und Orchideen Lebensraum gewährten. Der ganze Wald schien zu bersten von der Fülle des Lebens, dem er Heimat war. Bunte Vögel sausten kreuz und quer durch die grünen Schatten, um im Lichtgesprenkel einfallender Sonnenstrahlen plötzlich wie in magischem Schein zu funkeln. Exotische Schmetterlinge gaukelten im grünen Dämmerlicht, und rotgestreifte Schnecken zogen ihre glänzenden Spuren über die Stämme. Über allem aber schwebte ein vielstimmiges Konzert von Vogelrufen, Gezwitscher, mißtönenden Schreien und durchdringendem Krächzen.

»Ein reiches Land«, sagte Vaintè.

»Entoban muß einmal so ausgesehen haben«, antwortete Stallan, die mit geblähten Nasenöffnungen die von keinem Windhauch bewegte Luft witterte. »Bevor die Städte sich ausbreiteten und das Land von einem Ozean zum anderen bedeckten.«

»Glaubst du, daß es wirklich so war?« Vaintè bemühte sich, diese neue Vorstellung zu verstehen. »Es ist nicht einfach, sich das zu vergegenwärtigen. Man meint immer, die Städte seien seit dem Ei der Zeit dagewesen.«

»Ich habe mehr als einmal mit Vanalpè darüber gesprochen. Sie hat es mir erklärt. Was wir hier in diesem Land Gendasi sehen, mag sehr wohl dem Bild entsprechen, das Entoban vor sehr langer Zeit geboten haben muß. Bevor die Yilanè ihre Städte wachsen ließen.«

»Du hast natürlich recht. Wenn wir unsere Städte errichten, muß es auch einmal eine Zeit gegeben haben, in der es nur eine einzige Stadt gab. Was zu dem verwirrenden Gedanken führt, daß es einmal eine Zeit gegeben haben mag, in der überhaupt keine Städte existierten. Ist so etwas möglich?«

»Ich weiß es nicht. Du mußt darüber zu Vanalpè sprechen, die solche beunruhigenden Vorstellungen gemeistert hat.«

»Du hast recht. Ich werde sie fragen.« Sie bemerkte, daß die Fargi sie allzu nahe umdrängten und sich mit offenen Mündern bemühten, das Gespräch zu verstehen. Vaintè scheuchte sie mit einer schnellen Geste zurück.

Bald näherten sie sich den Schlammbänken und Uferstreifen, wo die Alligatoren ihre Eier ablegten, doch waren die meisten großen Tiere bereits erlegt. Die Überlebenden waren vorsichtig geworden und verschwanden im undurchsichtigen Flußwasser, als die Yilanè erschienen. Die weiblichen Tiere verließen ihre Brutplätze als letzte, denn überraschenderweise sorgten diese primitiven und unintelligenten Tiere für ihre Eier und ihre Jungen. Weiter voraus lagen Boote am Ufer, und ein Arbeitstrupp von Fargi plagte sich damit im heißen Sonnenschein. Vaintè suchte die Aufseherin auf, die aus dem Schatten eines großen Baumes den Fortgang der Arbeiten überwachte.

»Berichte mir von deiner Arbeit«, sagte Vaintè.

»Gute Fortschritte werden gemacht, Eistaa. Zwei Bootsladungen sind in die Stadt geschickt worden. Wir fangen alle Jungen, deren wir habhaft werden können, mit Netzen. Sie sind sehr dumm und leicht zu fangen.«

Sie beugte sich über ein umzäuntes Becken am Ufer, griff schnell zu und richtete sich auf. Von ihrem ausgestreckten Arm baumelte ein am Schwanz gepackter junger Alligator. Er zappelte und zischte und versuchte mit seinen kleinen Zähnen nach der Hand zu schnappen, die ihn hielt.

Vaintè nickte anerkennend. »Gut, sehr gut. Eine Gefahr mehr beseitigt und unsere Mägen gefüllt. Ich wünschte, all unsere Probleme könnten eine solch erfreuliche Lösung finden.« Sie wandte sich an Stallan. »Gibt es andere Brutstätten?«

»Nicht zwischen dieser und der Stadt. Sobald wir hier aufgeräumt haben, werden wir flußaufwärts und in den Sümpfen suchen. Es wird Zeit kosten, aber wir müssen gründlich sein.«

»Gut. Nun werden wir uns die neuen Felder ansehen, bevor wir zur Stadt zurückkehren.«

»Die anderen Jägerinnen erwarten mich, Eistaa. Zhekakot, unsere Aufseherin hier, wird dir den Weg zeigen, wenn es dir recht ist.«

»Es ist mir recht«, sagte Vaintè.

Eine schwüle Hitze lag in der stillen Luft. Sie bestiegen die Boote und glitten hinaus in den Strom. Vaintè bemerkte, daß der Himmel eine seltsam gelbliche Färbung angenommen hatte, die sie nie zuvor gesehen hatte. Selbst das Wetter war hier in diesem fremden Teil der Welt anders. Während sie flußab dahinglitten, kam wieder ein Wind auf, aber er hatte die Richtung geändert und wehte von achtern. Vaintè wandte sich um und sah die dunkle Linie, die am Horizont erschienen war. Sie zeigte hinüber.

»Zhekakot, was hat das zu bedeuten?«

»Ich weiß es nicht. Wolken irgendeiner Art. Ich habe dergleichen noch nie gesehen.«

Die schwarze Wolkenbank näherte sich mit unglaublicher Geschwindigkeit. Innerhalb kürzester Zeit hatte sie sich bedrohlich nahe herangeschoben und verdunkelte den Himmel. Und mit ihr kam der Sturm. Seine ersten Böen schlugen wie eine Faust zu, und eines der Boote, seitwärts von der jähen Gewalt getroffen, kenterte. Die Schreckensschreie brachen plötzlich ab, als die Insassen ins aufgewühlte Wasser geschleudert wurden. Das Boot tauchte und platschte und richtete sich wieder auf, während die Yilanè im Wasser in alle Richtungen davonschwammen, um den Schwanzschlägen des Bootes auszuweichen. Niemand schien verletzt, und nach großen Schwierigkeiten gelang es, sie aus den Wellen zu retten und an Bord der anderen Boote zu ziehen. Alle hatten die Ozeane ihrer Kindheit seit vielen Jahren verlassen und schwammen unbeholfen. Vaintè rief Anweisungen, bis eine der ehrgeizigeren Fargi, begierig nach höherem Status, selbst wenn es das Risiko einer Verletzung bedeutete, zu dem noch aufgeregten Boot schwamm und an Bord kletterte. Sie sprach in scharfem Ton zu ihm, trat es in eine empfindliche Stelle und brachte es endlich wieder unter Kontrolle.

Die Windböen pfiffen über das Wasser, rissen Gischtspritzer von den Wellenkämmen und drohten die anderen Boote zum Kentern zu bringen. Alle Yilanè hatten die Nickhäute über die Augen herabgelassen und ihre Nasenschlitze gegen den peitschenden Regen geschlossen. Durch das Toben der Elemente drang ein ungeheures Krachen aus dem Wald, als einer der Riesenbäume umstürzte und kleinere mit sich riß.

Vaintès Stimme war im Tosen des Sturmes nicht zu hören, aber sie begleitete ihre Befehle mit Gesten. Die Fargi verstanden, daß sie die Boote von den Flußufern fernhalten sollten, um nicht von umstürzenden Bäumen erschlagen oder vom Wind gegen die lehmigen Böschungen gedrückt zu werden.

Die Boote schwankten in den hochgehenden Wellen; die Yilanè drängten sich zusammen, um im kalten, prasselnden Regen warm zu bleiben. Es schien sehr lang zu dauern, bis der Wind endlich ein wenig nachließ. Die schlimmste Gewalt des Unwetters schien gebrochen.

»Zurück zur Stadt!« befahl Vaintè. »So schnell wie möglich.«

Der orkanartige Sturm hatte Schneisen in den Wald gerissen und da und dort selbst die größten Bäume umgeworfen. Bange Befürchtungen erfüllten Vaintè. Wie weit ging diese Zerstörung? Hatte der Sturm auch die Stadt erfaßt? Es schien kaum möglich, daß sie verschont geblieben war. Und die Bäume, aus denen sie bestand, waren größtenteils noch jung und weniger widerstandsfähig als die Baumriesen des Waldes. Wieviel Schaden konnte das Unwetter angerichtet haben! Es war ein schrecklicher Gedanke, aber er war unabweisbar. Visionen furchtbarer Zerstörung vor den Augen, trieb Vaintè das Boot zu noch höherer Geschwindigkeit an.

Stallan hielt das gebundene Tier beim Genick, als sie die Falle öffnete, die seine zappelnden Gliedmaßen gefangenhielt. Dann ließ sie es in den Käfig fallen. Sie war so auf ihre Arbeit konzentriert, daß sie den Wetterumschlag erst bemerkte, als sie sich aufrichtete. Ihre Nasenschlitze öffneten sich, als sie witternd den Kopf hob. Etwas war im Anzug, eine Gefahr. Sie hatte an der ersten Forschungsexpedition teilgenommen, die auf der Suche nach einem Standort für die neue Stadt den Ozean nach Gendasi überquert hatte. Als sie sich auf die Küste von Alpèasak geeinigt hatten, war sie eine der wenigen gewesen, die dageblieben war, als der Uruketo nach Inegban zurückgekehrt war.

Sie und ihre Gefährtinnen waren bewaffnet, kräftig und der Gefahren kundig gewesen, die im unerforschten Urwald lauerten. Aber es war die unbekannte Gefahr gewesen, der sie beinahe zum Opfer gefallen wären, die ihre Lebensmittelvorräte vernichtet und sie gezwungen hatte, entweder auf die Jagd zu gehen oder zu verhungern. Es war ein Sturm aus Wind und Regen gewesen, von einer Gewalt, die ihnen bislang unbekannt gewesen war.

Und es hatte genau so begonnen, mit gelblich verfärbtem Himmel, schwüler und drückender Luft. Stallan verschloß den Tierkäfig und rief aus Leibeskräften die Gefahrenwarnung. Alle Fargi in Hörweite merkten auf, denn es war eines der ersten Worte, die sie in der See lernten.

»Ihr dort, zum Ambesed; ihr anderen verteilt euch. Sagt es allen. Ein Sturm mit Regengüssen und furchtbarem Wind ist im Anzug. An die Strände, auf die offenen Felder, fort von den Bäumen!«

Sie rannten, und keine war schneller als Stallan. Als die ersten Windböen kamen, eilten bereits Hunderte von Yilanè zu den offenen Flächen. Dann schlug der Sturm mit seiner ganzen Gewalt zu. Und der prasselnde Regen verbarg die Stadt hinter grauen Vorhängen.

Stallan fand eine Gruppe Fargi, die zusammengekauert am Flußufer saß. Sie zwängte sich zwischen sie, um ein wenig Schutz vor dem kalten Regen zu haben. So blieben sie, während der Orkan über sie herfiel. Einige von den Jüngeren zischten vor Angst und wollten instinktiv die Flucht ergreifen, bis Stallans scharfer Befehl sie zum Verstummen brachte. Die Autorität der erfahrenen Jägerin hielt sie an Ort und Stelle fest, während die Naturgewalten tobten. Erst als der Sturm abzog, gab sie ihnen Anweisung, zur Stadt zurückzukehren.

Sie selbst harrte am Ufer aus, bis Vaintès müdes Boot die mit abgerissenem Laub, Ästen und Treibgut übersäte Sandbank erreichte. Lange bevor Worte gewechselt werden konnten, signalisierte sie, daß alles in Ordnung sei. Nicht vollkommen, aber gut.

»Berichte mir von den Schäden«, rief Vaintè, als sie an Land ging.

»Zwei Fargi tot und...«

Vaintè winkte ärgerlich ab. »Die Stadt, nicht die Bürger.«

»Größere Schäden sind noch nicht gemeldet. Dagegen gibt es eine Menge kleinerer durch abgerissene Äste, und einige Teile der Stadt melden fortgerissene Schutzdächer und entwurzelte Jungbäume,

Fargi sind ausgesandt, die neuen Felder und die Herden zu inspizieren, doch liegen noch keine Meldungen von ihnen vor.«

»Weit besser, als ich befürchtete. Die Meldungen werden im Ambesed einlaufen.«

Die Schäden waren nicht zu übersehen. An vielen Stellen waren die lebenden Überdachungen fortgerissen, und die Gehwege waren mit den breiten, nun vielfach zerfetzten Blättern bedeckt. Aus einer der Einfriedungen drangen jämmerliche Schmerzlaute, als sie vorbeigingen. Stallan sah, daß eine Hirschkuh sich während des Sturms in der Panik ein Bein gebrochen hatte. Ein Pfeil aus dem stets schußbereiten Hèsotsan erlöste das Tier von seinen Qualen.

»Es ist schlimm, es hätte aber noch furchtbarer sein können«, sagte Vaintè. »Es ist eine starke Stadt, die gut wächst. Wird der Sturm wieder zuschlagen?«

»Wahrscheinlich nicht – wenigstens nicht bis nächstes Jahr. Zu anderen Zeiten gibt es Wind und Regen, aber dieser Sturm kommt nur zur gegenwärtigen Jahreszeit vor.«

»Ein Jahr ist alles, was wir brauchen. Der Schaden wird repariert, und Vanalpè wird dafür sorgen, daß die Pflanzungen verstärkt und gekräftigt werden. Diese neue Welt ist grausam und hart, aber sie wird uns nicht bezwingen.«

»Es wird sein, wie du sagst, Eistaa«, sagte Stallan. Ihre Worte waren nicht einfache Zustimmung, sondern stark gefärbt von der Erkenntnis, daß Vaintè genau das meinte, was sie sagte, und daß sie ausführte, was sie sich vornahm.

Um jeden Preis.

11

Alpèasak wuchs und heilte zugleich seine Wunden. Tagelang waren Vanalpè und ihre Helferinnen in der Stadt herumgeklettert und hatten eine sorgfältige Bestandsaufnahme der Sturmschäden gemacht. Hormongaben beschleunigten das neue Wachstum, und bald breiteten die überdachenden Blattpflanzen ihr nachwachsendes Laubwerk über Wege und Räume, und zusätzliche Baumstämme und Luftwurzeln verstärkten die Wände. Doch Vanalpè begnügte sich nicht mit dem einfachen Wiederaufbau. Widerstandsfähige Schlingpflanzen, zäh und elastisch, durchzogen nun die Wände und Dächer.

So wurde die Stadt nicht nur stärker, sondern mit jedem Tag auch sicherer, da die Rodungen und Neuanpflanzungen im äußeren Randgebiet gleichzeitig vorangetrieben wurden. Diese Ausweitung, obwohl sie zufällig schien, war das Ergebnis sorgfältiger Planung und effizienter Ausführung. Der gefährlichste Teil, das Aussetzen der Käfermaden im Urwald, wurde von den Töchtern des Todes übernommen. Obwohl sie durch bewaffnete Fargi gegen Angriffe unbekannter Raubtiere geschützt waren, gab es keinen Schutz gegen Verletzungen aller Art oder Schlangenbisse. Die Folge davon war, daß es zu einer Anzahl von ernsten Verletzungen und sogar einigen Todesfällen kam. Die Stadt kümmerte es so wenig wie Vaintè. Die Stadt kam an erster Stelle.

Sobald die Larven ausgebracht waren, war das Schicksal des zur Rodung bestimmten Waldstückes besiegelt. Die gefräßigen Tiere waren durch gezielte genetische Eingriffe eigens für diesen Zweck geschaffen worden. Vögel und andere Insektenfresser fanden ihren Geschmack bitter und abstoßend; die Larven ihrerseits fanden alle pflanzliche Nahrung verzehrenswert. In Massen ausgesetzt, machten sie sich unersättlich über alles her, was in ihre Reichweite kam. Wo sie in hinreichender Zahl ausgesetzt wurden, blieben zuletzt nur die ausgehöhlten Skelette größerer Bäume stehen, und der Erdboden war mit einer übelriechenden Schicht ihres Kotes bedeckt. Mit dem Fressen wuchsen sie, bis die abstoßenden, gelblichweißen, mit Borsten bedeckten Tiere eine Spanne lang waren.

Darauf verpuppten sie sich und starben bis auf einige wenige, die frühzeitig eingesammelt wurden und Injektionen einer antibakteriellen Lösung erhielten. Denn gleichzeitig mit ihrem Wachstum hatten sich sorgfältig eingepflanzte Bakterienkulturen in ihnen ausgebreitet und führten nun im Puppenstadium zu ihrem sicheren Tod – eine Sicherheitsvorkehrung, um zu verhindern, daß diese Geschöpfe die Erde kahl fraßen. So starben sie und verfaulten in der Schicht ihrer eigenen Ausscheidungen. Die vorausschauende Planung Vanalpès und der anderen Geningenieure hatte sich nicht mit dem Erreichen des unmittelbaren Ziels begnügt. Genauso wichtig war für sie die Notwendigkeit, daß die anfallenden Stoffe biologisch abgebaut und in bodenverbessernden Humus umgewandelt wurden. Fäulnisbakterien und Fadenwürmer zersetzten das organische Material innerhalb kurzer Zeit. Sie wurden durch das warme Klima und die häufigen Regenfälle unterstützt. Schon nach wenigen Tagen konnten Arbeitstrupps den Boden auflockern, Dornenhecken pflanzen und die Aussaat vornehmen. So war der Wildnis wieder ein Feld abgewonnen, drängte sie weiter von der Stadt zurück und bildete mit seiner dichten Dornenhecke eine weitere Barriere gegen die dort draußen verborgenen Gefahren.

Dennoch hatte dieses langsame Vordringen nichts Unnatürliches oder Zerstörerisches. Die Yilanè lebten im Einklang mit ihrer Umwelt. Sie verstanden sich als ein Teil von ihr, der in der Natur wurzelte und unentwirrbar mit ihr verknüpft war: Alles andere wäre undenkbar gewesen. Die Felder waren verschieden groß und unregelmäßig geformt. Ihre Ausmaße und Grenzziehungen hingen allein von der

Widerstandsfähigkeit des Waldes und der Gefräßigkeit der Käferlarven ab. Die schützenden Dornenhecken bildeten Barrieren verschiedener Dichte, während allenthalben Teile des ursprünglichen Waldes stehenblieben und der Landschaft bis in die Stadt hinein eine natürliche Vielgestaltigkeit erhielten.

Die Herden der Weidetiere waren ebenso verschieden. Jedesmal, wenn der Uruketo von Inegban zurückkehrte, brachte er von dort befruchtete Eier oder neugeborene Junge mit. Die abwehrschwachen Arten weideten der Stadt am nächsten, auf den ursprünglichen Weideflächen, wo die Urukub und Onetsensast zur Reife herangewachsen waren. Diese gepanzerten, aber gutmütigen Pflanzenfresser weideten nun auf den neuen Flächen am Rand des Waldes. Ihre Größe, welche diejenige eines Mammuts um das Doppelte übertraf, ihre gewaltigen Hörner und die gepanzerten dicken Hautplatten machten sie unempfindlich gegen alle Gefahren, die aus dem Waldesdickicht drohen konnten.

Vaintè war erfreut über die Fortschritte. Wenn sie ihren täglichen Gang zum Ambesed antrat, tat sie es mit der Gewißheit, daß keine Probleme auftreten würden, die sie nicht lösen konnte. An diesem Morgen aber, als eine Fargi mit einer Botschaft gelaufen kam und andere, die ihr im Weg waren, grob beiseite stieß, um die Wichtigkeit ihrer Botschaft anzudeuten, erhielt sie einen Hinweis, daß nicht alles zum Besten stand.

»Eistaa, der Uruketo ist zurückgekehrt. Ich war in einem Fischerboot und sah ihn selbst...«

Vaintè brachte das dumme Geschöpf mit einer knappen Geste zum Schweigen, und dann winkte sie ihren Begleiterinnen. »Wir gehen zum Wasser. Ich möchte die Nachrichten aus Inegban hören.«

In gemessenem Stillschweigen schritt sie an der Spitze ihres Gefolges den Pfad hinunter. Obwohl es in Alpèasak niemals kalt war, regnete es häufig. Die Feuchtigkeit hatte einen abkühlenden Effekt, so daß sie und viele andere die Gewohnheit angenommen hatten, mit einem Umhang zu gehen, der sie zugleich warm hielt und Schutz gegen den Regen bot.

Langwieriges Ausbaggern durch die Paddelfüße von Eisekol hatte den Fluß entlang dem Anlegesteg vertieft. Die Ladung des Uruketo mußte nicht mehr in Boote umgeladen und an Land gebracht werden, denn nun konnte das gewaltige Tier bis an den Steg gelenkt werden. Es kam gerade durch die Regenvorhänge über der Flußmündung in Sicht, als Vaintè mit ihrem Gefolge am Steg anlangte. Die Hafenaufseherin ließ bereits durch ihre Arbeiterinnen frisch getötete und mit Steinen beschwerte Fische zu dem unter Wasser angelegten Futterplatz des Uruketo bringen. Als das wenig intelligente Tier in die richtige Position längsseits kam, um am Steg festgemacht zu werden, begann es sogleich mit dem Verzehren der bereitgelegten Nahrung. Vaintè beobachtete den Ablauf mit Befriedigung. Eine gute Stadt war eine durchorganisierte Stadt, und Alpèasak war eine solche. Ihr Blick ging über den gewaltigen schwarzen Körper des Tieres zu der großen Rückenflosse, wo Erefnais stand und das Anlegemanöver leitete.

Neben der Kommandantin stand Malsas.

Vaintè erstarrte bei diesem Anblick, hatte sie doch die Existenz der anderen Eistaa vollständig aus ihrem Bewußtsein verbannt. Desto unbarmherziger überkam sie jetzt mit der Erinnerung die Erkenntnis und durchbohrte sie mit einem Schmerz, der schneidender war als jede Messerklinge.

Malsas, die Eistaa von Inegban, für welche diese Stadt erbaut wurde. Sie würde nach der Fertigstellung von Alpèasak ihr Volk hierherbringen und an Vaintès Stelle hier herrschen. Malsas, aufrecht und wachsam, mit dem Ausdruck unangefochtener Autorität im Blick. Sie war weder alt noch krank. Sie würde Eistaa von Alpèasak sein.

Vaintè verharrte in ihrer Erstarrung, damit ihre Bewegungen nichts von den Gedanken verrieten, die ihr durch den Kopf gingen, als Malsas und ihr Gefolge den Uruketo verließen und auf sie zukamen. Vaintè konnte nur hoffen, daß Förmlicheit ihre wahren Empfindungen verdecken würde.

»Willkommen in Gendasi, Eistaa, willkommen in Alpèasak«, sagte sie. Eine sehr erzwungene Freude über die Anwesenheit der Eistaa, und eine ebenso erzwungene Dankbarkeit gab ihren Willkommensworten emotionale Farbe.

»Es ist mir eine Freude, in Alpèasak zu sein«, antwortete Malsas ebenso förmlich. Aber die letzte Silbe erforderte ein Öffnen des Mundes, das ihre Zähne zeigte – und danach schloß sie den Mund nicht gleich, sondern ließ eine quälend lange Frist verstreichen. Diese Andeutung war für Vaintè Warnung genug und brauchte nicht wiederholt zu werden. Vaintè wurde um der Arbeit willen, die sie tat, respektiert; aber sie konnte rasch ersetzt werden. Vaintè zwang alle Gedanken an Eifersucht und Verrat aus ihrem Bewußtsein und schlug den Blick nieder, um die Annahme der Warnung zu signalisieren.

Dieser kurze Austausch war so subtil, daß die anderen Yilanè nichts davon bemerkten. Angelegenheiten dieser Ebene waren nicht ihre Sache. Malsas scheuchte die Assistentinnen und Fargi mit einer Geste der Abweisung noch weiter zurück. Dann sprach sie erst wieder, als sie zur Stadt zurückwanderten, damit ihr Gespräch nicht beobachtet oder belauscht werden konnte.

»Der letzte Winter war kalt, und dieser ist noch kälter. In diesem Sommer kamen keine Jungen oder Fargi von Soromset, um in Inegban Aufnahme zu finden. Als das Wetter am wärmsten war, sandte ich eine Gruppe von Jägerinnen aus, um zu sehen, wie es um Soromset bestellt sei. Die Stadt war tot. Soromset existiert nicht mehr. Sie starb genauso wie Ergetpe. Die Blätter der Stadt sind tot. Aasfressende Krähen pikken die Gebeine der Yilanè ab, die dort lebten. An den Stränden und in den warmen Wassern der vom Land umgebenen Seen von Isegenet lebten die Yilanè in drei großen Städten...«

Sie verstummte, und Vaintè beendete den Satz für sie.

»Ergetpe ist an der Kälte zugrunde gegangen. Soromset hat ihr Schicksal geteilt. Nur Inegban ist übriggeblieben.«

»Nur Inegban ist übriggeblieben, und mit jedem Winter rückt die Kälte näher. Unsere Herden werden klein, und bald wird es Hunger geben.«

»Alpèasak wartet.«

»Und so muß es sein, wenn die Zeit kommt. Aber es besteht größere Notwendigkeit, die Felder auszuweiten und die Zahl der Tiere zu vermehren. Was uns betrifft, so müssen wir mehr Uruketo züchten, aber das ist ein langwieriges Geschäft, das wir zu spät in Angriff genommen haben. Immerhin besteht die Hoffnung, daß die neue Züchtung erfolgreich sein wird. Sie ist kleiner als das Tier, mit dem ich kam, entwickelt sich aber sehr viel rascher. Wir müssen genug von ihnen haben, um die ganze Stadt in einem Sommer evakuieren zu können. Nun zeig mir, was unsere Leute vorfinden werden, wenn sie in Alpèasak eintreffen.«

»Sie werden dies vorfinden«, sagte Vaintè und wies auf die Stämme und die lebenden Flechtwände und Holzlattenböden der Stadt, die sich rings um sie erstreckten. Der Regen hatte aufgehört, die Sonne kam hervor und funkelte auf Millionen Regentropfen im nassen Laub. Malsas zeigte Zustimmung. Vaintè machte eine ausholende Armbewegung.

»Jenseits der Stadt liegen die Felder und Weiden. Sie füllen sich bereits mit Tieren aller Art, die das Auge und den Magen erfreuen.«

Vaintè ließ bewaffnete Wachen vorausgehen, als sie die Viehweiden durchschritten, um die äußeren Felder zu erreichen. Durch die hohen Wände dichter Dornenhecken konnten sie die Riesengestalten der Urukub am Waldrand sehen, wo sie belaubte Zweige von überhängenden Ästen rissen. Selbst aus dieser Entfernung vernahmen sie das dumpfe Kollern der Steine in den Pansen der Tiere, die zur Zerkleinerung und Verdauung der gewaltigen Nahrungsmengen beitrugen. Malsas bewunderte den Anblick in achtungsvollem Schweigen, bevor sie sich umwandte und den Rückweg zum Herzen der Stadt antrat.

»Du hast gut gebaut, Vaintè«, sagte sie in Hörweite des Gefolges. »Ihr alle habt gut gearbeitet.«

Vaintès Gebärde dankbarer Akzeptanz war mehr als die rituelle Abfolge der Bewegungen. Das Lob und die Anerkennung der Eistaa von Inegban waren eine so hohe Auszeichnung, daß in ihrem Bewußtsein keine Gedanken von Eifersucht oder Rebellion mehr Platz finden konnten. In diesem Augenblick wäre sie Malsas aufrichtig in den sicheren Tod gefolgt. Sie ließen die anderen jetzt näher aufschließen, damit sie zuhörten und lernten, denn dies war die einzige Möglichkeit zu lernen und etwas im Gedächtnis zu behalten. Erst als sie die Öffnung in der Wand der Geschichte durchschritten, nahm ihr Gespräch wieder eine Hinwendung zu mehr düsteren Dingen, denn die Geschichte in der Wand war die des Todes.

Zwischen dem Kreis des Ambesed und dem Kreis der Geburtsstrände stand die dornenbewehrte Wand der Geschichte. In sie eingebettet waren die symbolischen Verteidigungsmittel, die in früherer Zeit Sinn und Bedeutung gehabt hatten. Konnten die Yilanè damals wirklich Riesenkrabben wie jene geschwungen haben, die hier aufbewahrt wurden, um an den Geburtsstränden die Brut zu schützen? Die Legende wollte es so, aber niemand vermochte zu sagen, ob die Überlieferung stimmte. Die Brennesseln, die Dornensträucher, sie wurden heutzutage noch verwendet. Aber wie stand es um diese Riesenskorpione, deren getrocknete Körper in der Wand der Geschichte verwahrt wurden? Niemand wußte es, aber die alten Überreste wurden sorgfältig erhalten und bewundert. Sie waren zuvor mit größter Behutsamkeit aus der Wand von Inegban herausgelöst und als ein Zeichen der Kontinuität der Stadtgeschichte hierhergebracht worden.

Da die Wand auch lebendige Geschichte war, deren Ereignisse bis in die Gegenwart hineinreichten, waren an dem Eingang, der den Stränden am nächsten lag, die mumifizierten Körper toter Hèsotsan eingeflochten, und neben ihnen die zähnestarrenden Schädel der Angreifer, die sie getötet hatten.

Am Ende der Wand gab es einen rundlichen Schädel mit leeren Augenhöhlen, der von der Sonne gebleicht war. Er war von Speerspitzen und scharfen Steinklingen umgeben. Malsas blieb vor ihm stehen und signalisierte Neugierde und das Verlangen nach einer Erklärung.

»Einer von den Ustuzou, die dieses Land beschmutzen. Alle Schädel, die du hier siehst, sind von verlausten, felltragenden, warm stinkenden Ustuzou, die uns bedroht, und die wir getötet haben. Aber diese namenlose Art war die schlimmste von allen. Mit diesen scharfkantigen Steinen verübten sie die Tat, die schlimmer ist als alles andere.«

»Sie ermordeten die Männer und die Kinder.« Malsas sprach die Worte mit der Kälte des Todes.

»Das taten sie. Wir stellten ihnen nach und töteten sie.«

»Natürlich. Ihr seid nicht länger von ihnen geplagt?«

»Nein. Alle sind tot. Diese Art ist in dieser Gegend nicht heimisch, sondern kam aus dem Norden. Wir folgten den Fährten und töteten sie, jeden einzelnen von ihnen.«

»Dann sind die Strände jetzt sicher?«

»In jeder Weise, ausgenommen die Korallenriffe. Aber diese wachsen rasch, und wenn sie hoch genug sind, wird es die ersten Geburten geben. Dann werden die Geburtsstrände in jeder Weise gesichert sein.« Vaintè zog die Krallen einer Hand über die Rundung des gebleichten Schädels. »Insbesondere gesichert gegen diese gefährlichen Bestien. Sie sollen uns nie wieder behelligen.«

12

Am Nachmittag gab es eine besondere Mahlzeit. Es war eine förmliche Gelegenheit, Malsas und ihr Gefolge willkommen zu heißen. Ereignisse dieser Art waren so selten, daß die meisten der jüngeren Fargi noch nie ein solches erlebt hatten; den ganzen Tag liefen sie aufgeregt durcheinander und sprachen darüber. Dies war eine ganz neue und ungewöhnliche Sache, denn in ihrer alltäglichen Existenz war der Fleischverzehr für die Yilanè, obwohl sie dem Essen sehr zugetan waren und ihnen viel daran lag, mit vollem Magen einzuschlafen, eine einsame Beschäftigung. Jede pflegte einer der Fleischzubereiterinnen ein breites Blatt hinzuhalten und erhielt eine Portion des köstlichen enzymbehandelten Fleisches, das sie dann an einem ruhigen Ort verzehrte. Dies war die gewohnte Art der Nahrungsaufnahme, und sie konnten sich nicht vorstellen, wie es anders sein könnte. An diesem Tag wurde wenig gearbeitet, denn die Bewohnerinnen der Stadt drängten sich an den Rändern des Ambesed zusammen, erkletterten die niedrigeren Äste günstig stehender Bäume, um die einmaligen Vorgänge zu verfolgen.

Nach ihrem Rundgang durch Stadt und Felder hielten Vaintè und Malsas ihren Einzug auf dem Ambesed. Dort wurden Malsas Persönlichkeiten vorgestellt, die für das Wachstum von Alpèasak verantwortlich waren oder sich sonst um das Gemeinwesen verdient gemacht hatten. Die meiste Zeit verbrachte Malsas im Gespräch mit Vanalpè. Als sie sich zu ihrer Zufriedenheit unterrichtet hatte, ließ Malsas sie alle gehen und wandte sich an Vaintè.

»Die Wärme der Sonne und das Gedeihen dieser Stadt haben den Winter aus meinen Gedanken vertrieben. Ich werde mit dieser Nachricht nach Inegban zurückkehren. Sie wird den kommenden Winter für uns dort weniger kalt sein lassen. Erefnais berichtet, daß der Uruketo gefüttert und beladen und reisefertig sei. Wir werden essen, dann werde ich abreisen.«

Vaintè erklärte ihr Bedauern und ihren Kummer über die unerwartet rasche Abreise. Malsas dankte ihr, wies aber jeden Gedanken an einen längeren Aufenthalt von sich.

»Ich verstehe deine Gefühle. Aber ich habe genug gesehen, um zu wissen, daß die Arbeit hier in guten Händen ist. Und der Uruketo ist langsam: Wir dürfen nicht einen einzigen Tag vergeuden. Laß uns essen. Du kennst Alakensi, meine erste Beraterin und Efensalè. Sie wird dir diesmal das Fleisch servieren.«

»Ich bin geehrt, hochgeehrt«, sagte Vaintè und dachte nur an das Privileg dieses Angebotes, ohne einen einzigen Gedanken auf Alakensi selbst zu verwenden, die sie seit langem kannte. Sie war eine Kreatur von schlauer Berechnung und unfreundlichen Intrigen.

»Gut.« Malsas winkte Vanalpè zu sich. »Nun wollen wir essen. Alakensi, die mir in allem am nächsten ist, wird Vaintè das Fleisch servieren. Du, Vanalpè, die du dich um den Entwurf, die Entwicklung und das Wachstum dieser Stadt so verdient gemacht hast, bist auserwählt, mir das Fleisch zu servieren.«

Über diese Auszeichnung war Vanalpè sprachlos, wie eine Junge, die gerade dem Ozean entstiegen ist; jede Bewegung ihres Körpers sprach von Stolz und Dankbarkeit.

»Zu diesem besonderen Anlaß gibt es zweierlei Fleisch«, sagte Vaintè. »Eins aus der alten Welt, eins aus der neuen.«

»Alt und neu sollen in unserem Inneren so verschmelzen, wie es Inegban in Alpèasak tun soll«, sagte Malsas. Im engeren Kreis des Gefolges wurden Beifallsrufe laut, denn sie hatte so gut gesprochen, und die Idee war so neuartig, daß sie einander die nächste Zeit davon erzählen und darüber nachdenken konnten. Vaintè ergriff erst wieder das Wort, als Malsas' Erklärung die ihr gebührende Würdigung erfahren hatte.

»Das Fleisch aus der alten Welt ist Urukub, herangezüchtet aus einem an diese Küsten gebrachten Ei, ausgebrütet unter der Sonne von Gendasi und groß geworden mit der Nahrung dieser Welt. Es gibt andere, aber dieser ist der größte. Ihr habt ihn alle gesehen, als wir das Weidegebiet bei den Sümpfen passierten. Ihr alle habt die Glätte seiner Haut bewundert, die gebogene Länge seines Halses, das feste Fleisch seiner Flanken. Ihr habt es gesehen.«

Die Antwort war ein Gemurmel von Zustimmung und Anerkennung, denn sie alle hatten den winzigen Kopf am Ende jenes langen Halses gesehen, der sich mit einem großen Maul voll triefender grüner Vegetation hoch aus dem Wasser erhoben hatte.

»Der erste Urukub, der geschlachtet worden ist, war so groß, daß wir uns alle daran satt essen werden können. Dann wird es für Malsas und diejenigen, welche mit ihr von Inegban gekommen sind, noch das Fleisch eines Tieres geben, das sie nie zuvor verzehrt haben, nämlich des Fleisch eines schnellfüßigen Hirsches, wie man ihn nur hier findet. Das Essen wird jetzt beginnen.«

Die zwei, die zum Servieren ausersehen waren, eilten fort, um kurz darauf mit Kürbisbehältern voll Fleisch zurückzukehren. Jede kniete vor der Eistaa nieder, die sie zu bedienen hatte. Malsas streckte die Hand aus und nahm einen langen Knochen mit einem kleinen schwarzen Doppelhuf am Ende heraus. Kühles süßes Fleisch hing lose davon herab. Sie riß ein großes Stück mit den Zähnen herunter, dann hob sie den Knochen hoch, damit alle ihn sehen konnten.

»Urukub«, rief sie, und alle, die sie hörten, bewunderten ihren Humor. Denn der kleinste Knochen in einem Urukub war größer als dieses ganze Tier.

Vaintè war erfreut. Die Mahlzeit verlief angenehm. Als sie fertig waren und ihre Hände in Kürbisschalen mit Wasser gereinigt hatten, die ihre Serviererinnen zu ihnen emporhielten, war die Zeremonie zu Ende, und die anderen gingen zum Essen, bevor die Dunkelheit kam.

Als Malsas sah, daß sie momentan unbeobachtet waren und niemand sich in ihrer Nähe aufhielt, wandte sie sich vertraulich an Vaintè. Ihre Stimme war leise und die Bewegungen ihrer Gliedmaßen bloße Andeutungen.

»Alles, was heute hier gesagt wurde, war mehr als wahr. Alle haben hart gearbeitet, und du am härtesten. Darum weiß ich, daß du die Arbeitskraft der Töchter des Todes gebrauchen kannst, die ich mitgebracht habe.«

»Ich habe sie gesehen. Sie werden hier Verwendung finden.«

»Verwende sie, bis sie sterben!« Malsas' Kiefer klappten mit der Gewaltsamkeit ihres Ausdrucks laut zusammen. »Es gibt mehr und mehr von ihnen, wie Termiten fressen sie sich durch unsere Stadt. Sieh zu, daß sie nicht versuchen, auch diese Stadt aufzufressen.«

»Es gibt nicht die leiseste Möglichkeit, daß dies hier geschehen könnte. Ich habe harte und gefährliche Arbeit für sie alle. Das ist ihr Schicksal.«

»Dann sind wir uns einig. Gut. Nun zu dir, arbeitsame, nimmermüde Vaintè. Was kann man machen, um dir mehr zu helfen?«

»Nichts, wir haben alles, was wir brauchen.«

»Du sprichst nicht von persönlichen Bedürfnissen, aber ich weiß, daß du Hilfe gebrauchen kannst. Darum ist es mein Wunsch, daß Alakensi, meine Efensalè und meine rechte Hand, die mir am nächsten ist, deinem Gefolge angegliedert werde. Um deine erste Helferin zu sein, die deine Arbeit mit dir teilt.«

Vaintè erlaubte sich nicht die geringste Bewegung, nicht das leiseste Wort, denn beides hätte die Aufwallung jäher Erbitterung verraten, die sie überflutete. Aber sie brauchte auch nicht zu sprechen. Malsas blickte ihr gerade in die Augen, und Auge in Auge verstanden sie beide. Malsas erlaubte sich eine kleine spöttische Siegesgeste, dann wandte sie sich um und führte ihre Anhängerinnen zum Uruketo.

Hätte Vaintè in diesem Augenblick eine Waffe besessen, sie hätte einen tödlichen Pfeil in diesen sich entfernenden Rücken geschossen. Malsas mußte vor ihrer Ankunft jeden Augenblick dieser Begegnung geplant haben. Sie hatte ihre Augen und Ohren in Alpèasak, die ihr alles meldeten, was hier geschah. Sie hatte gewußt, daß Vaintè als Eistaa dieser Stadt unwillig sein würde, ihre Macht abzugeben. Darum war die abstoßende Alakensi hergebracht worden. Sie sollte an Vaintès Seite sitzen und beobachten und spionieren und alles melden, was getan und gesagt wurde. Ihre Gegenwart würde Vaintè ständig an ihr sicheres Schicksal erinnern. Sie, Vaintè, würde sich abmühen und diese Stadt errichten, um am Ende aus ihrer Stellung gedrängt zu werden. Denn von da an würde alles Malsas gehören. Jetzt erst erkannte sie, was geschehen war: Ihre Zukunft erklärte ihre Vergangenheit. Von

Anfang an hatte Malsas das alles geplant. Laß Vaintè arbeiten und kämpfen und die Stadt errichten und mit dem Abschluß der Arbeit ihr eigenes Schicksal besiegeln.

In einer ungewollten und verräterischen Geste scharrte sie mit dem Fuß, so daß die dicken, scharfen Nägel die Holzoberfläche aufrissen. Nein! So sollte es nicht sein. Am Anfang hatte sie nur durch ihre eigene Arbeit aufsteigen wollen, mehr nicht. Arbeit und Verantwortung aber hatten aus dieser Stadt ihre Stadt gemacht. Niemals sollte Malsas hier herrschen. Alakensi war der Tod bestimmt; ihre Ernennung war ihr Todesurteil. Die Einzelheiten waren noch nicht klar, aber die Zukunft war es. Mochte der Winter über Inegban hereinbrechen, auf Alpèasak schien die Sonne. Dort herrschte Schwäche, während hier die Stärke wuchs. Alpèasak gehörte ihr – und niemand sollte es ihr jemals wegnehmen.

In ihrem Zorn floh Vaintè die Gegenwart anderer und wanderte auf Umwegen durch die Stadt, wo nur vereinzelte Fargi sie sehen konnten. Wer sie aber erkannte, suchte das Weite vor dem Zorn, den jede ihrer Bewegungen ausstrahlte.

Hoch über dem Hafen gab es einen Ausguck, der jetzt verlassen war. Vaintè stieg hinauf und stand in den langen Schatten des Nachmittags, während der Uruketo beladen wurde. Die letzte Fracht, die an Bord genommen wurde, bestand aus den leblos scheinenden Körpern einiger Hirsche. Vanalpè hatte das Gift verbessert, welches zur Betäubung großer Tiere für den Transport verwendet wurde. Die neue Droge betäubte nicht, noch tötete sie; sie führte vielmehr einen Zustand herbei, der dem Scheintod ähnelte. Atmung und Herzschlag der Tiere wurden durch das Mittel extrem verlangsamt. In diesem Zustand konnten sie über den Ozean nach Inegban geschafft werden und benötigten während der Überfahrt weder Nahrung noch Wasser. Vaintè wünschte sich sehnlichst, daß Malsas einer solchen Behandlung unterzogen würde und daß sie bis zum Ende der Zeit totengleich liegenbleiben möge.

Als der Uruketo in der Abenddämmerung auslief, ging Vaintè still und allein durch die einbrechende Dunkelheit zu ihrem Quartier und schlief trotz des Zorns, der sie noch immer beherrschte, augenblicklich ein. Der Schlaf reinigte ihre Gedanken vom Haß, aber am Morgen war daraus eine tief sitzende Erbitterung geworden, die sich mit harter

Entschlossenheit verband. Denjenigen, die sie auf dem Ambesed sahen, schien sie unverändert, aber als sie auf der anderen Seite des Platzes Alakensi sah, mußte sie sich abwenden, um ihre Gefühle nicht zu verraten. Nach außen drückte die neue Stimmungslage sich in Ungeduld und in erhöhter Reizbarkeit aus, wie manche bald erfahren mußten. Es war Enges Pech, daß sie gerade zu dieser Unzeit an sie herantrat.

»Ich habe ein kleines Anliegen, Eistaa«, sagte sie.

»Abgelehnt. Von deinesgleichen wünsche ich nur Arbeit.«

»Du bist bisher niemals ohne einen Grund grausam gewesen«, sagte Enge gefaßt. »Soviel ich weiß, sind für die Eistaa alle Bürger gleich.«

»Genau. Es ist aber meine Entscheidung, daß die Töchter des Todes nicht länger Bürgerinnen sind. Ihr seid Arbeitstiere. Ihr werdet bis zum Tode arbeiten, das ist euer Schicksal.« Die von der Last der laufenden Geschäfte unterdrückte Erinnerung wurde durch Enges Anblick wieder aufgefrischt, und sie fuhr fort: »Wie steht es mit den Ustuzou, die du sprechen lehren wolltest? Zeit ist vergangen, viel Zeit.«

»Mehr Zeit ist vonnöten. Das ist mein Anliegen.«

»Erkläre dich.«

»Jeden Morgen beginne ich meine Arbeit mit den Ustuzou in der Hoffnung, daß dies der Tag des Durchbruchs sein werde, des Verstehens. Jeden Abend verlasse ich sie mit dem starken Empfinden, daß alles vergeudete Mühe ist. Das weibliche Exemplar ist intelligent; ist es aber bloß die Intelligenz eines Elinou, der durch die Stadt schleicht und Mäuse jagt? Die Handlungen sehen intelligent aus, sie sind es aber ganz gewiß nicht.«

»Und das männliche Exemplar?«

»Dumm, wie alle Männer. Er antwortet nicht, selbst wenn man ihn schlägt. Er sitzt bloß da und starrt stumm vor sich hin. Aber seine Gefährtin reagiert auf Freundlichkeit und ist wie ein Elinou, eine angenehme Gesellschaft. Aber nach all der Zeit kann sie nur ein paar Sätze sprechen, meistens falsch und immer schlecht. Sie muß sie gelernt haben, wie ein Boot lernt, und sie haben sicherlich keine Bedeutung für sie.«

»Ich bin nicht erfreut über diese Nachricht«, sagte Vaintè. Enge hätte die ganze Zeit auf den Feldern arbeiten können; ihre Bemühungen waren umsonst gewesen. Die Gründe für den Versuch, mit den Ustuzou in Kommunikation zu treten, waren nicht mehr wichtig. In der Zwischenzeit hatte es keine weiteren Kontakte mit den Kreaturen gegeben, geschweige denn weitere Bedrohungen durch sie, während es an Schwierigkeiten anderer Art nicht fehlte. Doch wenn die Gefahr auch gebannt schien, das intellektuelle Interesse war noch wach.

»Wenn die Geschöpfe nicht Yilanè lernen können«, sagte sie, »hast du dich bemüht, ihre Sprache zu lernen?«

Enge signalisierte mit einer krampfhaften Bewegung ihres Körpers Hilflosigkeit und Zweifel. »Das ist eine weitere Frage, die ich nicht beantworten kann. Zuerst hielt ich sie für Ambenin, sprachlose Tiere, die zu keiner Verständigung fähig sind. Nun aber sehe ich sie als Ugunin...«

»Unmöglich!« Vaintè wies die Vorstellung weit von sich. »Wie kann ein Lebewesen sich mit anderen verständigen, ohne Informationen zu geben oder zu empfangen? Du gibst mir Rätsel auf, statt Antworten zu liefern.«

»Ich weiß es, und es tut mir leid, aber ich habe keine andere Bezeichnung für sie. Ihre Geräusche und Bewegungen scheinen keinem übergreifenden Muster zu folgen, und ich sage dies mit dem Wissen, das ich aus der Beobachtung Tausender von Bewegungen und Geräuschen gewonnen habe. Alle sind bedeutungslos. Es war schwierig, sie sind so bleich und bewegen sich so wenig. Zuletzt bin ich zu der Meinung gekommen – nur als Theorie –, daß sie eine andere Kommunikationsebene haben müssen, die uns für immer verschlossen bleiben wird. Ich habe keine Ahnung, von welcher Art sie sein könnte. Es gibt eine Theorie geistiger Ausstrahlung, nach welcher ein Gehirn unmittelbar zu einem anderen sprechen kann. Hätten wir eine Physikerin in der Stadt, ließe sich vielleicht eine Antwort darauf finden.«

Sie verstummte, als Vaintè Zweifel und Unglauben ausdrückte.

»Du hörst niemals auf, mich in Erstaunen zu versetzen, Enge. Ein sehr guter Verstand ging dieser Stadt verloren, als du dein Leben dieser widerwärtigen Philosophie widmetest. Nun aber denke ich, daß deine Experimente und Erwartungen ein Ende gefunden haben. Ich werde deine Ustuzou aufsuchen und entscheiden, was zu tun ist.« Vaintè sah Stallan und winkte ihr, mit ihnen zu gehen.

Sie schritt voraus, gefolgt von Enge und Stallan. Als sie sich dem

Gefängnis näherten, eilte Stallan, um den verriegelten Eingang zu öffnen. Vaintè trat an ihr vorbei und blickte auf die Ustuzou nieder, während Stallan für den Fall eines Angriffs bereitstand. Das weibliche Junge kauerte am Boden, hatte aber die Lippen von den Zähnen zurückgezogen, und Vaintè wurde zornig über diese offensichtliche Drohung. Das kleine männliche Junge stand in bleicher, bewegungsloser Erstarrung an der Rückwand.

Vaintè rief Enge herein. »Nun laß sehen, was sie können.«

Als Kerrick das Scharren des Riegels hörte, der die Tür von außen versperrte, sprang er zur Rückwand der Kammer. Er war wie immer davon überzeugt, daß dies der Augenblick des Todes sein werde. Ysel begann ihn deswegen schon auszulachen.

»Dummer Junge«, sagte sie, mit den Fingern über die Kratzer auf ihrem kahlen Schädel fahrend. »Immer noch ängstlich wie ein Säugling. Der Marag bringt uns Essen und spielt mit uns...«

»Murgu bringen Tod, und eines Tages werden sie uns umbringen.«

»Du Dummer.« Sie warf mit einer Orangenschale nach ihm und wandte sich mit einem Lächeln der Besucherin zu.

Aber diesmal trat zuerst ein fremder Marag ein, der schwerfällig mit den Füßen stampfte, und Ysels Lächeln verging. Aber der andere Vertraute kam gleich hinter ihm herein, zusammen mit dem Brutalen, und das Lächeln kehrte wieder. Es war ein Tag wie jeder andere.

Sie war ein träges und nicht allzu intelligentes kleines Mädchen.

»Sprich zu mir«, befahl ihr Vaintè. Sie wartete einen Augenblick, dann wiederholte sie mit Betonung, langsam und klar, wie man eine junge Fargi anredete: »Sprich... zu... mir!«

»Ich bitte, laß es mich zuerst versuchen«, bat Enge in Demutshaltung. »Ich kann eine Antwort erhalten.«

»Damit ist es vorbei. Wenn die Kreatur nicht reden kann, ist es das Ende. Zuviel Zeit ist vergeudet worden.« Vaintè wandte sich wieder dem weiblichen Ustuzou zu und sagte mit klarer, überbetonter Stimme: »Dies ist meine persönliche Forderung, und sie ist sehr dringend. Du wirst jetzt sprechen, und du wirst es so gut tun wie irgendeine Yilanè. Wenn du das schaffst, wirst du weiterleben und wachsen. Sprache bedeutet Wachstum; Sprache bedeutet Leben. Hast du verstanden?«

Ysel verstand – zumindest war sie sich der Drohung bewußt, und die seit langem zurückgedrängte Furcht kehrte wieder.

»Ich finde die Sprache so schwierig, bitte.« Aber die Tanu-Worte lösten keine Reaktion bei der großen, häßlichen Gestalt aus, die drohend vor ihr aufragte. Sie mußte sich erinnern, was sie gelernt hatte. Sie versuchte es, bemühte sich nach Kräften und begleitete die Worte mit einigen der Bewegungen, die sie auch gelernt hatte.

»has leibe ene tu...«

Vaintè war verblüfft. »Ist das Sprechen? Was sagt es? Es kann doch nicht heißen: ›Das alte Weib wird gescheit.‹«

Enge war ebenso verblüfft wie sie. »Vielleicht will sie damit sagen, daß die Weisheit mit den Jahren kommt.«

Noch während Vaintè sich um ein Verstehen dieser möglichen Interpretation bemühte, wallte der Zorn in ihr auf. An einem anderen Tag wäre sie vielleicht bereit gewesen, diesen kläglichen Versuch als einen Hinweis darauf zu nehmen, daß der Ustuzou sprechen lernte. Aber nicht heute. Nicht nach den Erniedrigungen des vergangenen Tages und der erbitternden Gegenwart Alakensis. Es war zuviel – und sie hatte sich sogar bemüht, zu dem ekelhaften Felltier höflich zu sein. Sie packte es bei den Vorderbeinen und hob es vor sich in die Luft, schüttelte es und brüllte das dumme Geschöpf wütend an, und befahl ihm zu sprechen.

Das Ding unternahm nicht einmal den Versuch. Statt dessen schloß es die Augen und ließ Wasser herauslaufen. Dann warf es den Kopf zurück, öffnete weit den Mund und stieß ein tierisches Geschrei aus, das Vaintè Kopfschmerzen verursachte.

Sie war außer sich. Blinder Haß verdrängte alle vernünftigen Überlegungen.

Ihr Kopf stieß vorwärts, und sie schlug dem Ustuzou die langen Reihen scharfer, kegelförmiger Zähne in die Kehle und riß ihm das Leben heraus.

Heißes Blut spritzte ihr in den Mund. Sie spuckte und keuchte, warf den Leichnam von sich und spie sein Blut aus. Stallan regte sich unruhig; ihre Blicke und Bewegungen drückten Anerkennung aus.

Sie ließ sich von Enge ein Kürbisgefäß mit Wasser geben, spülte sich den Mund aus, spuckte von würgendem Ekel geschüttelt das gerötete Wasser von sich, und goß sich den Rest übers Gesicht.

Die blinde Raserei war verflogen. Sie konnte jetzt denken und verspürte Befriedigung darüber, was sie getan hatte. Aber sie war noch nicht fertig. Der andere Ustuzou war noch am Leben – und mit seinem Tode würden sie alle ausgerottet sein. Mit einer schnellen Wendung trat sie vor Kerrick hin und funkelte auf ihn herab.

»Jetzt du, der Letzte«, sagte sie und streckte die Hände nach ihm aus. Er konnte nicht zurückweichen. Sein Körper bewegte sich, und er sprach.

»... esekakurud – esekvilshan ... elel leibeleibe ...«*

Sie stutzte und sah das Geschöpf genauer an. Es kauerte, oder es machte zumindest einen unbeholfenen Versuch, das zu tun. Aber warum bewegte es sich so von Seite zu Seite? Das war ihr nicht klar. Verspätet kam ihr die Erkenntnis: Das Ding hatte keinen Schwanz, also konnte es ihn nicht heben. Aber wenn das wirklich eine Schwanzhebung sein sollte, dann könnte es bedeuten, daß es Gefühle von äußerstem Abscheu als auch größter Sprechbereitschaft signalisieren wollte. Die bruchstückhaften Wahrnehmungen begannen sich zu einem Bild zusammenzufügen, und zuletzt wandte Vaintè den Kopf und rief: »Verstehst du, Enge? Sieh her –, es fängt wieder damit an.«

Der kleine Ustuzou sprach.

»Ich möchte sehr viel nicht sterben. Ich möchte sehr viel sprechen. Sehr lang.«

»Du hast es nicht getötet«, sagte Enge, als sie die Kammer verließen und Stallan die Tür hinter ihnen verriegelte. »Dennoch hattest du kein Erbarmen für das andere ...«

»Das andere war wertlos. Du wirst jetzt dieses Letzte ausbilden, denn es mag eines Tages von Nutzen für uns sein. Andere Rudel der gleichen Art könnten im weiteren Umkreis das Land durchstreifen. Aber du sagtest mir, dieses Junge habe noch nie gesprochen?«

»Nie. Es muß intelligenter gewesen sein als das andere. Es beobachtete mich die ganze Zeit. Aber es sprach nie.«

»Du bist eine bessere Lehrerin, als du es selbst weißt, Enge.« Nun, da ihr Zorn sich gelegt hatte, gab Vaintè sich großmütig. »Dein einziger Fehler war, daß du den falschen Ustuzou unterrichtetest.«

* siehe Seite 557

13

Der Himmel zeigte ein klares Blau. Ein scharfer Wind fegte Wolken feiner Eiskristalle durch den Einschnitt des Gebirgspasses. Der beißende Nordwind, der lange Schneefahnen von Graten und Gipfeln wehen ließ, nahm die weiße Fracht von den tiefer gelegenen Hängen auf und wirbelte sie mit seinen eisigen Böen über die Gebirgskämme.

Herilak kämpfte mühsam gegen seine Gewalt an. Er hatte sich weit vorgebeugt gegen den Winddruck, als er durch die tiefen Schneewehen stapfte. Ein Teil seines linken Schneeschuhs war zerbrochen und hinderte sein Vorankommen. Wenn er aber stehen blieb, um ihn auszubessern, würde er tot sein, bevor er mit der Arbeit fertig wäre. So kämpfte er sich verbissen weiter, ein großer, kräftiger Mann, den die Pelze, in die er gewickelt war, noch massiger erscheinen ließen. Die prickelnden Eiskristalle des feinen Schnees nahmen ihm die Sicht, doch fühlte er jetzt das Abflachen der Steigung und wußte, daß er die Paßhöhe erreicht hatte. Schwankend und stolpernd, immer wieder bis zum Bauch in schneegefüllten Mulden versinkend, brachte er den Sattel hinter sich und sah vor sich die vom Wind schneefrei gehaltenen grauen Felsrücken und Geröllblöcke. Schon nach kurzem Abstieg fühlte er den Wind nachlassen. Er war durch. Noch ein paar Schritte weiter, und er war ganz aus dem Wind heraus, abgeschirmt von den Felsen. Seufzend und völlig erschöpft ließ er sich an einem Block nieder, den Rücken am rauhen Gestein, denn der Aufstieg hatte selbst seine gewaltigen Kräfte auf eine harte Probe gestellt.

Seine äußeren Fäustlinge waren von Eis und Schnee verkrustet, und er mußte sie gegeneinander schlagen, bis sie weich genug waren, damit er sie ausziehen konnte. Mit dem warmen inneren Handschuh wischte er sich die verkrusteten Schneekristalle von den Augenbrauen und Lidern und spähte mit zusammengekniffenen Augen ins Tal hinab.

Dies war ein geschützter Ort, an dem noch einige Riesenhirsche überwinterten; er konnte die dunklen Punkte ihrer Rudel ausmachen. Eine halbe Wegstunde talab und schon unterhalb der Baumgrenze gab es eine Waldwiese neben dem Bach. Ein Bach, dessen Quelle niemals zufror, wo sie aus dem felsigen Boden entsprang. Die Waldwiese war ein guter Lagerplatz zum Überwintern und unter dem Namen Levrelag Amahast bekannt, Lagerplatz des Sammad von Amahast. Amahast, der mit Aleth verheiratet war, der Schwester Herilaks.

Aber das Tal zu seinen Füßen war leer.

Herilak hatte dies schon von einem Jäger seines eigenen Sammad gehört, der einen Jäger der Ulfadan getroffen hatte, welcher schwor, daß er hier gewesen sei und nur die Wahrheit spreche. Herilak wußte, daß er selbst nach dem Rechten sehen mußte. Er hatte den Speer, seinen Bogen und die Pfeile genommen, seinen Körper dick mit Gänseschmalz eingerieben, dann die weichen Biberpelze mit der Fellseite zum Körper angelegt und darüber noch den Anzug aus dem derberen Fell des Riesenhirsches angezogen. Die Schneeschuhe an die schweren Fellstiefel geschnallt, war er bereit für den Winter. Er wanderte mit leichtem Gepäck, denn er mußte schnell vorankommen. Der Beutel, den er über der Schulter trug, enthielt wenig mehr als einen kleinen Vorrat von Trockenfleisch, Nüssen und getrockneten Beeren.

Nun hatte er gefunden, was er suchte, und es war sehr verdrießlich. Er trank von der Quelle, kaute zwei Nüsse und beugte sich über den zerbrochenen Schneeschuh. Dann und wann blickte er von der Reparaturarbeit auf und ließ den Blick über das leere Tal gehen, als müsse er sich an die unerfreuliche Wahrheit erinnern. Es blieb leer.

Es war Mittag, als er fertig war. Er kaute etwas getrocknetes Fleisch und überlegte, was als nächstes zu tun sei. Ihm blieb keine andere Wahl; als er gegessen hatte, stand er auf. Er war ein hochgewachsener Mann, einen halben Kopf größer als die größten in seinem Sammad. Er fuhr sich mit den Fingern durch den verfilzten Vollbart und blickte talabwärts in die Richtung, die er einschlagen mußte, nach Süden. Er machte sich auf den Weg, immer dem Bachlauf folgend, und sobald er die Wanderung angetreten hatte, blickte er nicht ein einziges Mal zurück zum leeren Lagerplatz.

Den ganzen Tag wanderte er, und er machte erst Rast, als die ersten Sterne am dunkelnden Himmel erschienen. Er legte sich unter die Bäume und blickte eine Weile zum Nachthimmel hinauf, bevor er die Augen schloß. Aber da kam ihm ein Gedanke, und er öffnete sie wieder und suchte zwischen den vertrauten Sternbildern das Mastodon, das den speerbewaffneten Jäger angriff. Die drei Sterne im Gürtel des Jägers. War dort ein neuer erschienen, neben dem mittleren Stern? Nicht so hell wie die anderen, aber in der kalten Durchsichtigkeit des Winterhimmels genauso klar... Er konnte es nicht mit Gewißheit sagen. Es mußte das Tharm eines starken Kriegers sein, um an diesem ehrenvollen Platz zu erscheinen. Herilak war nicht sicher, ob es vorher schon dort gewesen war oder nicht. Während er darüber nachdachte, schloß er wieder die Augen und schlief.

Am Nachmittag des dritten Tages, drei Tagesmärsche vom ersten Licht bis zur frühen Dunkelheit, kam Herilak durch die Bäume neben einem rasch strömenden Fluß, der noch einen eisfreien Kanal in der Mitte hatte. Er ging leise, wie Jäger es tun, und einmal überraschte er ein kleines Rudel Rehe, die zwischen den Bäumen in hohen Sätzen davonsprangen, so daß der Schnee aufstob. Er hätte leicht eines der Tiere mit dem Pfeil erlegen können, aber er war nicht auf der Jagd nach Wildbret. Er kämpfte sich durch ein Dickicht, kam dann hinaus in einen lichteren Wald, blieb plötzlich stehen und bückte sich zum Boden. Er fand dort eine Kaninchenschlinge aus gedrehtem Darm, die zwischen zwei tiefhängenden Zweigen aufgespannt war.

Danach sang er, als er weiterwanderte, und schlug mit dem Speer gegen die Äste und Jungstämme. Das war eine Neuheit, die mit den gefrorenen Wintern angefangen hatte. In keiner der Geschichten, die von den Alten erzählt wurden, wurde diese Notwendigkeit erwähnt. Jetzt gab es die Notwendigkeit. Tanu hatten Tanu getötet. Die Welt war nicht mehr der freie Ort, der sie einst gewesen war, als ein Jäger den anderen nicht zu fürchten hatte.

Nicht lange, und er stieß im Schnee auf einen Trampelpfad. Als er zur nächsten Waldlichtung kam, machte er halt, stieß seinen Speer wie eine Standarte in eine Schneewehe und kauerte sich daneben nieder. Er brauchte nicht lange zu warten.

Lautlos wie ein Rauchwölkchen erschien auf der anderen Seite der Lichtung ein Jäger. Sein Speer war wurfbereit, aber er ließ ihn sinken, als er Herilaks friedlich kauernde Gestalt sah. Herilak erhob sich langsam, als der andere Jäger seinen Speer in den Schnee stieß und auf ihn zukam. In der Mitte der Lichtung trafen sie zusammen.

»Ich bin hier in deinem Jagdgebiet, aber ich jage nicht«, sagte Herilak. »Dies sind die Jagdgründe des Sammad von Ulfadan. Du bist der Sammadar.«

Ulfadan nickte. Wie sein Name sagte, war sein blonder Bart ungewöhnlich lang und reichte ihm fast bis zur Mitte. »Du bist Herilak«, sagte er. »Meine Nichte ist mit Alkos von deinem Sammad verheiratet.« Er erwähnte noch andere, entferntere Verwandtschaftsbeziehungen, dann wies er mit der Hand über seine Schulter. »Wir werden unsere Speere nehmen und zu meinem Zelt gehen. Es ist wärmer als der Schnee.«

Schweigend gingen sie nebeneinander her, denn es ist nicht die Art des Jägers, wie ein Vogel zu schwatzen, wenn man das Jagdgebiet durchstreift. Der Fluß rauschte neben ihnen, als sie dem Pfad entlang seinen gefrorenen Ufern folgten. Sie kamen zu der Stelle, wo der Fluß eine weite Schleife zog. In der auf drei Seiten vom Wasser umschlossenen Landzunge war das Winterlager des Sammad, zwölf geräumige und wetterfeste Zelte. Auf der Wiese jenseits der Zelte gruben die Mastodons mit ihren Stoßzähnen im Schnee, um an das lange, trockene Gras heranzukommen, das darunter verborgen lag. Ihr Atem stieg in Dampfwolken auf. Auch aus den Zelten stiegen dünne Rauchfahnen in den windstillen, wolkenlosen Himmel. Kinder liefen schreiend zwischen den Zelten herum. Das war eine friedliche Szene, die Herilak wohlvertraut war; es hätte sein eigener Sammad sein können. Ulfadan zog die Zeltklappe aus steifer Tierhaut zurück und ging ins dunkle Innere voran.

Sie saßen schweigend, während die alte Frau Schmelzwasser aus dem Borkeneimer neben dem Feuer in hölzerne Becher goß und getrocknete Kräuter hinzutat, um einen schmackhaften Trunk zu bereiten. Die zwei Jäger wärmten sich die Hände an den Bechern und schlürften von ihrem Gebräu, während die Frauen miteinander schwatzten, ihre Fellkleider anlegten und eine nach der anderen aus dem Zelt schlüpften.

»Du wirst essen«, sagte Ulfadan, als sie allein waren.

»Von der See bis zu den Bergen wird in den Zelten der Tanu von der Gastfreundschaft Ulfadans gesprochen.«

Die Großzügigkeit der Portion entsprach nicht ganz dem formelhaften Lob seiner Worte, denn es gab nur ein paar Stücke Trockenfisch, die sehr nach Alter rochen. Der Winter war lang und der Frühling noch in weiter Ferne. Bevor er käme, würde in den Zelten Hunger herrschen.

Herilak trank die letzten Tropfen aus seinem Becher mit geräuschvoller Anerkennung und brachte sogar einen Rülpser zustande, um zu zeigen, wie reichhaltig und sättigend die Mahlzeit gewesen sei. Er wußte, daß er nun über die Jagd, das Wetter, die Wanderungen der Herden sprechen und erst viel später den Grund seiner einsamen Wanderung erklären sollte. Aber auch dieser langwierige und zeitraubende Brauch war in Veränderung begriffen.

»Die Mutter der Frau meines ersten Sohnes ist die Frau von Amahast«, sagte Herilak. Ulfadan nickte zustimmend, denn dieser Umstand war ihm bekannt. Alle Sammads in diesen Gebirgstälern waren in der einen oder anderen Weise durch Eheschließungen miteinander verbunden. »Ich bin am Lagerplatz von Amahasts Sammad gewesen, und der Platz ist leer.«

Auch darauf nickte Ulfadan.

»Im letzten Frühjahr zogen sie südwärts. Ihre Wanderung führte sie immer dieses Tal hinab. Es war zu sehen, daß die Hälfte ihrer Mastodons eingegangen war. Es war ein harter Winter.«

»Es ist bekannt, daß es seit Jahren stets harte Winter gibt.«

Ulfadan grunzte in unfroher Zustimmung. »Sie sind danach nicht zurückgekehrt.«

Herilak dachte darüber nach. Er folgte in Gedanken dem Pfad hinunter durch die Täler zu den Ebenen und dann ostwärts zur See. »Dann zogen sie zum Meer?«

»Jedes Jahr ziehen sie jetzt zum Lagerplatz am Fluß, wo er ins Meer mündet.«

»Aber dieses Jahr sind sie von dort nicht zurückgekehrt.«

Darauf gab es keine Antwort als schweigende Zustimmung. Etwas war geschehen, wovon sie nichts wußten. Vielleicht hatte der Sammad ein anderes Winterlager gefunden; mehr als ein Sammad war von der Kälte der langen Winter vernichtet worden, und die verlassenen Lagerplätze mehrten sich. Diese Möglichkeit war nicht von der Hand zu weisen. Aber wahrscheinlicher war, daß etwas weit Schlimmeres geschehen war, wovon sie nichts wußten.

»Die Tage sind kurz«, sagte Herilak und erhob sich. »Und der Weg ist lang.«

Auch Ulfadan stand auf und ergriff die Arme des großen Jägers in einer Geste der Anerkennung und Wertschätzung. »Der Weg zum Meer ist im Winter lang und einsam. Möge Ermanpadar dich geleiten.«

Mehr gab es nicht zu sagen. Herilak zog seine Felle enger um sich und richtete die Spitze seines Speers nach Süden. Erst nachdem er auf die Ebenen hinaufgelangt war, kam er schneller voran, denn hier war der Schnee gefroren und hart. Der Winter war nun sein einziger Feind, denn das eisstarrende Land war leer von Leben. Nur einmal in den vielen Tagen seiner Wanderung sah er einen Riesenhirsch. Dieser war ein abgemagertes und elendes Tier, das von einem kleinen Rudel verhungernder Langzähne verfolgt wurde. Er sah sie in seiner Richtung über die Ebene kommen. In seiner Nähe war eine niedrige Erhebung mit einer Gruppe kahler Bäume, und bei ihnen blieb Herilak stehen, um die Jagd zu beobachten.

Der unglückliche Riesenhirsch war sehr geschwächt, seine Flanken waren aufgerissen und Blut tropfte. Als er den Hang zur Anhöhe erreichte, konnte er nicht weiter, brach in die Knie, rappelte sich wieder auf und stellte sich mit gesenktem Geweih den Verfolgern. Er war zu erschöpft, um die Flucht fortzusetzen. Die Langzähne, auch sie abgemagert, so daß ihnen die Rippen herausstanden, kamen von allen Seiten, unbekümmert um die Gefahr, nur die verlockende Witterung des warmen Blutes in den Nüstern. Einer von ihnen wurde von den spitzen Geweihzacken erfaßt und zur Seite geschleudert. Aber dies war die Gelegenheit, die das Leittier des Rudels brauchte, um den Hirsch von hinten anzuspringen und ihm die Flechsen der Hinterläufe zu durchbeißen. Mit einem dumpfen Röhren brach der Hirsch zusammen, und sein Ende war gekommen. Der Rudelführer, ein großes, zottiges Geschöpf mit schwärzlichem Fell und langen Haarzotten an

Kehle und Brust, ließ die anderen an die gefallene Beute und hielt Umschau. Es würde für alle reichen.

Jetzt erst wurde dem Tier bewußt, daß es beobachtet wurde. Sein wacher Naturinstinkt spürte den Blick verborgener Augen. Knurrend reckte er den Kopf und blickte hinauf zu Herilak. Ihre Blicke trafen sich. Dann duckte sich das Tier und kam in schleichender Haltung die Anhöhe herauf, so nahe, daß Herilak in das Gelb seiner Augen sehen konnte.

Herilaks Blick war genauso unverwandt wie der des Tieres. Er bewegte sich nicht, noch hob er den Speer. Aber in seinem ruhigen Stillschweigen lag eine unausgesprochene Botschaft. Sie mochten ihrer Wege gehen, er würde seiner Wege gehen. Wenn angegriffen, würde er töten; der Langzahn wußte, was der Speer des Jägers vermochte. Die gelben Augen blickten ruhig zurück. Das Tier mußte die Botschaft verstanden haben, denn plötzlich warf es sich herum und trottete den Hang hinab zu den anderen, die ihm Platz machten. Aber ehe er seine Schnauze in das dampfende, blutig-warme Fleisch steckte, blickte er zur Anhöhe zurück. Nichts war über den Bäumen zu sehen. Das Speertier war fort. Der Langzahn senkte den Kopf und machte sich über die Beute her.

Ein Schneesturm hielt Herilak zwei ganze Tage fest. Er schlief die meiste Zeit in seinen Fellen und versuchte nicht zuviel von seinem schwindenden Nahrungsvorrat zu essen. Aber die Alternative war essen oder an Unterkühlung und Schwäche zu sterben. Als der Sturm endlich aufhörte, ging er weiter. Später am selben Tag hatte er das Glück, auf die frische Fährte eines Kaninchens zu stoßen. Er steckte den Speer unter seinem Gürtel auf den Rücken und legte einen Pfeil auf den Bogen. Am Abend schmauste er bei seinem Feuer vom frischen Fleisch. Er aß sich satt, blieb lange wach und nickte zufrieden und schläfrig, als er auch noch den Rest des Kaninchens über dem Feuer röstete. Je weiter er nach Süden vordrang, desto weniger Schnee lag am Boden, aber der tiefwinterliche Frost war genauso hart. Das bereifte, gefrorene Gras am Flußufer knisterte unter den Füßen. Eines Tages blieb er stehen, als er ein neues Geräusch zu vernehmen glaubte. Er legte die Hand ans Ohr und lauschte in die Ferne. Ja das mußte es sein: das ferne Rauschen der Brandung, die rhythmischen Schläge der Wellenfronten auf den Strand. Das Meer.

Leise ging er weiter, den Speer wurfbereit. Seine Augen sahen alles. Er war bereit, jeder Gefahr entgegenzutreten.

Aber die Gefahr war längst vorbei. Unter einem grauen Winterhimmel kam er auf die Wiese, wo die Knochen der Mastodons ruhten. Ein kalter Wind, kalt wie der Tod, seufzte durch die hohen Rippenbogen. Die Aasfresser hatten ihre Arbeit getan. Ihnen waren Krähen und Möwen gefolgt, hatten sich sattgefressen und die Gebeine von den letzten anhaftenden Fleischfasern befreit. Und ein Stück weiter, nur einen Steinwurf von den Knochen der Mastodons entfernt, stieß er auf das erste Skelett eines Tanu. Er biß die Zähne zusammen, und seine Augen verengten sich zu Schlitzen, als er die Fläche des einstigen Lagerplatzes überblickte und mehr und mehr verstreute Skelette am Flußufer liegen sah. Er stand auf dem Schauplatz eines Massakers, er hatte sein Ziel erreicht. Es war ein Ort des Todes.

Was war hier geschehen? Alle tot, ein ganzer Sammad, das war von Anfang an klar. Die Skelette von Erwachsenen und Kindern lagen, wo sie gefallen waren. Aber was hatte sie getötet? Welcher Feind war über sie hergefallen und hatte sie abgeschlachtet? Ein anderer Sammad? Ausgeschlossen, denn dann hätte man die Waffen und Zelte mitgenommen, hätte die Mastodons fortgetrieben, statt sie mit ihren Eigentümern zu töten. Und die Zelte waren noch da, die meisten zusammengelegt und auf die Schleifgestelle verladen, die neben den Skeletten der Zugtiere lagen. Dieser Sammad hatte sein Sommerlager abgebrochen und war im Begriff gewesen, die Heimreise anzutreten, als der Tod über ihn gekommen war. Herilak suchte weiter, und zwischen den Knochen eines Männerskeletts sah er einen auffallenden Gegenstand. Respektvoll legte er die Knochen zur Seite und hob das rostige Messer aus Himmelsmetall auf. Er putzte den Rost ab und betrachtete die Ritzmuster im Metall, Muster, die er gut kannte. Sein Speer fiel auf den gefrorenen Boden, als er das Messer mit beiden Händen hielt, zum Himmel emporreckte und vor Trauer heulte. Die Tränen füllten seine Augen, als er seinen Schmerz und seinen Zorn hinausschrie.

Amahast tot. Die Kinder, die Frauen, die Jäger. Tot, alle miteinander, tot. Der Sammad von Amahast war nicht mehr.

Herilak schüttelte die Tränen von seinen Augen, knurrte vor Wut, als der hitzige Zorn die Trauer ausbrannte. Nun galt es, die Mörder zu finden. Gebeugt folgte er seiner Fährte zurück und wieder vor, suchte nach etwas, was er nicht kannte. Er suchte sorgfältig und genau, wie es nur ein Jäger vermag. Die Dunkelheit unterbrach seine Arbeit, und er legte sich zur Nacht neben den Gebeinen Amahasts nieder und suchte zwischen den Sternen nach seinem Tharm. Es mußte dort oben sein, das war gewiß. Einer der helleren Sterne.

Am nächsten Morgen fand er, wonach er suchte. Zuerst schien es nur ein Streifen zerrissenes Leder zu sein, einer unter vielen, aber als er die gefrorenen schwarzen Fetzen wegzog, sah er, daß Knochen darin waren. Behutsam, um sie nicht durcheinanderzuwerfen, zupfte er die lederige Haut auseinander. Seine geduldige, sorgfältige Arbeit belohnte ihn bald: Das Skelett gehörte einer langen, dünnen Kreatur mit kräftigen Hinterbeinen und kurzen, kleineren Vorderbeinen. Und vielen Rippen, viel zu vielen Rippen, und mehr Knochen im Rückgrat als es ihm möglich erschien.

Eine Art Marag, soviel war klar, denn er hatte ihresgleichen schon früher gesehen. Es gehörte nicht hierher. Murgu konnten nicht so weit weg vom heißen Süden überleben.

Süden? Hatte das eine Bedeutung? Herilak stand auf und schaute nach Westen, von wo er gekommen war. Dort gab es keine Murgu, das war unmöglich. Er wandte sich langsam nach Norden und sah vor seinem inneren Auge die Schneefelder und die eisgepanzerten Berge, kalte Einöden, die sich in die Unendlichkeit erstreckten. Die Paramutan lebten dort, die den Tanu sehr ähnlich waren, obgleich sie auf eine andere Art sprachen. Aber es gab sehr wenige von ihnen, sie kamen selten in den Süden, und vor allem kämpften sie nur gegen den Winter, nicht gegen Tanu oder untereinander. Im Osten war der Ozean; dort gab es nichts. Aber aus dem heißen Süden konnten Murgu kommen. Sie konnten den Tod bringen und wieder fortgehen. Die Fährte führte nach Süden.

Herilak kniete im gefrorenen Sand und prägte sich das Marag-Skelett ein. Er zeichnete es mit allen Einzelheiten in seinem Gedächtnis auf, bis er sein Ebenbild hätte in den Sand zeichnen und sich für alle Zeit an jeden einzelnen Knochen davon erinnern können.

Dann stand er auf und zertrat die spröden Knochen. Er wandte sich um und machte sich auf den Rückweg, ohne sich ein einziges Mal umzusehen.

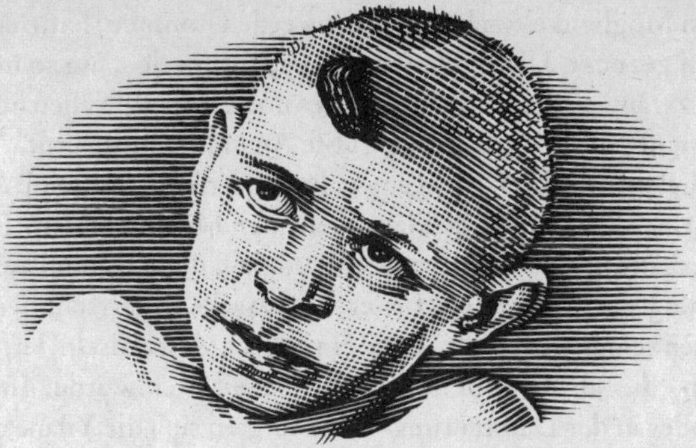

14

Kerrick begriff nie, daß es allein sein Alter war, das ihm das Leben gerettet hatte. Nicht, daß Vaintè ihn verschont hätte, weil er so jung war; sie empfand äußersten Abscheu vor Ustuzou jeden Alters und hätte sie mit Freuden alle tot gesehen. Ysel war zu alt gewesen, um natürlich auf eine neue Sprache zu reagieren, insbesondere auf eine, die im Aufbau so kompliziert war wie Yilanè. Für sie war Marbak die einzig mögliche Sprache gewesen, und sie hatte immer mit den anderen Frauen gelacht, wenn Jäger von den Schneebergen ihre Zelte besucht und so schlecht gesprochen hatten, daß sie kaum zu verstehen waren. Für sie war das nur Dummheit. Jeder intelligente Tanu würde natürlich Marbak sprechen. Darum hatte sie kein Interesse gezeigt, Yilanè zu lernen. Sie hatte sich damit zufriedengegeben, durch bloße Routine einige der komischen Geräusche zu imitieren, um den Marag zu erfreuen und Essen von ihm zu bekommen. Manchmal hatte sie sogar daran gedacht, ihre Worte mit Körperbewegungen zu begleiten. Für sie war alles bloß ein albernes Spiel gewesen – und diese Annahme hatte sie das Leben gekostet.

Kerrick dachte an Sprache niemals als eine separate Einheit; er wollte nur verstehen und antworten. Er war noch jung genug, um eine Sprache ohne bewußte Anstrengung durch Zuhören und Beobachten zu lernen. Hätte er eine Ahnung gehabt, daß es in der Yilanè-Sprache Tausende von begrifflichen Bereichen gab, die in mehr als 125 Milliarden von Möglichkeiten kombiniert werden konnten, hätte er bloß die Achseln gezuckt. Die Zahlen waren bedeutungslos, um so mehr als er nur bis zwanzig zählen konnte, wie es unter seinesgleichen üblich war. Was er wußte, hatte er ohne bewußte Anstrengung gelernt. Aber nun, als die Lektionen ihren Fortgang nahmen, lenkte Enge seine Aufmerksamkeit auf bestimmte Erklärungen, auf Möglichkeiten, Ereignisse und Verhältnisse zu interpretieren, und ließ ihn unsauber ausgeführte Bewegungen wiederholen, bis er sie korrekt beherrschte.

Wegen seiner Unfähigkeit, die Hautfarbe zu wechseln, lernte er eine Version, die als Graulicht-Sprache bezeichnet wurde. Im dichten Wald oder in der Dämmerung verständigten sich die Yilanè ohne Farbenspiel, indem sie ihre Ausdrucksweise in eine Form brachten, die Farbe überflüssig machte.

An jedem Morgen seiner Gefangenschaft hatte er den Tod erwartet, wenn die Tür aufgegangen war. Nur zu gut erinnerte er sich der Abschlachtung des Sammad, der Auslöschung alles Lebenden, der Männer, Frauen, Kinder – selbst der Mastodons. Er und Ysel würden eines Tages das gleiche Schicksal erleiden; eine Alternative gab es nicht. Als der häßliche Marag am Morgen Nahrung statt den Tod gebracht hatte, war Kerrick klar gewesen, daß ihre Ermordung bloß aufgeschoben worden war. Von da an hatte er schweigend beobachtet, wie die dumme Ysel Tag für Tag nichts als Fehler gemacht hatte. Manchmal hatte er sich das Lachen verbeißen müssen, aber er besaß den Stolz des Jägers. Er dachte nicht daran, ihr oder dem Marag zu helfen. Er antwortete nicht, wenn er angeredet wurde, und versuchte die Schläge, die darauf folgten, klaglos einzustecken, wie es sich für einen Jäger gehörte. Nach vielen Tagen hatte er entdeckt, daß er einiges von dem verstehen konnte, was Enge sagte, wenn sie zu dem anderen Marag sprach, den er am meisten haßte, denjenigen, der ihn schlug und fesselte. Von da an war ihm das Stillschweigen noch wichtiger geworden, denn es diente der Geheimhaltung seines Wissens; ein kleines Stückchen Erfolg, wo bisher nur vollkommenes Unheil gewesen war.

Und dann hatte Vaintè das Mädchen getötet. Er trauerte ihr nicht nach, denn sie war dumm gewesen und hatte es verdient, dem Rest des Sammad zu folgen. Erst als Vaintè ihn gepackt hatte, das Blut der Ermordeten noch um das spitzzahnige Maul geschmiert, erst dann hatte seine Kraft versagt. Er war nur einmal mit auf der Jagd gewesen, war noch nicht als Jäger in den Kreis der anderen aufgenommen gewesen, sagte er sich später in dem Bemühen, seine Unfähigkeit zu erklären, den Tod durch diese scharfen und furchtbaren Zähne anzunehmen. In Wahrheit war er genauso verängstigt gewesen wie damals, als sein Speer den Marag aus dem Wasser gezogen hatte. Er hatte in furchtbarer Angst gesprochen, kaum wissend, was er tat, aber gut genug, um sich das Leben damit zu retten.

Kerrick war noch immer überzeugt davon, daß die Murgu ihn eines Tages, wenn sie genug von ihm hätten, umbringen würden. Aber dieser Tag lag in der Zukunft, und zum ersten Mal erlaubte er sich jetzt ein wenig Hoffnung. Jeden Tag konnte er mehr verstehen und besser sprechen. Gleichwohl hatte er von dem Augenblick, als sie ihn in diese Kammer geworfen hatten, den Raum nicht ein einziges Mal verlassen. Eines Tages, so sagte er sich, würden sie ihn herauslassen, und an diesem Tag würde er weglaufen. Die Murgu watschelten, sie gingen nicht. Er war überzeugt, daß er schneller laufen könnte als sie – wenn sie überhaupt laufen konnten.

Dies war seine geheime Hoffnung, und um ihretwillen tat er, was von ihm verlangt wurde und hoffte, daß sein rebellisches Verhalten in Vergessenheit geraten sei.

Jeder Tag begann nach dem gleichen Muster. Stallan sperrte auf und stampfte herein. Kerrick versuchte, seinen Abscheu vor der gewalttätigen Kreatur zu verbergen. Obwohl er sich nicht länger zur Wehr setzte, hörte die Jägerin nicht auf, ihn zu Boden zu werfen und auf seinem Rücken zu knien, wenn sie ihm die lebenden Fesseln anlegte. Darauf zog sie ihm eine scharfe Saite über den Kopf, um ihm die Haarstoppeln zu entfernen, wobei sie ihm gewöhnlich in die Haut schnitt. Später kam Enge mit den Früchten und dem kalten, gallertartigen Fleisch, das zu essen er sich schließlich gezwungen hatte. Fleisch bedeutete Kraft. Kerrick sprach niemals zu Stallan, es sei denn, die Jägerin schlug ihn und verlangte eine Antwort, was sehr selten vorkam. Er war klug genug, von dieser häßlichen, heiseren Kreatur kein Mitgefühl zu erwarten.

Aber mit Enge war es etwas ganz anderes. Mit dem scharfen Blick eines Jungen beobachtete er sie genau, und er sah, daß Enge nicht wie die anderen Murgu reagierte. Sie hatte Schmerz und Trauer ausgedrückt, als das Mädchen getötet worden war. Stallan hingegen hatte ihren Spaß daran gehabt und die Ermordung ausdrücklich gutgeheißen. Es kam selten vor, daß Enge gleichzeitig mit Stallan kam. Kerricks Sprachgewandtheit nahm zu, und als er sicher war, genau das ausdrücken zu können, was er wollte, begann er jeden Tag geduldig den Augenblick abzuwarten, da die Tür geöffnet wurde. Wenn Stallan allein eintrat, verschob er die Angelegenheit bis zum folgenden Morgen.

Dies nahm seinen Fortgang bis zu dem Morgen, als Enge mit der Jägerin hereinkam. Zunächst sagte Kerrick nichts, aber er versteifte sich so, daß Stallan im Umgang mit ihm brutaler als gewöhnlich war. Als ihm die Arme gefesselt wurden, sagte er: »Warum verletzt und bindest du mich? Ich kann dir nichts anhaben.«

Stallans einzige Antwort war eine Geste des Abscheus und ein Schlag über seinen Kopf. Aus den Augenwinkeln sah er, daß Enge zuhörte.

»Es ist schwierig zu sprechen, wenn ich gebunden bin«, sagte er.

»Stallan«, sagte Enge, »was der Ustuzou sagt, ist wahr.«

»Er hat dich angegriffen, hast du das vergessen?«

»Nein, aber das war am Anfang, kurz nachdem wir ihn gefangen hatten. Und du wirst dich erinnern, daß er mich nur biß, weil er dachte, ich wolle dem anderen Ustuzou Schmerzen zufügen.« Sie wandte sich an Kerrick. »Wirst du versuchen, mich wieder zu verletzen?«

»Niemals. Du bist meine Lehrerin. Ich weiß, daß du mich mit Nahrung belohnen und nicht verletzen wirst, wenn ich gut spreche.«

»Es erstaunt mich, daß ein Ustuzou sprechen kann – aber es ist trotzdem ein wildes Geschöpf und muß gebunden sein«, erklärte Stallan mit Entschiedenheit. »Vaintè beauftragte mich, für die Sicherheit zu sorgen, und ich werde meine Befehle ausführen.«

»Führe sie aus, aber nicht so streng wie bisher. Laß wenigstens die Beine ungefesselt. Es wird das Sprechen einfacher machen.«

Am Ende willigte Stallan zögernd ein, und an diesem Tag gab Kerrick sich besonders große Mühe, weil er wußte, daß er in der Verwirklichung seines geheimen Planes einen Schritt weitergekommen war.

Es gab keine Möglichkeit, die Tage zu zählen, noch kümmerte es Kerrick sonderlich, wieviel Zeit verstrichen war. Als er mit seinem Sammad im Norden gelebt hatte, waren Winter und Sommer sehr verschieden gewesen, und man hatte die Jahreszeit für die Jagd kennen müssen. Aber hier, in der endlosen Wärme, machte der Gang der Zeit nichts aus. Manchmal trommelte Regen auf die transparente Haut, die dem Raum als Decke diente, manchmal waren die Wolken so dicht und dunkel, daß Tag und Nacht kaum zu unterscheiden waren. Kerrick wußte nur, daß seit Ysels Tod viel Zeit vergangen war, als der tägliche Unterricht eine Unterbrechung erfuhr. Stimmen von draußen und das Knarren der geöffneten Tür lenkten die Aufmerksamkeit von Lehrerin und Schüler zum Eingang. Kerrick begrüßte die Abwechslung, bis er sah, daß Vaintè eintrat.

Obwohl die Murgu einander sehr ähnlich waren, hatte er gelernt, Unterschiede zu bemerken. Und Vaintè war eine Persönlichkeit, die er nie vergessen würde. Automatisch signalisierte er Unterwerfung und Respekt, als sie auf ihn zugestampft kam, und er sah mit Erleichterung, daß sie in guter Stimmung zu sein schien.

»Du hast diesen Ustuzou gut abgerichtet, Enge. Dort draußen gibt es dumme Fargi, die nicht so klar und so rasch wie dieser antworten. Laß ihn noch einmal sprechen.«

»Du kannst selbst mit ihm sprechen.«

»Wirklich? Ich glaube es nicht. Es ist, wie wenn man einem Boot Anweisungen gibt und Antworten von ihm bekommt.« Sie wandte sich an Kerrick und sagte: »Geh nach links, Boot, nach links.«

»Ich bin kein Boot, aber ich kann nach links gehen.«

Er ging langsam zur Seite, während Vaintè ungläubiges Staunen und Freude ausdrückte.

»Steh vor mir. Sag mir den Namen, der dir gegeben worden ist.«

»Kerrick.«

»Das sagt nichts. Du bist ein Ustuzou, deshalb kannst du es nicht richtig aussprechen. Es muß so ausgesprochen werden: Kerr-ik.«

Vaintè konnte nicht begreifen, daß sein Name allein aus Tönen bestand. Sie fügte die Zeichen der Körpersprache hinzu, so daß der Name zugleich schmutzig-klein bedeutete. Kerrick war es gleich.

»Kerrick«, sagte er, dann fügte er die Gesten hinzu: »schmutzig-klein.«

»Es ist beinahe wie ein Gespräch mit Fargi«, sagte Vaintè. »Aber du hast gesehen, wie undeutlich der Ustuzou schmutzig-klein sagt.«

»Er kann es nicht besser«, erklärte Enge. »Da er keinen Schwanz hat, kann er die Bewegung nicht richtig ausführen. Aber du siehst, er hat sich diese Drehbewegung beigebracht, die der richtigen Geste so nahe wie möglich kommt.«

»Ich werde den Ustuzou bald brauchen. Der Uruketo hat Zhekak aus Inegban mitgebracht, die mit Vanalpè arbeiten wird. Sie ist eitel und fett, aber der beste wissenschaftliche Kopf in Entoban. Sie muß hierbleiben, denn wir brauchen ihre Hilfe. Ich möchte ihr das Leben in jeder Weise angenehm gestalten. Du wirst dafür sorgen, daß dieser Ustuzou ihre Aufmerksamkeit findet. Der Anblick eines sprechenden Ustuzou wird ein Erfolg sein, den ich vorweisen möchte.«

Kerrick drückte nur respektvolle Aufmerksamkeit aus, als sie sich zu ihm wandte. Anders als die Yilanè, für die das Denken eines Gedankens mit seinem Ausdruck eins war, konnte er recht gut lügen. Vaintè musterte ihn kalt.

»Er sieht schmutzig aus, er muß gewaschen werden.«

»Er wird täglich gewaschen, das ist seine natürliche Farbe.«

»Abscheulich. Genauso abscheulich wie der Penis. Kann er nicht gezwungen werden, sich in seinen Beutel zurückzuziehen?«

»Er hat keinen Beutel.«

»Dann laß einen machen und anbringen. Von der gleichen Farbe wie das Fleisch des Ustuzou, so daß man es nicht bemerkt. Und warum ist sein Schädel so zerkratzt?«

»Das Fell wird täglich abgeschnitten. Du hast es befohlen.«

»Gewiß, aber ich habe nicht befohlen, daß das häßliche Ding dabei geschlachtet werden soll. Sprich mit Vanalpè. Sag ihr, sie möge eine bessere Art und Weise finden, das Fell zu entfernen. Tu das gleich.«

Kerrick drückte wehmütige Dankbarkeit und verstärkten Respekt aus, bevor sie sich zum Gehen wandten. Erst als die Tür wieder verschlossen war, richtete er sich auf und lachte laut. Es war eine grausame Welt, aber für einen Neunjährigen lernte er sehr rasch, darin zu überleben.

Am selben Tag kam Vanalpè. Sie wurde von Stallan hereingeführt, und ihr folgten ihre Assistentinnen und Fargi. Es waren zu viele von ihnen, um in der kleinen Kammer Platz zu finden, und Vanalpè ließ alle mit Ausnahme ihrer ersten Assistentin draußen warten. Die Assistentin breitete mitgebrachte Bündel und Behälter am Boden aus, während Vanalpè um Kerrick herumging und ihn betrachtete.

»Ich habe noch nie einen lebenden gesehen«, sagte sie, »aber ich kenne diese Art von Ustuzou gut. Schließlich habe ich den anderen seziert.«

Sie befand sich hinter Kerricks Rücken, als sie dies sagte, und da er die begleitenden Gesten nicht sehen konnte, entging ihm die Bedeutung. Was kein Nachteil war, da die Yilanè-Bezeichnung für Sektion ganz buchstäblich ›tote Körper zerschneiden und lernen‹ lautete.

»Sag mir, Stallan, kann es wirklich sprechen?«

»Es ist ein Tier.« Stallan teilte nicht das allgemeine Interesse an dem Ustuzou und hätte ihn am liebsten tot gesehen. Aber sie gehorchte den Befehlen und tat ihm nichts.

»Sprich!« befahl Vanalpè.

»Was möchtest du, das ich sage?«

»Großartig«, sagte Vanalpè und verlor augenblicklich alles Interesse an ihm. »Was hast du zur Entfernung des Fells benutzt?«

»Eine Messersaite.«

»Sehr unordentlich. Du hast dem Tier die Haut abgeschunden. Diese Dinger sind zum Schneiden von Fleisch besser geeignet. Gib mir das Unutakh«, sagte sie zu ihrer Assistentin.

Aus einem Behälter wurde ein braunes, schneckenähnliches Tier genommen und Vanalpè auf die Handfläche gesetzt. »Ich verwende es zur Vorbereitung von Mustern. Es verdaut das Fell, aber nicht die Haut. Bisher aber nur an toten Exemplaren. Sehen wir einmal, wie es sich auf einem lebenden verhält.«

Stallan schleuderte Kerrick zu Boden und hielt ihn nieder, während Vanalpè das zusammengerollte Unutakh auseinanderbog und ihm auf den Kopf setzte. Er schauderte vor der kalten, schleimigen Berührung zurück, und die Yilanè zeigten Heiterkeit über den Anblick. Das Tier kroch ihm über die Kopfhaut.

»Sehr gut«, erklärte Vanalpè nach einer kleinen Weile. »Haut unversehrt, Fell entfernt. Nun zum nächsten Problem. Das Tier benötigt einen Beutel. Ich habe diese gegerbte Haut, die in der Farbe beinahe vollkommen paßt. Es ist nur eine Frage des Anpassens und Zuschneidens. Ich habe es mit modifizierten Haftflächen gesäumt, so daß es an der Haut festhält. Gut. Laß den Ustuzou aufstehen.«

Kerrick war nach der rohen und erniedrigenden Behandlung den Tränen nahe, aber er unterdrückte sie. Die Murgu sollten ihn nicht weinen sehen. Die kalte Schnecke kroch weiter über seine Kopfhaut und näherte sich jetzt einem Auge. Als sie es wieder verließ, blickte er an sich herab zu dem kleinen Lendenschurz, den sie ihm anlegten. Er störte ihn nicht. Bald vergaß er ihn, als die Schnecke langsam über die Wimpern seines anderen Auges kroch.

In seinem ganzen Leben erfuhr er nie, daß der Lendenschurz aus der abgezogenen und gegerbten Haut von Ysel angefertigt worden war, dem Mädchen, daß vor seinen Augen getötet worden war.

15

»Ich habe lange über deinen Status nachgedacht«, sagte Enge, »und ich bin zu dem unausweichlichen Schluß gelangt, daß du der Geringste unter den Niedrigen bist.«

»Ich bin der Geringste unter den Niedrigen«, stimmte Kerrick ihr zu. Er war bemüht, sich auf ihre Sprache zu konzentrieren und das Unutakh unbeachtet zu lassen, das schleimig über seinen Schädel kroch. Es war erst der dritte Tag, daß es seinen Körper von Haaren reinigte, und er fand es immer noch widerwärtig. Er konnte kaum den Augenblick erwarten, da es seine Arbeit verrichtet haben würde, damit er sich die schleimigen Spuren vom Kopf waschen könnte. Auch brachte er dem kleinen Tier wachsenden Respekt entgegen. Als er es am vorausgegangenen Morgen losgemacht hatte, da hatte es sich an seinem Finger festgesaugt und einen Teil eines Fingernagels verzehrt. Nun kroch es zu seinem Hinterkopf, und er konnte sich die brauenlosen und wimperlosen Augen mit dem Handrücken wischen.

»Schenkst du mir deine ganze Aufmerksamkeit?« fragte Enge.

»Ja. Ich bin der Geringste unter den Niedrigen.«

»Aber du sprichst nicht so. Du hast nie gelernt, es richtig zu tun. Dazu ist jetzt Zeit. Sag es so: Der Geringste unter den Niedrigen.«

Kerrick sah ihre gebeugte Haltung mit dem eingezogenen Schwanz und tat sein Bestes, sie nachzuahmen.

»So ist es besser. Du mußt es üben, denn bald wirst du in der Gesellschaft derjenigen sein, die hier die Höchsten sind, und sie werden keine Beleidigungen durch die Sprache hinnehmen.«

»Woher weißt du, daß ich der Geringste unter den Niedrigen bin?« sagte Kerrick. Er brachte es als die Frage eines Begriffsstutzigen vor, während ihre Rede ihn in Wirklichkeit langweilte und verdroß.

»Vaintè ist die Eistaa und herrscht hier in Alpèasak. Sie ist die Höchste. Unter ihr und unendlich hoch über dir und mir sind Stallan und Vanalpè und andere, die in der Stadt befehlen. Sie haben ihre Helferinnen und natürlich die Fargi, die in ihren Diensten ausgebildet werden. Obwohl du jetzt besser als viele Fargi sprechen kannst, mußt du dennoch geringer sein als sie, denn sie sind Yilanè, und du bist bloß ein Ustuzou, ein sprechendes Tier, und nicht mehr.«

Kerrick interessierte sich nicht für die Struktur ihrer komplizierten Beziehungen von Rang und Privileg. Ein Wort, welches er bisher nie gehört hatte, hatte aber seine Neugier erregt.

»Was sind Fargi?«

»Sie sind, na eben Fargi.«

Kaum hatte sie es gesagt, begriff Enge die Bedeutungslosigkeit dieser Feststellung. Lange Zeit saß sie starr und unbeweglich und mühte sich um eine Definition. Es war schwierig, eine eindeutige Erklärung zu finden. Denn wie jede Tatsache des Lebens nahm man auch diese für gegeben und stellte ihre Existenz nicht in Frage. Es war wie die Frage nach dem Wesen der Sonne. Sie ist die Sonne, und ihre Existenz definiert sie. Sie wußte, daß Physiker viele Tatsachen über die Sonne kannten, weit mehr als sie jemals zu wissen wünschte. Aber wenn sie diesen Ustuzou ausbilden sollte, damit er in der Öffentlichkeit erscheinen konnte, dann mußte er alle die alltäglichen Dinge kennen, die den anderen vertraut waren. Und dazu gehörte offenbar auch, was die Fargi waren. Um das zu erklären, mußte sie mit dem Anfang beginnen.

»Wenn die Jungen die Geburtsstrände verlassen, gehen sie in die See ein. Viele Jahre lang leben sie im Ozean, wachsen und reifen. Es ist eine glückliche Zeit, denn Fische sind leicht zu fangen, und der Gefahren sind wenige. Alle, die zur gleichen Zeit in den Ozean eingehen, gehören demselben Efenburu an. Sie sind einander Efensalè, das heißt, es entstehen Bindungen zwischen ihnen, die ein Leben lang bestehen bleiben. Mit dem Erreichen der Reife verlassen sie den Ozean und leben auf dem Land. Die Männer werden zusammengetrieben und zur Stadt gebracht, weil sie zu dumm sind, um für sich selbst zu sorgen. Dies ist eine schwere Zeit, denn jede muß ihren eigenen Weg ins Leben finden. Nahrung ist reichlich da, aber auch an Gefahren fehlt es nicht. Das Leben ist in den Städten konzentriert, und dorthin gehen die Jungen. Sie hören zu und lernen, und diejenigen unter ihnen, die sprechen lernen, werden auf der untersten Ebene Teil der Stadt. Sie sind Fargi. Du bist geringer als sie.«

»Das kann ich verstehen, aber nicht das mit den Männern. Die Fargi sind weiblich?«

»Natürlich.«

»Aber du bist männlich...«

»Sei nicht beleidigend. Du hast nie einen Mann gesehen, weil die sorgsam behütet im Hanalè leben.«

Diese Neuigkeit verblüffte Kerrick. Alle Murgu waren weiblich! Selbst die widerwärtige Stallan. Tatsächlich gab es an den Murgu manches, was ihm nicht einleuchtete. Alle Tanu konnten sprechen, selbst die Jungen. Diese Murgu mußten ziemlich dumm sein. »Was geschieht mit denen, die nicht sprechen lernen?« fragte er.

»Das geht dich nichts an. Du mußt dir klarmachen, daß du geringer bist als selbst die niedrigsten Fargi, die nur mit größter Schwierigkeit sprechen können.«

»Ich bin der Geringste unter den Niedrigen«, stimmte Kerrick zu und versuchte nicht zu gähnen.

Kurze Zeit später wurde ihre Unterrichtsstunde durch das Öffnen der Tür unterbrochen. Kerrick glättete seine Züge, um den intensiven Abscheu zu verbergen, den er immer dann verspürte, wenn Stallan hereinkam. Diesmal trug sie einen geschlossenen Behälter.

»Die Zeit ist da«, sagte Stallan. »Vaintè wünscht die Anwesenheit des Ustuzou. Um das Tier zu bändigen, habe ich dies mitgebracht.«

Kerrick unterließ jeden Protest, als Stallan das Urutakh wegnahm und ihn vom Kopf bis zu den Zehen mit Wasser reinigte. Sie schien unzufrieden mit der lebenden Fessel, die seine Handgelenke hielt, und ersetzte sie durch eine frische. Dann nahm sie eine lange, dunkle Schlange aus dem Behälter, die sich träge wand, als sie sie an einem Ende hielt.

»Dieser Ustuzou soll uns keinen Verdruß bereiten«, erklärte Stallan. Sie zog Kerrick herum und legte ihm das Schlangentier um den Hals; dann klemmte sie dessen Körper in das aufgesperrte Maul, das sogleich zubiß und eine feste Schlinge bildete. Das andere Ende nahm sie in die Hand. »Sag ihm, daß er dir folgen soll«, sprach sie zu Enge, denn sie weigerte sich noch immer, anzuerkennen, daß Kerrick mehr war als ein abgerichtetes Tier. Ihr Haß aufeinander war das einzige, worin sie einander glichen.

Kerrick war es gleich; zum ersten Mal seit seiner Gefangennahme sollte er sehen, was jenseits der Tür lag. Er hatte unbestimmte Erinnerungen an Schmerzen, Bäume und dunklen Wald, als man ihn hierher gebracht hatte. Jetzt war er wachsam und sprungbereit, zugleich bemüht, folgsam und umgänglich zu erscheinen. Enge öffnete die Tür, und er folgte ihr, die Hände vorn zusammengebunden und gefolgt von Stallan, die ihn an der lebenden Leine hielt.

Vor ihnen erstreckte sich ein dämmriger grüner Tunnel. Er hatte einen geflochtenen Boden, wie seine Gefängniskammer, aber die Wände waren weniger massiv und bestanden aus Gewächsen vielerlei Arten, dünnen und dicken Baumstämmen, Kletterpflanzen, blühenden Sträuchern und vielen fremdartigen Pflanzen, die ihm unbekannt waren. Überlappende große Blätter deckten den Gang ab. Andere Gänge zweigten von diesem ab, und verschiedentlich erblickte er kurz Gestalten, die darin gingen. Dann kamen sie in eine sonnenbeschienene Lichtung hinaus. Nach seiner langen Gefangenschaft mußte er die Augen zusammenkneifen, so blendend war das Licht. Es schmerzte ihn, aber er blinzelte mit wäßrigen Augen und versuchte alles zu sehen.

War dies alles, was es mit Alpèasak auf sich hatte? Wenn Enge darüber sprach, hatte er ein Vorstellungsbild von einem riesigen Lager mit ungezählten Zelten, die sich erstreckten, so weit das Auge reichte. Er hätte wissen müssen, daß die Murgu kein richtiges Lager kannten. Dennoch war dieses Durcheinander von Gängen und Bäumen tatsächlich sehr groß. Und wo er auch hinblickte, überall waren Murgu. Zu viele von ihnen und zu plötzlich; es war, als sei er in eine Grube gefallen, wo es von ihnen wimmelte. Es überlief ihn kalt, als sie näherdrängten und einander stießen, um den Ustuzou zu sehen, und um ihm dann nachzutrotten. Sie waren auch dumm, viele von ihnen konnten kaum sprechen. Das mußten die Fargi sein, von denen er gehört hatte.

Der Gang endete unvermittelt am Rand einer freien Fläche, die bei weitem größer war als die Lichtungen, die sie bisher überquert hatten. Kerricks Augen gewöhnten sich jetzt an das Licht und konnten die Gruppen von Yilanè allenthalben auf der offenen Fläche sehen. Stallan rief ein scharfes Kommando, und die Fargi machten ihnen Platz. Über den von ungezählten Füßen festgetrampelten Boden gingen sie zur anderen Seite hinüber, wo eine kleine Gruppe stand. Zwei von ihnen waren sehr bedeutend, denn selbst aus der Entfernung waren die demutsvoll kauernden Haltungen der Umstehenden offensichtlich. Im Näherkommen erkannte Kerrick diejenige, die er nie vergessen würde: Vaintè. Neben der Eistaa hockte eine sehr fette Yilanè, deren Haut so prall war, daß sie dem Platzen nahe schien. Vaintè bedeutete ihnen, stehen zu bleiben und wandte sich zu der Fetten an ihrer Seite.

»Da siehst du ihn, Zhekak, einen der Ustuzou, welche die Verbrechen begingen, von denen du weißt.«

»Näher her mit ihm«, befahl Zhekak mit dünner Stimme. Das Fett machte die begleitenden Bewegungen ihrer Gliedmaßen unklar. »Er sieht nicht allzu gefährlich aus.«

»Dies ist ein Junges. Die ausgewachsenen Exemplare sind gigantisch.«

»Interessant. Laßt mich die Zahnordnung sehen.«

Während Kerrick noch überlegte, was die Aufforderung zu bedeuten habe, packte Stallan ihn beim Kopf und riß ihm die Kiefer auseinander. Gleichzeitig stieß sie ihn vorwärts, so daß Zhekak ihm in den Mund sehen konnte. Der Anblick faszinierte sie.

»Sehr ähnlich den konservierten Exemplaren, die Vanalpè besitzt. Da gibt es viel zu studieren, viel Interessantes. Ich sehe den Tag kommen, da Alpèasak allen anderen Städten in der Kenntnis der Ustuzou und ihrer Verwendungsmöglichkeiten voraus sein wird.«

Vaintè strahlte Freude und Stolz aus. »An diesem Ustuzou ist noch etwas, was du wissen solltest. Er spricht.«

Zhekak ließ sich zurücksinken und drückte Unglauben, Erstaunen und Respekt aus. Ihr unförmiger Körper wand sich unter den Anstrengungen, dies alles gleichzeitig zu vermitteln.

»Eine Demonstration«, befahl Vaintè.

Stallan stieß Kerrick noch einen Schritt näher, und Enge trat seitwärts zu ihm, wo er sie sehen konnte.

»Sag denen von hohem Rang, die vor dir sitzen, deinen Namen«, sagte sie.

»Ich bin Kerrick, der Geringste unter den Niedrigen.«

Zhekak war in ihrer Anerkennung nicht kleinlich. »Ein großartiges Dressurergebnis. Ich habe noch nie ein Tier gesehen, das seinen Namen sagen konnte.«

»Es ist noch mehr daran«, erwiderte Enge respektvoll. »Er kann gerade so gut sprechen, als ob er Yilanè wäre. Du kannst mit ihm sprechen, wenn du es wünschst.«

Zhekaks Freude, Ungläubigkeit und Zweifel waren groß. Als sie alles das zum Ausdruck gebracht hatte, beugte sie sich wieder vorwärts und sagte sehr langsam und klar:

»Ich finde das sehr schwierig zu glauben. Du kannst nicht wirklich sprechen.«

»Ich kann. Ich kann sehr schnell und sehr klar sprechen.«

»Du bist abgerichtet, das zu sagen.«

»Nein. Ich habe gelernt, wie eine Fargi lernt.«

»Im Ozean?«

»Nein. Ich kann nicht schwimmen. Ich lernte es, indem ich Enge zuhörte.«

Zhekak würdigte Enge keines Blickes, und ihre Sprache war begleitet von Zeichen der Geringschätzung. »Das ist sehr gut. Freundliche Worte über jemand, die im fernen Inegban so viele Schwierigkeiten verursacht hat. Es ist nur passend, daß eine unwissende Bestie wie diese Gutes über eine Tochter des Todes spricht.« Sie wandte sich zu Vaintè. »Du bist darin zu beglückwünschen, daß du etwas aus nichts gemacht hast, eine Stadt aus Sumpf und Dschungel, einen Sprecher aus einem Ustuzou, eine Lehrerin aus einer Unwürdigen. Sicherlich wird die Zukunft von Alpèasak immer warm sein.«

Vaintè entließ Enge und Kerrick mit einer Handbewegung und antwortete: »Ich werde diese Worte stets im Gedächtnis bewahren. Eine neue Welt verlangt nach neuen Lösungen, und wir tun unser Bestes. Und nun – darf ich dir Fleisch vorlegen lassen? Wir haben einige neue Sorten hier, von denen du niemals gekostet haben wirst.«

Zhekak klappte in hörbarer Wertschätzung die Kiefer auf und zu. »Das hat man mir gesagt, und deshalb möchte ich diese Sorten kennenlernen.«

Friß, bis du platzt, fette Marag, dachte Kerrick, aber nicht die leiseste Andeutung davon spiegelte sich in seiner demütigen Haltung wider.

»Bringt ihn an seinen Platz zurück«, sagte Vaintè. Stallan zog an der Leine, und Kerrick fiel beinahe, fing sich wieder und stolperte ihr nach. Er beklagte sich nicht. Sie verließen den weiten offenen Platz und kehrten in die grünen Gänge der Stadt zurück. Enge bog nach kurzer Zeit in einen anderen Gang ein, und Kerrick blickte wachsam umher. Als er sah, daß nur wenige andere in Sicht waren, und keine von ihnen nahebei, blieb er mit einem Schmerzensruf stehen.

»Hilf mir. Es schmerzt, dieses Ding an meinem Hals... Ich erstikke...«

Stallan wandte sich um und gab Kerrick eine Kopfnuß, weil er sie gestört hatte. Aber sie wußte, daß man dieses Tier am Leben erhalten wollte. Die Leine mußte gelockert werden. Sie ließ das freie Ende fallen und griff nach der Schlinge.

Kerrick warf sich herum und rannte. Er hörte kaum das Wutgebrüll der getäuschten Jägerin.

Lauf, Junge, lauf, so schnell deine Beine dich tragen können, schneller als alle Murgu. Zwei von ihnen waren vor ihm. Es waren verständnislose Fargi.

»Zur Seite!« befahl er – und sie gehorchten!

Diese dummen Geschöpfe. Die Leine klatschte auf seinen Rücken, und er bekam das freie Ende zu fassen und hielt es in der Hand, damit es ihn nicht behinderte. Als er über eine der Lichtungen rannte, blickte er über die Schulter zurück und sah, daß Stallan weit zurückgefallen war. Er hatte recht, diese Geschöpfe waren keine schnellen Läufer.

Er verlangsamte seine wilde Flucht zu einem schnellen Trab. So konnte er den ganzen Tag laufen, wenn es sein mußte. Seine Lungen atmeten frei, und seine Füße sprangen leicht über den federnden Flechtboden. Er ließ sich nicht aufhalten. Wenn er größere Ansammlungen von Fargi oder Yilanè vor sich sah, schlug er einen anderen Weg ein. Die Fargi machten ihm Platz, wenn er es ihnen befahl. Ein Marag wich nicht von der Stelle und versuchte ihn statt dessen zu fassen, aber er wich dem ungeschickten Zugriff aus und lief weiter. Als er sich endlich allein sah, machte er in einem laubumhüllten Winkel halt und verschnaufte. Er mußte überlegen.

Noch war die Stadt überall um ihn. Die Sonne sickerte durch das Blätterdach, und er blinzelte zu ihr auf. Es war Spätnachmittag. Die See mußte hinter ihm sein, das Land voraus in der Richtung der untergehenden Sonne. Diese Richtung mußte er gehen.

Die Stadt ging ohne scharfe Grenzen in Felder und Weiden über. Er trabte mäßig schnell dahin und rannte nur, wenn er bemerkt wurde. Das erste Hindernis, das es zu überwinden galt, war eine dichte Hecke mit langen Dornen. Das Herz pochte ihm in der Kehle. Wenn er hier keinen Durchschlupf fand, war er gefangen. Leichtfüßig lief er die Hecke entlang und suchte nach einer Öffnung. Zwei Murgu sahen ihn und riefen ihm etwas nach. Ja, da war es, dicke und zähe Schlingpflanzen waren kreuz und quer über die Öffnung gezogen. Es mußte eine Methode geben, sie zu öffnen, aber er verlor keine Zeit mit der Suche danach. Statt dessen warf er sich auf den Bauch und kroch über dem niedrigsten Strang durch. Eine Herde kleiner Hirsche warf die Köpfe hoch und sah ihn an, floh dann aber in Panik durch das hohe Gras. Er folgte ihnen und lief geradeaus, als sie vor der nächsten Hecke abbogen. Nun, da er wußte, wonach er Ausschau zu halten hatte, war die durch Schlingpflanzen verschlossene Öffnung leicht auszumachen. Als er sich wieder auf den Bauch warf, um unten durchzukriechen, blickte er zurück und sah, daß eine Gruppe von Murgu auf der anderen Seite der Weide war und gerade daranging, die letzte Sperre zu öffnen, unter der er durchgekrochen war. Jetzt würden sie ihn nicht mehr erwischen!

Dann kam er zum letzten Feld. Es mußte das letzte sein, denn voraus erhob sich die hohe, grüne Wand des Urwalds. Er hatte bereits kleinere Waldstücke passiert, doch waren diese von Feldern und Weiden umgeben gewesen. Der Urwald jenseits dieser Dornenhecke war geschlossen, düster und beängstigend. Aber von welcher Art die Gefahren auch sein mochten, die in ihm lauerten, sie waren nichts, verglichen mit denjenigen der Stadt, die er hinter sich ließ. Er schlüpfte unter den armdicken Lianen durch und stand auf – und sah die riesenhaften Tiere, die ihn anstarrten.

Eine namenlose Angst ergriff ihn und schüttelte ihn, und seine Beine waren wie gelähmt. Sie waren gewaltig, größer als das Mammut, Murgu aus den schlimmsten Alpträumen, grau und runzlig, mit Beinen wie Baumstämme, gewaltigen Knochenschilden, die sich hoch emporbogen, klafterlangen Hörnern auf den Nasen, die direkt auf ihn wiesen. Kerricks Herz schlug so laut in seiner Brust, als wollte es zerspringen.

Dann erst bemerkte er, daß sie nicht auf ihn zukamen. Die kleinen Augen, halb versteckt in der dicken, runzligen Haut, schienen ihn kaum zu bemerken. Kurz darauf senkten sich die schwerfälligen Köpfe wieder, und die mächtigen Kiefer mahlten das von den Schneidezähnen losgerissene Gras. Langsam, einen Schritt nach dem anderen wagend, umging er sie und hielt auf den noch nicht ganz zusammengewachsenen Heckenzaun zu, dessen große Lücken sich in die Dämmerung des Waldes öffneten.

Frei! Er war entkommen! Er streifte ein paar herabhängende Ranken beiseite und betrat den mit niederen Blattpflanzen bewachsenen kühlen Lehmboden des Waldes. Er wischte die klebrigen Ranken zur Seite und tat es noch einmal.

Er entdeckte, daß sie fest an seinen Armen hafteten und sich langsam um ihn zusammenzogen.

Es waren keine Ranken, sondern lebende Fallen. Er zerrte an ihnen und versuchte sie durchzubeißen, aber alles blieb ohne Erfolg. So nahe war er der Freiheit gewesen. Als er in ihrer kühlen Umschlingung zappelte, sah er die Murgu über das Feld kommen. So nahe.

Wieder wandte er sich dem Wald zu, jetzt erschlafft und hoffnungslos, ohne Widerstand, kaum zu einer Reaktion fähig, als die dreifingrigen Hände ihn packten. Er blickte auf zu den Bäumen und der nahen Freiheit, die verloren war, bevor er sie richtig erreicht hatte. Und er sah die schnelle Bewegung eines Tieres dort oben.

Das Laubwerk über ihm teilte sich einen Augenblick, und er sah ein bärtiges Gesicht. Es war so rasch verschwunden, wie es gekommen war. Dann wurde er in die Gefangenschaft zurückgeschleppt.

16

Vaintè machte es sich an ihrem Ruheplatz bequem, tief in Gedanken versunken, den Körper starr und bewegungslos. Ihre Helferinnen umgaben sie und sprachen leise miteinander, und sie wiederum waren umgeben von den stets aufmerksamen Fargi. Vaintè befand sich inmitten einer Insel der Stille, denn niemand wagte den bewegungslosen Zustand der Eistaa zu stören. Ihre Gedanken waren die Kraft, welche die Stadt antrieb.

Ihr einziger Gedanke in diesen Augenblicken aber galt dem Haß; ihre Unbeweglichkeit hatte nur den Zweck, diesen Umstand zu verbergen und hatte nichts mit Nachdenklichkeit zu tun. Sie ruhte in vollkommener Stasis – ausgenommen ihr rechtes Auge, dessen Blick drei sich entfernenden Gestalten folgte. Es waren Vanalpè, ihre unersetzliche Helferin bei der Errichtung dieser Stadt, die Wissenschaftlerin Zhekak, die sich als genauso wichtig erweisen konnte, und Alakensi, das tödliche Gewicht, das ihr am Hals hing. Wie klug hatte Malsas dies alles geplant, mit welch bösartiger Subtilität. Nun, da die wichtigste Arbeit getan war, war Alakensi gekommen, um dafür zu sorgen, daß Malsas von der Entwicklung profitierte. Alakensi war hier, um sich mit allen Einzelheiten der Stadt vertraut zu machen, um den Übergang der Führung an Malsas zu erleichtern, sobald sie käme. Und dort ging sie jetzt, buhlte um Zhekaks Gunst und hörte alles, was zwischen den beiden gelehrten Yilanè gesprochen wurde.

Die drei gerieten außer Sicht, und Vaintès Blick fiel auf Enge, die still herangekommen war und in bittender Haltung vor ihr stand.

»Geh«, sagte Vaintè kurz angebunden. »Ich spreche mit niemand.«

»Eine Sache von größter Wichtigkeit. Ich bitte dich, mich anzuhören.«

»Geh.«

»Du mußt mich anhören. Stallan schlägt den Ustuzou. Ich fürchte, sie wird ihn töten.«

Vaintè merkte auf. »Also sprich. Was ist geschehen?«

»Der Ustuzou versuchte zu fliehen, wurde aber eingefangen. Stallan schlägt ihn furchtbar.«

»Das ist nicht mein Wunsch. Befiehl ihr, davon abzulassen. Warte – ich werde es selbst tun. Ich möchte mehr über diese Flucht hören. Wie ist es geschehen?«

»Nur Stallan weiß es. Sie hat es niemandem gesagt.«

»Mir wird sie es sagen«, sagte Vaintè, grimmige Autorität in ihrer Haltung.

Als sie die Gefängniskammer erreichten, sahen sie, daß die Tür offenstand. Sie hörten die dumpfen Schläge, das Stöhnen und die Schreie des Opfers. »Halt!« befahl Vaintè. Es waren soviel Zorn und Energie in diesem Befehl, daß Stallan mitten in der Bewegung und mit hocherhobenem Arm erstarrte. Sie hatte eine blutige Peitsche in der Hand.

Zu ihren Füßen lag Kerrick mit blutig zerschlagenem Rücken, halb ohnmächtig vor Schmerz.

»Du behandelst den Ustuzou«, befahl Vaintè, und Enge eilte vorwärts. »Und du, leg das Ding weg und gib mir augenblicklich eine Erklärung.«

In ihren Worten schwang soviel sicherer Tod mit, daß selbst die starke und furchtlose Stallan davor zitterte. Die Peitsche entfiel ihren kraftlosen Fingern. Es kostete sie eine Willensanstrengung, ihren Körper zu einer Antwort zu zwingen. Sie spürte, daß Vaintè in ihrem Zorn nahe daran war, die Worte auszusprechen, welche ihr Schicksal besiegelten.

»Der Ustuzou entwich mir und rannte davon. Sehr schnell. Niemand konnte ihn einfangen. Wir folgten ihm zu den Feldern und Weiden. Wir konnten ihn aber nicht einholen. Er wäre uns entkommen, hätte er sich nicht selbst in einer der Fallen gefangen, die um die Felder gelegt wurden, um nächtliche Überfälle räuberischer Ustuzou zu verhindern.«

»Sieh an«, sagte Vaintè und blickte auf die kleine Gestalt nieder. »Diese wilden Tiere haben Fähigkeiten, deren wir uns nicht bewußt sind.« Ihr Zorn legte sich, und Stallan zitterte vor Erleichterung. »Aber wie konnte er entkommen?«

»Ich weiß es nicht, Eistaa. Das heißt, ich weiß, was geschah, ich kann es aber nicht erklären.«

»Versuch es.«

»Das will ich tun. Er ging neben mir und gehorchte meinen Befehlen. Als wir einen Teil des Weges zurückgelegt hatten, blieb er stehen, legte die Hände an die Schlinge dieser Leine, würgte und sagte, sie erdrossele ihn. Das war möglich. Ich griff zur Schlinge, aber bevor ich sie berühren konnte, rannte der Ustuzou fort, und er war nicht mehr am Ersticken.«

»Aber er sagte dir, daß er ersticke?«

»So ist es.«

Vaintès Zorn war vergessen. Die Worte der Jägerin gingen ihr im Kopf um. »Hattest du die Leine nicht gehalten?«

»Ich hatte sie losgelassen, um nach der Schlinge zu greifen. Das Tier war am Ersticken, es konnte nicht entkommen.«

»Freilich. Du tatest das einzig Mögliche. Aber es war nicht am Ersticken. Bist du dessen sicher?«

»Ganz sicher. Es rannte weit und atmete gut. Als wir es wieder einfingen, sah ich mir als erstes die Schlinge an. Sie war genau so, wie sie gewesen war, als ich sie angelegt hatte.«

»Diese Dinge sind unerklärlich«, sagte Vaintè und blickte auf den Ustuzou herab, der das Bewußtsein verloren hatte. Enge beugte sich über ihn und reinigte Brust und Rücken vom Blut. Seine Augen waren verfärbt, und auch sein Gesicht war blutig. Es war überraschend, daß es nach Stallans Prügeln noch lebte. Die unausweichliche Tatsache war, daß die Schlinge ihn nicht gewürgt hatte. Aber er hatte gesagt, daß sie ihn würge. Das war unmöglich. Aber es war geschehen.

Vaintè grübelte weiter. Es war ein Gedanke, ein unmöglicher Gedanke, wie er einer ungehobelten Person wie Stallan niemals in den Sinn kommen würde. Vaintè hielt den Gedanken zur weiteren Prüfung zurück und wandte sich steif an Stallan.

»Du verläßt sofort diesen Raum.«

Stallan eilte hinaus, Erleichterung und Dankbarkeit signalisierend, denn nun wußte sie, daß ihr Leben einstweilen nicht mehr in Gefahr war. Sie wollte nichts weiter als das Geschehene so rasch wie möglich aus ihrem Bewußtsein verdrängen.

Nicht so Vaintè. Engc kehrte ihr noch den Rücken zu, so daß sie den Gedanken untersuchen konnte und nicht Sorge haben mußte, daß jemand ihre Denkprozesse beobachtete.

Es war einfach eine unmögliche Idee. Aber es war geschehen. Einer der ersten Grundsätze, den sie in der Wissenschaft des Denkens gelernt hatte, lautete: Wenn alle anderen Erklärungen sich als unrichtig erwiesen haben, muß die verbleibende Erklärung, gleichgültig wie unlogisch oder falsch sie scheinen mag, die richtige sein.

Der Ustuzou hatte gesagt, daß die Schlinge ihn würge. Die Schlinge aber hatte ihn nicht gewürgt.

Die Feststellung einer Tatsache war keine Tatsache gewesen.

Der Ustuzou hatte eine Tatsache gesagt, die keine Tatsache war.

Dafür gab es im Yilanè kein Wort, keine Bezeichnung, so daß sie eine erfinden mußte. Es war eine Lüge. Der Ustuzou hatte gelogen.

Yilanè konnten nicht lügen. Wollte man seine Gedanken verbergen, waren Unbeweglichkeit oder Ausdruckslosigkeit die einzige Zuflucht. Eine Feststellung war ein Gedanke, und ein Gedanke war eine Feststellung. Der Akt des Sprechens war eins mit dem Akt des Denkens.

Aber nicht bei den Ustuzou.

Er konnte etwas denken und etwas anderes sprechen. Er konnte still und folgsam scheinen, dann sagen, daß er am Ersticken sei – während er die ganze Zeit nur an Flucht dachte. Er konnte lügen.

Dieses Geschöpf mußte am Leben erhalten, gepflegt, behütet – und an der Flucht gehindert werden. Die Zukunft war grau und formlos, und Vaintè vermochte nicht zu sagen, welche Gestalt sie annehmen würde. Aber sie war durchdrungen von der intuitiven Gewißheit, daß der Ustuzou ihre Zukunft sei. Sie würde ihn und seine Fähigkeit zu lügen in ihren Dienst stellen, um aufzusteigen und den Gipfel ihres Ehrgeizes zu erreichen.

Zunächst aber mußte sie sich alle Gedanken an dieses unglaubliche Talent aus dem Kopf schlagen. Sie mußte die Angelegenheit so regeln, daß niemand von den anderen aufmerksam würde. Sie entschloß sich, jegliche Diskussion der Flucht zu verbieten. Sollte Stallan sterben? Einen Augenblick überlegte sie, dann entschied sie sich dagegen. Die Jägerin war zu wertvoll. Stallan würde das Schweigegebot befolgen. Sie würde es sogar mit Freuden tun, weil der Vorfall sich für sie mit der Erinnerung verband, wie nahe sie dem Tod durch Vaintès Zorn gewesen war. Als sie sich gefaßt hatte, wandte sie sich zu Enge um.

»Ist der Ustuzou schwer verletzt?«

»Ich weiß es nicht. Er ist wund und zerschlagen, aber es könnte oberflächlich sein. Siehst du, er regt sich und hat die Augen geöffnet.«

Kerrick blickte zu den beiden Murgu auf, die über ihm standen. Er konnte sie aber nur verschwommen wahrnehmen. Seine Flucht war mißlungen, er litt Schmerzen, sein Vorhaben war gescheitert. Es blieb ihm nichts als die Hoffnung auf eine spätere Gelegenheit.

»Sag mir, wie du dich fühlst«, fragte ihn Vaintè, und er war überrascht von der Sorge in ihren Worten.

»Ich habe Schmerzen. Überall.« Er bewegte die Arme und Beine und verzog das Gesicht. »Das ist alles. Alles tut weh.«

»Das ist, weil du fliehen wolltest«, sagte Vaintè. »Du nahmst die Gelegenheit wahr, als Stallan die Leine losließ. Ich werde dafür sorgen, daß ähnliches nicht wieder geschehen kann.«

Kerrick war nicht so zerschlagen oder erschöpft, daß ihm die Unterlassung einer Erklärung entgangen wäre. Vaintè mußte wissen, was er zu Stallan gesagt hatte, um sie zum Loslassen der Leine zu bewegen. Enge bemerkte es nicht, aber er sah dieses Wissen und wunderte sich. Aber seine Schmerzen waren so groß, daß er es bald wieder vergaß.

Eine von Vanalpès Helferinnen kam und versorgte seine Wunden, und danach ließ man ihn tagelang allein, während sie allmählich verheilten. Die Helferin brachte jeden Morgen Essen und überprüfte das Fortschreiten des Heilungsprozesses. Es gab keinen Sprachunterricht, noch hatte er die Aufmerksamkeiten der gefürchteten Stallan zu erleiden. Die Handfesseln waren ihm abgenommen worden, aber die Tür war immer fest verriegelt.

Die Zeit seiner Rekonvaleszenz ließ ihm Zeit, über seinen Fluchtversuch und dessen Scheitern nachzudenken. Das nächste Mal wollte er ihnen nicht in die Falle gehen. Er würde den falschen Ranken ausweichen, sie überspringen oder unter ihnen durchkriechen und in den Wald fliehen.

Hatte er dort zwischen den Blättern wirklich das bärtige Gesicht gesehen? Oder waren es nur Einbildung und Wunschdenken gewesen, die es ihm vorgegaukelt hatten? Er konnte keine Gewißheit finden. Es war auch nicht wichtig. Er brauchte keine Hilfe von außen, sondern nur eine Gelegenheit zur Flucht. Das nächste Mal sollten sie ihn nicht aufhalten.

Viele Tage verstrichen, bevor die Wunden verheilt und der Schorf abgefallen war, um weißliche Narben zurückzulassen. Noch immer kam jeden Morgen Vanalpès Helferin und untersuchte ihn genau, wenn sie ihm das Essen brachte. Als alle Kopfverletzungen geheilt waren, brachte sie das Unutakh mit, um die langen nachgewachsenen Haarstoppeln zu entfernen. Von da an gewöhnte er sich wieder an die schleimigen Dienstleistungen des schneckenartigen Lebewesens. Die Tür war immer verschlossen, auch wenn die Helferin bei ihm war, und er fühlte die unheilbringende Gegenwart Stallans auf der anderen Seite. Auf diesem Weg gab es kein Entkommen. Aber sie würden ihn nicht für alle Zeit in dieser Kammer gefangenhalten.

Eines Tages kam die Helferin mit aufgeregten Bewegungen herein, und er fühlte, daß etwas geschehen werde. Sie wusch ihn und untersuchte sorgfältig seinen Körper. Dann sorgte sie dafür, daß sein hautfarbener Lendenschurz an Ort und Stelle war, um schließlich, zur Tür gewandt, Demutshaltung anzunehmen. Kerrick war klug genug, nicht zu fragen, was geschah. Sie sprach nie zu ihm, noch beantwortete sie seine Fragen. So setzte er sich nieder und blickte wie sie zum Eingang.

Es war tatsächlich ein bedeutsamer Tag. Als die Tür geöffnet wurde, trat Vaintè ein, gefolgt von der watschelnden, fetten Zhekak. Assistentinnen und Fargi mit Behältern kamen ihnen nach.

»Er ist einmal entkommen«, sagte Vaintè. »Es muß alles geschehen, daß es sich niemals wiederholt.«

»Ein interessantes Problem, Eistaa, das mir viele glückliche Augenblicke der Betrachtung geschenkt hat. Ich glaube, daß ich die Antwort darauf habe, aber ich möchte es dir lieber zeigen als erzählen, weil ich mir denke, daß die Vorführung dir Freude bereiten wird.«

»Ich habe Freude an jeder Arbeit, die Zhekak leistet«, erwiderte Vaintè höflich, ließ aber ein zusätzliches Gefühl von Befriedigung durchblicken. Zhekak winkte eine Fargi zu sich und nahm ihr den Behälter aus der Hand.

»Dies ist ganz neu«, sagte sie und zog eine Länge flexiblen Materials daraus hervor. Es war dünn, von dunkelroter Farbe und enorm zäh. Zhekak führte vor, daß es unzerreißbar war, indem sie zwei Fargi an jedem Ende ziehen ließ, bis sie zur allgemeinen Erheiterung vor Erschöpfung schnauften und einander hin und her zerrten. Darauf nahm sie eine Messersaite und zog sie über das ausgespannte Material hin und her, als wolle sie es zerschneiden. Als es Vaintè zur Inspektion überreicht wurde, sah sie, daß nur die glänzende Oberfläche geritzt worden war. Sie drückte ihre Bewunderung und ihr Erstaunen aus.

»Ich werde es gern erläutern«, sagte Zhekak selbstzufrieden. »Eine Messersaite ist, wie du weißt, ein einziges langes Molekül. Sie schneidet wegen ihres geringen Durchmessers und ist wegen der Stärke der intramolekularen Festigkeit nahezu unzerreißbar. Und hier haben wir den Versuch, Gleiches mit Gleichem zu schneiden. Das flexible Material besteht aus Fasern von Kohlenstoffmolekülen, die in das Material eingewachsen sind. Sie lassen sich biegen, aber nicht zerreißen, und sie können nicht zerschnitten werden.«

Vaintè strahlte Anerkennung aus. »Damit hast du eine Leine, die das Tier nicht durchtrennen kann. Also stelle ich die nächste offensichtliche Frage: Wie befestigst du sie an dem Ustuzou – und wo machst du das andere Ende fest?«

Zhekaks fetter Leib wand sich vor Vergnügen. »Eistaa, es ist eine Freude zu sehen, wie gut du diese Dinge verstehst. Hier ist das Halsband für den Ustuzou.« Eine Assistentin brachte ein halbtransparentes, biegsames Objekt von der Länge und Stärke ihres Arms zum Vorschein. Es wand sich träge, als Zhekak es Kerrick um den Hals legte. Er empfand Widerwillen gegen die kalte Berührung, war aber klug genug, nicht das geringste Widerstreben zu zeigen. Zhekak rief die Assistentin zu sich, und gemeinsam bestrichen sie die Enden des seltsamen Lebewesens mit einer Salbe, um sie dann zusammenzudrücken, so daß es einen dicken Kragen um Kerricks Hals bildete.

»Schnell!« befahl Zhekak. »Der Sekretionsprozeß beginnt.«

Gemeinsam zogen sie das Ende der Leine durch den Kragen, knoteten es zu einer Schlinge und zogen sie so fest zu, daß sie bis zum Mittelpunkt in das transparente Fleisch des lebenden Kragens eindrang.

»Schau her, Eistaa«, rief Zhekak, »und du wirst sehen, wie der Prozeß beginnt.«

Das transparente Fleisch begann sich im Inneren zu verfärben und um das fremde Objekt zu erstarren.

»Dieses Lebewesen ist ein einfacher Metallausscheider«, sagte Zhekak. »Es lagert Eisenmoleküle um den flexiblen Kern ab. Bald wird es sich versteifen und fest werden. Wir werden es nähren, bis ein vollständiger Metallkragen um den Hals des Ustuzou gebildet ist, der dann zu stark ist, um zerbrochen oder zerschnitten zu werden.«

»Bewundernswert. Aber was wirst du am anderen Ende befestigen?«

Zhekak reagierte mit erneuerter Heiterkeit und watschelte zu den im Hintergrund wartenden Fargi. Eine von ihnen ergriff sie bei der Hand und zog sie mit sich. Dieses Geschöpf war größer und breiter als die meisten; kräftige Muskeln zeichneten sich beim Gehen unter der Haut ab. Zhekak drückte einen der muskulösen Arme zwischen den Daumen und vermochte ihn nur oberflächlich ein wenig einzudrükken.

»Diese Fargi hat mir viele Jahre gedient und ist die stärkste, die ich je gefunden habe. Sie kann kaum sprechen, verrichtet aber alle schweren Arbeiten im Laboratorium. Sie gehört jetzt dir, Eistaa, um hier einen wichtigeren Dienst zu leisten.« Zhekaks kleine Augen, eingebettet in die fleischigen Falten, blickten in die Runde der erwartungsvoll schweigenden Zuhörerinnen.

»Ihr Dienst wird folgender sein: Auch um ihren Hals wird ein gewachsener Kragen gelegt werden, verbunden mit dem anderen Ende der Leine. Der Ustuzou und die Fargi werden ihr Leben lang wie zwei Früchte, die am selben Zweig wachsen, miteinander verbunden sein!«

»Dein Verstand hat nicht seinesgleichen«, sagte Vaintè, und alle Assistentinnen signalisierten Zustimmung. »Zusammengefügt für immer, untrennbar verbunden. Man sagte mir, unser Ustuzou könne sehr schnell laufen. Sag mir, Ustuzou, wie schnell kannst du laufen, wenn du diese kleine Fargi ziehst?«

Darauf gab es keine Antwort, also verharrte Kerrick in Stillschweigen, während alle anderen sehr erheitert waren. Er sah in die dummen Züge der Kreatur am anderen Ende der Leine und empfand nichts als brennenden Haß. Dann bemerkte er, daß Vaintè ihn aufmerksam beobachtete, und so drückte er wortlos Resignation und Hinnahme aus. Sie billigte es.

»Diese Fargi hat einen neuen Namen«, erklärte Vaintè, und alle verstummten. »Von diesem Augenblick an soll sie den Namen Inlènu tragen, denn ihr kräftiger Körper soll die ganze Welt zu einem Gefängnis für den Ustuzou machen. Weißt du deinen Namen, Kräftige?«

»Inlènu«, antwortete die Fargi mit großer Befriedigung, hatte sie den Namen doch von der Eistaa selbst empfangen und würde ihr von nun an dienen.

Kerricks Haltung der Hinnahme war ebenso falsch, wie das Vergnügen der anderen Anwesenden echt war. Schon streckte er langsam den Zeh nach dem am Boden liegenden Seil aus und rollte es hin und her. In Gedanken war er mit allen möglichen Methoden zu seiner Durchtrennung beschäftigt.

Es mo tarril drepastar, er em
so man drija.

Wenn mein Bruder verwundet ist,
bin ich es, der blutet.

17

Der Abendhimmel war feuerrot hinter den schwarzen Umrissen der Bäume, während über dem Ozean die ersten hellen Sterne erschienen waren, Tharme der gewaltigsten Krieger. Aber die vier Männer am Strand blickten nicht zum Sternhimmel über dem Ozean auf. Sie starrten statt dessen auf die dunkle Wand des Waldes vor ihnen, denn sie fürchteten die unsichtbaren Tiere, die dort hausten. Sie kauerten im Sand, hatten die Rücken an die hölzerne Flanke ihres Bootes gelehnt, aus dessen massiver Festigkeit sie einige Kraft bezogen. Es hatte sie hergebracht und würde sie von diesem Ort der vielen Gefahren hoffentlich auch wieder zurückbringen.

Ortnar konnte nicht länger an sich halten und sprach die Gedanken aus, die sie alle bewegten.

»Im Wald dort könnten Murgu stecken und uns in diesem Augenblick beobachten, bereit zum Angriff. Wir sollten nicht hier herumsitzen.« Er kaute nervös an der Unterlippe, während seine Phantasie die Dunkelheit mit ungesehenen Gefahren bevölkerte; er war ein hagerer und nervöser Mensch, der sich ständig um dies oder das sorgte.

»Herilak sagte uns, wir sollten hier warten«, sagte Tellges, und damit war die Frage für ihn entschieden. Er fürchtete nicht, was er nicht sehen konnte, und zog es vor, Befehle entgegenzunehmen, statt sie zu geben. Er war entschlossen, geduldig zu warten, bis der Sammadar zurückkehrte. »Aber er ist schon den ganzen Tag fort. Er könnte tot sein, gefressen von den Murgu.« Ortnar war von den Schreckensbildern seiner Vorstellung wie besessen. »Wir hätten niemals so weit nach Süden vordringen sollen. Wir haben Herden von Hirschen gesehen, wir hätten jagen können...«

»Wir jagen auf dem Rückweg«, sagte Serriak, dem Ortnars unvernünftige Angst nicht entgangen war. »Nun halt den Mund.«

»Warum? Weil ich die Wahrheit sagte? Weil Herilak Vergeltung sucht, werden wir alle umkommen. Wir hätten die Fahrt nicht machen sollen...«

»Sei still«, sagte Henver. »Da ist eine Bewegung am Strand.«

Sie rissen die Speere an sich und kauerten sprungbereit. Als dann aber Herilaks Umriß vor dem hellen Hintergrund des Strandes erkennbar wurde, ließen sie sie erleichtert sinken.

»Du bist den ganzen Tag fortgewesen«, sagte Ortnar vorwurfsvoll, als der Sammadar zu ihnen kam. Herilak überhörte den Vorwurf, stand vor ihnen und stützte sich müde auf seinen Speer.

»Bringt mir Wasser«, befahl er, »dann hört, was ich zu sagen habe.« Er trank durstig, gab den ledernen Trinkbeutel zurück und kauerte sich zu ihnen. Als er zu sprechen begann, war seine Stimme leise und wie abwesend.

»Der Sammad von Amahast ist nicht mehr. Alle wurden getötet. Ihr saht die Knochen am Flußufer. Ihr seht jetzt Amahasts Messer aus Himmelsmetall an meinem Hals und wißt, daß ich es aus seinen Gebeinen an mich nahm. Was ich zwischen den Skeletten dort am Ufer fand, führte mich zu der Annahme, daß der Tod aus dem Süden zu ihnen kam. Ich wählte euch aus, um mir als Begleiter zur Seite zu stehen, wenn ich mich aufmache, diesen Tod zu suchen. Ich wählte euch, weil ihr erfahrene Jäger seid. Viele Tage lang sind wir nach Süden gezogen und hielten uns nur auf, um unsere Nahrung zu erjagen. So sind wir ins Land der Murgu gekommen und haben viele von ihnen gesehen. Aber gestern fanden wir etwas anderes. Es waren Spuren, die nicht Tierspuren waren. Ich folgte ihnen, wohin sie führten. Und nun will ich euch sagen, was ich fand.«

In Herilaks Stimme war etwas, was sie alle verstummen ließ, sogar Ortnar. Der letzte Widerschein des Sonnenuntergangs überzog Herilaks Gesicht mit einer blutroten Maske, die zu dem Zorn paßte, der seine Lippen von den Zähnen zurückzog und seine Kiefer so fest zusammenpreßte, daß er seine Worte undeutlich machte.

»Ich habe die Mörder gefunden. Diese Pfade sind von Murgu angelegt, von Murgu einer Art, die ich nie zuvor gesehen habe. Dort draußen gibt es ein großes Nest von ihnen, wo sie wie Ameisen herumwimmeln. Aber sie sind keine Ameisen, noch sind sie Tanu, obwohl sie wie wir aufrecht auf Beinen stehen. Es sind keine Tiere, die wir kennen, sondern Murgu einer neuen Art. Sie bewegen sich auf den Rücken von Tieren über das Wasser, die Booten gleichen, und ihr Nest wird von einer Dornenwand geschützt. Und sie haben Waffen.«

»Was sagst du da?« Ortnars Entsetzen kehrte für alle hörbar zurück, denn Herilak sprach von Alpträumen, die Wirklichkeit geworden waren. »Daß es Murgu gibt, die wie Tanu gehen? Die Speere und Bogen haben und wie Tanu töten? Wir müssen fort, schnell, bevor sie uns finden...«

»Schweig.« Herilaks Stimme war voll grimmiger Verachtung. »Du bist ein Jäger, keine Frau. Wenn du deine Angst zeigst, werden die Tiere, die du jagst, es erkennen und werden dich verlachen, und all deine Pfeile werden ihr Ziel verfehlen.« Selbst Ortnar wußte, daß dies wahr war, und er biß sich verlegen auf die Lippen. Wenn man von Wild sprach, gleichgültig, wie weit entfernt es war, hörte es einen und floh. Schlimmer noch war es, wenn ein Jäger sich fürchtete: dann spürten die Tiere es, und seine Steinspitzen würden niemals richtig treffen. Ortnar merkte, daß die anderen sich von ihm abwandten, und er erkannte, daß er zu rasch, zu gedankenlos gesprochen hatte. Er suchte Zuflucht im Stillschweigen.

»Diese Murgu sind wie Tanu, aber auch wieder nicht wie Tanu. Ich habe sie den ganzen Tag aus einem Versteck beobachtet, und sah sie vieles tun, was ich nicht verstand. Aber ich bemerkte etwas, das eine Waffe ist, obwohl sie weder Speer noch Bogen gleicht. Sie ist wie ein Knüppel. Ein Marag zeigte damit auf einen Hirsch, und es gab ein lautes Geräusch, und ich sah den Hirsch tot niederfallen.« Seine Stimme hob sich, weil er damit rechnete, daß sie ihm nicht glauben würden, aber keiner sprach. »Das ist, was ich sah, obwohl ich es nicht erklären kann. Das Knüppelding ist eine Waffe, und es gibt viele Murgu und viele Knüppel. Sie sind es, die den Sammad von Amahast auslöschten.«

Tellges brach das lange Schweigen, das auf Herilaks Rede folgte. Er glaubte ihm, konnte es aber nicht begreifen.

»Diese Murgu, die mit Geräuschknüppeln töten... Du weißt bestimmt, daß sie den Sammad töteten?«

»Ich weiß es bestimmt.« Herilak blickte grimmig von einem zum anderen; ihre Gesichter waren in der Dämmerung nur undeutlich zu erkennen. »Ich weiß es bestimmt, weil sie die Tanu kennen. Ich weiß es bestimmt, weil ich sah, wie sie einen Tanujungen einfingen. Sie wissen von uns, und wir wissen nun von ihnen.«

»Was sollen wir tun, Herilak?« fragte Serriak.

»Wir kehren zurück zum Sammad, weil wir nur zu fünft gegen so viele Murgu stehen, daß man sie nicht zählen kann. Aber wir kehren nicht mit leeren Händen zurück. Die Tanu müssen vor dieser Gefahr gewarnt werden; wir müssen ihnen zeigen, welcher Art die Gefahr ist.«

»Wie soll das geschehen?« fragte Ortnar. In seiner Stimme war noch immer ein leises Beben von Furcht.

»Ich werde darüber nachdenken, bevor ich einschlafe, und es euch am Morgen sagen. Nun aber wollen wir uns niederlegen, denn morgen gibt es viel für uns zu tun.«

Herilak hatte nicht die ganze Wahrheit gesagt. Er hatte bereits einen Entschluß gefaßt, wollte aber nicht, daß sie die ganze Nacht wach lägen und sich darum sorgten. Und das galt insbesondere für Ortnar. Er war einer der besten Jäger, aber er dachte zuviel über die Dinge nach, bevor sie geschahen. Manchmal war es besser, nicht zu denken, sondern einfach zu handeln. Es gab Situationen, in denen Nachdenken lähmte.

Bei Tagesanbruch waren sie wach, und Herilak ließ all ihre Habseligkeiten im Boot verstauen.

»Wenn wir zurückkommen«, sagte er, »werden wir ohne Verzögerung die Reise antreten wollen. Es mag sein, daß wir verfolgt werden.« Die jähe Sorge in ihren Zügen nötigte ihm ein Lächeln ab. »Es ist nicht sehr wahrscheinlich. Wenn wir unsere Arbeit wie gute Jäger verrichten, wird überhaupt keine Gefahr bestehen. Nun paßt auf. Wir werden eine kleine Gruppe von Murgu suchen, die von den anderen entfernt ist. Gestern sah ich solche Gruppen. Sie taten etwas. Wir werden sie suchen und sie aus dem Hinterhalt töten. Alle, ohne ein Geräusch. Wenn mein Bruder verwundet wird, werde ich bluten. Wenn mein

Bruder getötet wird, dann ist es an mir, den Tod zurückzugeben. Wir gehen.«

Herilak blickte in ihre grimmigen und schweigenden Gesichter. Er konnte sehen, wie sie seine Worte abwogen. Was er vorgeschlagen hatte, war etwas Neues und Gefährliches. Aber sie sollten Murgu jagen und töten, Murgu, die den ganzen Sammad von Amahast überfallen und abgeschlachtet hatten. Die Frauen, die Kinder, die Mastodons, alles. Als sie daran dachten, wuchs der Zorn in ihnen, und sie waren bereit. Herilak nickte und hob seine Waffen auf, und sie nahmen die ihrigen an sich und folgten ihm in den dichten Wald.

Unter den hohen Bäumen, wo das dichte Laub die Sonnenstrahlen nicht durchdringen ließ, herrschte ein dämmeriges Halbdunkel, aber der Pfad war gut ausgetreten und leicht zu begehen. Sie bewegten sich mit der Lautlosigkeit erfahrener Jäger, wachsam den Geräuschen verborgener Waldbewohner und den Rufen der unbekannten Vögel lauschend, die das Laubdach des Waldes bevölkerten. Mehr als einmal blieben sie mit erhobenen Speeren stehen, wenn ungesehene größere Tiere nahebei durch das Unterholz brachen.

Der Pfad verließ den dichten Urwald und wand sich durch sandige, mit hohen Nadelbäumen bestandene Hügel aufwärts. Es roch nach Salzwasser, und die frische, vom Meer wehende Brise raschelte leise in den langen Nadeln. Plötzlich hob Herilak die Hand, und sie blieben in gespannter Aufmerksamkeit stehen. Er hob witternd den Kopf, legte ihn dann zur Seite und lauschte. Nun hörten alle das Geräusch. Es war ein schwaches Knacken und Knistern wie von brennenden Zweigen oder Wellen, die sich an einer steinigen Küste brachen. Sie schlichen weiter, erreichten den Waldrand, von wo der Blick weit über sumpfiges Grasland hinausging.

Im Mittelfeld war eine große Herde von Murgu zu sehen, vierbeinige, rundliche Tiere, jedes doppelt so groß wie ein Mann. Sie beweideten das hohe Sumpfgras und die Zweige der verstreuten Gehölze und Buschinseln. Eines der Tiere erhob sich auf die Hinterbeine, um einen Ast mit seinem schnabelartigen Maul zu packen. Die Jäger konnten sehen, daß es kleine Vorderbeine mit scharfen Krallen hatte. Herilak gab das Zeichen zum Rückzug; sie mußten die Herde umgehen. Ehe sie kehrtmachen konnten, erscholl in einiger Entfernung ein röchelndes, zischendes Brüllen, und ein gewaltiger Marag löste sich aus der Kulisse des Waldrandes und stürzte sich auf das nächste der weidenden Tiere. Er war mit dicken Hautplatten gepanzert und lief vorwärtsgebeugt auf den kräftigen Hinterbeinen. Den langen, dicken Schwanz hatte er zur Wahrung des Gleichgewichts ausgestreckt. Seine Vorderbeine waren winzig und beinahe nutzlos, aber das furchtbare Raubtiergebiß seiner langen Kiefer machte seiner Beute rasch den Garaus. Der Rest der Herde trampelte in wilder Flucht davon; die Jäger eilten weiter, bevor der Marag von ihnen Notiz nehmen konnte.

Der Pfad führte weiter in das Sumpfgebiet mit seinen Buschinseln und Baumgruppen. Bald quoll das Wasser zwischen ihre Zehen, als sie im Gänsemarsch auf dem federnden Boden dahinschritten. Die Sonne brannte auf ihre Rücken nieder, und die feuchtheiße Luft war erstickend. Der Schweiß rann ihnen von den Körpern, und sie schnappten nach Luft, als Herilak endlich das Signal zum Halten gab.

»Da vorn, seht ihr es?« Er sprach so leise, daß sie seine Worte kaum ausmachen konnten. »Die offene Wasserfläche. Dort habe ich sie gesehen. Geht leise weiter, und zeigt euch nicht.«

Sie bewegten sich wie Schatten. Kein Grashalm raschelte, kein Zweig schwankte, ihren Vorbeigang anzuzeigen. Einer nach dem anderen schlichen sie zum Ufer, wo sie ungesehen aus der Deckung spähten. Dann sog einer von ihnen mit leisem Zischen den Atem durch die Zähne ein; Herilak blickte finster in seine Richtung.

Obgleich der Sammadar ihnen seine Beobachtung mitgeteilt hatte, und obwohl sie ihm geglaubt hatten, war die Wirklichkeit etwas ganz anderes. In entsetztem Schweigen sahen sie die zwei dunklen Boote lautlos durch das Wasser nähergleiten. Das erste passierte langsam die Jäger in ihrem Versteck.

Ein Boot – aber doch keins, denn es bewegte sich ohne Ruder. Am Bug war es mit Muscheln geschmückt. Nein, nicht geschmückt, die Muscheln und Seepocken wuchsen dort. Sie waren Teil des lebenden Organismus, der das Boot war. Und auf seinem Rücken trug er andere Geschöpfe, Murgu. Es konnten nur diejenigen sein, von denen Herilak berichtet hatte. Aber seine Worte hatten sie nicht auf die abscheuliche Realität vorbereitet. Wie krüppelhafte Tanu standen sie aufrecht oder saßen, ganz anders als Tanu, zurückgelehnt auf ihren dicken Schwänzen. Einige hielten fremdartige Gegenstände, während andere lange dunkle Knüppel hatten, welche die Waffen sein mußten, von denen Herilak gesprochen hatte. Mit angehaltenem Atem beobachteten die Jäger, wie die Murgu auf ihrem lebenden Boot vorüberglitten, weniger als einen kurzen Bogenschuß entfernt. Eines der sonderbaren Lebewesen machte rasselnde, schnalzende und knurrende Geräusche. Für die Jäger war alles an der Szene fremdartig und abstoßend.

Dann waren die dunklen Boote vorbei, legten am jenseitigen Ufer an, und die Murgu stiegen an Land.

»Ihr habt es gesehen«, sagte Herilak. »Es ist, wie ich euch sagte. Gestern taten sie das gleiche, dann kehrten sie zurück. Nun müssen wir uns ungesehen am Ufer verteilen und Plätze finden, wo Raum ist, um die Bogen zu ziehen. Legt eure Pfeile vor euch auf den Boden. Wartet still. Wenn sie zurückkommen, werde ich das Zeichen zur Bereitschaft geben. Wählt eure Ziele im voraus. Wartet. Spannt eure Bogen, aber verliert keinen Pfeil. Wartet. Laßt sie erst fliegen, wenn ich den Befehl gebe, dann aber tötet alle. Nicht einer darf entkommen, um die anderen zu warnen. Ist das klar?«

Er blickte von einem grimmigen, gespannten Gesicht zum anderen, und jeder Jäger nickte. Schweigend schlichen sie davon, nahmen ihre Positionen ein und warteten ohne Bewegung, mit der geübten Geduld erfahrener Jäger. Die Sonne stieg hoch, die Hitze war mörderisch, die Insekten stachen, und ihre Kehlen waren ausgetrocknet. Aber keiner bewegte sich; sie warteten.

Die Murgu verrichteten seltsame, unverständliche Tätigkeiten, die sie mit lauten Tiergeräuschen begleiteten. Entweder verhielten sie sich still wie Steine, oder sie zuckten in widerwärtigen Bewegungen. Dies dauerte unerträglich lange.

Und es endete schließlich so unvermittelt, wie es begonnen hatte. Die Murgu verluden ihr Werkzeug auf die lebenden Boote und gingen dann selbst an Bord. Diejenigen mit den Waffen, die offenbar als Wächter fungierten, gingen als erste. Sie legten ab.

Die Vögel waren in der Tageshitze verstummt. Das einzige Geräusch war das Glucksen des Wassers um die muschelbesetzten Köpfe der Boote. Langsam kamen sie näher, bis die schillernden Verfärbungen ihrer Häute klar zu erkennen waren. Sie waren dem Ufer nahe, kamen gleichauf mit den lauernden Jägern, glitten weiter...

»Jetzt!«

Bogensehnen sangen, Pfeile zischten. Ein Marag kreischte heiser; der einzige, der ein Geräusch von sich gab, wurde gleich darauf zum Schweigen gebracht, als ein zweiter Pfeil seinen Hals durchbohrte.

Pfeile waren auch in die dunklen Häute der lebenden Boote gedrungen; sie hoben sich aus dem Wasser, wühlten es mit Schwanzschlägen auf, wälzten sich herum, so daß die Körper der toten Murgu von ihnen fielen. Mit lautem Klatschen sprang Herilak ins Wasser und schwamm zum Schauplatz des Massakers. Als er zurückkam, zog er einen der Körper nach sich; bereitwillige Hände halfen ihm aus dem Wasser.

Sie wälzten den Marag auf die Seite, starrten in die blicklosen Augen und stießen ihn ungläubig mit den Bogen an.

»Gut gemacht«, sagte Herilak. »Alle sind tot. Jetzt kehren wir um. Und dies nehmen wir mit uns.« Er hielt eine der unbekannten Waffen in die Höhe. »Auch den Toten nehmen wir mit.«

Sie sahen ihn erstaunt an. Herilak beantwortete ihre Blicke mit einem düsteren Lächeln.

»Andere müssen sehen, was wir gesehen haben. Sie müssen gewarnt werden. Wir nehmen diesen Leichnam mit uns zum Boot. Wir rudern den ganzen Tag und die ganze Nacht, wenn es sein muß. Wir bringen eine weite Strecke zwischen uns und die Murgu. Dann, bevor dieser Marag zu sehr stinkt, häuten wir ihn ab.«

»Gut«, sagte Tellges. »Auch den Schädel bringen wir heim. Die Haut können wir gerben, damit alle sehen, womit wir es zu tun haben.«

»So ist es«, sagte Herilak. »Dann wird es keine Zweifel mehr geben. Jeder Tanu, der sieht, was wir mitgebracht haben, wird wissen, was wir gesehen haben.«

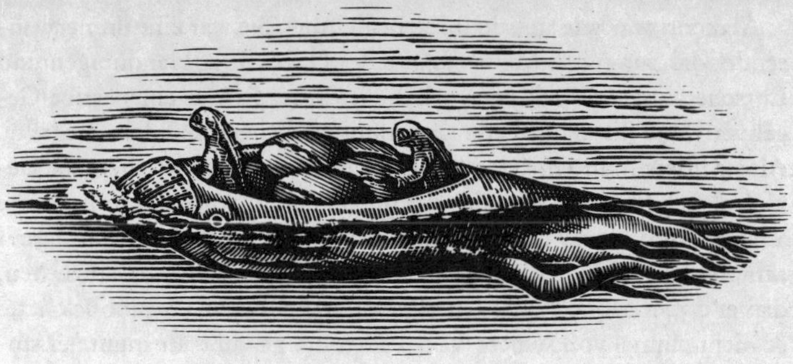

18

Das Modell hatte einen praktischen Zweck. Es war tatsächlich wesentlich für die Planung und den Ausbau der Stadt. Aber wie alle Dinge, die von den Yilanè angefaßt wurden, mußte es eine eigene funktionale Gestalt haben, eine Vollständigkeit, die weit über die aktuelle Notwendigkeit hinausging. Man hätte auch eine Karte anfertigen können, die dem gleichen Zweck gut genug gedient hätte, denn auch für die Navigation des Uruketo wurden sie verwendet. Aber dies geschah dort nur wegen des Raummangels. In diesem besonderen Fall verlangte die Notwendigkeit Karten, also bestand die pragmatische Antwort darin, Karten anzufertigen. Da eine solche Einschränkung in der Stadt nicht notwendig war, wurde ein maßstabgetreues Modell von Alpèasak erarbeitet, das für die zukünftige Planung bedeutungsvoll, aber auch schön anzuschauen war.

Vaintè ging langsam um das Modell herum und betrachtete es. Sie war äußerst zufrieden. Es hatte eine wesentliche Vervollkommnung erfahren, seit Sòkain mit ihren ausgebildeten Assistentinnen aus Inegban gekommen war. Sie hatten die Einzelheiten eingearbeitet, die von den Feldvermesserinnen erst andeutungsweise angegeben worden waren. Nun bildeten winzige Zwergbäume das Herz der Modellstadt und umgaben die kleine Lichtung des Ambesed. Wenn Vaintè zur anderen Seite hinüberging, konnte sie die gelbe Sichel der Geburtsstrände bis zu der Dornenhecke sehen.

Alakensi war wie stets in ihrer Begleitung. Sie war eine immerwährende Mahnung, daß Malsas über jedes Detail ihrer Handlungen und Entscheidungen Meldungen erhalten würde. Es war eine lästige Gegenwart, die ihr alle Freude an verantwortlichem Handeln vergällte. Als nächster in ihrem Gefolge kam Kerrick, was inzwischen zur Gewohnheit geworden war, die von ihr akzeptiert wurde. Sein Interesse an dem Modell war noch ausgeprägter als Vaintès, obwohl er darauf achtete, es in keiner Weise erkennen zu lassen. Es war das erste Mal, daß er dieses Modell zu sehen bekam; bis zu diesem Augenblick hatte er nicht einmal von seinem Vorhandensein gewußt. Er mußte es studieren und versuchen, sich alles daran einzuprägen. Dann, wenn er eine Gelegenheit fände, aus der Stadt zu fliehen, würde er wissen, welche Route ihn am raschesten und sichersten in die Freiheit führte. Mit ihm ging Inlènu, wie gewöhnlich ein paar Schritte hinter ihm und mit einer Hand eine Schlinge der Leine haltend, die sie zusammenschloß. Kerrick hatte sich mittlerweile so an ihre Gegenwart gewöhnt, daß er geneigt war, sie ganz zu vergessen. Sie war einfach ein unvermeidlicher Lebensumstand – wie der metallene Kragen, der seinen Hals umgab. Wenn er stehenblieb, blieb auch sie stehen, ohne sich an seinen Aktivitäten zu beteiligen oder auch nur den Gesprächen zuzuhören, die geführt wurden. Sie hing ihren eigenen friedlichen Gedanken nach, bis ein Zug an der Leine ihr sagte, daß sie weitergehen sollte.

Es gab nur einen schmalen Gehsteig um das Modell, so daß die immer dienstbereiten Fargi gezwungen waren, draußen zu bleiben. Sie versuchten durch die Tür hereinzuspähen, sagten einander, wie großartig das Modell sei, machten einander auf Einzelheiten aufmerksam und bewunderten die Größe der transparenten Decke, die den Sonnenschein zu einem diffusen goldenen Licht filterte.

Vaintè erreichte die Seite des Modells, wo Sòkain mit ihren Assistentinnen arbeitete.

»Willkommen, Eistaa, willkommen«, sagte Sòkain, sprang auf und streifte sich Erde von den Knien. In einer Hand hielt sie ein knolliges, orangefarbenes Lebewesen.

»Laß dich nicht bei deiner Arbeit stören«, sagte Vaintè.

»Sie ist beendet. Die Übertragung der Maße ist gemacht.«

»Und dazu gebrauchst du dieses?« Vaintè zeigte auf das orangefarbene Tier. »Ich habe nie dergleichen gesehen.«

Sòkain hielt der Eistaa das chitingepanzerte Ding auf der Handfläche zur Inspektion hin. Bis auf eine winzige Mundöffnung und die Andeutung von Augen war es ohne die für ein Insekt charakteristischen Merkmale wie Beine, Fühler und Flügel. Dafür besaß es auf dem Oberkörper eine röhrenförmige Verdickung und entlang den Seiten eine Anzahl von Einkerbungen.

»Erkläre es mir«, befahl Vaintè, denn als Eistaa fühlte sie sich verpflichtet, ihre Stadt bis ins kleinste Detail zu kennen. Sòkain zeigte auf den nackten Boden, wo das Modell vergrößert wurde und wo kleine Holzstäbchen Grenzen und Vermessungspunkte markierten.

»Diese Holzstäbe korrespondieren mit den Pflöcken, die wir in der Landvermessung verwenden. Wenn wir im Feld arbeiten, setze ich dieses Meßtier auf eine markierte Stelle und schaue durch diese Röhre zu einem Pflock, der in einer bestimmten Entfernung eingeschlagen worden ist. Sobald ich diesen Pflock anvisiert habe, drücke ich die Einkerbungen, um das Instrument zu informieren, daß es sich Winkel und Entfernung einprägt. Dann visiere ich den nächsten Pflock an und tue das gleiche. Dieser Vorgang wird viele Male wiederholt. Nach meiner Rückkehr zum Modell informiert uns das Meßtier über die maßstabsgerechte Entfernung zwischen den Pflöcken und die richtigen Winkel zwischen ihnen. Das Ergebnis ist dieses Modell.«

»Ausgezeichnet. Welche Bedeutung haben diese gewundenen Kanäle, die du in den Boden des Modells gegraben hast?«

»Es sind Wasserwege, Eistaa. Auf dieser Seite der Stadt haben wir weite Sumpfgebiete, deren Ausmaße wir zur Zeit vermessen.«

Vaintè zeigte Besorgnis. »Wir brauchen mehr Felder und Weideflächen. Können diese Sümpfe entwässert oder aufgefüllt werden?«

»Ich glaube es nicht. Aber Akasest, die sich mit der Verbesserung der Futterqualität für die Herden beschäftigt, hat das Gebiet ebenfalls untersucht, und wir haben vor, dort größere Flächen einzuzäunen. Es gibt zahlreiche amphibische Arten, wie etwa den Urukub, die in dieser Umgebung gedeihen werden.«

»Eine zufriedenstellende Lösung zur Nutzbarmachung der Sumpfgebiete. Ihr seid beide zu loben.«

»Es ist uns eine Freude, Alpèasak zu dienen«, sagte Sòkain förmlich und drückte gleichzeitig große persönliche Genugtuung aus.

Viel später sollte Vaintè sich noch an dieses Gespräch erinnern, denn es war das letzte Mal, daß sie mit der Landvermesserin sprach.

Wie alle ihre Tage, war auch dieser ausgefüllt. Mit der Ausweitung der Stadt nahm die Arbeit zu, und mit dieser die Zahl der Entscheidungen, die getroffen werden mußten. Als die Schatten lang wurden, machte sich Müdigkeit bemerkbar, und sie schickte die Fargi ihres Gefolges fort und bat Kerrick um eine Trinkfrucht. Eine von diesen war in der Nähe an einem Baum befestigt, und er stieß das kugelige grüne Ding an, bis die Saugorgane losließen. Dann brachte er es zu Vaintè, die seine Öffnung erweiterte und das kühle, süße Wasser trank. Als sie die Frucht aus der Hand gab, sah sie Stallan über den Ambesed eilen und in ihrer Hast Fargi beiseitestoßen, die ihr im Weg waren. Sofort war ihr klar, daß etwas geschehen war.

»Was gibt es? Sprich«, befahl sie, als Stallan schnaufend bei ihr anlangte.

»Der Vermessungstrupp, Sòkain und ihre Helferinnen... sie sind nicht zurückgekehrt, und es ist bald Nacht.«

»Sind sie schon öfter so spät zurückgekommen?«

»Nein. Meine Befehle sind eindeutig. Sie sind von bewaffneten Wachen begleitet, die den Auftrag haben, sie jeden Tag zur gleichen Zeit zurückzubringen.«

»Dann ist dies der erste Tag, an dem sie nicht zur festgesetzten Zeit zurückgekehrt sind?«

»Ja.«

»Was ist zu tun?«

»Vor morgen früh nichts.«

Vaintè spürte, daß ein Unheil geschehen war, und alle Anwesenden teilten ihre Empfindung. »Morgen früh wird ein großer bewaffneter Suchtrupp bereitstehen. Ich selbst werde ihn führen.«

Sie war wach, als das erste trübe Licht durch das Laubwerk der Bäume sickerte. Fargi wurden entsandt, um Kerrick herbeizuholen. Er gähnte und reckte sich und folgte der Eistaa. Er war noch verschlafen und wußte nicht, wohin es gehen sollte. Vaintè hatte Alakensi nicht rufen lassen. Aber diese stellte sich von selbst ein und war wie immer eifrig bedacht, alles zu sehen, was Malsas interessieren könnte. Stallan und die bewaffneten Wachen bestiegen bereits die Boote, als Vaintè und ihr Gefolge am Flußufer eintrafen. Es war nicht Kerricks erste Bootsfahrt, aber er fand die Tiere noch immer faszinierend. Dieses war gerade gefüttert worden, und die Hinterbeine und der Schwanz eines jungen Alligators hingen ihm noch aus dem Maul. Die kleinen Augen quollen unter der Anstrengung ein wenig hervor, als die nasse Haut sich zusammenzog, und der Rest des Alligators verschwand. Kerrick ging mit den anderen an Bord. Die Bootsführerin bückte sich und rief einen Befehl in die Ohröffnung des Bootes. Die Schwanzflosse begann träge auf und nieder zu schlagen. Der Körper pumpte im langsamen Rhythmus und stieß Wasser aus. Bald zog die kleine Flottille unter dem rot verfärbten Morgenhimmel in den Strom hinaus.

Stallan war im ersten Boot und wies den Weg. Zu beiden Seiten glitten die Weiden vorüber, die von Waldstücken und Mangrovendikkichten unterbrochen wurden. Die weidenden Tiere ergriffen entweder die Flucht oder blickten neugierig zu ihnen her. Jenseits dieses Gebietes lag eine eingezäunte, doch sonst unberührte Sumpflandschaft. Der Zaun bestand aus starken und elastischen Schlingpflanzen, die einzelne große Bäume miteinander verbanden. Die Einzäunung mußte widerstandsfähig sein, denn die im Sumpfland dahinter lebenden Urukub waren die größten Tiere der Erde. Wenn sie sich bewegten, sandten ihre gewaltigen Körper breite Wellen durch die Einzäunung; ihre grotesk kleinen, auf langen Hälsen sitzenden Köpfe konnten auf der Suche nach Wasserpflanzen tief hinabtauchen, reichten aber auch zum Laub der Bäume hinauf. Eines ihrer Jungen, bereits größer als ein Mastodon, platschte mit schrillen, zischenden Angstlauten davon, als die Boote nahe vorüberglitten. Kerrick war nie in diesem Randgebiet der Stadt gewesen und prägte sich alle Merkmale der Landschaft sorgfältig ein.

Nach einiger Zeit erreichten sie die unberührte Sumpfwildnis. Stallan führte die kleine Flottille in einen schmalen Seitenarm. Mangroven und lichter Sumpfwald erhoben sich auf beiden Seiten, und bisweilen schien es zwischen den Stelzwurzeln und Schlammbänken kaum noch ein Durchkommen zu geben. Blumen gediehen hier in großer Vielfalt, und von den überhängenden Ästen hingen weiße Flechten und Moose herab. Wolken von Stechmücken fielen über sie her, und Kerrick schlug vergeblich nach ihnen. Er begann jetzt zu bedauern, daß er an dieser Fahrt teilgenommen hatte. Nicht, daß er eine Wahl gehabt hätte.

Die Fahrt ging langsam weiter, manchmal durch schmale Wasserarme, dann wieder durch Sumpfseen, bis Stallan endlich das Zeichen zum Halten gab.

»Hier hatten sie gearbeitet«, rief sie aus.

Alle schwiegen. Ein Vogel überflog sie mit lautem Gekrächze, aber sonst war alles still. Von den Angehörigen des Vermessungstrupps war nichts zu sehen. Die Wachen hielten die Waffen schußbereit und blickten angestrengt umher, aber nichts regte sich. Endlich brach Vaintè das Schweigen.

»Sie müssen gefunden werden. Verteilt euch durch diese Wasserarme. Bleibt wachsam.«

Kerrick hatte gute Augen und sah die Bewegung als erster.

»Dort!« rief er, den Arm ausgestreckt. »Dort drüben war eine Bewegung. Ich habe etwas gesehen.«

Alle Waffen zielten in die angegebene Richtung, bis Stallan sie absetzen ließ. »Ihr werdet euch noch gegenseitig töten, oder mich. Ich werde nachsehen. Zielt in eine andere Richtung.«

Ihr Boot glitt langsam vorwärts. Stallan stand in angespannter Bereitschaft und spähte voraus in das Sumpfdickicht.

»Es ist eines unserer eigenen Boote«, rief sie zurück. Dann, nach längerem Schweigen, fügte sie widerwillig hinzu: »Es ist leer.«

Das andere Boot erbebte, als sie längsseits kamen. Das Zittern wurde stärker, als Stallan dann hinübersprang. Es bedurfte lauter Befehle und einiger Tritte, bevor es sich vom Ufer löste. Als Stallan es zu den anderen Booten lenkte, blieb sie still, aber ihr hinweisender Finger war Erklärung genug.

Etwas steckte in der dicken Haut des Bootes. Stallan bückte sich und zog es vor allen Augen heraus, und das Boot erbebte vor Schmerzen. Kerricks Herz schlug auf einmal heftig gegen seine Rippen, als Stallan den Gegenstand in die Höhe hielt. Ein Pfeil der Tanu!

Stallan tauchte ihn ins Wasser, um ihn abzuwaschen, dann reichte sie ihn Vaintè hinüber. Diese wendete ihn zwischen den Händen um und um und las darin eine furchtbare Botschaft, die ihren kräftigen Körper zu Gebärden des Zorns und des Abscheus trieb. Als sie den Blick auf Kerrick richtete, wich er wie vor einem Schlag zurück.

»Du erkennst es, nicht wahr? Ich weiß auch, was es ist. Ein Ustuzou-Gegenstand mit einer scharfen Steinspitze. Es gibt hier draußen also noch mehr von deinen abscheulichen Ustuzou. Wir haben nicht alle getötet. Aber das werden wir nachholen. Ausrotten werden wir sie, alle miteinander. Aufspüren und niedermachen. Dieses Land Gendasi ist groß, aber nicht groß genug, daß deine Ustuzou sich darin verstecken könnten. Es wird sie oder uns geben, und wir haben dafür zu sorgen, daß am Ende die Yilanè vorherrschen werden.«

Alle, die ihre Worte gehört hatten, bekundeten ihre Zustimmung durch Zischen und aufgeregte Gebärden. Kerrick verspürte eine jähe Angst, daß er das erste Opfer sein werde. Vaintè nahm den Pfeil, um ihn weit von sich zu schleudern. Dann ließ sie die Hand wieder sinken und wurde schweigsam. Nach einer Weile hob sie den Kopf, und ein Blick, aus dem ein ganz neues Interesse sprach, streifte Kerrick.

Sòkains und der anderen Tod sollte nicht ganz umsonst gewesen sein, sagte sie sich. Lange Zeit saß sie still und ohne Bewegung, beachtete weder Alakensi noch die anderen, sondern blickte in eine Ferne, wo nur sie mehr zu sehen vermochte als die Sumpflandschaft des Flußdeltas. Die anderen warteten geduldig, bis sie sich wieder regte und sprach.

»Stallan, du wirst suchen, bis du Gewißheit hast, daß alle Vermißten tot sind. Kehre aber vor dem Dunkelwerden zurück. Ich fahre jetzt wieder zur Stadt. Dort ruft mich meine Pflicht.«

Auch während der Rückfahrt nach Alpèasak saß sie in reglosem Stillschweigen. Sie mußte es tun. Ihr Plan war vollständig, und wenn sie sich bewegt oder gesprochen hätte, wäre er für alle erkennbar gewesen. Erst als sie anlegten und das Boot verließen, führte sie die dazu nötigen Bewegungen aus. Ihr Blick ging über Alakensis breiten Rükken, verweilte dort einen Augenblick und schweifte dann weiter.

Der Plan war gefaßt.

19

Von den Mitgliedern des Vermessungstrupps wurde nie eine Spur gefunden, aber der Pfeil war ein schrecklicher Hinweis auf ihre Todesart. Vaintè ging allein zu ihrer Kammer, wo sie den Pfeil zu den anderen Ustuzou-Gegenständen legte, die sie erbeutet hatten. Am Nachmittag nahm sie ihren Platz auf dem Ambesed ein und ließ Vanalpè und Stallan kommen, die zusammen mit der allgegenwärtigen Alakensi erschienen. Auch Kerrick zeigte sich, floh aber sofort wieder auf ihre abweisende Geste hin. Sie konnte den Gedanken an die Gegenwart eines Ustuzou jetzt nicht ertragen. Die drei berieten längere Zeit mit Stallan über die Sicherheit der Stadt. Mehr Fallen sollten aufgestellt werden, mehr Wachen sollten neue Überfälle verhindern – und einstweilen sollte es keine weiteren Vermessungstrupps in dem gefährdeten Gebiet geben. Nach diesen Beschlüssen entließ sie die anderen und rief eine Fargi zu sich, die sie erst kürzlich zu ihrer Assistentin befördert hatte. Es war diejenige, die am besten sprechen konnte.

»Der Uruketo wird bald hier sein. Wenn er die Stadt wieder verläßt, möchte ich dich mit ihm nach Inegban schicken, wo du Malsas aufzusuchen hast. Du wirst ihr ausrichten, was ich dir jetzt sagen werde, und du wirst es ihr in genau den Worten wiedergeben, die ich gebrauche. Hast du verstanden?«

»Ja, Eistaa. Ich werde tun, wie du befiehlst.«

»Gut. Hier ist die Botschaft: Sei gegrüßt, Malsas. Ich bringe dir eine

Botschaft von Vaintè in Alpèasak. Es ist eine traurige und zornerfüllte Botschaft von großer Bedeutung. Einige sind tot. Sòkain ist tot. Sie und die anderen Yilanè wurden von Ustuzou getötet. Es war die gleiche Art von Ustuzou, die an den Geburtsstränden die unsrigen abschlachtete. Wir sahen sie nicht, aber unsere Gewißheit ist vollständig. Wir fanden eine Waffe aus Holz und Stein von der Art, die nur sie verwenden. Diese Ustuzou müssen gesucht und getötet werden. Sie lauern unsichtbar in den Wäldern um Alpèasak. Sie müssen ausfindig gemacht und vernichtet werden. Wenn der Uruketo nach Alpèasak zurückkehrt, bitte ich viele Fargi mitzuschicken, die gut schießen können und mit Hèsotsan und Vorräten versehen sind. Daß dies geschieht, ist in meiner Sicht eine zwingende Notwendigkeit. Das Schicksal von Alpèasak hängt davon ab, daß wir die Ustuzou ausrotten.«

Vaintè schwieg, bedrückt von der Wahrheit und der Düsternis ihrer eigenen Worte, während die Fargi vor ihr in Furcht vor der schrecklichen Botschaft zitterte, die sie überbringen mußte. Aber Vaintè hatte die Kraft, die dunklen Gedanken von sich zu schieben. Sie befahl der Fargi, die Botschaft zu wiederholen, bis sie wortgetreu war.

Am Morgen nach dem Auslaufen des Uruketo ließ Vaintè Kerrick zu sich kommen. Mehrere Tage waren vergangen, seit er zuletzt in ihre Gegenwart gerufen worden war. Und er näherte sich ihr mit einer gewissen Furcht. Sie erwies sich jedoch als überflüssig. Vaintè hatte an viele wichtige Dinge zu denken, das sah er ihr auf den ersten Blick an. Sie schien sogar erfreut über seinen Anblick.

»Inlènu«, sagte sie, und das schwerfällige Geschöpf watschelte gehorsam vorwärts. »Du wirst dich im Eingang aufstellen, ihn mit deinem Körper ausfüllen und alle fortschicken, die herein wollen, gleich wer es ist. Hast du verstanden?«

»Sie gehen fort.«

»Ja, aber sag es energischer. So: Geh fort, Vaintè befiehlt es. Sag es.«

»Geh fort, Vaintè befiehlt es.«

»So ist es recht. Nun tue es.«

Inlènu gab eine gute Wärterin ab; solange sie in der Türöffnung stand, blieb Vaintè ungestört. Als Eistaa, die gewohnt war, Befehle zu erteilen, wandte sie sich dann an Kerrick.

»Du wirst mir jetzt alles über die Ustuzou sagen, über deine Art von Ustuzou. Sprich.«

»Ich verstehe die Bedeutung deiner Worte nicht.«

Vaintè sah, daß er verwirrt war und sich fürchtete. Sie erkannte, daß die Frage zu allgemein gehalten war. Sie mußte sich genauer ausdrükken.

»Welches ist der Name deiner Ustuzou-Stadt?«

»Ustuzou haben keine Städte. Dies ist die erste Stadt, die ich je gesehen habe. Ustuzou leben in...« Vergebens durchforschte er sein Gedächtnis nach einer passenden Bezeichnung. Es lag so weit zurück, daß er Marbak gehört oder gesprochen hatte, daß die Worte sich nicht einstellen wollten. Er mußte sich mit einer Beschreibung behelfen. »Sie leben in weichen Gebäuden aus Häuten, die über Stangen gelegt werden. Man kann sie auseinandernehmen, und die Stangen werden von... großen Tieren mit Haar gezogen.«

»Warum werden sie auseinandergenommen? Warum ziehen die Ustuzou umher?«

Kerrick zuckte die Achseln. Er unternahm eine neuerliche Anstrengung, um die Stücke verblaßter Erinnerungen zusammenzufügen. »So wird es eben gemacht. Man jagt an einem Ort und fischt an einem anderen. So ist es üblich.«

Weiteres Befragen ergab nicht viel mehr Aufschluß. Die Ustuzou schienen in Gruppen zu leben, die derjenigen glichen, welche sie überfallen und niedergemacht hatten, und es gab andere Gruppen, aber keinen Hinweis darauf, wie viele es waren. Die brachliegenden Erinnerungen des Jungen waren vage und ungewiß. Endlich hatte Vaintè genug und gab ihm mit einer Geste zu verstehen, daß die Befragung zu Ende war. Nun kam der wichtige Teil. Sie mußte sich seiner Furcht und der Hoffnung auf eine Belohnung bedienen, um diesen Ustuzou für die Tat zu gewinnen, die getan werden mußte. Sie fiel zurück in ihre Rolle als Herrscherin über Leben und Tod.

»Du weißt, daß ich dich jeden Augenblick töten lassen kann.«

»Ich weiß das.« Er nahm die Unterwerfungshaltung an, war aber verwirrt vom abermaligen Umschlagen ihrer Stimmung.

»Ich kann dich auch emporheben und dafür sorgen, daß du geehrt wirst und nicht immer ein Ustuzou bleibst, der Geringste unter den Niedrigen. Das würde dir gefallen, nicht wahr? Bei mir zu sitzen und anderen zu befehlen, daß sie für dich arbeiten. Das kann ich für dich tun – aber du wiederum mußt etwas für mich tun. Etwas, das nur du kannst.«

»Ich werde tun, was du verlangst, Eistaa, aber ich verstehe nicht, was du sagst, ich weiß nicht, wovon du sprichst.«

»Es ist, was du tust, wenn du von einem Ding sprichst und an ein anderes denkst. Es ist, was du mit Stallan gemacht hast. Du sagtest ihr, daß die Schlinge dich würge, und es war nicht so.«

»Ich weiß nicht, was du meinst«, sagte Kerrick mit einem Anschein von Einfalt, Unwissenheit und Unschuld. Vaintè zeigte sich erfreut.

»Wundervoll! Du tust es jetzt. Du tust es, wenn du über Dinge sprichst, die nicht geschehen sind, als ob sie geschehen wären. Gib es zu, oder ich töte dich auf der Stelle.«

Sie stieß den offenen Mund mit seinen tödlichen Zahnreihen zuschnappend gegen ihn vor, so daß er mit einem Angstlaut zurückwich. »Ich habe das getan, ja, ich gestehe es. Ich tat es, um zu fliehen.«

»Sehr gut.« Sie trat zurück, und der Augenblick der Gefahr war vorüber. »Wir wollen dieses Ding, was du tust und was kein Yilanè kann, lügen nennen. Ich wußte, daß du gelogen hattest, und ich weiß auch, daß du in Zukunft lügen wirst. Ich kann es nicht verhindern, aber Inlènu wird dafür sorgen, daß deine Lügen dir nicht die Flucht ermöglichen werden. Nun, da wir wissen, daß du lügst, werden wir dieses Lügen für einen guten Zweck verwenden. Du wirst für mich lügen.«

»Ich werde tun, was die Eistaa mir befiehlt«, sagte Kerrick, der nichts verstand, aber gern bereit war, allem zuzustimmen, was sie von ihm wollte.

»So ist es recht. Du wirst tun, was ich befehle. Du wirst niemals und zu niemandem von diesem Befehl sprechen, denn wenn du es tust, bedeutet es deinen Tod. Nun, hier ist die Lüge, die du sprechen mußt, und du mußt sie sehr aufgeregt von dir geben. Du mußt sagen: Da, in den Bäumen, ein Ustuzou, ich habe ihn gesehen! Das sind die Worte. Nun wiederhole sie.«

»Dort in den Bäumen habe ich einen Ustuzou gesehen.«

»Gut. Vergiß das nicht. Und sprich es nur, wenn ich dir den Befehl gebe. Dazu werde ich eine solche Bewegung machen.«

Kerrick stimmte bereitwillig zu. Es war nichts dabei, wenn er auch nicht einsehen konnte, wozu es gut sein sollte. Die Drohungen waren jedoch eindrucksvoll genug gewesen, und er bemühte sich sehr, die Worte und das Zeichen nicht zu vergessen. Er murmelte sie zu diesem Zweck vor sich hin, als er durch die Stadt zu seiner Kammer zurückging.

Viele Tage waren vergangen, seit er Enge zuletzt gesehen hatte. In dieser Zeit dachte er nur selten an sie, denn seine neugewonnene Freiheit nahm jeden Augenblick seines Tages in Anspruch. Zuerst hatte er sich nur zögernd allein hinausgewagt und die stumpfsinnige Gesellschaft Inlènus sogar als eine Art Sicherheitsgarantie begrüßt. In dem Maße, wie er die Stadt und ihre Bewohner kennenlernte, entdeckte er, wie deutlich geschichtet die gesellschaftliche Struktur der Yilanè war. Bald wurde ihm klar, daß seine Position irgendwo nahe der Spitze war, weil man ihn häufig in der Nähe der Eistaa sah. Für die namenlosen Fargi war dies ein hinreichender Beweis seines hohen Ranges, und ihr Respekt drückte sich in der Art und Weise aus, wie sie sich an ihn wandten.

Wenn er durch die grünen Gänge wanderte, sah er, wie rasch die Fargi mit der Intelligenz und der Fähigkeit, ihre Sprache zu meistern, in das Stadtleben eingegliedert wurden. Sie fanden Arbeit als Wächter, Nahrungszubereiter, Fleischhauer, Aufseher von Arbeitsgruppen, in Landwirtschaft, Gartenbau, Stadtentwicklung und vielen anderen Bereichen, von denen er wenig wußte. Mit diesen Yilanè sprach er in neutralem Ton. Er behandelte sie als Ebenbürtige oder nur wenig unter ihm Stehende, und dies wurde bereitwillig akzeptiert.

Respektvoll behandelte er jene, die in Führungspositionen waren. Ihr hoher Rang war leicht zu erkennen, obwohl ihm nicht immer klar war, was sie taten; sie befanden sich stets in Begleitung von Adjutanten und Assistentinnen, die wiederum von Fargi begleitet waren, welche eifrig bemüht waren, jedweden Dienst auszuführen, um in der Ordnung der Stadt einen festen Platz zu finden.

Wo es so viel zu sehen gab, hatte Kerrick wenig Zeit, Enges tägliche Besuche zu vermissen. Die Stadt war ein Ameisennest von Betriebsamkeit. Bisweilen aber wünschte er, daß sie da wäre, um ihm einige der verwirrenden Aspekte des Lebens in Alpèasak zu erklären. Einige Male erkundigte er sich nach ihr, aber die kurzangebundene Abweisung seiner Fragen lehrte ihn, diesen Gegenstand nicht weiterzuverfolgen. Aber die Reaktionen machten ihn neugierig. Enge und Vaintè hatten als Ebenbürtige miteinander gesprochen. Warum also diese Scheu, auch nur ihren Namen zu erwähnen? Er erwog, Vaintè über ihren Aufenthalt zu fragen, verwarf den Gedanken jedoch wieder. Die Eistaa ließ niemals einen Zweifel daran aufkommen, daß sie diejenige war, die Gespräche begann und beendete.

Sein nächstes Zusammentreffen mit Enge verdankte er allein dem Zufall. Er hielt sich in der Nähe des Ambesed auf, als er vier Yilanè vorbeigehen sah, die eine fünfte auf einer Bahre trugen. Das Gedränge neugieriger Fargi verhinderte, daß er näher herantreten konnte. Er aber wollte die Aufmerksamkeit nicht unnötig auf sich lenken, indem er ihnen befahl, ihm Platz zu machen. Kurze Zeit später sah er dieselben vier Yilanè zurückkommen. Sie gingen jetzt langsamer. Da die neugierigen Fargi sich inzwischen verlaufen hatten, sah er, daß ihre Beine bis über die Knie mit rotem Schlamm bedeckt und ihre Häute über und über schmutzig bespritzt waren. Nun erst bemerkte er, daß eine von ihnen Enge war. Er rief sie beim Namen, und sie wandte sich um.

»Wo bist du gewesen?« fragte er. »Ich habe dich lange nicht gesehen.«

»Meine sprachlichen Fähigkeiten werden nicht mehr benötigt, also haben meine Zusammenkünfte mit dir ein Ende gefunden. Ich arbeite jetzt auf den neuen Feldern.«

»Du?« fragte er erstaunt.

»Ich.« Die drei anderen waren mit ihr stehengeblieben, und sie bedeutete ihnen, weiterzugehen. Sie bat Kerrick, sie zu begleiten. »Ich muß zurück an die Arbeit.«

Sie wandte sich zum Gehen, und er eilte an ihre Seite. Hier schien es ein Geheimnis zu geben, dem er gern auf den Grund gegangen wäre, doch wußte er nicht, wie er es anfangen sollte.

»Was ist geschehen? Ich sah euch eine Kranke tragen.«

»Sie war tot. Ein Schlangenbiß. Wo wir arbeiten, gibt es viele Schlangen.«

»Warum du?« Sie wurden nicht belauscht, da sie durch einen der grünen Korridore gingen; die geduldig hinterdrein stapfende Inlènu zählte nicht. »Du sprichst mit der Eistaa wie eine Ebenbürtige. Dennoch tust du jetzt eine Arbeit, die sonst von den geringsten Fargi verrichtet wird. Warum?«

»Die Ursache ist nicht so einfach zu erklären. Und die Eistaa hat verboten, daß ich zu anderen Yilanè darüber spreche.«

Bevor Kerrick sie darauf aufmerksam machen konnte, kam sie selbst darauf, daß er ja kein Yilanè war. Sie sagte: »Sag dieser da, die dich begleitet, daß sie vor uns gehen und den drei anderen folgen soll.« Sobald dies geschehen war, wandte sie sich mit einer bis dahin nicht gekannten Eindringlichkeit an Kerrick.

»Ich und diese anderen sind hier, weil wir persönliche Überzeugungen haben, mit welchen die Herrschenden nicht übereinstimmen. Sie haben uns befohlen, unsere Überzeugung aufzugeben, aber das ist nicht möglich. Denn sobald du einmal die Wahrheit entdeckt hast, kannst du dich nicht mehr von ihr abwenden.«

»Von welcher Wahrheit sprichst du?« fragte Kerrick verwundert.

»Von der brennenden, beunruhigenden Wahrheit, daß die Welt und alles, was wir von ihr sehen, mehr enthält, als die Sinne wahrnehmen. Hast du schon einmal an diese Dinge gedacht?«

»Nein«, antwortete er aufrichtig.

»Du solltest es tun, aber du bist jung, und kein Yilanè. Seit du anfingst zu sprechen, habe ich mir den Kopf über dich zerbrochen, und deine Existenz ist mir noch immer ein Rätsel. Du bist kein Yilanè, doch bist du auch kein tierischer Ustuzou, da du sprechen kannst. Ich weiß nicht, was du bist oder wie du in den Plan der größeren Dinge paßt.«

Kerrick begann zu bedauern, daß er Enge angesprochen hatte. Er wurde nicht schlau aus ihr. Aber da sie nun einmal angefangen hatte, konnte sie nicht mehr aufhören.

»Unser Glaube muß wahr sein, weil eine Macht in ihm ist, die das Verständnis der Ungläubigen übersteigt. Es war Uguenapsa, die als erste zu diesem tieferen Verständnis gelangte, die ihr Leben der Ordnung ihres Denkens widmete und Schülerinnen um sich sammelte. Sie brachte etwas Neues in die Welt, das dort zuvor nicht gewesen war. Sie sprach zu anderen von ihrer Überzeugung und wurde ausgelacht. Ihr Reden und Denken wurde der Eistaa ihrer Stadt hinterbracht. Sie wurde zur Eistaa gerufen, um ihren Glauben darzulegen. Das tat sie. Sie sprach von dem Ding in uns allen, das nicht zu sehen ist, dem Ding, das uns befähigt zu sprechen und das uns von den gedankenlosen Tieren trennt. Tiere haben das nicht in sich, weshalb sie auch nicht sprechen können. Daraus folgt, daß die Sprache die Stimme des Dinges in unserem Inneren ist, und dieses Ding ist Leben und die Erkenntnis des Todes. Tiere haben kein Wissen von Leben oder Tod. Sie sind, dann sind sie nicht mehr. Aber die Yilanè wissen – und du weißt auch. Das ist das große Rätsel, das mich beschäftigt. Wer bist du? Was bist du? Wie paßt du in das große System?«

Sie sah ihm in die Augen, als hoffte sie die Antwort auf ihre Frage dort zu finden. Aber er konnte nichts darauf sagen, und sie sah es ein.

»Eines Tages wirst du es wissen«, sagte sie. »Jetzt bist du zu jung. Ich glaube nicht, daß du das Wunderbare der Vision begreifen kannst, die Uguenapsa hatte, eine Vision einer Wahrheit, die sie anderen mitteilen konnte. Und den Beweis dazu! Denn sie erzürnte die Eistaa, welche ihr befahl, von ihrem falschen Glauben abzulassen und zu leben, wie alle Yilanè es seit dem Ei der Zeit getan haben. Uguenapsa aber weigerte sich und setzte damit ihren Glauben höher als die Stadt und die Befehle der Eistaa. Diese sah darin nur Ungehorsam und nahm ihr den Namen und vertrieb sie aus der Stadt. Weißt du, was das bedeutet? Nein, du kannst es nicht wissen. Eine Yilanè kann ohne ihre Stadt und ihren Namen nicht leben. Vertreibung ist Tod. Seit jeher hat jede Yilanè, die ihres Namens beraubt und aus ihrer Stadt vertrieben wurde, eine tödliche Veränderung erlitten. Die Ablehnung der anderen wirkt so stark auf sie, daß sie augenblicklich zusammenbricht, bald das Bewußtsein verliert und stirbt. So war es immer.«

Eine seltsame Heiterkeit kam über sie, und sie legte ihre Hand auf Kerricks Arm und blickte ihm in die Augen, um ihm zu zeigen, wie stark sie empfand, was sie sagte.

»Aber Uguenapsa starb nicht. Es gab etwas Neues in der Welt, und dies war der unleugbare Beweis. Und seit jenem Tag ist diese Wahrheit wieder und wieder bewiesen worden. Ich wurde aus Inegban vertrieben. Man befahl mir zu sterben – aber ich tat es nicht. Keine von uns starb, was der Grund unseres Hierseins ist. Sie nennen uns die Töchter des Todes, weil sie sagen, wir hätten einen Pakt mit dem Tod. Das ist nicht wahr. Wir nennen uns Töchter des Lebens, und das ist die Wahrheit. Weil wir leben, wo andere sterben.«

Kerrick befreite sich vom kühlen, sanften Zugriff ihrer Hand und log: »Ich muß jetzt umkehren. Es ist mir nicht erlaubt, auf die Felder hinauszugehen.« Er zog an seiner Leine und wich der Eindringlichkeit ihres Blicks aus. »Inlènu, wir kehren um.«

Enge sah ihm schweigend nach, dann ging sie mit den anderen weiter. Nach einer Weile schaute Kerrick über die Schulter und sah sie langsam über den staubigen Pfad hinunterstapfen. Verwirrt schüttelte er den Kopf und fragte sich, wovon sie geredet haben mochte. Dann sah er die Orangenbäume in der Nähe und zog Inlènu hin. Seine Kehle war trocken, die Sonne war heiß, und er hatte nicht ein Wort von zehn verstanden, die Enge gesagt hatte. Er konnte nicht ahnen, daß ihr Glaube der erste Bruch war, der sich in der Millionen von Jahren alten homogenen Geschichte der Yilanè aufgetan hatte. Yilanè sein hieß, als Yilanè zu leben. Nichts anderes war je bekannt gewesen. Bis jetzt.

Bewaffnete Wachen waren in der Nähe postiert. Sie sahen neugierig herüber, als er die reifen Orangen vom Baum pflückte. Diese Wachen sollten tagsüber die Stadt schützen, während bei Nacht größere und stärkere Fallen aufgestellt wurden, die die Eindringlinge fernhalten sollten. Aber in den folgenden Tagen sahen die Wächter nichts, und in den Fallen sammelte sich ein Sortiment von Tieren aller Art. Die mörderischen Ustuzou kehrten nicht zurück.

In der ganzen Zeit, die der Uruketo benötigte, um den Ozean nach Inegban zu durchqueren und die Rückreise zu bewerkstelligen, blieben weitere Angriffe auf die Stadt aus. Als der Uruketo eintraf, warteten Vaintè und ihr Gefolge am Hafensteg, während das gewaltige Tier festgemacht wurde. Als erste ging die Kommandantin Erefnais an Land, trat auf Vaintè zu und machte nach der förmlichen Ehrenbezeigung ihre Meldung.

»Ich bringe eine persönliche Botschaft von Malsas, Eistaa, die über die Greueltat der Ustuzou sehr besorgt ist. Ich habe persönliche Mitteilung für dich, aber sie befahl mir auch, laut von der Notwendigkeit von Wachsamkeit und Stärke zu sprechen – und von der Dringlichkeit, die Ustuzou zu vernichten. Zu diesem Zweck hat sie ihre besten Jägerinnen geschickt, bewaffnet mit Hèsotsan und Pfeilen und der Entschlossenheit, der Bedrohung ein Ende zu machen.«

»Wir sind alle derselben Meinung«, sagte Vaintè. »Begleite mich, wenn wir gehen, denn ich möchte alle Neuigkeiten aus Inegban hören.«

Es gab tatsächlich Neuigkeiten, und in der Zurückgezogenheit ihres

Quartiers ließ Vaintè sich berichten. Alakensi war die einzige Zuhörerin.

»Der Winter ist mild gewesen. Einige Tiere sind verlorengegangen, aber das Wetter ist besser gewesen als in anderen Jahren. Das ist die Tagseite dessen, was ich dir zu sagen habe. Die Nachtseite ist, daß es Unheil unter den Uruketo gegeben hat. Mehr als die Hälfte sind tot. Sie wuchsen zu rasch, das war eine Schwäche. Andere Uruketo werden gezüchtet. Aber die Bürger von Inegban werden nicht diesen noch den nächsten oder übernächsten Sommer nach Alpèasak kommen.«

»Das ist eine schlimme Nachricht«, sagte Vaintè. Auch Alakensi gab ihre Betroffenheit zu verstehen. »Um so größer ist die Notwendigkeit, die Ustuzou auszurotten. Aber du mußt mit der Nachricht von unserem Wachstum zurückkehren, um den bitteren Geschmack der anderen Worte aus deinem Mund zu nehmen. Du mußt das Modell sehen. Alakensi, schicke eine Fargi aus, daß sie sofort Stallan zu uns bringt.«

Alakensi gefiel es nicht, wie eine Untergebene herumkommandiert zu werden, aber sie gab den Befehl mit einem Ausdruck des Widerwillens weiter. Als sie zum Modell kamen, war Stallan bereits dort.

Alpèasak war seit Sòkains Tod nicht mehr gewachsen, aber seine Verteidigungseinrichtungen waren vervollständigt worden. Stallan wies auf die neu gepflanzten Dornenhecken und Wachstationen hin, wo bewaffnete Yilanè jetzt Tag und Nacht auf Posten standen.

»Wozu kann eine Wache bei Nacht gut sein?« fragte Alakensi in ihrer verdrießlichen Art.

»Sehr wenig«, antwortete Stallan, »aber sie sind geschützt. Es gibt Wärmer und Umhänge, so daß sie gut ruhen. Auch brauchen sie nicht jeden Tag den langen Weg von der Stadt hinaus und zurück zu gehen. Sie halten Wache, bis es dunkel wird, und der Tagesanbruch findet sie wieder auf ihren Posten.«

»Ich finde, die Kräfte könnten vernünftiger eingesetzt werden«, sagte Alakensi. Vaintè schlug einen Mittelweg ein, was ungewöhnlich war, denn meistens ignorierte sie Alakensis Vorschläge.

»Vielleicht hat Alakensi recht. Wir werden uns selbst ein Bild von den Verhältnissen machen, du auch und Erefnais, damit sie Malsas bei ihrer Rückkehr von unseren Maßnahmen berichten kann.«

In einer lockeren Kolonne wanderten sie durch die Stadt, Stallan und Vaintè an der Spitze, und anschließend die anderen in der Reihenfolge ihres Ranges. Kerrick mit der allgegenwärtigen Inlènu im Schlepptau ging hinter der Kommandantin des Uruketo. Die Assistentinnen und Fargi folgten ihnen. Da es regnete, waren Vaintè und einige von den anderen in Umhänge gehüllt, aber der Regen war so warm, daß Kerrick das Gefühl der Tropfen auf seiner Haut vorzog.

Zugleich achtete er auf den Weg, der sie über Weideflächen und durch lebende Gatter in den Dornenhecken führte. Eines Tages wollte er diesen Weg allein gehen. Er wußte noch nicht, wie er es bewerkstelligen würde, aber er glaubte fest daran.

Die Baumgruppe war nicht mehr weit vom Wald entfernt. Sie befand sich am Rand der letzten Weidefläche. Im Näherkommen sahen sie, daß das Gehölz von Dornsträuchern und Ranken umgeben war und nur ein einziger schmaler Durchgang zum Stützpunkt führte. Stallan machte auf eine Yilanè aufmerksam, die, mit einem Hèsotsan bewaffnet, auf einer getarnten Plattform stand. »Wenn sie Wache halten, kommt niemand hier durch«, sagte sie.

»Es scheint eine zufriedenstellende Lösung zu sein«, bemerkte Vaintè. Sie wandte sich zu Alakensi und erhielt widerwillige Zustimmung. Sie ließ das Gehölz links liegen und ging auf den Waldrand zu.

Stallan eilte hinzu und machte ihr Vorhaltungen.

»Dort draußen gibt es Raubtiere aller Art, nicht nur Schlangen. Du mußt erlauben, daß Wachen vorausgehen.«

»Einverstanden. Aber ich bin die Eistaa und gehe in Alpèasak mit meinen Beraterinnen, wohin ich will. Du magst mit dem Rest der Gruppe hier warten.«

Sie setzten die Wanderung erst fort, als eine Reihe aufmerksamer Wachen mit bereitgehaltenen Waffen die Spitze übernahm. Stallan machte sie unterdessen auf die Fallen und Verteidigungsanlagen aufmerksam.

»Du hast gute Arbeit geleistet«, sagte Vaintè. Alakensi schickte sich an, Einwände zu erheben. Vaintè aber beachtete sie nicht und wandte sich zu Erefnais. »Informiere Malsas von alledem, wenn du zurückkehrst. Alpèasak ist wohlbewacht und nicht in Gefahr.«

Sie folgten dem Vortrupp der Bewaffneten in den Wald. Nach wenigen Schritten wandte Vaintè sich um, und in diesem Augenblick, als nur Kerrick sie sah, gab sie ihm das verabredete Zeichen. Als er sie mit offenem Mund anstarrte, verstärkte sie es durch die Befehlsgeste. Nun verstand er.

»Da!« rief er laut aus. »Dort in den Bäumen! Ein Ustuzou!«

Er rief es so laut und aufgeregt, daß alles in die Bäume hinaufsah. In diesem Augenblick warf Vaintè ihren Umhang ab. Darunter hielt sie den hölzernen Pfeil mit der scharfen Spitze.

Sie umfaßte ihn mit beiden Händen, holte aus und stieß ihn Alakensi in die Brust.

Nur Kerrick sah es, denn er blickte als einziger nicht zu den Bäumen hinauf. Alakensi griff nach dem Pfeil, die Augen schreckhaft aufgerissen, öffnete den Mund – und brach zusammen, ehe sie einen Laut hervorbringen konnte.

Kerrick verstand jetzt, wozu seine Lüge dienen sollte. Und er erweiterte sie, ohne zu zögern.

»Ein Ustuzou-Pfeil, er kam aus den Bäumen! Er hat Alakensi getroffen!«

Vaintè trat zur Seite und wartete wortlos, während alle zusammenliefen und aufgeregt schnatterten.

»Ein Pfeil aus den Bäumen!« rief Inlènu; gewöhnlich wiederholte sie, was sie hörte. Andere sagten das gleiche, und die Tatsache stand fest. Das Wort war die Tat, die Tat das Wort. Alakensis Körper wurde von den Wachen fortgetragen. Stallan und Erefnais geleiteten Vaintè zurück in die Sicherheit der Stadt.

Kerrick kam als letzter. Niemand hatte ihn in der Aufregung beachtet. Ein letztes Mal blickte er zu der nahen Wand des Urwalds auf, so verlockend mit ihrer Verheißung von Freiheit und doch so unerreichbar. Dann nahm er die an seinem Kragen befestigte Leine in die Hand, und Inlènu folgte ihm gehorsam.

20

Vaintè blieb allein in ihrer Kammer und betrauerte den Tod der treuen Alakensi. Das war die Version, die Kerrick unter den besorgt wartenden Yilanè verbreitete, als er herauskam. Sie wollte niemanden empfangen. Alle gingen traurig fort. Er war ein vorzüglicher Lügner, dachte Vaintè, die durch eine kleine Öffnung im Laub hinausspähte und lauschte. Ein großes Talent, und sie beglückwünschte sich dazu, daß sie darin frühzeitig die ersehnte Waffe erkannt hatte. Sie hielt sich von den anderen fern, denn jede Bewegung ihres Körpers signalisierte Triumphgefühl und Freude. Aber niemand sah ihre Bewegungen, denn sie erschien erst nach der Abreise des Uruketo wieder in der Öffentlichkeit. Zu dieser Zeit betrauerte sie nicht länger die tote Alakensi, denn das war nicht die Art der Yilanè. Wer und was Alakensi auch gewesen sein mochte, sie war nicht mehr. Ihr Leichnam war von den geringsten Fargi, deren Arbeit es war, beseitigt worden. Das Leben ging weiter und berechtigte zu den schönsten Hoffnungen.

Vaintè gab die Befehle aus, und diejenigen, die in der Stadt Verantwortung trugen, kamen zu ihr. Kerrick beobachtete alles aus dem Hintergrund, denn er spürte, daß etwas Bedeutendes und Folgenschweres in der Luft lag; er erkannte es an Vaintès Körperhaltung. Sie begrüßte jede einzelne mit Namen, als sie eintrafen, etwas, was sie sonst nie tat.

»Vanalpè, du, die diese Stadt aus einem Samenkorn zog, bist hier.

Stallan, die du uns vor den Gefahren dieser Welt beschützt, du bist hier. Zhekak, deren Wissenschaft uns allen dient, Akasest, die unsere Nahrung bereitstellt, ihr alle seid hier.«

So ging es weiter, bis die ganze Gruppe der Verantwortungsträger versammelt war, die Alpèasak unter ihrer Führung leiteten. In höflichem Stillschweigen lauschten sie der Ansprache ihrer Eistaa.

»Einige von euch sind seit den ersten Landungen in dieser Stadt, noch ehe die Stadt selbst existierte, und andere kamen später dazu, wie ich es tat. Aber nun arbeiten wir alle zusammen, um der Stadt Ehre und Wachstum zu bringen. Ihr werdet von den schändlichen Dingen gehört haben, die ich am Tag meiner Ankunft vorfand, von der Ermordung der Männer, der Jungen und der Wachen am Strand. Wir haben jenes Verbrechen vergolten. Die Ustuzou, die es verübten, sind tot, und es wird nie wieder geschehen. Unsere Geburtsstrände sind sicher, beschützt, warm – und leer.«

Als sie die Worte sprach, ging eine Bewegung durch die Zuhörerinnen, als sei ein Wind über sie hingestrichen. Nur Kerrick war unbewegt. Alle lauschten in erwartungsvollem Schweigen.

»Ja, ihr habt recht vermutet. Die Zeit ist gekommen. Die Sandstrände sollen sich mit fetten, trägen Männern füllen. Die Zeit ist da; wir können beginnen.«

Kerrick hatte in den Tagen seines Aufenthalts in Alpèasak niemals solche Aufregung erlebt. Es wurde laut geredet und viel gelacht, als sie durch die Stadt zum Eingang des Hanalè gingen, dem abgeschlossenen Bezirk, wo die Männer lebten. Kerrick ging ihnen verwundert nach und sah, wie die Wächterin, Ikemend, bei ihrer Annäherung zur Seite trat und ausdrucksvolle Bewegungen des Willkommens machte, als sie den Eingang durchschritten. Kerrick wollte ihnen nachgehen, wurde aber von dem eisernen Kragen um seinen Hals zurückgehalten. Inlènu stand stumm und unbeweglich wie ein Felsen, während er an der Leine zog. Hinter seinem Rücken wurde die Tür verschlossen und verriegelt.

»Was ist, was gibt es? Rede, ich befehle es dir«, sagte er aufgebracht.

Inlènu schaute ihn aus runden, stumpfsinnigen Augen an. »Nicht wir«, sagte sie, dann wiederholte sie es: »Nicht wir.« Durch nichts konnte er sie dazu bringen, ihm mehr zu sagen. Er dachte eine Weile über dieses seltsame Vorkommnis nach. Aber schließlich vergaß er es wie so manch anderes unerklärliches Geschehen in dieser Stadt der vielen Geheimnisse.

Angetrieben von einer unersättlichen Neugierde, lernte er die Stadt nach und nach besser kennen. Da alle Welt wußte, daß er der Eistaa nahestand und in mancher Hinsicht ihr Vertrauter war, verwehrte ihm niemand den Zutritt zu jenen Teilen der Stadt, die er aufsuchen wollte. Er unternahm keinen Versuch, die Stadt zu verlassen, da die Wachen und nicht zuletzt Inlènu jede Flucht verhindert hätten, aber alles andere war seine Domäne. Allmählich verlor sich die Erinnerung an sein früheres Leben; es gab keine Anknüpfungspunkte, keine Ähnlichkeiten der Lebensweise, welche die verblassenden Bilder hätten auffrischen können. Er hatte sich dem tropisch-ozeanischen Gleichmaß der Yilanè-Existenz angepaßt.

Jeder Tag begann in der gleichen Weise. Mit dem ersten Licht erwachte die Stadt zum Leben. Wie die anderen, wusch sich auch Kerrick, doch anders als sie war er morgens durstig und hungrig. Die Yilanè aßen nur einmal am Tag. Manchmal übersprangen sie sogar ganze Tage, und sie tranken sich gewöhnlich nur einmal täglich satt. Das war nicht seine Art. Er achtete darauf, daß sein Kürbisbehälter immer mit Wasser gefüllt war, und in seiner Kammer legte er einen kleinen Vorrat von Früchten an. Wenn es Wichtigeres zu tun gab, befahl er einer Fargi, ihm die Früchte zu beschaffen. Aber er zog es vor, dies selbst zu tun, wann immer es ihm möglich war. Die Fargi, gleichgültig wie sorgfältig er sie auch instruierte, kamen immer mit beschädigten und verfaulten Früchten zurück. Für sie war alles das gleiche Tierfutter; und Tiere fraßen, was man ihnen gab, ungeachtet der Beschaffenheit. Wenn er aß, und Fargi waren in der Nähe, pflegten sie sich um ihn zu versammeln. Sie sahen ihm dann mit einfältiger Faszination zu, sprachen untereinander und versuchten zu begreifen, was er tat. Die unternehmungslustigeren unter ihnen kosteten wohl auch einmal von der Frucht, um sie dann auszuspucken, was die anderen unweigerlich erheiterte. Zuerst versuchte Kerrick die Fargi zu ignorieren. Er schickte sie auch fort, wenn ihre ständige Anwesenheit ihn verdroß. Doch sie kamen unweigerlich zurück. Zuletzt fand er sich mit ihrer Neugierde ab und nahm sie wie die anderen Yilanè kaum noch wahr. Nur wenn etwas Privates oder Wichtiges zu besprechen war, schickte er sie fort.

Mit der Zeit lernte er hinter der scheinbaren Unordnung Alpèasaks die natürlichen Gesetze und Mechanismen zu sehen, die alles beherrschten. Wäre er von in sich gekehrter Wesensart gewesen, so hätte er das Leben der Yilanè in ihrer Stadt mit dem der Ameisen in ihren unterirdischen Siedlungen verglichen. Was dem flüchtigen Betrachter als ein sinnloses Hin und Her erscheinen mag, ist in Wahrheit ein hochentwickeltes System der Arbeitsteilung, in welchem die Arbeiterinnen Nahrung sammeln, die Eier pflegen und Baumaterial herbeischaffen, die gepanzerten und mit vergrößerten Kieferzangen bewaffneten Soldaten die Zugänge bewachen und die Königin einen endlosen Lebensstrom erzeugt, der den Fortbestand des Volkes sichert. Dies war keine genaue Analogie, aber eine annähernde, die er gleichwohl niemals auch nur in Betracht zog. Aber er war nur ein Junge, der sich außergewöhnlichen Umständen anpassen mußte, und so stellte er wie die anderen keine Vergleiche an und zertrat die Ameisen gedankenlos unter den Füßen und ging weiter.

Vormittags ging er oft mit den Fargi hinaus, die in den Pflanzungen und Gehölzen im Umkreis der Stadt Früchte sammelten und sie dann zur Tierfütterung brachten. Dies war für ihn eine angenehme Beschäftigung, solange die Mittagshitze nicht jede Bewegung zur lästigen Plage machte. Sein wachsender Körper brauchte die Übung. Er ging meistens schnell, rannte sogar, und die schwerfällige Inlènu hatte alle Mühe, mit ihm Schritt zu halten. Sie hielt oftmals an, weil sie sich zu sehr erhitzte und nicht weitergehen konnte. In solchen Augenblicken fühlte er sich ihr überlegen, obwohl ihm der Schweiß vom Körper rann, denn er wußte, daß er noch lange laufen konnte, wenn eine Yilanè wie Inlènu vor Erschöpfung zu Boden fiel.

Die Gehölze, Baumpflanzungen, Hecken und grünen Weiden erstreckten sich in unregelmäßiger, natürlich anmutender Vielfalt rings um die Stadt. Vanalpès Assistentinnen und ihre Helferinnen entwikkelten immer neue Pflanzen und Bäume. Manche der neuen Früchte und Gemüse waren köstlich, andere rochen schlecht und schmeckten noch schlechter. Er kostete von allen, weil er wußte, daß sie vor ihrer Zucht auf Ungiftigkeit überprüft worden waren. Die Vielfalt der gezüchteten Pflanzen diente der nicht minder großen Vielfalt der Tiere als Nahrung. Kerrick wußte nichts von dem tief verwurzelten Wertkonservatismus der Yilanè, von ihrer Millionen Jahre alten Kultur, die auf Kontinuität beruhte und die Veränderung nur kurzfristig akzeptierte, wo sie Stabilität und Gleichmaß des Lebens nicht berührte. Die Zukunft sollte wie die Vergangenheit sein, unveränderlich und unwandelbar. Neue Arten wurden durch sorgfältige Genmanipulation der Welt hinzugefügt; keine wurde ihr entzogen. Die Sümpfe und Wälder Gendasis enthielten interessante neue Pflanzen und Tiere, die Vanalpè und ihren Helferinnen eine niemals versiegende Quelle der Faszination waren. Kerrick waren die meisten von ihnen zu vertraut, um für ihn von Interesse zu sein. Ihn faszinierten die mächtigen, schwerfälligen Tiere, die er Murgu zu nennen pflegte; es war ein Wort aus seiner Muttersprache Marbak, die er mit allem anderen vergessen hatte.

Wie Alpèasak ein in fremdem Boden gedeihender Ableger von Inegban war, so gedieh das Leben der alten Welt hier in der neuen. Kerrick verbrachte manche Stunde mit der Beobachtung der dreifach gehörnten Nenitesk, wie sie in immerwährendem Hunger unglaubliche Mengen Laub und Gras in sich hineinstopften. Mit ihren großen Panzerplatten vor den Schädeln und ihren dicken Häuten, die von kaum einer Waffe durchbohrt werden konnten, waren sie in der alten Welt nahezu ausgestorben, obwohl nicht auszuschließen war, daß auch sie in geringer Zahl von einigen der älteren Städte in Entoban erhalten wurden. Gerieten die normalerweise friedfertigen Riesentiere in Zorn, was während der Paarungszeit oder in Situationen vermeintlicher Bedrohung vorkam, rissen sie mit ihren Hörnern gewaltige Erdklumpen aus dem Boden und stürmten aufeinander los, um ihre Kräfte zu messen. Aber das war die Ausnahme; und Kerrick entdeckte, daß er ganz nahe an die Tiere herangehen konnte, solange er sich ruhig verhielt und langsam bewegte; dann sahen sie in dem Winzling keine mögliche Gefahr. Ihre runzligen Häute waren bevölkert von kleinen bunten Eidechsen, die in den Falten nach Parasiten jagten. Einmal wagte er sich trotz Inlènus ängstlichem Zerren an der Leine so nahe an eines der Tiere heran, daß er die kühle, rauhe Haut berühren konnte. Der Eindruck war unerwartet stark, denn sofort stellte sich ein Erinnerungsbild von einem anderen großen grauen Tier ein: von Karu, dem Mastodon, wie es den Rüssel hob, um Staub über seinen Rücken zu werfen, und dabei mit einem schlauen Blick auf Kerrick herabschaute. So schnell sie gekommen war, so schnell verflüchtigte sich auch die Vision, und vor ihm war wieder die graue Wand des Nenitesk. Auf einmal verabscheute er das gigantische Tier als gefühllos, träge und dumm. Er kehrte ihm den Rücken und hätte es keines weiteren Blickes gewürdigt, wäre nicht in diesem Augenblick unter den Tieren Unruhe entstanden. Aus irgendeinem Grund fühlte sich eines von einem Artgenossen herausgefordert, sah ihn vielleicht als einen Eindringling an, und die Riesenkörper prallten mit einem furchterregenden Krachen von Hörnern auf Panzerplatten aufeinander. Vergnügt sah Kerrick zu, wie Sträucher und kleine Bäume zertrampelt und der Boden ringsum aufgerissen wurde, bevor die Kämpfer das Interesse aneinander verloren und jeder wieder seiner Wege ging.

Was Kerrick nicht gern sah, war der Schlachthof, wo jeden Tag eine große Zahl von Tieren getötet und zerlegt wurde. Das Töten geschah rasch und schmerzlos; am Eingang zum Schlachthof postierte Wachen erschossen die aufgetriebenen Tiere an Ort und Stelle. Die Kadaver wurden sodann von ebenso kräftigen wie stumpfsinnigen Zugtieren, denen es nichts auszumachen schien, daß ihre Beine mit Blut bespritzt waren, fortgeschleift. Das Zerlegen der noch warmen Kadaver in der Mitte des Hofes war ein blutrünstiges Geschäft, und wer dort arbeitete, war vom Kopf bis zu den Füßen mit Blut besudelt. Die zugeschnittenen Fleischstücke wurden in große Wannen mit einer Enzymlösung geworfen. Während Kerrick sich an das gallertige, halb vorverdaute Fleisch inzwischen gewöhnt hatte, waren ihm die Vorstufen der Erzeugung so zuwider, daß er sie – meist mit Erfolg – verdrängte.

Die Laboratorien, in denen Vanalpè, Zhekak und ihre Assistentinnen arbeiteten, waren jenseits seines Verstehens und darum langweilig. Kerrick ging selten hin. Viel größeren Genuß bereitete ihm die Betrachtung des wachsenden Stadtmodells mit seinen unglaublich zahlreichen und feinen Details – oder die Gespräche mit den Männern. Zu ihnen hatte er gefunden, nachdem ihm der Zugang zu den Geburtsständen verwehrt worden war. Nur Wachen und Pflegerinnen hatten dort Zutritt. Nach allem, was Kerrick durch die Dornenbarriere hatte sehen können, ging es dort unglaublich langweilig zu. Man sah nur fette, schwerfällige Körper, die im Sonnenschein träge am Strand lagen.

Aber die Männer im Hanalè waren anders. Inzwischen hatte er den Schock über die Entdeckung, daß alle ihm bekannten Yilanè, selbst furchteinflößende Gestalten wie Stallan, weiblichen Geschlechts waren, längst vergessen. Er nahm dieses Phänomen als eine Tatsache des Lebens hin und hatte längst vergessen, welche Rollen Männer und Frauen unter den Tanu spielten. Er war nur neugierig, einen Teil der Stadt kennenzulernen, den er bis dahin nie gesehen hatte. Nachdem er mehrmals am Eingang zum Hanalè abgewiesen worden war, hatte er Vaintè danach gefragt. Sie hatte mit Erheiterung darauf reagiert, ohne freilich die Ursache dieser Heiterkeit zu erklären. Nach kurzer Überlegung hatte sie entschieden, daß es, da er gleichfalls männlichen Geschlechts war, keinen Grund gebe, ihm den Zugang zu verwehren. Aber Inlènu durfte nicht hinein, und darum blieb auch ihm der Eintritt verwehrt. Er dachte lange darüber nach, bis er eine Antwort fand. Er ging durch die Tür, die hinter ihm geschlossen wurde. Inlènu blieb draußen stehen, und ihr unzerreißbares Bindeglied blieb unversehrt.

Dies bedeutete, daß er den Bereich unmittelbar innerhalb der Tür nicht verlassen und darum nicht das gesamte Innere des Hanalè sehen konnte. Aber das machte ihm nichts aus. Die Männer kamen zu ihm, um Gespräche zu führen. Sie waren froh über die Abwechslung, die seine Besuche in ihr geschütztes und eintöniges Leben brachten.

Oberflächlich konnte Kerrick sie nicht von der übrigen Yilanè unterscheiden. Er war jung genug, dem keine Bedeutung beizumessen, und so wurden ihm die körperlichen und wesensmäßigen Unterschiede erst im Laufe der Zeit und nach vielen Gesprächen mit ihnen bewußt.

Obgleich die meisten Männer hin und wieder mit ihm sprachen und Fragen stellten, entwickelte sich zwischen ihm und einem von ihnen bald ein besonders freundschaftliches Verhältnis. Dieser Mann, Alipol mit Namen, erschien bei jedem seiner Besuche und begrüßte ihn freundlich. Zwar regelte Ikemend alle Angelegenheiten des Hanalè nach außen, doch innerhalb der Tür herrschte Alipol. Er war schon in Inegban für diese verantwortliche Führungsposition bestimmt worden. Er war auch viel älter als alle anderen, die lediglich nach Kriterien der Jugend und des guten Gesundheitszustandes ausgewählt wurden. Außerdem war Alipol ein Künstler, was Kerrick lange Zeit verborgen blieb. Er erfuhr davon anläßlich eines Besuches, als Alipol nicht erschien und Kerrick einen der anderen fragen mußte.

»Alipol ist wie immer mit seiner Kunst beschäftigt«, sagte der andere und eilte weiter. Kerrick konnte sich unter dem Wort nichts vorstellen, und da die meisten Männer in der Derbheit ihrer Ausdrucksweise schlimmer als Fargi waren, argwöhnte er zunächst, daß es sich um irgendeine unflätige Umschreibung handelte. Bald erfuhr er jedoch, daß es mit Schönheit und mit der Anfertigung von Dingen und Gegenständen zu tun hatte. Da Alipol an diesem Tag nicht mehr erschien, fragte Kerrick bei seinem nächsten Besuch, was es mit der Kunst auf sich habe.

»Kunst ist von größter Bedeutung, vielleicht das größte, was es gibt«, sagte Alipol. »Aber diese einfältigen jungen Männer wissen nichts davon, und die rohen Frauen draußen können erst recht keine Ahnung von ihrer Existenz haben.«

Alipol und seinesgleichen sprachen vom weiblichen Bevölkerungsteil immer in einer Art von Geringschätzung und Furcht, die Kerrick nicht verstand. Da sie keine Bereitschaft zeigten, ihn über die Eigentümlichkeiten dieses Verhältnisses aufzuklären, hatte er aufgehört, danach zu fragen.

»Bitte sag mir mehr über deine Kunst«, bat Kerrick, dessen Neugierde und Interesse von Alipol mit einem mißtrauischen Vorbehalt akzeptiert wurde.

»Eine seltene Einstellung«, meinte er. Dann faßte er nach einigem Zögern seinen Entschluß. »Bleib hier, ich werde dir zeigen, was ich mache.« Er wandte sich zum Gehen, kam aber noch einmal zurück. »Hast du jemals einen Nenitesk gesehen?«

Kerrick wußte nicht, was die Frage mit Kunst zu tun haben sollte, sagte aber, daß er die Tiere kenne. Alipol ging und kam bald darauf mit einem Gegenstand zurück, der Kerrick mit heller Begeisterung erfüllte. Dies wiederum erfreute Alipol. »Du siehst, was andere nicht sehen«, sagte er einfach. »Sie haben keine Augen, kein Verständnis dafür.«

Alipol hielt die zusammengelegten Hände vor sich, so daß sie eine flache Schale bildeten. Darin ruhte die fein ausgeführte Nachbildung eines Nenitesk. Es schimmerte im Sonnenschein und war, wie es Kerrick schien, aus Lichtstrahlen gewirkt. Die Augen funkelten rot, während der naturgetreu geformte Körper von seinen drei spitzen Hörnern über den mächtigen Nackenschild bis zum Schwanz und den dikken kurzen Beinen in wunderbarem Sonnenglanz funkelte. Kerrick beugte sich darüber und sah, daß die Nachbildung aus dünnen Strängen eines glänzenden Materials angefertigt war, die kunstvoll ineinander geflochten waren und die Gestalt des Tieres auf das vollkommenste wiedergab. Behutsam berührte er es mit forschender Fingerspitze und fand, daß es hart war.

»Was ist es? Wie machst du es? Ich habe nie etwas Ähnliches gesehen.«

»Es ist aus Draht geflochten, aus Silber- und Golddraht. Das sind zwei Metalle, die niemals rosten oder trüb werden. Die Augen sind kleine Edelsteine, die ich aus Inegban mitgebracht habe. Man findet sie an Flußufern und Bächen, wo sich Lehmbänke bilden, und ich habe die Fähigkeit, sie zu schleifen.«

Danach zeigte Alipol ihm andere Dinge, die er gemacht hatte; alle waren wunderschön. Kerrick hätte gern eines der kleinen Kunstwerke gehabt. Er wagte aber sein Verlangen nicht auszudrücken, weil er fürchtete, es könne die zwischen ihnen entstandene Freundschaft beeinträchtigen.

Mit dem Wachsen und Gedeihen der Stadt blieb nur ein größeres Problem ungelöst: die Ustuzou. Während der Regenzeit, wenn im Norden Kälte herrschte, wurden die Wachen und Verteidigungsanlagen um die Stadt verstärkt. Wenn die Wärme in den Norden zurückkehrte, führte Stallan entlang der Küste Erkundungen durch und organisierte Überfälle. Aber nur einmal entdeckten sie eine große Gruppe von Ustuzou; sie töteten alle, die sich nicht durch Flucht retten konnten. Bei anderen Gelegenheiten wurden kleinere Gruppen überfallen und niedergemacht, und einmal kehrten sie mit einem verwundeten Gefangenen zurück. Kerrick ging mit den anderen hin, um das schmutzige, fellbedeckte Lebewesen anzuschauen, aber er hatte kein Gefühl von Identifikation. Der Gefangene erlangte das Bewußtsein nicht wieder und starb bald. Dies war das einzige Mal, daß die immer häufigeren Zusammenstöße zwischen Yilanè und Ustuzou in irgendeiner Form die Ordnung des Lebens in der Stadt beeinträchtigten. Alle anderen Begegnungen und Zusammenstöße fanden jetzt an entfernten Küsten statt und waren allein Sache Stallans und derer, die bei ihr waren.

Ohne den Rhythmus der Jahreszeiten blieb der Gang der Zeit in Alpèasak fast unbemerkt. Die Stadt wuchs langsam und stetig wie ein

Baum, der Jahresringe ansetzt, und bedeckte eine stattliche Fläche zwischen der Flußmündung und dem Ozean. Den Berichten aus Inegban nach waren die letzten Winter mild gewesen, so daß man hoffte, die Abkühlung des Klimas habe ein Ende genommen. Die mit der Klimaforschung beauftragten Wissenschaftler jedoch beharrten darauf, daß die mildere Witterung nur eine vorübergehende Erscheinung sei. Sie sprachen von Messungen der Luft- und Wassertemperatur, die von der Sommerstation in Teshkets vorgenommen worden waren, und verwiesen auf die wachsende Zahl halbverhungerter wilder Ustuzou, die, von der Klimaverschlechterung aus ihren angestammten Lebensräumen im Norden vertrieben, südwärts zogen.

In Alpèasak waren Neuigkeiten dieser Art von großem Interesse, dennoch blieben es Geschichten aus einem fernen Land. Mehr Uruketo wurden gezüchtet, was eine gute Nachricht war, und eines Tages würden die Einwohner Inegbans und Alpèasak kommen, und dann würde die Stadt komplett sein. Eines Tages. Einstweilen gab es viel zu tun, und die Sonne war immer warm.

Für Kerrick war die Welt ein endloser Sommer. Da es keinen Herbst gab, kam ihm nie in den Sinn, die Schneefälle des Winters zu erwarten. Von seinem privilegierten Platz neben der Eistaa sah er die Stadt wachsen und wuchs mit ihr. Die Erinnerungen an sein früheres Leben wurden nebelhaft und verschwanden schließlich ganz. Sie hielten sich nur in gelegentlich wiederkehrenden verwirrenden Träumen. In seinem Denken war er Yilanè, und niemand durfte in seiner Gegenwart etwas anderes sagen. Er war kein Ustuzou mehr, sondern Kerrick. Wenn Vaintè ihn beim Namen rief, veränderte sie die Aussprache, und alle anderen kopierten dies. Er war nicht mehr Kerrick klein und schmutzig, sondern Kerrick der Höchsten nahe.

Die neue Nebenbedeutung war notwendig, weil er rasch heranwuchs, bald Yilanès Größe erreichte und sie noch übertraf. Sein Körper war jetzt so behaart, daß der Unutakh starb. Vielleicht, weil er sich überfressen hatte, und Kerrick erhielt ein größeres und gefräßigeres Exemplar der gleichen Art. Da es aber keinen Winter gab, der das Jahr beendete, und kein junges Frühlingsgrün, den Beginn des neuen anzuzeigen, gab es keine Möglichkeit, den Gang der Zeit zu messen.

Kerrick wußte es nicht, aber er war fünfzehn Jahre alt, als Vaintè ihn eines Tages zu sich rief.

»Wenn der Uruketo morgen früh ausläuft, reise ich mit ihm nach Inegban.«

Kerrick zeigte zerstreutes Interesse und log, daß er es bedauere, von ihr getrennt zu sein. Inegban war für ihn ein Wort und nicht mehr.

»Größere Veränderungen stehen bevor. Die neuen Uruketo sind herangewachsen, und in einem, höchstens zwei Sommern wird Inegban aufgegeben werden. Man ist dort so mit Zukunftsängsten und Befürchtungen über die Klimaverschlechterung beschäftigt, daß man unsere Probleme hier nicht sieht. Die Ustuzou, die uns bedrohen, bedeuten ihnen nichts, ebensowenig wie die Schwierigkeiten mit den Töchtern des Todes, die an unseren Kräften zehren. Ich habe viel Arbeit vor mir, und du mußt mir helfen. Deshalb wirst du mit mir nach Inegban reisen.« Nun wurde Kerricks Interesse geweckt. Eine Reise im Uruketo, eine Überquerung des Ozeans, der Besuch einer anderen Stadt, eines neuen Landes. Er war aufgeregt und ängstlich, und Vaintè merkte es, weil seine Empfindungen zu stark waren, als daß er sie hätte verbergen können.

»Du wirst im Mittelpunkt der Aufmerksamkeit stehen, und wenn ich dies erreicht habe, werde ich sie davon überzeugen, was getan werden muß.« Sie betrachtete ihn forschend. »Aber du hast jetzt zuviel von einem Yilanè. Wir müssen sie alle daran erinnern, daß du einmal ein Ustuzou warst, daß du es noch bist.«

Sie ging zu der Öffnung, wo sie vor vielen Jahren das kleine Messer aus Himmelsmetall verwahrt hatte, und nahm es heraus. Zhekak hatte es untersucht und zu einem primitiven Schmuckstück erklärt, das aus Meteoreisen angefertigt war, und sie hatte es mit einem Rostschutz versehen. Vaintè gab es Etdeerg, ihrer ersten Assistentin, und befahl ihr, es Kerrick um den Hals zu legen. Etdeerg tat dies mit Hilfe eines gedrehten Golddrahtes, den sie am glänzenden Eisen seines Kragens befestigte, während die Fargi sich in der Türöffnung drängten und zusahen.

»Das sieht seltsam und fremdartig genug aus«, erklärte Vaintè und drückte eigenhändig das ausgefranste Ende des Drahtes glatt. Dabei berührten ihre Finger zum erstenmal seit Jahren seine Haut, und er war überrascht von der Wärme ihrer Hand.

Kerrick hatte den eisernen Gegenstand uninteressiert betrachtet;

jede Erinnerung daran war geschwunden.

»Es ist oft berichtet worden, daß die Ustuzou sich mit Fellen behängen, und auch du hattest eins um dich, als du hergebracht wurdest.« Sie gab Etdeerg ein Zeichen. Diese öffnete ein Bündel und schüttelte ein glattes Hirschfell aus. Die Fargi schnatterten vor Abscheu, und selbst Kerrick wich unwillkürlich zurück.

»Laß das«, befahl Vaintè. »Das ist kein verlaustes, schmutzstarrendes Stück Fell. Es ist sterilisiert und gesäubert, und das wird in Zukunft täglich geschehen. Etdeerg wird den falschen Beutel entfernen, und dies an seiner Stelle befestigen.«

Darauf ließ Vaintè die Fargi fortschicken und den Eingang von Inlènu bewachen, da sie sich erinnerte, warum der Beutel angefertigt worden war.

Etdeerg entfernte ihn und versuchte die Haut dem anhaftenden Fell anzupassen, doch waren die Befestigungen falsch angebracht. Sie machte sich daran, den Fehler zu berichtigen, und Vaintè hatte Zeit, Kerrick zu betrachten. Er hatte sich verändert, war gewachsen, und sie verspürte eine Mischung aus Abscheu und Verlockung. Sie trat zu ihm und berührte ihn, und Kerrick erschauerte unter ihrer Berührung. Vaintè lachte.

»Du bist ein Mann, geradeso wie unsere. Du reagierst nicht anders als sie.«

Kerrick verspürte ein akutes Unbehagen und versuchte sich ihm zu entziehen, aber sie hielt ihn zurück und zog ihn an sich.

Vaintès Begierde war erwacht, und wie es der aggressiven Rolle der weiblichen Yilanè entsprach, ergriff sie die Initiative, während er sich ihrem Drängen zu entziehen suchte und gleichwohl wie jeder Mann reagierte.

Er hatte keine Ahnung, was ihm geschah, noch wußte er die seltsamen Empfindungen zu deuten, die ihn überkamen. Aber Vaintè wußte es um so besser. Sie war die Eistaa, sie konnte nach ihrem Belieben verfahren. Mit geübten Bewegungen warf sie ihn zu Boden und bestieg ihn, während Etdeerg anerkennend zuschaute.

Ihre Haut fühlte sich kalt an, trotzdem fühlte er sich von unbekannter Wärme durchpulst. Als es geschah, wußte er nicht zu sagen, was es war, nur daß es eigentümlich wohltuend war, in einer schwer zu beschreibenden Weise köstlicher als alles, was er bisher gefühlt hatte.

21

»Ich habe eine Botschaft von Erefnais«, sagte die Fargi, angestrengt bemüht um richtige Aussprache und Wiedergabe. »Die Ladearbeiten sind beendet. Der Uruketo ist zum Auslaufen bereit.«

»Wir gehen«, verkündete Vaintè. Etdeerg und Kerrick traten auf ein Zeichen von ihr hinter sie. Sie ließ ihren Blick über die versammelten Vertrauenspersonen und Führerinnen der Stadt schweifen und gab in offizieller Förmlichkeit die vorgeschriebene Erklärung ab: »Die Stadt ist euer, bis ich zurückkehre. Bewahrt sie gut. Ihr habt mein Vertrauen.«

Damit nahm sie ihren Abschied und ging langsam durch die Stadt zum Flußufer, in gebührendem Abstand gefolgt von Kerrick und Etdeerg.

Kerrick hatte längst gelernt, seine Bewegungen zu beherrschen, und schien so ruhig wie die anderen. Darunter aber verbarg sich ein heftiger Widerstreit gegensätzlicher Empfindungen und Erwartungen. So sehr er sich auf die Reise freute, so sehr fürchtete er andererseits die damit verbundene einschneidende Veränderung seines geordneten Lebens. Und was gestern mit Vaintè geschehen war, konnte er noch immer nicht begreifen. Was hatte ein solch allumfassendes Gefühl verursacht? Würde es wieder geschehen? Er hoffte es. Aber was war es?

Alle Erinnerungen an das Leben der Tanu, an die Unterschiede zwischen den Geschlechtern, an das heimliche Kichern und Flüstern der älteren Jungen, an seine Empfindungen bei der Berührung durch Ysels Körper – all das war vergessen, überlagert vom Anpassungszwang und der Notwendigkeit, unter den Yilanè zu überleben. Im Hanalè wurde niemals über die Beziehung zwischen den Geschlechtern gesprochen, wenigstens nicht in seiner Anwesenheit, und Inlènu wußte überhaupt nichts davon. Da er selbst nicht viel kenntnisreicher war als sie, konnte er an diesem erregenden Geheimnis nur herumrätseln.

Der Himmel hinter ihnen war vom Sonnenuntergang rot verfärbt, als sie den Hafen erreichten. Die Entisenat tummelten sich in Erwartung der Abreise draußen im freien Wasser, sprangen in die Höhe und ließen sich klatschend und mit einem Schwall rötlich überhauchter Gischt ins Wasser zurückfallen. Kerrick ging als letzter an Bord. Er kletterte die Öffnung in der hohen Rückenflosse hinab und blickte im trüben Halbdunkel des Inneren umher. Der Boden unter ihm pulsierte, und er verlor das Gleichgewicht und fiel. Die Reise hatte begonnen.

Der Reiz des Neuen verlor sich bald, denn es gab wenig zu sehen und nichts zu tun. Der größte Teil des Innenraums war angefüllt mit den scheintoten Körpern von Hirschen und Stalakel. Die letzteren lagen aufeinandergereiht, die kleinen Vorderbeine schlaff herabhängend, die schnabelartigen Kiefer weit geöffnet. Einige der Hirsche hatten, obschon nicht weniger leblos als die anderen, offene Augen. Kerrick hatte das unheimliche Gefühl, daß sie ihn sehen konnten und in ihrem gelähmten Zustand um Erlösung von ihren Qualen flehten. Es konnte nicht sein, sagte er sich, er übertrug nur seine eigenen Empfindungen auf sie. Aber derlei Argumente einer vom schlechten Gewissen vorgeschobenen Vernunft blieben ziemlich unwirksam. Das abgeschlossene Innere des Uruketo lastete immer drückender auf ihm. Er ballte die Fäuste in unbekanntem Schrecken, der durch zeitweilig auftretende, vielleicht von einem Sturm herrührende Bewegungen des Uruketo noch eine unerträgliche Steigerung erfuhr. Die Rückenflosse blieb geschlossen, und die Luft wurde zusehends schlechter.

Die Yilanè lagen träge herum, die meisten von ihnen schliefen. Nur eine tat zur Zeit Wachdienst. Einmal versuchte er ein Gespräch mit ihr anzufangen, aber sie antwortete nicht; ihre Aufmerksamkeit war ganz auf den Kompaß konzentriert.

Kerrick schlief, als der Sturm nachließ und der Seegang sich allmählich beruhigte. Er erwachte unter einem kühlen, salzigen Luftschwall, und die Yilanè ringsum regten sich und griffen nach ihren Umhängen. Aber er nahm kaum etwas davon wahr; die prickelnde frische Luft und das einfallende Tageslicht waren wie eine Erlösung für ihn. Er zog an seiner Leine, bis die schwerfällige Inlènu erwachte und sich in einen Umhang hüllte. Dann zog er sie nach sich zu der Öffnung in der Rükkenflosse. So rasch er konnte, kletterte er zwischen den Falten und Narben hinauf und gelangte an Erefnais' Seite, die, eingehüllt in einen schützenden großen Umhang, im Ausguck stand. Inlènu blieb unten, soweit die Länge der Verbindungsleine ihr das gestattete. Kerrick hielt sich am wulstartigen, lederigen Rand fest und blickte hinaus zu den grünen Wellenkämmen, die auf sie zurollten und schäumend über den breiten Rücken des Uruketo brandeten. Jedesmal, wenn ihm salzige Gischtspritzer Oberkörper und Gesicht besprühten, lachte er vor Vergnügen. Es war völlig anders als der erste Teil der Reise, wundervoll und erregend. Sonnenstrahlen fielen in breiten, schrägen Bahnen durch die aufreißende, rasch dahinziehende graue Wolkendecke und tauchte Teile der See in ein magisches, grünes Licht. So weit das Auge reichte, erstreckte sich der Ozean in alle Richtungen. Kerrick umschlang sich fröstelnd mit den Armen, mochte aber den Ausguck nicht verlassen. Als Erefnais ihn so stehen sah, wunderte sie sich über seine offenkundige Aufgeregtheit.

»Dir ist kalt. Geh hinunter und nimm dir einen Umhang.«

»Nein, nein... Es gefällt mir so. Ich kann jetzt verstehen, warum du die See mit dem Uruketo befährst. Es gibt nichts auf der Welt, was dem gleicht.«

Erefnais war erfreut und geschmeichelt. »Wenige empfinden es so. Wäre mir die See heute genommen, ich würde mich sehr seltsam fühlen.« Das Wort seltsam hatte Obertöne von Unglück und Verzweiflung, sogar eine Andeutung von Tod war darin zu finden. Die Narbe auf ihrem Rücken erschwerte ihr den Ausdruck solcher Gemütsbewegungen, doch waren ihre Empfindungen auf diesem Gebiet so stark, daß die Bedeutung unmißverständlich war.

Ein Schwarm von Seevögeln überflog sie, und Erefnais zeigte hinauf.

»Das Festland ist nicht mehr weit. Dort, man kann es schon sehen, diese dunkle Linie am Horizont. Das ist die Küste von Entoban.«

»Ich habe den Namen gehört, mir aber nie etwas darunter vorstellen können.«

»Es ist eine gewaltige Landmasse, so groß, daß sie nie umsegelt worden ist, denn im Süden wird die See kalt. Es ist die Heimat der Yilanè, wo eine Stadt nicht mehr weit von der anderen liegt.«

»Und das ist unser Ziel?«

Erefnais bejahte. »An der Nordküste. Zuerst geht es durch den Meeresarm, der Genaglè genannt wird, dann gelangt man in die warmen Gewässer von Ankanaal, und dort an der Küste liegt Inegban.«

Sie sprach das Wort mit Nebenbedeutungen von Freude und Schmerz aus. »Seien wir froh, daß jetzt Mittsommer ist, denn der vergangene Winter war der schlimmste in der Geschichte der Stadt. Tiere starben, und Pflanzenkulturen gingen ein. Aus dem Norden eindringende Raubtiere überfielen die Erde. Und einmal fiel für kurze Zeit hartes Wasser aus den Wolken und lag weiß am Boden, bevor es schmolz.«

Hartes Wasser? Die Bedeutung war klar, aber was sollte er sich darunter vorstellen? Ehe er um eine Erklärung bitten konnte, hatte Kerrick eine deutliche Vision von schneebedeckten Bergen, aber sie war begleitet von einem schrecklichen Gefühl von Besorgnis und Furcht. Er rieb sich die Augen, dann blickte er hinaus auf die See und schob die Erinnerung von sich. Was es auch war, er ertrug es nicht, darüber nachzudenken.

»Mir ist kalt«, sagte er, und es war nur halb gelogen. Er stieg wieder in die Wärme des Inneren hinunter.

Eines Morgens erwachte Kerrick in warmer, frischer Luft, und durch die Öffnung der großen Rückenflosse drang Sonnenschein herab. Eilig kletterte er hinauf, und sah, daß Vaintè und Etdeerg bereits im Ausguck standen. Ihr Aussehen überraschte ihn ein wenig, da sie aber nichts darüber sagten, blieb auch er still. Vaintè liebte keine Fragen. Er beobachtete sie aus den Augenwinkeln. Ihre Stirn und die Flächen ihrer Wangen waren in roter Farbe mit sauber ausgezogenen Schnörkeln und Windungen bemalt. Etdeerg hatte keine Farben im Gesicht, aber schwarze Ranken schienen ihre Arme zu umschlingen und endeten mit Blattmustern auf den Handrücken. Kerrick hatte niemals eine in dieser Weise geschmückte Yilanè gesehen. Er hielt seine

Neugierde jedoch zurück und blickte zur Küste hinüber. Grüne, bewaldete Hügel zogen langsam vorüber.

»Inegban«, sagte Etdeerg, und sie brachte es fertig, eine Menge widersprüchlicher Empfindungen in das eine Wort hineinzulegen.

Die ersten Weideflächen kamen zwischen den Wäldern in Sicht, und da und dort zeigten sich die dunklen Gestalten von Weidetieren vor dem grasgrünen Hintergrund. Sie umfuhren eine Halbinsel, und vor ihnen öffnete sich ein großartiger Hafen. Zu beiden Seiten erstreckten sich die Strände von Inegban.

Kerrick, der in Alpèasak stets eine Stadt der Wunder gesehen hatte, erkannte jetzt, was eine wirkliche Stadt war. Er ließ seiner Begeisterung freien Lauf, was Vaintè und Etdeerg mit Befriedigung erfüllte.

»Du hast ganz recht«, sagte Vaintè. »Aber Alpèasak wird eines Tages wie dies hier sein. Freilich nicht zu unseren Lebzeiten, denn Inegban ist seit dem Ei der Zeit gewachsen.«

»Alpèasak wird noch großartiger sein«, sagte Etdeerg mit ruhiger Gewißheit. »Du wirst es dazu machen, Vaintè. Du hast eine ganz neue Welt, in der du es erbauen kannst. Und es wird dir gelingen.«

Vaintè antwortete nicht.

Als der Uruketo sich dem inneren Hafen näherte, ließ Erefnais ihn im klaren Wasser anhalten. Die zwei Entisenat schwammen voraus und bogen scharf ab, ehe sie die schwimmende Hafensperre aus Baumstämmen erreichten. Sie hatten kein Verlangen, mit den langen Stacheln der Seeigel in Berührung zu kommen, die sich an den Stämmen angesiedelt hatten. Sie schwammen hin und her und warteten aufgeregt, daß die Sperre geöffnet würde, damit sie die auf sie wartende Belohnung erreichen könnten. Es war eine Nahrung aus getrocknetem Fisch und Fleisch, die sie liebten. Die Öffnung der Hafensperre zog sich jedoch hin, weil zuvor die dort umherschwimmenden Uruketo vertrieben werden mußten. Kleiner als die alte Art, lebhafter und noch unvollkommen abgerichtet, gehorchten sie erst nach längerem Hin und Her. Darauf zog ein weiterer, mit einem Zuggeschirr versehener Uruketo die Hafensperre auf, und die Entisenat schossen hinein. Der große Uruketo folgte ihnen sehr viel bedächtiger.

Kerrick stand mit offenem Mund und staunte. Das Hafengebiet war weitläufig, und doch drängten sich dort Mengen von Yilanè, die auf ihre Ankunft gewartet hatten. Hinter dem Hafen erhoben sich die

Stämme alter Bäume, deren Äste und Zweige den Himmel zu berühren schienen. Der Weg, der vom Hafengebiet in die Stadt führte, war breit genug, um einen Urukub hinaufzutreiben. Die dort durcheinander wimmelnden Yilanè machten einer kleinen Prozession Platz, die von vier Fargi angeführt wurde. Sie trugen ein Gestell aus sanft gebogenen Holzstangen, das mit farbigen Stoffen verhängt war. Seine Funktion wurde Kerrick klar, als die Fargi es am Hafen niedersetzten, worauf eine Hand den Stoff zurückschlug und eine mit goldener Gesichtsfarbe geschminkte Yilanè aus dem Inneren hervorkam. Vaintè erkannte sie augenblicklich.

»Gulumbu«, sagte sie mit vollkommener Beherrschung, die nur eine Andeutung ihres Mißvergnügens durchscheinen ließ. »Ich kenne sie von früher. Sie also ist diejenige, die jetzt an Malsas' Seite sitzt. Wir werden sie begrüßen.«

Sie waren von Bord gegangen und warteten auf dem breiten Anlegesteg, bis Gulumbu langsam herangekommen war. Sie begrüßte Vaintè mit Gebärden der Freundschaft und der Demut, nahm Notiz von Etdeergs Gegenwart – und ließ ihren Blick langsam über Kerrick hingehen.

»Willkommen in Inegban«, sagte sie. »Willkommen in deiner Heimatstadt, Vaintè, nun Erbauerin von Alpèasak jenseits der sturmerfüllten See.«

Vaintè erwiderte dies mit gleicher Förmlichkeit: »Und wie geht es Malsas, der Eistaa unserer Stadt?«

»Sie hat mir befohlen, dich zu begrüßen und zu ihr zu geleiten.«

Während sie sprachen, war die Sänfte fortgetragen worden. Vaintè und Gulumbu gingen Seite an Seite zurück in die Stadt, und hinter ihr formierte sich das beiderseitige Gefolge. Kerrick und Etdeerg folgten schweigend, denn dies war ein feierlicher Anlaß, der einen würdevollen Einzug verlangte.

Kerrick sah alles mit großen Augen. Andere breite Wege zweigten von dem ab, welchen sie begingen, und überall drängten sich Yilanè – und nicht nur sie. Durch die Mengen schlüpften kleine Kreaturen mit scharfen Klauen und farbigen Schuppen. Einige der großen Bäume, an denen sie vorüberkamen, waren mit Stufen versehen, die gleich Wendeltreppen die dicken Stämme hinauf zu Plattformen führten. Von dort schauten andere Yilanè, viele davon mit bemalten Gesichtern und

Körpern, auf das Gedränge herab. Viele dieser Baumwohnungen wurden von bewaffneten Wachen am Fuß der Bäume behütet. Die Yilanè auf den Plattformen bewegten sich und sprachen miteinander in einer Art, die Kerrick verriet, daß sie männlichen Geschlechts sein mußten.

Mit der nüchternen Arbeitsamkeit und der korrekten Höflichkeit der Rede, wie er sie von Alpèasak kannte, schien es hier nicht weit her zu sein. Nicht wenige Yilanè zeigten ungeniert auf ihn und redeten in derben Wendungen über sein fremdartiges Aussehen.

Und es gab auch Yilanè von einer Art, die er bisher nie gesehen hatte und die viel kleiner als die anderen waren; einige erreichten nur die Hälfte der durchschnittlichen Größe. Sie blieben in Gruppen beisammen und wichen aus, wenn andere vorbeigingen. Sie sprachen nicht, und ihren Blicken schien ein besorgter, ängstlicher Ausdruck charakteristisch. Kerrick berührte Etdeergs Arm und deutete fragend auf diese Gestalten.

»Ninse«, sagte sie verächtlich. »Yileibe.«

Die Unempfänglichen, die Dummen. Kerrick begann zu begreifen. Offenbar konnten sie nicht sprechen oder verstehen, was man zu ihnen sagte. Etdeerg äußerte sich nicht weiter über sie, und er bewahrte seine Fragen einstweilen bei all den anderen auf, die ihn beschäftigten.

Der Ambesed war so groß, das seine andere Seite vom Gewimmel der Yilanè verdeckt war. Aber sie machten der Prozession Platz, und langsam zog diese über die weite Fläche zu der sonnigen, bevorzugten Wand, wo Malsas im Kreise ihrer Beraterinnen auf einer mit weichen Stoffen behangenen Plattform ruhte. Sie hatte prachtvolle goldene und silberne Bemalungen im Gesicht und an den Armen, und die goldenen Schnörkel überrannen sogar, von den Schultern ausgehend, ihren Körper. Sie sprach zu einer Beraterin und schien die Prozession der Ankömmlinge nicht zu bemerken, bis sie unmittelbar vor ihr anlangte. Selbst dann ließ sie jenen zusätzlichen kleinen Augenblick verstreichen, der nicht als eine Beleidigung zu verstehen war, sondern als eine Erinnerung an den Rangunterschied. Dann wandte sie den Kopf und sah Vaintè an und winkte sie zu sich. Neben ihr wurde ein Platz freigemacht, und sie begrüßten einander.

Für Kerrick gab es überall Neues zu schauen, und er achtete kaum darauf, was gesprochen wurde; so fuhr er erschrocken zusammen, als zwei Yilanè herantraten und ihn bei den Armen packten. Als sie ihn fortschleppten, blickte er ängstlich zurück zu Vaintè, die ihm mit einer Gebärde bedeutete, nicht zu widerstreben, sondern mit den beiden zu gehen. Ihm blieb keine andere Wahl. Sie zogen ihn kräftig fort, und er ließ es geschehen. Inlènu trottete gehorsam hinterdrein.

Nahe dem Ambesed befand sich der Eingang zu einem seltsamen Bauwerk. Seine Größe war nicht zu erkennen, denn es stand zwischen den mächtigen Stadtbäumen verborgen. Aber zwischen den Stämmen waren Tafeln aus durchscheinendem Chitin sichtbar, die eine größere Fläche zu bedecken schienen. Vor ihnen war eine fest aussehende Tür aus dem gleichen Material zu erkennen, ohne einen Griff oder Öffnungen in der Oberfläche. Eine der Yilanè streckte die freie Hand aus und drückte eine elastische, knollige Wucherung neben der Tür. Nach kurzer Wartezeit wurde geöffnet, und eine Fargi schaute heraus. Kerrick wurde hineingeführt und die Tür hinter ihnen geschlossen.

»Hier entlang«, sagte die Fargi zu Inlènu, ohne Kerrick zu beachten. Dann ging sie fort.

Es war höchst ungewöhnlich. Ein kurzer Korridor aus dem gleichen Material führte zu einer weiteren Tür. Darauf zu einer dritten. Der nächste Raum war kleiner, und die Fargi blieb stehen.

»Nickhäute schließen«, sagte sie zu Inlènu und ließ die ihrigen über die Augen herabgleiten. Dann streckte sie die Hand mit gespreizten Daumen aus und versuchte Kerrick die Lider herabzuziehen.

Er schlug die Hand zur Seite. »Ich habe dich gehört«, sagte er. »Behalt deine schmutzigen Daumen für dich.«

Die Fargi erschrak. Sie war bestürzt, ihn sprechen zu hören, und sie brauchte eine Weile, bis sie die Fassung wiederfand. »Wichtig, daß Augen geschlossen sind«, sagte sie zuletzt. Dann schloß sie ihre Nickhäute und drückte ein rötliches, gummiartiges Gewächs an der Wand.

Kerrick hatte eben noch Zeit genug, die Augen zu schließen, bevor ein Guß warmen Wassers auf sie herabrauschte.

Etwas davon gelangte ihm in den Mund, schmeckte bitter und brennend, und er preßte die Lippen zusammen. Der Guß war so schnell vorüber, wie er eingesetzt hatte, aber die Fargi rief noch einmal: »Augen zu!«

Das Wasser wurde durch einen Luftstrom ersetzt, der die an ihren Körpern haftenden Tropfen rasch zum Verdunsten brachte. Kerrick wartete, bis er sich ganz abgetrocknet fühlte, ehe er vorsichtig ein

Auge öffnete. Die Fargi sah es und machte die letzte Tür zu einem langen, niedrigen Raum auf.

Für Kerrick war er völlig geheimnisvoll; er hatte dergleichen noch nie gesehen. Boden, Decke, Wände – alles bestand aus dem gleichen harten Material. Durch die hellen, durchscheinenden Tafeln der Decke drang Sonnenschein und projizierte Blattmuster auf den Boden. An einer Wand befand sich eine erhobene Oberfläche, die mit völlig unerklärlichen Gegenständen bedeckt war. Yilanè hantierten geschäftig damit und nahmen keine Notiz von ihrer Ankunft. Die Fargi entfernte sich wortlos. Kerrick wußte sich auf alles das keinen Reim zu machen. Inlènu kümmerte es wie gewöhnlich nicht im mindesten, wo sie war oder was geschah. Sie kehrte ihm den Rücken und machte es sich auf ihrem dicken Schwanz bequem.

Dann bemerkte eine der Arbeiterinnen ihre Anwesenheit und machte eine breite und dickliche Yilanè auf sie aufmerksam. Diese starrte gerade auf ein kleines Rechteck irgendeines Materials, als sei es von der größten Bedeutung. Sie wandte den Kopf und sah Kerrick, legte ihre Gerätschaften aus der Hand und watschelte zu ihm. Er sah, daß ihr ein Auge fehlte; das Lid war herabgesunken und runzlig, während das verbleibende Auge überanstrengt aus seiner Höhle quoll.

»Schau her, Essag, sieh dir das an«, rief sie mit lauter Stimme. »Hier kannst du sehen, was man uns über den Ozean hergeschickt hat.«

»Es ist seltsam, Ikemei«, sagte Essag höflich, »aber es läßt an eine weitere Art von Ustuzou denken.«

»Richtig, aber dieser ist nicht mit Fell bedeckt. Warum ist er dann mit diesem Fell umwickelt? Entferne es.«

Essag trat auf Kerrick zu, und dieser nahm alle seine Energie zusammen und sprach im Befehlston:

»Rühr mich nicht an. Ich verbiete es.«

Essag wich verblüfft zurück, und Ikemei schnatterte begeistert.

»Er spricht! Ein Ustuzou, der spricht. Nein, unmöglich, man hätte es mir gesagt. Man hat ihn abgerichtet, bestimmte Sätze herzusagen, das ist alles. Wie heißt du?«

»Kerrick.«

»Wie ich dir sagte. Abgerichtet.«

Kerrick wurde zornig, daß Ikemeis auf ihren falschen Vorstellungen beharrte. »Das ist nicht wahr«, sagte er. »Ich kann so gut sprechen wie du, und viel besser als die Fargi, die mich hergebracht hat.«

»Das ist schwer zu glauben«, erwiderte Ikemei, »aber ich will einstweilen annehmen, daß deine Worte original und nicht eingelernt waren. Wenn sie original sind, dann wirst du Fragen beantworten können.«

»Das kann ich.«

»Wie bist du hierher gekommen?«

»Ich befand mich im Gefolge von Vaintè, der Eistaa von Alpèasak. Wir überquerten den Ozean in einem Uruketo.«

»Das ist wahr. Aber es könnte auch eine eingelernte Erklärung sein.« Ikemei dachte angestrengt nach, bevor sie wieder das Wort ergriff. »Aber die eingelernten Erklärungen haben ihre Grenzen. Nun, was könnte ich dich fragen, wovon deine Lehrer keine Kenntnis haben? Ja. Sag mir, was geschah, bevor die Tür zu diesem Gebäude geöffnet wurde.«

»Wir wurden mit einem sehr bitter schmeckenden Wasser übergossen.«

Ikemei stampfte anerkennend mit den Füßen. »Wie großartig. Du bist ein Tier, das sprechen kann. Wie ist das geschehen?«

»Ich habe es von Enge gelernt.«

»Ja. Wenn jemand für diese Aufgabe geeignet ist, dann sie. Aber nun wollen wir nicht weiter schwatzen, und du wirst tun, was ich sage. Komm zu dieser Werkbank.«

Kerrick konnte sehen, was sie taten, hatte aber keine Ahnung, was sie damit bezweckten. Essag befeuchtete seinen Daumenballen mit einem Polster, und dann durchbohrte Ikemei die Haut mit einem spitzen Gegenstand. Kerrick war überrascht, daß er so gut wie nichts fühlte. Selbst dann nicht, als Ikemei große Blutstropfen aus seinem Daumen drückte. Essag fing sie in kleinen Behältern auf, die sich selbst verschlossen, wenn sie sie drückte. Dann wurde sein Arm flach auf die Oberfläche gelegt und mit einem weiteren Polster eingerieben. Zuerst fühlte es sich kühl an, dann breitete sich Taubheit aus.

»Da schau hin«, sagte Ikemei und zeigte zur Wand hinauf. Kerrick blickte hin und sah nichts. Als er zurückschaute, bemerkte er, daß sie die Ablenkung benutzt hatte, um eine dünne Hautschicht von seinem Arm abzulösen. Er fühlte keinen Schmerz. Die kleinen Blutstropfen, die sich auf der abgeschürften Stelle zeigten, wurden von einem Nefmakel, das als Klebeverband diente, zugedeckt.

Kerrick konnte nicht länger an sich halten. »Ihr habt von meiner Haut und meinem Blut genommen. Warum?«

»Ein Ustuzou, der neugierig ist«, sagte Ikemei und bedeutete ihm, sich auf einer niedrigen Bank auszustrecken. »Die Wunder dieser Welt haben kein Ende. Ich untersuche deinen Körper, das ist alles. Diese farbigen Bogen da werden eine chromatographische Untersuchung machen, während diese transparenten Röhren andere Geheimnisse deiner biochemischen Beschaffenheit entdecken werden. Zufrieden?«

Kerrick schwieg, denn er hatte nichts verstanden. Ikemei setzte ein klumpiges graues Geschöpf auf seine Brust und erweckte es mit kleinen Stößen der Finger zum Leben.

»Dieses Ding erzeugt Ultraschall, um in das Innere deines Körpers zu sehen. Wenn es fertig ist, werden wir alles über dich wissen. Da, schon geschehen. Du kannst aufstehen. Wir sind fertig. Eine Fargi wird dir den Rückweg zeigen.«

Ikemei schaute Kerrick und Inlènu nach, bis die Tür sich hinter ihnen schloß. »Ein sprechendes Tier!« staunte sie. »Zum ersten Mal bin ich begierig, nach Alpèasak zu kommen. Ich habe gehört, daß die Lebensformen der Ustuzou dort vielfältig und interessant sind. Ich würde sie gern selbst sehen. Nun, das muß warten. Befehle.«

»Ich höre, Ikemei«, sagte Essag.

»Eine komplette Serie von Blutuntersuchungen, alle metabolischen Tests, ein vollständiges Bild von der biochemischen Struktur dieses Ustuzou. Wenn wir das haben, beginnt die eigentliche Arbeit.«

Ikemei wandte sich der Arbeitsbank zu und sagte in einem Ton, als sei es ihr erst jetzt eingefallen: »Wir müssen alles über seine Stoffwechselvorgänge in Erfahrung bringen. Wir haben Anweisung, alles an Bakterien, Raubtieren und Parasiten zu ermitteln, was dieser Art besonders schaden kann.« Sie begleitete die Worte mit Gesten des Unbehagens, und ihre Assistentin machte es ihr nach.

»Ich kenne deine Gedanken und teile sie. Wir bauen Leben, wir zerstören es nicht. Aber diese besonderen Ustuzou sind zu einer Bedrohung und einer Gefahr geworden. Sie müssen vertrieben werden. Das ist es, vertrieben. Sie werden fortgehen und die neue Stadt in Ruhe lassen, wenn sie sehen, daß sie in Gefahr sind. Wir wollen sie nicht töten, wir wollen sie nur vertreiben.«

Sie sprach mit aller Aufrichtigkeit, doch sie und Essag teilten eine wachsende Sorge, daß schlimmere Pläne in Vorbereitung waren. Ihre Ehrfurcht vor dem Leben, vor allem Leben, lag im Widerstreit mit ihrem Überlebenstrieb, und dieser innere Konflikt drückte sich in nervösen Muskelzuckungen aus.

22

Als die großen Türen langsam geschlossen wurden, begannen die Geräusche vom Ambesed leiser zu werden, und als sie ganz zu waren, herrschte Stille im Raum. Vaintè hatte die Einzelheiten der Türen bisher kaum beachtet, obwohl sie in der Vergangenheit viele Male in diesem Raum gewesen war. Ohne daß es eine besondere Ursache gehabt hätte, wurde ihre Aufmerksamkeit auf sie gelenkt. Sie waren mit kunstvoller Reliefschnitzerei verziert, die eine Vielzahl ineinander verschlungener Pflanzen und Tiere zeigte und mit glänzendem Metall und Edelsteinen eingelegt war. Kunstwerke wie diese gehörten zu den Schönheiten und Annehmlichkeiten dieser alten Stadt, deren kulturelles Erbe von den Yilanè, die hier wohnten, für selbstverständlich gehalten wurde. Auch sie hatte es einst für selbstverständlich gehalten. Wie verschieden war dies vom neuem Alpèasak, wo es kaum irgendwelche Türen gab. Die wenigen, die man eingebaut hatte, waren aus frischem Holz gefertigt und neigten zum Verziehen. Alles dort war primitiv, einfach, neu und grün, stand in unmittelbarem Kontrast zu dieser kultivierten Stadt, wo alles alt und gesetzt war. Auf einmal kam es ihr dreist vor, hier zu sein, Eistaa einer Stadt in der Wildnis, die sich einbildete, als eine Ebenbürtige vor jenen stehen zu können, die im zeitlosen Inegban herrschten.

Ihr gesundes Selbstbewußtsein wies den Gedanken sofort zurück. Neuheit war keine Schande, und es gab keine Notwendigkeit, sich hier in dieser großen Stadt minderwertig zu fühlen. Inegban war alt, kultiviert und reich, aber es gab kaum einen Zweifel daran, daß es dem Untergang geweiht war. Diese Bäume würden absterben, kalte Nebel und totes Laub würden durch die leere Stadt wehen. Selbst diese mächtigen Flügeltüren würden unter den unbarmherzigen Elementen zerfallen und zu Staub werden. Die Yilanè von Inegban mochten heute die unfertige Primitivität ihrer fernen Stadt verspotten, eines Tages würde sie jedoch ihre Zuflucht und Rettung sein. Dies war Vaintès Trost und ihre Stärke. Alpèasak würde die Zuflucht aller sein, die hier lebten, und Alpèasak war sie. Als sie vor Malsas und ihre Assistentinnen trat, stand sie aufrecht und erfüllt von einem Stolz, der an Arroganz grenzte. Die anderen spürten es, und zwei von ihnen wurden unruhig. Lekmelik und Melpon, die sie seit vielen Jahren kannten, erwarteten offenbar mehr Ehrerbietung. Auch Malsas schien über diesen Mangel an Respekt nicht sehr glücklich. Sie nahm eine feste Haltung ein und sagte:

»Du scheinst sehr erfreut, Vaintè. Du mußt uns sagen, warum du so froh bist.«

»Ich bin froh, wieder in Inegban zu sein, die Bequemlichkeiten dieser Stadt zu genießen und mich der Gesellschaft von Efensalè meines Efenburu zu erfreuen. Auch ist es mir eine Freude, dir zu melden, daß die Arbeiten, mit denen ich beauftragt worden bin, gute Fortschritte machen. Alpèasak wächst und gedeiht, die Felder und Weiden sind ausgedehnt, die Tiere zahlreich. Gendasi ist ein reiches und fruchtbares Land. Alpèasak wird wachsen, wie noch keine andere Stadt vor ihr gewachsen ist.«

»Dennoch spüre ich einen Schatten hinter deinen Worten«, sagte Malsas. »Ein Zögern und eine Traurigkeit, die allzu offenkundig sind.«

»Du bist für deinen Scharfblick bekannt, Eistaa«, antwortete Vaintè. »Es gibt einen Schatten. Die Ustuzou und all die anderen Tiere jenes Landes sind zahlreich und gefährlich. Wir konnten die Geburtsstrände erst einrichten, nachdem wir die Alligatoren eliminiert hatten. Dies sind Tiere, die unseren Krokodilen sehr ähnlich sind, aber sehr viel zahlreicher vorkommen. Es gibt Arten von Ustuzou, die äußerst wohlschmeckend sind, du hast selbst davon gegessen, als du unsere Stadt mit deinem Besuch beehrtest. Dann gibt es die anderen Ustuzou, die wie schlechte Nachbildungen von Yilanè auf den Hinterbeinen stehen. Sie verursachen viel Schaden und sind eine ständige Bedrohung.«

»Ich verstehe die Gefahr. Aber wie können diese Tiere gegen unsere Wachen bestehen? Ist ihre Stärke nicht ein Zeichen deiner Schwäche?«

Das war eine offene Drohung, die Vaintè augenblicklich parierte. »Ich wollte, es wäre nur meine Schwäche. Dann würde ich zurücktreten und eine Stärkere an meiner Stelle herrschen lassen. Bedenke aber, wie diese gefährlichen Tiere in unsere Reihen eingedrungen sind und deine Efensalè getötet haben, die starke und stets wachsame Alakensi. Sie mögen gering an Zahl sein, aber sie besitzen die niedrige Verschlagenheit wilder Bestien. Sie legen Fallen aus. Sòkain und alle, die bei ihr waren, kamen in solch einer Falle um. Wenn eine Fargi stirbt, gibt es immer genug andere, die ihren Platz einnehmen können. Wer aber kann Alakensi oder Sòkain ersetzen? Die Ustuzou töten unsere Nahrungstiere, aber wir können mehr davon züchten. Wenn die Ustuzou aber an den Geburtsstränden töten, wie es geschehen ist, wer soll dann die Getöteten ersetzen?«

Melpon brach bei der Vorstellung in laute Jammerrufe aus. Sie war sehr alt und gab sich viel mit sentimentalen Vorstellungen von den Geburtsstränden ab. Aber ihr Ausruf sprach allen aus dem Herzen, selbst Malsas, die von den gleichen starken Empfindungen bewegt wurde. Aber sie war zu erfahren, um sich von Emotionen allein beeinflussen zu lassen.

»Die Bedrohung scheint einstweilen zurückgedrängt zu sein. Du hast von wirksamen Abwehrmaßnahmen berichtet.«

»Das ist wahr, aber ich möchte noch mehr tun.«

»Was?«

»Laß mich zuerst allen hier mit mehr Informationen über die Ustuzou dienen. Ich möchte, daß sie aus dem Munde des gefangenen Ustuzou selbst darüber hören.«

Malsas dachte darüber nach und signalisierte schließlich ihr Einverständnis. »Wenn das Geschöpf Informationen hat, die uns von Wert sein können, wollen wir es anhören. Kann es wirklich sprechen – auf Fragen antworten?«

»Du wirst es selbst sehen, Eistaa.«

Kerrick mußte in der Nähe gewartet haben, denn die ausgesandte

Botin kam sehr bald mit ihm zurück. Inlènu ließ sich bei den geschlossenen Türen nieder, während Kerrick in schweigender Erwartung von Befehlen vor die Versammlung trat, einer der Geringsten, der den Höchsten gegenüberstand.

»Sag dem Ustuzou, daß er sprechen soll«, sagte Malsas.

»Berichte uns von deinem Rudel«, sagte Vaintè. »Sprich so, daß es alle verstehen können.«

Kerrick warf ihr einen schnellen Blick zu. Ihre letzten Worte waren ein Signal. Er sollte den Zuhörerinnen die Auskünfte erteilen, die sie ihm zuvor eingeschärft hatte.

»Da gibt es wenig zu sagen. Wir jagen und graben in der Erde nach Pflanzen und Insekten, und wir töten Yilanè.«

Sofort ging eine zornige Regung durch die Versammelten, gefolgt von erregtem Gemurmel.

»Erkläre, was es mit dem Töten von Yilanè auf sich hat«, befahl Malsas.

»Es ist eine ganz natürliche Reaktion. Man hat mir gesagt, daß die Yilanè einen natürlichen Abscheu vor Ustuzou verspüren. Ustuzou reagieren auf Yilanè genauso. Da sie aber primitive und brutale Geschöpfe sind, versuchen sie nur zu töten und zu zerstören. Ihr einziges Ziel ist die Ausrottung aller Yilanè. Sie werden dieses Ziel verfolgen – es sei denn, sie würden selbst getötet.«

Es kam Kerrick dumm vor. Wer konnte eine solche offensichtliche Lüge glauben? Die Antwort darauf war klar; sie würde von diesen Yilanè, die selbst nicht lügen konnten, ohne weiteres als Wahrheit akzeptiert werden. Er wich vor der Todesdrohung in ihren Bewegungen instinktiv zurück und war erleichtert, als man ihn hinausschickte. Sobald die Tür wieder geschlossen war, ergriff Malsas das Wort.

»Die Ustuzou müssen ein für allemal ausgelöscht werden. Sie müssen gejagt, vernichtet und getötet werden, wie sie Alakensi töteten, die mir am nächsten saß. Nun, Vaintè, kannst du uns sagen, wie dies bewerkstelligt werden kann?«

Vaintè war klug genug, sie nicht merken zu lassen, daß sie einen bedeutenden taktischen Sieg errungen hatte. Sie konzentrierte ihre Gedanken ganz auf den Plan, den sie sich zurechtgelegt hatte, und zählte nüchtern die notwendigen Schritte zum Sieg auf.

»Zunächst brauchen wir mehr bewaffnete Fargi. Von ihnen können wir nie zuviel haben. Sie bewachen die Felder und Weiden, unternehmen Vorstöße auf den Urwaldpfaden und halten die Ustuzou in Schach.«

»Das soll geschehen«, sagte Malsas. »Wir haben Hèsotsan gezüchtet und Fargi im Gebrauch dieser Waffen ausgebildet. Wenn du zurückkehrst, wird der Uruketo so viele bewaffnete Fargi tragen, wie er fassen kann. Zwei von den kleineren Uruketo sind nach letzten Meldungen auch für eine längere Seereise bereit. Auch sie werden Fargi an Bord nehmen. Was noch?«

»Dann brauchen wir noch Geschöpfe für Erkundungszwecke, Geschöpfe, die töten können. Yilanè sind keine Urwaldkämpfer, aber unsere Gelehrten können Geschöpfe züchten, die dies bis zur Vollkommenheit beherrschen.«

»Auch das wird in Betracht gezogen«, sagte Lekmelik. »Viel Arbeit ist bereits geleistet worden. Nun, da von deinem Ustuzou Gewebeproben vorliegen und untersucht werden können, wird die Arbeit rasch voranschreiten. Ikemei, die diese Arbeiten überwacht, wartet in der Nähe. Sie wird alles Notwendige erläutern.«

»Dann ist alles getan, was getan werden kann«, sagte Vaintè und drückte mit jeder Körperdrehung Freude und Dankbarkeit aus.

»So ist es«, sagte Malsas mit einem Zeichen von Mißfallen. »Angefangen, aber nicht beendet. Und der Gang der Zeit ist uns nicht freundlich gesinnt. Jene, die sich um solche Dinge kümmern, sind frühzeitig aus Teshkets zurückgekehrt. Sie melden einen kühlen Sommer und einen frühen Herbst. Sie befürchten einen langen und harten Winter. Wir müssen immer vorsichtig voranschreiten, aber wir müssen voranschreiten.«

Die Betonung ihrer Worte verriet ein solches Maß an Befürchtungen und bitterem Groll, daß alle Anwesenden unter dem Ansturm dieser Empfindungen schwankten. Malsas ließ den Eindruck lange Augenblicke auf sie einwirken, bevor sie das Schweigen brach.

»Laßt Ikemei kommen. Wir werden hören, was geschehen ist.«

Sie sollten nicht nur über den Fortschritt der wissenschaftlichen Forschungen unterrichtet werden, sondern die Ergebnisse mit eigenen Augen sehen. Ikemei kam herein, gefolgt von einer Kolonne schwer beladener Fargi, die ihre Lasten absetzten und hinausgingen. Ikemei zog die Abdeckung von einem Käfig, der groß genug war, eine ausgewachsene Yilanè aufzunehmen.

»Der Herrscher der Lüfte«, sagte sie stolz. »Ein Raubtier, das Geschicklichkeit, Kraft und Intelligenz in sich vereint.«

Der große Vogel plusterte sein Gefieder auf und wandte den Kopf mit einer ruckartigen Bewegung, um sie anzusehen. Der hakenförmige Krummschnabel war zum Zerreißen von Fleisch da, die mächtigen Schwingen für weites, hohes, ermüdungsloses Fliegen. Die Füße des Vogels waren besetzt mit krummen, scharfen Krallen, die zum Töten dienten. Den Vogel störte es, angestarrt zu werden. Er schüttelte seine Schwingen und kreischte zornig. Ikemei zeigte auf einen länglichen, dunklen Gegenstand, der an einem der Beine des Raubvogels befestigt war.

»Dieses Tier ist ein neurologischer Bildaufzeichner«, sagte sie. »Für diesen Zweck wurde er eigens vervollkommnet. Wie jeder von uns weiß, wird das vom Auge eingefangene Bild im Inneren des Auges gebündelt auf eine Membrane projiziert. Die Nervenzellen des Gehirns speichern das wahrgenommene Bild für einen zukünftigen Abruf. Da Einzelbilder gespeichert werden, nicht aber Erinnerungen an komplizierte Serien oder Bewegungsabläufe, gibt es für die Zahl dieser Bilder, die aufgezeichnet werden können, praktisch keine Grenze.«

»Bilder wovon?« fragte Malsas. Sie war gelangweilt von technischen Erläuterungen, die ihr nicht allzuviel sagten.

»Bilder von allem, was wir aufgezeichnet wünschen, Eistaa«, sagte Ikemei. »Dieser Vogel ist gegen Kälte weitgehend unempfindlich; die Tiere fliegen auf der Suche nach ihrer Beute in sehr großen Höhen. Darum ist dieser Adler nach beendeter Ausbildung angewiesen worden, nordwärts zu fliegen. Die Ausbildung hat sich als sehr erfolgreich erwiesen. Normalerweise hat der Adler kein Interesse an fleischfressenden Ustuzou, die weit im Norden leben. Sie sind keine Bedrohung und als Beutetiere ungeeignet, weil sie zu groß sind. Aber der Vogel ist gut abgerichtet und weiß, daß er belohnt wird, wenn er die Instruktionen befolgt. Dieser hier ist weit hinauf in den Norden geflogen. Und hier können wir genau sehen, was er sah.«

Ikemei öffnete eines von mehreren Päckchen und nahm ein Bündel von Reproduktionen heraus. Sie waren schwarzweiß und körnig, aber sehr eindrucksvoll, zumal Ikemei sie in einer dramatischen Reihenfolge angeordnet hatte. Zuerst war ein weißes Feld mit schwarzen Punkten darauf zu sehen, dann das Herabstoßen des Adlers. Die Punkte nahmen Gestalt an und erwiesen sich als vierbeinige, fellbedeckte Ustuzou. Einer von diesen wuchs zu solcher Größe an, daß er das Format der Reproduktion ausfüllte, mit zähnebleckender Grimasse aufblickte und dann vor dem angreifenden Vogel davonsprang. Diese letzte Reproduktion war die dramatischste von allen, denn der Schatten des Raubvogels lag mit seinen Schwingen über dem Tier und dem Schnee. Als Malsas die Bilder durchgesehen hatte, nahm Vaintè sie aus ihrer Hand und sah sie mit wachsender Erregung durch.

»Der Vogel kann abgerichtet werden, um jedes Tier zu suchen?«

»Jedes.«

»Auch den Ustuzou, den ich von Alpèasak mitbrachte?«

»Insbesondere diesen Ustuzou. Er wird ihn suchen und finden und dann zurückkehren. Und die Bilder von seinem Flug lassen sich leicht zur Herstellung einer Landkarte auswerten.«

»Dies ist die Waffe, die ich brauche! Die Ustuzou ziehen in kleinen Rudeln durch das Land, und dieses Land ist groß. Wir fanden ein Rudel und vernichteten es mit Leichtigkeit. Jetzt werden wir auch die anderen finden...«

»Und genauso zerstören«, sagte Malsas.

»Das werden wir tun. Ich verspreche es dir.«

»Ich bin erfreut. Bleib noch, Vaintè. Alle anderen werden sich jetzt zurückziehen.«

Malsas saß in erstarrtem Stillschweigen, bis die schweren Türflügel sich hinter den anderen geschlossen hatten. Dann erst wandte sie sich mit einem Ausdruck von Trauer und Furcht an Vaintè. Die Eistaa von Inegban unglücklich und ängstlich? Das konnte nur eine Ursache haben. Vaintè verstand es sofort, und ihre Bewegungen waren ein Echo von Malsas' Körpersprache.

»Es handelt sich um die Töchter des Todes, nicht wahr?«

»Ja. Sie sterben nicht – und ihre Zahl wächst.«

»Auch in Alpèasak sterben sie nicht. In der ersten Zeit, als die Arbeit noch hart und die Gefahren zahlreich waren, fanden viele von ihnen den Tod. Heutzutage, da die Stadt gewachsen ist und gedeiht, hat sich das geändert. Manche verletzen sich bei der Arbeit, einige sterben. Aber nicht genug.«

»Du wirst einige der schlimmsten Missetäterinnen im Uruketo mit dir nehmen, wenn du nach Alpèasak zurückkehrst. Diejenigen, die in der Öffentlichkeit sprechen, um Konvertiten zu werben.«

»Das werde ich tun. Aber jede von diesen bedeutet eine bewaffnete Fargi weniger. In Alpèasak behindern mich diese Geschöpfe, weil sie sich nicht an der Verfolgung und Zerstörung der Ustuzou beteiligen wollen. Sie sind eine Last.«

»Ebenso in Inegban.«

»Ich werde sie mitnehmen, aber nur in den neuen und unerprobten Uruketo.«

Malsas' zustimmende Gebärde ließ kleine Obertöne von Respekt anklingen.

»Du bist entschlossen und gefährlich, Vaintè. Sollte es den jungen Uruketo nicht gelingen, den Ozean zu überqueren, wird ihr Versagen zugleich ein Erfolg sein.«

»Genau mein Gedanke.«

»Gut. Wir werden wieder von diesen Dingen sprechen, bevor du die Rückreise antrittst. Nun bin ich zu müde; der Tag ist lang gewesen.«

Nach dem Austausch förmlicher Höflichkeiten zog Vaintè sich zurück. Doch sobald die Tür sich hinter ihr geschlossen hatte, kostete es sie einige Anstrengung, ihre Hochstimmung nicht allzu deutlich zu zeigen. Gedanken an die Zukunft beschäftigten sie, und ihre Körperbewegungen spiegelten ihre Gedanken, in denen neben der Hochstimmung auch der Tod sehr gegenwärtig war, so sehr, daß die Fargi, welche ihr in der Stadt begegneten, eilig auswichen. Sie war hungrig und ging zur nächsten Fleischausgabestelle. Viele warteten dort, aber Vaintè befahl ihnen, ihr Platz zu machen. Sie aß reichlich, wusch sich das Fleisch von den Händen und ging zu ihrem Quartier. Die Räume waren sowohl bequem als auch funktional, und sie waren mit gewebten und gemusterten Stoffen ausgeschmückt.

Sie schickte alle Fargi fort, bis auf eine, die sie zu sich beorderte.

»Du«, befahl sie, »suche meinen Ustuzou mit dem Halsring und bring ihn her.«

Es dauerte einige Zeit, weil die Fargi keine Ahnung hatte, wo sie ihn suchen sollte. Aber sie fragte sich durch, und ihr Anliegen wurde durch das lebendige Netzwerk der Stadt weitergegeben, bis es eine erreichte, die Kerrick sah.

Vaintè hatte den Befehl beinahe vergessen, als er schließlich eintraf. Sie war mit Zukunftsplänen beschäftigt. Doch als er eintrat, kehrte die Erinnerung augenblicklich zurück.

»Dieser Tag ist für mich erfolgreich gewesen«, sagte sie, ohne ihn direkt anzusprechen. Inlènu ließ sich auf den Schwanz nieder und bewunderte die Muster der gewebten Wandbehänge in ihrer stumpfsinnigen Art. Vaintè zog Kerrick neben sich und streifte ihm seinen Fellschurz ab. Sie lachte, als er sich ihr zu entziehen suchte, erregte sich selbst, wie sie ihn erregte.

Kerrick fürchtete nicht mehr, was geschah. Es fühlte sich zu angenehm an. Als es vorbei war und sie ihn von sich stieß, ging er mit Bedauern und hoffte bereits, daß es öfter geschehen möge.

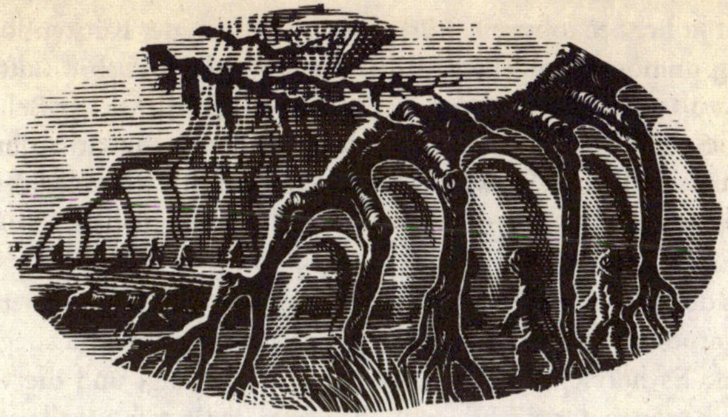

23

Donner rollte unheilverkündend hinter den dunklen Wolken. Ein Platzregen peitschte die Meeresoberfläche. Der Uruketo entfernte sich langsam von der Küste, gefolgt von seinen zwei kleineren Artgenossen. Die Entisenat, glücklich, wieder auf offener See zu sein, jagten voraus, sprangen aus dem Wasser und tauchten wieder in die Wellen ein. Inegban blieb zurück, und bald verschwand es hinter den grauen Regenvorhängen. Es war keine leichte Überfahrt. Nach den neuen und aufregenden Erfahrungen von Inegban war die Rückreise im Uruketo für Kerrick eine nicht endenwollende Qual. Der Innenraum war bis zum Bersten gefüllt. Der Boden war in einer Weise mit Fargi bedeckt, daß er keinen Schritt tun konnte, ohne auf sie zu treten. Nahrung und Wasser waren knapp und scharf rationiert. Für die Yilanè, die sich in einen Zustand herabgesetzter Lebensfunktionen versetzen konnten, träge herumlagen und die meiste Zeit schliefen, war dies keine Härte. Anders war es für Kerrick. Er fühlte sich eingesperrt, gefangen und rang in der stickigen Luft nach Atem. Auch brachte ihm der Schlaf keine Linderung, denn er pflegte von Erstickungszuständen, Gewürgtwerden und Ertrinken zu träumen und wachte jedesmal schweißüberströmt und voll Schrecken auf. Er konnte sich nicht bewegen, und während der scheinbar endlosen Reise gelang es ihm nur zweimal, in der Rückenflosse emporzuklettern und die Lungen mit der lebenspendenden Seeluft vollzupumpen.

Auf hoher See tobte ein Sturm, der ein Öffnen der Rückenflosse tagelang unmöglich machte, so daß die völlig verbrauchte Luft nicht mehr zu atmen war. Am Ende mußte die Rückenflosse zur Belüftung einen Schlitz breit geöffnet werden, wodurch aber mit der Luft Schauer von kaltem Seewasser eingelassen wurden. Durchnäßt, klebrig und schmutzig, zuerst kalt, dann wieder warm, litt Kerrick in stillem Elend.

Als der Sturm schließlich abgezogen und die Öffnung wieder gangbar war, befahl Vaintè den anderen, unten zu bleiben und stieg allein hinauf. Es herrschte noch immer starker Seegang, und die weißen Schaumkronen der mächtigen Wellen erstreckten sich auf allen Seiten. Die See war leer. Die zwei kleinen Uruketo waren verschwunden; sie wurden nie wieder gesehen.

Kerricks Seekrankheit endete erst, als sie im Hafen von Alpèasak anlangten. Die Krankheit und die Tage ohne Nahrung und Wasser hatten ihn so sehr geschwächt, daß er sich kaum auf den Beinen halten konnte. Der Raubvogel in seinem Käfig hatte beinahe ebensosehr gelitten wie er. Er ließ den Kopf hängen, plusterte sein zerzaustes Gefieder und krächzte nur matt, als sie ihn forttrugen. Kerrick mußte von Inlènu und zwei Fargi zur Öffnung hinaufgehoben werden und betrat als letzter festes Land.

Vaintè sog die feuchtwarme, mit den Gerüchen der lebendigen Stadt angefüllte Luft tief ein und empfand Freude und Befriedigung, nach der Lethargie der Reise wieder in der vertrauten Umgebung ihrer Stadt zu sein. Sie stieg in das erste kühlende Wasserbecken, zu dem sie kam, rieb sich das Salz und den Schmutz aus dem Inneren des Uruketo vom Körper und kam erfrischt und gestärkt wieder heraus.

Ihre Vertrauten, denen sie während ihrer Abwesenheit die Führung der Geschäfte überlassen hatte, erwarteten sie auf dem Ambesed.

»Alpèasak ist wohlauf?« fragte sie und fühlte sich noch mehr erfrischt, als alle das allgemeine Wohlbefinden ausdrückten. »Wie steht es mit den Ustuzou, Stallan, diesem Ungeziefer, das die Säume unserer Stadt benagt?«

»Eine lästige Plage, nicht viel mehr. Einige unserer Fleischtiere sind gestohlen, andere bei Nacht auf den Weiden geschlachtet und das Fleisch fortgetragen worden. Aber unsere Verteidigungsanlagen sind stark. Sie können nicht viel ausrichten.«

»Die geringste Belästigung ist schon zuviel. Sie müssen verjagt und zur Strecke gebracht werden. Ich bringe mehr Fargi mit, die im Gebrauch der Waffen ausgebildet sind. Wir werden den Ustuzou zu ihren Schlupfwinkeln folgen und sie dort töten.«

»Es ist schwierig, ihren Fährten zu folgen«, sagte Stallan zweifelnd. »Im Wald haben sie die Gewandtheit von Tieren und hinterlassen kein Zeichen, wo sie gegangen sind. Oder wenn es eine Fährte gibt, führt sie nur in einen Hinterhalt. Viele Fargi sind schon auf diese Weise umgekommen.«

»Das ist vorbei«, sagte Vaintè und gab ihre Freude zu erkennen, als der Raubvogel wie in Antwort auf ihre Worte schrie. Sein Käfig war von den Fargi in die Sonne gestellt worden, und der mächtige Vogel putzte sein Gefieder.

»Alles wird erklärt«, fuhr Vaintè fort. »Dieser Adler wird uns in die Lage versetzen, die Höhlen und Schlupfwinkel der Ustuzou aufzuspüren, wo sie ihre Frauen und Jungen verbergen. Zuerst aber möchte ich einen ausführlichen Bericht über alles erhalten, was während meiner Abwesenheit geschehen ist.«

Der Raubvogel erholte sich rasch von der Seereise, und Vaintè wartete ungeduldig auf den nächsten Überfall der Ustuzou. Als die Meldung kam, gab sie die vorbereiteten Befehle aus und zog an der Spitze ihres Gefolges hinaus zu der entlegenen Weide, wo der Angriff stattgefunden hatte. Stallan war bereits dort und zeigte mit Abscheu auf die geschlachteten Kadaver im blutigen, niedergetrampelten Gras.

»Eine Vergeudung. Nur die fleischigen Hinterkeulen haben sie mitgenommen.«

»Sehr praktisch«, sagte Vaintè, die wenig Emotion zeigte. »Leicht zu tragen, wenig Abfall. In welche Richtung sind sie gegangen?«

Stallan wies auf die Öffnung, die in die Dornenhecke geschlagen war und durch die eine Spur in den Wald hineinführte.

»Nach Norden, wie immer. Eine Fährte, die leicht zu sehen ist, was bedeutet, daß wir sie sehen sollen. Das Fleisch ist fort, und es werden nur Fallen und tödliche Hinterhalte an dieser Fährte warten, sollten wir es wagen, ihr zu folgen.«

»Der Adler wird einen Weg nehmen, den wir nicht gehen können«, sagte Vaintè und wandte sich um. Der Adler schrie zornig, und er zerrte an der Fußschelle, die ihn festhielt. Er war nicht mehr in seinem

Käfig, sondern saß auf einer hölzernen Sitzstange, die auf einer Plattform befestigt war. Diese ruhte wie eine Sänfte auf Stangen, so daß die Trägerinnen außerhalb der Reichweite von Schnabel und Krallen blieben. Auch Kerrick, der sich über die frühe Vorladung wunderte, befand sich im Gefolge der Eistaa.

»Tut eure Arbeit«, befahl Vaintè den Abrichterinnen.

Auf einmal sah Kerrick sich nicht mehr als unbeteiligter Zuschauer: Schwielige Daumen ergriffen und zerrten ihn vorwärts. Der Raubvogel war durch den Anblick der blutigen Kadaver erregt, kreischte und schlug brausend die mächtigen Schwingen. Eine der Abrichterinnen schnitt ein Stück Fleisch aus der Flanke und warf es dem Vogel zu. Der packte es mit dem freien Fuß, klammerte es mit den Krallen an seine Sitzstange und riß mit dem Schnabel blutige Brocken herunter. Erst als er gesättigt war, machten sie weiter. Als Kerrick beinahe bis in die Reichweite des blutbeschmierten Krummschnabels vorwärtsgestoßen wurde, widersetzte er sich.

»Folge, suche! Folge, suche!« riefen die Abrichterinnen immer wieder, während sie Kerrick noch näher an den Vogel zwangen.

Der Adler griff nicht an, wandte aber den Kopf und legte ihn ein wenig auf die Seite, um Kerrick mit einem kalten, goldgrauen Auge zu fixieren. Unverwandt starrte er ihn an, während die Befehle rhythmisch weitergerufen wurden: und als sie aufhörten, schloß er einen Augenblick die Lider und bewegte den vorgestreckten Kopf auf und ab.

»Dreht die Stangen so, bis er die Fährte vor sich hat«, befahl eine der beiden Abrichterinnen. Dann streckte sie von hinten die Hand aus und löste mit geschicktem Griff die Fußschelle.

Der Adler schrie trotzig, kauerte sich zurück und schleuderte sich mit kräftigem Absprung und klatschenden Flügelschlägen in die Luft empor. Kerrick wich zurück, als der Vogel in seine Richtung schaute und die Abrichterin ihm eine Warnung zurief.

Aber der Adler war gut ausgebildet. Er schraubte sich rasch empor, zog weit über den Baumwipfeln einen großen Kreis und flog nach Norden davon.

»Es hat begonnen«, sagte Vaintè mit großer Befriedigung.

Aber ihre Zuversicht ließ nach, als ein Tag um den anderen verging und der Raubvogel nicht zurückkehrte. Die besorgten Abrichterinnen gingen ihr aus dem Weg, und das taten angesichts des Zornes in ihren

Bewegungen auch alle anderen. Solange Kerrick nicht zu ihr gerufen wurde, ließ er sich so wenig wie möglich in ihrer Nähe blicken. Der Hanalè bot eine ruhige Zuflucht, wo er überdies nicht leicht zu finden war; seit ihrer Rückkehr aus Inegban war er noch nicht dort gewesen.

Ikemend öffnete ihm die Tür. »Du bist in Inegban gewesen«, sagte sie im Ton einer Feststellung, aber es lag Neugierde in den begleitenden Gesten.

»Eine einzigartige Stadt.«

»Erzähl mir davon, denn ich werde sie nie wieder sehen.«

Während er ihr den Gefallen tat, legte sie die Verbindungsleine in eine Kerbe, die in das Holz des Türstocks geschnitten worden war, dann schloß sie die Tür hinter ihm. Kerrick wußte, was sie hören wollte, und erzählte ihr nur von den Schönheiten der Stadt, der zahlreichen Bevölkerung und den ebenso zahlreichen Ereignissen. Er sprach aber nicht von dem Hunger und der Kälte in den Wintermonaten. Er schätzte seine Besuche im Hanalè und sorgte dafür, daß Ikemend ihn als einen gern gesehenen Gast betrachtete. Sie lauschte, solange sie konnte, und eilte erst fort, als die Dringlichkeit ihrer Arbeit es verlangte. Die Männer mochten sie nicht und mieden ihre Gesellschaft. Keiner von ihnen war in Sicht. Kerrick blickte in einen dunklen, recht geräumigen Gang, dessen Hintergrund er niemals sehen würde. Als er eine Gestalt erspähte, die den Gang überquerte, rief er:

»Ich bin es, Kerrick! Ich möchte mit euch sprechen!«

Die Gestalt ging aber weiter und blieb erst stehen, als Kerrick rief: »Ich bin in Inegban gewesen. Möchtest du hören, wie es dort war?«

Dieser Köder war zu verlockend, als daß der andere ihm hätte widerstehen können. Der Yilanè kam langsam näher, und Kerrick erkannte ihn. Es war Esetta, ein mürrischer Typ, mit dem er einige Male gesprochen hatte. Alle anderen bewunderten Esettas Gesang. Kerrick indes fand ihn monoton und ein wenig langweilig. Freilich hatte er sich gehütet, seine Meinung laut zu äußern.

»Inegban ist eine wirkliche Stadt«, sagte Esetta in der abrupten Art, die allen männlichen Yilanè eigen war. »Dort konnte man oben zwischen den Blättern sitzen und alles beobachten, was unten auf den Gehwegen geschah. Man war nicht in der Langeweile gefangen, wie wir es hier sind, wo uns nicht viel mehr übrigbleibt, als an das Schicksal auf den Stränden zu denken. Sag mir –«

»Das werde ich tun. Aber laß vorher Alipol holen. Ich möchte es auch ihm erzählen.«

»Das kann ich nicht.«

»Warum nicht?«

Es schien Esetta ein perverses Vergnügen zu bereiten, seine Antwort hinauszuzögern. »Warum ich es nicht kann? Du willst wissen, warum ich es nicht kann? Ich werde es dir zeigen.« Statt dessen aber zögerte er, ließ die Zunge zwischen den Zähnen herausfahren und blickte mit ruckartigen Kopfbewegungen hin und her.

»Du kannst ihn nicht sprechen, weil Alipol tot ist.«

Kerrick war bestürzt. Der kräftige Alipol, so fest wie ein Baumstamm. Es schien ihm nicht möglich.

»War er krank – ein Unfall?«

»Schlimmer. Er wurde fortgebracht, gewaltsam. Er, der schon zweimal an den Stränden gewesen war. Und sie wußten es, diese rohen Bestien, sie wußten es genau. Er bat sie, zeigte ihnen die schönen Dinge, die er machte, aber sie lachten nur darüber. Einige von ihnen wandten sich ab, aber die Abscheuliche mit den Narben und der rohen Stimme, die die Jägerinnen anführt, sie fand sein Jammern aufregend und packte Alipol und erstickte seine Schreie mit ihrem häßlichen Körper. Den ganzen Tag waren sie da, dafür sorgte sie, ich sah es selbst.«

Kerrick begriff, daß seinem Freund etwas Schreckliches zugestoßen war, wußte aber nicht, was. Esetta hatte ihn momentan vergessen und wiegte sich mit geschlossenen Augen hin und her. Dazu summte er ein Klagelied, das in einen heiseren, von Trauer überfließenden Gesang überleitete:

»Jung ging ich einst zu dem Strand,
und kehrte heim.
Ein zweites Mal gehe ich nun, nicht mehr jung,
wird mir die Heimkehr vergönnt sein?
Aber nicht ein drittes Mal, ich bitte euch sehr,
denn wenige nur kehren heim.
Nicht ich, nicht ich. Denn ich weiß, wenn ich gehe,
wird keine Heimkehr es geben.«

Esetta verstummte. Er hatte vergessen, daß Kerrick ihm von Inegban erzählen sollte. Vielleicht lag ihm aber jetzt nicht mehr daran, von jener fernen Stadt zu hören. Er wandte sich um, ohne Kerricks Fragen zu beachten, und ging davon. Obwohl Kerrick laut rief, erschien kein anderer. Zuletzt öffnete er selbst die Tür, verließ den Hanalè und schloß sie hinter sich. Was hatte Esetta gemeint? Was hatte Alipol am Strand getötet? Er begriff nur soviel, daß Stallan und andere dem Alten ihre Eier zum Ausbrüten aufgenötigt hatten. Inlènu schlief in der Sonne, und er riß zornig an der Leine, bis sie erwachte und stumpfsinnig zu ihm aufblinzelte. Nach einem zweiten Ruck gähnte sie und erhob sich bedächtig.

24

Die Fargi hatte es eilig, ihre Botschaft zu überbringen – eine Botschaft für die Eistaa persönlich! –, aber in ihrem Eifer war sie zu schnell durch die Tageshitze gelaufen. Als sie den Ambesed erreichte, klaffte ihr Mund so weit auf, und sie atmete so schnell, daß das Sprechen unmöglich war. In quälender Unschlüssigkeit machte sie in dem kühlen Schatten halt. Gab es nicht ein Wasserbecken in der Nähe? In ihrer Verwirrung konnte sie sich nicht daran erinnern. Keine der anderen Fargi kümmerte sich um ihre Fingerbewegungen und das Farbenspiel auf den Handflächen. Sie waren eigennützig, dachten nur an sich selbst und halfen keiner anderen. Sie wurde zornig, ohne zu bedenken, daß sie in einer ähnlichen Situation genau das gleiche getan haben würde. In ihrer Verzweiflung spähte sie in einen benachbarten Korridor und entdeckte endlich eine Trinkfrucht. Sie saugte das kühle Wasser heraus und drückte den Rest ihres Inhalts so über sich aus, daß Arme und Körper benetzt wurden. Endlich verlangsamte sich ihre Atmung wieder, und sie wagte einen Sprechversuch.

»Eistaa... ich bringe dir eine Botschaft...«

Rauh, aber verständlich. Langsam ging sie im Schatten weiter, umkreiste den Ambesed und gelangte zu dem freien Raum vor der Eistaa. Dort nahm sie die Aufmerksamkeit heischende Demutshaltung ein und wartete.

Vanalpè war es, die sie nach einiger Zeit bemerkte und Vaintès Aufmerksamkeit auf die schweigende Gestalt lenkte.

»Sprich«, befahl Vaintè.

Die Fargi erschauerte vor Furcht und Spannung und mußte sich zwingen, die Worte zu sprechen, die sie sich eingeprägt hatte.

»Eistaa, ich bringe dir eine Botschaft. Die Botschaft ist von der, die den Raubvogel füttert. Der Vogel ist zurückgekommen.«

»Zurückgekommen!« Vaintè war hocherfreut, und die Fargi zeigte durch ihre Bewegungen, daß sie sich glücklich und geschmeichelt fühlte. In ihrer Einfalt glaubte sie, die allerhöchste Freude gelte ihr. Vaintè winkte eine andere Fargi zu sich. »Geh und such Stallan. Sie soll sofort zu mir kommen.« Darauf wandte sie sich der Überbringerin der Botschaft zu.

»Du, geh zurück zu denen mit dem Vogel; bleib dort, bis die Bilder fertig sind, dann komm hierher zurück und sage es mir. Wiederhole.«

»Geh zurück zu denen mit dem Vogel. Bleib. Komm zurück zur Eistaa, wenn fertig die...«

»Bilder, Ansichten, Landschaften.« Vaintè sagte es in drei verschiedenen Begriffen, damit das einfältige Geschöpf verstünde. »Wiederhole, Akayil.«

Akayil, Ekel-in-Sprache. Die neugierigen Fargi ringsumher flüsterten einander den schrecklichen Ausdruck zu und fürchteten sich. Als die Botin ging, wichen sie vor ihr zurück, als hätte sie irgendeine Ansteckung.

»Vanalpè, wie lang wird der Prozeß in Anspruch nehmen?« fragte Vaintè.

»Die Information steht schon jetzt zur Verfügung. Der Gedächtnisspeicher des Vogels wird voll von den neuen Eindrücken sein. Die ersten und die letzten Bilder können sofort abgerufen werden; das Zeitraubende ist, sich in den dazwischenliegenden Informationen zurechtzufinden.«

»Die Bedeutung ist nicht klar.«

»Ich bin dumm in meinen Erklärungen, Eistaa. Der Vogel ist viele Tage fort gewesen. Während dieser ganzen Zeit ist alle paar Augenblicke ein neues Bild ins Gedächtnis eingegangen. Das Gedächtnistier kann angewiesen werden, alle dunklen Bilder der Nacht herauszunehmen, aber es bleiben dann noch ungezählte andere. Sie müssen einzeln auf den Flüssigkristallschirm gebracht werden, um ausgeschieden oder aufgezeichnet zu werden. Dieser Prozeß nimmt Tage in Anspruch, viele Tage.«

»Dann werden wir geduldig sein und warten.« Sie blickte auf und sah die stämmige und narbenbedeckte Gestalt Stallans näher kommen. Sie winkte ihr.

»Der Vogel ist zurückgekommen. Bald werden wir wissen, ob die Ustuzou gefunden worden sind. Sind wir bereit, einen Angriff zu unternehmen?«

»Wir sind es. Die Fargi schießen jetzt gut. Die Hèsotsan sind wohlgenährt. Weitere Pfeilbüsche sind gepflanzt und viele Pfeile gesammelt worden. Die Boote haben sich vermehrt, und einige von den Jungen sind groß genug, um Dienst zu tun.«

»Halte sie bereit. Sieh zu, daß Nahrung, Wasser und Waffen bereitgestellt werden. Vanalpè, deine Erfahrung mit Bildern wird jetzt nutzbar gemacht. Du gehst sogleich und hilfst denen, die diese Arbeit tun.«

Den Rest dieses und den ganzen folgenden Tag widmete Vaintè sich den Amtsgeschäften und vertrieb alle Gedanken an die Ustuzou aus ihrem Bewußtsein. Doch immer dann, wenn sie eine Ruhepause hatte, wenn sie sich entspannte und niemand in der Nähe war, schoben sich die drängenden Fragen wieder in den Vordergrund. Waren die Schlupfwinkel der Ustuzou entdeckt worden? Ihre Nasenschlitze verfärbten sich weißlich und blähten sich vor Zorn auf, wenn sie an die Ustuzou dachte. In solchen Augenblicken verschaffte ihr das Essen keinen Genuß, und sie war so reizbar, daß eine verängstigte Fargi sogar starb, nachdem sie von der Eistaa mit zorniger Schärfe weggeschickt worden war. Es war gut für das Wohlbefinden der ganzen Stadt, daß am dritten Tag endlich die erwartete Nachricht kam.

»Die Bilder sind fertig, Eistaa«, sagte die Fargi, und ein Aufatmen ging durch Vaintès Gefolge. Als sie den Ambesed verließ, schloß sich auch Kerrick ihr an; was geschehen war, interessierte ihn nicht weniger als die anderen.

»Der Adler hat sie gefunden«, erklärte Vanalpè. »Es wird gerade ein großes Bild verarbeitet und ist beinahe fertig.«

Das Zelluloseblatt wurde langsam aus der Öffnung eines Tieres geschoben. Vanalpè zog es, begleitet von einem naß schmatzenden Geräusch, ganz heraus, und Vaintè nahm ihr das noch feuchte und warme Blatt aus der Hand.

»Ja, er hat sie gefunden«, sagte sie. Ihre Befriedigung und Erleichterung waren so stark, daß das Blatt in ihren Fingern zitterte. »Wo ist Stallan?«

»Hier, Eistaa«, sagte Stallan und legte die Bilder zur Seite, die sie betrachtet hatte.

»Weißt du, wo das ist?«

»Noch nicht.« Stallan zeigte in die Bildmitte. »Aber es genügt zu wissen, daß dieser Fluß am Lagerplatz vorbeifließt. Wir greifen vom Wasser her an. Ich folge jetzt der Fährte. Es ist ein Weg, den ich kenne, und der erste Teil ist in meinen Karten bereits eingezeichnet. Mit Hilfe der Bilder werde ich ihnen weiter folgen, bis ich dieses Lager erreiche. Die Schutzdächer aus Häuten, die großen Tiere, alles ist so, wie wir es schon einmal erlebt haben.«

»Und wir werden sie vernichten, wie wir es damals taten.« Vaintè winkte Kerrick zu sich und zeigte mit dem Daumen auf das Bild. »Weißt du, was das ist?«

Die unregelmäßigen schwarzen und weißen Muster sagten ihm nichts; er hatte nie zuvor ein Bild gesehen. Er nahm das Blatt und drehte es in verschiedenen Richtungen, schaute sogar die Rückseite an, bis Vaintè es ihm aus der Hand nahm.

»Du willst nicht begreifen«, sagte sie. »Du hast diese Lebewesen und diese Bauten schon früher gesehen.«

»Mit allem Respekt, Eistaa«, sagte Vanalpè in bescheidenem, entschuldigendem Ton, »aber die Fargi sind genauso. Bis sie unterwiesen sind, die Bilder richtig zu deuten, finden sie alles, was sie überhaupt sehen, bedeutungslos.«

»Verstanden.« Vaintè legte das Bild beiseite. »Treibt die Vorbereitungen voran. Wir brechen auf, sobald die Lage des Lagerplatzes festgestellt ist. Du, Kerrick, wirst mit uns kommen.«

»Ich danke dir, Eistaa. Es ist mir eine Freude, helfen zu können.« Kerrick sagte es mit aller Aufrichtigkeit. Er hatte keine Ahnung, wohin sie gehen oder was sie tun sollten. Aber er freute sich auf die Reise mit den Booten.

Seine Begeisterung verlor sich aber sehr rasch. Sie brachen am frühen Morgen auf, fuhren bis zum späten Abend und schliefen am

Strand. Dies wiederholte sich Tag für Tag, bis er die Yilanè um ihre Fähigkeit zu beneiden begann, bei Untätigkeit in einen leblos anmutenden Schlaf zu versinken. Er beobachtete statt dessen die Küste und versuchte sich vorzustellen, was hinter der Wand von Bäumen und Unterholz sein mochte, die sich hinter den Stränden erhob.

In dem Maße, wie sie allmählich nach Norden vordrangen, nahm die Küstenlandschaft ein anderes Gesicht an. Aus dem Urwald wurde lichter Hochwald, der nach und nach in Sumpfgebiete überging. Jenseits von diesen erstreckte sich niederes Buschland. Sie passierten das Mündungsdelta eines mächtigen Stromes, fuhren aber noch weiter. Erst als sie in eine weite Bucht einliefen, kam es zu einer Abweichung von ihrem nördlichen Kurs. Vaintè und Stallan, die sich im Führungsboot befanden, lenkten es in die innere Bucht. Das war etwas Neues, und die schlafsüchtigen Fargi erwachten zum Leben. Als die Boote in die Nähe der Schilffelder gelangten, die der teilweise sumpfigen Küste vorgelagert waren, scheuchten sie große Vogelschwärme auf, die dort der Nahrungssuche nachgingen. Sie flatterten nun in ungeheuren Wolken auf und verdunkelten den Himmel; der Lärm ihrer Schreie und Flügelschläge war ohrenbetäubend. Als die Sümpfe wieder festem Ufer Platz machten, befahl Vaintè zu landen, obwohl die Sonne noch ein gutes Stück am Himmel stand. Kerrick umdrängte mit dem übrigen Gefolge die Eistaa, um zu hören, was entschieden wurde. Stallan erläuterte eines der Bilder.

»Wir sind hier – und die Ustuzou sind hier, am Flußufer. Wenn wir heute näher herangehen, werden wir möglicherweise gesehen. Es wird am klügsten sein, die Boote hier zu entladen und alle Vorräte am Strand zurückzulassen. Auf diese Weise werden wir frühzeitig aufbrechen und beim ersten Licht unerwartet losschlagen können.«

Vaintè stimmte dieser Beurteilung zu. »Wir werden vom Wasser her angreifen, da wir sie diesmal nicht von hinten fassen können. Ich möchte, daß alle getötet werden, außer den wenigen, die gefangengenommen werden sollen. Stallan ist darüber instruiert. Ist das klar? Wiederholt.«

Die Gruppenführerinnen wiederholten die Anweisungen, während die Fargi sich bemühten, etwas zu verstehen. So ging es bis selbst die Einfältigsten wußten, was sie zu tun hatten. Kerrick wandte sich gelangweilt ab, kam aber zurück, als Vaintè ihn rufen ließ.

»Du wirst hier bei den Vorräten bleiben und unsere Rückkehr abwarten. Ich möchte nicht, daß du während der Kämpfe irrtümlich getötet wirst. Deine Arbeit wird später beginnen.«

Ehe Kerrick antworten konnte, ging sie fort. Da ihn nicht danach verlangte, ein Gemetzel zu sehen, selbst wenn es Ustuzou waren, die niedergemetzelt wurden, begrüßte er ihre Entscheidung.

Mit dem ersten Licht waren sie auf den Beinen und bestiegen die Boote. Kerrick saß am Ufer und sah dem lautlosen Auslaufen der Boote zu, die bald im Frühdunst verschwanden. Auch Inlènu verfolgte das Geschehen, wenngleich auch ohne erkennbares Interesse. Sie öffnete allerdings einen der Fleischbehälter, sobald die Boote außer Sicht waren.

»Du bist widerwärtig, eine Fresserin«, sagte Kerrick. »Du wirst fett werden.«

»Essen gut«, sagte Inlènu. »Du auch essen.«

Er mochte das Fleisch nicht, das in den Blasen verwahrt wurde; es hatte immer einen modrigen Beigeschmack. Aber er aß ein wenig und trank dann etwas Wasser, weil er wußte, daß er Inlènu nicht dazu bringen konnte, sich vom Fleck zu bewegen, solange sie sich nicht sattgegessen hatte. Er musterte sie genauer und bemerkte, daß er nicht übertrieben hatte; sie wurde tatsächlich fett. Man sah eine weiche Schicht, die ihren ganzen Körper überzog und die harten Konturen der Muskeln rundete.

Obwohl er die ständige Anwesenheit anderer inzwischen gewohnt war, konnte er noch immer die Freiheit des Alleinseins genießen. Inlènu zählte nicht. Als die Boote im Dunst verschwunden waren, senkte sich Stille über den Strand. Es gab natürliche Geräusche, wie das Rascheln der Brise im hohen Gras und das Murmeln der kleinen, am Strand auslaufenden Wellen. Aber diese waren beruhigend, sie führten einen zu sich selbst. Als überaus wohltuend empfand er die Abwesenheit des ständig schnatternden Stimmengewirrs.

Sobald Inlènu sich gesättigt hatte, stand Kerrick auf und wanderte mit ihr im Schlepptau den reinen Sandstrand entlang. Sie gingen zwischen dicken Büscheln hohen Strandhafers einher, wo sie Vögel überraschten, die unmittelbar vor ihren Füßen aufflatterten. Sie wanderten weiter, bis Inlènu sich beklagte und mit einem Befehl zum Schweigen gebracht werden mußte. Die Ebbe hatte eingesetzt, als sie den Ausläufer eines Höhenzuges aus schwarzem Gestein erreichten. Seetang, der sich in Spalten und Klüften angesiedelt hatte, wehte mit langen Fahnen in der seewärts ziehenden Strömung, und knapp über dem Wasser waren große Ansiedlungen dunkler Miesmuscheln zu sehen.

»Gut zu essen«, sagte Inlènu mit lautem Schmatzen. Sie stieg knietief ins Wasser und versuchte einige Muscheln loszulösen, aber sie waren fest angewachsen. Ohne Widerstreben ließ sie sich von Kerrick zum Ufer führen, wo er einen faustgroßen Gesteinsbrocken aufhob. Mit diesem brach er einige Muscheln los, und Inlènu ergriff sie und steckte sie mit den Schalen in den Mund und zerbiß sie mit ihren enormen Kiefern. Die Bruchstücke der Schalen spuckte sie ins Wasser. Das wohlschmeckende Muschelfleisch schluckte sie mit genießerischen Gebärden. Kerrick sammelte einige Muscheln für sich selbst und öffnete sie mit dem Metallmesser an seinem Hals. Sie blieben und aßen, bis sie nicht mehr konnten.

Es war ein angenehmer Tag, der beste, an den er sich erinnern konnte. Aber er wollte am Landeplatz sein, wenn die anderen zurückkämen, und so kehrten sie am frühen Nachmittag dorthin zurück. Sie mußten lange warten. Die Sonne war schon im Untergehen begriffen, als die Boote zurückkehrten. Vaintè sprang als erste an Land. Sie schritt über den Strand zu den Vorräten, ließ ihre Waffe in den Sand fallen und riß eine Blase voll Fleisch auf. Nachdem sie ein großes Stück davon heruntergerissen hatte und kaute, fiel ihr Kerricks fragende Haltung auf. Sie kaute und schluckte gierig, ehe sie sprach.

»Niemand entkam. Die Mörder sind getötet worden. Sie wehrten sich verzweifelt, und wir verloren Fargi. Aber Fargi gibt es viele auf der Welt. Wir haben getan, wozu wir hierhergekommen sind. Nun wirst auch du deine Pflicht tun.«

Sie rief einen Befehl, und zwei Fargi hoben ein dick verpacktes und umwickeltes Bündel aus einem der Boote und schlciften es den Strand herauf. Zuerst dachte Kerrick, daß es ein Bündel aus Fellen sei. Dann aber sah er, daß es sich bewegte.

Als die Fargi es losließen, fielen die Felle mit der gelösten Umschnürung auseinander, und Kerrick blickte in ein bärtiges Gesicht. Das Haar des Lebewesens war blutverkrustet und seine Augen schreckgeweitet. Bei Kerricks Anblick öffnete es den Mund, und seltsame rauhe Geräusche kamen heraus.

»Der Ustuzou spricht«, sagte Vaintè. »Oder er tut, was unter diesen schmutzigen Geschöpfen als sprechen gilt. Was sagt er, Kerrick? Ich befehle dir, zuzuhören und mir zu sagen, was er spricht.«

An Ungehorsam war nicht zu denken. Wenn die Eistaa Befehle erteilte, tat man immer, was sie sagte. Aber Kerrick konnte nicht gehorchen und signalisierte Furcht und Hilflosigkeit.

Er konnte die Geräusche nicht verstehen. Sie sagten ihm nichts, überhaupt nichts.

25

»Spricht der Ustuzou?« fragte Vaintè beharrlich. »Sag es mir sofort.«

»Ich weiß nicht«, antwortete Kerrick. »Vielleicht spricht er. Aber ich kann nichts verstehen. Überhaupt nichts.«

»Dann sind die Geräusche, die er macht, nichts als das – bloße Geräusche.«

Vaintè war zornig. Dies war ein Rückschlag für ihre Pläne. Sie hätte Enge niemals glauben sollen, daß die schmutzigen Tiere tatsächlich miteinander sprachen. Sie mußte sich geirrt haben. Vaintè machte ihrem Zorn Luft, indem sie dem Ustuzou ihren Fuß ins Gesicht stieß und mit einem harten Ruck drehte. Er ächzte vor Schmerz und stieß einen lauten Ruf aus.

Kerrick horchte auf und lauschte angestrengt, bevor er sich zu Vaintè umwandte. »Eistaa, bitte warte – da ist etwas.«

Sie trat zurück und starrte ihn an, noch immer zornig. Er sprach schnell weiter, ehe sie ihren Zorn auch gegen ihn wenden konnte.

»Du hast es gehört, er rief immer wieder das gleiche. Und ich glaube, ich weiß jetzt, was er sagt.«

Er verstummte, biß sich auf die Unterlippe und versuchte lange begrabene Erinnerungen und vergessene, zum Schweigen gebrachte Wörter zu durchsuchen.

»Marag, das ist es. Er hat Marag gerufen.«

»Das sagt mir nichts.«

»Es hat eine Bedeutung, ich weiß es. Es ist wie... es hat die gleiche Bedeutung wie Ustuzou.«

Vaintè war verwirrt. »Aber er ist ein Ustuzou.«

»Das meine ich nicht. Für diesen hier sind die Yilanè Ustuzou.«

»Die Bedeutung ist nicht völlig klar, und die Folgerung daraus gefällt mir nicht, aber ich verstehe, was du sagen willst. Fang mit dem Verhör an. Wenn du denkst, dieser Ustuzou sei Yileibe und könne nicht sprechen, nun, dann werden wir dir einen anderen bringen. Fang an.«

Aber Kerrick konnte es nicht. Der Gefangene war jetzt still. Als Kerrick sich über ihn beugte, um ihn zum Sprechen zu ermuntern, spuckte der Ustuzou ihm ins Gesicht. Vaintè war nicht erfreut.

»Säubere dich«, befahl sie, dann winkte sie einer Fargi. »Bringt einen anderen von den Ustuzou her.«

Kerrick bemerkte kaum, was um ihn her geschah. Marag. Das Wort ließ ihn nicht los und wühlte Erinnerungen in ihm auf, unerfreuliche Erinnerungen. Rufe im Urwald, etwas Schreckliches im Wasser. Murgu. Das waren mehr als ein Marag. Murgu, Marag, Murgu, Marag...

Er merkte, daß Vaintè ihn ärgerlich beim Namen rief, und er richtete sich verwirrt auf.

»Bist du plötzlich auch stumm, ebenso sprachlos wie eine Fargi frisch aus der See?«

»Ich bitte um Vergebung, die Gedanken, die Geräusche, die der Ustuzou machte, meine Gedanken...«

»Sie bedeuten mir nichts. Sprich mit diesem anderen.«

Kerrick blickte in aufgerissene, ängstliche blaue Augen. Wirres blondes Haar umgab den Kopf. Im Gesicht hatte der Ustuzou keine Haare, und sein Körper unter der Fellumhüllung war geschwollen und anders. Das verängstigte Geschöpf winselte, als Vainté einen der erbeuteten Speere mit scharfer Steinspitze aufhob und die Seite des Gefangenen damit anstieß.

»Sieh mich an«, sagte Vaintè. »So ist es recht. Ich zeige dir jetzt, was dein Schicksal sein wird, wenn du still bleibst wie dieser andere und nicht deine Sprache sprichst.«

Der bärtige Gefangene schrie heiser auf, als Vaintè sich mit einer schnellen Bewegung umwandte und ihm den Speer ins Fleisch stieß, wieder und wieder, bis er still war. Der andere Gefangene stöhnte qualvoll und wälzte sich herum, soweit die engen Fesseln es erlaubten. Vaintè warf den bluttriefenden Speer beiseite.

»Löse dem Ustuzou die Fesseln und bring ihn zum Sprechen«, befahl sie und ging fort.

Es war nicht einfach. Der Ustuzou winselte, dann hustete er heftig, bis Tränen aus den Augen strömten und Schleim aus der Nase auf seine Lippen tropfte. Kerrick wartete aufmerksam, bis der Ustuzou ruhiger geworden war, dann sprach er die einzigen Worte, die er wußte.

»Marag. Murgu.«

Die Antwort kam sehr schnell, zu schnell, als daß er sie hätte verstehen können, obwohl er das Wort Murgu wiedererkannte – und noch etwas. Sammad. Ja, Sammad, der Sammad war getötet worden. Das war die Bedeutung der Worte. Alle vom Sammad erschlagen. Von den Murgu. Das war es, was sie sagte.

Sie. Wie von selbst war dies Wort auf seinen Lippen. Frau. Sie war Linga, der andere, der jetzt tot war, Hannas. Mann und Frau. Er selbst war auch Hannas.

Das Verstehen wuchs, aber nur langsam, ein Wort, ein Ausdruck zur Zeit. Manches konnte er überhaupt nicht verstehen; das Vokabular eines Achtjährigen war alles, was er je gekannt hatte, es war nicht das einer erwachsenen Frau.

»Ihr macht Geräusche zueinander. Gibt es Verstehen?«

Kerrick zwinkerte verwirrt, sprang auf und stand Vaintè einen Moment gegenüber, bevor der Sinn ihrer Frage die Flut wiedererweckter Marbak-Worte durchdrang, die in seinem Kopf herumwirbelten.

»Ja, natürlich, Eistaa, es gibt Verstehen. Es geht langsam, aber es geht.«

»Dann machst du deine Sache gut.« Die Schatten waren lang, die Sonne unter den Horizont gesunken, und Vaintè hatte sich einen Umhang umgelegt. »Binde den Ustuzou wieder, damit er nicht entkommen kann. Am Morgen wirst du weitermachen. Wenn du dein Verstehen vervollkommnet hast, gibt es Fragen, die du dem Ustuzou stellen wirst. Fragen, auf die wir Antworten brauchen. Sollte die Kreatur sich weigern, erinnere sie an das Geschick der anderen. Ich bin sicher, daß dieses Argument überzeugend sein wird.«

Kerrick ging und holte sich selbst einen Umhang. Dann kehrte er zurück zu der dunklen Gestalt der Frau und setzte sich neben sie in den Sand. Ein Durcheinander von Worten, Tönen und Namen erfüllte sein Bewußtsein.

Die Frau sprach einige Worte, und er merkte, daß er sie verstehen konnte, obwohl ihre Bewegungen in der Dunkelheit nicht zu sehen waren!

»Mir ist kalt.«

»Du kannst im Dunkeln sprechen – und ich kann es verstehen.«

»Kalt.«

Natürlich. Marbak war nicht wie Yilanè. Es hing nicht davon ab, was der Körper tat. Es waren die Geräusche, nur die Geräusche. Er staunte über seine Entdeckung, während er einige der blutdurchtränkten Felle von dem Toten zog und sie über die Frau breitete.

»Wir können sprechen – sogar in der Nacht«, sagte er. Er wischte sich die klebrigen Hände am Sand trocken. Als sie antwortete, war ihre Stimme leise und noch immer ängstlich, aber auch neugierig.

»Ich bin Ine vom Sammad Ohso. Wer bist du?«

»Kerrick.«

»Du bist auch gefangen und an diesen Marag gebunden. Und du kannst mit ihnen sprechen?«

»Ja, natürlich. Was habt ihr hier gemacht?«

»Nahrung gesammelt natürlich. Das ist eine seltsame Frage. Wir hätten niemals so weit in den Süden kommen sollen, aber im letzten Winter sind viele verhungert. Wir konnten nichts anderes tun.« Sie betrachtete seinen Umriß vor dem Himmel und verspürte eine große Neugierde. »Wann haben sie dich gefangen, Kerrick?«

»Wann?« Das war eine schwierige Frage. »Es muß vor vielen Sommern gewesen sein. Ich war sehr klein...«

»Sie sind alle tot«, schluchzte sie in jäh wiederkehrender Erinnerung. »Diese Murgu haben alle umgebracht, alle bis auf ein paar Gefangene.«

Ihr Schluchzen wurde noch lauter, und Kerrick verspürte einen unangenehm scharfen Ruck an seinem Hals. Mit beiden Händen griff er zum Kragen, der ihn wegzuziehen suchte. Das Geräusch störte Inlènu in ihrem Schlaf. Sie wälzte sich davon fort und zog Kerrick nach. Darauf versuchte er nicht mehr, mit der Gefangenen zu sprechen.

Am Morgen erwachte er spät. Der Kopf schmerzte ihm, seine Haut war warm. Er mußte am vergangenen Tag zuviel in der Sonne gewesen sein. Er ging zu den Wasserbehältern und trank durstig, als Stallan auf ihn zukam.

»Die Eistaa hat mich unterrichtet, daß du mit dem anderen Ustuzou redest«, sagte sie. Sie gebrauchte das Wort für tierische Kommunikation und würzte es mit Signalen der Verachtung und des Abscheus.

»Ich bin Kerrick, welcher der Eistaa zur Seite sitzt. Deine Art zu reden ist eine Beleidigung.«

»Ich bin Stallan, die für die Eistaa Ustuzou tötet. Es ist keine Beleidigung, dich als das zu bezeichnen, was du bist.«

Die Jägerin war erfüllt von der Befriedigung des Tötens. Ihre Manieren waren üblicherweise so derb wie ihre Rede, aber nicht so giftig wie diesmal. Kerrick fühlte sich nicht wohl genug, um mit der brutalen Person zu streiten. Ohne ihre Gesten von Überlegenheit und Geringschätzung zu beachten, kehrte er ihr den Rücken und zwang sie, ihm zu folgen, als er zu der Stelle ging, wo die gebundene Frau lag.

»Sprich zu dem Ustuzou«, befahl Stallan.

Die Frau zitterte, als sie Stallans Stimme hörte; der Blick ihrer furchtsamen Augen suchte Kerrick.

»Ich bin durstig.«

»Ich hole Wasser.«

»Der Ustuzou machte Geräusche«, sagte Stallan. »Und deine Geräusche waren genauso schlimm. Was hatte es zu bedeuten?«

»Der Ustuzou will Wasser.«

»Gut. Gib ihm welches. Dann werde ich Fragen stellen.«

Ine fürchtete sich vor dem Marag, der bei Kerrick stand. Er starrte sie mit einem kalten und leeren Ausdruck an, dann bewegte er die Gliedmaßen und machte Geräusche. Kerrick dolmetschte.

»Wo gibt es mehr Tanu?« fragte er.

»Wo? Was meinst du?«

»Ich frage für diesen häßlichen Marag. Er will wissen, wo mehr sind, andere Sammads.«

»Weiter westlich, in den Bergen.«

Stallan war damit nicht zufrieden. Das Verhör dauerte an. Nach einer Weile wurde es Kerrick trotz seiner lückenhaften Sprachkenntnisse langsam klar, daß Ine eindeutigen Antworten auswich.

»Du sagst nicht alles, was du weißt«, sagte er.

»Natürlich nicht. Dieser Marag will herausbringen, wo die anderen Sammads sind, um sie zu überfallen und abzuschlachten. Ich werde es nicht sagen. Lieber sterbe ich. Willst du, daß der Marag es weiß?«

»Mir ist es gleich«, antwortete Kerrick wahrheitsgemäß. Er war müde, und sein Kopf schmerzte. Murgu konnten Ustuzou töten, Ustuzou konnten Murgu töten, ihm bedeutete es nichts. Er hustete, dann hustete er noch einmal, tief aus der Brust. Als er sich die feuchten Lippen wischte, sah er, daß Blut an seinem Speichel war.

»Frag noch einmal«, sagte Stallan.

»Frag sie selbst«, versetzte Kerrick in solch beleidigender Art, daß Stallan vor Wut zischte. »Ich will Wasser trinken. Meine Kehle ist trocken.«

Er trank gierig, dann schloß er die Augen, um eine Weile zu ruhen.

Später merkte er, daß jemand an ihm zerrte, aber es war zuviel Anstrengung für ihn, die Augen zu öffnen. Nach kurzer Zeit gingen sie fort, und er zog die Knie an die Brust und umschlang sie mit den Armen. Er war besinnungslos und zitterte vor Kälte, obwohl die Sonne heiß auf ihn niederbrannte.

26

Es gab ein Bewußtsein vom Zeitablauf, verbunden mit einem Bewußtsein von ständigen Schmerzen, die bald zum Wichtigsten in Kerricks Leben wurden. Sie wuchsen zu einer überwältigenden Gegenwart, die ihn niedertrampelte. Er tauchte aus der Besinnungslosigkeit empor und versank wieder darin, begrüßte die leeren Perioden der Dunkelheit als ein Entkommen vor dem Fieber und den endlosen, quälenden Schmerzen. Einmal wachte er davon auf, daß er jemand mit matter Stimme schreien hörte; es dauerte einige Zeit, bis er begriff, daß er selbst es war.

Die schlimmste Zeit ging langsam vorüber. Noch immer blieb er bei jedem Erwachen aus der Ohnmacht nur kurze Zeit bei Bewußtsein, doch fühlte er in diesen wachen Perioden, daß der Schmerz nachgelassen und seine Schärfe verloren hatte. Seine Sicht war verschwommen, aber der kräftige, kühle Arm, der ihn stützte, so daß er trinken konnte, konnte nur Inlènu gehören. Eine ständige Wärterin, dachte er, eine treue Pflegerin. Er lachte darüber, ohne recht zu wissen, warum, als er wieder in die Besinnungslosigkeit versank.

Diese zeitlose Periode kam eines Tages zu einem unbestimmten Ende, als er sich bei Bewußtsein, aber bewegungsunfähig fand. Es war nicht so, daß er in irgendeiner Weise niedergehalten oder gebunden wäre, sondern es war eine furchtbare Schwäche in ihm, die ihn flach auf den Boden drückte. Nicht einmal die Hände konnte er heben.

Aber er merkte, daß er die Augen rollen konnte, wenn sie dabei auch schmerzten und Tränen hervorbrachten. Inlènu saß neben ihm auf dem Schwanz. Sie hatte es sich bequem gemacht und starrte in stiller Selbstzufriedenheit ins Leere. Mit großer Anstrengung brachte er krächzend das Wort »Wasser« hervor, unfähig, die begleitenden Körperbewegungen auszuführen, die ergänzend anzeigten, was er wünschte. Inlènus ihm zugewandtes Auge rollte, während sie seine Äußerung bedachte. Schließlich wurde selbst ihr deutlich, was er begehrte, und sie erhob sich und brachte ihm den Kürbisbehälter. Sie hob ihn so, daß er trinken konnte. Er schlürfte, dann hustete er und fiel erschöpft, aber bei Bewußtsein, zurück. Am Eingang entstand eine Bewegung, und Akotolp kam in sein Gesichtsfeld.

»Hörte ich ihn sprechen?« fragte sie, und Inlènu bejahte. »Sehr gut, sehr gut«, sagte die Wissenschaftlerin und beugte sich über ihn. Kerrick blinzelte zu den gedunsenen Zügen auf, von denen schwere Fleischlappen baumelten.

»Du müßtest tot sein«, sagte sie mit einiger Befriedigung. »Und du würdest tot sein, wäre ich nicht gewesen. Bewege deinen Kopf und zeige, wie dankbar du dafür bist.«

Kerrick brachte eine geringfügige Bewegung seines Kopfes zuwege, und Akotolp gab sich damit zufrieden. »Eine schreckliche Krankheit, die deinen gesamten Körper durchtobte. Diese wunden Stellen auf deiner Haut sind nur der geringste Teil davon. Die Fargi wollten dich nicht anrühren, sie sind zu dumm, um zu verstehen, daß eine Infektion wie diese artspezifisch ist. Mußte dich selbst pflegen. Höchst interessant. Hätte ich nicht in der Vergangenheit mit warmblütigen Ustuzou gearbeitet, dein Tod wäre gewiß gewesen.«

Während sie redete, wechselte Akotolp die Verbände an seinem Körper. Dies war mit Schmerzen verbunden, aber nicht mit den Qualen zu vergleichen, die er vordem gelitten hatte. »Einige der gefangenen Ustuzou hatten dieselbe Krankheit in milderer Form. Antikörper aus ihrer Jugend. Du hattest sie nicht. Ich entzog dem Kränksten von ihnen vollständig das Blut, machte daraus ein Serum und behandelte dich damit. So, fertig. Nun iß etwas.«

»Wie... lang...?« flüsterte Kerrick.

»Wie lang was? Die Nahrung, die Antikörper? Bist du noch im Delirium?« Kerrick brachte es fertig, seine Hand in der Zeitbedeutung zu bewegen. »Verstehe. Wie lang du krank gewesen bist. Sehr lang, ich habe es nicht notiert. Es ist nicht wichtig. Nun trink dies, du brauchst Protein, du hast ein Drittel deines Körpergewichts verloren. Es ist köstliches Fleisch, bis zur Verflüssigung enzymbehandelt und leicht verdaulich.«

Kerrick war zu schwach, um sich zu wehren, aber er würgte an der widerwärtigen Flüssigkeit, ehe es ihm gelang, etwas davon hinunterzubringen. Danach schlief er erschöpft ein. Aber es war der Wendepunkt. Die Macht der Krankheit war gebrochen, und er begann zu gesunden. Er hatte keinen anderen Besucher als die fette Wissenschaftlerin, noch wünschte er sich welche. Erinnerungen an die Tanu, mit der er gesprochen hatte, kamen ihm in den Sinn und wollten nicht mehr weichen. Nein, nicht Tanu, Ustuzou, verkommene, warmblütige Mörder. Fleisch von seinem Fleisch. Tanu. Die gleichen Leute, die gleichen Lebewesen. Er hatte eine doppelte Identität, die er nicht verstehen konnte, und er bemühte sich, einen Sinn darin zu finden. Natürlich war er selbst Tanu, da man ihn hierher gebracht hatte, als er klein gewesen war. Aber das war vor so langer Zeit gewesen, und so viel war seither passiert, daß alle Erinnerung daran geschwunden war. Was ihm geblieben war, war mehr eine Erinnerung der Erinnerung, als handele es sich um etwas, wovon man ihm erzählt hatte, und was er nicht wirklich selbst erfahren hatte. Obwohl er körperlich kein Yilanè war und es auch niemals sein konnte, dachte er nichtsdestoweniger wie einer, bewegte sich wie einer, sprach wie einer. Aber sein Körper war noch immer Tanu, und in seinen quälenden Träumen, die mehr einem halbwachen Dämmerzustand als tiefem Schlaf glichen, bewegte er sich unter seinesgleichen. Diese Träume waren beunruhigend, sogar beängstigend, und er war froh, daß er beim Erwachen sich kaum daran erinnern konnte. Er durchsuchte sein Gedächtnis nach weiteren Tanuworten. Er konnte aber keine finden, und selbst die Worte, die er laut gesprochen hatte, entglitten wieder seinem Gedächtnis, als er sich allmählich erholte.

Außer der ständigen stillen Gegenwart Inlènus bekam er nur Akotolp zu sehen, und als es ihm besser ging, begann er sich Gedanken darüber zu machen.

»Sind noch alle fort von der Stadt, all jene, die den Ustuzou nachjagen?« fragte er sie eines Tages.

»Nein. Sie sind seit wenigstens zwanzig Tagen zurück.«

»Aber niemand geht draußen vorbei, nicht einmal die Fargi. Außer dir kommt niemand herein.«

»Natürlich nicht.« Akotolp ließ sich schwerfällig auf ihrem Schwanz nieder, steckte die vier Daumen ineinander und ließ sie auf der dicken Fettrolle ihres Leibes ruhen. »Du weißt wenig über die Yilanè, ungefähr soviel, wie zwischen meinen Daumen Raum ist.« Sie drückte beide Daumen zusammen. »Du lebst in unserer Mitte und weißt doch nichts.«

»Ich bin nichts, ich weiß nichts. Du weißt alles. Aufklärung würde ein Vergnügen für mich sein.« Es war ihm ernst damit, er sagte es nicht aus bloßer Höflichkeit. Er lebte in einem Irrgarten von Geheimnissen und unbeantworteten Fragen. Sein ganzes Leben hatte er hier in dieser Stadt der Geheimnisse verbracht. Es gab Voraussetzungen und Kenntnisse des Yilanè-Lebens, die allgemein bekannt zu sein schienen – und doch wollte niemand darüber sprechen. Wenn Schmeicheleien dieser fetten Person Antworten entlocken könnten, dann würde er sich mit Vergnügen zu jeder Form von Ehrerbietung verrenken.

»Yilanè werden nicht krank. Krankheit wirft nur die niederen Tiere wie dich zu Boden. Ich kann annehmen, daß es einst Krankheiten gab, die auch uns befielen. Sie sind längst eliminiert, wie das Fieber, das einige der ersten Yilanè tötete, die hierher kamen. Infektionen können auf traumatische Verletzungen erfolgen. Sie werden rasch besiegt. Darum verwirrt deine Krankheit die dummen Fargi. Sie können sie weder verstehen noch akzeptieren, also beachten sie sie nicht und dich dazu. Meine Erfahrung in der Arbeit mit allen Lebensformen ist jedoch von einer Art, daß ich gegen solche Dummheiten immun bin.«

Sie drückte große Selbstzufriedenheit aus, und Kerrick beeilte sich, ihr in allem zuzustimmen. »Gern glaube ich, daß deiner Weisheit nichts unbekannt ist«, fügte er hinzu. »Darf dieser Dummkopf deine Intelligenz mit einer Frage behelligen?«

Akotolp signalisierte gelangweilte Zustimmung.

»Gibt es auch unter den Männern keine Krankheiten? Im Hanalè sagte man mir, daß viele von ihnen an den Stränden sterben.«

»Männer sind dumm und reden zuviel dummes Zeug. Es ist Yilanè verboten, über diese Dinge zu sprechen.«

Akotolp musterte Kerrick mit forschendem Auge, während das andere gleichzeitig zu Inlènus unbeweglichem Rücken blickte.

»Aber es kann nicht schaden, wenn ich es dir erzähle. Du bist kein Yilanè, und obendrein bist du männlich, also sollst du es erfahren. Ich werde einfach darüber sprechen, weil nur jemand von meinem großen Wissen es wirklich verstehen kann. Ich werde dir die intimen und komplizierten Details des Reproduktionsprozesses beschreiben. Zunächst mußt du deine Minderwertigkeit erkennen. Alle warmblütigen männlichen Geschöpfe, du selbst eingeschlossen, geben Sperma von sich – und das ist eure gesamte Beteiligung am Reproduktionsprozeß. Für unsere überlegenen Arten trifft das nicht zu. Während des Verkehrs wird das befruchtete Ei im Beutel des männlichen Yilanè abgelegt. Dieser Vorgang löst in ihm eine Stoffwechselveränderung aus. Er wird träge, verausgabt wenig Energie und setzt Fett an. Die Eier reifen, die Jungen nähren sich im geschützten Beutel und werden kräftig. Sie kommen aber erst heraus, wenn sie reif genug sind, um in der See zu überleben. Ein schöner Prozeß, der die überlegenen weiblichen Yilanè für wichtigere Aufgaben freimacht.«

Akotolp schmatzte hungrig, streckte die Hand aus und ergriff Kerricks Kürbisgefäß mit verflüssigtem Fleisch, von dem er nur gekostet hatte, und leerte es in einem Zug. »Überlegen in jeder Weise.« Sie rülpste behaglich. »Sobald die Jungen in die See eingegangen sind, ist die männliche Rolle in der Reproduktion beendet. Sehr ähnlich, könnte man sagen, wie bei den Spinnen oder einem Insekt, das Gottesanbeterin genannt wird, wo das weibliche Tier das männliche im Zuge der Kopulation auffrißt. Die Umkehrung der Stoffwechselveränderung im männlichen Körper ist nicht effizient. Ungefähr die Hälfte stirbt dabei. Während dies für das betroffene männliche Exemplar sicherlich unangenehm ist, hat es keinerlei Auswirkungen auf das Überleben der Art. Du begreifst nicht, wovon ich rede, nicht wahr? Ich sehe es der tierischen Verständnislosigkeit deiner Augen an.«

Aber Kerrick verstand nur zu gut. Ein drittes Mal zu den Stränden geschickt zu werden, kam dem sicheren Tod gleich, soviel hatte er Esettas Gesang entnehmen können. »Welche Weisheit du hast, Höchste«, sagte er. »Wäre ich seit dem Ei der Zeit am Leben, ich würde nur den geringsten Bruchteil dessen wissen, was du weißt.«

»Gewiß«, erklärte Akotolp. »Die minderwertigen warmblütigen Lebewesen sind größerer Stoffwechselveränderungen unfähig, was erklärt, daß sie gering an Zahl sind und nur am Rand der Welt überleben können. In Entoban habe ich mit Tieren gearbeitet, die sich zu Beginn der Trockenzeit im Schlamm ausgetrockneter Gewässer vergraben und so bis zur nächsten Regenzeit überleben, gleichgültig, wie lange die Trockenzeit bis dahin dauert. Deshalb wirst du auch verstehen können, daß Stoffwechselveränderungen ebenso zum Überleben wie auch zum Tode führen können.«

Kerrick glaubte weitere Zusammenhänge zu sehen und sagte eifrig, ohne nachzudenken: »Die Töchter des Lebens...«

»Die Töchter des Todes«, unterbrach in Akotolp in höchst beleidigender Art. »Sprich zu mir nicht von diesen Kreaturen. Sie dienen ihrer Stadt nicht, noch wollen sie auf anständige Weise sterben, wie es sich gehört, wenn sie fortgeschickt werden. Die Guten sind es, die sterben.« Sie richtete ihren Blick auf Kerrick, und in ihren Gesten war kalte Bosheit. »Ikemei ist tot, eine große Wissenschaftlerin. Du hattest die Ehre, in Inegban ihre Bekanntschaft zu machen, als sie Proben deines Körpergewebes entnahm. Das war ihr Untergang. Irgendwelche Dummköpfe in hohen Stellen wünschten, daß sie eine biologische Methode zur Vernichtung von euch Ustuzous finde. Sie wollte und konnte das nicht tun, obwohl sie sich darum bemühte. Also starb sie. Wir Wissenschaftler erhalten Leben, wir können es nicht nehmen. Wie eine von ihrer Stadt verstoßene Yilanè verstarb sie. Du aber bist ein gefühlloses männliches Tier, und es hat keinen Sinn, über solche Dinge mit dir zu sprechen.«

Sie watschelte fort, aber Kerrick bemerkte es kaum. Zum erstenmal begann er etwas davon zu verstehen, was um ihn vorging. Er hatte die Welt einfältig so hingenommen, wie er sie sah. Er hatte geglaubt, daß Geschöpfe wie die Hèsotsan und die Boote völlig natürlich seien. Aber wie konnten sie? Die Yilanè hatten sie mit unbekannten Methoden gezüchtet und geformt, sie mußten viele Pflanzen und Tiere in der Stadt gestaltet haben. Wenn die fette Akotolp wußte, wie man so etwas bewerkstelligen konnte, dann reichte ihr Wissen tatsächlich weit über alles hinaus, was er sich vorstellen konnte. Er empfand aufrichtige Achtung für sie, für ihr Wissen und ihr Können. Sie hatte seine Krankheit geheilt. Ohne ihr Wissen wäre er tot. Nach einer Weile schlief er ein. Er fand aber keine Ruhe im Schlaf, weil ihn Träume von Tieren und Fleisch bedrängten, die sich um ihn her veränderten, bis er zuletzt selber schmolz und dadurch seine Gestalt veränderte.

Bald war er soweit wiederhergestellt, daß er aufsitzen und, auf Inlènu gestützt, die ersten schleppenden Schritte tun konnte. Nach und nach gewann er seine Kraft wieder zurück. Sobald er sich ohne Inlènus Hilfe bewegen konnte, wagte er sich aus seiner Kammer heraus und setzte sich an einer belaubten Wand in die Sonne. Als er es soweit gebracht hatte und allem äußeren Anschein nach so gesund wie eh und je war, wurde seine Existenz von den Fargi wieder als selbstverständlich hingenommen. Sie kamen, wenn er rief, und brachten ihm Früchte, Wasser und alles, was er wollte, um sich den Geschmack des verflüssigten rohen Fleisches aus dem Mund zu spülen.

Eines Tages gelang es ihm sogar, mit häufigem Zwischenrasten bis zum Ambesed zu gehen. Vor seiner Krankheit wäre es ein kurzer Spaziergang gewesen; jetzt aber war es eine Expedition, und je länger sich der Weg hinzog, desto schwerer stützte er sich auf Inlènu. Als er sein Ziel erreicht hatte, war er in Schweiß gebadet, und seine Knie zitterten. Er ließ sich an der Wand niedersinken und verschnaufte. Nach kurzer Zeit sah Vaintè ihn so dasitzen und befahl ihn zu sich. Er rappelte sich auf und schwankte näher. Sie beobachtete seine unsicheren Bewegungen.

»Du bist noch krank«, sagte sie mit einem Ausdruck von Besorgnis.

»Die Krankheit ist vergangen, Eistaa. Nur die Schwäche bleibt. Akotolp, deren Wissen unendlich ist, sagt mir, ich solle viel Fleisch essen, so daß es zu meinem Körper zurückkehren werde und mit ihm meine Kraft.«

»Tue wie sie sagt, das ist auch mein Befehl. Der Sieg ist mit uns zum Norden gezogen, und alle Ustuzou, auf die wir trafen, wurden vernichtet. Bis auf die wenigen, die wir zu Gefangenen machten. Es war mein Wunsch, daß du mit ihnen sprichst und Informationen von ihnen erlangst.«

»Wie die Eistaa befiehlt«, sagte Kerrick. Obwohl er mit bescheidener Höflichkeit sprach, überkam ihn eine jähe Erregung: Sein Gesicht errötete, und er zitterte. Er wußte, daß er die ekelhaften Geschöpfe verabscheute, dennoch hatte er noch immer das Verlangen, mit ihnen zu sprechen.

»Du wirst sprechen, aber nicht mit denen, die wir zurückbrachten. Sie sind tot. Kräftige dich. Sobald die warme Sonne nach Norden zurückkehrt, werden auch wir wieder ausziehen, um noch mehr von ihnen zu erlegen.«

Kerrick signalisierte Unterwerfung und wunderte sich zugleich über seine plötzliche Enttäuschung.

Es genügte ihm, zu seinem Platz in der Sonne zurückzukehren und mit dem Anwachsen seiner Kräfte die Krankheit ganz von sich abzuschütteln. Viele Tage vergingen, bis Akotolp ihn zu sich kommen ließ. Die Fargi führten ihn zu einem Teil der Stadt, den er bis dahin noch nie besucht hatte. Sie brachten ihn zu einer verschlossenen und seltsam vertraut anmutenden Tür. Sie öffnete sich, und er betrat eine feuchte Kammer.

»Ein Wassereingang – genau wie der in Inegban!«

Inlènu bewegte ihren dicken Leib zustimmend hin und her. »Es schmerzt in den Augen.«

»Dann halte sie geschlossen, du von großer Dummheit.« Darauf schloß er rasch die eigenen Augen, denn der warme Guß überschüttete sie.

Akotolp verließ ihre Arbeit, als sie eintraten, watschelte auf sie zu und faßte Kerricks Fleisch zwischen zwei Daumen.

»Gut. Du bedeckst deine Rippen. Du mußt auch üben. Das ist der Befehl, den ich von der Eistaa an dich weitergebe. Sie ist sehr darum besorgt, ob du imstande sein wirst, mit den anderen nach Norden zu ziehen.«

»Ich höre und gehorche.« Während er sprach, blickte er neugierig umher. Er versuchte vergeblich zu verstehen, was er sah. »Einmal, im fernen Inegban, war ich in einem Raum wie diesem.«

»In deiner Dummheit bist du aufgeweckt. Ein Laboratorium ist wie das andere.«

»Sage mir, was du hier tust, Höchste.«

Akotolp schmatzte mit den Lippen, und ihr Fett erbebte unter der Kraft ihrer Gefühle. »Du willst, daß ich dir das sage, Geschöpf von endloser Dummheit? Und hättest du zehn Lebensalter, du würdest nicht anfangen zu verstehen. Seit wir Yilanè aus der See kamen, haben wir unsere Wissenschaft gepflegt, und seit jener Zeit ist sie gewachsen und gereift. Wissenschaft ist die Kenntnis des Lebens selbst, ist der Einblick in das Leben, in die Zellen, die alles Leben bilden und in den Zellen zu den Genen, deren spiralenförmige Anordnungen unterbrochen und verändert und versetzt werden können, bis wir Meister allen Lebens sind. Hast du ein Wort von alledem verstanden, du Niedriger und Kriechender?«

Kerrick signalisierte Niedrigkeit und Kriechen, als er antwortete. »Sehr wenig, du von endlosem Wissen, aber genug, um zu verstehen, daß du die Meisterin des Lebens bist.«

»Das ist wahr. Wenigstens hast du genug Intelligenz, dies zu würdigen, wenn du es schon nicht verstehst. Bestaune dieses Geschöpf hier.« Akotolp schob eine ihrer Assistentinnen beiseite und zeigte zu einem knolligen und stachligen, vielfarbigen Geschöpf, das neben einem transparenten Wandabschnitt hockte. Helles Sonnenlicht schien auf etwas, was wie ein großes Auge in seiner Seite aussah. Zu Kerricks Verwirrung hatte es ein weiteres Auge oben auf dem Kopf. Akotolp sah sein Zögern näherzutreten und schüttelte sich vor Heiterkeit.

»Du fürchtest dich davor?«

»Diese Augen...«

»Sie können nicht sehen, Dummer. Dieses Geschöpf ist blind und ohne Gefühl. Die Augen sind für unseren Gebrauch abgewandelte Linsen, um das Licht einzufangen und Dinge zu vergrößern, so daß wir das Ungesehene sehen können. Schau her, was siehst du auf dieser transparenten Platte?«

»Einen Tropfen Wasser?«

»Verblüffende Beobachtung. Nun paß auf, wenn ich die Platte in den Sanduu stecke.« Akotolp stieß das Wesen mit den Daumen an, bis in seiner Seite eine Öffnung erschien, in welche sie die Platte steckte. Dann spähte sie mit zusammengekniffenem Auge in die obere Linse, grunzte und erteilte dem Sanduu durch Daumenstöße weitere Instruktionen. Anschließend richtete sie sich befriedigt wieder auf und winkte Kerrick zu sich.

»Schließe ein Auge. Schau mit dem anderen da hinein. Sag mir, was du siehst.«

Er sah nichts, bloß verschwommenes Licht. Er zwinkerte und bewegte den Kopf, dann sah er sie plötzlich: durchsichtige Tiere mit kleinen Armen, die sich rasch bewegten. Er konnte es nicht verstehen und wandte sich hilfesuchend zu Akotolp. »Ich sehe etwas, Tiere, die sich bewegen. Was sind es für Tiere?«

»Winzige Lebewesen, die im Wassertropfen leben. Sie sind durch die Linsenaugen vergrößert. Weißt du, wovon ich spreche?«

»Nein.«

»So ist es. Du wirst es niemals lernen. Deine Intelligenz gleicht jener des anderen Ustuzou hinter dir. Nun geh.«

Kerrick wandte sich um, und der Atem stockte ihm, als er den stummen, bärtigen Tanu in der Wandnische stehen sah. Später erst erkannte er, daß es nur ein ausgestopftes Tier war. Es bedeutete ihm nichts. Er ging rasch hinaus.

Dennoch verspürte er eine seltsame Beruhigung, als er im warmen Sonnenschein zurückging. Inlènu trottete geduldig hinterdrein. In seinem Denken und Sprechen war er Yilanè, in der Gestalt aber ein Ustuzou. Das bedeutete, daß er weder das eine noch das andere war. Wenn er darüber nachdachte, geriet er in Verwirrung. Er fühlte sich als Yilanè, daran war nicht zu zweifeln.

Doch während er sich das wieder und wieder sagte, kneteten seine Finger unbewußt sein warmes Tanufleisch.

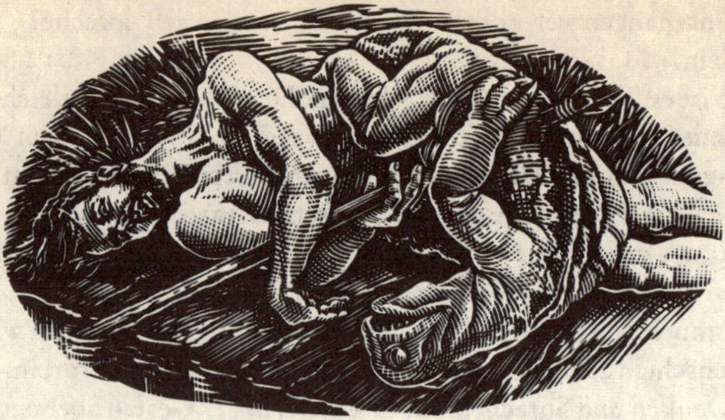

27

»Die Zeit der Abreise ist gekommen«, sagte Stallan. »Was wir wissen müssen, ist hier auf den Bildern zu sehen.«

»Zeig es mir«, sagte Vaintè. Ihre Helferinnen und die Fargi drängten näher, um auch zu sehen, aber eine ungeduldige Gebärde trieb sie zurück. Stallan reichte ihr die Bilder, eins nach dem anderen, und zu jedem gab sie eine genaue Erklärung.

»Diese hier sind die frühesten, von den Hochtälern, wo die Ustuzou gewöhnlich überwintern. Aber den letzten Winter blieben die Täler gefroren. Das Tauwetter kam nicht, was ihnen während des übrigen Jahres Leben bringt. Darum müssen die Ustuzou südwärts ziehen, wenn sie Nahrung finden wollen.«

Nach Süden, fort von der Kälte ihres Winters, dachte Vaintè. Genauso wie wir vor den kalten Wintern Inegbans nach Süden fliehen. Sie vertrieb diese abstoßende Idee so rasch, wie sie ihr gekommen war. Es gab keinen Zusammenhang zwischen den beiden Tatsachen. Es konnte keinen Zusammenhang zwischen Yilanè und Ustuzou geben. Es war nur eine Sache des Zufalls. Worauf es ankam, war, daß die Ustuzou nach Süden ziehen mußten, um Nahrung zu finden.

»Nach Süden«, sagte sie, »wo wir sie erreichen können.«

»Du siehst die Zukunft, Eistaa. Wenn sie bleiben, müssen sie verhungern. Wenn sie nicht bleiben, werden wir zur Stelle sein, um sie zu begrüßen.«

»Wann brechen wir auf?«

»Sehr bald. Nun, auf diesem Bild sind sie zu sehen, hier und hier. Die großen Tiere, welche die Stangen und Häute ziehen. Sie kommen aus dem Hügelland herab. Es gibt Gras, doch ist es nach dem Winter noch grau und tot. Und das Weiße hier in den Mulden, das ist hartes Wasser. Sie müssen weiter nach Süden ziehen.«

»Und sie werden es tun. Sind deine Vorbereitungen getroffen?«

»Alles ist fertig. Die Vorräte sind bereitgestellt, die Boote gefüttert, die Fargi bewaffnet.«

»Sieh zu, daß es dabei bleibt.«

Sie entließ Stallan und beschäftigte sich in ihren Gedanken mit dem bevorstehenden Feldzug. Diesmal wollten sie weit landeinwärts vordringen und den ganzen Sommer unterwegs sein. Es war nicht möglich, die Truppe für eine so lange Zeit zu verproviantieren, so daß sich die Überlegung ergab, ob sie Nachschub organisieren oder aus dem Land leben sollte. Letzteres versprach einfacher zu sein, und jedes Tier, daß sie erlegten und verzehrten, würde eins weniger für die Ustuzou bedeuten. Gleichwohl würde es erforderlich sein, eine Reserve von haltbar gemachtem Fleisch mitzuführen, damit die Bewegungen der Truppe nicht zu sehr verlangsamt würden. Alles mußte in Betracht gezogen werden. Auch galt es, Gefangene zu machen. Die willkürlichen Flugbewegungen des Raubvogels konnten nur zur Auffindung einiger Ustuzou-Rudel führen. Aber die Vernehmung von Gefangenen böte die Möglichkeit, ein Rudel nach dem anderen aufzuspüren, bis sie alle vernichtet wären. Sie winkte eine Fargi zu sich.

»Kerrick soll zu mir kommen.«

Ihre Gedanken kehrten zum bevorstehenden Feldzug zurück, bis sie bemerkte, daß er vor ihr stand.

»Berichte mir über deine Gesundheit«, befahl sie. »Du bist dünner, als du zu sein pflegtest.«

»Das ist richtig, aber die Schwäche ist vergangen, und die Narben der offenen Stellen sind verheilt. Jeden Tag zwinge ich die fette Inlènu hier, mit mir zu den Feldern hinauszulaufen. Sie verliert Gewicht, ich gewinne es.«

»Wir ziehen bald nach Norden. Du wirst mit uns gehen.«

»Wie die Eistaa sagt, so soll es geschehen.«

Er drückte dies in der förmlichsten Art und Weise aus, und etwas später verließ er sie mit der angebrachten Ehrerbietung, ohne andere Emotionen erkennen zu lassen. Die Gedanken aber, die unter seinem ruhigen Äußeren gärten, waren von ganz anderer Art.

Er freute sich auf die Expedition und fürchtete sie zugleich. Die meisten seiner Erinnerungen an die letzte Reise nach Norden waren unter den Schmerzen seiner Erkrankung begraben. Am einfachsten war es noch gewesen, als sein Zustand das schlimmste Stadium erreicht hatte, denn während dieser Zeit hatte es für ihn nur Bewußtlosigkeit gegeben, ohne eine Erinnerung an das Geschehen. Dann aber waren die Tage des stundenweisen Erwachens gekommen, der Schmerzen in seiner Brust und der offenen Geschwüre, die seinen Körper bedeckt hatten. Er hatte gewußt, daß er essen sollte, es aber nicht vermocht. Er hatte gefühlt, wie abgezehrt sein Körper gewesen war und wie nahe dem Tode. Er war aber zu schwach gewesen, um etwas daran zu ändern. Erst mit dem Beginn der allmählichen und schmerzhaften Rekonvaleszenz hatte er wieder an Nahrung denken können.

Das aber war Vergangenheit und sollte dort bleiben. Obgleich er am Ende jeden Tages noch unnatürlich müde war, fühlte er doch die zunehmende Kräftigung seines Körpers. Bald würde er ganz wiederhergestellt sein. Er würde mit ihnen ziehen und mit anderen Ustuzou sprechen. Lange Zeit hatte er seinen Gedanken die Beschäftigung mit dieser Angelegenheit nicht gestattet. Nun aber erfüllte ihn eine seltsame Erregung, und er konnte den Tag des Aufbruchs kaum erwarten. Er würde wieder mit Tanu sprechen und sich diesmal mehr ihrer Worte erinnern. Eine jähe und unerklärliche Erregung ergriff von ihm Besitz, wenn er daran dachte, mit den Tanu zu reden. Er ging unwillkürlich schneller, bis Inlènu ungeduldig protestierte.

Einige Tage später brachen sie nach Norden auf, früher als ursprünglich geplant gewesen war, denn es mußte mit einem langsameren Vorankommen gerechnet werden. Vaintè wollte sehen, ob die Versorgung der Truppe mit Fleisch aus dem Land möglich sei. Am ersten Tag fuhren sie nur bis zum frühen Nachmittag und landeten dann an einer felsigen Küste. Stallan machte sich sogleich mit ihren besten Jägerinnen auf den Weg, gefolgt von einer Gruppe nervöser Fargi.

Noch vor dem Dunkelwerden kehrten sie zurück. Die Fargi waren mit Körpern erlegter Hirsche beladen. Kerrick sah mit seltsamer Erregung zu, wie sie ihre Beute vor der Eistaa niederlegten.

»Das ist gut, sehr gut«, sagte sie erfreut. »Du trägst deinen Namen zu Recht, Stallan, denn als Jägerin hast du nicht deinesgleichen.«

Jäger. Kerrick hatte nie über die Bedeutung des Namens nachgedacht. Jäger. In den Wald eindringen, auf der Fährte der Beute durch das Grasland ziehen...

»Ich würde auch gern jagen, Stallan«, sagte er, ohne nachzudenken. Er bückte sich, um ein Hèsotsan aufzuheben, das in der Nähe lag, aber Stallan stieß es mit dem Fuß fort. Ihre Zurückweisung war grausam und scharf.

»Ustuzou werden mit dem Hèsotsan getötet.«

Kerrick schrak zurück, er hatte nicht an die Waffen gedacht, nur an die Jagd. Während er nach Worten suchte, kam Vaintè ihm zuvor.

»Ist deine Erinnerung so gering, Stallan, daß du vergessen hast, wer hier die Befehle gibt? Ich befehle dir, Kerrick deine eigene Waffe zu geben. Erkläre sie ihm, wie sie funktioniert.«

Stallan erstarrte unter der Kraft des Befehls in Bewegungslosigkeit. Vaintè verharrte in ihrer befehlenden Haltung. Es war wichtig, daß alle Yilanè ohne Ausnahme bei passender Gelegenheit darin erinnert wurden, daß sie allein Eistaa war. Und es gefiel ihr, diese zwei gegeneinander auszuspielen, weil ihre Abneigung gegeneinander so groß war. Stallan konnte nur gehorchen. Die Fargi drängten näher, wie sie es immer taten, wenn etwas erklärt wurde, während Stallan die Waffe widerwillig Kerrick hinstreckte.

»Dieses Geschöpf ist ein Hèsotsan, gezüchtet und entwickelt, um eine Waffe zu sein.« Kerrick nahm vorsichtig das kühle, dunkle Ding in die Hände und folgte dem anzeigenden Daumen. »In der Jugend sind sie beweglich. Sie verändern ihre Form erst, wenn sie ihr volles Wachstum erreicht haben. Die Beine verkümmern, und das Rückgrat versteift sich, bis das Tier so aussieht. Es muß gefüttert werden, sonst stirbt es. Dies ist der Mund.« Sie deutete auf eine schwarzlippige Öffnung. »Er ist nicht mit dieser Öffnung zu verwechseln, in die Pfeile eingeschoben werden. Die Pfeile werden von den Büschen gepflückt und getrocknet – nicht die Hand bewegen!«

Stallan entriß ihm die Waffe und hielt sie, während sie um ihre Beherrschung rang. Die Anwesenheit der Eistaa hinter ihr trug wesentlich zum Gelingen dieses inneren Kampfes bei. Wären sie allein gewesen, so hätte sie den Ustuzou zu Boden geschlagen. Ihre Stimme war noch heiserer als sonst, als sie weitersprach.

»Diese Waffe tötet. Um das zu tun, drückt man ihren Körper mit einer Hand, hier, wo deine Hand eben war, dann drückt man hier mit dem Daumen der anderen Hand auf die Basis.«

Es gab ein scharfes, knackendes Geräusch, und ein Pfeil zischte harmlos auf die See hinaus.

»Die Pfeile werden hier eingeschoben. Wenn der Hèsotsan den Impuls empfängt, erzeugt er eine kleine Menge einer Ausscheidung, die in Dampf explodiert und den Pfeil gewaltsam hinausschießt. Bis zum Laden sind die Pfeile ungefährlich. Wird der Pfeil jedoch durch das Projektionsrohr bewegt, streift er eine Drüse, die ein sehr starkes Gift sekretiert; dieses ist so stark, daß ein Tropfen, den man kaum sehen kann, augenblicklich ein Tier von der Größe eines Nenitesk tötet.«

»Du gibst eine ausgezeichnete Lehrerin ab«, sagte Vaintè mit einem Sarkasmus, der dem Lob eine Doppeldeutigkeit verlieh. »Du kannst jetzt aufhören.«

Stallan stieß Kerrick den Hèsotsan in die Hände und machte auf der Stelle kehrt. Sie war aber nicht schnell genug, daß ihm der brennende Haß in ihren Bewegungen entgangen wäre. Er erwiderte dieses Gefühl uneingeschränkt. Er vergaß den Zwischenfall jedoch sehr bald über der Betrachtung und Untersuchung der Waffe, die er auf der Jagd erproben wollte. Andererseits war er gewarnt und wußte, daß er Stallan nicht in seine Nähe lassen durfte, wenn sie außer Sichtweite der anderen wären. Es empfahl sich, von nun an einen weiten Bogen um die Jägerin zu machen, besonders während der Jagd. Die vergifteten Pfeile konnten ihn so leicht wie jedes andere Tier zur Strecke bringen.

Als er am nächsten Tag zur Jagd ging, nahm er mit seiner Waffe daran teil, aber erst, nachdem er gesehen hatte, welche Richtung Stallan und die anderen einschlugen: Dann ging er in die entgegengesetzte Richtung. Er hatte kein Verlangen, Opfer eines tödlichen Jagdunfalls zu werden.

Mit der unbeholfenen Inlènu im Schlepptau war die Jagd keine einfache Sache. Aber er tat sein Bestes und hatte einigen Erfolg. In den folgenden Tagen trug Inlènu mehr als ein Beutetier zum Strand zurück. Wichtiger als die Beute selbst war ihm jedoch das Gefühl, das sich bei ihm einstellte, wenn er sich durch das hohe Gras anpirschte.

Es war ein Genuß, der über jedes bloße Vergnügen hinausging. Er bemerkte es nicht einmal, wenn er müde wurde: Sein Appetit war unersättlich, und er schlief gut. Die Jagdausflüge dauerten auch an, als sie langsam weiter nach Norden zogen, und jeden Tag fühlte er sich ein wenig kräftiger, geübter und ausdauernder als am vorangegangenen. Als sie die Meeresküste verließen und den breiten Fluß aufwärts zogen, fühlte er sich besser und gestählter denn je. Und nur wenige Tage später kam es zum ersten Kampf, zum ersten Massaker des Sommers.

Kerrick blieb an seinem gewohnten Platz im Lager am Flußufer, als die anderen auszogen. Die Bilder des Raubvogels hatten gezeigt, daß die Ustuzou ihnen am Flußufer entgegenzogen. Vaintè hatte daraufhin einen Hinterhalt legen lassen. Kerrick fand, daß ihn dies alles nichts anging. Er saß mit gekreuzten Beinen am Boden und öffnete den Mund des Hèsotsan mit lockenden Berührungen seines Fingers. Dann steckte er ein Stück Fleisch hinein und dachte dabei an die nächste Jagd. Inlènu war laut und ungeschickt, doch hatte sie wenigstens gelernt, stillzuhalten, wenn er ihr das Zeichen gab. Wenn sie wieder auf ein Rudel Hirsche stießen, wollte er sie in einem weiten Bogen umgehen und sich im Abwind von ihnen auf die Lauer legen. Die Hirsche würden vor den anderen Jägern fliehen und auf ihn zukommen, statt andersherum. Es war ein guter Plan.

Ein trompetendes Kreischen aus der Ferne riß ihn aus seinen Gedanken. Selbst Inlènu kam in Bewegung und blickte umher. Wieder ertönte das Kreischen, jetzt war es lauter und näher. Kerrick sprang auf, die schußbereite Waffe in den Händen, als das schrille Trompeten ein drittes Mal ertönte. Es wurde von dumpfen, schweren Tritten begleitet, die den Boden erzittern ließen.

Über ihnen hinter der Uferböschung kam ein mächtiger Schädel zum Vorschein. Lange weiße Stoßzähne, ein erhobener Rüssel und abermals das ohrenbetäubende, schrille Trompeten.

»Töte den Ustuzou!« jammerte Inlènu. »Schnell, töte ihn!«

Kerrick hatte den Hèsotsan in Anschlag gebracht und zielte auf das kleine dunkle Auge des grauen Riesen, das zornig zu ihm herabfunkelte.

»Karu...« sagte er und ließ die Waffe sinken. Inlènu stöhnte vor Angst. Das Mastodon hob den Rüssel und schrie ein weiteres Mal. Dann warf es sich schwerfällig herum und stampfte davon.

Karu. Warum hatte er das gesagt? Was bedeutete es? Das gewaltige Tier hatte ihn erschreckt – aber er hatte nicht die geringste Angst verspürt. Dieses Wort, Karu, rührte verschüttete Erinnerungen auf. Warm und freundlich, kalt wie der Tod. Ein Schauer überlief ihn. Er unterdrückte die Gedanken und lauschte. Der Kampf mußte im Gange sein. Wahrscheinlich war das große, behaarte Tier vom Kampfgetöse verängstigt durchgegangen. Er war froh, daß er es nicht getötet hatte.

»Die Eistaa schickt nach jemand namens Kerrick«, sagte eine Fargi, die langsam das Ufer entlang kam. Sie war von einem scharfen Gegenstand verletzt worden, und ein großer Verband bedeckte ihren Arm. Sie blutete an einer Seite, und es rann das Bein herunter.

»Wasch dich sauber«, befahl Kerrick, dann zog er an seiner Leine, und Inlènu erhob sich schwerfällig. Der Hèsotsan hatte das Fleischstück hinuntergeschluckt, und während sie gingen, verschloß Kerrick ihm mit streichelnden Fingerbewegungen den Mund; er hatte winzige scharfe Zähne und konnte dem unachtsamen Träger böse Bißwunden zufügen, wenn dies unterlassen wurde.

Sie folgten dem Flußufer und verließen es erst, als sie auf einen gut ausgetretenen Pfad stießen. Mehr verwundete Fargi kamen ihnen entgegen. Einige rasteten und sammelten Kräfte; andere lagen zu geschwächt am Boden, um weiterzugehen. Eine war unterwegs gestorben und lag mit glasigen Augen und offenem Mund da. Es mußte ein heftiger Kampf getobt haben.

Dann sah Kerrick die ersten toten Tanu. Sie lagen in Mengen am Boden, Männer und Frauen, dazwischen die winzigen Leichen kleiner Kinder. Ein Stück weiter ein Mastodon, tot zwischen den zerbrochenen Stangen, seine Last umhergestreut.

Kerrick stolperte stumm dahin, wie betäubt unter der Wucht widerstreitender Empfindungen. Dies waren Ustuzou. Es war nötig, daß man sie tötete. Es waren Tanu – warum waren sie tot? Dies waren die abscheulichen Ustuzou, die an den Stränden Yilanè und ihre Jungen abgeschlachtet hatten. Aber was kümmerte ihn das, was wußte er darüber? Er war nicht einmal an den Stränden gewesen.

Eine Fargi lag, durchbohrt von dem Speer, der sie getötet hatte, in blutiger Umarmung über dem Leichnam des Jägers, der ihn geschwungen hatte. Die Fargi war Yilanè, und er, Kerrick, er war auch Yilanè.

Aber nein, er war Tanu. War er nicht auch Tanu?

Die Frage war nicht zu beantworten, aber er konnte sie auch nicht vergessen. Aber er mußte sie vergessen und daran denken, daß er ein Junge gewesen war, und daß dieser Junge tot war. Um leben zu können, mußte er als ein Yilanè leben. Er war ein Yilanè, kein schmutziger Ustuzou.

Eine Fargi zog ihn am Arm mit sich, und er stolperte ihr nach durch das Totenfeld, das mit Tanu, Mastodons und Yilanè übersät war. Der Anblick war ihm unerträglich. Sie kamen zu einer Gruppe bewaffneter Fargi, die ihnen Platz machten. Vaintè stand dort. Sie drückte mit jeder Körperbewegung Zorn und Erbitterung aus. Als sie Kerrick sah, zeigte sie wortlos auf einen Gegenstand, der vor ihr am Boden lag. Es war eine Tierhaut, schlecht gegerbt und fleckig, schlaff und formlos bis auf den Kopf, der ausgestopft war.

Kerrick schrak zurück. Es war kein Tier – es war eine Yilanè, noch dazu eine, die er wiedererkannte. Sòkain, die Landvermesserin, die von den Ustuzou getötet worden war. Getötet, abgehäutet und hierhergebracht.

»Schau her!« Jede Bewegung ihres Körpers, jedes Wort strömte Haß und unnachgiebigen Zorn aus. »Schau her, was diese Tiere einer Yilanè von so hoher Intelligenz und Anmut angetan haben! Ich möchte mehr darüber wissen, wer von ihnen verantwortlich war, wie viele daran beteiligt waren und wo wir sie finden können. Du wirst den Ustuzou vernehmen, den wir dort drüben gefangenhalten. Wir mußten ihn zu Boden schlagen. Er mag der Anführer des Rudels sein. Laß ihn bluten, bring ihn zum Sprechen, mit welchen Mitteln auch immer. Er soll dir sagen, was er weiß, bevor ich ihn töte. Und beeile dich. Ich will es bei meiner Rückkehr wissen. Einige von ihnen sind geflohen, aber Stallan hat mit ihren Leuten die Verfolgung aufgenommen und wird sie zur Strecke bringen.«

Der Tanu lag am Rand einer von hohen Bäumen umgebenen Wiese. Er war an Armen und Beinen gebunden, während eine Fargi ihn mit seinem eigenen Speer schlug. »Mach ihn leiden, aber töte ihn nicht«, befahl Vaintè. Dann wandte sie sich ab, als ihr eine Botschaft gebracht wurde.

Kerrick näherte sich langsam dem Gefangenen, beinahe gegen seinen Willen. Er sah, daß der Jäger ein großer Mann war, größer als er, mit dichtem Haar und einem Vollbart. Das Haar war blutverklebt. Die Fargi schlug mechanisch auf ihn ein, aber der Mann sagte nichts.

»Laß das«, befahl Kerrick und stieß die Fargi mit seiner Waffe an, um ihre Aufmerksamkeit zu finden. »Geh zurück.«

»Was bist du?« fragte der Mann heiser, dann hustete er und spuckte einen Mundvoll Blut und Bruchstücke von Zähnen aus. »Bist du ein Gefangener, weil du so angebunden bist? Aber du sprichst zu ihnen. Wo ist dein Haar? Wer bist du? Kannst du reden?«

»Ich... bin Kerrick.«

»Der Name eines Jungen, nicht der eines Jägers. Aber du bist erwachsen...«

»Ich bin es, der Fragen stellt. Sag mir deinen Namen.«

»Ich bin Herilak. Dies ist mein Sammad. War mein Sammad. Sie sind alle tot, nicht wahr?«

»Einige sind entkommen. Sie werden verfolgt.«

»Ein Jungenname.« Seine Stimme wurde freundlicher. »Komm näher, Junge, der jetzt ein Mann ist. Laß dich ansehen. Sie haben mich so geschlagen, daß meine Augen geschwollen sind. Du mußt nahe herankommen. Ja, ich sehe. Obwohl du kein Haar hast, kann ich doch erkennen, daß du ein Tanugesicht hast.«

Herilak wälzte den Kopf hin und her und versuchte das Blut aus seinen Augen zu schütteln. Kerrick beugte sich über ihn und wischte ihm behutsam das Blut aus dem Gesicht. Es war, als berühre er sich selbst. Die warme Haut fühlte sich wie seine an. Von einem Fleisch. Ein Schauer überlief Kerrick, seine Hand zitterte unter dem Ansturm unbekannter Gefühle.

»Du machtest Geräusche zu ihnen«, sagte Herilak, »zappeltest herum, wie sie es tun. Du kannst mit ihnen sprechen, nicht?«

»Du wirst meine Fragen beantworten. Du bist es nicht, der das Verhör führt.«

Herilak ignorierte das, nickte aber verständnisvoll. »Sie wollen, daß du ihre Arbeit tust. Wie lange bist du schon bei ihnen?«

»Ich weiß es nicht. Viele Sommer... Winter.«

»Diese ganze Zeit hindurch haben sie Tanu getötet, Kerrick. Wir töten sie auch, aber nie genug. Einmal sah ich einen Jungen, der von den Murgu festgehalten wurde. Haben sie viele Gefangene?«

»Es gibt keine Gefangenen. Nur mich...« Kerrick verstummte,

denn eine längst vergessene Erinnerung regte sich in seinem Bewußtsein: ein bärtiges Gesicht in den Bäumen.

»Sie fingen dich und zogen dich auf, nicht?« sagte Herilak leise. »Du kannst mit ihnen sprechen. Wir brauchen deine Hilfe, die Tanu brauchen dich jetzt...«

Er brach ab, als er sah, was um Kerricks Hals hing. Seine Stimme klang halb erstickt, als er sprach.

»Wende dich zum Licht, Junge. Was da an deinem Hals hängt – ist das dein?«

»Mein?« sagte Kerrick und berührte das kühle Metall des Messers. »Ich denke schon. Es hing an meinem Hals, sagten sie mir, als ich zu ihnen kam.«

»Himmelsmetall«, sagte Herilak sinnend, als seien auch ihm Erinnerungen aus ferner Vergangenheit gekommen. »Ich war einer von denen, die es vom Himmel fallen sahen, suchten und fanden. Ich war dabei, als die Messer gemacht wurden, mit Obsidianklingen von dem Metallklumpen gesägt, gehämmert und durchbohrt... Nun faß unter mein Fell, hier auf der Brust, das ist richtig. Du hast es, zieh es heraus.«

Das Metallmesser hing an einem Rohlederriemen. Kerrick befühlte es. Er konnte es nicht glauben. Es war das gleiche wie seins, nur doppelt so groß.

»Ich sah, wie sie gemacht wurden. Ein großes für einen Jäger, einen Sammadar, ein kleines für seinen Sohn. Der Sohn hatte einen Jungennamen, Kerrick vielleicht, ich erinnere mich nicht. Aber der Vater, er war jemand, der mir nahestand. Sein Name war Amahast. Dann, Jahre später, fand ich das Messer aus Himmelsmetall wieder – zwischen den gebleichten Knochen seines Leichnams. Den Gebeinen von Amahast.«

Kerrick konnte nur in erstarrtem, entsetztem Schweigen lauschen, als der Name gesprochen wurde. Ein Name, in Träumen erinnert, beim Erwachen vergessen.

»Amahast.«

Amahast. Das Wort war wie ein Schlüssel, der die Tür zu einer Flut von Erinnerungen aufsperrte, die lautlos über ihn hereinbrach. Karu, sein Mastodon, neben ihm getötet. Sein Vater Amahast getötet, der Sammad niedergemetzelt. Die Erinnerung verschwamm und verschmolz mit dem Bild dieses Sammad, dessen Angehörige nun tot am

Flußufer verstreut lagen. Das Massaker, die Jahre, die langen Jahre, die seitdem vergangen waren. Durch die Erinnerungen drangen ihm langsam die Worte des Jägers ins Bewußtsein.

»Töte sie, Kerrick, töte sie, wie sie uns alle getötet haben.«

Kerrick warf sich herum und floh, gefolgt von der stolpernden Inlènu, fort von dem Jäger und seiner Stimme, fort von den Erinnerungen, die ihn durchfluteten. Aber er konnte ihnen nicht entkommen. Er lief vorbei an den bewaffneten Fargi, den Hang einer grasbewachsenen Anhöhe hinauf, warf sich oben keuchend ins Gras, saß wieder auf, zog die Beine an, legte die Arme um sie und starrte hinaus zum Ozean, ohne ihn zu sehen.

Statt dessen sah er Amahast, seinen Vater. Und seinen Sammad. Zuerst unklar, aber in immer deutlicheren Einzelheiten, als die Erinnerung zurückkehrte. Sie war noch da, begraben und längst vergessen, aber nicht ausgelöscht. Seine Augen füllten sich mit den Tränen eines Kindes. Es waren Tränen, die er als Kind nie vergossen hatte, die ihm aber nun über die Wangen liefen, als er die Zerstörung seines Sammad sah, niedergemacht wie der Sammad dieses Herilak, der heute vernichtet worden war. Beide Szenen gingen ineinander über und waren eins. Um all diese Jahre unter den Yilanè zu überleben, hatte dies verdrängt und vergessen werden müssen. Er hatte überlebt und vergessen.

Aber nun brach alles wieder über ihn herein, und mit der Erinnerung spaltete er sich in zwei, einmal in den Ustuzou, der wie ein Yilanè sprach, und in den Jungen, der ein Tanu war.

Junge? Er blickte auf seine Hände, krümmte und streckte die Finger. Er war kein Junge mehr. In diesen langen Jahren war sein Körper gewachsen. Er war ein Mann, wußte aber nicht, was es war, ein Mann zu sein. Er begriff, daß sein Vater, die anderen Jäger, die so riesengroß in seiner Erinnerung standen... Ja, er mußte jetzt ihre Größe haben.

Er sprang auf und brüllte laut vor Trotz und Zorn. Was war er? Wer war er? Was geschah mit ihm? Durch den Aufruhr seiner Gefühle wurde er sich einer Bewegung an seinem Hals bewußt, eines Zerrens. Er wandte sich um und entdeckte, daß Inlènu an ihrer Verbindungsleine zog. Ihre Augen waren groß, und ihre Bewegungen drückten Sorge und Furcht vor seinem seltsamen Benehmen aus.

Er wollte sie umbringen und hob die Waffe auf, die er neben sich gelegt hatte. »Marag!« rief er, »Marag.« Aber der Zorn verlor sich so rasch, wie er gekommen war, und beschämt ließ er die Waffe sinken. Es war nichts Böses in diesem einfachen Geschöpf, das mehr eine Gefangene war als er selbst.

»Sei ruhig, Inlènu«, sagte er. »Alles ist in Ordnung. Sei ruhig.«

Sie setzte sich wieder auf ihren Schwanz und blinzelte beruhigt in die Abendsonne. Kerrick sah an ihr vorbei zu der Waldwiese hinter den Bäumen, wo Herilak wartete.

Worauf wartete? Auf eine Antwort, natürlich. Auf eine Antwort, die Kerrick nicht geben konnte, obwohl die Frage nur zu klar gewesen war.

Was war er? Körperlich war er ein Tanu, ein Mann mit den Gedanken eines Jungen, der nie als Tanu herangewachsen war. Das war klar und offensichtlich. Dieser Junge war ein Yilanè geworden, um am Leben zu bleiben. Auch das war offensichtlich. Ein Yilanè in seinem Denken, ein Tanu in der äußeren Gestalt. Soviel war klar. Aber was sollte jetzt aus ihm werden? Wenn er nichts tat, würde sein Leben in der gewohnten Weise seinen Fortgang nehmen. Seine Position würde hoch und geachtet bleiben, sicher und geehrt als Begleiter der Eistaa. Als Yilanè.

Aber war es das, was er wollte? Sollte das seine Zukunft sein? Er hatte nie zuvor über diese Dinge nachgedacht, nicht geahnt, daß ein solcher Konflikt existieren könne. Er zuckte die Achseln, bestrebt, die unsichtbare Bürde abzuwerfen. Es war zuviel, um jetzt sofort eine Entscheidung zu treffen. Er mußte sich allmählich darüber klar werden. Er würde tun, was Vaintè verlangt hatte, und den Ustuzou verhören. Später würde noch Zeit sein, sich diese Dinge durch den Kopf gehen zu lassen; er war jetzt zu aufgeregt.

Bei seiner Rückkehr hatte sich nichts geändert. Herilak lag gebunden am Boden. Drei Fargi hielten in bedingungslosem Gehorsam Wache. Kerrick blickte auf den Jäger nieder und wollte ihn ansprechen, aber die Worte kamen nicht. So sprach Herilak als erster.

»Tue, was ich dir sagte«, sagte er in rauhem Flüstern. »Töte die Murgu, zerschneide meine Fesseln, flieh mit mir zu den Bergen, zum Winterschnee, der Jagd, dem Feuer im Zelt. Komm zurück zu deinem Volk.«

Obwohl sie geflüstert waren, echoten die Worte wie rollender Donner in seinem Kopf.

»Nein!« rief er laut, »du wirst still sein. Du wirst nur meine Fragen beantworten. Du wirst nicht sprechen, außer um zu antworten...«

»Du hast dich verlaufen, Junge, bist verlorengegangen, aber nicht vergessen. Sie haben versucht, dich zu einem der Ihrigen zu machen, aber du gehörst nicht zu ihnen. Du bist Tanu, du kannst jetzt mit mir zum Sammad zurückkehren, Kerrick.«

Kerrick rief ihm in Zorn und Verwirrung zu, er solle still sein, aber er konnte die Stimme des Jägers und die Bedeutung seiner Worte nicht auslöschen. Und er wollte auch nicht einlenken. Die Entscheidung wurde ihm abgenommen, als die Fargi, die noch den Speer des Jägers in der Hand hielt, einzugreifen beschloß. Sie verstand nicht, was gesprochen wurde, sah und fühlte aber, daß es Uneinigkeit gab. Eingedenk des Befehls der Eistaa, versuchte sie Kerrick zu helfen und begann mit dem stumpfen Ende des Speeres auf Herilak einzuschlagen.

»Nein!« rief Kerrick in Marbak, der Sprache seiner Kindheit. »Das darfst du nicht!«

Die Waffe in seiner Hand ging fast ohne sein bewußtes Zutun los, und die Fargi brach zusammen und starb. Noch in der Gewalt seines Jähzorns, feuerte er gleich auf die nächste; sie sperrte noch ungläubig den Mund auf, als sie schon fiel. Die dritte versuchte ihre Waffe ins Spiel zu bringen, brach aber wie die anderen getroffen zusammen. Er drückte den Hèsotsan, bis die Leichen der Fargi von Pfeilen starrten. Dann war er leer, und Kerrick ließ sich ins Gras fallen.

»Den Speer, nimm den Speer«, befahl Herilak. »Schneide mich los.«

Inlènu taumelte Kerrick nach, als er wie blind zu der Fargi stürzte und ihr den Speer aus den toten Händen zog. Er durchschnitt Herilaks Fußfesseln, dann die der Handgelenke.

»Was ist das? Was ist geschehen?« rief Vaintès Stimme zornig.

Kerrick fuhr herum und sah sie über ihm stehen. Sie hatte den Mund geöffnet, so daß die langen Zahnreihen in der Sonne blitzten. Und nun tauchte aus dem Durcheinander der wiedererweckten Erinnerungsbilder die alptraumhafte Vision der Zähne auf, wie sie einem Mädchen die Kehle zerrissen hatten. Und er sah die Zähne über sich, wie sie sich rittlings auf ihm niedergelassen hatte, schreiend vor Vergnügen. Geteiltem Vergnügen, denn auch er hatte seinen Genuß daran gehabt.

Vergnügen und Haß, er verspürte sie jetzt beide.

Sie sagte etwas, was er nicht hören konnte, gab einen Befehl, den er nicht befolgen konnte, und dann wandte sie sich zur Seite und griff nach einer der herumliegenden Waffen.

Seine nächste Tat war so natürlich und so richtig, daß sie keines Gedankens noch einer Anstrengung bedurfte. Der Speer kam hoch, stieß zu und traf tief Vaintès Seite. Sie packte ihn mit beiden Händen, aber Kerrick riß ihn heraus und ein Schwall von Blut ergoß sich aus der Wunde. Sie krümmte sich und brach zusammen.

»Lauf!« rief Herilak und zog an seiner Schulter. »Komm mit mir. Du kannst nicht bleiben, nach dem, was du getan hast. Du mußt mit mir kommen. Das ist alles, was du jetzt tun kannst.«

Er nahm Kerrick bei der Hand und zog ihn zu der dunklen Wand des Waldes am Rand der Wiese. Kerrick widerstrebte, dann stolperte er ihm nach, brach durch das Unterholz, den Speer noch in der Hand. Inlènu watschelte jammernd hinterdrein.

Das Buschwerk schlug rauschend hinter ihnen zusammen. Ihre Schritte verloren sich zwischen den Bäumen. Die Waldwiese lag wieder still.

Still wie der Tod.

Zweites Buch

1

Der Krähenschwarm zog weite Kreise, ehe er sich mit lautem Gekrächze wieder in den Baumwipfeln niederließ. Es war beinahe windstill, und der Nachmittag war schwül und heiß. Unter den Bäumen war es kühler, denn das Laub der alten Birken, Hainbuchen und Eichen ließ nur dünnes Lichtgesprenkel bis zum Waldboden dringen, ein leise bewegtes Muster aus Lichtkringeln, welche die drei im weichen Gras ausgestreckten Gestalten überspielten.

Selbst Herilaks enorme Kraft war erschöpft; seine Wunden hatten sich wieder geöffnet, und frische Blutgerinnsel sickerten ihm durch das Haar in den Bart und rannen an seiner Seite herab. Er ruhte mit geschlossenen Augen und atmete mühsam. Inlènu lag ihm gegenüber, die Kiefer weit aufgesperrt, um nach der unwillkommenen Anstrengung in der Hitze Abkühlung zu finden.

Kerrick war nicht so erschöpft wie die beiden und wußte genau, was geschah und wo sie waren: in den hügeligen Ausläufern im Hinterland der Küste. Sie waren geflohen, gerannt, bis Inlènu nicht mehr weiterkonnte. Als sie taumelnd zu Boden gefallen war, hatte auch Herilak sich ins Gras geworfen. Während der Flucht war Kerricks Panik langsam vergangen. Aber an ihre Stelle war eine schreckliche Furcht getreten. Was hatte er getan?

Die Frage war ihre eigene Antwort. Er wußte, was er getan hatte, er hatte sich selbst zerstört. Er hatte die Eistaa ermordet. Nun, da die Gefühlsaufwallung vergangen war, konnte er nicht verstehen, was ihn zu einer solchen Wahnsinnstat getrieben hatte. Mit diesem einzigen Zustoßen des Speeres hatte er alle Bande zerschnitten, die ihn mit den Yilanè verknüpft hatten. Er hatte sich damit alle Yilanè zu Feinden gemacht. Das Leben, wie er es gekannt hatte, war zu Ende, war so tot wie Vaintè selbst. Er konnte niemals mehr nach Alpèasak zurückkehren, zu dem angenehmen und behaglichen Leben, das er dort gekannt hatte. Vor ihm waren nur Leere und Ungewißheit; die einzige Gewißheit war die des Todes. Voll innerer Unruhe wandte er sich um und bog die Zweige eines Busches auseinander, um den Hang zu überblicken, den sie heraufgekommen waren. Nichts regte sich. Kein Anzeichen von Verfolgung, so weit er sehen konnte. Noch nicht – aber sie würden kommen. Dem Mörder der Eistaa würde man ein Entkommen nicht erlauben; diese Tat konnte nicht unbestraft bleiben.

An Rückkehr war nicht zu denken. Nicht nach seiner Tat. Die Vergangenheit war tot. Er war ein Ausgestoßener, ein Yilanè unter Ustuzou. Einsamer als er es je gewesen war.

Herilaks Stimme unterbrach seine Gedanken. »Das war gut gemacht, Kerrick, ein gut gezielter Stoß. Und er tötete den Befehlshaber.«

Kerrick war von dem Gefühl des Verlustes wie betäubt. »Mehr als ein Befehlshaber. Oberhaupt und Sammadar der Stadt.«

»Noch besser.«

»Besser? Ihr Tod wird meinen Tod zur Folge haben.«

»Ihr Tod? Dieser häßliche Marag war weiblich? Das ist schwer zu glauben.«

»Sie sind alle weiblich. Die männlichen Yilanè sind eingesperrt.«

Herilak stützte sich auf die Ellbogen und blickte kalt zu Inlènu. »Ist der auch weiblich?« fragte er.

»Alle.«

»Gib mir den Speer. Dann wird es eine weniger geben.«

»Nein!« Kerrick entzog ihm den Speer, ehe seine tastenden Finger ihn finden konnten. »Nicht Inlènu. Sie ist harmlos, sie ist ebenso eine Gefangene wie ich es bin. Du wirst sie nicht töten.«

»Warum nicht? Haben ihresgleichen nicht meinen Sammad niedergemacht, alle getötet, Frauen und Kinder? Gib mir den Speer. Ich werde sie töten, und du wirst frei sein. Wie weit, meinst du, wirst du laufen können, wenn du an sie gebunden bist?«

»Du wirst ihr nichts tun, verstanden?« Kerrick war überrascht von der Wärme seine Gefühls für Inlènu. Bisher hatte sie ihm nichts bedeutet. Er hatte sie nur als eine Behinderung seiner Bewegungen angesehen. Jetzt aber schien ihre Anwesenheit irgendwie ermutigend.

»Wenn du sie nicht töten willst, dann schneide dich mit der Speerspitze von ihr los.«

»Diese Leine läßt sich nicht durchschneiden. Schau her, die Steinkante kann sie nicht einmal ritzen.«

Er sägte ergebnislos an der glatten, harten Oberfläche. »Einige von deinem Sammad sollen entkommen sein.« Der Wechsel des Themas mochte geeignet sein, daß Herilak einstweilen von Inlènu abgelenkt wurde. »Ich hörte auch, daß sie verfolgt werden.«

»Weißt du, wer sie waren? Und wie viele?«

»Nein. Nur, daß einige geflohen sind.«

»Nun muß ich nachdenken. Gleich wer sie sind, sie werden nicht weiter nach Süden gehen. Sie werden umkehren und den Weg nehmen, den wir gekommen sind. Ja, das werden sie tun. Sie werden zu dem Bach zurücklaufen, wo wir die vorletzte Nacht unseren Lagerplatz hatten. Wir müssen auch dorthin.« Er blickte zu Kerrick auf. »Werden wir verfolgt?«

»Ich habe Ausschau gehalten, glaube aber nicht, daß sie uns fliehen sahen. Aber sie werden kommen. Sie sind gute Fährtensucher. Nach dem, was ich getan habe, werden sie mich nicht entkommen lassen.«

»Du sorgst dich ohne Anlaß. Sie sind noch nicht hier. Andererseits werden wir erst in Sicherheit sein, wenn wir weit von der Küste weg sind. In diesen Hügeln können sie uns unschwer finden, wenn sie, wie du sagst, etwas vom Fährtenlesen verstehen.« Er versuchte aufzustehen. Er konnte sich aber nur mit Kerricks Hilfe erheben. Er rieb sich die geschwollenen Augen und blickte umher. »Wir gehen in dieser Richtung durch das Tal. Wenn wir ihm nach Norden folgen und den Kamm überqueren, werden wir zu dem Lagerplatz am Bach kommen. Gehen wir.«

Den Rest des Nachmittags kamen sie nur langsam voran, weil sie gezwungen waren, sich Herilaks erschöpftem Hinken anzupassen; dennoch zogen sie ohne Aufenthalt weiter, obwohl nichts auf eine Verfolgung deutete. Sie arbeiteten sich durch lichten Wald und langes Gras einen Hang hinauf, als Herilak plötzlich haltmachte, den Kopf hob und die Luft schnupperte.

»Wild«, sagte er. »Wir brauchen Nahrung. Ich glaube nicht, daß wir verfolgt werden, aber selbst wenn es so ist, müssen wir es riskieren. Du wirst uns einen guten Bock erlegen, Kerrick.«

Kerrick betrachtete den Speer und wog ihn in der Hand. »Ich habe seit meiner Kindheit nicht mit dem Speer geworfen. Ich habe die Geschicklichkeit damit verloren.«

»Sie wird wiederkehren.«

»Nicht heute. Du hast die Geschicklichkeit, Herilak. Reichen die Kräfte?« Er streckte ihm den Speer hin, und Herilak nahm ihn.

»Wenn mir die Kräfte fehlen, auf die Jagd zu gehen, werde ich tot sein. Geh zu dem Wasser dort, unter den Bäumen, halte Ausschau und warte auf mich.«

Herilak reckte sich, umfaßte den Speer und trottete hinkend davon. Kerrick führte Inlènu abwärts zu einem kleinen Wasserlauf, wo er trank und seinen staubigen Körper mit Wasser bespritzte. Inlènu kniete nieder und sog das Wasser geräuschvoll durch die spitzen Zähne. Dann machte sie es sich am Ufer bequem, den Schwanz im Wasser.

Kerrick beneidete sie um ihre Gemütsruhe und ihre Stabilität in allen Lagen. Es mußte angenehm sein, so dumm zu sein. Sie machte sich überhaupt keine Gedanken über ihre Anwesenheit hier, denn sie hatte keine Vorstellung davon, was ihr geschehen könnte.

Kerrick wußte, was er zurückgelassen hatte, aber die Zukunft lag im Dunkeln. Er mußte mit ihr fertig werden; aber wie sollte er dies anfangen? Wie sollte er fern von der Stadt leben? Er wußte nichts von dieser harten Lebensweise. Die lückenhaften Erinnerungen eines kleinen Jungen machten ihn für das Leben der Tanu nicht geeignet. Er war nicht einmal fähig, einen Speer zu schleudern.

»Eine Yilanè kommt«, sagte Inlènu, und er sprang entsetzt auf. Stallan und ihr Trupp! Das war sein Tod. Er wich vor den knackenden Schritten im Unterholz zurück, schwankte dann aber vor Erleichterung, als Herilak sich durch das Gebüsch drängte. Er hatte einen gehörnten Rehbock über den Schultern. Er ließ ihn zu Boden fallen und sank neben ihm ins Gras.

Kerrick war im Begriff, Inlènu zornige Vorwürfe zu machen, dann begriff er aber, daß es nicht ihre Schuld war. Für Inlènu waren alle, die sprechen konnten, Yilanè. Tatsächlich hatte sie nur sagen wollen, daß jemand kam, irgendeine Person.

»Ich sah Murgu«, sagte Herilak, und Kerricks Furcht kehrte zurück. »Sie waren im nächsten Tal und gingen nach Süden zur See. Ich glaube, sie haben unsere Fährte verloren. Jetzt wollen wir essen.«

Mit dem Speer öffnete er das noch warme Tier und weidete es aus. Da sie kein Feuer hatten, schnitt er zuerst die Leber heraus, teilte sie und gab Kerrick ein Stück.

»Ich bin nicht hungrig, jetzt nicht«, sagte Kerrick mit einem Blick auf den rohen und blutigen Fleischklumpen.

»Bald wird sich der Hunger melden. Wirf es nicht weg.«

Inlènu hatte ihnen den Rücken zugekehrt, aber ein Auge bewegte sich. Sie beobachtete jede Bewegung, die Herilak machte. Er merkte es, und nachdem er sich sattgegessen hatte, zeigte er mit blutigem Finger auf sie.

»Frißt dieses Ding Fleisch?«

Kerrick lächelte über die Frage und forderte Inlènu auf, den Mund zu öffnen. Sie ließ den Unterkiefer herunterklappen, und Herilak sah die glänzenden spitzen Zahnreihen und grunzte.

»Es frißt Fleisch. Soll ich es füttern?«

»Ja, das wäre mir recht.«

Herilak hackte ein Vorderbein vom Tierkadaver, zog das meiste von der Haut herunter und reichte es Kerrick.

»Du kannst es füttern. Ich mag diese Zähne nicht.«

»Inlènu ist harmlos. Nichts als eine dumme Fargi.«

Inlènu umschloß das Bein mit den Daumen. Dann kaute sie langsam und kräftig die heruntergerissenen zähen Fleischfetzen, wobei sie ausdruckslos in die Ferne blickte.

»Was ist sie, sagtest du?« fragte Herilak.

»Fargi. Es bedeutet – nein, ich kann nicht sagen, was das Wort bedeutet. Etwas wie jemand, der sprechen lernt, aber es nicht sehr gut kann.«

»Bist du ein Fargi?«

»Ich nicht!« Kerrick war beleidigt. »Ich bin Yilanè. Das heißt, obwohl ich Tanu bin, spreche ich wie ein Yilanè, also werde ich auch als einer angesehen. Wurde als einer angesehen.«

»Wie ist es passiert? Erinnerst du dich daran?«

»Jetzt schon. Aber lange Zeit wußte ich nichts darüber.«

Mit stockender Stimme, von Pausen unterbrochen, sprach er zum erstenmal darüber, was Amahast und seinem Sammad geschehen war. Er durchlebte von neuem die Schrecken des Gemetzels, die Gefangenschaft, die Angst vor dem sicheren Tod und dann die unerwartete Schonung. Dann verstummte er, weil die Worte, die er jetzt sprach, nicht imstande schienen, seine Jahre seit jenem Tag zu beschreiben.

Auch Herilak schwieg. Er versuchte sich vorzustellen, was der Junge Kerrick erlebt hatte, der als einziger seines Sammads verschont geblieben war. Er war ein einsamer Überlebender, der einen Weg gefunden hatte, mit den Murgu auszukommen und der sogar ihre Sprache und ihre Lebensweise angenommen hatte. Er glich ihnen noch jetzt in vielem, obwohl er es selbst kaum wissen konnte. Er bewegte sich, wenn er redete, und wenn er fertig war, saß er wie erstarrt. Sie hatten etwas mit ihm gemacht, denn an seinem ganzen Körper war nicht ein Haar. Und er trug einen Lendenschurz, der wie seine Haut aussah, als hätten sie ihm auch die Männlichkeit genommen.

Ein plötzliches Platschen von Wasser riß Herilak aus seinen Gedanken.

Auch Kerrick hörte es, und alle Farbe wich aus seinem Gesicht. »Sie haben uns gefunden. Ich bin tot.«

Herilak bedeutete ihm mit einer Handbewegung zu schweigen, hob seinen Speer auf und spähte durch die Zweige den Wasserlauf hinab. Die platschenden Schritte näherten sich, dann rauschte das Gebüsch bei der nächsten Schleife des kleinen Baches. Herilak hob den Speer, als die Gestalt eines Jägers zum Vorschein kam.

»Es ist Ortnar«, sagte er, und dann rief er den anderen.

Ortnar schreckte zurück, dann richtete er sich auf und winkte ihnen zu. Er war der Erschöpfung nahe und stützte sich bei jedem Schritt auf seinen Speer. Erst als er herangekommen war, sah er Inlènu. Er riß den Speer hoch, um ihn auf sie zu schleudern, aber Herilaks Befehl hielt ihn zurück.

»Laß das. Der Marag ist ein Gefangener. Bist du allein?«

»Ja, jetzt.« Er ließ sich schwer zu Boden fallen und legte den leeren

Köcher und seinen Bogen beiseite. Den Speer behielt er aber in der Hand und blickte drohend zu Inlènu. »Tellges war mit mir. Wir waren auf der Jagd, als die Murgu angriffen. Wir kamen gerade zurück zum Sammad. Wir kämpften, bis unsere Pfeile verschossen waren. Sie gingen mit den Todesstöcken auf uns zu. Wir konnten nichts mehr ausrichten. Alle waren tot. Wir ergriffen die Flucht, aber er blieb zurück. Er lief nicht schnell genug. Sie verfolgten ihn, und er machte kehrt, um sich zu wehren. Er fiel. Ich ging allein weiter. Nun sag mir – was für Kreaturen sind das?«

»Ich bin keine Kreatur, ich bin ein Tanu«, sagte Kerrick ärgerlich.

»Einen Tanu wie dich habe ich nie gesehen. Kein Haar, keinen Speer, zusammengebunden mit diesem Marag…«

»Sei still«, sagte Herilak. »Das ist Kerrick, der Sohn von Amahast. Seine Mutter war meine Schwester. Er ist jahrelang Gefangener der Murgu gewesen.«

Ortnar rieb sich mit der Faust über den Mund. »Ich sprach übereilt. Dies ist ein Tag des Todes gewesen. Ich bin Ortnar und heiße dich willkommen.« Ein Ausdruck grimmigen Humors verzog sein Gesicht. »Willkommen im Sammad von Herilak, dessen Zahl sehr zusammengeschrumpft ist.« Er blickte zum dunkelnden Himmel auf. »Heute nacht werden dort viele neue Sterne scheinen.«

Die Sonne war untergegangen, und die Luft in dieser Höhe war kühl. Inlènu legte den abgenagten Knochen beiseite und schaute zu Kerrick.

»Bescheiden Frage, niedrig zu hoch, wo sind die Umhänge?«

»Es gibt keine Umhänge, Inlènu.«

»Mir ist kalt.«

Auch Kerrick fröstelte, aber nicht von der Kälte. »Ich kann nichts dagegen tun, Inlènu, überhaupt nichts.«

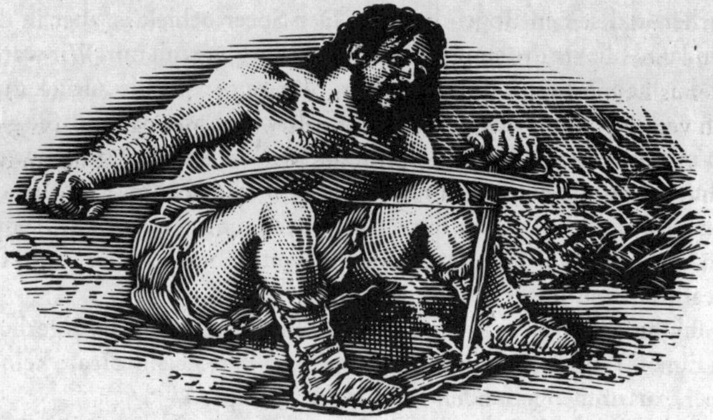

2

In dieser Nacht starb Inlènu.

Kerrick erwachte zitternd vor Kälte im Morgengrauen. Tautropfen hingen an Gräsern und Spinnweben, und über der Bachniederung lag eine graue Nebelbank. Als er sich zu Inlènu wandte, sah er, daß ihr Mund offenstand und ihre Augen glasig starrten.

Die Kälte, dachte er. Sie ist in der Nacht an der Kälte gestorben.

Dann sah er die eingetrocknete Blutlache unter ihrem Kopf. Eine Speerspitze war ihr durch die Kehle gestoßen worden und hatte sie lautlos getötet. Wer hatte diese grausame Tat verübt? Herilak schlief noch, aber Ortnar hatte die Augen geöffnet und starrte ihn kalt an.

»Du hast es getan!« rief Kerrick und sprang auf. »Du hast dieses harmlose Geschöpf im Schlaf ermordet!«

»Ich habe einen Marag getötet«, versetzte Ortnar ungerührt. »Es ist immer eine gute Sache, Murgu zu töten.«

Bebend vor Wut, bückte sich Kerrick und ergriff Herilaks Speer. Aber er konnte ihn nicht heben, denn der große Jäger hielt ihn am Heft fest.

»Die Kreatur ist tot«, sagte Herilak. »Mehr gibt es dazu nicht zu sagen. Sie wäre in jedem Fall bald an der Kälte gestorben.«

Kerrick ließ den Speer los und sprang Ortnar an, packte ihn mit beiden Händen an der Kehle und bohrte ihm die Daumen in die Luftröhre. Sein eigener Hals schmerzte, wo der Kragen einschnitt; er hatte Inlènus Leichnam mitgeschleift, ohne darauf zu achten. Ortnar wand sich verzweifelt im Würgegriff und versuchte seinen Speer zu ergreifen. Aber Kerrick nagelte den Arm des Mannes mit dem Knie am Boden fest, daß es knirschte. Ortnar schlug schwächlich mit den Beinen und kratzte mit der freien Hand an Kerricks Armen, aber der spürte nichts in seiner Wut.

Ortnar wäre ohne Herilaks Eingreifen des Todes gewesen. Aber der große Jäger kam seinem Stammesgenossen zu Hilfe, packte Kerrick bei den Handgelenken und riß seine Hände vom Hals des Opfers. Ortnar schnappte röchelnd nach Luft, dann stöhnte er und rieb sich den Hals. Kerricks blinder Jähzorn verflog, und sobald er aufhörte, sich zu widersetzen, ließ Herilak ihn los.

»Tanu tötet nicht Tanu«, sagte er.

Kerrick wollte aufbegehren, besann sich aber eines Besseren. Es war geschehen. Inlènu war tot. Die Tötung ihres Mörders würde nichts bewirken. Und Herilak hatte recht: Der Winter hätte sie in jedem Fall das Leben gekostet. Kerrick setzte sich bei ihr nieder und blickte nach Osten, wo eben die Sonne aufging. Was bedeutete sie ihm? Eine dumme Fargi, die ihm immer im Weg gewesen war. Mit ihrem Tod war seine letzte Verbindung zu Alpèasak durchtrennt. So sei es. Er war jetzt ein Tanu. Er konnte vergessen, daß er jemals ein Yilanè gewesen war.

Dann bemerkte er, daß er die flexible Leine in der Hand hielt, die ihn mit Inlènu verband. Er war noch nicht frei, denn diese Leine konnte nicht durchtrennt werden, das wußte er. Mit dieser Einsicht kam die andere: daß es nur eine Möglichkeit zu seiner Befreiung gab. Entsetzt blickte er zu Herilak auf. Der Sammadar nickte verstehend.

»Ich werde tun, was getan werden muß. Wende dich ab, denn der Anblick wird dich nicht erfreuen.«

Kerrick wandte den Kopf zum Bach. Er konnte aber nur zu deutlich hören, was hinter ihm geschah. Ortnar stolperte zum Wasser, um sich Gesicht und Hals zu kühlen, und Kerrick rief ihm Beleidigungen zu, mit denen er die Geräusche zu übertönen trachtete.

Es war bald getan. Herilak wischte den Halsring im Gras trocken, bevor er ihn Kerrick reichte. Dieser ging rasch zum Wasserlauf und wusch den Halsring wieder und wieder. Als er ganz sauber war, nahm er ihn in beide Hände, stand auf und lief ein Stück bachaufwärts. Er wollte nicht sehen, was hinter ihm geschah.

Als er die Jäger näher kommen hörte, wandte er sich schnell um; er hatte kein Verlangen, von hinten getötet zu werden.

»Dieser hat etwas zu sagen«, sagte Herilak und schob Ortnar vor. In den Augen des anderen Jägers war Haß, und beim Sprechen hielt er sich die gequetschte Kehle. Seine Stimme war heiser.

»Ich hatte vielleicht unrecht, den Marag zu töten, aber ich bedaure nicht, daß ich es getan habe. Der Sammadar will, daß ich dies sage. Was getan ist, ist getan. Aber du versuchtest mich zu töten, Fremder, und das ist etwas, was nicht leicht zu vergessen ist. Dein Band zu diesem Marag war stärker als ich vermutete, aber ich will auch nicht mehr darüber wissen. Um also der Sache ein Ende zu machen, sage ich aus eigenem freien Willen, daß dein Rücken vor meiner Speerspitze sicher ist. Was sagst du?«

Die zwei Jäger musterten Kerrick in strengem Stillschweigen, und er wußte, daß er sich entscheiden mußte. Jetzt. Inlènu war tot, und nichts konnte ihr das Leben wiedergeben. Er konnte Ortnars kalten Haß nach der Zerstörung seines Sammad begreifen. Er sollte eher als alle anderen in der Lage sein, das zu verstehen.

»Dein Rücken ist sicher vor meinem Speer, Ortnar«, sagte er.

»Damit ist die Angelegenheit erledigt«, erklärte Herilak, und es war ein Befehl, der sie beide betraf. »Wir wollen nicht mehr davon reden. Ortnar, du trägst die Jagdbeute. Heute abend werden wir ein Feuer machen und gut essen. Du gehst mit ihm, Kerrick, er kennt den Weg. Macht zur Mittagszeit Rast, dann werde ich zu euch kommen. Unter den Bäumen gibt es Deckung genug. Wenn wir von den Murgu verfolgt werden, werde ich es früh genug wissen.«

Die beiden zogen einige Zeit schweigend nach Norden. Es war einfach, der Fährte zu folgen, denn die Stangen der Schleifgestelle hatten den Boden tief geritzt. Die Fährte führte das Tal bis zum Ende hinauf, dann in weit ausholenden Serpentinen über den Kamm und hinab ins nächste Tal. Ortnar schnaufte unter dem Gewicht seiner Bürde, und als sie zu einem langsam fließenden Wasser am Talboden kamen, warf er den Rehbock von den Schultern und sagte:

»Ein Schluck Wasser, Fremder, dann gehen wir weiter.«

Er beugte sich über das Wasser, trank, steckte den Kopf hinein und zog ihn triefend und nach Luft schnappend wieder heraus.

»Ich bin Kerrick, Sohn von Amahast«, sagte Kerrick. »Findest du es so schwierig, dich daran zu erinnern?«

»Sei friedlich, Kerrick. Meine Kehle ist noch wund von unserem letzten Zusammenstoß. Ich meinte es nicht beleidigend, aber du siehst fremd aus. Du hast bloß Stoppeln anstelle von Haaren und eines Bartes.«

»Mit der Zeit wird es wachsen.«

»Ja, das kann sein. Es sieht eben jetzt seltsam aus. Aber dieser Ring um deinen Hals. Warum trägst du ihn? Warum schneidest du ihn nicht ab?«

»Hier, du kannst es tun.« Kerrick gab ihm den Ring, den er in der Hand trug. Er lächelte, als Ortnar mit der scharfen Schneide seiner Speerspitze nutzlos daran zu sägen begann.

»Die Leine ist glatt und weich, aber man kann sie nicht schneiden.«

»Yilanè können vieles, was wir nicht können. Wenn ich dir erzählte, wie es gemacht wurde, würdest du es mir nicht glauben.«

»Du kennst ihre Geheimnisse? Natürlich, du mußt sie kennen. Erzähl mir von den todbringenden Knüppeln. Wir haben einen erbeutet, konnten aber nichts damit anfangen. Zuletzt fing er an zu stinken, und wir schnitten ihn auf und fanden, daß er ein totes Tier irgendeiner Art war.«

»Es ist ein Tier, das Hèsotsan genannt wird. Eine besondere Art von Tier. Solange sie jung sind, können sie sich wie andere Tiere bewegen, aber wenn sie älter werden, dann werden sie, was du gesehen hast. Man muß sie füttern. Dann werden Pfeile hineingesteckt, und wenn man sie richtig anfaßt und zudrückt, werden die Pfeile hinausgeschossen.«

Ortnars Mund blieb offen. Er starrte Kerrick an. »Aber wie kann das sein? Wo gibt es solche Tiere?«

»Nirgendwo. Das ist das Geheimnis der Murgu. Ich habe gesehen, was sie machen, aber ich verstehe es selbst nicht. Sie können Tiere zu allem Möglichen bringen. Sie verstehen Tiere zu züchten, für alle Zwecke. Es ist schwierig zu erklären.«

»Noch schwieriger zu verstehen. Wir müssen weiter. Jetzt bist du an der Reihe, den Bock zu tragen.«

»Herilak hat gesagt, daß du ihn tragen sollst.«

»Ja, aber du willst auch mitessen.«

Ortnar lächelte dazu, und gegen seinen Willen mußte Kerrick zurücklächeln. »Na gut, gib ihn her. Aber du wirst ihn bald zurückbekommen. Sagte Herilak nicht, daß wir ein Feuer haben würden?« Die Erinnerung daran machte seinen Mund wäßrig. »Gebratenes Fleisch... Ich hatte vergessen, wie das schmeckt.«

»Dann essen die Murgu alles Fleisch roh?« fragte Ortnar, als sie weitergingen.

»Nein, oder vielmehr ja und nein. Es wird irgendwie weich gemacht. Man gewöhnt sich daran.«

»Warum braten sie es nicht richtig?«

»Weil...« Kerrick blieb bei dem Gedanken stehen. »Weil sie keine Feuer machen. Es war mir bisher nie aufgefallen. Ich glaube, sie brauchen kein Feuer, weil es immer warm ist, wo sie leben. Nachts, wenn es kühl wird, oder an nassen Tagen legen wir uns manchmal – es gibt kein Wort dafür – wärmende Dinger um die Schulter.«

»Felle? Fellkleider?«

»Nein. Lebewesen, die warm sind.«

»Hört sich abscheulich an. Je mehr ich über deine Murgu höre, desto widerwärtiger sind sie mir. Ich weiß nicht, wie du es unter ihnen aushalten konntest.«

»Ich hatte keine andere Wahl«, sagte Kerrick grimmig. Schweigend stapfte er weiter, den erlegten Bock auf den Schultern.

Bald nachdem sie ihren Lagerplatz für diese Nacht erreicht hatten, stieß Herilak zu ihnen.

»Der Weg hinter uns ist frei. Sie sind umgekehrt.«

»Gebratenes Fleisch!« sagte Ortnar und schmatzte mit den Lippen. »Aber ich wünschte, wir hätten das Feuer mit uns gebracht.«

Diese Worte rührten in Kerrick eine lang verschüttete Erinnerung an. »Das tat ich immer«, sagte er. »Ich hütete das Feuer vorn im Boot.«

»Das ist Arbeit für einen Jungen«, sagte Herilak. »Als Jäger mußt du dein Feuer selbst machen. Weißt du, wie es gemacht wird?«

Kerrick zögerte. »Ich erinnere mich, daß ich zugesehen habe. Aber es ist so lange her, daß ich vergessen habe, wie es geht.«

»Dann paß auf. Du bist jetzt ein Tanu und mußt diese Dinge wissen, wenn du ein Jäger sein willst.«

Es war ein mühseliger Prozeß. Herilak brach einen abgestorbenen Zweig von einem Baum, dann schnitt er daraus einen Stecken und rundete ihn sorgfältig. Während er damit beschäftigt war, suchte Ortnar tiefer im Wald und kam mit einer Handvoll trockenen und vermoderten Holzes zurück. Dies zerfaserte und zerstieß er zu Pulver. Als Herilak den Stecken zu seiner Zufriedenheit bearbeitet hatte, schabte er ein zweites Stück von dem Holz flach und bohrte mit der Speerspitze ein flaches Loch hinein.

Als die Vorbereitungen getroffen waren, nahm er Ortnars Bogen und wickelte die Bogensehne um den Stecken. Er setzte sich auf den Boden und hielt das flache Holz mit den Füßen fest. Dann setzte er die Spitze des Steckens in das vorbereitete Loch und begann den Bogen hin und her zu ziehen, so daß der Stecken sich schnell drehte. Ortnar tat etwas von dem pulverisierten Holz in das Loch, während Herilak den Stecken drehte, so schnell er konnte. Ein feiner Rauchfaden stieg auf, verging aber wieder. Herilak schnaufte vor Anstrengung und machte eine Pause.

Beim nächsten Versuch wurde aus dem feinen Rauchfaden ein winziger Funken von einer Flamme. Sie schoben mehr Holzstaub hinzu, bliesen behutsam, schützten die wachsende Flamme mit den Händen vor dem Wind und lachten vergnügt. Darauf fügten sie mehr und mehr Zweige und Holz hinzu, bis ein mächtiges Feuer brannte. Dann ließen sie es bis auf die Glut niederbrennen. Bald briet das Fleisch zwischen den glühenden Holzkohlen, und Kerrick sog Düfte ein, die er vollständig vergessen hatte.

Sie verbrannten sich die Finger am heißen Fleisch, sägten große Stücke herunter, aßen und aßen, bis ihre Gesichter von Fett und Schweiß glänzten. Sie ruhten, dann aßen sie weiter. Kerrick konnte sich nicht erinnern, in seinem ganzen Leben jemals etwas so Gutes gegessen zu haben.

In dieser Nacht schliefen sie mit den Füßen zum Feuer, warm und zufrieden, mit vollen Mägen.

In dieser Nacht erwachte Kerrick, als Herilak aufstand, um Holz nachzulegen. Die Sterne waren helle Lichtpunkte am schwarzen Himmel. Das Sternbild des Jägers hatte sich im Osten über den Horizont gehoben. Zum erstenmal seit ihrer Flucht war Kerrick mit sich und der Welt zufrieden in der Geborgenheit zwischen den beiden Jägern. Sie waren nicht verfolgt worden. Sie waren sicher vor den Yilanè.

Sofort wurde ihm die Fragwürdigkeit dieses Gedankens bewußt. Besser als diese Jäger kannte er die Unbarmherzigkeit ihres Feindes. Seine Stärke. Die ausgesandten Raubvögel würden die Tanu in allen Tälern und auf allen Bergwiesen ausfindig machen; nirgendwo konnten sie sicher sein. Die bewaffneten Fargi würden wieder und wieder angreifen, bis alle Tanu tot wären. Es gab kein Entkommen.

Er lag wach, erfüllt von der Erkenntnis sicherer Vernichtung. Er blickte zum Himmel auf, bis im Osten der Morgen graute und die Sterne nach und nach verblaßten. Der neue Tag hatte begonnen. Der erste Tag seines neuen Lebens.

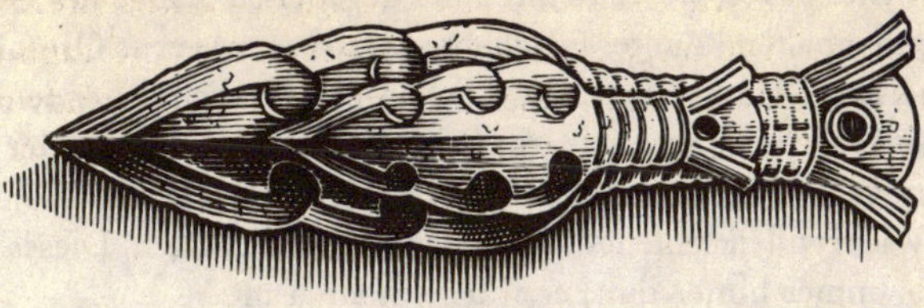

3

Nach der langen Wanderung des vergangenen Tages waren Kerricks Füße angeschwollen und wund. Er saß auf einem Felsblock, badete sie im kühlen Wasser des Baches und kaute auf einem Stück des zähen, aber köstlichen Fleisches. Obwohl seine Fußsohlen dicke Schwielen hatten, weil er in Alpèasak stets barfuß gegangen war, hatte ihm das Wandern im steinigen Gelände übel mitgespielt; seine Füße waren zerkratzt und zerschnitten, und er dachte mit unguten Gefühlen an den anstrengenden Tag, der vor ihm lag. Herilak sah, was er tat, und zeigte auf einen langen Schnitt, der sich durch die Schwielen von Kerricks rechtem Fuß zog.

»Da müssen wir etwas tun.«

Er und Ortnar trugen biegsame, aber kräftige Madraps aus zwei Stücken gegerbten Leders, die mit Darmschnüren sorgsam zusammengenäht waren. Sie hatten nicht das Material bei sich, um etwas Ähnliches für ihn anzufertigen, aber es gab andere Rohmaterialien. Herilak suchte Steine, die sich gut spalten ließen, und schlug kleine, scharfe Schneiden zurecht. Mit diesen häutete Ortnar den Bock ab und schabte anhaftendes Fleisch und Fett im fließenden Wasser vom Fell. Darauf schnitten sie Stücke und Streifen heraus, legten die größeren Teile um Kerricks Füße und banden sie mit den dünnen Streifen daran fest.

»Das ist einstweilen genug«, sagte er. »Bis die Haut steif wird und zu stinken beginnt, werden wir heute weit genug gegangen sein.«

Kerrick nahm den Rest des Fells an sich und fand, daß es gerade um seine Mitte paßte, wo er es mit einer gegabelten Stange des Gehörns zusammenhalten konnte. Er schabte es sauber, wie er es Ortnar abgesehen hatte. Dann nahm er den weichen, hautähnlichen Lendenschurz ab, den er so viele Jahre getragen hatte. Er lag ihm schlaff in der Hand. Die entlang den Säumen angebrachten Saugnäpfe glänzten naß. Mit jähem Widerwillen schleuderte er das Ding in den Bach. Dieses Leben lag für immer hinter ihm; er war jetzt ein Tanu.

Aber als er sich umwandte, stolperte er über den Ring, der seit all diesen Jahren um Inlènus Hals gelegen hatte und noch immer an ihm befestigt war. Er hielt ihn vor sich, verabscheute seine glatte Transparenz und unzerstörbare Festigkeit. Er schlug ihn mit aller Kraft auf den Felsblock am Ufer, dann ergriff er einen anderen Gesteinsbrocken und schlug darauf ein, bis seine Kräfte erlahmten. Das Material war nicht einmal zerkratzt.

Ortnar, der interessiert zugesehen hatte, streckte die Hand aus und befühlte die Oberfläche.

»Läßt sich nicht schneiden und nicht zerschlagen. Ist stärker als Stein. Ich habe nie etwas Derartiges gesehen. Im Wasser wird es nicht weich?«

»Nein.«

»Auch nicht in heißem Wasser? Kochendem Wasser?«

»Ich habe es nie versucht. Wir hatten nichts dergleichen in der Stadt. Du kannst Wasser nicht ohne Feuer kochen...«

Kaum waren ihm die Worte über die Lippen gekommen, da stutzte er. Er betrachtete den Ring und die biegsame Verbindungsleine und hob den Blick zum rauchenden Feuer in der Nähe. Nicht mit Wasser konnte er das Material auflösen, auch nicht mit kochendem, aber mit etwas, wovon die Yilanè nichts wußten.

Feuer.

Es war zumindest möglich. Das Material war weder Stein noch Metall. Es mochte schmelzen oder verkohlen, vielleicht auch brüchig werden. Und wenn dies geschah, ließ es sich vielleicht schneiden. Ortnar sah seine Blickrichtung und schlug die Hände zusammen.

»Warum nicht? Feuer könnte es zerstören. Du sagtest, daß die Murgu kein Feuer haben.«

»Haben sie nicht.«

»Laß mich versuchen.«

Ortnar hob den Ring am anderen Ende der Leine auf, trat zu der rauchenden Asche des Feuers und legte ihn hinein.

Nichts geschah. Kerrick sah mißmutig zu, wie Ortnar den Ring wieder herausnahm und die Asche von der glatten Oberfläche streifte. Dem Ring war nichts anzusehen, aber Ortnar verbrannte sich die Finger. Er steckte sie in den Mund, dann spukte er Asche aus. Ohne in seiner Entschlossenheit nachzulassen, stocherte er das Feuer mit einem Stecken auf, bis dieser in Flammen stand. Mit dem brennenden Stekken berührte er den Ring.

Er schrie auf und ließ ihn fallen, als dieser knisternd und explodierend in Rauch und Flammen aufging.

Kerrick sah den Ring in Flammen stehen und dicken schwarzen Rauch emporsteigen. Dann griff das Feuer explosionsartig rasch auf die Verbindungsleine über und drohte ihn selbst zu erfassen.

In instinkthafter Reaktion sprang er vor der sengenden Hitze zurück und fiel mit lautem Aufklatschen in den Bach.

Als er sich spuckend und keuchend aufrichtete, sah er eine rote Schwiele, die sich vom linken Arm über den Brustkorb zog, wo die brennende Leine ihn berührt hatte. Sie endete auf seiner Brust. Staunend befühlte er den Stumpf der auf zwei Spannen Länge verkürzten Leine.

Er war frei. Diese Verbindung, die sein Leben beherrscht hatte, dieses Hemmnis, das ihn all die Jahre begleitet hatte, war fort. Er richtete sich auf, ohne die verbrannten Stellen zu fühlen, beherrscht von den Gedanken, daß eine schwere Bürde von ihm genommen war. Seine letzte Verbindung mit den Yilanè war durchtrennt.

Als sie Tierfett auf ihre Verbrennungen rieben, zeigte Ortnar auf das Stück Leine, das noch von Kerricks Halsring hing.

»Wir könnten das auch abbrennen. Du könntest dich ins Wasser legen, gerade so, daß dieses Stück über der Oberfläche bleibt. Ich könnte es dann anzünden...«

»Ich glaube, wir haben für einen Tag genug getan«, antwortete Kerrick. »Warten wir lieber, bis die Brandwunden verheilt sind, bevor wir wieder etwas dieser Art versuchen.«

Ortnar stieß den heißen Metallkern des verbrannten Halsrings ins

Wasser, zog ihn wieder heraus und untersuchte ihn mit großem Interesse. »Wenn man ihn mit Sand abreibt, glänzt er wie Himmelsmetall. Sie müssen große Kenntnisse und Fähigkeiten haben, die Murgu, wenn sie dir so etwas anlegen konnten.« Als Kerrick die Hand danach ausstreckte, gab er den Ring widerwillig heraus.

»Er ist von einem ihrer Tiere geformt worden«, sagte Kerrick.

»Willst du ihn behalten?«

In Ortnars Stimme schwang Hoffnung mit, und Kerrick war nahe daran, ihm den Ring zu überlassen. Doch als er ihn in den Händen hielt, fühlte er den gleichen Ekel, den er empfunden hatte, als er seinen Lendenschurz das letzte Mal in der Hand gehalten hatte.

»Nein. Es ist Yilanè, Murgu.«

Er warf den Ring auf das Wasser hinaus, wo er aufspritzend versank. »Ich trage noch immer einen um den Hals; das ist mehr als genug.«

Bevor sie aufbrachen, blickte Herilak, auf seinen Speer gestützt, den Weg zurück, den sie gekommen waren.

»Wenn sich mehr der unsrigen gerettet hätten, würden sie inzwischen hier sein«, sagte er. »Und wir sind gerannt wie verängstigte Weiber. Nun müssen wir überlegen, wie es weitergehen soll. Erzähl mir von den Murgu, Kerrick. Was tun sie jetzt?«

»Ich verstehe nicht.«

»Folgen sie uns noch? Sind sie noch an dem Strand, von wo sie den Angriff durchführten?«

»Nein, sie werden inzwischen umgekehrt sein. Sie gingen auf die Jagd, um Nahrung zu beschaffen, und sie hatten sehr wenig Fleischvorräte bei sich. Das Ziel der Expedition war die Zerstörung des Sammad. Darauf wollten sie umkehren. Durch ein weiteres Verbleiben hier im Norden wäre nichts bewirkt. Außerdem war mit dem Tod der Eistaa die Führerin ausgefallen. Es muß eine große Verwirrung gegeben haben, und ich bin überzeugt, daß sie inzwischen zur Stadt zurückgekehrt sind.«

»Für die Hauptmasse trifft das sicherlich zu. Aber könnte es sein, daß andere zurückgeblieben sind, um uns zu verfolgen?«

»Das könnte sein. Stallan wäre dazu imstande. Aber nein. Nach ihrer Stellung kommt sie vor allen anderen als Stellvertreterin in Frage. Sicherlich wird sie den Rückzug geleitet haben.«

»Dann glaubst du, daß sie fort sind?«

»Ganz bestimmt.«

»Das ist gut. Dann werden wir zur Küste zurückkehren.«

Kerrick hatte eine plötzliche Anwandlung von Furcht. »Sie könnten im Hinterhalt liegen und auf uns warten.«

»Gerade hast du mir versichert, daß sie es nicht tun.«

»Wir sind Jäger«, sagte Ortnar. »Wir werden es merken, wenn sie da sind.«

»Wir haben keinen Grund...«

»Allen Grund«, erwiderte Herilak bestimmt. »Wir haben zwei Speere, einen Bogen ohne Pfeile, sonst nichts. Wenn der Schnee kommt, werden wir zugrunde gehen. Alles, was wir brauchen, ist am Lagerplatz. Wir kehren um.«

Sie wanderten schnell, zu schnell für Kerrick, der in diesem Vorhaben den Weg in den sicheren Tod sah. Als es Abend wurde, waren sie in den Hügelausläufern über der Küste und konnten jenseits der Ebene den Ozean sehen.

»Ortnar, du erkundest«, befahl Herilak. »Lautlos und ungesehen. Halte gut Ausschau nach Anzeichen von Murgu.«

Ortnar schüttelte seinen Speer und schlüpfte durch den Wald davon. Herilak machte es sich im Schatten bequem und schlief bald darauf ein. Kerrick war zu aufgeregt, um etwas anderes zu tun, als sich Sorgen zu machen, furchtsam zur Küste hinauszuspähen und den Wald mit schleichenden Yilanè bevölkert zu sehen.

Die Sonne war untergegangen, als im Tal unter ihnen ein Vogel rief. Herilak war augenblicklich wach; er legte die Hände an den Mund und beantwortete den Ruf. Wenig später kam Ortnar in Sicht; scheinbar mühelos lief er den Hang herauf.

»Fort«, sagte er. »Den Weg, den sie gekommen sind.«

»Das kannst du nicht mit Gewißheit sagen«, widersprach Kerrick.

Ortnar warf ihm einen geringschätzigen Blick zu. »Natürlich habe ich Gewißheit. Ich fand keine frischen Spuren. Und überall waren die Aasvögel – und die ergreifen schnell die Flucht, wenn jemand in die Nähe kommt. Außerdem habe ich das Gelände abgesucht.« Seine verdüsterte Miene sagte mehr als alle Worte. Er zeigte auf die Pfeile, die seinen Köcher füllten. »Alles, was wir brauchen, ist dort.«

»Wir gehen jetzt«, erklärte Herilak.

Es war längst Nacht, als sie den Schauplatz des Massakers erreichten. Aber das kalte Licht des Mondes zwischen Vollmond und Halbmond machte es ihnen leicht, den Weg zu finden. Die Krähen und Geier waren sattgefressen zu ihren Schlafbäumen geflogen, und der Mantel der Dunkelheit verhüllte gnädig die schlimmsten Schreckensbilder. Der Verwesungsgeruch war bereits sehr stark. Kerrick stand am Flußufer, lauschte und spähte flußabwärts zur Mündung, während die anderen zusammensuchten, was gebraucht wurde. Erst als Herilak ihn rief, wandte er sich zögernd um.

»Zieh diese an«, sagte der Sammadar. »Sie gehörten einem großen Jäger. Mögen sie dir Glück bringen.«

Es waren Fellgamaschen mit festen Ledersohlen, ein Umhang, ein Gürtel und schwere, pelzgefütterte Kleidungsstücke. Sie waren zu warm für den Sommer, aber wenn der Schnee kam, würden sie den Unterschied zwischen Leben und Tod ausmachen. Ein langer Speer, ein stabiler Bogen und Pfeile. Kerrick machte aus den Dingen, die er nicht tragen wollte, ein Bündel und legte es zu den anderen und den Körben, die sie mitnahmen. Herilak hatte einige Querstangen von einem der großen Schleifgestelle zusammengesucht und fertigte daraus ein kleineres, das sie gemeinsam ziehen konnten. Alles, was sie brauchten, wurde nun darauf festgebunden.

»Wir gehen«, sagte er in düsterer Schwermut, auf allen Seiten umgeben vom Tod seines Sammad. »Wir werden niemals vergessen, was die Murgu hier getan haben.«

Sie gingen, bis der Mond unterging, und wechselten einander an den Zugstangen des Schleifgestells ab, bis sie zu müde waren, um weiterzugehen. Kerrick fürchtete noch immer, daß Yilanè nach ihm suchten, doch seine Erschöpfung war so groß, daß er in seinen sorgenvollen Gedanken vom Schlaf übermannt wurde und erst wieder bei Sonnenaufgang erwachte.

Herilak band einen Beutel mit Ekkotaz vom Gestell, und jeder nahm sich ein paar Handvoll von der nahrhaften und köstlichen Mischung aus zerkleinerten Nüssen und getrockneten Beeren. Kerrick war ein Kind gewesen, als er den Geschmack zuletzt gekostet hatte, und Erinnerungen an die frühe Kindheit fluteten zurück, als er jetzt davon aß. Es war gut, ein Tanu zu sein. Aber er hatte den Gedanken kaum gedacht, als er an der Seite einen heftigen Juckreiz verspürte und sich wieder und wieder kratzte. Als er schließlich das Fell zurückzog, sah er die roten Bisse. Mit Schaudern wurde ihm klar, daß der tapfere Jäger, der vor ihm diese Fellkleider getragen hatte, von Flöhen heimgesucht gewesen war. Plötzlich schien es ihm nicht mehr so angenehm, ein Tanu zu sein. Sein Rücken schmerzte vom Liegen auf dem harten, unebenen Boden und seine Muskeln von den ungewohnten Anstrengungen – und als ob das noch nicht genug wäre, verspürte er auch noch einen jähen, krampfhaften Schmerz in der Magengegend. Das gebratene, zähe Fleisch wollte ihm nicht allzugut bekommen; er eilte hinter das nächste Gebüsch.

Von Schmerzen geplagt, sah er einen Floh über seine abgelegten Kleider kriechen. Er fing ihn und knackte ihn zwischen den Fingernägeln. Dann wischte er sich angewidert die Finger im Gras. Er war schmutzig und wund, von Flöhen geplagt und krank. Was tat er hier mit diesen primitiven Ustuzou? Warum war er nicht in Alpèasak? Dort hatte er ein bequemes, friedliches Leben als Günstling der Eistaa gehabt. Warum konnte er nicht zurückkehren? Vaintè war tot, von seinem Speer erstochen – aber wer in der Stadt wußte, daß er den Speer geschwungen hatte. Niemand sonst hatte es gesehen. Warum konnte er nicht dorthin zurückkehren?

Er wusch sich trotz seiner Magenschmerzen so gründlich er konnte. Dann ging er ein paar Schritte bachaufwärts, um zu trinken. Am Ufer waren die beiden Jäger dabei, die Last auf das Schleifgestell zu binden. Sie konnten ohne ihn weitergehen.

Aber wollte er wirklich zurück nach Alpèasak? Seit Jahren hatte er an Flucht aus der Stadt gedacht, nun war er frei. War das nicht, was er immer gewollt hatte? Dort war die Welt der Yilanè, nicht die seine. Dort gab es keinen Platz für ihn.

Gab es unter den Tanu einen Platz für ihn?

Er stand knietief im kühlen Wasser und hatte die Fäuste geballt. Verloren. Er gehörte weder der einen noch der anderen Welt an. Ausgestoßen und allein.

Herilak rief ihn und beendete seine düsteren Gedanken. Er watete zum Ufer und zog langsam seine Kleider an.

»Wir gehen«, sagte Herilak.

»Wohin wollt ihr?« fragte Kerrick, von Schmerzen und unschlüssigen Empfindungen gepeinigt.

»Nach Westen, um andere Jäger zu finden. Um mit ihnen zurückzukehren und Murgu zu töten.«

»Sie sind zu stark, zu zahlreich.«

»Dann will ich lieber tot sein, und mein Tharm soll sich zu denen der anderen Jäger meines Sammad gesellen. Aber zuvor will ich sie rächen. Das ist eine gute Art zu sterben.«

»Es gibt keine guten Arten zu sterben.«

Herilak sah ihn schweigend an. Er schien etwas von den widersprüchlichen Gefühlen zu erahnen, die Kerrick beherrschten. Die vielen Jahre der Gefangenschaft mußten eine Wirkung auf den Jungen gehabt haben, der jetzt ein Mann war. Aber die Jahre waren gelebt, sie konnten nicht abgeschüttelt werden. Und es gab kein Zurück. Der Weg voraus mochte mühsam sein, aber er war der einzige.

Herilak hob die Hand und nahm die Lederschnur mit dem Messer aus Himmelsmetall, zog sie sich über den Kopf und streckte sie ihm hin.

»Dies gehörte deinem Vater. Du bist sein Sohn, denn du trägst noch immer das kleinere Messer, das zur gleichen Zeit gemacht wurde. Häng dir dieses dazu um den Hals. Trag es, damit es dich an seinen Tod und den Tod seines Sammad erinnere. Und daran, wer sie tötete. Dann wirst du den Haß in deinem Herzen fühlen und die Erkenntnis, daß auch du Vergeltung suchst.«

Kerrick zögerte, streckte die Hand aus und nahm das Messer, fühlte sein Gewicht und ballte die Faust darum.

Es konnte keine Rückkehr nach Alpèasak geben. Niemals. Er mußte sich lehren, nur Haß auf die Mörder seines Volkes zu fühlen. Aber in diesem Augenblick war eine schreckliche Leere das einzige, was er fühlte.

Es mo tarril drespastar, er em
so man drija.

Wenn mein Bruder verwundet ist,
werde ich bluten.

4

Die Jagd war sehr schlecht. Ulfadan war seit dem Morgengrauen unterwegs und hatte wenig vorzuzeigen. Ein einziges Kaninchen hing von seinem Gürtel. Es war jung und mager und hatte kaum genug Fleisch, um eine Person zu sättigen. Wovon sollte sein Sammad leben? Er erreichte den Waldrand und blieb unter einer mächtigen Eiche stehen. Sein Blick ging über das buschdurchsetzte Grasland hin. Weiter wagte er sich nicht.

Hier gab es Murgu. Von hier bis zum Ende der Welt, wenn die Welt ein Ende hatte, gab es nur diese abscheulichen und furchteinflößenden Kreaturen. Einige Arten waren gut zu essen. Er hatte einmal das Fleisch vom Bein eines der kleineren Murgu gekostet, die in größeren Herden sumpfige Grasländer beweideten. Aber auf den Jäger, der ihnen nachstellte, wartete immer der Tod. In diesen warmen Ländern wimmelte es von giftigen Murgu, Schlangen aller Größen, die in den Bäumen wie auf dem Boden lebten und tödlich waren. Schlimmer noch waren die Riesenbestien, deren Gebrüll wie Donner war und deren Tritte den Boden wie ein Erdbeben erzittern machten. Wie sie es immer taten, wenn er an Murgu dachte, berührten seine Finger in unbewußter Geste den Zahn eines dieser Riesen, der an einer Rohlederschnur von seinem Hals hing. Ein einziger Zahn, beinahe so lang wie seine Elle. Er war jung und dumm gewesen, als er ihn an sich gebracht hatte; er hatte den Tod riskiert, um sich damit zu brüsten. Aus dem

Schutz der Bäume hatte er den riesigen Marag sterben sehen. Er hatte auch die abstoßenden Aasfresser bemerkt, die bereits zur Stelle gewesen waren, und sich um den Riesenkadaver gestritten und an ihm gezerrt hatten. Erst nach Anbruch der Dunkelheit hatte er die Deckung zu verlassen gewagt, um diesen einen Zahn aus den klaffenden Kiefern zu lösen. Dann waren die nachtaktiven Murgu erschienen, und nur der Zufall hatte ihm das Leben gerettet. Die lange weiße Narbe an seinem Schenkel zeigte, daß er nicht ungeschoren davongekommen war. Nein, in diesen Gebieten, außerhalb des schützenden Waldes, war die Jagd zu gefährlich.

Aber der Sammad mußte essen, mochte die Nahrung, die sie sammelten und jagten, auch dürftiger und spärlicher werden. Die Welt war in Veränderung begriffen, und Ulfadan wußte nicht, warum. Der Alladjex hatte ihnen gesagt, daß die Welt die gleiche gewesen sei, seit Ermanpadar die Tanu aus dem Schlamm des Flusses geformt hatte. Im Winter zogen sie in die Berge, wo der Schnee hoch lag und die Hirsche leicht zu jagen waren. Wenn der Schnee im Frühjahr schmolz, folgten sie den rasch fließenden Bächen stromab zum Fluß und manchmal bis zur See, wo Fische im Wasser sprangen und die fruchtbare Erde vieles gedeihen ließ. Aber niemals wagten sie sich zu weit nach Süden. Dort warteten nur Murgu und mit ihnen der Tod. Die Berge und die dunklen nördlichen Wälder hatten immer geboten, was sie gebraucht hatten.

Das war jetzt nicht mehr der Fall. Seit die Berge in endlosen Winter gehüllt und die Herden der Wildtiere zurückgegangen waren, seit der Schnee bis spät in den Frühling in den Wäldern lag, waren ihre traditionellen Nahrungsquellen am Versiegen. Noch gab es zu essen, denn zu dieser Jahreszeit war der Fluß reich an Fischen. Hier in ihrem Lager am Fluß war der Sammad von Kellimans zu ihnen gestoßen; dies geschah jedes Jahr. Es war die Zeit, wo man zusammenkam und Zeit für Gespräche hatte, und wo die jungen Männer Frauen fanden. Für solche Annehmlichkeiten war jetzt freilich wenig Zeit. Obwohl es genug Fisch zu essen gab, reichten die Fänge nicht aus, um Vorräte für den Winter anzulegen. Und ohne ausreichenden Nahrungsmittelvorrat würden nur wenige von ihnen den Frühling erleben.

Es gab keinen Ausweg aus der Falle. Im Westen und Osten lagen die Jagdgebiete anderer Sammads, die ebenso hungrig waren wie seiner und Kellimans'. Murgu im Süden, Eis im Norden, sie saßen dazwischen. Ohne Ausweg. Jeden Tag zerbrach Ulfadan sich aufs neue den Kopf über dieses Problem, das keine Lösung hatte. Sorgenvoll machte er sich auf den Rückweg.

Von der Anhöhe, die das Wiesenufer des Flusses überblickte, bot sich der gewohnte Ausblick. Die dunklen Kegel der Lederzelte erstreckten sich in unregelmäßiger Reihe am Ufer. Zwischen den Zelten bewegten sich Gestalten hin und her, und von den Feuern stieg Rauch empor. Am Hang unter ihm hob eines der angepflockten Mastodons den Rüssel und trompetete. Ein Stück weiter den Fluß entlang sah man Frauen mit feuergehärteten Stöcken in der Erde graben und eßbare Wurzeln freilegen. Die Wurzeln waren gute Nahrung, aber was sollte geschehen, wenn der Frost kam und der Erdboden steinhart gefror? Er wußte es und schob den Gedanken von sich.

Nackte Kinder rannten kreischend durcheinander und planschten im Wasser. Alte Frauen saßen vor den Zelten in der Sonne und flochten Körbe aus Weidenzweigen und Schilfrohr. Als er den Hang hinabstieg und zu den Zelten ging, war Ulfadans Gesicht ernst und undurchdringlich. Einer seiner kleineren Söhne eilte ihm entgegen und platzte mit einer wichtigen Nachricht heraus:

»Drei Jäger sind hier, von einem anderen Sammad. Einer von ihnen ist sehr komisch.«

»Bring dieses Kaninchen zu deiner Mutter. Lauf.«

Die Jäger saßen um ein Feuer und pafften abwechselnd von einer Pfeife, deren Kopf ein ausgehöhlter Stein war. Kellimans war da, und Fraken, der Alladjex, alt und welk, aber seines Wissens und seiner Heilkräfte wegen gut angesehen. Die Neuankömmlinge erhoben sich zur Begrüßung, als er erschien. Einen von ihnen kannte er gut.

»Ich grüße dich, Herilak.«

»Ich grüße dich, Ulfadan. Dies ist Ortnar, von meinem Sammad. Dies ist Kerrick, der Sohn von Amahast, Sohn von meiner Schwester.«

»Ihr habt Essen und Trinken?«

»Wir haben gegessen und getrunken. Ulfadans Freigebigkeit ist wohlbekannt.«

Ulfadan gesellte sich zu ihnen, setzte sich in den Kreis um das Feuer, nahm die Pfeife, als sie ihm gereicht wurde, und blies den stechenden Rauch von sich. Er wunderte sich über den seltsamen Jäger ohne Haar, der mit dem Rest seines Sammads untergegangen sein sollte, aber am Leben geblieben war. Herilak würde es ihm zur rechten Zeit mitteilen.

Auch andere Jäger waren neugierig auf die Ankömmlinge und setzten sich in einem zweiten Kreis um sie, denn das war der Brauch der Sammads.

Herilak war nicht mehr so förmlich, wie er einst gewesen. Er wartete, bis die Pfeife gerade einmal die Runde gemacht hatte, bevor er das Wort ergriff.

»Die Winter sind lang, und wir wissen das. Die Nahrung ist rar, und wir wissen das. Nun sind alle aus meinem Sammad tot. Ausgenommen zwei.«

Nach diesen furchtbaren Worten wurde es totenstill unter den Jägern, während die Frauen, die außerhalb des Kreises zuhörten, in Jammer und Wehklagen ausbrachen. Viele hatten Angehörige, die in Herilaks Sammad geheiratet hatten. Mehr als eine blickte zum Osthimmel auf, wo die ersten Sterne erschienen. Als Herilak weitersprach, störte ihn kein Geräusch.

»Es ist bekannt, daß ich mit meinen Jägern so weit nach Süden zog, daß es dort keinen Schnee mehr gab und es im Winter warm war, in das Land, wo es nur Murgu gibt. Es war mein Gedanke, daß Murgu Amahast und seinen Sammad getötet hatten. Mein Gedanke war richtig, denn wir fanden Murgu, die wie Menschen gehen und mit Todesstöcken töten. Einen von ihren Todesstöcken fand ich zwischen den Gebeinen des Sammad Amahast. Wir töteten die Murgu, auf die wir in jenem Land stießen. Dann kehrten wir nach Norden zurück. Nun wußten wir, daß im Süden der Tod war, und wir wußten auch, welche Art von Tod es war. Aber wir litten Hunger in diesem letzten Winter, und viele starben. Im Sommer war die Jagd schlecht, wie ihr wißt. Also zog ich mit dem Sammad die Küste entlang nach Süden. Ich führte die Jäger noch weiter südlich, weil die Jagd dort besser war. Wir kannten die Gefahr. Wir wußten, daß die Murgu auch uns überfallen könnten. Aber ohne Vorräte für den Winter würden wir so oder so sterben. Wir waren auf der Hut, und es kam kein Angriff. Erst als wir die Rückreise angetreten hatten, fielen sie über uns her. Ich bin hier. Ortnar ist hier. Die anderen sind tot. Mit uns kam Kerrick, der Sohn von Amahast, gefangen von den Murgu und endlich frei. Er weiß viel über die Art der Murgu.«

Darauf gab es ein lautes Gemurmel von neugierigem Interesse und Bewegung unter denen, die im Hintergrund zuhörten, weil alle ihn in Augenschein nehmen wollten. Sie wiesen auf sein fehlendes Haar hin, auf den glänzenden Ring um seinen Hals und die Messer aus Himmelsmetall, die auf seiner Brust hingen. Er starrte geradeaus und sagte nichts. Als sie wieder still waren, nahm Kellimans das Wort.

»Es sind dies Tage des Todes für die Tanu. Der Winter tötet uns, die Murgu töten uns, andere Tanu töten uns.«

»Ist es nicht genug, von den Murgu getötet zu werden?« fragte Herilak. »Müssen wir auch noch untereinander kämpfen?«

»Die langen Winter und die kurzen Sommer sind es, gegen die wir kämpfen müssen«, sagte Ulfadan. »Wir kamen zu diesem Ort, weil das Wild aus den Bergen verschwunden ist. Aber als wir hier jagen wollten, vertrieben uns die Bogenschützen vieler Sammads von jenseits der Berge. Wir haben wenig Nahrung und können kaum Vorräte anlegen, und wenn der Winter kommt, werden wir verhungern.«

Herilak schüttelte bekümmert den Kopf. »Das ist nicht der rechte Weg. Die Murgu sind der Feind, nicht die Tanu. Wenn wir untereinander kämpfen, ist unser Untergang gewiß.«

Kellimans nickte zustimmend. Ulfadan sagte: »Ich denke wie du, Herilak, aber dies ist nicht durch unser Zutun geschehen. Du mußt mit den anderen Sammads sprechen. Wären sie nicht, würden wir jagen und nicht hungern. Sie kommen von jenseits der Berge und sind zahlreich und sehr hungrig. Sie drängen uns zurück, und wir können nicht jagen. Sie wollen uns tot sehen.«

Herilak winkte ab. »Nein, das ist falsch. Sie sind nicht die Ursache eurer Schwierigkeiten. Jenseits der Berge muß die Jagd genauso schlecht sein, sonst wären sie nicht hierher gekommen. Die Tanu haben zwei Feinde. Den Winter, der kein Ende nimmt, und die Murgu. Sie vereinigen sich, uns zu vernichten. Wir können nicht gegen den Winter kämpfen. Aber wir können Murgu töten.«

Andere hoben die Stimmen und beteiligten sich an dem Gespräch. Sie verstummten jedoch, als Fraken das Wort ergriff. Sie achteten und ehrten den alten Mann und hofften, daß er ihnen in seiner Weisheit eine Antwort auf ihre Probleme weisen könnte.

»Die Murgu sind zahllos wie die Blätter. Du sagst uns, daß sie die Todesstöcke haben. Wie können wir gegen solche Geschöpfe kämpfen? Und warum sollten wir? Wenn wir im Kampf gegen sie den Tod riskieren – was haben wir zu gewinnen? Wir brauchen Nahrung, keine Kriegführung.«

Ein zustimmendes Gemurmel erhob sich. Nur Herilak schien anderer Meinung zu sein.

»So wie ihr Nahrung braucht, so brauche ich Vergeltung«, sagte er entschlossen. »Es muß ein Weg gefunden werden, diese Murgu im Süden zu töten. Sind sie einmal tot, so wird unten an der Küste gute Jagd zu machen sein.«

Danach gab es eine lange Diskussion und viele Nebengespräche, aber zu einer Entscheidung kam es nicht. Zuletzt gab Herilak Ortnar ein Zeichen, und sie standen auf und gingen. Kerrick sah ihnen nach, zögerte jedoch, ihnen zu folgen. Sein Vergeltungsdrang kam dem ihrigen nicht nahe. Wenn sie ihn nicht riefen, brauchte er sich vielleicht nicht anzuschließen. Er könnte hier am Feuer bleiben und sich am Gespräch mit den anderen Jägern beteiligen. Vielleicht könnte er sogar bei diesem Sammad bleiben und zur Jagd gehen und die Murgu vergessen.

Aber das war nicht die Antwort. Er wußte, was die anderen hier nicht wußten. Er war überzeugt, daß die Yilanè weder ihn noch den Rest der Tanu vergessen würden. Ihr Haß ging zu tief. Sie würden die Raubvögel aussenden und jeden Sammad aufspüren und nicht ruhen noch rasten, bis sie alle vernichtet hatten. Ulfadan und Kellimans und ihre Leute fürchteten nur den Winter und den Hunger und die anderen Tanu – während die todbringende Gefahr hinter dem Horizont lauerte.

Niemand achtete darauf, als Kerrick seinen Speer aufnahm und ging. Er fand seine zwei Gefährten an einem eigenen Feuer und setzte sich zu ihnen. Herilak stocherte mit einem Stecken im brennenden Holz und blickte sinnend ins Feuer, als suche er eine Antwort in den Flammen.

»Wir sind nur drei«, sagte er. »Wir können nicht allein gegen die Murgu kämpfen; wenn es aber sein muß, dann werden wir es tun.« Er wandte den Kopf zu Kerrick. »Du weißt über die Murgu, was wir nicht wissen. Erzähle uns von ihnen. Erzähle uns, wie sie Krieg führen.«

Kerrick rieb sich nachdenklich das Kinn, bevor er sprach. Dann sagte er zögernd: »Es ist nicht leicht, darüber zu sprechen. Ihr müßt zuerst von ihrer Stadt wissen und wie sie regiert werden. Ihr müßt die Fargi und die Yilanè verstehen und wissen, wie sie leben.«

»Dann wirst du es uns sagen«, erwiderte Herilak.

Anfangs fiel es Kerrick schwer, in Marbak über Dinge zu sprechen, die er in dieser Sprache nie gedacht hatte. Er mußte neue Wörter für Geschehnisse und Dinge finden, die ihm vertraut waren, neue Möglichkeiten, Ideen zu beschreiben, die den Jägern völlig fremd waren. Wieder und wieder fragten sie ihn über dies und jenes aus, was sie nicht verstanden. Am Ende hatten sie eine Vorstellung von der Gesellschaft der Yilanè und ihrem Aufbau, obwohl sie nicht verstanden, warum dies alles so war.

Herilak starrte in stirnrunzelndem Schweigen auf seine Fäuste und suchte den Sinn dessen zu erfassen, was er gehört hatte. Zuletzt mußte er den Kopf schütteln.

»Ich werde die Murgu nie verstehen, und ich glaube, ich werde es auch gar nicht erst versuchen. Es genügt zu wissen, was sie tun. Die großen Vögel fliegen hoch, um uns zu beobachten, und sagen ihnen, wo ein Sammad ist, damit sie ihn überfallen können. Ist das richtig?«

Kerrick wollte verneinen, dann besann er sich eines besseren und nickte. Die Einzelheiten waren nicht so wichtig, solange sie verstanden, was die Yilanè taten. »Wenn sie wissen, wo ein Sammad sein Lager aufgeschlagen hat, bereiten sie einen Angriff vor. Bewaffnete Fargi besteigen die Boote und fahren los. Sie kommen plötzlich und unversehens aus den Weiten der See und töten alle, wie ihr wißt.«

»Aber du sagtest nicht nur das«, wendete Herilak ein. »Lagern sie in der Nacht vor dem Angriff nicht an der Küste?«

»Ja, das tun sie. Sie landen in der Nähe des Sammad, verbringen die Nacht am Strand und lassen dann ihre Vorräte zurück, um beim ersten Tageslicht überraschend anzugreifen.«

»Machen sie es immer so?«

»Immer? Ich weiß es nicht. Ich bin nur zweimal dabeigewesen. Aber das ist nicht wichtig. Urteilt man danach, wie sie denken und handeln, dann ist es wahrscheinlich, daß sie stets dem gleichen Muster folgen. Solange etwas erfolgreich ist, werden sie es nicht ändern.«

»Dann müssen wir dieses Wissen benutzen, um sie zu vernichten.«

»Wie willst du das anfangen?« fragte Ortnar.

»Ich weiß es noch nicht. Wir müssen darüber nachdenken und planen, bis wir einen Weg finden. Wir sind Jäger. Wir verstehen unsere Beute zu beschleichen. Wir werden einen Weg finden, die Murgu zu töten.«

Kerrick saß still und gedankenverloren. Wie kein anderer wußte er, wie die Vernichtung eines Sammad vor sich ging. Einmal war er im Lager gewesen, als der Angriff erfolgt war. Er konnte sich noch immer lebhaft den Schrecken vergegenwärtigen, der ihn gelähmt hatte, als die dunklen Gestalten aus der See gekommen waren. Aber er hatte es auch auf der Seite der Angreifer erlebt, hatte mit ihnen die Reise von Alpèasak gemacht, die Vorbereitungen zum Angriff beobachtet, den Befehlen gelauscht und wußte genau, wie alles angelaufen war. Nun mußte er diese beiden gegensätzlichen Gesichtspunkte vereinen und einen Weg finden, der eine Umkehrung der Ereignisse bewirken würde.

»Drehen wir es um!« sagte er. Dann, als sie zu ihm aufblickten, wiederholte er: »Drehen wir es um! Aber dazu werden wir Ulfadan und Kellimans und ihre Sammads benötigen. Wir müssen ihnen alles erklären, damit sie uns verstehen. Dann werden wir mit den Sammads nach Süden ziehen und jagen. Die Jagd wird gut sein, und es wird viel Nahrung für die Wintervorräte geben. Sobald wir aber nach Süden ziehen, wird unsere Anwesenheit mit Sicherheit von den Murgu entdeckt werden, denn der große Vogel wird sie über uns ins Bild setzen. Wir aber werden sorgfältig Wache halten, und sobald wir den Adler sehen, werden auch wir wissen, was geschehen wird. Dann müssen wir Jäger aussenden, damit sie die Strände beobachten. Auf diese Weise werden wir rechtzeitig wissen, wann der Angriff kommt, und bereit sein. Statt fortzulaufen, werden wir kämpfen und töten.«

»Das ist gefährlich«, sagte Herilak. »Nehmen wir die Sammads mit, dann bringen wir das Leben der Frauen und Kinder in Gefahr, all jener, die nicht kämpfen können. Es muß einen besseren Plan geben, oder die Sammads werden nicht bereit sein, mit uns zu ziehen. Denk noch einmal nach. Sagtest du mir nicht etwas über die Nacht, was sehr wichtig sei? Die Murgu sind nachts nicht gern unterwegs?«

»Ich glaube nicht, daß es nur das ist. Ihre Körper unterscheiden sich von den unsrigen. Sie müssen nachts schlafen, immer. Das ist die Art, wie sie sind.«

Herilak sprang auf und machte seiner Begeisterung mit einem Triumphgeheul Luft. »So, wie auch wir bei Nacht schlafen. Aber wir müssen nicht, nicht die ganze Zeit. Ich weiß, wie wir es machen werden. Wir werden mit den Jägern sprechen und sie überzeugen, daß sie mit uns nach Süden ziehen und jagen müssen, um dem kommenden Winter und der Hungersgefahr abzuhelfen. Aber während wir jagen, werden wir stets nach dem Adler Ausschau halten, der zu den Murgu spricht. Wenn der Vogel uns sieht, werden wir Jäger entsenden, die aus dem Verborgenen die Strände beobachten, wie du sagst. Und wenn die Murgu kommen und die Nacht vor dem Angriff am Strand verbringen, werden wir wissen, wo sie sind. Dann werden wir in der Dunkelheit über sie kommen. Nur die Jäger. Wir werden lautlos zum Strand kommen.«

Er ballte die Fäuste und schlug sie zusammen. »Dann werden wir in der Nacht über sie herfallen, sie im Schlaf erstechen, ausrotten und töten, wie sie uns getötet haben.« Entflammt von Begeisterung eilte er hinüber zum Kreis der Jäger. »Sie müssen es hören. Sie müssen überzeugt werden.« .

Das war nicht einfach. Ortnar und Kerrick folgten ihm und erklärten wieder und wieder den Plan. Sie berichteten über die Angriffsweise der Murgu und wie man sie besiegen könnte. Sie wiederholten sich und schilderten, wie sie auf die Jagd gehen und Nahrungsvorräte für den Winter anlegen und Murgu töten würden.

Ulfadan und der andere Sammadar waren von alledem sehr beunruhigt. Es war eine zu neue Idee, eine, die ihnen allzu gefährlich erschien.

»Ihr verlangt, daß wir alle unser Leben für diesen Plan aufs Spiel setzen«, sagte Ulfadan. »Daß wir unsere Frauen und Kinder wie Köder für den Langzahn zur Schau stellen, damit wir ihn erlegen können. Das ist sehr viel verlangt.«

»Das ist es – und ist es nicht«, sagte Herilak. »Vielleicht habt ihr keine andere Wahl. Ohne Vorräte werden wenige den Winter überleben. Und ihr könnt hier nicht jagen. Kommt nach Süden. Wir wissen, daß die Jagd dort gut ist.«

»Wir wissen aber auch, daß die Murgu dort sind.«

»Ja, aber diesmal werden wir auf der Hut vor ihnen sein. Wenn du willst, werden wir nicht warten, bis wir den Adler sehen, sondern werden immer Jäger entlang den Stränden versteckt halten, die uns vor jedem Angriff warnen können. Wenn die Murgu am Strand landen, werden wir wissen, daß der Angriff bevorsteht. Gleich nach dem Dunkelwerden können die Zelte und alles andere auf die Gestelle verladen werden, die Jungen werden die Mastodons landeinwärts treiben und die Frauen und alle kleinen Kinder mit sich nehmen. Auf diese Weise werden sie der Gefahr entzogen sein. Es bleibt ein Risiko, aber eines, das ihr werdet auf euch nehmen müssen. Entweder das oder tot in Schnee und Kälte. Ohne Vorräte wird keiner von euch den Frühling erleben.«

»Du sprichst grausam, Herilak«, sagte Kellimans verärgert.

»Ich spreche nur die Wahrheit aus, Sammadar. Die Entscheidung liegt bei euch. Wir haben gesagt, was wir zu sagen haben. Nun werden wir gehen.«

Die Entscheidung fiel nicht an diesem Abend, auch nicht am nächsten oder übernächsten Tag. Aber dann verschlechterte sich das Wetter, und es fing an zu regnen. Und es war ein gleichmäßiger, heftiger Regen, der von einem böigen, kalten Nordwind gepeitscht wurde. Ein früher Herbst kündigte sich an. Die Nahrungsvorräte waren gering, das wußte jeder. Die drei Fremden saßen abseits und waren sich bewußt, daß die Vorübergehenden mit Sorge zu ihnen herschauten. Nicht wenige von den Jägern waren obendrein von Haß erfüllt, weil sie ihnen diese Entscheidung aufzwangen.

Am Ende wurde ihnen klar, daß sie keine Wahl hatten. Die Frauen stimmten ein großes Jammergeschrei an, als die Zelte abgebrochen und auf die Gestelle verladen wurden. Die gewohnte freudige Erregung angesichts des Aufbruchs zu einer Jahreswanderung wollte sich nicht einstellen. Viele glaubten, daß sie dem Tod entgegengingen. Schweigsam, mutlos und durchnäßt zogen sie durch den Regen nach Osten.

5

In der Aufregung und dem Durcheinander des Aufbruchs hatte Kerrick keine Zeit, an die Gefahren zu denken, welche die Zukunft bereithalten mochte. Unerwartete Erinnerungen stellten sich ein und erzeugten gemischte Gefühle, als die geduldigen Mastodons vor die Schleifgestelle gespannt wurden. Es war ein prachtvoller Anblick, wie die gewaltigen Tiere sich in die breiten Rohledergurte legten und die knarrenden, mit Zelten, Gepäck und Kindern beladenen Schleifgestelle langsam und gleichmäßig davonzogen. Die Jäger zogen weit ausgefächert voraus und durchkämmten das Land nach jagdbarem Wild. Erst am abendlichen Lagerplatz kam der Sammad wieder zusammen.

Während der ersten Tage herrschte große Furcht vor der Zukunft und den mörderischen Murgu, die sie belauern und überfallen würden. Aber die Tanu waren Fatalisten, mußten es sein, denn ihr Leben bestand aus Wechselfällen. Sie waren immer vom Wetter abhängig gewesen, von den Beeren, Pilzen und Wurzeln, die nicht immer in gleicher Fülle gediehen, und von den Wildtieren, deren Zahl starken Schwankungen unterlag. Sie ließen die Gewißheit des Hungertodes von vielen zurück und hatten dafür die Aussicht auf reiche Jagdbeute und die Möglichkeit fortdauernder Existenz eingetauscht. Es schien, bei Licht besehen, kein schlechter Handel. Ihre Stimmung hob sich, als das Wetter warm blieb und die Jagd besser wurde.

Nach einigen Tagen akzeptierten sie sogar Kerrick, obwohl die

Kinder noch immer auf seinen Halsring zeigten und über seinen nackten, bartlosen Kopf lachten. Aber die Stoppeln hatten bereits eine Länge von zwei Fingerbreiten erreicht, während der Bart weich und dünn war. Im Umgang mit dem Speer zeigte er sich noch immer ungeschickt, und als Bogenschütze konnte er sich erst recht nicht sehen lassen – aber er verbesserte sich langsam. Vor allem aber erwachte in ihm ein starkes Empfinden für die Schönheiten der Natur, und es beglückte ihn, in dieser so vielgestaltigen und reichen Welt zu leben.

So ging es, bis sie ans Meer kamen.

Der erste Ausblick über die blaue Weite des Wassers erfüllte Kerrick mit einem so überwältigenden Angstgefühl, daß er wie gelähmt stehenblieb. Von den anderen war niemand in Sicht, denn er hatte sich ein gutes Stück aus dem Tal entfernt, durch dessen Sohle die Mastodons mit ihren Lasten zogen. Auch andere Jäger waren nicht in der Nähe. Mit der Angst kam das Verlangen, kehrtzumachen und davonzulaufen. Dieses Unternehmen konnte nur zum Tode führen. Wie sollten diese wenigen Jäger gegen einen Schwarm bewaffneter Fargi bestehen? Am liebsten wäre er geflohen und hätte sich im Dickicht des verwachsenen Hügellandes verkrochen. Jedes weitere Vordringen in die Küstenebene mit ihren Flußläufen und nahen Stränden kam sicherem Selbstmord gleich.

Diesem überwältigenden Gefühl widersetzte sich die Erkenntnis, daß er zu dieser Zeit nicht fortlaufen konnte; es wäre eine so feige Tat, daß er sie ernstlich nicht erwägen konnte. Schließlich hatte er an der Ausarbeitung des Planes mitgewirkt; nun mußte er auch an seiner Verwirklichung teilnehmen. Doch die Furcht blieb, und nur mit dem äußersten Widerstreben konnte er sich zum Weitergehen zwingen.

Am Abend schlugen sie ihr Lager unweit der Küste auf. Die Zelte waren noch nicht abgeladen, da steckten die Jungen schon Regenwürmer auf ihre Knochenhaken und warfen am Rand der Brackwasserlagune die Angelschnüre aus. Das Wasser wimmelte von Hardalt, kleinen Tintenfischen, welche die Köder gern annahmen. Mit viel Geschrei und Gelächter wurde die tentakelbewehrte Beute eingebracht, von den Rückenschilden gelöst, das Innere nach außen gestülpt, in Streifen geschnitten, auf grüne Zweige gesteckt und über dem Feuer geröstet. Ihr festes, wohlschmeckendes Fleisch stellte eine willkommene Abwechslung dar.

Kerrick spuckte ein knorpeliges Stück aus, wischte die Finger im Gras, stand auf und reckte sich. Er blickte zum Feuer, dann die Küste entlang – und bemerkte plötzlich aus den Augenwinkeln eine Bewegung. Ein Seevogel, der über ihm kreiste.

Nein, kein Seevogel. Er spähte hinauf zu der mächtigen Spanne der ausgefransten Schwingen und der weißen Brust, die nun im Widerschein der untergehenden Sonne rosig leuchtete. Er stand wie gebannt. Der Adler war schon gekommen. Kerrick konnte den schwarzen Körper nicht sehen, der mit seinem scharfen Auge vom Bein des Raubvogels herabblickte, aber er wußte, daß er da war. Wie angelockt von Kerricks emporgewandtem Gesicht kam der Raubvogel näher und kreiste über dem Lager. Kerrick überwand seine Lähmung und eilte zu Herilak, der am Lagerfeuer saß.

»Der Adler ist schon da«, sagte er. »Da fliegt er über uns. Jetzt werden sie bald von uns wissen...«

In seiner Stimme schwang eine Panik mit, die Herilak weise unbeachtet ließ. Er blieb ruhig und entschlossen.

»Das ist sehr gut. Alles entwickelt sich genau so, wie wir es geplant haben.«

Kerrick vermochte seine Selbstgewißheit nicht zu teilen. Er versuchte nicht zu dem über ihnen kreisenden Vogel aufzusehen, weil er wußte, daß die zurückgebrachten Bilder sorgfältig geprüft würden. Die Tanu durften kein auffälliges Interesse an dem Raubvogel zeigen, nichts, was darauf hindeuten könnte, daß sie sich seiner Funktion bewußt waren. Erst als der Adler einen letzten Kreis gezogen hatte und mit trägen Flügelschlägen davonflog, hob Kerrick den Kopf und blickte ihm nach. Es war nicht mehr daran zu zweifeln, daß ein Angriff erfolgen würde.

Nach dem Dunkelwerden, als die Jäger zusammenkamen, um die Pfeife zu rauchen und zu sprechen, sagte Kerrick ihnen, was er gesehen hatte und was es bedeutete. Nun, da sie sich festgelegt hatten, gab es keine Beschwerden. Sie befragten ihn eingehend, dann erörterten sie die Einteilung des Voraustrupps von Jägern, der noch vor Tagesanbruch ausziehen sollte.

Am Morgen wanderten die Sammads weiter nach Süden. Herilak hatte die Führung übernommen und suchte einen Weg, der das Küstengebiet in einem langen Bogen landeinwärts umging. Kerrick erkannte das Terrain und wußte, daß sie die Stelle passierten, wo Herilaks Sammad vernichtet worden war. Es war nicht nötig, die Tanu auf solch grausige Art an die Gefahren zu erinnern, die von der See kommen konnten. Am Abend erreichten sie wieder die Küste. Später, als die Jäger zusammenkamen, wurde Herilak zum Sacripex gewählt, ihrem Führer im Kampf. Er nahm die Wahl ohne Umstände an und erteilte seine ersten Befehle.

»Kerrick und Ortnar gehen jetzt voraus. Sie haben die Murgu gesehen und wissen, wonach wir Ausschau halten müssen. Sie werden die Küste entlangziehen und die Nacht dort am Strand verbringen und Wache halten. Zwei ander Jäger werden mit ihnen gehen, gleichfalls die Strände überwachen und mit der Warnung zurückkehren, sobald dies erforderlich wird. So werden wir es von nun an jede Nacht halten. Auch andere werden jede Nacht wach bleiben und die See auf der anderen Seite unseres Lagerplatzes beobachten, damit uns auch von dort nichts überraschen kann. Wir müssen uns vergewissern, daß keine Überrumpelung möglich ist.«

So zogen sie vier weitere Tage die Küste entlang, bis Kerrick am fünften Tag im Morgengrauen zum Lagerplatz geeilt kam. Die Jäger hörten seine eilenden Schritte und griffen zu den Waffen.

»Es ist kein Alarm, die Murgu sind nicht hier. Aber ich habe die Küste voraus erkundet und weiß, was wir tun können.« Er wartete, bis die zwei Sammadars und Herilak herbeigekommen waren, dann erläuterte er seinen Vorschlag. »Die Jagd ist gut in diesen Gegenden, und die See wimmelt von Fischen. Ihr müßt euer Einverständnis geben, daß wir heute nicht das Lager abbrechen, sondern hier bleiben und fischen, während die Jäger Fleisch zum Räuchern heranschaffen. Südlich von hier ist ein Steilufer mit Kliffs, darauf folgt ein langer Strand mit dichtem Birkenwald, der sich beinah bis zum Strand erstreckt. Die Entfernung ist richtig. Wenn die Murgu kommen, werden sie bei den Kliffs keinen Landeplatz finden, also werden sie mit Sicherheit den Strand vor dem Waldrand als Landeplatz wählen.«

Herilak nickte. »Wenn wir angreifen, können wir im Schutz der Bäume ungesehen herankommen. Gut. So wird es geschehen. Sind wir alle der gleichen Meinung?«

Es gab einiges Hin und Her, aber keine Meinungsverschiedenheiten. Kerrick kehrte zu der Stelle zurück, wo Ortnar und die zwei anderen Jäger in Deckung lagen und die See beobachteten. Von ihrem Platz aus konnten sie den Strand gut in beide Richtungen überblicken.

Eine lange Wartezeit begann. Die nächsten Tage nutzten sie, um tief im Wald eine Hütte aus Birkenrinde zu errichten. Die Nächte waren kühler, und bisweilen regnete es. Aber zwei von ihnen waren immer auf dem Ausguck über dem Ozean und beobachteten aus dem Verborgenen die Strände. Am Spätnachmittag waren alle vier auf Beobachtungsposten, denn das war die Zeit der größten Gefahr. Nach vielen ereignislosen Tagen der Beobachtung, von einem Vollmond zum nächsten, kam Herilak zu ihnen.

»Was habt ihr gesehen?« fragte er.

»Nichts. Nur das, was du auch siehst. Die leere See, die leeren Strände. Das gleiche wie immer«, sagte Kerrick.

»Die Jäger der Sammads haben beschlossen, daß die Fleischvorräte für den Winter reichen werden. Sie sind dankbar, daß wir ihnen diese Jagdgründe gezeigt haben. Nun wollen sie fort.«

»Das ist eine gute Entscheidung«, sagte einer der Jäger, die zur Beobachtung abgestellt waren. »Keiner von uns will diesen Murgu-Angriff.« Kerrick teilte diese Gefühle von Herzen und verspürte ein Aufleben neuer Hoffnung. Er verhielt sich aber still.

»Du sprichst für dich selbst«, sagte Herilak bitter. »Ja, die Wanderung nach Süden ist erfolgreich gewesen. Es gibt jetzt Nahrung genug für den Winter, und ich kann verstehen, warum ihr zurückkehren wollt. Mit vollen Mägen könnt ihr den Hunger vergessen und euch statt dessen des Schicksals der zwei anderen Sammads an diesen Ufern erinnern. Nun, ich kann euch nicht daran hindern. Dies wird die letzte Nacht sein, so wurde beschlossen. Eure Jäger wollen morgen früh aufbrechen. Wir werden hier bleiben und für den Fall, daß die Murgu doch noch angreifen, einen Tagesmarsch hinter euch herziehen.«

»Wir werden schnell gehen«, rief der zweite Jäger. »Sie werden uns nicht erwischen.«

Herilak wandte sich verdrießlich ab. Ortnar teilte seine Bitterkeit. »Wir haben euch nicht hierhergeführt, damit ihr euch die Bäuche füllt. Wir sind gekommen, um Murgu zu töten.«

»Allein können wir es nicht«, sagte Herilak.

Kerrick wandte sich um und schaute zur See hinaus, damit sie die Erleichterung in seinen Zügen nicht sähen. Sie wußten, daß sie die

Sammads nicht würden zurückhalten können. Es gab nichts mehr, was sie hier an der Küste hielt, und sie hatten guten Grund, ihre Zelte abzubrechen. Es sollte keinen Kampf geben. Kleine weiße Wolken trieben am blauen Himmel und warfen dunkle Schatten auf das Wasser. Große, langsam ziehende Schatten.

Er stand still und beobachtete die Schatten und sagte nichts, bis er ganz sicher war. Als er sprach, war seine Stimme gepreßt, und er konnte nicht verhindern, daß sie bebte.

»Dort draußen sind sie. Die Murgu kommen.«

Es war, wie er gesagt hatte. Die schwarzen Boote waren nun, da sie aus dem Wolkenschatten herauskamen, deutlich sichtbar. Sie fuhren rasch nordwärts.

»Wollen sie nicht landen?« rief Herilak. »Wollen sie sofort die Sammads angreifen?«

»Wir müssen die anderen warnen – es ist wenig Zeit!« sagte Kerrick. Einer der Jäger sprang auf, um davonzulaufen, aber Herilak hielt ihn zurück.

»Warte. Warte, bis wir sicher sind.«

»Sie steuern jetzt zum Ufer!« sagte Ortnar. »Sie laufen den Strand unter uns an.«

Die Jäger lagen still in der Deckung, Schrecken im Herzen, als die Boote durch die sanften Brandungswellen schaukelten. Man hörte laute Befehle, und bewaffnete Fargi sprangen ins aufspritzende Wasser und wateten zum Strand. Als andere anfingen, die Boote zu entladen und Vorräte an Land zu tragen, gab es keinen Zweifel mehr, daß sie diese Stelle zum Landeplatz ausersehen hatten.

»Nun geht«, flüsterte Herilak den beiden Jägern zu. »Nehmt verschiedene Wege, so daß einer von euch ganz sicher die Warnung überbringen kann. Sobald es dunkel wird, müssen die Schleifgestelle wie geplant beladen und die Sammads landeinwärts geführt werden. Sie sollen bis zum Morgengrauen weiterziehen und dann Deckung im Wald suchen. Sobald die Gestelle beladen sind, haben alle Jäger das Lager zu verlassen und in aller Stille zu uns zu kommen. Lauft.«

Die Szene am Strand war Kerrick vertraut, den beiden Jägern aber war sie erschreckend neu. Waffen und Vorräte wurden aus den Booten den Strand hinaufgetragen, und als es zu dunkeln begann, hüllten die Fargi sich in Umhänge und legten sich zum Schlaf nieder. Die Anführerinnen waren weiter unten am Strand gruppiert, aber Kerrick wagte nicht näherzuschleichen, um zu sehen, wer sie waren. Vieles sprach dafür, daß Stallan wieder das Kommando führte. Bei diesem Gedanken kamen ähnliche Gefühle der Rachsucht in ihm auf, wie sie die anderen zwei beherrschten. Stallan, die ihn unbarmherzig geschlagen und von Anfang an gehaßt hatte. Welch ein Vergnügen würde es ihm bereiten, ihr den Speer durch den Leib zu rennen.

Der Mond verbarg sich in dieser Nacht, aber der weiße Strand lag gut sichtbar im Sternenlicht. Man konnte die dunklen Gestalten sehen, die dort unten ruhten. Mehr Sterne entstiegen langsam der See, bis im Wald hinter ihnen endlich ein leises Rascheln zu vernehmen war.

Die ersten Jäger krochen zum Waldrand vor.

6

Herilak hatte seit Tagen nur an diesen Angriff gedacht. Er hatte ihn so oft in all seinen Phasen geplant, daß er genau voraussah, wie er abzulaufen hatte. Kerrick und Ortnar waren instruiert und wußten genau, was zu tun war. Herilak ließ sie am Waldrand zurück und ging mit einem der ersten Ankömmlinge durch den Wald zurück zu einer Lichtung. Hier warteten sie, bis alle anderen Jäger aus dem Lager erschienen waren. Er war der Führer im Kampf; sie erwarteten seine Befehle.

»Ulfadan, Kellimans«, sagte er mit halblauter Stimme, »geht zu euren Jägern und fragt ihre Namen. Wenn ihr sicher seid, daß alle hier versammelt sind, kommt und sagt es mir.«

Niemand redete oder bewegte sich unnötig, während sie warteten, denn sie waren Jäger. Sie kauerten schweigend im Gras, die Waffen neben sich, und warteten auf Befehle von Herilak, dem Sacripex. Erst als man ihm versichert hatte, daß alle eingetroffen waren, erklärte Herilak, was sie zu tun hatten.

»Wir müssen wie ein Mann zuschlagen«, sagte er. »Wir müssen töten, ohne ihnen Zeit zu lassen, denn ihre Pfeile bedeuten den sofortigen Tod. Um dies zu tun, werden wir eine Kette bilden. Jeder Sammad übernimmt eine Hälfte des Strandabschnitts. Dann müssen wir lautlos vorwärtskriechen, bis wir im Gras über dem Strand sind. Der Wind weht von der See herein, also werden sie uns nicht riechen, wenn wir herankommen. Aber sie können hören, gut hören, wie Kerrick mir sagte, also darf es für sie nichts zu hören geben. Jeder von euch muß seine Position einnehmen, und eure Sammadare werden sich vergewissern, daß ihr am rechten Platz seid. Wenn das geschehen ist, werdet ihr warten und euch nicht bewegen, sondern den Strand beobachten. Ihr werdet warten, bis ihr mich, Ulfadan und Kellimans vor euch am Strand erscheinen seht. Das wird euer Signal zum Angriff sein. Geht langsam und lautlos auf die schlafenden Murgu zu. Tötet sie mit euren Speeren und bleibt still, solange es möglich ist.«

Herilak machte eine Pause, dann berührte er den nächstbesten Jäger mit dem stumpfen Ende seines Speeres unter dem Kinn, während alle anderen sich vorbeugten, um zu sehen, was er tat.

»Versucht die Murgu in die Kehle zu stechen, wenn ihr könnt, denn dort sind sie am verwundbarsten. Ihre Rippen sind zahlreich. Anders als bei den Tieren, die wir jagen, umschließen diese die gesamten Vorderseiten ihrer Körper und hören nicht unterhalb der Brust auf. Ein kräftiger Stoß wird durchdringen, aber ein schlecht gezielter wird an den Rippen abgleiten. Darum die Kehle.«

Herilak wartete, während sie das überdachten, dann fuhr er fort: »Wir können nicht hoffen, sie alle im Schlaf zu töten, dafür sind es zu viele. Sobald sie erwachen und ein Geschrei anheben, werden wir so laut wie möglich brüllen, um Verwirrung zu erzeugen. Und weiter töten. Laufen sie fort, so gebraucht eure Bogen. Pfeile bringen sie zur Strecke. Zögert nicht, ermüdet nicht, sondern tötet weiter. Wir werden erst mit ihnen fertig sein, wenn sie alle tot sind.«

Es gab keine Fragen. Was sie zu tun hatten, war völlig klar, und wenn einer der Jäger Angst hatte, ließ er es sich nicht anmerken. Sie lebten vom Töten und waren sehr erfahren darin.

Schattengleich bewegten sie sich zwischen den Bäumen, ließen die Dunkelheit des Waldes hinter sich und krochen lautlos durch das Gras über den Strand.

Kerrick hielt noch Wache. Er erschrak, als er von den schlafenden Fargi wegblickte und die lautlos nahenden Gestalten sah. Herilak erschien neben ihm. Kerrick berührte seine Schulter und flüsterte ihm ins Ohr:

»Ihre Führerinnen müssen unter den ersten sein, die getötet werden. Ich möchte das selbst tun.«

Herilak nickte und kroch fort. Langsam, Schritt für Schritt, verließ auch Kerrick seinen Ausguck und schlich zu der Position, die er zuvor ausgewählt hatte.

Ein Nachtvogel rief aus den Baumwipfeln, und er erstarrte, wartete und schlich weiter. Das einzige Geräusch war das leise Murmeln und Klatschen kleiner Wellen auf dem Sand. Sonst war die Nacht totenstill.

Und der Tod war unterwegs.

Es gab keine Ungeduld. Sobald sie ihre Positionen eingenommen hatten, verharrten die Jäger in vollkommener Stille und Bewegungslosigkeit. Ihre Blicke ruhten auf dem weißlichen Streifen des Sandstrandes, und sie warteten geduldig auf die angekündigten Zeichen.

Die Spannung zog sich zu einem harten Klumpen in Kerricks Magen zusammen. Er war überzeugt, daß zuviel Zeit vergangen war. Etwas war schiefgelaufen. Herilak und die Sammadars hätten längst am Strand erscheinen müssen. Wenn sie noch länger warteten, würde es hell sein, und dann würden sie diejenigen sein, die es erwischen würde...

Sein Verstand sagte ihm, daß diese Befürchtungen grundlos seien, doch wurden sie dadurch nicht geringer. Seine Fäuste waren so fest geballt, daß sie schmerzten. Wo blieben sie? Was war geschehen? Am Himmel waren Wolken aufgezogen und verhüllten die Sterne. Würde er die schlafenden Murgu noch sehen können, wenn die drei noch länger zögerten?

Dann waren sie da, so still und unvermittelt, daß sie Schatten hätten sein können. Zu diesen Schatten stießen rasch andere, bis eine dunkle Kette undeutlich erkennbarer Gestalten sich über den Strand hin erstreckte.

Sie blieben Kerrick ein Stück voraus, weil sie die Fähigkeit hatten, sich in der Dunkelheit rasch und lautlos zu bewegen. Er mußte bei jedem Schritt, den er tat, mit den Füßen vorfühlen, da ihm ihre Geschicklichkeit und Übung im Beschleichen der Jagdbeute fehlten. So kam es, daß er ein gutes Stück zurückgeblieben war, als die Kette die ersten schlafenden Fargi erreichte. Es gab einige gedämpfte Grunzlaute, mehr war nicht zu hören.

Nun fühlte Kerrick den weichen Sand unter den Füßen, und er konnte schneller gehen. Mit erhobenem Speer lief er vorwärts. Er hatte beinahe den Haufen der Vorräte erreicht, hinter dem die Yilanè lagen, als ein schreckliches Kreischen die Stille zerriß.

Ihm folgten augenblicklich weitere Schreie und Gebrüll; einen Augenblick später wimmelte der Strand von durcheinanderdrängenden Gestalten. Kerrick sprang um die aufgestapelten Vorräte herum und stieß brüllend den Speer in eine Yilanè, die sich gerade erhob.

Sie kreischte heiser, als die Spitze in ihr Fleisch drang und zurückgezogen wurde. Er stieß wieder zu, diesmal in die Kehle.

Es war ein Schreien, Rennen, Stürzen, ein Gemetzel in der Nacht. Die Fargi waren schon beim ersten Schrei erwacht. Sie waren aber in der Panik völliger Verwirrung. Wenn sie an ihre Waffen dachten, konnten sie sie in der Dunkelheit nicht finden. Sie flohen und suchten Rettung im Ozean ihrer Jugend. Doch auch dort gab es keine Sicherheit für sie, denn sie wurden im Lauf von Speeren niedergeworfen, und scharfe Pfeile ereilten jene, die die Brandung erreichten. Es war ein gnadenloses Abschlachten.

Dennoch waren die Fargi so zahlreich, daß einigen die Flucht gelang; sie gelangten ins tiefere Wasser, wo sie tauchend und schwimmend die Boote erreichen konnten. Die Jäger wateten ihnen in die brechenden Wellen nach und säten Tod, bis ihr Vorrat an Pfeilen erschöpft war.

Das Abschlachten nahm erst ein Ende, als es nichts mehr zu töten gab. Die Jäger gingen zwischen den zuhauf liegenden Körpern umher, traten nach ihnen und stießen mit den Speeren nach jeder Bewegung und jedem Geräusch. Nach und nach kamen sie zur Ruhe, erschöpft und stumm, bis einer von ihnen einen Siegesschrei ertönen ließ. Darauf stimmten sie alle ein. Vom nächtlichen Strand erhob sich ein Geheul, das mehr tierisch als menschlich war und weit über das Wasser hin zu den überlebenden Fargi getragen wurde, die furchtsam in den Booten kauerten.

Der anbrechende Tag enthüllte das Ergebnis des nächtlichen Gemetzels in allen grausigen Einzelheiten. Schaudernd blickte Kerrick über das Leichenfeld hin, wo die Toten in Haufen lagen. Dieser Anblick schien die anderen Jäger nicht im mindesten zu stören, im Gegenteil, sie riefen einander fröhlich zu, prahlten mit ihren Heldentaten, während sie zwischen den Leichen in der Brandung wateten, um ihre Pfeile einzusammeln. Als das Licht zunahm, sah Kerrick, daß seine Hände und Arme blutbespritzt waren; er ging ein Stück den Strand entlang, fort von den toten Fargi, und wusch sich in der See. Als er zurückkam, wartete Herilak auf ihn. Er triumphierte im Hochgefühl des Sieges.

»Es ist geschafft! Wir haben zurückgeschlagen und haben die niedergemetzelten Sammads gerächt. Es war gute Arbeit. Ermanpadar hat uns beigestanden.«

Draußen auf See flohen die Boote südwärts. Die meisten waren leer oder mit nur einer oder zwei Fargi an Bord. Wenige waren dem Massaker entgangen.

Kerrick fühlte sich von Haß und Furcht entleert, erschöpft. Er ließ sich auf den Haufen der mit haltbar gemachtem Fleisch gefüllten Blasen nieder, während Herilak, zur See gewandt, den Speer in die Richtung der fliehenden Boote schüttelte und rief:

»Ja, geht zurück! Sagt den andern, was heute nacht hier geschehen ist. Sagt ihnen, daß dies allen Murgu geschehen wird, wenn sie es wagen, wieder nach Norden vorzudringen.«

Kerrick teilte seinen unvernünftigen Haß nicht, denn er hatte zu lange unter den Yilanè gelebt. Im Tageslicht sah er das Gesicht des nächsten Leichnams – und erkannte sie. Es war eine Jägerin, die er oftmals mit Stallan gesehen hatte. Er zitterte und mußte den Blick von ihrer aufgerissenen Kehle abwenden. Ein Gefühl ausweglosen Kummers ergriff von ihm Besitz; nur wußte er nicht genau, worum er sich grämte.

Als Herilak sich genug gebärdet hatte und sich umwandte, gab Kerrick sich einen Ruck und fragte ihn, ob es eigene Verluste gegeben habe.

»Einen. Ist das nicht ein wahrer Sieg? Ermanpadar sei gedankt! Nur einer ist tot, gestochen von einem vergifteten Pfeil. Die Überraschung war vollkommen. Wir haben getan, was zu tun wir gekommen waren.«

»Wir sind noch nicht fertig«, sagte Kerrick in einem Versuch, praktisch zu denken und seine Empfindungen zurückzudrängen. Er klopfte auf die prall gefüllte Blase, auf der er saß. »Diese sind mit Fleisch gefüllt. Solange die äußere Haut nicht verletzt ist, verdirbt das Fleisch nicht. Ich habe es gegessen. Der Geschmack ist abscheulich, aber es ist nahrhaft.«

Herilak stand auf seinen Speer gestützt und dachte nach. »Dann haben wir sowohl das Leben als auch den Sieg errungen. Mit diesen Vorräten werden noch mehr Tanu den kommenden Winter überleben. Unsere Jäger werden diese Vorräte mitnehmen und zu den Sammads tragen.« Er blickte zum leichenübersäten Strand. »Was können wir noch gebrauchen?«

Kerrick hob einen Hèsotsan auf und wischte den Sand vom dunklen Körper. Als er die Waffe in Anschlag brachte, auf die See hinauszielte und das Lebewesen in der vorgeschriebenen Weise drückte, gab es ein scharfes Knallen, und der Pfeil flog hinaus in die Brandung. Dann stieß er es mit dem Finger an, und der kleine Mund öffnete sich; er schloß ihn wieder durch Streicheln, dann hielt er die Waffe Herilak hin.

»Laß die Todesstöcke einsammeln. Und die Pfeile, ich zeige dir, wie sie aussehen. Wir können diese Dinger nicht züchten, aber wenn sie gefüttert werden, können sie jahrelang leben. Das Gift an den Pfeilen tötet Murgu genauso leicht wie Tanu. Hätten wir sie heute nacht gehabt, so wäre nicht ein Murgu lebendig davongekommen.«

Herilak war begeistert. »Dieser Sieg wird nur der erste von vielen sein. Ich werde die Waffen sofort einsammeln lassen.«

Sobald er allein war, hob Kerrick eine der Trinkblasen auf und trank sich satt, worauf er wieder die aufgeregten Jäger beobachtete. Ihre Begeisterung stand der Herilaks nicht nach. Es war ein großer Sieg, der erste für die Tanu, und Kerrick verstand gut, daß sie ihren Triumph auskosten wollten. Zugleich aber hatte er die düstere Vorahnung, daß künftige Siege nicht so einfach sein würden. Er stand auf und zwang sich, mit dem Absuchen des Strandes zu beginnen.

Es dauerte lange, bis er sich vergewissert hatte; er watete sogar hinaus, um alle im seichten Wasser vor der Brandung treibenden Körper anzusehen und diejenigen umzudrehen, die mit dem Gesicht nach unten lagen. Nach getaner Arbeit warf er sich müde in den Sand. Einige der toten Yilanè hatte er erkannt. Die meisten von ihnen waren Jägerinnen, aber eine war Bootsführerin gewesen; er erinnerte sich an sie. Seine Suche nach einem bestimmten, nur allzu vertrauten Gesicht war indes vergeblich gewesen. Er blickte die Küste entlang nach Süden, wo die fliehenden Boote längst außer Sicht gekommen waren. Stallan war unter diesen Yilanè gewesen, davon war er überzeugt. Es war mehr als wahrscheinlich, daß sie diese Expedition geleitet und rechtzeitig ihr Leben gerettet hatte.

Daß sie eines Tages wieder zusammentreffen würden, war für Kerrick eine ausgemachte Sache. Diese Niederlage würde die Yilanè nicht von künftigen Unternehmungen abhalten. Wenn sie überhaupt etwas bewirkte, dann würde sie ihre Entschlossenheit noch stärken. Dies war nicht das Ende des Kampfes, sondern erst der Anfang. Wie er schließlich enden würde, stand in den Sternen.

Aber es war klar, daß es einen Zusammenstoß geben würde, wie ihn diese Welt noch nie gesehen hatte.

Einen wilden Kampf zwischen zwei Rassen, die einander nur in einem Punkt glichen: in ihrem absoluten Haß aufeinander.

Nunkè a'akburzhou
kaseibur'ak umuhesn
tsuntensi nu'nkèkash

Der Ring aus Körpern war gut genug,
ehe wir die Wand von Dornen hatten;
die Zukunft wird seine Eignung nicht
verändern.

7

Ein Regenschauer ging auf die Boote nieder, und Windböen ließen sie in der kabbeligen See schaukeln. Die schweren Tropfen trommelten auf ihre nassen Häute und zischten ringsum in den Ozean. Die dunkle Küste war hinter dem Regenvorhang außer Sicht gekommen, und die See hinter den Booten war leer. Nichts deutete auf eine Verfolgung hin. Stallan hielt in alle Richtungen Ausschau, dann ließ sie ihr Boot halten und signalisierte den anderen, desgleichen zu tun.

Sie kamen im frühen Morgengrauen zusammen, ohne daß ein Befehl sie zusammengeführt hätte, und suchten Trost in der Nähe der anderen. Selbst die unbemannten Boote kamen heran und drängten sich an die besetzten Boote, verwirrt, weil sie keine Instruktionen erhielten. Stallan überblickte mit zunehmender Erbitterung die überlebenden Fargi.

So wenige! Eine Handvoll zitternder, von panischem Schrecken befallener Fargi war alles, was von der großen Streitmacht übriggeblieben war, die sie nach Norden geführt hatte. Was war schiefgegangen?

Sie vermochte ihre Wut kaum zu zügeln; sie wußte recht gut, was es gewesen war. Aber wenn sie darüber nachdachte, war ihr Zorn so groß, daß sie den Gedanken daran aus ihrem Bewußtsein verstoßen mußte. Die Beschäftigung damit mußte warten, bis sie diese Überlebenden sicher nach Alpèasak zurückgebracht hatte; das war jetzt ihre erste und wichtigste Verantwortung.

»Sind welche von euch verletzt?« rief sie, so laut sie konnte; dann wandte sie sich in die entgegengesetzte Richtung und wiederholte ihren Aufruf. »Hebt die Arme, wenn ihr verletzt seid!«

Es zeigte sich, daß beinahe die Hälfte von ihnen verwundet war. »Wir haben kein Verbandsmaterial. Es ist mit dem Rest der Vorräte zurückgeblieben. Wenn die Wunden offen sind, wascht sie mit Seewasser aus. Etwas anderes gibt es nicht. Nun seht euch um und haltet Ausschau nach den unbesetzten Booten. Sie werden bald die Verbindung mit uns verlieren, und wir können uns auch nicht den Verlust eines einzigen leisten. Ich will mindestens eine Fargi in jedem Boot. Steigt jetzt hinüber, solange wir alle beisammen sind.«

Einige Fargi waren noch zu verwirrt und ängstlich, um für sich selbst zu denken. Stallan lenkte ihr eigenes Boot hierhin und dorthin, erteilte Befehle und drohte, wenn es ihr nötig erschien, bis alle gehorchten.

»Dieses Boot ist nicht leer«, rief eine Fargi. »Eine tote Fargi liegt darin.«

»Ins Wasser damit, und auch mit allen anderen, die ihr findet.«

»Dieses Boot ist verletzt. Ustuzou-Pfeile stecken in seiner Haut.«

»Laßt sie, wo sie sind – wenn ihr sie herauszieht, richtet ihr mehr Schaden als Nutzen an.«

Die dezimierte Truppe war nicht zahlreich genug, um jedes Boot mit einer Fargi zu besetzen. Stallan war gezwungen, einige der verwundeten Boote sich selbst zu überlassen. Sobald alle umgestiegen waren, führte sie die Flottille weiter nach Süden.

Den ganzen Tag fuhren sie ohne Aufenthalt. Stallan wollte sich der Küste nicht eher nähern, als bis sie von der Dunkelheit dazu gezwungen wäre. Es könnten andere Ustuzou dort sein, ihre Landung aus einem Versteck belauern und auf die rechte Zeit zum Angriff warten. So ließ sie weiterfahren, bis die Sonne untergegangen war, obgleich die erschöpften, verwundeten und vom Schock der Niederlage verstörten Fargi in dumpfer Apathie in ihren Booten kauerten. Dann erst ließ sie an der Stelle landen, wo ein kleiner Fluß in die See mündete. Der Durst ermunterte die Fargi, als sie das Süßwasser sahen. Aber Stallan ließ sie in ihren Booten warten, während sie landeinwärts die Umgebung auskundschaftete. Erst nachdem sie sich vergewissert hatte, daß keine Ustuzou in der Nähe waren, ließ sie einige in die Flußmündung einlaufen, um sich sattzutrinken. Unterdessen stand sie mit dem schußbereiten Hèsotsan Wache, starr in ihrer Verachtung der dummen Geschöpfe. Ihre Waffe war die einzige, die sie noch hatten. Die anderen waren in wilder Panik einfach geflohen und hatten ihre Waffen liegengelassen.

»Geringste an Höchste«, sagte eine der Fargi, nachdem sie getrunken hatte. »Wo gibt es Nahrung?«

»Nicht hier, du von wenig Sprache und noch weniger Hirn. Vielleicht morgen. Geh zurück in dein Boot. Wir schlafen heute nacht nicht am Ufer.«

Es gab keine Umhänge, um ihre Körpertemperatur während der Nacht zu halten, und alle waren träge und fast bewegungsunfähig, bis die Sonne am Morgen sie wieder erwärmt hatte. Ihr Rückzug dauerte an.

Am dritten Tag, als noch immer nichts von den Verfolgern zu sehen war, nahm Stallan das Risiko auf sich, um auf die Jagd zu gehen. Sie brauchten Nahrung, wenn sie lebendig zurückkehren wollten. Sie hatte den Landeplatz sorgfältig ausgewählt. Es war ein Flußdelta, das ungezählte kleine Inseln und Sümpfe bildete. In diesen Sümpfen gelang es ihnen, an einige Tiere heranzukommen, die zwischen Sumpfgras und Schilf weideten, bis an die Bäuche im Wasser stehend. Mit ihren langen Hälsen und den kleinen Köpfen sahen sie wie Urukub aus, waren aber viel kleiner. Es gelang ihr, zwei von ihnen zu erlegen, bevor die übrigen die Flucht ergriffen. Die Beutetiere waren zu groß, als daß ihr der Transport möglich gewesen wäre. Sie kehrte also zu den Fargi zurück und ließ die Körper mit vereinten Kräften zum Strand schleifen. Sie aßen gut, wenn auch primitiv, denn sie mußten das Fleisch mit den Zähnen herausreißen, da es ihnen an Schneidwerkzeugen fehlte.

Zwei der verletzten Fargi starben auf der Reise an Entkräftung. Auch verloren sie die steuerlosen, verwundeten Boote, die im Laufe der folgenden Nächte eins nach dem anderen die Orientierung verloren und abtrieben. Nur Stallans Willensstärke und feste Befehlsgewalt hielt die Überlebenden zusammen, bis sie endlich vertraute Gewässer erreichten. Eines Mittags umfuhren sie die Landzunge, die den Hafen Alpèasak in der Flußmündung schützte. Ihre Annäherung mußte beobachtet und ihre zusammengeschmolzene Zahl bemerkt worden sein, denn als sie im Hafen anlegten, war niemand zur Begrüßung erschienen. Erst als sie festgemacht hatten und sich unter Stallans Führung in die Stadt begeben wollten, kam ihnen eine einzelne Gestalt entgegen: Es war Etdeerg, die die Funktionen der Eistaa übernommen hatte. Sie sagte nichts, und Stallan ergriff nach einer förmlichen Begrüßungsgebärde das Wort.

»Als wir an einem Strand lagerten, wurden wir bei Nacht von den Ustuzou angegriffen. Sie bewegten sich gut im Dunkeln. Wir konnten uns nicht verteidigen. Du siehst hier die einzigen Überlebenden.«

Etdeerg blickte kalt zu den Fargi, von denen einige noch damit beschäftigt waren, ihre Boote an die Futterplätze zu lenken. »Das ist eine Katastrophe«, sagte sie. »Geschah dies vor oder nach deinem Angriff auf die Ustuzou?«

»Vorher. Wir gewannen nichts und verloren alles. Ich rechnete nicht mit einem Angriff und stellte keine Wachen aus. Ich bin verantwortlich. Ich sterbe jetzt, wenn du es befiehlst.«

Stallan stand unbewegt und wartete. Der Tod war nur einen einzigen kurzen Befehl entfernt. Aber sie hatte viele sterben gesehen und war bereit, deren Schicksal zu teilen. Gleichmütig blickte sie über das Wasser hin, aber ein Auge drehte sich zurück, um aus dem Winkel Etdeerg zu beobachten.

»Du wirst leben«, sagte diese nach einer Weile. »Obwohl du schuldig bist, werden deine Dienste in Alpèasak noch benötigt. Die Stunde deines Todes ist noch nicht gekommen.«

Stallan signalisierte Annahme und Dankbarkeit, und ihre Erleichterung war unverkennbar.

»Wie konnte dies geschehen?« fragte Etdeerg. »Eine solche Niederlage ist jenseits meines Verstehens.«

»Nicht jenseits des meinigen«, versetzte Stallan; Erbitterung und Haß sprachen aus jeder Bewegung ihres Körpers. »Es ist mir vollkommen klar, wie diese Niederlage zustande kommen konnte.«

Eine Bewegung auf dem Pfad in die Stadt ließ sie aufmerken; sie verstummte und wandte sich der Sänfte zu, die von vier kräftigen Fargi herangetragen wurde, gefolgt von der watschelnden Gestalt der dikken Akotolp.

Die Fargi setzten die Sänfte nieder und traten zurück. Akotolp kam heran, schnaufend und mit weit geöffnetem Mund, und beugte sich über die in der Sänfte ruhende Gestalt.

»Du darfst dich nur wenig bewegen und sprechen, denn noch besteht Gefahr«, sagte sie.

Vaintè signalisierte Zustimmung und hob den Kopf zu Stallan. Sie hatte viel Gewicht verloren, so viel, daß die Knochen sich unter der Haut abzeichneten. Die Speerwunde war verheilt und nur noch eine etwas aufgeworfene Narbe. Aber ihre inneren Verletzungen waren sehr ernst gewesen. Als man sie zu Akotolp gebracht hatte, war sie viele Tage lang mit stark herabgesetzten Körperfunktionen in einem scheintodähnlichen Zustand gelegen. Akotolp hatte die Verletzungen repariert, die Infektion zum Stillstand gebracht, Blutübertragungen vorgenommen und alles getan, um die Eistaa am Leben zu erhalten. Lange hatte es auf Messers Schneide gestanden, und nur Akotolps große wissenschaftliche Erfahrung und Tüchtigkeit, vereint mit Vaintès eigener Willensstärke, hatten ihr das Überleben ermöglicht. Etdeerg hatte unterdessen ihre Stelle eingenommen und während der langen Krankheit als Eistaa gedient. Nun aber war Vaintè entschlossen, schon bald ihre Arbeit wieder aufzunehmen. So sprach sie auch jetzt als Vorgesetzte zu Stallan.

»Sag mir, was geschehen ist.«

Stallan berichtete, ohne etwas auszulassen oder zu beschönigen. Sie erläuterte so nüchtern und sorgfältig, wie es ihr möglich war, jede Einzelheit der Expedition, der Landung und des Massakers sowie der Flucht zurück nach Alpèasak. Als sie ihren Bericht beendet hatte, fügte sie die gleichen Worte hinzu, die sie Etdeerg gesagt hatte:

»Es ist meine Verantwortung. Ich sterbe jetzt, wenn du es befiehlst.«

Vaintè tat die Anregung mit einer scharfen Handbewegung ab, die Akotolp zu einer erschrockenen und besorgten Reaktion veranlaßte.

»Schuld oder nicht, wir brauchen dich, Stallan. Du sollst leben. Wir brauchen dich für die Vergeltung. Du wirst mein Arm sein. Du wirst den einen töten, der dies zu verantworten hat. Es kann nur der eine sein.«

»Die Eistaa hat recht. Auf den Bildern, die der Raubvogel zurückbrachte, war eine Gruppe von Ustuzou zu sehen. Alles an dieser Gruppe sah aus, wie es aussehen sollte. Aber es war nicht so. Jemand kannte die Bedeutung des schwarzen Raubvogels und ordnete die nächtlichen Bewegungen der Ustuzou an. Jemand, der genau wußte, daß wir am Abend vor dem Angriff am Strand landen würden.«

»Kerrick.«

Ihr Tonfall und die begleitenden Gesten verrieten ein solches Maß an Erregung und Haß, daß Akotolp protestierte.

»Du gefährdest dein eigenes Leben, Eistaa, wenn du in dieser Erregung verharrst. Du bist noch nicht gesund genug für solche Gefühlsaufwallungen.«

Vaintè lehnte sich in die weichen Decken zurück und signalisierte Zustimmung.

»Ich muß sorgfältig darüber nachdenken. Wenn wir in Zukunft die Ustuzou angreifen, müssen wir es in einer neuen und anderen Art und Weise tun. Unser Wissen ist nicht ausreichend, weil wir nur Bilder vom Tage haben. Die Ustuzou aber können in der Dunkelheit umherziehen.« Sie wandte den Kopf zu Akotolp. »Du weißt von diesen Dingen. Können Bilder auch während der Nacht gemacht werden?«

Akotolp strich nachdenklich über ihre fetten Kehllappen. »So etwas könnte möglich sein. Es gibt bestimmte Vögel, die bei Nacht fliegen. Vielleicht läßt sich etwas machen.«

»Du wirst sogleich damit anfangen. Noch eine Frage: gibt es eine Möglichkeit, die Bilder des Raubvogels in genaueren Einzelheiten zu betrachten?«

»Die Bedeutung deiner Frage entgeht mir, Eistaa.«

»Dann gib jetzt acht. Wenn der Ustuzou Kerrick den Angriff vorbereitet hat, dann muß er bei der Gruppe gewesen sein. Folglich wird er auf einem der Bilder zu sehen sein. Können wir das feststellen?«

»Die Frage ist klar. Einzelheiten in den Bildern können erweitert und vergrößert werden, so daß ein kleines Detail um ein Vielfaches größer erscheint. Das Auge des Raubvogels verfügt über ein sehr hohes Auflösungsvermögen.«

»Du hast es gehört, Etdeerg. Sieh zu, daß es geschieht.«

Etdeerg eilte davon. Vaintè wandte sich wieder der Jägerin zu.

»In Zukunft werden wir in anderer Weise angreifen. Auch müssen Verteidigungen für die Nacht vorbereitet werden. Es wird viel Überlegung erforderlich sein. Dies darf nie wieder geschehen.«

»Wir werden viel mehr Fargi brauchen«, sagte Stallan.

»Das ist ein Problem, welches bereits gelöst ist. Während du fort warst, erhielten wir die wunderbare Nachricht, daß alle Vorbereitungen abgeschlossen sind. Inegban kommt nach Alpèasak, ehe der Sommer um ist. Die zwei Städte werden wieder eins sein, stark und vollkommen. Damit werden wir alle Hilfsmittel haben, die wir benötigen, um die Ustuzou vom Angesicht der Erde zu fegen.«

Akotolp und Stallan signalisierten ebenso wie Vaintè selbst frohe Zustimmung über diese Entwicklung. Wäre es vor ihrer Verwundung dazu gekommen, so hätte sie Möglichkeiten gefunden, förmlicher darüber zu sprechen oder es ganz zu vermeiden. Damals war ihr Wunsch, Alpèasak zu beherrschen, die Haupttriebkraft ihres Lebens gewesen, ihr einziger und stärkster Ehrgeiz. Diesem Sachverhalt hatte ihr Haß auf Malsas entsprochen, denn bei einer Vereinigung der beiden Städte würde die Eistaa von Inegban an ihrer Stelle Eistaa von Alpèasak sein.

Jetzt begrüßte sie Malsas' Kommen. Der Stoß mit dem Speer, der sie in Dunkelheit, Krankheit und Schmerz gestürzt hatte, hatte alles verändert. Als nach der Verwundung ein erstes trübes Bewußtsein wiedererwacht war, hatte sie sich dessen erinnert, was geschehen war. Was dieser Ustuzou ihr angetan hatte! Der Ustuzou, dem sie das Leben gerettet, den sie erhoben hatte, damit er neben ihr stehen durfte und an ihrer Autorität teilhaben konnte. Er hatte ihr dies alles mit einem Mordversuch vergolten. Diese verräterische, brutale Tat sollte nicht ungestraft bleiben. Der Gedanke an Kerrick bestärkte sie nur in ihrer Entschlossenheit und ihrem heißen Verlangen, die Erde von der Pest dieser Lebewesen zu befreien, die seinesgleichen waren. Alle Yilanè würden genauso empfinden, wenn sie erfuhren, was den nach Norden entsandten Fargi angetan worden war. Wenn die Bewohner Inegbans nach Alpèasak kämen, würden sie erkennen, daß das Leben hier sich sehr stark von ihrem gewohnten friedlichen Dasein in einer Stadt des Friedens unterschied. Die Bedrohung ihres eigenen Lebens, ihrer eigenen Zukunft durch die Ustuzou würde eine Zunahme ihrer Opferbereitschaft und ihrer Unterstützung bewirken.

Alle Macht, Wissenschaft und Entschlossenheit der Yilanè würden dann unter dem Vorsatz vereint sein: Tod den Ustuzou. Alle Spuren von ihnen sollten vom Angesicht der Erde fortgewischt werden. Es galt einen noch nicht dagewesenen Feldzug zu führen, der diese obszöne Krankheit, die sie bedeuteten, mit Stumpf und Stiel ausrottete.

Ein solcher Feldzug konnte nur von einer Person geführt werden.

In dieser Position erkannte Vaintè ihre wahre Berufung.

8

Unter den hohen Bäumen war die Luft so still, daß der kalte Nebel dort ohne Bewegung hing. Die kühle Stille wurde nur von den leisen Geräuschen der Wassertropfen unterbrochen, die sich von den Blättern lösten und herabfielen. Ein Wildkaninchen hoppelte vorsichtig unter einem Busch hervor und begann an den Gräsern und Kräutern zu knabbern, die auf der Lichtung üppig gediehen. Plötzlich hielt es inne und setzte sich auf; seine Löffel drehten sich in die Richtung, aus der es ein vertrautes Geräusch vernommen hatte; einen Augenblick später sauste es zurück in das Waldesdickicht, wo es seinen Bau hatte.

Die schweren, langsamen Tritte glichen dem Geräusch fernen Donners, der unaufhaltsam näher zog. Bald war auch das Knarren von Lederzeug zu hören und das laute Rascheln und Scharren hölzerner Stangen, die über den Waldboden gezogen wurden. Zwei Jäger, die Vorhut der Kolonne, erschienen plötzlich lautlos am Rand der Lichtung. Sie hielten die Speere in Bereitschaft. Sie trugen Fellkleider und Gamaschen, und nachdem sie nichts Verdächtiges entdeckt hatten, schritten sie weiter über die Lichtung. Nicht lange, und andere Jäger kamen hervor und überquerten ebenfalls die Lichtung. Dann erschien das erste Mastodon, ein mächtiger Bulle mit buckelförmig gewölbtem Widerrist. Bevor er die Lichtung betrat, riß er mit dem Rüssel einen dichtbelaubten Zweig von einem der Bäume; im Weitergehen stopfte er sich die Blätter ins Maul und zerkaute sie gemächlich.

Nach und nach kamen die anderen Mastodons aus dem Wald. Die Stangen ihrer schwer beladenen Schleifgestelle schnitten tiefe Furchen in den weichen Boden. Die Frauen und die größeren Kinder gingen zwischen ihnen, während ein weiterer Jägertrupp die Nachhut bildete. Die Tanu waren auf ihrer immerwährenden Wanderschaft.

Es war später Nachmittag, als sie endlich den Lagerplatz in der Flußschleife erreichten. Vor der schwarzen Kulisse des Waldes fielen die ersten Schneeflocken aus dem dunkelnden Zwielicht des Himmels. Ulfadan blickte nach Norden und sog die kalte Luft ein.

»Früh«, sagte er. »Früher noch als letztes Jahr. Der Schnee wird hier im Tal so hoch sein wie in den Bergen. Wir müssen heute abend darüber sprechen.«

Kellimans nickte verdrießlich. Nach der Vernichtung der Murgu war es für alle eine selbstverständliche Entscheidung gewesen, zu diesem letzten Lagerplatz zurückzukehren. Es war eine Entscheidung, zu der sie ohne Diskussion oder Nachdenken gelangt waren. Sobald sie die Waffen und Vorräte der Murgu verladen hatten, war ihnen allen daran gelegen gewesen, so rasch wie möglich von der Küste wegzukommen, denn die Möglichkeit eines Vergeltungsangriffs der Murgu hatte sie neuerlich mit Furcht erfüllt. So war es das einfachste und natürlichste gewesen, den Weg zu nehmen, den sie gekommen waren. Dies enthob sie auch der Notwendigkeit, weitere Entscheidungen zu treffen, bis sie in sicherer Entfernung von der Küste waren. Ihre gewohnte Lebensweise war zerstört; sie konnten nicht mehr in den südlichen Hochtälern der Berge überwintern. Welcher Weg stand ihnen noch offen? Die Frage wurde oft gestellt, aber nie befriedigend beantwortet. Nun würden sie sich wieder mit ihr beschäftigen und zu einer Übereinkunft kommen müssen. Sobald die Zelte aufgestellt waren und sie gegessen hatten, versammelten sie sich um das Feuer, und die Beratung begann.

Im Gegensatz zu den seßhaften, viehzüchtenden und Früchte anbauenden Yilanè waren die Tanu Jäger und Sammler. Sie führten ein nomadisches Leben ohne festen Wohnsitz, waren ständig unterwegs, folgten den Wanderungen ihrer Beutetiere, zogen zu den Laichgewässern der Fische und suchten in bestimmten Jahreszeiten Gegenden auf, wo es reichlich Beeren, Früchte und Wurzeln gab. Zwar hatte jeder Sammad seine angestammten Jagdgebiete, aber Landbesitz kannten sie nicht, denn die ganze Erde war ihnen Heimat. Auch bildeten sie keine größeren sozialen Gruppen wie die Yilanè. Ihre Sammads waren kleine Sippenverbände, die sich bisweilen zu gegenseitiger Unterstützung zusammenschlossen. Die älteren Frauen zeigten den Mädchen, wo die begehrten Wurzeln und Wildfrüchte zu finden waren. Die Jungen konnten die Fertigkeiten der Jäger lernen, und diese konnten auf gemeinsamer Jagd mehr Wild erlegen, als es dem einzelnen möglich gewesen wäre.

Ihr Sammadar war kein Führer, der Befehle erteilte, sondern vielmehr der Jäger, der die vernünftigsten Pläne ersann, der sich auf der Jagd am findigsten erwies und der am meisten zum Gedeihen des Sammad beitrug. Er trug kein Abzeichen seiner Würde und unterschied sich in keiner Weise von den anderen Jägern. Seine Herrschaft beruhte auf allseitiger Übereinstimmung. Unpopuläre Befehle konnte er nicht geben. Ohne den Rückhalt der anderen Jäger des Sippenverbandes war auch er machtlos. Bisweilen kam es vor, daß ein besonders starker und dominierender Charakter mit Hilfe ergebener Freunde eine Art Tyrannei über einen Sammad ausübte; dann lief er jedoch Gefahr, daß Jäger und ihre Familien, die mit seiner Herrschaft nicht einverstanden waren, in die weglose Wildnis verschwanden, um sich einem anderen Sammad anzuschließen, selbst wenn er nicht zu ihrer Sippe gehörte.

Nun waren Entscheidungen zu treffen. Das Feuer flammte auf, als mehr Äste hineingeworfen wurden, und der Kreis der Jäger wurde größer. Gelächter und Zurufe flogen hin und her, als alle versuchten, die besten Plätze nahe beim Feuer zu bekommen, wo sie genug von seiner Wärme erhalten konnten, ohne im Rauch zu sitzen. Ihre Mägen waren voll, es gab Nahrungsvorräte für den Winter, und das genügte ihnen einstweilen. Gleichwohl aber wußte jeder, daß wichtige Entscheidungen zu treffen waren. Es gab zahlreiche kleinere Diskussionen darüber, was getan werden sollte. Sie verstummten aber allmählich, als Ulfadan aufstand und zum Zeichen, daß er sprechen wollte, die Arme hob.

»Ich habe viele sagen hören, daß sie hier an diesem bekannten Platz überwintern wollen. Die Jagd ist schlecht, aber wir haben Nahrung genug, um bis zum Frühling durchzukommen. Das sollte jedoch nicht unsere einzige Überlegung sein. Werden die Mastodons überleben können, wenn wir hier bleiben? Gibt es genug Gras, genug immergrüne Laubbäume? Das ist die wichtigste Frage, die gestellt werden sollte. Wenn wir den Winter überleben, sie aber sterben, dann wird es hart für uns, wenn die Zeit zum Weiterziehen kommt und wir die Zelte und vieles Gerät zurücklassen müssen. Darüber müssen wir nachdenken.«

Damit begann der ernstere Teil der Diskussion, denn das Schicksal der Mastodons lag ihnen allen am Herzen. Wer sich Gehör verschaffen wollte, stand auf und sprach zu allen Jägern, und es gab nur noch wenig Nebengespräche. Herilak und Kerrick hörten zu, sprachen aber selbst nicht. Herilak war Sacripex, solange es Kämpfe auszufechten gab; nun, da die Schlacht gewonnen war, saß er als Gleicher unter Gleichen. Was Kerrick anging, so war er zufrieden, in den Kreis der Jäger aufgenommen zu sein und nicht bei den Frauen und Kindern sitzen zu müssen. Es war genug, dabeizusein und zuzuhören.

Es gab viel weitschweifiges und unzusammenhängendes Gerede über ihre Probleme. Klagen wurden vorgebracht, und es wurde nicht wenig geprahlt. Als die Diskussion sich im Kreis drehte, rief Ulfadan den alten Fraken auf, daß er ihnen Rat und Anleitung gebe, und andere schlossen sich ihm an. Der alte Mann war wegen seiner Erfahrung und seiner Kenntnis der Heilkunde hoch geachtet; er war der Alladjex, der die Geheimnisse von Leben und Tod kannte. Vielleicht konnte er ihnen einen Weg weisen. Fraken kam zum Feuer, an einer Hand den Jungen ohne Namen führend. Wenn der Junge heranwuchs und Fraken starb, würde er den Namen des Alten tragen. Jetzt hatte er keinen Namen, denn er lernte noch. Er kauerte vor Fraken nieder und suchte in einem Lederbeutel, bis er einen dunklen Ball zum Vorschein brachte, den er am Rand des Feuers behutsam auf den Erdboden legte. Fraken öffnete ihn vorsichtig mit zwei Stecken, bis winzige Mausknochen zu sehen waren. Er hielt große Stücke auf diese von den Eulen ausgespienen Gewölleballen, da er aus ihrem Inhalt die Zukunft lesen konnte.

»Der Winter wird kalt sein«, rief er aus. »Ich sehe eine Reise.« Es gab noch mehr dergleichen, und sein Publikum war sehr beeindruckt. Kerrick hielt wenig davon. Jeder hätte das gleiche prophezeien können – auch ohne die Mausknochen. Hier gab es keine Antwort. Auch wußte keiner der anderen etwas Besseres zu sagen. Während er noch zuhörte, wurde ihm klar, daß es keine Lösung ihrer Probleme geben konnte, solange sie nicht etwas ganz Neues versuchten und von ihrer alten Denkart abgingen. Schließlich, als er sah, daß niemand sonst gewillt schien, darüber zu sprechen, erhob er sich zögernd, um seinerseits das Wort zu ergreifen.

»Ich habe allem zugehört, was hier gesagt worden ist, und ich habe wieder und wieder das gleiche vernommen. Der Winter, der nicht endet, ist in die Berge gekommen. Die Hirsche haben das Gebirge verlassen, weil der Schnee die meiste Zeit des Jahres den Boden bedeckt und es keine Weide mehr für sie gibt. Ist jemand unter euch, der dies nicht glaubt und nach Norden zu ziehen wünscht, so würde ich gern hören, was dieser Jäger zu sagen hat.«

Die einzige Antwort kam von einem verdrießlich blickenden Jäger namens Ilgeth, der für seine Übellaunigkeit bekannt war.

»Setz dich hin«, rief er aus. »Wir alle wissen das, Wenighaar. Laß Jäger sprechen.«

Kerrick war sich seines dünnen Bartes nur zu gut bewußt, desgleichen seines Haupthaares, das noch nicht die Ohren bedeckte. Und so schämte er sich und machte Anstalten, sich zu setzen. Aber Herilak stand neben ihm auf und faßte seinen Arm, daß er stehen bleiben sollte.

»Dieser Jäger trägt den Namen Kerrick, nicht Wenighaar. Obwohl Ilgeth gut darüber Bescheid wissen müßte, was es mit wenig Haaren auf sich hat, da auf seinem Kopf jedes Jahr mehr Haut und weniger Haar zu sehen ist.«

Darauf gab es viel Gelächter und Schenkelklatschen, so daß Ilgeth nur in finsterem Schweigen verharren konnte. Als Herilak Sammadar gewesen war, hatte er häufig zum Mittel des Humors gegriffen, um andere zu überzeugen. Aber er hatte auch anderes zu sagen und wartete, bis Stille eingekehrt war, ehe er fortfuhr.

»Kerricks Haar ist nur insofern von Bedeutung, als es uns daran erinnert, daß es von den Murgu entfernt wurde, als sie ihn gefangenhielten. Wir dürfen nicht vergessen, daß er mit ihnen sprechen und sie verstehen kann. Unsere Mägen sind nur voll, weil er uns zeigte, wie die Murgu getötet werden konnten. Wir jagten, wo sie uns erreichen konnten. Er zeigte uns, wie wir zuerst angreifen konnten, und wir töteten viele. Wenn Kerrick spricht, werden wir hören.«

Zustimmende Grunzlaute antworteten ihm, und Kerrick fand den

Mut, fortzufahren.

»Dann sind wir alle derselben Meinung, daß wir nicht nach Norden gehen können. Im Osten ist das Land unfruchtbar und öde bis zur Küste hin, wo die Murgu zuschlagen können. Dort gibt es keinen guten Platz zum Überwintern. Im Westen mag das Land gut sein, aber der Weg ist von Tanu versperrt, die uns nicht passieren lassen werden. Nun frage ich, warum ziehen wir nicht nach Süden?«

Ein erstauntes Gemurmel erhob sich, und einige lachten und verstummten erst, als Herilak finster umherblickte. Seine Geschicklichkeit als Kriegshäuptling und die Kraft seines Armes hatten ihm allgemeinen Respekt verschafft, und vor seinem Unwillen verging ihnen das Lachen. Nun erhob sich auch Ulfadan und griff Kerricks Frage auf.

»Ich bin bis zum Rand des Waldes nach Süden gegangen, und als ich noch jung war, sogar hinaus in die Grasländer, die kein Ende nehmen.« Er legte die Finger an den langen Zahn, der ihm vom Hals hing. »Dies fand ich dort. Ich war jung und einfältig genug, mein Leben dafür aufs Spiel zu setzen. Dort gibt es weder Hirsche noch Rehe, sondern nur Murgu, die kämpfen und töten. Murgu so hoch wie Bäume. Im Süden gibt es für uns nur den Tod. Wir können nicht wagen, dorthin zu ziehen.«

Zustimmende Rufe folgten, und Kerrick mußte eine Weile warten, bis wieder Stille eingekehrt war und er weitersprechen konnte.

»Laßt mich von Murgu reden, weil ich viele Jahre lang so weit im Süden gelebt habe, wo es niemals schneite und immer nur warm war. In jenem warmen Land gibt es Murgu, die in den Wäldern und Sümpfen Pflanzen und Gräser fressen. Obwohl sie nicht wie die Hirsche und andere Tiere sind, die wir jagen, kann man sie essen, und ihr Fleisch ist gut. Ich weiß es, weil ich es all die Jahre hindurch gegessen habe.«

Diesmal blieben alle still, selbst die Frauen hörten auf zu schwatzen und lauschten Kerricks seltsamer und beängstigender Geschichte.

»Was Ulfadan euch gesagt hat, ist wahr. Es gibt große Murgu, welche die kleineren fressen. Ich habe sie gesehen und habe auch noch seltsamere Dinge erlebt. Aber das ist nicht wichtig. Was wirklich wichtig ist, will ich euch jetzt sagen. Wie leben die Murgu dort, die wie Tanu gehen? Wie können sie unter den räuberischen großen Murgu existieren? Sie leben vom Fleisch der Tiere, wie wir es tun. Warum werden sie von den baumhohen Murgu nicht getötet?«

Es gab viele Gründe, die er hätte erwähnen können, aber keiner davon war jetzt relevant. Es kam nur auf eins an, und er war entschlossen, nur davon zu sprechen.

»Die Murgu, die wie Tanu gehen, bleiben am Leben, weil sie alles töten, was sie oder ihre Fleischtiere bedroht. Und sie töten mit diesem hier.«

Er bückte sich und hob den Hèsotsan auf, der neben ihm am Boden lag. Dann streckte er ihn hoch empor. Keiner sagte ein Wort, und aller Augen blickten darauf.

»Ganz gleich, wie groß das Tier ist, dieses Ding tötet es. Ein Murgu, den zu töten all eure Speere und Pfeile vonnöten wären, fällt tot zu Boden, wenn ein einziger Pfeil aus dieser Waffe seine Haut ritzt.«

»Ich habe es gesehen«, warf Herilak ein, Bitterkeit in der Stimme. »Ich habe die Murgu mit diesen Todesstöcken aus der See kommen und meinen Sammad töten sehen. Habe mit eigenen Augen gesehen, wie das größte Mastodon zusammenbrach, als der Todesstock knallte. Kerrick spricht die Wahrheit.«

»Und wir haben jetzt viele von den Waffen«, sagte Kerrick. »Und nicht nur sie, sondern auch Pfeile. Ich weiß, wie diese Todesstöcke, die in Wirklichkeit Tiere sind, versorgt werden müssen, und ich kann euch zeigen, wie es gemacht wird. Ich weiß auch, wie man sie dazu bringt, die tödlichen Pfeile auszusenden, und auch das werde ich euch zeigen. Wenn ihr nach Süden zieht, wird es gute Jagdgelegenheiten geben, gute Weiden für die Mastodons und mit diesen Waffen sicheren Tod für die Murgu.«

Nach dieser Rede gab es aufgeregte Gespräche und manches Für und Wider, aber keine Entscheidung. Kerrick hatte tagsüber wenig gegessen, und als er Herilak gehen sah, folgte er ihm. Sie begaben sich zu dem Feuer, wo die Frauen auf grünen Zweigen Fleisch rösteten und Borkentee bereiteten. Merrith, Ulfadans Frau, gab ihnen zu essen. Sie hatte nur noch wenige Zähne, war aber breit und sehr kräftig gebaut, und die jüngeren Frauen gehorchten ihr.

»Ich hoffe, die Todesstöcke werden uns ebenso gehorchen wie dir, oder wir werden alle unsere Gebeine im Süden lassen.« Ihre Stimme war rauh, beinahe wie die eines Jägers, und sie sagte ohne Umschweife ihre Meinung.

»Meinst du also, daß wir nach Süden ziehen werden?« fragte Herilak kauend.

»Sie werden die ganze Nacht reden und streiten, aber am Ende werden sie sich dafür entscheiden. Sie reden zuviel. Wir werden nach Süden ziehen, weil es keinen anderen Weg gibt.« Sie musterte Kerrick mit forschender Neugierde. »Wie sind diese Murgu, die dich gefangenhielten? Sind ihre Zelte groß? Haben sie Mastodons oder große Murgu, die ihre Gestelle ziehen?«

»Sie leben nicht in Zelten, sondern pflanzen besondere Bäume, die so ähnlich sind; unter diesen schlafen sie.«

Merrith lachte. »Du erzählst mir Geschichten! Wie kannst du einen Baum fortziehen, wenn du zu einem anderen Lagerplatz gehst?« Die übrigen Frauen am Feuer hörten dem Gespräch zu und kicherten über die Vorstellung.

»Es ist die Wahrheit – denn sie bleiben die ganze Zeit am selben Ort. Darum brauchen sie ihre Bäume nicht fortzubringen.«

»Jetzt weiß ich, daß du mir Geschichten erzählst. Wenn sie an einem Ort bleiben, würden sie alle Tiere im Umkreis jagen und töten. Sie würden Früchte sammeln und dann verhungern. Das kannst du mir nicht erzählen.«

»Es ist wahr«, sagte Herilak. »So leben sie. Ich bin dort gewesen und habe sie beobachtet, konnte sie aber nicht verstehen. Sie brauchen nicht zu jagen, weil sie ihre Tiere auf Weiden halten, die von hohen Dornenhecken umgeben sind, so daß sie nicht entkommen können. Wenn sie Fleisch brauchen, gehen sie hinaus und töten ein paar Tiere. Ist es nicht so?« fragte er Kerrick.

Merrith hatte achselzuckend ihr Desinteresse an solch nutzlosen Märchengeschichten kundgetan und war davongegangen, noch ehe Herilak geendet hatte. Aber die anderen Frauen saßen da und machten große Augen. Wahr oder nicht, es lohnte sich, diesen Geschichten zu lauschen.

»Das ist nur ein Teil davon«, sagte Kerrick. »Es gibt viele Murgu, und nicht alle tun das gleiche; die einen verrichten diese, die anderen jene Arbeit. Die einen roden den Wald, legen Weiden an und pflanzen die Zäune, so daß die Tiere nach Arten getrennt auf verschiedenen Weideflächen gehalten werden können. Andere bewachen während der Brutzeit die Männer, damit die Jungen sicher geboren werden. Manche bauen Futterpflanzen für die Tiere an, andere töten und zerlegen sie, wenn die Zeit gekommen ist. Wieder andere fischen. Es ist alles sehr kompliziert.«

»Die Männer kümmern sich um die Säuglinge?« fragte eine der Frauen. Eine ältere neben ihr stieß sie an.

»Sei still, Armun«, sagte sie.

»Es ist eine gute Frage«, antwortete Kerrick, der die Sprecherin auszumachen suchte. Diese aber hatte den Kopf halb zur Seite gewandt, und das Haar fiel ihr ins Gesicht. »Die Murgu legen Eier, und die männlichen Murgu brüten sie aus. Sobald die Jungen ausschlüpfen, eilen sie in den Ozean, um dort zu leben. Die Murgu ziehen ihre Kinder nicht auf, wie wir es tun.«

»Sie sind schmutzig und sollten alle umgebracht werden!« rief Merrith, die aus dem Hintergrund zugehört hatte. »Es ist nicht recht, daß Frauen solche Geschichten anhören.«

Darauf verließen ihre Zuhörerinnen das Feuer, und die zwei Männer beendeten schweigend ihre Mahlzeit. Herilak leckte sich die Finger, dann legte er Kerrick die Hand auf den Arm.

»Du mußt mir mehr darüber erzählen, weil ich alles über diese Kreaturen wissen möchte. Ich bin nicht wie die Frau, sondern ich glaube dir jedes Wort. Wie du, war auch ich ihr Gefangener. Nur kurze Zeit, aber das war lange genug. Wenn du führst, werde ich dir folgen, Kerrick. Ein Jäger braucht einen kräftigen Arm und einen schnellen Pfeil, aber die Tanu brauchen auch Wissen. Wir sind Tanu, weil wir Stein und Holz bearbeiten können und die Lebensweise aller Tiere kennen, die wir jagen. Nun aber jagen wir Murgu, und du bist der einzige mit dem Wissen, das wir brauchen. Du allein kannst uns den Weg zeigen.« Kerrick hatte vorher nicht so darüber gedacht, doch nun nickte er zögernd. Wissen konnte eine Stärke und eine Waffe sein. Er hatte das Wissen, und Herilak achtete es. Dies war ein hohes Lob von einem so klugen und erfahrenen Jäger. Kerrick war stolz darauf. Zum erstenmal begann er zu glauben, daß er unter diesen Leuten kein hoffnungsloser Außenseiter sei.

9

Merriths Einschätzung war richtig gewesen; nachdem sie bis tief in die Nacht hinein debattiert hatten, waren die Jäger widerwillig zu dem Schluß gelangt, daß sie nach Süden ziehen mußten, um Winterweide für die Mastodons zu finden. Nachdem diese Entscheidung getroffen worden war, sahen sie sich dem nächsten Problem gegenüber. Wie sollte es vonstatten gehen?

Am frühen Morgen, als Herilak das Zelt verlassen hatte und aus der heißen Asche ein neues Feuer entfachte, kamen Ulfadan und Kellimans zu ihm. Sie begrüßten ihn mit der gebührenden Förmlichkeit. Dann kauerten sie sich neben ihm um das Feuer. Herilak goß Borkentee auf und gab ihnen davon und wartete, daß sie sich erklärten. Hinter seinem Rücken schaute Ortnar aus dem Zelt, zog den Kopf dann aber rasch wieder zurück.

»Nach dem gestrigen Abend sollte man meinen, daß sie vom Reden endlich genug hätten, aber sie sind immer noch dabei«, sagte er zu Kerrick. »Ich sehe kein Problem. Wir haben nur Murgu zu töten, das ist alles.«

Kerrick saß auf, schlug den Schlafpelz zurück und fröstelte in der kalten Luft. Rasch zog er sich an, fuhr mit den Fingern durch sein kurzes Haar, gähnte und kratzte sich. Durch die offene Zeltklappe konnte er sehen, daß die drei Jäger noch verhandelten. Er dachte wie Ortnar; am Vorabend war schon genug geredet worden.

Aber diese letzte Zusammenkunft ließ sich nicht vermeiden. Herilak erhob sich vom Feuer, kam zum Zelt und rief hinein:

»Du wirst gebraucht, Kerrick. Komm heraus.«

Kerrick folgte der Aufforderung und setzte sich zu ihnen ans Feuer und nippte von dem heißen, bitteren Tee, während Herilak zusammenfaßte, was entschieden worden war.

»Die Sammads werden nach Süden ziehen, weil ihnen kein anderer Weg offensteht. Sie wissen jedoch nicht, was zu tun ist, wenn wir das Land der Murgu erreichen. Gewiß ist nur, daß die Murgu getötet werden müssen. Deshalb muß es einen Führer im Kampf geben. Sie haben mich gebeten, ihr Sacripex zu sein.«

Kerrick nickte. »So sollte es sein. Du hast uns zum Sieg geführt, als wir die Murgu am Strand überfielen.«

»Ein Angriff ist eine einzelne Sache, und ich weiß wohl, wie ich darin zu führen habe. Nun aber planen wir mehr als einen Angriff. Wir haben vor, die Wälder zu verlassen und südwärts in die Grasländer und Sumpfgebiete vorzudringen, wo es nur Murgu aller Arten gibt. Dann müssen wir diese Murgu mit den Todesstöcken töten. Nun muß ich dir sagen, daß ich wenig von den Murgu und nichts von den Todesstöcken weiß. Du aber kennst die einen wie die anderen. Darum habe ich vorgeschlagen, daß du der Sacripex sein solltest.«

Kerrick wußte nicht, was er darauf erwidern sollte. Dies war allzu unerwartet. Er dachte darüber nach, dann sagte er zögernd:

»Es ist ein großes Vertrauen, aber ich glaube nicht, daß ich genug weiß, um Sacripex zu sein. Ja, ich weiß vieles über die Murgu, aber wenig über die Jagd und das Töten. Herilak ist hier der erwiesene Führer.«

Schweigend warteten sie, daß er fortfahre. Die Sammads erhofften Führerschaft von ihm, und er konnte den Antrag nicht gut ablehnen. Ortnar hatte gehört, was gesprochen worden war, und hatte das Zelt verlassen, um sich zu den wartenden Jägern zu gesellen. Sie wollten, daß er sie führe, doch fehlte es ihm an der Erfahrung. Was war zu tun? Was würden die Yilanè in dieser Lage tun? Sobald er die Frage so gestellt hatte, kam ihm auch eine Antwort.

»Ich will euch erklären, wie die Murgu diese Dinge regeln«, sagte er. »In ihren Städten gibt es einen Sammadar, der in allem an erster Stelle steht. Unter diesem Sammadar gibt es einen Sammadar der Jäger, einen anderen für die Schlachttiere und noch weitere für die verschiedenen Arbeiten in der Stadt. Warum teilen wir den Befehl nicht genauso auf? Herilak wird der Sacripex sein, wie ihr es bestimmt habt. Und ich werde unter ihm dienen und ihn in den Angelegenheiten der Murgu beraten. Er aber wird derjenige sein, der entscheidet, was zu tun ist.«

»Wir müssen darüber nachdenken«, sagte Ulfadan. »Das ist eine neue Sache.«

»Es sind neue Zeiten«, sagte Kellimans. »Wir werden so verfahren, wie Kerrick es vorgeschlagen hat.«

»Wir werden es so machen«, erklärte Herilak, »aber ich werde derjenige sein, der dient. Kerrick wird uns über die Murgu unterrichten und sagen, was zu tun ist, um sie zu jagen und zu töten. Er wird der Margalus sein, der Führer gegen die Murgu.«

Ulfadan nickte und stand auf. »So soll es sein.«

»Ich bin einverstanden«, sagte Kellimans. »Die Jäger des Sammad werden davon erfahren, und wenn alle zustimmen, werden wir nach Süden ziehen, wenn der Margalus es sagt.«

Als sie gegangen waren, wandte Herilak sich zu Kerrick. »Was müssen wir zuerst tun, Margalus?« fragte er.

Kerrick zupfte an den Strähnen seines dünnen Bartes, während die zwei Jäger auf seine Auskunft warteten. Die Antwort darauf war einfach, und er hoffte, daß auch alle anderen Probleme so einfach zu lösen sein würden.

»Um Murgu zu töten, müßt ihr lernen, mit den Todesstöcken umzugehen. Das werden wir jetzt tun.«

Herilak und Ortnar waren wie immer mit Speeren und Bogen bewaffnet. Kerrick aber legte seine beiseite und nahm statt dessen einen Hèsotsan und einen Vorrat an Pfeilen an sich. Er führte sie stromauf zu einer freien Fläche am Fluß, die ein gutes Stück von den Zelten entfernt war. Zwischen Blöcken lag der Stamm eines toten Baumes, wo die Frühjahrshochwasser ihn zurückgelassen hatten.

»Darauf werden wir zielen«, sagte Kerrick. »Sollten andere in die Nähe kommen, werden wir sie sehen. In diesen Pfeilen steckt der Tod, und ich möchte, daß niemand ums Leben kommt.«

Die Jäger legten ihre Speere und Bogen ab und kamen zögernd näher, als Kerrick den Hèsotsan in die Höhe hielt.

»Noch besteht keine Gefahr, denn ich habe keine Pfeile in das Tier gesteckt. Zuerst will ich euch zeigen, wie es gefüttert und gepflegt wird. Dann erst werden die Pfeile hineingesteckt, und wir werden den Baum als Ziel benutzen.«

Die Jäger waren es gewohnt, mit Werkzeug und anderen Gegenständen zu arbeiten, und sie hörten bald auf, die Waffe als ein Lebewesen anzusehen. Als Kerrick den ersten Pfeil abschoß, schraken sie beim scharfen, knackenden Knall der Explosion zusammen. Dann eilten sie zum Baum, um den darin steckenden Pfeil zu betrachten.

»Schießt er so weit wie ein Bogen?« fragte Herilak.

Kerrick schüttelte den Kopf. »Sicherlich nicht, aber das ist auch nicht wichtig. Es wird nicht nötig sein, aus der Ferne zu töten, wenn die Murgu uns angreifen. Wird ein Lebewesen von diesen Pfeilen getroffen, wirkt das Gift augenblicklich. Zuerst fällt es zu Boden, dann versteift es sich und stirbt. Nun müßt ihr den Umgang mit den Todesstöcken lernen.«

Als er die Waffe in Augenhöhe hob, um ihnen die Mundöffnung zu zeigen, sah er am Rand seines Gesichtskreises eine Bewegung. Es war ein Vogel, ein großer.

»Schnell, die Bogen!« sagte er. »Der Raubvogel ist hier, derjenige, der zu den Murgu spricht. Er soll nicht zu ihnen zurückkehren. Er muß getötet werden.«

Die Jäger fragten nicht lange, griffen zu den Bogen und legten die Pfeile auf. Dann warteten sie, bis der Vogel seine Kreise tiefer zog. Als er über sie hinwegglitt, summten die Bogensehnen, und die gut gezielten Pfeile flogen aufwärts. Zwei von ihnen bohrten sich in den Körper des Vogels.

Mit einem lauten Schrei taumelte er abwärts und fiel klatschend in den Fluß.

»Holt ihn heraus, laßt ihn nicht wegtreiben!« rief Kerrick. Er nahm sich Zeit, den Hèsotsan behutsam niederzulegen, und bevor er sich noch aufrichten konnte, waren Ortnar und ein anderer Jäger ins Wasser gesprungen. Ortnar war ein kräftiger Schwimmer, und er erreichte den toten Raubvogel zuerst. Er ergriff ihn beim Flügel und hielt ihn im Wasser fest. Aber das Tier war zu groß, als daß er allein damit hätte fertig werden können, und er mußte auf den anderen warten. Gemeinsam zogen sie das Tier an Land, dann ließen sie es zu Boden fallen. Wasser troff aus ihren Fellkleidern.

»Schaut her«, sagte Kerrick. »Seht ihr dieses schwarze Tier an seinem Bein?«

Der Vogel war tot, aber das andere Tier nicht. Seine kleinen Gliedmaßen umschlossen fest das Bein des Adlers. Bis auf eine Art Beule an der Seite war das Tier ohne besondere Merkmale. Herilak kauerte nieder, um es genauer anzusehen. Dann sprang er zurück, als das Auge sich öffnete und zu ihm aufblickte, um sich langsam wieder zu schließen. Er griff nach seinem Speer, aber Kerrick hielt ihn zurück.

»Dafür ist noch genug Zeit. Zuerst müssen wir dies allen anderen Jägern zeigen, denn auch sie sollen das Auge sehen, das uns beobachtet, und den Vogel, der es trägt. Dies sind die Tiere, die den Murgu verraten, wo wir sind. Haben die Jäger es einmal gesehen, werden sie es wiedererkennen. Wann immer eins erscheint, muß es getötet werden. Solange die Murgu nicht wissen, wo wir sind, können sie uns auch nicht angreifen.«

»Du hast recht«, sagte Herilak respektvoll. »Du bist derjenige, der über diese Geschöpfe Bescheid weiß.«

Herilak gebrauchte die Anrede mit einer solch natürlichen Aufrichtigkeit und Selbstverständlichkeit, daß Kerrick von Stolz ergriffen wurde. Vielleicht konnte er nicht so gut jagen wie sie, denn noch immer gingen seine Pfeile meistens am Ziel vorbei, aber er kannte sich mit den Murgu aus und sie nicht. Konnte er sich auch nicht durch seine Tüchtigkeit als Jäger Achtung verschaffen, so genügte es, daß er auf einem anderen Gebiet führend war. Sie hoben den Vogel auf und zogen mit ihm zum Lager zurück.

Dort bestaunte alles den Adler, denn wenige hatten jemals einen Raubvogel dieser Größe aus nächster Nähe gesehen. Sie breiteten die Schwingen aus und schritten ihre Spannweite ab. Auch die Treffsicherheit der Schützen wurde gebührend bewundert; beide Pfeile steckten im Körper des Vogels. Die Kinder umdrängten ihn und versuchten das Gefieder zu berühren. Sie wurden aber vertrieben. Eine der Frauen bückte sich und stieß das schwärzliche Tier am Bein des Vogels mit dem Finger an, dann schrie sie auf, als das Auge sie anblickte. Das mußten alle sehen, und das Gedränge wurde immer stärker. Herilak bückte sich und schnitt die Pfeile aus dem Vogelkörper, dann ging er mit Ortnar und Kerrick fort.

»Nun lehre uns mit dem Todesstock so gut zu schießen, wie wir es mit dem Bogen können«, sagte Ortnar.

Als der Abend kam, fühlten beide Jäger sich mit der neuartigen Waffe so vertraut wie Kerrick. Ortnar fütterte das Tier mit einem Stück Fleisch aus seinem Proviantbeutel, dann rieb er ihm die Mundöffnung zu.

»Mit diesem Ding wird man niemals einen Hirsch erlegen«, sagte er. »Es ist schwierig, genau zu zielen, und die Pfeile fallen zu kurz.«

»Wir können Hirsche leicht genug mit Speer oder Bogen töten«, sagte Herilak. »Diese brauchen wir für die Murgu, wenn wir nach Süden ziehen.«

»Ehe wir aufbrechen, sollen alle Jäger im Umgang mit dieser Waffe unterrichtet werden«, sagte Kerrick. »Erst dann räumen wir das Lager.«

Nachdem sie sich im Fluß gewaschen hatten, lockte der Duft von Gebratenem sie zurück zu den Zelten. Die Sonne ging unter, und bald wölbte sich ein wolkenloser Sternhimmel über den flackernden Lichtern der Lagerfeuer. Merrith gab ihnen Fleisch, und Fraken, der Alladjex, fand sich bei ihnen ein. Der alte Mann ging jeden Abend zu einem anderen Feuer, um Rat auf Fragen zu geben, die nur er beantworten konnte. Nun blickte er argwöhnisch zu Kerrick, der Kenntnisse zu haben schien, die ihm abgingen. Herilak sah seinen Blick und lenkte die Aufmerksamkeit des alten Schamanen auf sich.

»Letzte Nacht träumte mir, ich sei auf der Jagd nach Mastodons gewesen«, sagte Herilak. Fraken nickte und schmatzte über seiner Schale mit warmem Tee, während er lauschte. »Wie kann das sein – ich habe nur einmal Mastodons gejagt, und das war in früher Jugend?«

»Diesmal warst nicht du es, der jagte«, antwortete der alte Mann ohne zu zögern, »es war dein Tharm. Wenn wir sterben, verläßt das Tharm den Körper. Es kann ihn aber auch während des Schlafes verlassen. So ging dein Tharm von dir und nahm an einer Jagd teil. Das erklärt deinen Traum. Darum sollte ein Jäger auch nicht geweckt werden, wenn er in tiefem Schlaf liegt, denn sein Tharm könnte abwesend sei. Wenn er dann geweckt wird, muß er sterben, weil das Tharm den Körper mit dem Tode für alle Zeiten verläßt, um niemals wiederzukehren. Ist der Verstorbene ein guter Jäger gewesen, wird sein Tharm unter den anderen Sternen am Himmel erscheinen.«

Er machte eine nachdenkliche Pause, und momentan schien es Kerrick, als sei er eingeschlafen. Dann aber fuhr er mit leiser, heiserer Stimme fort.

»Aber wehe dem Jäger, der ein Unruhestifter ist und ein schlechtes Leben geführt hat, denn solche gibt es. Wenn dieser Jäger stirbt, so bleibt sein Tharm in der Nähe und stiftet Unfrieden und Verdruß für alle. Das Tharm eines starken Jägers wird hingegen für alle sichtbar unter den Sternen leuchten. Dann kann es in Träumen zurückkehren, um anderen zu helfen und sie vor Gefahren zu warnen.«

Kerrick lauschte mit den anderen in ehrerbietigem Schweigen. Nun erinnerte er sich, daß er als kleiner Junge den alten Ogatyr ähnliche Geschichten hatte erzählen hören. Er entsann sich, daß er abends vor dem Einschlafen manches Mal in seinen Fellen vor Angst gezittert hatte, weil er das schädliche Tharm eines Bösewichts in der Nähe gewähnt hatte. Nun sah er darin nichts als abergläubische Märchen. Die Yilanè hätten über dieses Gerede von Tharmen und Sternen gelacht. Für sie war der Tod einfach das Ende des Seins, mit dem keinerlei Geheimnis verbunden war.

Sie wußten, daß die Sterne so weit entfernt waren, daß sie keine mögliche Einwirkung auf irgendwelche Ereignisse hier auf Erden haben konnten. Er mußte daran denken, was Zhekak ihm über die Sterne erzählt hatte, wie heiß sie seien, jeder einer Sonne gleich. Der Mond hingegen sei kalt und die Planeten sehr der Erde ähnlich. Das war die Wirklichkeit; was die alten Schamanen wie Ogatyr und Fraken verbreiteten, waren bloß Geschichten. Aber als er umherblickte, sah er Respekt und Glauben in den Gesichtern der Zuhörer, und er entschied, daß dies weder die Zeit noch der Ort sei, diese Dinge zur Sprache zu bringen.

Als Fraken aufstand, um sich zu einem anderen Feuer zu begeben, folgten ihm viele, und nur wenige Jäger blieben zurück, um das Gespräch fortzusetzen. Keiner von ihnen nahm Notiz davon, als ein Mädchen mit einer großen Handvoll Federn herüberkam. Kerrick erinnerte sich, daß sie Farlan hieß und die ältere Tochter Kellimans' war. Sie war groß und kräftig, mit dichtem, langem Haar, das sie zu einem dicken Zopf geflochten hatte. Kerrick verspürte eine unerklärliche Empfindung, als sie vorüberging und ihn leicht streifte, und er regte sich unruhig. Sie ging um das Feuer und setzte sich zu Ortnar.

»Dies sind Federn von dem großen Vogel, den du tötetest«, sagte sie. Ortnar nickte. Er sah kaum zu ihr hin.

»Sie könnten an dein Wams genäht werden, so daß andere deine Gewandtheit mit dem Bogen erkennen würden.« Sie zögerte einen Moment. »Ich könnte sie dir annähen.«

Ortnar dachte lange darüber nach, dann schien er einverstanden.

»Ich werde dir das Wams zeigen.« Er stand auf und ging voran in die Dunkelheit, und sie folgte ihm.

Die Jäger schenkten alledem keine Beachtung, aber einer von ihnen blickte auf und sah zufällig in Kerricks Gesicht; er lächelte und zwinkerte. Als das Paar außer Sicht war, flüsterten die Jäger miteinander, und einer lachte laut auf.

Etwas geschah, und Kerrick wußte, daß es etwas Wichtiges war, aber niemand sagte ihm, was. Auch er schwieg still, weil er sich seiner Einfalt zu sehr schämte, um zu fragen.

Ortnar war nicht in ihrem Zelt, als Kerrick sich schlafen legte. Er bemerkte erst am folgenden Morgen, daß mit Ortnar auch seine Habseligkeiten verschwunden waren.

»Wo ist Ortnar?« fragte er.

»Schläft in einem anderen Zelt«, war alles, was Herilak antwortete. Er schien einsilbig und nicht gewillt, mehr darüber zu sagen.

Kerrick begann zu begreifen, daß es im Leben der Tanu Dinge gab, die, ganz wie bei den Yilanè, getan und nicht besprochen wurden. Aber er war ebenso Tanu wie die anderen, und er sollte darüber Bescheid wissen. Er beschloß der Sache auf den Grund zu gehen. Er wußte nur noch nicht, wie er dies bewerkstelligen sollte. Man mußte darüber nachdenken.

In der Geschäftigkeit des Aufbruchs geriet ihm Ortnars geheimnisvolles Verhalten jedoch aus dem Sinn. Es gab nun zuviel, woran zu denken war und was getan werden mußte.

Sie waren auf dem Weg nach Süden, ins Unbekannte.

10

Ulfadan, der das Gebiet gut kannte, führte den Treck durch das Waldland nach Süden. Erst als der Wald sich zu lichten begann und weit voraus das von einzelnen Baumgruppen und Buschinseln durchsetzte Grasland in Sicht kam, ließ er halten und trottete zurück, um Kerrick Meldung zu machen.

»Vor uns ist offenes Land. Wir haben angehalten, wie du es gesagt hast, Margalus.«

»Gut«, sagte Kerrick. »Herilak und ich haben überlegt, was zu tun ist, wenn wir auf die Ebenen hinauskommen und auf die Murgu treffen. Wenn wir in einer einzigen Kolonne reisen, wie wir es gewohnt sind, werden wir ständig von Flankenangriffen bedroht sein, gegen die wir uns nicht schützen können. Im Wald muß ein Mastodon dem anderen folgen, weil es zwischen den Bäumen nur die schmale Wegspur gibt. Wenn es aber keine Bäume gibt, können wir uns anders formieren. Seht alle her, dann will ich euch zeigen, was wir beschlossen haben.«

Die Jäger drängten sich zusammen, als Kerrick einen Stecken aufhob und damit einen Kreis in den Waldboden ritzte.

»So werden wir uns formieren«, sagte er. »Die Mastodons werden Seite an Seite dicht zusammengeschlossen in einer Gruppe gehen. Herilak wird ihnen mit einer Gruppe von Jägern vorausgehen, denn er ist der Sacripex und wird uns in einem Kampf gegen die Murgu führen.

Aber ein Angriff kann auch von den Seiten kommen oder auch von hinten, so daß wir jederzeit wachsam sein müssen. Du, Kellimans, wirst mit den Jägern deines Sammad die linke Flanke decken, Ulfadan die rechte. Ich werde mit anderen Jägern die Nachhut bilden. Wir alle werden außer mit Bogen und Speeren mit den Todesstöcken bewaffnet sein. Auf diese Weise, mit Jägern auf allen Seiten, werden wir die Sammads in der Mitte beschützen können...«

Der Alarmruf eines der Jungen, die den Wald ringsum beobachteten, unterbrach seinen Vortrag. Die Jäger wandten sich um, sie hatten Waffen bereit. Ein Fremder war unter den Bäumen erschienen und stand bewegungslos. Er gehörte zu einem der Sammads jenseits der Berge. Sie sahen es an den Gamaschen aus weichgeklopfter Birkenrinde, die er unterhalb der Knie trug. Herilak ging langsam auf ihn zu, und als er näher kam, bückte sich der Fremde und legte seinen Speer auf den Boden. Herilak tat es ihm nach, und der Fremde rief ihm etwas zu. Herilak schüttelte den Kopf, dann wandte er sich um und rief zu den anderen:

»Er spricht, aber ich verstehe wenig.«

»Newasfar wird mit ihm sprechen«, sagte Ulfadan. »Er hat jenseits der Berge gejagt und weiß, wie sie dort sprechen.«

Newasfar ließ seinen Speer zurück und ging, um mit dem Fremden zu reden, während sie alle zusahen. Nach einem kurzen Zwiegespräch dolmetschte Newasfar für die anderen.

»Er ist ein Sammadar namens Har-Havola. Er sagt, daß ihre Mastodons in der Winterkälte eingegangen sind, und daß sie sie essen mußten, um selbst am Leben zu bleiben. Nun ist ihre Nahrung aufgebraucht, und sie werden sterben, wenn der Schnee kommt. Er hat gehört, daß es hier viel Nahrung geben soll, und er bittet um etwas zu essen.«

»Nein«, sagte Herilak impulsiv. Die anderen nickten zustimmend. Har-Havola trat zurück, denn das war ein Wort, das er kannte. Er blickte in die Runde der ausdruckslosen, abweisenden Gesichter. Er setzte zur Rede an, schien dann aber zu begreifen, daß es nutzlos war. Er bückte sich, hob seinen Speer auf und wollte gehen, als Kerrick sich zu Wort meldete.

»Warte. Newasfar, sag ihm, daß er nicht gehen soll. Frag ihn, wie viele Jäger er in seinem Sammad hat.«

»Wir haben keine Nahrung übrig«, sagte Herilak. »Er muß gehen.«

»Ich spreche jetzt als Margalus. Hört, was ich zu sagen habe.« Herilak akzeptierte dies und schwieg. »Wir haben derzeit mehr Nahrung, als wir essen können. Fleisch von der Jagd und das erbeutete Fleisch der Murgu. Wenn wir in die Grasländer hinauskommen, erwartet uns eine gute Jagd, und wir werden noch mehr Fleisch haben. Aber es wird dort auch Murgu geben, gegen die wir uns verteidigen müssen. Je mehr Jäger wir für den Kampf aufbieten können, desto sicherer werden wir sein, wenn sie angreifen. Ich sage, laßt sie zu uns kommen, denn wir können ihre Speere gebrauchen.«

Herilak dachte darüber nach, dann nickte er.

»Der Margalus spricht die Wahrheit. Wir werden jetzt viele Jäger brauchen, weil einige während der Nacht Wache stehen müssen. Also sage ich auch: laßt sie mit uns ziehen. Sprich mit ihm, Newasfar, sag ihm, was wir tun und von welcher Art die Gefahr ist. Sag ihm, daß alle in seinem Sammad essen werden, wenn seine Jäger an unserer Seite kämpfen.«

Har-Havola richtete sich auf, als er dies hörte, und schlug sich gegen die Brust. Sie brauchten Newasfars Hilfe nicht, um seine Worte zu verstehen. Die Tanu von der anderen Seite der Berge waren berühmte Jäger und Kämpfer. Sie würden kommen.

Er bedeutete ihnen zu warten, lief zurück in den Wald, und sie hörten ihn einen Befehl rufen. Kurze Zeit später kam eine Reihe ängstlicher Frauen, ihre Kinder an sich gedrückt, im Gänsemarsch aus der Richtung, die er genommen hatte. Ihnen folgten die Jäger. Alle waren ausgemergelt und zögerten nicht, die ihnen angebotene Nahrung zu nehmen. Als alle gegessen hatten, setzte die Kolonne sich wieder in Bewegung und zog langsam in offenes Gelände hinaus.

Während die Mastodons zu einer Gruppe formiert wurden, rief Herilak die Sammadars zusammen.

»Nun, da wir mehr Jäger sind, haben wir mehr Sicherheit. Kerrick kann mit mir in der Vorhut gehen, da er Margalus ist. Har-Havola wird mit seinen Jägern die Nachhut bilden, weil es dort weniger Gefahr geben wird und sie keine Todesstöcke haben. Sobald alle auf ihren Plätzen sind, werden wir aufbrechen.«

Vor ihnen erstreckte sich das Grasland in welligen, niedrigen Höhenzügen bis zum Horizont. Es war durchsetzt von Baumgruppen und Buschinseln, aber weithin offen und mit hohem Gras bestanden. Eine Tierherde, zu weit entfernt, um sie identifizieren zu können, ergriff eilig die Flucht und geriet bald außer Sicht. Sonst war keine Bewegung zu erkennen; eine täuschend friedliche Stimmung lag über dem Land. Dennoch war ihnen diese Gegend nicht geheuer. Ulfadan befingerte den großen Zahn, der ihm auf der Brust hing, und hielt nervös Ausschau. Alle Jäger hielten ihre Waffen bereit. Sie wußten, daß sie hier Eindringlinge waren. Selbst den Mastodons schien sich die allgemeine Spannung mitzuteilen, denn sie trompeteten nervös und warfen ihre mächtigen Köpfe hoch.

Zuerst waren die Tiere nur dunkle Punkte, die aus einem der breiten, flachen Täler kamen. Aber sie liefen schnell, und bald war das dumpfe Trommeln ihrer Füße zu vernehmen, als die Herde näher kam. Herilak ließ die Mastodons anhalten, und die Jäger zogen nach vorn, um eine Kette zwischen dieser unbekannten Gefahr und den Sammads zu bilden. Die Herdentiere waren nun deutlich zu erkennen. Es waren unbekannte Lebewesen mit langen, vorgereckten Hälsen und dicken, nach hinten spitz zulaufenden Schwänzen, die auf muskulösen Hinterbeinen liefen. Die Leittiere schwenkten ab, als sie die Tanu sahen, und jagten in einer Staubwolke vorüber. Aus dieser griffen die Murgu an.

Es waren mehrere große, undeutliche Gestalten, die der flüchtenden Herde nachjagten und ganz unvermittelt aus der Staubwolke auftauchten. Die nächste dieser Bestien sah die Mastodons, stieß ein kreischendes Zischen aus und griff an.

Kerrick hatte seinen Hèsotsan in Anschlag gebracht und feuerte wieder und wieder auf das angreifende Ungetüm. Es bäumte sich hoch auf, dann brach es zusammen und schlug mit einer Wucht, die den Erdboden erzittern machte, vor ihnen ins Gras. Es war nahe genug, daß ein vorquellendes Auge unmittelbar vor Kerrick war und ihn noch im Brechen mordgierig anzufunkeln schien. Die gewaltigen, klauenbewehrten Beine zuckten in einem Reflex, das Maul klappte auf und röchelte. Der widerliche Gestank seines Atems schlug Kerrick und den neben ihm Stehenden in die Gesichter, dann war es tot.

Die Mastodons trompeteten vor Angst, bäumten sich auf und drohten die Schleifgestelle und ihre Führer zu zertrampeln. Einige Jäger liefen zurück, um den Führern beizuspringen und die Tiere zu beruhigen. Die anderen blieben in der Abwehrkette stehen und hielten die Waffen bereit.

Aber die Gefahr war vorüber. Die Herde verschwand hinter dem Kamm der nächsten Bodenwelle. Sie wurde noch immer von den riesigen Fleischfressern verfolgt. Kerrick näherte sich wachsam dem erlegten Ungetüm. Es lag jetzt leblos, ein Hügel aus totem Fleisch, groß wie ein Mastodon. Ein gigantischer Räuber mit langen, muskulösen Hinterbeinen und Reihen spitzer Zähne in den langen Kiefern.

»Kann man das Fleisch essen?« fragte einer der Jäger.

»Ich weiß es nicht. Ich habe nie ein Tier dieser Art gesehen. Aber es ist ein Fleischfresser, und Murgu essen nur das Fleisch von Pflanzenfressern.«

»Wir tun das gleiche«, sagte Herilak. »Laßt uns weiterziehen. Wir lassen dieses Ungetüm liegen.«

Die Tanu aßen Raubtierfleisch nur dann, wenn sie Hunger litten; der Geschmack war scharf und widerwärtig. Nun hatten sie genug Nahrung, und niemand zeigte das Verlangen, aus diesem gräßlichen Untier etwas herauszuschneiden. Sie zogen rasch weiter. Die Mastodons rollten die Augen und trompeteten nervös, als sie das tote Tier passierten. Wie die Tanu zeigten auch sie nur das Bestreben, so rasch wie möglich von diesem Ort des Schreckens wegzukommen.

Je weiter sie ins Grasland vordrangen, desto klarer zeigte sich, daß es hier von Leben wimmelte. Dunkle Lebewesen, die offensichtlich keine Vögel waren, segelten über ihnen am Himmel. Große graue Gestalten suhlten sich in einem flachen Sumpfsee, um den sie wohlweislich einen weiten Bogen machten. Kleinere Murgu, nur halb gesehen, flüchteten vor ihnen durch das hohe Gras. Sie blieben wachsam, wurden aber nicht mehr angegriffen. So verging der Tag ohne weitere Begegnungen. Die Schatten waren lang, als sie anhielten und die Tiere an einem Bach trinken ließen. Herilak zeigte zu einer niedrigen Bodenerhebung, die dichten Baumbewuchs trug.

»Dort werden wir unser Nachtlager aufschlagen. Die Bäume geben uns Schutz, und der Wasserlauf ist nicht weit.«

Kerrick blickte zu dem Gehölz hinauf, es beunruhigte ihn. »Wir wissen nicht, was dort versteckt sein mag«, sagte er. »Sollten wir nicht lieber hier auf der Ebene lagern, wo wir alles sehen können, was sich uns nähert?«

»Wir wissen jetzt, daß dieses Land tagsüber von Murgu wimmelt, aber nicht, was hier in der Dunkelheit vor sich geht. Die Bäume werden uns Deckung bieten.«

»Dann müssen wir uns vergewissern, daß wir die einzigen sind, die dort Unterschlupf suchen. Laß einige der besten Jäger dort suchen, bevor es zu dunkel ist, um etwas zu sehen.«

Die Jäger gingen vorsichtig hinauf und drangen in das Gehölz ein, doch es barg keine Gefahren. Kleine Murgu rannten mit gestreckten Schwänzen vor ihnen davon. In den Baumwipfeln entstand ein gewaltiges Gekreisch und Geflatter, als sie einen Vogelschwarm aufscheuchten, der sich dort an Früchten gütlich getan hatte. Das war alles. Das Gehölz schien ein guter Lagerplatz zu sein.

Die Mastodon beruhigten sich, sobald sie von ihren Gurten befreit waren, und rissen bald belaubte Zweige von den Bäumen. Die Jungen brachten das in lehmverpackten Körben mitgeführte Feuer, und bald waren die Zelte aufgerichtet. Mit dem Einbruch der Dunkelheit postierte Herilak Wachen um das Lager; sie sollten während der Nacht abgelöst werden.

»Wir haben alles getan, was wir tun können«, sagte er. »Und wir haben unseren ersten Tag ohne Verluste überlebt.«

»Mögen wir auch die Nacht überleben«, sagte Kerrick, der besorgt umherblickte. »Ich hoffe, daß wir mit dieser Wahl unseres Lagerplatzes keinen Fehler gemacht haben.«

»Du sorgst dich zuviel um Dinge, die sich nicht ändern lassen. Die Entscheidung ist gefallen. Es gab keinen anderen Weg.«

Kerrick mußte ihm recht geben; er sah auch ein, daß er sich zuviel sorgte. Aber Herilak hatte als Sammadar und Sacripex viele Jahre Erfahrung und verstand sich auf die Führung anderer. Dies alles war Kerrick neu.

Trotz dieser Sorgen schlief er bald ein und erwachte erst, als Herilak ihn wachschüttelte. Es war ganz dunkel, aber die Sterne des Jägers waren schon untergegangen: die Dämmerung konnte nicht mehr fern sein.

»Nichts ist uns während der Nacht nahegekommen«, sagte Herilak, »obwohl es da draußen genug Lebewesen gibt. Vielleicht gefällt ihnen unser Geruch nicht.«

Die dunklen Gestalten anderer Jäger gingen unter den Bäumen hin und her, als die Wachen ausgewechselt wurden. Kerrick trat mit Herilak an den Rand des Gehölzes und blickte von der Anhöhe hinab in die flache Talmulde, wo sich der Bach dahinschlängelte.

»Wir haben Tiere gesehen, die dort zur Tränke gingen«, bemerkte Herilak, »aber es war nicht auszumachen, von welcher Art sie waren.«

»Solange sie uns in Ruhe lassen, ist es uns gleich.«

Sie warteten schweigend, bis der erste vage Lichtschein am Osthimmel den Morgen ankündigte.

»Ein Tag und eine Nacht, und wir sind alle noch am Leben«, sagte Herilak. »Es heißt, daß ein Treck, der sich gut anläßt, auch gut endet. Möge sich das bewahrheiten.«

11

Der langsame Marsch nach Süden dauerte den ganzen Tag an, und auch die nächsten Tage brachten keine besonderen Ereignisse. Dennoch blieben die Jäger bei ihrer Methode, die Sammads während der Wanderung zu flankieren und bei Nacht Wachen aufzustellen. Aber sie bewegten sich mit weniger Spannung und schliefen sorgloser. Die Ebenen waren reich an Tierleben, aber die meisten ihrer Bewohner waren pflanzenfressende Murgu, die den Sammads und ihren Mastodons fern blieben. Aber es gab auch Raubtiere, und einige von diesen versuchten die Sammads anzugreifen. Die Jäger töteten einige, die sich nahe heranwagten, und die anderen sahen es und hielten sich zurück. Die Jäger aber wußten, daß sie ohne die erbeuteten Waffen längst tot sein würden. Sie mieden die Sümpfe entlang dem Fluß und die riesenhaften Tiere, die dort lebten, und wenn es ihnen möglich war, auch den dichten Wald, den sie nur im Gänsemarsch passieren konnten, was die Bewachung der Kolonne sehr erschwerte. Trotz der allgegenwärtigen Gefahren waren die Jäger jeden Morgen noch immer voll Erwartung, was der neue Tag bringen möge, und jeden Abend besprachen sie an den Feuern, was sie tagsüber gesehen hatten. Die natürliche Umwelt war ihr Lebensraum, ihr Lebensinhalt schlechthin. In ihren Heimatgebieten kannten sie jedes Kraut, jeden Strauch und Baum, jedes Tier im Wald und jeden Vogel in der Luft; sie kannten ihre Gewohnheiten und wußten, ob sie zur Nahrung taugten oder nicht.

Nun aber hatten sie eine ganz neue Welt entdeckt. In der ersten Zeit ihrer Wanderung hatten sie eine Übergangszone kennengelernt, wo es Hirsche und andere vertraute Arten gegeben hatte, aber auch verschiedene Murgu. Ganz plötzlich hatte sich dies alles geändert, und die Tiere, die sie ihr Leben lang beobachtet und gejagt hatten, gab es hier nicht mehr. Nur die Fische im Fluß und einige der Vogelarten waren die gleichen, alles übrige waren Murgu; Murgu in solcher Vielfalt, daß man sie nicht mehr bei diesem einzigen Namen nennen konnte. Sie lebten als kleine Echsen und Schlangen im Gras und bevölkerten die Savannen und Sümpfe in Herden der verschiedensten Arten und Größen. Kamen sie in die Nähe einer dieser Herden, war besondere Vorsicht geboten, denn oftmals folgten ihnen Rudel gefräßiger Raubtiere.

Einmal hatten sie Aasvögel von der Größe des Adlers gesehen, der sie einst beobachtet hatte. Es waren unbeholfen wirkende Tiere mit rötlichbraunem Gefieder und sehr langen Schwänzen gewesen und hatten auf dem verwesenden Kadaver eines namenlosen großen Tieres gesessen und Fleischbrocken herausgerissen. Als die Jäger vorübergezogen waren, hatten sie sich erhoben, waren auf ihren langen Beinen umhergehüpft und hatten drohend die Flügel ausgebreitet und die Schnäbel in zornigem Zischen geöffnet. Da hatten die Jäger gesehen, daß sie keine echten Schnäbel hatten, sondern lange, schmale, mit scharfen Zähnen besetzte Kiefer.

Das Land war fruchtbar und das Wild so zahlreich, daß es in großer Zahl unter ihren Pfeilen gefallen wäre, hätten sie Zeit zum Jagen gehabt. Das Wetter war ebenso unglaublich wie das Land selbst. Als sie zu ihrer Wanderung aufgebrochen waren, hatten die Bäume ihr Laub verloren, und in den Nachtfrösten war der erste kalte Zugriff des Winters spürbar gewesen. Nun aber hatten die Jahreszeiten sich umgekehrt, und sie schienen rückwärts in die warme Zeit des Sommers zu gehen. Selbst die Nächte waren nicht kalt. Tagsüber legten sie ihre Fellkleider ab und gingen mit bloßer Haut, wie sie es während des Sommers taten.

Eines Tages gelangten sie zu einer Stelle, wo der große Fluß, dessen Lauf sie gefolgt waren, in einen noch mächtigeren Strom mündete. Obwohl die Mittagsstunde kaum vorüber war, ließ Herilak anhalten und bat Kerrick und die Sammadars zu sich.

»Dies wird ein guter Lagerplatz sein. Dort ist ein steiler Wildwechsel, der zum Fluß hinabführt und auf dem wir die Tiere zur Tränke führen können. Bei Nacht wird uns das Steilufer Schutz bieten und leicht zu bewachen sein. Es gibt gute Weide für die Mastodons und Holz für unsere Feuer in den Auwäldern.«

»Es ist noch früh«, sagte Ulfadan. »Warum jetzt anhalten?«

»Das ist der Grund, warum ich euch zusammenrief. Als wir zu diesem Marsch aufbrachen, beschlossen wir nur, daß wir nach Süden ziehen wollten. Das haben wir getan. Jetzt ist die Zeit gekommen, zu entscheiden, wo wir unser Winterlager aufschlagen wollen. Darüber müssen wir nachdenken.«

»Heute haben wir eine große Herde der Entenschnabel-Murgu gesehen«, sagte Kellimans. »Ich würde gern von einem kosten.«

»Meine Speerhand juckt mich«, sagte Ulfadan und spähte aus zusammengekniffenen Augen über den Strom in die Ferne. »Seit vielen Tagen haben wir nicht gejagt.«

»Dann sage ich, laßt uns hier unser Lager aufschlagen.« Herilak blickte von einem zum anderen, und sie nickten.

»Ich denke an die Murgu, die wie Menschen gehen«, sagte Kerrick. »Wir dürfen sie nie vergessen.«

Ulfadan schnaubte. »Wir haben keinen ihrer großen Vögel gesehen. Sie können nicht wissen, daß wir hier sind.«

»Wir können niemals sicher sein, was sie wissen oder nicht wissen. Als sie den Sammad Amahasts überfielen und niedermachten, hatten sie die Vögel noch nicht. Wo immer wir sind, was immer wir tun, wir dürfen sie niemals vergessen.«

»Was ist also deine Meinung, Margalus?« fragte Herilak und nickte ihm zu.

»Ihr seid die Jäger. Wir werden hierbleiben, wenn euch der Ort geeignet erscheint. Aber an dieser Stelle, wo der Wildwechsel zum Wasser hinabführt, muß Tag und Nacht ein Wächter stehen und den Fluß beobachten, falls ein Angriff erfolgt. Seht ihr, wie breit der Strom hier geworden ist? Er muß irgendwo südlich in den Ozean münden. Der Ozean und der Fluß können ein Weg für die Murgu sein, wenn sie wissen, daß dies unser Lagerplatz ist.«

»Der Margalus hat recht«, sagte Herilak. »Wir werden diese Vorkehrung treffen, solange wir hier sind.«

Ulfadan blickte den nur dürftig bewachsenen Steilhang hinab und runzelte die Brauen. »Wir haben bisher immer unter Bäumen das Lager aufgeschlagen. Es ist hier zu offen.«

Kerrick erinnerte sich der Stadt Alpèasak, die auch an einem Fluß lag, aber immer gut bewacht war.

»Die Murgu pflanzen kräftige, raschwüchsige Bäume und Dornenhecken, um ihr Lager zu schützen. Wir können keine Bäume pflanzen, aber wir könnten Dornsträucher schneiden und sie wie einen Wall um unser Lager aufschichten. Er wird die kleineren Raubtiere fernhalten, und was groß genug ist, durchzubrechen, können wir töten.«

»Wir haben so etwas noch nie gemacht«, protestierte Kellimans.

»Wir sind niemals so weit nach Süden vorgedrungen«, versetzte Herilak. »Wir werden tun, was der Margalus sagt.«

Obgleich sie nur eine oder zwei Nächte an diesem Ort hatten bleiben wollen, vergingen viele Tage, und sie zogen noch immer nicht weiter. Der Strom war fischreich, und die Jagd in diesem Gebiet sehr gut, besser als sie je zuvor erlebt hatten. Die Entenschnäbel waren so zahlreich, daß ihre Herden bisweilen nicht zu übersehen waren. Sie konnten schnell laufen, waren aber sehr dumm. Wenn plötzlich eine Gruppe von Jägern auftauchte, ergriffen sie die Flucht. Wurde es richtig gemacht, dann warteten andere Jäger mit Speeren und Bogen in ihrer Fluchtrichtung. Diese Tiere waren nicht nur dumm, sie hatten auch ein sehr schmackhaftes Fleisch.

Die Jagd war ergiebig, die Mastodons hatten genug Futter, es war ein guter Ort zum Überwintern – wenn man dieses warme Wetter Winter nennen konnte. Aber die Jahreszeiten waren auf andere Weise erkennbar: Die Tage waren kurz, und die Sternbilder am Nachthimmel wechselten. Der Dornenwall wurde verstärkt, und ohne daß ein bestimmter Beschluß gefaßt worden wäre, ergab es sich, daß sie hier am Zusammenfluß der beiden Ströme blieben.

Die Frauen waren über diese Lösung so erfreut wie die Jäger, denn nun hatten sie mehr Muße. Das Nomadendasein mit den unaufhörlichen Wanderungen, dem täglichen Entladen, Kochen, Zusammenpacken und Weiterziehen war nichts als Arbeit ohne genügend Zeit für etwas anderes gewesen. Das alles hatte sich nun zum Besseren gewandelt; die Zelte blieben stehen, wo sie waren, und alle Dinge waren stets griffbereit. In den umliegenden Gebieten gab es Wurzeln, nach denen man graben konnte, darunter auch eine bräunlichgelbe Knolle, die Armeslänge erreichte und sich als süß und wohlschmeckend erwies, wenn man sie in der heißen Asche buk.

Es gab viel zu tun, zu sehen und zu reden. Anfangs hatte der Sammad Har-Havolas sich von den anderen ferngehalten, denn die Leute sprachen anders und wußten, daß sie als Fremde angesehen wurden. Aber bei der Nahrungssuche kamen die Frauen aller Sammads zusammen und stellten fest, daß es nach einer Weile möglich war, miteinander zu reden, denn die andere Sprache ähnelte dem Marbak in vielerlei Hinsicht. Zuerst rauften die Kinder, bis die Neuankömmlinge Marbak lernten, worauf ihre Streitigkeiten vergessen waren. Und die unverheirateten Frauen waren auch froh, denn nun gab es mehr junge Jäger, die für die Eheschließung in Frage kamen. Noch nie hatte es ein so großes Winterlager gegeben. Drei ganze Sammads, an einem Ort versammelt, machten das Leben geschäftig und interessant.

Selbst Armun fand einen gewissen Frieden darin, daß sie sich in der großen Zahl der Frauen verlieren konnte. Sie hatte erst drei Winter mit dem Sammad Ulfadans verbracht, und für sie waren sie alle tragisch verlaufen. In dem Sammad, den sie verlassen hatte, hatte im Winter furchtbarer Hunger geherrscht, so daß ihre Mutter Shesil zu schwach gewesen war, um den ersten Winter im neuen Sammad zu überleben. Dies hatte bedeutet, daß niemand dagewesen war, sie zu beschützen, wenn ihr Vater auf Jagd gegangen war. Die Jungen hatten sie ausgelacht, und sie hatte sorgfältig darauf bedacht sein müssen, nicht in der Gegenwart von größeren Kindern zu sprechen, denn die Mädchen waren genauso schlimm. Als Brond, ihr Vater, während des zweiten Winters nicht von der Jagd heimgekehrt war, hatte es überhaupt kein Entkommen mehr gegeben. Da sie kräftig und eine gute Arbeiterin war, hatte Merrith, die Frau des Sammadar, sie an ihrem Feuer essen lassen. Sie hatte aber nichts getan, um sie vor den ständigen Sticheleien zu schützen. Wenn sie sich geärgert hatte, war Merrith nicht besser als die anderen gewesen und hatte sie mit ihnen ›Eichhörnchengesicht‹ genannt.

Armun sah seit ihrer Geburt so aus, das hatte ihr die Mutter gesagt. Shesil hatte sich immer für schuldig gehalten, denn in einer Zeit großen Hungers hatte sie einmal ein Eichhörnchen getötet und es gegessen, wo doch jedermann wußte, daß Frauen nicht jagen durften. Deswegen war ihre Tochter mit den auseinanderstehenden Vorderzähnen und der gespaltenen Oberlippe eines Eichhörnchens zur Welt gekommen. Und nicht nur die Lippe war gespalten, sondern im Knochen der Mundhöhle dahinter war auch noch eine Öffnung. Wegen dieser Öffnung hatte sie als Säugling weniger Nahrung zu sich nehmen können, hatte viel gehustet und geweint. Und später, als sie sprechen gelernt hatte, hatte alles, was sie sagte, einen sehr komischen Klang gehabt. Kein Wunder, daß die anderen Kinder sie ausgelacht hatten.

Sie lachten immer noch, freilich nur dann, wenn Armun sie nicht erreichen konnte. Sie war inzwischen zu einer jungen Frau herangewachsen, die langbeinig und kräftig war. Und sie hatte die Heftigkeit des Temperaments bewahrt, die während der Kindheit ihr einziges Verteidigungsmittel gewesen war; selbst die großen Jungen wagten nicht, sich über sie lustig zu machen, es sei denn aus der Ferne, denn sie hatte eine harte Faust und verstand gut zuzuschlagen. Blaue Augen und blutige Nasen waren ihr Kennzeichen, und selbst die Dümmsten lernten bald, diese eichhörnchengesichtige Teufelin in Ruhe zu lassen.

Sie war innerlich einsam und ohne Freunde aufgewachsen. Wenn sie durch das Lager ging, verbarg sie die untere Hälfte ihre Gesichts gewohnheitsgemäß mit dem losen Kragen ihrer weich gegerbten Felljacke. Ihr Haar war lang, und oft hielt sie es mit der Hand vors Gesicht, wie sie es mit dem Kragen tat.

Solange sie nichts sagte, ertrugen die anderen Frauen ihre Anwesenheit. Armun hörte ihnen zu, sah die jungen Jäger mit ihren Augen und war passive Teilnehmerin an ihren aufgeregten Klatschgeschichten. Farlan war die älteste ihrer Gruppe gewesen. Als Ortnar sich dem Sammad angeschlossen hatte, war sie bald zu ihm gegangen, obwohl sie ihn erst seit kurzer Zeit gekannt hatte. Sonst war es üblich, junge Männer aus den anderen Sammads kennenzulernen, wenn sie einmal im Jahr zusammenkamen. Aber mit dem Klimawechsel hatte sich alles geändert, und Farlan hatte als erste ihren Vorteil daraus gezogen. Obgleich die anderen jungen Frauen boshafte Bemerkungen über ihre Kühnheit machten, war sie nun diejenige, die einen Jäger zum Mann und ein eigenes Zelt hatte, was ihnen verwehrt blieb.

Armun war nicht eifersüchtig auf die anderen, nur zornig. Sie kannte die Ebenen und die Wälder besser als jede von ihnen; ihre Mutter war ihr eine gute Lehrmeisterin gewesen. Sie kehrte mit vollem Korb vom Sammeln zurück, wenn die anderen jungen Frauen über die

Unfruchtbarkeit des Landes jammerten. Sie arbeitete hart, kochte gut, beherrschte alle Fertigkeiten, die sie in den Augen eines jungen Jägers begehrenswert machen sollte. Dennoch hielt sie sich in dem Wissen von ihnen fern, daß sie sich nur über sie lustig machen würden, wie alle anderen es taten. Der Gedanke verbitterte sie. Wenn die anderen ihr Gesicht sahen, lachten sie, und wenn sie sprach, lachten sie erst recht. So zog sie es vor, still zu bleiben und sich abseits zu halten.

Wenigstens versuchte sie es. Da sie aber an Merriths Feuer aß, mußte sie der älteren Frau gehorchen. Sie brachte Brennholz und schnitt Fleisch, verbrannte sich die Finger, indem sie es über der Holzkohlenglut umwendete. Merrith sorgte dafür, daß jeden Abend, wenn die Jäger hungrig und müde heimkehrten, eine gute Mahlzeit auf sie wartete. Armun aber mochte nicht ausgelacht werden, also fand sie immer andere Beschäftigungen, wenn alle um das Feuer versammelt waren.

Es blieb warm, und es fiel kein Schnee, aber im Tiefwinter setzte dann eine Regenzeit ein. Es war ungemütlich, wenn auch nicht kalt, und dieser Nachteil war noch immer unendlich viel besser als hoher Schnee und frosterstarrte Wälder. Die Jagd änderte sich, denn die großen Herden der Entenschnäbel waren anderswohin gezogen. Dennoch gab es im waldreichen Hochland des Ostens noch viele Murgu zu jagen. Die Jägertrupps folgten ihnen immer weiter hinauf ins Hügelland. Diese Unternehmungen waren nicht ohne Gefahren.

Es war längst dunkel, als der Jägertrupp zurückkehrte. Die Tage waren um diese Zeit sehr kurz, aber das war nicht ungewöhnlich; es kam häufig vor, daß die Jägertrupps draußen nächtigten, wenn sie Wild verfolgten und sich weit vom Lager entfernt hatten. Aber diesmal war etwas geschehen, denn die heimkehrenden Jäger näherten sich mit lautem Rufen, als sie in die Nähe des Lagers kamen, und ihre heulenden Schreie brachten alles auf die Beine. Einige Jäger liefen hinaus, um ihnen zu helfen, und als sie den Feuern näher kamen, war zu sehen, daß zwei Jäger auf Bahren aus Stangenholz und Zweigen getragen wurden. Herilak ging müde und mit grimmiger Miene voraus.

»Wir waren hinter den scharfzehigen Läufern her. Ein Marag war am Waldrand versteckt. Er griff plötzlich an und tat dies alles, bevor wir ihn töten konnten.«

Die erste Bahre wurde unsaft auf den Boden gesetzt. »Es ist Ulfadan. Er ist tot.«

Merrith brach in lautes Wehgeschrei aus, als sie dies hörte. Sie rannte vorwärts und riß die Felle auseinander, die über Ulfadan gebreitet waren. Dann stimmte sie ein schreckliches Winseln und Kreischen an und raufte sich das Haar.

Herilak blickte umher, bis er Fraken sah, und winkte ihn dann zu sich. »Wir bedürfen deiner Heilkräfte. Der Marag fiel auf Kerrick, und der Knochen in seinem Bein ist gebrochen.«

»Ich brauche kräftige und gerade Stecken, dazu lange Lederstreifen. Du wirst mir helfen.«

»Ich werde die Stecken bringen.« Herilak blickte auf und sah Armun in der Nähe stehen. »Geh und hol weiches Leder, das wir in Streifen schneiden können«, befahl er. »Schnell.«

Kerrick biß sich auf die Lippen. Er konnte aber ein Stöhnen nicht unterdrücken, als sie ihn von der Bahre hoben und beim Feuer auf den Boden legten. Die zerbrochenen Knochenenden sägten in seinem Bein. Wilder Schmerz durchschoß es abermals, als Fraken das Fleisch befühlte.

»Du wirst seine Schultern festhalten, Herilak, wenn ich am Bein ziehe«, befahl Fraken. Dann kniete er nieder und ergriff Kerricks Fuß. Der alte Mann hatte Erfahrung darin und zog und drehte das Bein, bis die Knochen an der Bruchstelle wieder richtig zusammengefügt waren. Der Schmerz dieser Prozedur stieß Kerrick in schwarze Bewußtlosigkeit.

»Nun die Stecken, um den Knochen zu halten, wie er jetzt ist«, sagte Fraken. Nachdem er sie angepaßt hatte, band er sie mit weichen Lederstreifen fest um das gebrochene Bein. Die Arbeit war rasch getan. »Tragt ihn ins Zelt und deckt ihn mit Fellen zu, denn er muß warmgehalten werden. Du, Mädchen, kannst uns helfen.«

Als Kerrick aus der Bewußtlosigkeit erwachte, wußte er nicht, wo er war, aber der dumpf pochende, bohrende Schmerz in seinem Bein rief ihm das Geschehene rasch ins Gedächtnis zurück. Der Schmerz war noch stark, aber schon viel geringer als vorher. Er stützte sich auf die Ellbogen und sah im flackernden Lichtschein des Feuers draußen, daß er in einem Zelt lag und daß sein Bein geschient und umwickelt war. Die Haut war nicht verletzt, es war kein gesplitterter Bruch; das

Bein würde gut heilen. Jemand bewegte sich hinter ihm in der Dunkelheit. »Wer ist da?« fragte er.

»Armun«, sagte sie zögernd.

Er sank mit einem Seufzer zurück. »Bitte gib mir Wasser, Armun. Viel Wasser.«

Sie eilte hinaus, eine dunkle Gestalt, die rasch verschwunden war. Armun? Er kannte den Namen nicht. War er ihr noch nicht begegnet? Es war nicht wichtig. Das Bein beruhigte sich zu einem gleichmäßig pulsierenden Schmerz, wie ein schlimmer Zahn. Seine Kehle war so ausgetrocknet, daß er husten mußte. Er brauchte Wasser, einen guten Trunk kühlen Wassers.

12

Er schlief unruhig bis zum Morgengrauen, als das schmerzende Bein ihn ein weiteres Mal weckte. Als er den Kopf wandte, sah er neben sich die Wasserschale. Er streckte die Hand aus den Fellen, ergriff sie und trank gierig, bis er sie geleert hatte. Das Mädchen kam und hob sie auf. Er wußte nicht, wer sie war. Das Haar fiel ihr ins Gesicht. Wie hieß sie noch? Sie hatte es ihm gesagt.

»Armun?«

»Ja. Möchtest du mehr Wasser?«

»Ja, Wasser. Und etwas zu essen.«

Am Vorabend hatte er nicht essen können, nun aber war er hungrig. Sie eilte hinaus, und wieder hatte er ihr Gesicht nicht sehen können, wußte nicht, ob er sie kannte und woher. Aber sie hatte eine angenehme Stimme. Die Art, wie sie durch die Nase sprach, war ihm vertraut. Wie das Bein schmerzte, wenn er seine Lage veränderte! Vertraut? Warum? Diese Frage beschäftigte ihn eine Weile, bis er darauf kam, daß es ein Tonfall war, der im Yilanè gebräuchlich war. Armun. Er sagte es laut, im gleichen nasalen Tonfall, dann wiederholte er ihn noch einmal. Er hatte so lange nicht Yilanè gesprochen, daß nun, da er es tat, Erinnerungen an Alpèasak in sein Bewußtsein einströmten.

Sie kam mit der Wasserschale und einem Stück Räucherfleisch zurück, bückte sich und legte beides neben ihn. Mit vollen Händen konnte sie ihr Gesicht nicht verdecken, und er spähte zu ihr auf, als sie sich niederbeugte. Ihre Blicke trafen einander und sie wandte sich ab, so rasch sie konnte. Sie wartete mit geballten Fäusten auf das Lachen, das nicht kam. Armun konnte das nicht verstehen. In verwundertem Stillschweigen sah sie zu, wie er hungrig das Fleisch kaute. Wenn sie hätte wissen können, was er dachte, sie würde es nicht geglaubt haben.

Nein, dachte Kerrick, ich habe sie noch nie gesehen. Aber warum nicht? Sicherlich würde ich mich an sie erinnern. Ich frage mich, ob sie weiß, wie ihre Stimme klingt? Besser, ich sage es ihr nicht. Sie würde nur zornig werden, wenn sie mit einem Marag verglichen würde. Aber ihre Stimme hat einen Tonfall, der an Yilanè erinnert. Nicht nur das, auch ihr Mund ist in einer Weise Yilanè. Vielleicht ist es die Art, wie die Oberlippe geteilt ist. Ein vertrautes Gesicht. Inlènus Gesicht hatte ein wenig wie dieses ausgesehen, aber breiter natürlich, und fetter.

Armun saß hinter Kerrick und wunderte sich. Der Schmerz mußte ihm arg zusetzen, sonst hätte er inzwischen schon gelacht oder ihr Fragen wegen ihres Gesichtes gestellt. Die Jungen waren immer neugierig gewesen und hatten sie nie in Ruhe gelassen. Einmal hatten fünf von ihnen sie im Wald gepackt, als sie allein gewesen war. Sie hatte sich mit allen Kräften gewehrt, aber die Jungen hatten sie niedergehalten und sie an der Oberlippe und an der Nase gezogen und gelacht, bis sie in Tränen ausgebrochen war. Es war kein Schmerz, nur eine große Scham. Sie war so anders als die übrigen Mädchen. Die Jungen hätten ihr nicht mal unter die Fellkleidung geschaut, wie sie es bei den anderen Mädchen machten, wenn sie sie allein erwischten. Sie hatten nur an ihrem Gesicht herumgezogen. Für die war sie nur ein komisches Tier gewesen. Ihre Gedanken waren so bitter, daß sie nicht gleich bemerkte, wie er den Kopf in den Nacken gelegt hatte und über die Schulter zu ihr herblickte. Rasch zog sie das Haar über ihr Gesicht.

»Deshalb habe ich dich nicht wiedererkannt«, sagte er befriedigt. »Du ziehst so an deinem Haar. Ich habe es schon oft gesehen.«

Sie saß angespannt und wartete auf das Lachen. Statt dessen stemmte er, vor Schmerzen und Anstrengung grunzend, den Oberkörper hoch, bis er aufrecht saß; dann wickelte er sich wieder in die Felle, denn der Morgen war feucht und neblig. »Bist du Ulfadans Tochter? Ich habe dich an seinem Feuer gesehen.«

»Nein. Mein Vater und meine Mutter sind tot. Merrith läßt mich bei ihr essen. Dafür helfe ich ihr.«

»Der Marag ging auf Ulfadan los und warf ihn zu Boden. Wir erstachen ihn mit unseren Speeren, aber es war zu spät. Er hatte Ulfadan das Genick gebrochen. Es war ein großer. Der Schlag mit dem Schwanz brach mir das Bein. Wir hätten mehr Todesstöcke bei uns haben sollen. Es war das einzige, was die häßliche Bestie aufhalten konnte.«

Er fühlte sich nicht schuldig. Tatsächlich hatte er den Befehl gegeben, daß jeder Jägertrupp wenigstens einen mit einem Todesstock bewaffneten Jäger bei sich haben müsse, um Unglücksfälle wie diesen zu verhüten. Aber ein Hèsotsan war nicht genug; von nun an würden Jägertrupps wenigstens zwei mit sich führen.

Aber alle Gedanken an Jagd und Murgu waren im Nu vergessen, als Armun in seine Nähe kam. Ihr Haar streifte sein Gesicht, als sie sich bückte, um die leere Wasserschale aufzuheben; ihr süßer Frauengeruch kam ihm in die Nase; er war einer Frau noch nie so nahe gewesen, und eine eigentümliche Erregung erfaßte ihn. Die ungebetene Erinnerung an Vaintè stellte sich ein: Vaintè über ihm, in Berührung mit ihm. Es war eine unerwünschte, abscheuliche Erinnerung, die er mit aller Kraft von sich stieß.

Aber sie ließ sich nicht vertreiben, denn die Empfindungen, die ihn damals bewegt hatten, glichen sehr denjenigen, die er jetzt durchlebte. Es war die gleiche Erregung. Als Armun die Hand ausstreckte, um auch die Flechtmatte aufzuheben, auf der sie das Fleisch gebracht hatte, legte er die Hand auf ihren bloßen Arm. Er war warm, nicht kühl. Weich.

Armun hielt ein, und ein leises Zittern durchlief sie, als sie seine Hand auf dem Arm fühlte. Sie wußte nicht, was sie tun sollte. Unüberlegt hob sie den Kopf, um ihn anzusehen, aber er lachte nicht, noch wandte er den Blick von ihr. Dann durchdrangen Stimmen von draußen die Stille.

»Wie steht es mit Kerrick?« fragte Herilak.

»Ich gehe jetzt zu ihm«, antwortete der alte Schamane.

Der merkwürdige Augenblick ging zu Ende. Kerrick ließ die Hand sinken, und Armun richtete sich rasch auf und eilte fort. Kurz darauf verdunkelte die gebeugte Gestalt des alten Schamanen die Zeltöffnung. Fraken tappte herein und zwinkerte ins Halbdunkel. Ihm folgte Herilak. Sobald er sehen konnte, kauerte sich Fraken nieder und untersuchte das geschiente Bein. Nachdem er die Lederstreifen fester angezogen hatte, nickte er zufrieden.

»Alles, wie es sein sollte. Das Bein ist gerade und wird gut ausheilen. Wenn diese Lederstreifen dich schmerzen, mußt du sie mit trockenem Gras polstern. Ich gehe jetzt für Ulfadan singen.«

Kerrick wäre gern dabeigewesen. Je mehr Jäger in den Totengesang einstimmten, desto glücklicher würde Ulfadans Tharm sein. Nach diesem Gesang, der die Persönlichkeit und die Taten eines Verstorbenen in stereotypen Formeln würdigte und im Falle bedeutender Tanu Stunden dauern konnte, pflegte man den Körper des Toten in eine Tierhaut zu wickeln und hoch in einem Baum aufzuhängen, damit er im Wind trockne. Der Körper war nicht mehr wichtig, sobald das Tharm eines Jägers fortgegangen war. Dennoch wäre es nicht schicklich gewesen, ihn liegen zu lassen, wo die Aasfresser ihn finden konnten.

»Ich würde gern dabeisein«, sagte Kerrick.

»Das versteht sich«, antwortete Herilak, »aber es wäre nicht gut für das Bein.«

Sie gingen, und nach einer Weile kam Armun zurück. Sie hielt sich aber im Hintergrund. Als er den Kopf zu ihr wandte, griff sie schnell nach ihrem Haar, ließ dann aber die Hand sinken, weil noch immer kein Spott in seinen Zügen war. Er nahm keinen Anstoß an ihrem Aussehen, und sie nahm das hin; gleichwohl war es ihr schwer erträglich, angestarrt zu werden.

»Ich hörte, wie du erzähltest, daß du ein Gefangener der Murgu warst«, sagte sie eilig, um ihre Verwirrung zu verbergen. »Hattest du nicht Angst, so ganz allein?«

»Angst? Anfangs sicherlich. Aber ich war nicht allein, sie hatten auch dieses Mädchen gefangen. Ich habe ihren Namen vergessen. Aber sie brachten sie um.« Die Erinnerung war noch immer klar bis ins letzte schreckliche Detail und das Empfinden unverändert stark. Wie der mit dem Blut des Mädchens besudelte Murgu sich zu ihm gewandt hatte. Vaintè war es gewesen. »Ja, ich hatte viel Angst. Ich hätte still sein sollen, aber ich sprach zu den Murgu. Hätte ich das nicht getan, so würden sie mich auch getötet haben. Die Angst trieb mich dazu, aber ich hätte nicht reden sollen.«

»Warum hättest du still bleiben sollen, wenn Sprechen dir das Leben retten konnte?«

Ja, warum? Er war damals kein Jäger gewesen, der dem Tod mutig ins Angesicht blickte. Er war nur ein Kind gewesen, der einzige Überlebende seines Sammad. Er begriff, daß es keine Schande gewesen war, zu den Murgu zu sprechen. Es hatte ihm das Leben gerettet und ihn hierher zu Armun gebracht, die ihn verstand.

»Es ging mir gegen die Ehre, denke ich, weil ich ein Jäger sein wollte«, sagte er und lächelte zu ihr auf. »Aber es war gut, daß die Angst siegte, denn sobald sie mit mir sprechen konnten, wollten sie mich lebend, und ich hörte auf, mich zu fürchten. Manchmal brauchten sie mich sogar.«

»Ich glaube, du warst so mutig wie ein Jäger, selbst wenn du nur ein Junge warst.«

Diese Worte entwaffneten ihn, er wußte nicht warum. Aus irgendeinem Grund fühlte er sich den Tränen nahe und mußte den Kopf abwenden. Tränen, jetzt, da er ein Jäger war? Ohne Grund? Oder vielleicht doch mit gutem Grund, waren es doch die unvergossenen Tränen jenes einsamen kleinen Jungen unter den Murgu. Nun, das lag weit zurück. Er war nicht mehr klein und kein Junge mehr. Er blickte zurück zu Armun, und ohne es bewußt zu wollen, streckte er den Arm aus und nahm ihre Hand. Sie entzog sie ihm nicht.

Seine Empfindungen verwirrten ihn, denn er wußte nicht, was sie bedeuteten. Er konnte die mächtigen und unbekannten Gefühle in seinem Inneren nur zu dem in Beziehung setzen, was er mit Vaintè erlebt hatte, wenn sie von ihren seltsamen Anwandlungen ergriffen worden war. Er wollte jetzt nicht an Vaintè oder die Yilanè denken. Seine Hand schloß sich fest um die ihre, und vielleicht schmerzte es sie, aber sie ließ sich nichts anmerken. Eine Wärme wie von einer unsichtbaren Sonne durchdrang ihn. Etwas Bedeutungsvolles geschah mit ihm, nur wußte er nicht, was es war.

Anders war es mit Armun. Sie wußte es. Sie hatte oft gelauscht, wenn die jungen Frauen Gespräche geführt hatten. Sie hatte auch den älteren Frauen zugehört, die Kinder hatten, wenn sie von ihren Erfahrungen erzählt hatten, was in der Nacht in ihrem Zelt vorging, wenn sie mit einem Jäger allein waren. Sie wußte, was jetzt geschah, und begrüßte es. Sie öffnete sich den Empfindungen, die über sie kamen. Und dies um so mehr, als sie immer wenig Hoffnung und noch weniger Erwartung gehabt hatte. Wenn es nur Nacht und sie allein wären. Aber es war Tag, nicht Nacht. Trotzdem, es war so still. Und sie war ihm jetzt zu nahe. Als sie sanft zog, öffnete Kerrick die Hand und ließ sie los. Sie stand auf und wandte sich von dem Ausdruck in seinen Augen ab, trat vor das Zelt und blickte umher.

Weit und breit war kein Mensch zu sehen; selbst die Kinder waren fort. Was hatte das zu bedeuten?

Der Totengesang, natürlich, und als ihr das klar wurde, begann sie zu zittern. Ulfadan war ein Sammadar gewesen. Das bedeutete, daß alle versammelt waren, um für ihn zu singen. Sie und Kerrick waren jetzt allein. Sie wandte sich um und ging zurück ins Zelt. Mit sicherer Hand schloß sie die Zeltklappe und band sie zu. Genauso bestimmt öffnete sie die Riemen, die ihre Kleidung zusammenhielten, kniete nieder und kroch in die warme Dunkelheit unter den Fellen.

Ihre Gestalt erhob sich undeutlich über ihm. Seines gebrochenen Beines wegen konnte er sich nicht viel bewegen, aber das wollte er auch nicht. Und bald vergaß er das Bein völlig. Ihr Körper war weich, unerwartet warm, und ihr Haar streifte sein Gesicht in stummer Liebkosung. Er legte die Arme um sie, und alle Erinnerungen an einen kühlen, fremdartigen Körper begannen zu verblassen. Sie war ihm nahe, und sie hatte keine harten Rippen, nur rundes und festes, warmes Fleisch, das gegen ihn drängte. Seine Arme drückten sie an sich, und ihre Lippen murmelten Geräusche ohne Worte in sein Ohr. Draußen brannte die Morgensonne durch den Nebel, löste ihn auf und nahm die feuchte Kühle aus der Luft. Im Zelt, unter den wärmenden Fellen, zerschmolzen seine Erinnerungen an einen kühleren, härteren Leib in der Hitze ihrer Körper. Und an die Stelle eines anderen Lebens trat eine zärtliche Wirklichkeit von unendlich höherem Wert.

Entaposop
otoshkerke
hespeleiaa

Alle Lebensformen sind
wandelbar, weil DNS in der
Zeit endlos ist.

13

Alpèasak siedete und wogte von Leben, brodelte vom Sonnenaufgang bis zum Dunkelwerden. Wo einst ein paar Fargi die breiten Wege unter den Bäumen begangen hatten, paradierten jetzt Yilanè von Rang, die in Sänften getragen wurden, Fargi allein und in Mengen, beladen mit Traglasten aller Art, und sogar gut bewachte Gruppen von Männern, die stumm und mit großen Augen das unaufhörliche Kommen und Gehen sahen. Der Hafen war bedeutend vergrößert worden. Er war aber noch immer nicht groß genug, um alle Ankömmlinge aufzunehmen, so daß die vom Ozean einlaufenden dunklen Umrisse der Uruketo im Fluß warten mußten, bis ein Anlegeplatz frei wurde. Sobald sie festgemacht hatten, entluden Mengen diensteifriger Fargi die Lasten. Sie wurden von den Yilanè-Passagieren beiseite gestoßen, die nach der langen Reise bestrebt waren, festen Boden unter die Füße zu bekommen.

Vaintè überblickte die Geschäftigkeit mit stolzer Erregung in jeder gespannten Kontur ihres Körpers. Ihre Stadt, ihre Mühen, ihr Ehrgeiz – alles hatte sich nun erfüllt. Inegban war endlich nach Alpèasak übersiedelt. Die Vereinigung der beiden Städte brachte ein neues, erregendes Lebensgefühl mit sich, dem man sich unmöglich entziehen konnte. Die jugendliche Unfertigkeit Alpèasaks erfuhr jetzt eine Mäßigung durch das Alter und die Weisheit Inegbans. Diese Verschmelzung schien jedem der beiden allein weit überlegen. Es war, als hätte die Welt neu angefangen, als wäre das Ei der Zeit gerade erst ausgebrütet worden. Alles schien möglich, alle Aussichten waren hell und verheißungsvoll.

Ein einziger Schatten lag auf dieser sonnenhellen Gegenwart und der strahlenden Zukunft. Aber Vaintè ignorierte ihn, da er noch später in Erwägung gezogen werden konnte. In diesem Augenblick wünschte sie nur, sich im Strahlenglanz ihres Erfolgs zu sonnen. Ihre Daumen klammerten sich fest um den Ast des Geländers, und ihre freudige Erregung war so groß, daß sie ihr Gewicht in einer privaten Siegesparade unbewußt von einem Fuß zum anderen verlagerte.

Die andere Stimme sprach wie aus weiter Ferne, und Vaintè riß ihre Aufmerksamkeit widerwillig von dem Geschehen los, um zu sehen, daß Malsas mit ihrem Gefolge die Wendeltreppe zu der hohen Aussichtsplattform heraufgestiegen kam. Vaintès Freude aber war so groß, daß sie der anderen genug Raum ließ, daran teilzunehmen.

»Siehst du, Eistaa«, sagte Vaintè mit Stolz und Freude in jeder Bewegung, »es ist geschehen. Der Winter mag nach Inegban kommen, denn Inegban hat hier im immerwährenden Sommer eine neue Heimat gefunden, warm und fruchtbar, wie man in ganz Entoban keine zweite findet. Nun wird unsere Stadt für alle Zeit wachsen und gedeihen.«

»Es ist, wie du sagst, Vaintè. Als wir getrennt waren, schlugen unsere Herzen nicht wie eines. Unsere beiden Städte waren verschieden und getrennt. Jetzt sind wir eins. Ich empfinde wie du, daß unsere Kraft grenzenlos ist, daß wir alles vermögen. Und wir werden tun, was zum Besten unseres Gemeinwesens ist. Willst du es dir nicht noch einmal überlegen, ob du an meiner Seite sitzen und mit mir arbeiten willst? Sicherlich kann auch Stallan die Fargi führen und den Fluch der Ustuzou von den nördlichen Gebieten nehmen.«

»Vielleicht kann sie es, vielleicht. Aber ich weiß, daß ich es tun muß, und ich werde es tun.« Sie zog in einer schnellen Geste den Daumen zwischen ihren Augen abwärts. »Ich bin wie zwei. Nun, da die Gesundheit zurückgekehrt ist, hat der Haß, der mich so vollständig ausfüllte, nachgelassen, doch eine feste Entschlossenheit ist an seine Stelle getreten. Und tief in meinem Inneren spüre ich einen harten Kern, wo aller Haß sich zusammengezogen und verdichtet hat. Stallan mag in der Lage sein, die Ustuzou zu zerschmettern. Ich aber muß es tun, um diesen Stein des Hasses in meinem Körper aufzulösen. Wenn sie alle tot sind, wenn das Geschöpf, das ich aufzog und nährte und dem ich vertraute, tot ist, erst dann wird dies geschehen. Dann werde ich ganz sein, und bereit, an deiner Seite zu sitzen und zu tun, was du von mir erwartest. Aber dieses andere muß ich zuerst tun.«

Malsas signalisierte zögernde Zustimmung. »Ich brauche dich bei mir, aber nicht, wenn du in dieser Weise getrieben wirst. Zerschmettere die Ustuzou und den Stein in dir. Auf Alpèasak wartet die Fülle der Zeit.«

Vaintè bezeigte ihren Dank und ihre Anerkennung. »Wir sammeln jetzt unsere Streitkräfte und werden zum Angriff bereit sein, sobald das Wetter im Norden wärmer wird. Die Kälte, die uns aus Entoban vertrieb, treibt auch sie nach Süden. Aber hier ist die Winterkälte unsere Verbündete. Die Ustuzou müssen jetzt jagen, wo wir sie leicht erreichen können. Sie werden beobachtet. Wenn die Zeit kommt, werden sie sterben. Wir werden sie wegfegen und nach Norden ziehen, um die anderen zu zerschlagen. Und wir werden dies wieder und wieder tun, bis sie alle tot sind.«

»Du wirst nicht die Boote verwenden? Du sprachst davon, daß du sie statt dessen vom Land her angreifen willst?«

»Sie werden erwarten, daß wir vom Wasser her kommen. Sie wissen nicht, daß wir jetzt die Uruktop und einige Tarakast haben. Vanalpè wußte von diesen Geschöpfen, und sie reiste nach Entoban bis zu der fernen Stadt Mesekei, wo Tiere wie diese verwendet werden. Sie berichtete dort von unseren Bedürfnissen, von der Bedrohung durch die Ustuzou und erhielt das beste Zuchtmaterial. Die Uruktop gelangen in weniger als einem Jahr zur Reife. Die Jungen sind jetzt herangewachsen, kräftig und einsatzbereit. Die Tarakast sind größer. Sie brauchen länger, um heranzuwachsen, so daß nur einige Jungtiere hierhergebracht werden konnten. Aber selbst diese werden für uns von großem Nutzen sein. Wenn wir das nächste Mal angreifen, wird es vom Land her geschehen. Der Ustuzou, der mir entkommen ist, führt sie jetzt an und ist bei der Gruppe im Süden. Ich habe ihn auf den Bildern erkannt. Er wird als erster sterben. Die übrigen werden uns um so leichter zum Opfer fallen.«

Vaintè hatte ihre Vergeltung geplant. In ihren Plänen gab es nur den grausamen Tod für den, welchen sie haßte. Wie ihre Gedanken, verdunkelte sich jetzt auch der Himmel über ihnen, als eine schwere

Wolke vor die Sonne zog und die Stadt in Schatten hüllte. Mit ihm legte sich ein noch dunklerer Schatten auf ihre Gemüter, unangenehmer noch als die Ustuzou. Es war immer so, denn so hell, wie ein Tag beginnt, endet er unweigerlich in der Dunkelheit der Nacht. Und selbst in dieser Stadt des Lichtes und der Wärme senkte sich Düsternis auf ihre Gedanken, wenn sie sehen mußten, was sie jetzt sahen.

Unter ihnen zog eine Reihe Yilanè vorüber, die mit einer langen Leine aneinandergebunden waren. Die erste in der Reihe blickte aufwärts, als sei ihr ruhiger Blick aus irgendeinem Grund von den zwei Gestalten angezogen worden, die von der Plattform herabblickten, und sie erkannte Vaintè. Ihre Hand bewegte sich in einer raschen und warmen Geste des Wiedererkennens von einer Efensalè zur anderen. Dann ging sie weiter.

»Aus meinem eigenen Efenburu«, sagte Vaintè bitter. »Das ist eine Last, die ich immer mit mir trage.«

»Es ist nicht deine Schuld«, erwiderte Malsas. »Auch in meinem Efenburu gibt es Töchter des Todes. Dies ist eine Krankheit, die uns alle auffrißt.«

»Eine Krankheit, gegen die es ein Mittel geben mag. Ich wage jetzt nicht mehr darüber zu sprechen; man könnte uns belauschen. Aber ich sage soviel, daß ich die Möglichkeit einer Hoffnung sehe.«

»Du stehst mir in allem am nächsten«, sagte Malsas, und Aufrichtigkeit sprach aus jeder ihrer Bewegungen. »Tue dies, heile diese Krankheit, und niemand wird höher stehen als du.«

Enge hatte nicht beabsichtigt, ihre Efensalè zu begrüßen. Die Geste war eine unbewußte Reaktion gewesen, und einen Augenblick später hatte sie ihren Fehler erkannt. Vaintè konnte über eine solche Geste zu keiner Zeit erfreut sein, und nun, im Beisein der Eistaa, würde sie darin vielleicht sogar eine Beleidigung erblicken. Das war nicht Enges Absicht gewesen. Sie hatte einen Fehler begangen, aber nicht vorsätzlich.

Die Reihe hielt vor einem Tor und wartete, daß es geöffnet wurde. Für sie kam das Gehen durch dieses Tor der Freilassung gleich, obwohl es die Entlassung in ein Gefängnis war. Sie aber fühlten sich darin in Freiheit. Hier waren sie unter sich, hier waren sie frei, die Wahrheit zu glauben und – was wichtiger war – sie auch auszusprechen.

Wenn sie mit den anderen Töchtern des Lebens zusammen war, fühlte Enge sich nicht mehr durch ihr Versprechen gebunden, zu anderen Yilanè nicht von ihrem Glauben zu sprechen, denn hier teilten ihn alle. Als Inegban nach Alpèasak gekommen war, war auch die unwillkommene Bürde der Gläubigen mitgekommen. Es waren so viele gewesen, daß dieses eingezäunte und bewachte Gelände angelegt worden war, um einer weiteren Ausbreitung ihres verderblichen geistigen Giftes vorzubeugen. Was sie untereinander sprachen, wenn sie hinter diesen Wänden waren, interessierte die Herrschenden nicht. Wichtig war nur, daß diese verräterischen Gedanken hinter den scharfen Dornen der undurchdringlichen Wand blieben.

Efenatè kam auf Enge zugeeilt, und ihr schmächtiger Körper erbebte geradezu vor Aufregung über die Neuigkeit, die sie mitzuteilen hatte. »Es ist Peleinè«, sagte sie atemlos. »Sie spricht zu uns und beantwortet unsere Fragen.«

»Ich gehe mit dir«, sagte Enge. Sie war erleichtert, daß ihr von Arbeit und Müdigkeit steifer Körper die beunruhigenden Gedanken, die ihr durch den Kopf gingen, kaum in Zeichen ausdrücken konnte. Uguenapsas Lehren waren ihr immer bildhaft klar gewesen. Sie waren ein Sonnenstrahl im dunklen Dschungel der Sorgen. Aber ihre Lehren wurden von anderen nicht immer genauso verstanden, waren offen für Auslegungen und Diskussionen. Das war nur recht, hatte Uguenapsa doch selbst die Freiheit des Denkens gelehrt, die Kraft des Geistes, alles zu verstehen. Obgleich Enge mit diesem Freiheitsgedanken übereinstimmte, war sie beunruhigt von einigen Interpretationen, die Uguenapsas Lehren gefunden hatten. Von all diesen bereiteten Peleinès Interpretationen ihr am meisten Sorgen.

Peleinè stand auf der Luftwurzel eines großen Baumes, so daß alle ringsum Versammelten verstehen konnten, was sie sagte. Enge blieb am Rand der Ansammlung stehen und ließ sich wie die anderen auf den Schwanz nieder, um zuzuhören. Peleinè sprach in der neuen Form direkter Rede, die wachsende Beliebtheit gefunden hatte, und gebrauchte Fragen und Antworten, um ihren Zuhörerinnen ihre Gedanken nahezubringen.

»Uguenapsa, fragte die Fargi, noch naß vom Wasser der See, Uguenapsa, was unterscheidet mich von dem Tintenfisch im Wasser? Darauf antwortete Uguenapsa, der Unterschied, meine Tochter, ist der, daß du vom Tod wissen kannst, während der Tintenfisch im Wasser nur vom Leben weiß.

Aber wenn ich vom Tod weiß, wie kann ich dann vom Leben wissen? Die Antwort, die Uguenapsa darauf gab, war so einfach und so klar, daß sie, wäre sie am Anbeginn der Zeit gegeben worden, noch heute und bis in die fernste Zukunft klar durch alle Zeit tönen würde. Die Antwort war die, welche uns erhellt und Kraft verleiht: Durch das Wissen vom Tod erkennen wir die Grenzen des Lebens, darum leben wir, wenn andere sterben würden. Das ist die Stärke unseres Glaubens, das ist der Glaube, der unsere Stärke ist.

Dann fragte die Fargi, naß vom Wasser der See, in ihrer Einfalt, wie verhält es sich mit dem Tintenfisch, den ich esse? Bringe ich ihm nicht Tod? Und Uguenapsa antwortete, nein, der Tintenfisch bringt dir Leben mit seinem Fleisch, und da er nicht vom Tod weiß, kann er nicht sterben.«

Ein anerkennendes Gemurmel ging durch ihr Publikum, und Enge selbst fühlte sich angerührt von der Klarheit und Schönheit des Gedankens und vergaß momentan alle Vorbehalte, die sie gegenüber der Rednerin hegte. Eifrig in ihrer Wißbegier, rief eine der Yilanè aus der Menge:

»Weise Peleinè, wie aber, wenn der Tintenfisch so groß ist, daß er dein Leben bedroht, und sein Geschmack so abscheulich, daß er ungenießbar ist? Was würdest du dann tun? Würdest du dich verzehren lassen, oder würdest du töten, auch wenn du wüßtest, daß du nicht essen kannst?«

Peleinè anerkannte die Schwierigkeit des Problems. »Hier müssen wir Uguenapsas Gedanken besonders sorgfältig studieren. Sie sprach von dem Ding in uns, das uns befähigt, über Leben und Tod nachzudenken und zu sprechen, und das uns von den Tieren mit ihrem einfachen Denken unterscheidet. Die Erhaltung dieses Unsichtbaren in uns ist lohnend, darum muß es auch recht sein, den Tintenfisch zu töten, um das Unsichtbare in uns zu erhalten. Wir sind die Töchter des Lebens und müssen Leben erhalten.«

»Aber wie, wenn der Tintenfisch sprechen könnte, was dann?« rief jemand, und da dies die logische Folgerung aus der vorausgegangenen Frage war, verharrten alle in aufmerksamem Schweigen.

»Für Uguenapsa«, antwortete Peleinè, »gab es keine Antwort, denn sie wußte von keinem sprechenden Tintenfisch.« Peleinè merkte, daß ihre Zuhörerinnen damit nicht zufrieden waren, und holte weiter aus. »Auch gab es damals keine sprechenden Ustuzou. Darum müssen wir in Uguenapsas Worten nach ihrer wahren Absicht suchen. Kennzeichnet Sprache allein das Wissen um Leben und Tod? Oder kann ein Ustuzou sprechen wie ein Vogel, ohne vom Tod zu wissen? Wenn das wahr ist, dann dürfen wir den sprechenden Ustuzou töten, um unser Leben zu retten, weil wir wissen, daß wir den Unterschied kennen, aber nicht wissen, ob der Ustuzou ihn kennt. Das ist eine Entscheidung, die wir treffen müssen.«

»Aber wir können nicht entscheiden«, rief Enge aus. »Wir können nicht entscheiden, solange wir nicht wissen, denn wenn wir nicht die Gewißheit haben und im Irrtum handeln, verletzen wir alles, was Uguenapsa lehrte.«

Peleinè wandte sich in ihre Richtung und signalisierte Zustimmung und Sorge. »Enge spricht die Wahrheit, denn dieses Problem ist uns allen gestellt. Wir müssen aber die Einschränkung bedenken, daß die Möglichkeit besteht, daß der Ustuzou von Leben und Tod weiß. Dies muß gegen die Tatsache abgewogen werden, daß wir mit Gewißheit von Leben und Tod wissen. Auf der einen Seite ein Zweifel, auf der anderen eine Gewißheit. Da das Leben nach unserer Einschätzung der Dinge höchstes ist, sage ich, daß wir uns an die Gewißheit halten und den Zweifel abweisen müssen. Einen anderen Weg kann es nicht geben.«

Es gab weitere Fragen, aber Enge hörte sie nicht mehr, wollte sie nicht mehr hören. Sie konnte sich des tiefsitzenden Gefühls nicht erwehren, daß Peleinè irrte. Sie sah aber keine überzeugende Möglichkeit, dies nachzuweisen. Sie mußte darüber nachdenken. So entfernte sie sich von den anderen, suchte einen ruhigen Platz auf und wandte ihre ganze Aufmerksamkeit nach innen.

So vertieft war sie in ihre Gedanken, daß sie die Wachen nicht bemerkte, die durch die Menge gingen und Arbeitstrupps zusammenstellten. Ihr entgingen auch die gedämpften Ausrufe des Kummers, als ihre Lehrerin, Peleinè, unter den Auserwählten war, als ob sie sich in keiner Weise von den anderen unterschiede. Die zusammengestellten Arbeitstrupps wurden mit Leinen aneinandergebunden und weggeführt. Die Gruppe, der Peleinè angehörte, wurde nicht wie die anderen aneinandergehängt, weil sie für verschiedene Arbeiten in kleinere Gruppen unterteilt wurden. Niemand bemerkte, daß Peleinè zuletzt allein übrigblieb. Die Wachen wurden von einer vorgesetzten Yilanè weggeschickt. Peleinè wurde auf einem langen Umweg um die Stadt zu einer Tür geführt, die für sie geöffnet wurde. Peleinè ging unglücklich hinein, denn dies war nicht das erste Mal, und sie war noch immer nicht ganz sicher, ob sie das Richtige tat. Aber bis sie ihre Entscheidung traf, konnte sie nicht protestieren, sich nicht weigern, hier zu sein. Zögernd trat sie ein und schloß die Tür hinter sich. Nur eine andere Yilanè war in dem Raum.

»Nun werden wir sprechen«, sagte Vaintè.

Peleinè stand mit geneigtem Kopf und blickte auf ihre ineinandergeschlungenen Hände, die sich in nervösen Reflexen öffneten und schlossen. »Ich fühle, daß falsch ist, was ich tue«, sagte sie endlich. »Ich sollte nicht hier sein. Ich sollte nicht mit dir sprechen.«

»Du hast keine Ursache, so zu fühlen. Ich will bloß hören, was du zu sagen hast. Ist es nicht die Pflicht einer Tochter des Lebens, zu anderen über ihren Glauben zu sprechen, ihnen die Erleuchtung zu bringen?«

»Es ist unsere Pflicht. Zählst du dich denn zu den Erleuchteten, Vaintè? Nennst du mich eine Tochter des Lebens statt eine Tochter des Todes, weil du meinen Glauben teilst?«

»Noch nicht. Du mußt mehr zu mir sprechen, mehr überzeugende Argumente bringen, ehe ich mich euch anschließen kann.«

Peleinè richtete sich auf. Aus jeder ihrer Bewegungen sprach Argwohn. »Nun, wenn du nicht glaubst, was wir glauben, wozu brauchst du mich dann? Betrachtest du mich als eine Säerin von Zwietracht in den Reihen der Töchter? Manchmal sehe ich mich auch so und frage mich, wohin meine Analyse unserer Lehren mich führen mag.«

»Sie führt dich zur Wahrheit. Sie überzeugt dich, daß die Ustuzou, die uns töten, ihrerseits den Tod verdient haben. Darin liegt Gerechtigkeit. Wir verteidigen unsere Strände, und wir töten die Geschöpfe, welche unsere Existenz bedrohen. Ich verlange nicht, daß du deinen Glauben änderst. Ich verlange nur, daß ihr – du und deine Anhängerinnen – uns in diesem gerechten Krieg helft. Wenn ihr dies tut, wird es uns allen zu großem Vorteil gereichen. Unsere Stadt wird gerettet sein. Die Eistaa wird euch von den Fesseln befreien, und ihr werdet alle wieder echte Bürgerinnen sein. Euer Glaube wird dann als legitim anerkannt sein, weil er die Existenz von Alpèasak nicht bedrohen wird. Schließlich wirst du dann die wahre Führerin der Töchter des Lebens sein und den Fußstapfen und Lehren Uguenapsas folgen.«

Peleinè signalisierte Verwirrung und Sorge. »Dennoch habe ich Zweifel. Wenn die Ustuzou sprechen können, mögen sie sich der Existenz des Todes und damit der Bedeutung des Lebens bewußt sein. Wenn es sich so verhält, kann ich an ihrer Ausrottung nicht mitwirken.«

Vaintè kam auf sie zu, so nahe, daß ihre Hände einander fast berührten. Sie sprach mit Gefühl und Überzeugungskraft.

»Sie sind Tiere. Einem von ihnen wurde unsere Sprache gelehrt, geradeso wie ein Boot gelehrt wird, Befehle zu befolgen. Dies gelang nur bei einem. Die anderen grunzen wie Tiere im Urwald. Und dieser eine Ustuzou, der wie ein Yilanè sprechen lernte, tötet jetzt Yilanè. Sie sind eine Pest, die uns vernichtet. Sie müssen ausgelöscht werden, bis zum letzten von ihnen. Und du wirst dabei helfen. Du wirst die Töchter des Todes aus der Dunkelheit des Todes herausführen, und sie werden die wahren Töchter des Lebens sein. Dies wirst du tun. Dies mußt du tun.«

Darauf berührte sie Peleinès Hände freundlich mit einer Gebärde, die nur Efensalè untereinander gebrauchten. Peleinè fühlte sich geschmeichelt von diesem Freundschaftsbeweis einer so hochgestellten Persönlichkeit. Sie dachte bei sich, daß ihr Rang der einer Ebenbürtigen sein könnte, wenn sie sich bereitfände zu tun, was getan werden mußte.

»Du hast recht, Vaintè. Es wird geschehen, wie du sagst. Die Töchter des Lebens haben zu lange getrennt von ihrer Stadt gelebt. Wir müssen zurückkehren und wieder ein Teil des Lebens sein. Aber wir dürfen nicht vom rechten Weg abgebracht werden.«

»Das sollt ihr auch nicht. Ihr werdet glauben, was ihr glaubt, niemand soll euch daran hindern. Der Weg voraus ist frei, und dir ist es bestimmt, die Deinen in eine glorreiche Zukunft zu führen.«

14

Es war Harls erster Bogen, und er war unglaublich stolz auf ihn. Er war mit seinem Onkel Nadris in den Wald gegangen, um den richtigen Baum zu finden, den sie brauchten, den mit der dünnen, abblätternden Rinde und dem harten und zähen Holz. Nadris hatte den dünnen Schößling ausgewählt. Aber Harl hatte ihn dann eigenhändig umgehauen und das schwere und feste Holz bearbeitet, bis es durchschnitten war. Dann hatte er unter Nadris' sorgfältiger Anleitung die Rinde abgeschabt und das helle Herz des Holzes darin freigelegt. Dann aber hatte er warten müssen, und das war das Schlimmste daran gewesen. Nadris hatte das Holz zum Trocknen in den Rauchfang seines Zeltes gebracht und es viele Tage lang dort hängen lassen, bis es reif war. Als die Bearbeitung begonnen hatte, war Harl seinem Onkel nicht mehr von der Seite gewichen und hatte zugesehen, wie Nadris den Bogen mit einer Steinklinge methodisch geschabt und geformt hatte. Die Enden liefen ein wenig zu und wurden eingekerbt, um die Bogensehne aufzunehmen, die aus den langen, kräftigen Schwanzhaaren des Mastodons gedreht war. Selbst nachdem er die Bogensehne angebracht hatte, war Nadris noch nicht zufrieden gewesen. Er hatte den Zug des Bogens erprobt, dann die Bogensehne abgenommen und das Holz abermals durch Schaben geformt und bearbeitet. Endlich aber war auch diese Arbeit beendet. Es sollte Harls Bogen sein, und so war es sein Recht, den ersten Pfeil abzuschießen. Er hatte es getan, hatte die

Bogensehne so weit gespannt, wie es ihm möglich gewesen war, und dann den Pfeil fliegen lassen. Er war gerade und zielsicher geschwebt und hatte sich mit einem zufriedenstellenden hellen Aufschlag in den Baumstamm gebohrt.

Das war der längste und glücklichste Tag in Harls Leben gewesen. Er hatte jetzt einen Bogen, würde lernen, gut damit umzugehen, und bald die Erlaubnis erhalten, mit den Jägern auszuziehen. Dies war der erste und wichtigste Schritt auf dem Weg, der ihn aus der Kindheit in die Welt der Jäger führen sollte.

Obwohl sein Arm schmerzte und seine Fingerspitzen Blasen hatten, konnte er nicht aufhören. Es war sein Bogen, sein großer Tag. Er wollte mit ihm allein sein. Er hatte sich aus dem Kreis der anderen Jungen davongemacht und war zu dem kleinen Waldstück gegangen, das nahe dem Lager war. Den ganzen Tag war er zwischen den Bäumen herumgeschlichen, hatte sich an Büsche herangepirscht und seine Pfeile in unschuldige Grasbüschel geschossen – die in Wirklichkeit Hirsche waren, welche freilich nur er sehen konnte.

Als es dunkel wurde, machte er sich auf den Heimweg. Er war hungrig und freute sich auf das gebratene Fleisch, das beim Feuer auf ihn wartete. Eines Tages würde er jagen und selbst Fleisch ins Lager bringen. Den Pfeil auflegen, ziehen, zumm, getroffen, tot. Nicht mehr lange.

Über ihm raschelte es im Gezweig, und er blieb sofort still und unbeweglich stehen. Da oben war etwas, ein dunkler Umriß vor dem Grau des Himmels. Es war zwischen dem fast schwarzen Laub nicht leicht zu erkennen. Aber da bewegte es sich wieder, und die Blätter des starken Zweigs, auf dem es saß, raschelten wieder leise. Ein großer Vogel war es.

Das Ziel war zu verlockend, als daß Harl hätte widerstehen können. Es bestand die Gefahr, daß er den Pfeil in der Dunkelheit verlor. Aber er hatte ihn selbst gemacht und konnte noch mehrere davon anfertigen. Aber wenn er den Vogel treffen könnte, würde es sein erster Jagderfolg sein. Der erste Tag mit dem Bogen, die erste Beute. Die anderen Jungen würden ihn ganz anders anschauen, wenn er mit seiner Trophäe ins Lager käme.

Langsam legte er einen Pfeil auf die Sehne, spannte den Bogen, zielte auf den dunklen Umriß, hielt den Atem an und ließ fliegen.

Der Vogel stieß ein rauhes Kreischen aus und versuchte aufzuflattern. Er fiel dann aber mit ausgebreiteten Schwingen leblos durch die Zweige herab und blieb ein Stück über Harls Kopf in einer Astgabel hängen. Er stellte sich auf die Zehenspitzen und konnte ihn mit dem Ende des Bogens eben noch erreichen. Nachdem er mehrmals hochgesprungen war und den Körper angestoßen hatte, fiel er endlich vor seinen Füßen auf den Boden. Sein Pfeil ragte aus dem gefiederten Leib, und die runden, schon glasigen Augen blickten im schwindenden Tageslicht zu ihm auf. Harl stockte der Atem; er wich ängstlich zurück.

Eine Eule. Er hatte eine Eule getötet.

Warum hatte er nicht nachgedacht? So groß war sein Schrecken, daß er laut aufstöhnte. Er hätte es wissen sollen; kein anderer Vogel war in der Dämmerung unterwegs. Ein verbotener Vogel, und er hatte ihn getötet. Erst am Vorabend hatte der alte Fraken das von einer Eule ausgespiene Gewölle geöffnet. Er hatte in den winzigen Knochen darin gestochert und aus der Art und Weise, wie sie lagen und ineinander verschränkt waren, die Zukunft und den Erfolg der Jagd gedeutet. Und dabei hatte der alte Schamane über die Eulen gesprochen, neben dem heimlich lebenden Ziegenmelker die einzigen Vögel, die bei Nacht flogen, um die Tharme der toten Jäger durch die Dunkelheit zum Himmel zu geleiten.

Eine Eule durfte niemals getötet werden.

Und Harl hatte eine getötet.

Vielleicht würde niemand davon erfahren, wenn er den Vogel gleich verscharrte. Hastig machte er sich daran, mit den Händen ein Loch in die Erde zu graben, dann hielt er inne. Es hatte keinen Zweck. Die anderen Eulen mußten davon erfahren, und sie würden sich der Untat erinnern. Und eines Tages würde sein eigenes Tharm keine Eule als Führer zum Himmel haben, weil Tiere niemals vergaßen. Niemals. Tränen standen in seinen Augen, als er über dem toten Vogel kauerte und seinen Pfeil herauszog. Er beugte sich im Halbdunkel tiefer über seine unwillkommene Beute.

Armun saß am Feuer, als der Junge angelaufen kam. Er blieb stehen und wartete, daß sie von ihm Notiz nehme. Doch sie hatte es damit nicht eilig und stocherte zuerst ein wenig im Feuer. Sie war jetzt Kerricks Frau und durchdrungen von einer warmen Zufriedenheit, einem

Gefühl von Erfüllung und Geborgenheit. Kerricks Frau. Die Jungen wagten nicht mehr, über sie zu lachen oder auf sie zu zeigen, und sie brauchte ihr Gesicht nicht mehr zu verstecken.

»Was gibt es?« fragte sie, bemüht, eine strenge Miene zur Schau zu stellen, aber unfähig, ihr Lächeln völlig zu unterdrücken.

»Dies ist das Zelt des Margalus«, sagte Harl stockend, und seine Stimme bebte. »Darf ich mit ihm sprechen?«

Kerrick hatte ihre Stimmen gehört. Er stand mühsam auf, gestützt auf einen Stock mit einer Astgabel als Handgriff, und humpelte zum Zelteingang. Obwohl sein gebrochenes Bein gut zusammenheilte, durfte er sein Gewicht noch nicht darauf verlagern. Das Gesicht des Jungen war verkniffen und blaß, und seine Wangen zeigten Schmierer wie von abgewischten Tränen.

»Du bist der Margalus und weißt alles über die Murgu, hat man mir gesagt.«

»Was willst du?«

»Komm mit mir, bitte, es ist wichtig. Ich muß dir etwas zeigen.«

Kerrick wußte, daß es in diesen Breiten Tiere vieler unbekannter Arten gab. Der Junge mußte etwas gefunden haben, das er nicht kannte. Sein erster Impuls war, ihn abzuweisen. Dann besann er sich aber eines Besseren. Es konnte etwas Gefährliches sein; er tat gut daran, es in Augenschein zu nehmen. Kerrick nickte, dann humpelte er dem Jungen nach. Sobald sie sich weit genug vom Feuer entfernt hatten, daß Armun nicht mithören konnte, machte der Junge halt.

»Ich – habe eine Eule geschossen«, sagte er mit bebender Stimme.

Kerrick machte ein bedenkliches Gesicht. Er hing selbst dem Glauben der Väter an, wenn auch nicht mit der dogmatischen Überzeugung wie jene, die nie etwas anderes gekannt hatten. – Er verstand die Furcht des Jungen, zumal der alte Schamane oft und gern über die Eulen und ihre wichtige Funktion zu sprechen pflegte. Er mußte eine Möglichkeit finden, den Jungen zu trösten, ohne den Glauben als nebensächlich hinzustellen.

»Es ist nicht gut, eine Eule zu töten«, sagte er. »Aber vielleicht kannst du deinen Fehler wiedergutmachen...«

»Das ist nicht, was ich meinte. Da ist noch etwas.«

Harl bückte sich und zog die Eule am Ende eines breiten Flügels unter einem Busch hervor. Dann hielt er sie hoch, damit der Widerschein der nächsten Feuer auf den toten Vogel fiel.

»Deshalb bin ich zu dir gekommen«, sagte Harl und zeigte auf den schwarzen Klumpen am Bein der Eule.

Kerrick bückte sich, um ihn aus der Nähe zu betrachten. Das Auge des Tieres öffnete sich und reflektierte glänzend den Feuerschein, um sich wieder zu schließen.

Kerrick richtete sich langsam auf, dann streckte er die Hand aus und nahm den Vogel an sich. Seine Miene war sehr ernst und nachdenklich. »Du hast recht getan«, sagte er nach einer kleinen Weile. »Es ist schlecht, Eulen zu schießen, dies aber ist keine, wie wir sie kennen. Es ist eine Marag-Eule. Du tatest gut daran, sie zu töten und zu mir zu kommen. Aber spanne nie wieder den Bogen gegen eine Eule, wenn du nicht genau siehst, daß sie wie diese hier ein Späherauge der Murgu trägt. Nun lauf schnell, such den Jäger Herilak und sag ihm, er solle sofort zu meinem Zelt kommen. Sag ihm auch, was wir am Bein der Eule gesehen haben.«

Har-Havola kam auch, als er hörte, was der Junge gefunden hatte, und mit ihm Sorli, der nun an Ulfadans Stelle Sammadar war. Sie besahen den toten Vogel und den lebenden Marag, dessen kleine schwarze Gliedmaßen um das Eulenbein geklammert waren. Sorli schauderte, als das große Auge aufging und ihn anstarrte, um sich langsam wieder zu schließen.

»Was hat das zu bedeuten?« fragte Herilak.

»Es bedeutet, daß die Murgu von unserem Aufenthalt hier wissen«, sagte Kerrick. »Sie schicken nicht mehr die Raubvögel aus, um uns auszuspionieren, denn zu viele von ihnen sind nicht zurückgekehrt. Die Eule kann bei Nacht fliegen, denn sie kann im Dunkeln sehen.« Er stieß das schwärzliche Geschöpf mit der Fingerspitze an, und seine kühle Haut zuckte. »Dieser Marag kann auch in der Dunkelheit Beobachtungen machen. Er hat uns gefunden und die Murgu unterrichtet. Vielleicht hat er uns schon viele Male gesehen.«

»Was bedeuten könnte, daß die Murgu in diesem Augenblick vielleicht schon unterwegs sein können, um uns anzugreifen«, sagte Herilak mit tonloser Stimme.

Kerrick schüttelte mit düsterer Miene den Kopf. »Nicht vielleicht – so muß es sein. Selbst zu dieser Jahreszeit ist es hier im Süden warm genug für sie. Sie haben unser Lager ausfindig gemacht, und nun werden sie Vergeltung suchen. Daran ist nicht zu zweifeln.«

»Was sollen wir tun?« fragte Har-Havola mit einem Blick zum sternerfüllten Himmel. »Können wir nach Norden ziehen? Es ist noch nicht Frühling.«

»Es ist möglich, daß wir ziehen müssen, Frühling oder nicht«, sagte Kerrick. »Darüber werden wir entscheiden müssen. Einstweilen müssen wir wissen, ob ein Angriff bevorsteht. Jäger werden dem Flußufer nach Süden folgen, und zwar diejenigen, welche die ausdauerndsten Läufer sind. Sie müssen einen, sogar zwei Tagesmärsche nach Süden gehen und den Fluß beobachten. Wenn sie die Boote der Murgu sehen, müssen sie uns sogleich warnen.«

»Sigurnath und Peremandu«, sagte Har-Havola. »Sie sind die schnellsten und ausdauerndsten Läufer in meinem Sammad. Sie haben in den Bergen Hirsche gehetzt und laufen so schnell und so weit wie diese.«

»Sie werden sich mit Proviant und Waffen versehen und im Morgengrauen aufbrechen«, sagte Herilak.

»Einige meiner Jäger sind noch nicht zurückgekehrt«, sagte Sorli. »Sie sind weit gegangen und schlafen in der Wildnis. Wir können dieses Lager nicht verlassen, bevor sie zurückkommen.«

Kerrick starrte ins Feuer, als suche er dort eine Antwort. »Ich fühle, wir sollten keinen Tag länger warten, als bis sie zurückkommen. Dann müssen wir nach Norden ziehen.«

»Dort ist noch Winter, alles ist gefroren, und es gibt keine Jagd«, wendete Har-Havola ein.

»Wir haben Vorräte«, sagte Kerrick. »Wir haben unser Fleisch und das in Blasen verwahrte Fleisch, das wir den Murgu abgenommen haben. Wir können damit überleben. Wenn wir hierbleiben, werden sie über uns herfallen. Ich fühle das, ich weiß es.« Er wies auf die tote Eule und das an seinem Bein haftende Geschöpf. »Sie beobachten uns. Sie wissen, wo wir sind. Sie kommen, um uns alle zu töten. Ich kenne sie, ich weiß, wie sie denken. Wenn wir bleiben, sind wir verloren.«

In dieser Nacht wurde wenig geschlafen, und Kerrick war mit dem ersten Licht auf den Beinen, als Sigurnath und Peremandu aufbrachen. Beide waren hochgewachsene, sehnige Burschen, die zum Schutz gegen das Unterholz Gamaschen aus Birkenrinde trugen.

»Laßt eure Speere zurück, sie würden euch nur belasten«, sagte Kerrick. »Verseht euch mit Trockenfleisch und Ekkotaz, aber nur für drei Tage. Ihr werdet die Speere nicht benötigen, weil ihr nicht jagen sollt. Ihr sollt nur beobachten. Um euch zu schützen, werdet ihr eure Bogen und einen Hèsotsan haben. Bleibt immer in Sichtweite des Flusses, selbst wenn es dadurch länger dauern sollte. Geht, bis es dunkel wird, und bleibt über Nacht am Fluß. Kehrt dann am dritten Tag zurück, wenn wir nicht nach euch schicken, denn länger werden wir hier nicht bleiben. Beobachtet die ganze Zeit den Fluß, verlaßt ihn aber sofort, wenn ihr die Murgu seht. In diesem Fall müßt ihr so schnell wie möglich hierher zurückkehren.«

Kurz darauf liefen die beiden Jäger los. Sie schlugen einen leichten, gleichmäßigen Trab an, der sie rasch vorwärts brachte. Der Himmel war bedeckt und der Tag kühl, was das Laufen erleichterte. Sie gingen das Ufer des Stromes entlang, und wenn es nötig war, platschten sie durch Zuflüsse oder erkletterten Steilufer. Und niemals ließen sie die Wasserfläche aus den Augen. Aber der Strom blieb leer. Als gegen Mittag die Sonne durchbrach und auf sie niederbrannte, machten sie schweißgebadet halt. Sie tranken aus einem klaren Bach, der sich in einem Wasserfall über eine Felsbank ergoß. Dann kletterten sie hinunter und badeten in einem ausgewaschenen felsigen Becken zu Füßen des Wasserfalls, dessen Gischt ihre Gesichter kühlte. Nachdem sie von ihrem Räucherfleisch gegessen hatten, eilten sie weiter.

Etwa gegen Mitte des Nachmittags kamen sie zu einer weiten Flußschleife in der Ebene. Sie standen auf einer Anhöhe und konnten sehen, wo der Strom auswich und nach einem mächtigen Bogen durch die Ebene wieder zurückkam.

»Es ist kürzer, geradeaus zu gehen und die Schleife hier abzuschneiden«, sagte Sigurnath. Peremandu überblickte die Gegend und rieb sich mit dem Handrücken den Schweiß von der Stirn.

»Kürzer schon, aber dann werden wir das Wasser nicht sehen können. Sie könnten unterdessen unbemerkt vorbeifahren. Wir müssen am Fluß bleiben.«

Als sie wieder nach Süden blickten, bemerkten sie eine Staubwolke am Horizont, die langsam wuchs, während sie die Erscheinung verwundert beobachteten, denn eine Wolke wie diese hatten sie nie gesehen.

»Was ist es?« fragte Sigurnath.

»Staub«, sagte Peremandu, der für sein scharfes Auge bekannt war. »Eine Staubwolke. Vielleicht die Entenschnäbel. Es muß eine große Herde sein.«

»Solange wir sie gejagt haben, habe ich nie eine Staubwolke dieser Größe gesehen. Sie ist so breit, zu groß – und sie wächst noch.«

Sie beobachteten angestrengt die sich näher wälzende Staubwolke, bis die Tiere zu sehen waren, die unter ihrem vorderen Saum liefen. Es war tatsächlich eine sehr große Herde. Einige Tiere eilten der Menge voraus, und Peremandu beschattete die Augen mit der Hand, um Genaueres auszumachen.

»Das sind Murgu!« rief er in jähem Schrecken. »Murgu mit Todesstöcken! Los!«

Sie rannten am Flußufer zurück, waren aber im kniehohen Gras deutlich sichtbar. Nicht lange, und hinter ihnen wurden rauhe Schreie vernehmbar, und das Donnern schwerer Tritte wurde lauter und lauter. Dann ertönte ein trockenes Knallen. Sigurnath warf die Hände hoch und fiel. Peremandu sah mit einem flüchtigen Seitenblick den Pfeil, der plötzlich zwischen seinen Schulterblättern stak, dann schwenkte er nach links. Auf der Ebene gab es kein Entkommen. Bröcklige Erde gab unter seinen Füßen nach. Er sprang, sich weit abstoßend, vom Steilufer, überschlug sich im Fallen und klatschte ins aufspritzende Wasser.

Die zwei mächtigen Tiere verlangsamten ihren Lauf und hielten am Rand des Steilufers an. Zwei Yilanè kletterten von ihren hohen Sätteln herab, um zum lehmigen Fluß hinabzuschauen. Nichts war zu sehen. Lange standen sie ohne eine Bewegung, dann machte die erste kehrt und ging voran zum Tarakast.

»Reite zurück und melde Vaintè«, sagte sie, »daß wir auf zwei Ustuzou gestoßen sind. Sie sind beide tot. Die übrigen werden nichts von unserer Anwesenheit wissen. Wir werden die Ustuzou überfallen, wie sie es geplant hat.«

15

Entfernte Rufe rissen Kerrick aus seinem leichten Schlaf; er starrte in die Dunkelheit des Zeltes und lauschte mit angehaltenem Atem. Armun regte sich unruhig, murmelte etwas im Schlaf und schmiegte sich dann an ihn. Die Rufe wurden lauter. Kerrick machte sich von ihr los und tastete zwischen den Fellen nach seiner Kleidung.

Als er die Zeltklappe zurückschlug, sah er eine Gruppe von Jägern auf sich zukommen. Sie trugen Fackeln, und zwei schleppten einen dritten, der verletzt oder ohnmächtig schien. Herilak lief allen voraus.

»Sie kommen!« rief er mit heiserer Stimme, und Kerrick fühlte seine Kopfhaut prickeln.

»Es ist Peremandu«, sagte Herilak. »Er ist den ganzen Tag und die halbe Nacht gerannt.«

Peremandu war bei Bewußtsein, aber vollständig erschöpft. Sie trugen ihn zu Kerricks Zelt, setzten ihn auf den Boden und lehnten seinen Rücken an den Zeltpfosten. Er war bleich und hohlwangig, dunkle Schatten lagen um seine Augen. Er hatte sein Letztes gegeben.

»Sie kommen...« flüsterte er heiser. »Hinter mir... Sigurnath tot.«

»Sind Wachen am Fluß?« fragte Kerrick.

Peremandu schüttelte matt den Kopf.

»Nicht auf dem Wasser. Land.«

»Lauft«, befahl Herilak den Jägern, die Peremandu getragen hatten. »Weckt alle. Schickt die Sammadars zu mir.«

Armun schlüpfte aus dem Zelt und hielt Peremandu eine Schale Wasser an den Mund. Er schluckte mühsam und gierig, keuchend vor Anstrengung. Als er weitersprach, fiel es ihm ein wenig leichter.

»Wir haben den Fluß beobachtet, aber sie kamen über Land. Zuerst eine Staubwolke, größer als alles, was wir je gesehen hatten. Da waren Murgu, unzählige, die schnell liefen, und Murgu mit Todesstöcken auf den Rücken. Die Murgu hatten auch Kundschafter, die auf größeren, schnelleren Tieren vorausritten. Als wir wegliefen, sahen sie uns. Sie töteten Sigurnath. Ich sprang ins Wasser, tauchte und hielt den Atem an, solange ich nur konnte. Ließ mich von der Strömung mitnehmen. Als ich auftauchte, waren sie fort. Ich blieb noch lange im Wasser.«

Während er erzählte, kamen die Sammadars herbeigeeilt, und aus dem ganzen Lager strömten Jäger zusammen, die schweigend zuhörten. Der Fackelschein tanzte über ihre grimmigen Gesichter.

»Als die Luft rein war, ging ich an Land. In der Ferne sah ich die Staubwolke, die sie aufgewirbelt hatten. Sie kamen sehr schnell voran. Ich folgte ihrer Fährte, die breit wie ein Fluß durch das niedergetrampelte Gras führte und durch viel Dung von den Murgu markiert war. Folgte ihnen, bis die Sonne niedrig am Himmel stand und ich sehen konnte, daß sie am Fluß haltgemacht hatten. Ich ging vorsichtig näher. Der Margalus sagte, daß sie bei Nacht nicht umhergingen, weil sie die kühle Luft nicht vertrügen. Also wartete ich, bis die Sonne untergegangen war. Dann schlug ich einen weiten Bogen nach Osten, um sie zu umgehen. Ich rannte ohne Aufenthalt hierher zurück. Sigurnath ist tot.«

Er ließ den Kopf auf die Brust sinken, erschöpft von der Anstrengung des Sprechens. Seine Worte senkten Schrecken in die Herzen der Zuhörer, denn jeder wußte nun, daß der Tod nahe war.

»Sie werden angreifen«, sagte Kerrick, »bald nach Sonnenaufgang. Sie wissen genau, wo wir sind. Sie planen diese Dinge sorgfältig. Sie haben ihr Nachtlager gerade weit genug aufgeschlagen, um nicht beobachtet zu werden, aber nahe genug, um am Morgen über uns herzufallen.«

»Wir müssen uns verteidigen«, sagte Herilak.

»Nein!« widersprach Kerrick leidenschaftlich. »Wir dürfen nicht hierbleiben.«

»Wenn wir das Lager räumen, werden sie uns unterwegs angreifen«, sagte Herilak. »Dann werden wir wehrlos auf der Flucht abgeschlachtet. Es wird besser sein, hierzubleiben, wo wir uns verteidigen können.«

»Laß mich ausreden«, sagte Kerrick. »Wenn wir hierbleiben, werden wir genau das tun, was sie von uns wollen. Ihr Plan ist es, uns hier anzugreifen. Du kannst sicher sein, daß der Angriff in allen Einzelheiten ausgearbeitet ist, und den Zweck verfolgt, uns zu vernichten. Nun müssen wir überlegen, wie wir unser Leben am besten schützen können. Die Tiere, die sie reiten, habe ich nie gesehen, noch von ihnen gehört. Das hat nichts zu sagen. Sie verfügen über die Hilfsquellen einer ganzen Welt. Es gibt seltsame Lebewesen ohne Zahl, Murgu, die wir uns nicht einmal vorstellen können. Aber nun wissen wir von ihnen, nun sind wir gewarnt.« Er blickte umher. »Wir wählten diesen Lagerplatz, weil er Verteidigungsmöglichkeiten gegen einen Angriff vom Fluß her bietet. Kommen sie auch auf dem Wasser? Habt ihr Boote gesehen?«

»Keins«, sagte Peremandu. »Der Fluß war leer. Sie sind so zahlreich, daß sie keine Hilfe vom Fluß brauchen. Sie sind so zahlreich wie die Vögel, wenn sie sich im Herbst sammeln, um nach Süden zu fliegen. Wie Blätter im Herbst sind sie, ich konnte sie nicht zählen.«

»Unser Dornenwall wird niedergetrampelt werden«, sagte Kerrick, »und das gleiche Schicksal erwartet uns, wenn wir bleiben. Wir müssen sofort aufbrechen. Nach Norden ziehen. Wir können hier nicht bleiben.«

Niemand wollte sprechen, denn ihnen allen war dies zu ungewöhnlich, zu neu. Hilfesuchend blickten sie zu ihren Führern. Die Sammadars blickten zu Herilak. Die Entscheidung lag jetzt bei ihm. Seine Züge waren verdüstert und zerklüftet, wie aus Holz gehauen; die Verantwortung lastete nur auf ihm allein. Er seufzte, ließ seinen Blick über sie gehen, dann richtete er sich auf und stieß den Speerschaft auf den Boden.

»Wir marschieren. Der Margalus hat recht. Wenn wir hierbleiben, ist es der sichere Tod. Müssen wir uns zum Kampf stellen, so soll es an einem Ort geschehen, den wir auswählen. Die Nacht ist erst halb um. Wir müssen nach Kräften nutzen, was von der Dunkelheit noch bleibt. Reißt die Zelte ab…«

»Nein, das wäre ein Fehler«, ergriff Kerrick das Wort. »Aus vielen

Gründen. Es kostet Zeit, und Zeit ist etwas, was wir nicht haben. Wenn wir die Zelte verladen, werden die Gestelle schwer belastet sein, und das wird uns langsam machen. Wir nehmen unsere Waffen, Nahrung und Kleidung – nichts sonst.«

Eine der gleichfalls lauschenden Frauen brach in Jammergeschrei aus.

»Wir können neue Zelte machen«, sagte Kerrick unwillig. »Neue Leben können wir nicht machen. Beladet die Schleifgestelle nur mit den Dingen, die ich genannt habe, auch die Säuglinge und Kleinkinder können sie benutzen. Laßt die Zelte stehen. Die Murgu werden nicht wissen, daß sie leer sind. Sie werden angreifen, ihre Pfeile verbrauchen, und das wird Zeit kosten. Wir brauchen alle Zeit, die wir herausschlagen können. Das ist, was ich euch rate.«

»Tut, wie der Margalus befiehlt«, sagte Herilak und zeigte mit dem Speer nach Norden. »Vorwärts!«

Die Mastodons äußerten ihr Mißvergnügen über die Störung der Nachtruhe mit lautem Trompeten, aber wohlgezielte Stöße mit den Speerschäften brachten sie in Bewegung. Die Feuer vor den Zelten wurden neu entfacht, die Mastodons angespannt. Kerrick überließ es Armun, die wichtigsten Dinge aufzuladen, und eilte aus dem Lager zur Spitze der sich formierenden Kolonne, wo Herilak wartete.

»Weiter nördlich steigt das Gelände an, du wirst dich erinnern«, sagte der Jäger. »Die Hügel sind bewaldet und steil, und verschiedentlich drängt das Felsgestein der Berge aus dem Boden. Dorthin müssen wir kommen, ehe sie uns einholen, denn dort können wir eine Stellung finden, die sich verteidigen läßt.«

Der Mond ging auf, bevor sie marschbereit waren, und der Morgen war um so viel näher. Sie zogen im Gänsemarsch aus, und die Jäger und Tierführer schlugen einen leichten Trab an, der lange durchzuhalten war. Sie hatten in diesem Land lange gejagt und kannten jeden Sumpf und jede Anhöhe. So konnten sie den leichtesten und direktesten Weg nach Norden nehmen.

Als das erste fahle Licht des neuen Tages über die Ebene kroch, war die Kolonne weit auseinandergezogen und trabte nicht mehr. Sie bewegte sich aber noch immer im Eilmarsch nach Norden, vorwärtsgetrieben von den unermüdlichen Sammadars. Die Mastodons, ausgeruht und wohlgenährt, begannen sich wieder an die Mühsal des Marsches zu gewöhnen und wanderten klaglos und stetig dahin. Die Jäger, unter Waffen, zogen mit ihren Sammads. Den Schluß bildete eine verstärkte Nachhut unter Kerricks Befehl. Aller Blicke schweiften wie von einer magischen Kraft gelenkt, immer wieder zurück und suchten den trüben Horizont nach verräterischen Zeichen ab, obwohl es dort nichts zu sehen gab. Noch nicht.

Der anstrengende Eilmarsch dauerte an, und erst als die Sonne am Himmel stand und sich vor ihnen rechts die ersten Rücken eines Hügellandes aus den zerfließenden Dunstschleiern des Morgens hoben, ließ Herilak halten.

»Trinkt und rastet«, befahl er und blickte wieder den Weg zurück, den sie gekommen waren und wo die auseinandergezogene Kolonne jetzt allmählich aufschloß. Er winkte Peremandu zu sich. »Du weißt, wie weit von unserem Lager die Murgu entfernt waren. Werden sie es inzwischen erreicht haben?«

Peremandu blinzelte in die Sonne, schaute nach Süden und rechnete nach. Dann nickte er. »Ich brauchte länger, aber sie sind viel schneller. Sie müssen inzwischen dort sein.«

»Und werden uns bald im Nacken sitzen«, sagte Herilak grimmig. Er wandte sich um, blickte prüfend nach Nordosten und zeigte dann zu den Hügeln. »Dort liegt unsere einzige Rettung. Wir müssen in den Hügeln eine Stellung finden, die wir halten können. Vorwärts.«

Das Gelände begann anzusteigen, und der Marsch der Kolonne verlangsamte sich. Nach einer Stunde erreichten sie eine Talöffnung zwischen niedrigen Hügelausläufern und zogen neben einem windungsreichen kleinen Wasserlauf talaufwärts. Einer der Jäger, die das Terrain voraus erkundet hatten, kam zurückgetrottet und machte Herilak Meldung.

»Nach einer halben Wegstunde wird das Tal steiler; und bald darauf wird es schwierig, aus dem Talschluß aufzusteigen.«

Darauf wanderten sie den seitlich das Tal begleitenden Hang aufwärts und folgten dem breiten, mit lichtem Wald bestandenen Rükken. Als sie seine Höhe erreicht hatten, wies Herilak hinauf zu dem noch steileren, mit Geröll und verwittertem Gestein durchsetzten Hügel vor ihnen, der zu dichter bewaldeten Höhen jenseits davon überleitete.

»Das ist es, was wir brauchen. Wenn wir uns dort oben auf die

Lauer legen, können sie uns nicht umgehen. Sie müssen diesen Hang hinauf und werden im offenen Gelände sein, während wir zwischen den Bäumen verborgen liegen werden. Dort werden wir uns stellen.«

Kerrick vernahm dies mit großer Erleichterung, als er herangehumpelt kam, denn er war am Ende seiner Kräfte. Obwohl er sich beim Gehen auf seine Krücke hatte stützen können, schmerzte sein Bein nach dem ermüdenden Gewaltmarsch bei jedem Schritt unerträglich. Sein Gesicht war bleich und verkniffen, Schweißtropfen standen ihm auf der Stirn. Aber es war jetzt keine Zeit, an sich selbst zu denken. »Das ist ein guter Plan«, sagte er. »Die Frauen sind müde und können nicht mehr viel weiter. Sie sollten tiefer in die Wälder geführt werden, um zu ruhen und zu essen. Auch die Tiere. Wir müssen alle ausruhen, weil wir nach dem Dunkelwerden weitergehen müssen. Wenn die Zahl der Murgu so groß ist, wie Peremandu uns gesagt hat, dann werden wir sie unmöglich alle töten können. Wir werden uns damit begnügen müssen, sie aufzuhalten. Was sagst du dazu, Herilak?«

»Ich sage, daß dieser Gedanke hart wie Stein ist. Aber ich denke, daß er auch wahr ist. Wir werden oben am Waldrand den Angriff erwarten. Die Mastodons, die Frauen und Kinder werden tiefer in den Wald hineingehen. Har-Havola, ich möchte, daß kräftige Läufer aus deinem Sammad einen Weg durch den Wald und das Land jenseits davon suchen, solange noch Licht ist. Dann können sie uns führen, wenn wir im Dunkeln weiterziehen.«

Die Nachzügler mühten sich noch den Hang hinauf, als ein Jäger einen Warnruf ausstieß und nach Südwesten zeigte, wo jenseits der Hügelausläufer eine graugelbe Wolke aufstieg. Ihr Anblick verlieh auch den letzten Nachzüglern neue Kräfte.

Hier in der Höhe blies eine frische Brise und raschelte im Laub der immergrünen Eichen. Kerrick saß neben Herilak im weichen Gras, ließ sich die warme Nachmittagssonne ins Gesicht scheinen und fütterte seinen Hèsotsan sorgsam mit Pfeilen. Die Staubwolke hatte sich gelichtet, da auch die Murgu im Hügelland nicht mehr so rasch vorankamen, aber sie waren ein gutes Stück nähergerückt. Herilak stand auf und winkte die Jäger in die Deckung zurück.

»Laßt euch nicht sehen«, befahl er. »Und drückt die Todesstöcke erst, wenn ich den Befehl dazu gebe, ganz gleich wie nahe sie kommen.

Dann tötet sie. Tötet sie, bis sie zuhauf hier liegen und die Nachkommenden nicht mehr an ihren eigenen Toten vorbeikommen. Geht nicht eher zurück, als bis der Befehl kommt. Dann zieht euch langsam zurück, aber immer nur wenige gleichzeitig. Sucht Deckung hinter den Bäumen. Laßt die anderen herankommen. Tötet wie Jäger aus dem Versteck, und laßt nicht nach. Sie sollen unter den Bäumen sterben, wie sie am Hang sterben werden. Und vergeßt nie, wir sind alles, was zwischen den Murgu und den Sammads steht. Laßt sie nicht durch.«

Die Murgu waren nahe, denn der Staub hing bereits zwischen den Wipfeln des Talhanges, den die Sammads erstiegen hatten. Kerrick lag ausgestreckt hinter dem Stamm eines großen Baumes und hatte den Hèsotsan auf einen abgebrochenen Ast gestützt. Das lange Rispengras am steinigen Hang neigte sich und wogte unter der Brise. Ein kleiner Vogelschwarm flog auf und schwirrte, im Sonnenlicht bunt aufleuchtend, über die Baumwipfel davon. Ein Rumpeln wie fernes Donnergrollen wurde hörbar und nahm rasch an Volumen zu.

Plötzlich kam auf dem Höhenrücken eine Reihe dunkler Gestalten in Sicht. Sie bewegten sich langsam, aber gleichmäßig vorwärts. Kerrick lag bewegungslos auf den Boden gedrückt und lauschte dem schnellen Pochen seines Herzens.

Die Reittiere waren groß und sahen ein wenig wie Epetruk aus. Sie schritten auf kräftigen Hinterbeinen, und ihre schweren Schwänze fegten hinter ihnen durch das Gras. Jedes trug eine Yilanè rittlings im Nacken. Sie hielten an und blickten den Hang herauf, warteten, während das dumpfe Rumpeln lauter wurde.

Kerrick stockte der Atem, als der Höhenrücken unter dem lichten Wald von laufenden Gestalten wimmelte, als wäre er ein Ameisenhaufen. Er sah niedrig gebaute Tiere mit zu vielen Beinen. Sie machten gleichfalls halt und drängten mit bewaffneten Fargi auf den Rücken durcheinander. Er sah, daß sie auf jeder Körperseite vier Beine hatten, acht insgesamt, und kleine Köpfe auf dicken Hälsen. Gezüchtet, um Lasten durch wegloses Gelände zu tragen, um die Fargi hierher zu bringen. Ihr Gedränge wurde immer dichter, dann kamen sie in Bewegung.

Der Wind wehte den Hang herauf und trug den Jägern die anfeuernden Rufe der Yilanè zu, das Getrappel unzähliger Füße, schrille Tierlaute, einen sauren, fremdartigen Tiergeruch.

Der Steilhang verlangsamte ihr Vordringen, und die in der Deckung wartenden Jäger hatten Zeit, alle Einzelheiten der gefleckten Häute und der massigen Körper zu betrachten. Die berittenen Fargi hielten ihre Waffen schußbereit und zwinkerten durch den Staub, die Yilanè auf ihren größeren Reittieren drängten voran.

Herilaks trillernder Schrei schwebte dünn über dem dumpfen Branden des angreifenden Heeres.

Die ersten Todesstöcke knallten.

16

Kerrick zielte auf die nächste Yilanè, verfehlte sie und traf statt ihrer das Reittier. Es bäumte sich auf und brach wie vom Blitz getroffen zusammen. Die Reiterin sprang unverletzt ab und brachte ihren Hèsotsan in Anschlag. Kerricks nächster Pfeil traf sie in den Hals, und sie fiel ins Geröll.

Es war ein Abschlachten. Die erste Reihe der Angreifer fiel im konzentrierten Feuer vom Waldrand. Viele der achtbeinigen Reittiere wurden getroffen und warfen im Fallen die Fargi ab. Die wenigen, denen es gelang, weiter den Hang heraufzukommen, wurden getötet, ehe sie die Bäume erreichten. Die Überlebenden wichen zurück und gerieten zwischen die Reiter, die noch vorwärtsdrängten. Die Pfeile flogen in die wogende Masse, und die leblosen Körper türmten sich zu Haufen. Der Angriff kam zum Stillstand. Er wurde durch die Toten behindert. Die Luft war erfüllt von den Schmerzensschreien verwundeter Fargi, die unter ihre gefallenen Reittiere geraten waren.

Berittene Yilanè am Fuß des Steilhanges riefen Befehle. Unter ihrer Anleitung versuchten die Fargi, Deckung zu finden und zurückzuschießen. Kerrick ließ seine Waffe sinken und lauschte. Er fing Wortfetzen dessen auf, was gesagt wurde. Eine der Reiterinnen rief andere zu sich und gab Befehle aus. Kerrick zielte mit dem Hèsotsan, sah aber, daß sie sorgsam bedacht war, außerhalb der Schußweite zu bleiben. Der Wind trug ihre Stimme jetzt klar herauf. Es war eine klare, entschlossene Stimme, die Ordnung im Chaos schuf. Kerrick erstarrte.

Diese Stimme. Er kannte diese Stimme.

Aber Vaintè war tot, er hatte sie eigenhändig erstochen. Getötet. Sie konnte nicht am Leben sein.

Dies aber war unleugbar ihre Stimme; laut und gebieterisch.

Kerrick sprang auf und versuchte sie deutlicher zu sehen, aber sie blickte in eine andere Richtung. Dann, als sie sich dem Hang zuwandte, bekam er einen Stoß in den Rücken, fiel zu Boden und wurde in die Deckung zurückgezogen. Im Laub über ihm raschelten Pfeile. Herilak ließ ihn los und ging selbst in Deckung.

»Das war sie«, sagte Kerrick mit gepreßter Stimme. »Diejenige, die ich tötete, der Sammadar aller Murgu. Aber ich tötete sie, du warst mein Zeuge.«

»Ich sah dich einen Marag erstechen. Aber die können sehr zählebig sein.«

Sie lebte noch. Ein Zweifel war nicht mehr möglich. Vaintè lebte. Kerrick schüttelte den Kopf und hob den Hèsotsan. Jetzt war nicht die Zeit, darüber nachzudenken. Er zwang seine Aufmerksamkeit zurück zur Gefechtslage.

Bisher waren von den Angreifern wenige Pfeile abgefeuert worden, so plötzlich und überwältigend war das Unheil über sie gekommen. Doch nun fanden sie Deckung hinter ihren Gefallenen und begannen das Feuer zu erwidern; das Laubwerk der Bäume rauschte und wogte unter dem Hagel unzähliger Pfeile.

»Bleibt in der Deckung!« rief Herilak. »Rührt euch nicht vom Fleck. Wartet, bis sie angreifen.«

Die Yilanè, welche den ersten Angriff überlebt hatten, hielten ihre großen Tarakast jetzt in sicherer Distanz hinter der Masse der Uruktop und Fargi. Mit lautem Rufen brachten sie Ordnung in die Schlachtreihe und befahlen die Wiederaufnahme des Angriffs. Die Fargi sprangen gehorsam auf und rannten vorwärts, bis sie fielen. Der Angriff brach zusammen, ehe er noch in Schwung gekommen war.

»Wir haben sie aufgehalten«, sagte Herilak befriedigt. »Wir können sie zurückschlagen.«

»Nicht allzu lange«, sagte Kerrick und zeigte den leichenübersäten Hang hinab. »Wenn sie von der See her angreifen, tun sie es in einer

Formation, die sie die ausgebreiteten Arme nennen. Sie umfassen den Gegner von beiden Seiten und kommen dann von hinten. Ich glaube, das tun sie jetzt.«

»Wir können sie daran hindern.«

»Einstweilen, ja. Aber ich kenne ihre Strategie. Sie werden auf einer immer breiteren Front angreifen, bis sie unsere Flügel zurückbiegen. Wir müssen bereit sein.«

Kerricks Vermutung erwies sich als zutreffend. Die Fargi stiegen von den achtbeinigen Uruktop und breiteten sich am Fuß des Steilhanges zu einer Schützenkette aus, die langsam vorrückte. Sie fielen im Abwehrfeuer, aber immer weitere Schützenketten folgten ihnen. Es war ein furchtbares Gemetzel, doch die Yilanè kümmerte es nicht. Mehr und mehr Fargi erstiegen den Hang, suchten Deckung hinter den Toten, und einige erreichten sogar den Waldrand, bevor sie fielen.

Der Nachmittag neigte sich zum Abend, als die ersten Fargi zwischen den Bäumen des Waldrandes Fuß gefaßt hatten und Verstärkungen nachziehen konnten. Die Verteidiger mußten den Rückzug antreten.

Nun begann ein anderer, doch ebenso tödlicher Kampf. Wenige Fargi hatten Erfahrung in der Waidmannskunst. Wenn sie ihre Dekkungen verließen, wurden sie gewöhnlich vom Tod ereilt. Dennoch gingen sie weiter vor. Der Kampf verlief nicht mehr in einer Linie, sondern Jäger und Gejagte durchdrangen einander im Halbdunkel unter den Bäumen.

Kerrick zog sich mit den anderen zurück. Der Schmerz in seinem Bein war dank der langen Ruhepause beinahe vergangen, und er konzentrierte sich darauf, die Masse der Bäume zwischen sich und den Fargi zu halten. Trotz aller Umsicht geschah es, daß er, während er hinter einem dicken Stamm in Deckung stand und beobachtete, einen scharfen Knall hörte, worauf ein Pfeil unmittelbar vor seinem Gesicht in die Borke schlug. Er warf sich herum, den Speer stoßbereit in der Linken, und durchbohrte eine Fargi, die ihn umgangen hatte. Diesmal war ihm das Glück noch hold gewesen, aber der Zwischenfall hatte ihm einen heillosen Schrecken eingejagt. Eilig zog er sich tiefer in den Wald zurück.

Die Flucht ging weiter. Geflüsterte Befehle und sanfte Schläge mit den Speerenden setzten die Mastodons in Bewegung, und die Sammads zogen auf dem erkundeten Fluchtweg weiter. Sie wurden im Rücken von den Jägern gedeckt, die hinhaltenden Widerstand leisteten. Nach einiger Zeit klangen fremdartige, rauhere Kommandos durch den Wald, und Kerrick blieb mit einer Hand am Ohr lauschend stehen. Augenblicke später eilte er weiter, um Herilak zu finden.

»Sie ziehen sich zurück«, sagte er atemlos, als er ihn gefunden hatte. »Ohne sie zu sehen, bin ich nicht sicher, ob ich alles richtig verstehe, was sie sagen, aber ich glaube, daß ich richtig gehört habe.«

»Dann geben sie sich geschlagen?«

»Nein.« Kerrick blickte zum dunkelnden Himmel über den Bäumen auf. »Es wird bald Nacht sein. Sie werden im freien Gelände ihr Lager aufschlagen, um den Angriff am Morgen fortzusetzen.«

»Bis dahin werden wir längst fort sein. Schließen wir uns den Sammads an.«

»Eins muß zuvor noch getan werden. Wir müssen den Wald durchsuchen und so viele Todesstöcke wie möglich einsammeln. Dann können wir uns zurückziehen.«

»Richtig. Todesstöcke und mehr Pfeile. Wir haben zu viele verschossen.«

Bis sie die Waffen eingesammelt und mit ihnen zu den Sammads zurückgekehrt waren, war es dunkel. Kerrick stand als letzter in der alten Stellung am Waldrand und blickte den Hang hinab. Als Herilak ihn mit gedämpfter Stimme rief, winkte er den Jäger zu sich und wies mit ausgestreckter Hand talwärts.

»Laßt die anderen mit den Waffen ziehen. Ich möchte, daß wir zwei uns näher an das Lager der Murgu heranpirschen. Die Dunkelheit ist ihnen unheimlich. Vielleicht können wir dort etwas ausrichten.«

»Ein Angriff während der Nacht?«

»Das werden wir auskundschaften.«

Langsam und mit schußbereiten Waffen stiegen sie über den Hang hinab. Der Feind hatte sich zurückgezogen, wenn auch nicht sehr weit: Ihr Lager war auf dem anstoßenden Höhenrücken deutlich zu erkennen. Eine ungeheure Ansammlung dunkler, eng beisammen ruhender Körper, still und bewegungslos.

Die zwei Jäger wendeten alle Vorsichtsmaßnahmen an, erst tief ins Gras gebückt, solange sie noch weiter entfernt waren, dann mit bereitgehaltenen Waffen langsam vorwärts kriechend. Als sie noch ein weiter Bogenschuß vom Lagerplatz der Yilanè trennte, hielt Herilak seinen Gefährten mit einer leichten Berührung der Schulter zurück.

»Das ist zu einfach«, wisperte er ihm ins Ohr. »Haben sie keine Wachen?«

»Ich weiß es nicht. Nachts schlafen sie alle. Wir müssen es herausbringen.«

Sie waren kaum einige Schritte weitergekrochen, als Kerricks Finger etwas berührten. Es war ein Stecken, oder vielleicht ein Stück von einem Rankengewächs, der im Gras verborgen lag.

Es bewegte sich träge zwischen seinen Fingern.

»Zurück!« rief er Herilak zu, als in der Dunkelheit voraus ein Lichtfunke erschien. Ein trübes Licht zuerst, das rasch heller und heller wurde, bis sie ihre ganze Umgebung deutlich sehen konnten. Und selbst gesehen wurden. Hèsotsan knackten, und Pfeile fuhren zischend vor ihnen ins Gras. Sie krochen zurück, so schnell sie konnten, und sobald sie außer Reichweite waren, sprangen sie auf und rannten in die rettende Dunkelheit. Stolpernd und fallend, um Atem ringend, hasteten sie den Steilhang hinauf, bis sie den Wald erreichten.

Die Lichter hinter ihnen verblaßten, erloschen ganz, und die Dunkelheit deckte das Lager zu. Die Yilanè hatten aus dem Massaker am Strand gelernt. Sie waren gegen künftige Nachtangriffe gesichert.

Als Kerrick und Herilak die Sammads wieder einholten, waren die auf dem Schlachtfeld geborgenen Pfeile und Hèsotsan verladen und die Kolonne wieder auf dem Marsch.

Herilak trottete die Kolonne entlang und sprach mit den Sammadars. Vier Jäger waren aus dem Gefecht im Wald nicht zurückgekehrt.

Die Kolonne kam langsam voran, zu langsam, um dem Angriff zu entgehen, mit dem für den folgenden Morgen zu rechnen war. Nach einem Gewaltmarsch von zwei Nächten und einem Tag, in dessen Verlauf es wenig Ruhe und noch weniger Schlaf gegeben hatte, waren alle erschöpft und müde. Dennoch schleppten sie sich weiter, denn sie hatten keine andere Wahl. Nur die Flucht konnte sie retten.

Das Gelände wurde zusehends rauher und steiniger, und die Route führte die meiste Zeit aufwärts. Die Kolonne kam immer langsamer voran und noch vor Tagesanbruch ganz zum Stillstand. Sorli brachte die Nachricht nach vorn zu Herilak.

»Es sind die Tiere. Sie wollen nicht weiter, selbst wenn wir sie mit den Speeren antreiben.«

»Dann bleiben wir hier«, sagte Herilak mit großer Müdigkeit. »Ruhen aus und schlafen. Bei Sonnenaufgang werden wir weitergehen und eine neue Stellung suchen.«

Am frühen Morgen kam ein kalter Wind auf, und sie erhoben sich fröstelnd aus ihren Schlafpelzen. Sie waren müde, entmutigt und noch immer erschöpft. Nur das Wissen um den unaufhaltsamen Vormarsch des Feindes trieb sie wieder vorwärts. Armun ging schweigend neben Kerrick dahin. Es gab sehr wenig, was jetzt gesagt werden konnte; es war genug, einen Fuß vor den anderen zu setzen, und die protestierenden Tiere anzutreiben.

Ein Jäger stand auf seinen Speer gestützt neben der Wegspur und wartete auf Kerrick.

»Der Sacripex wünscht«, sagte er, »daß du zu ihm an die Spitze kommst.«

Mit großer Anstrengung und ohne auf die pochenden Schmerzen in seinem Bein zu achten, lief Kerrick humpelnd an der sich dahinschleppenden Kolonne entlang, vorüber an den Schleifgestellen, den Mastodons und den Sammads. Um den Tieren das Ziehen zu erleichtern, gingen jetzt auch die kleinen Kinder, und die Säuglinge wurden von den Müttern und den größeren Kindern getragen. Trotz dieser Verminderung ihrer Zuglasten strauchelten die Mastodons immer wieder vor Erschöpfung. Es war offensichtlich, daß sie den Strapazen nicht mehr lange würden gewachsen sein.

Als Kerrick schnaufend die Spitze des Zuges erreichte, zeigte Herilak auf die Höhen voraus.

»Die Kundschafter haben dort oben einen bewaldeten Rücken gefunden«, sagte er. »Sehr ähnlich dem, wo wir sie gestern aufgehalten haben.«

»Nicht... gut genug«, keuchte Kerrick, noch außer Atem. »Der Feind ist zu zahlreich. Sie werden uns wieder umgehen und zurückwerfen.«

»Vielleicht haben sie ihre Lektion gelernt. Selbst Murgu sind nicht so dumm. Sie werden sich zurückhalten. Sie wissen, daß sie getötet werden, wenn sie angreifen.«

Kerrick schüttelte unglücklich den Kopf. »Tanu würden so handeln. Sie sehen andere sterben und fürchten um sich selbst. Aber nicht die Murgu. Ich kenne sie, nur zu gut kenne ich sie. Die Yilanè, die auf den großen Tieren reiten, werden sich schon zurückhalten. Sie werden auf ihre Sicherheit bedacht sein. Aber sie werden die Fargi in den Kampf schicken, wie sie es gestern taten.«

»Und wenn diese sich weigern?«

»Das können sie nicht. Es ist ihnen unmöglich. Wenn sie einen Befehl verstehen, müssen sie ihm gehorchen. So ist es. Sie werden angreifen.«

»Murgu...«, sagte Herilak mit einer Grimasse des Abscheus. »Was sollen wir dann tun?«

»Was können wir anderes tun als weitergehen?« fragte Kerrick hilflos. Sein Gesicht war vor Erschöpfung und Schmerzen eingefallen und aschfahl. »Wenn wir hier im freien Gelände anhalten, werden wir niedergemetzelt werden. Wir müssen weiter. Vielleicht finden wir einen Hügel, den wir verteidigen können.«

»Ein Hügel kann eingeschlossen werden. Dann werden wir mit Sicherheit zugrunde gehen.«

Die von den Kundschaftern markierte Wegspur führte steil aufwärts. Die Ersteigung forderte ihnen das letzte ab, und als sie den Höhenrücken erreichten, mußten sie haltmachen. Kerrick stand vornüber gebeugt und massierte sein von Krämpfen gemartertes Bein. Hinter ihnen mühte sich die langsame Prozession die Steigung herauf. Endlich richtete Kerrick sich mit verzerrtem Gesicht auf, wischte sich den Schweiß von der Stirn und blickte voraus den Kammverlauf entlang, dem sie folgen mußten, um in das dahinterliegende Bergland zu gelangen. Dann stutzte er. Ein Hoffnungsschimmer trat in seine Augen.

»Herilak«, sagte er, heiser vor Erregung, »siehst du das dort oben im Bergland? Siehst du das?«

Herilak spähte in die angezeigte Richtung, dann wandte er sich achselzuckend zurück. »Schneereste. Da oben hält sich noch der Winter.«

»Verstehst du nicht? Diese Murgu können Kälte nicht vertragen. Ihre Reittiere werden im Schnee nicht gehen. Sie können uns da hinauf nicht folgen!«

Herilak blickte wieder hinauf, doch diesmal war auch in seinen Augen das Licht der Hoffnung. »Die klare Höhenluft täuscht das Auge, aber allzuweit ist es nicht. In zwei Tagesmärschen können wir den Schnee erreichen – wenn wir in Bewegung bleiben.« Er rief die vorausgehenden Jäger zurück und gab neue Anweisungen aus. Dann setzte er sich mit einem befriedigten Grunzen nieder.

»Die Sammads ziehen weiter. Aber wir Jäger müssen zurückbleiben und die Murgu aufhalten, die uns verfolgen.«

Neue Hoffnung beflügelte die Flüchtlinge, und selbst die Mastodons spürten die Erregung und das Aufleben der Stimmung. Sie hoben die Rüssel und trompeteten. Die Jäger sammelten sich, ließen die Kolonne vorbeiziehen und folgten ihr langsam.

Nun galt es die Murgu zu jagen, wie man jedes gefährliche Tier jagte. Die Sammads waren außer Sicht, als Herilak die Jäger am oberen Ausgang einer muldenförmigen Einsenkung halten ließ. Geröll und große Blöcke bedeckten die Hänge zu beiden Seiten.

»Hier werden wir sie aufhalten. Wir lassen sie zwischen uns, löschen dann den Vortrupp aus und treiben die übrigen zurück. Nehmen ihre Waffen und Pfeile. Was werden sie darauf tun, Margalus?«

»Was sie gestern taten«, sagte Kerrick. »Sie werden mit uns Kontakt halten und gleichzeitig Fargi aussenden, die zu beiden Seiten des Kammes vorstoßen, um uns zu umfassen.«

»Das sollen sie nur tun. Bevor die Falle hinter uns zuschnappt, werden wir uns zurückziehen!«

»Und ihnen weitere Fallen stellen, wieder und wieder«, rief Sorli.

»Genau das werden wir tun«, sagte Herilak mit einem kalten Lächeln im ausgemergelten Gesicht.

Sie verbargen sich beiderseits der Einsenkung hinter Blöcken und Brustwehren aus Gesteinsschutt. Viele von ihnen, darunter auch Kerrick, schliefen sofort ein, als sie in der Deckung lagen. Aber Herilak, der Sacripex, ging unermüdlich die Stellungen ab. Er instruierte die Jäger und legte sich schließlich zwischen zwei Felsplatten, die er mühsam zusammengeschoben hatte, in einen Hinterhalt und beobachtete von dort den Weg.

Als die ersten Vorreiter erschienen, ließ er den Befehl weitergeben, daß die Schläfer geweckt würden. Bald erdröhnte die Senke unter dem dumpfen Getrampel der Uruktop. Yilanè auf Tarakast ritten als Führer vor dem Gros der Trupps. Sie zogen durch die Senke, vorbei an den versteckt lauernden Tanu, und hatten den Ausgang erreicht, bevor die langsameren Uruktop in ihrer Masse in die Falle gegangen waren.

Herilak gab den Befehl zum Eröffnen des Feuers.

Das Gemetzel war fürchterlich. Es war bei weitem schlimmer als am Vortag. Die Jäger feuerten, was sie konnten, und schrien ihren Triumph hinaus. Die Yilanè am Ausgang der Mulde wurden abgeschossen. Die Kadaver ihrer mächtig ragenden Reittiere kollerten und glitten in das tödliche Chaos zurück. Die Uruktop und die Fargi auf ihnen starben. Wer zu fliehen versuchte, wurde zur Strecke gebracht. Der Tod ging durch die Reihen der Angreifer, und der Feind wich zurück, um sich neu zu formieren. Die Jäger drängten nach, suchten Deckung zwischen den Gefallenen und wendeten die Waffen der Toten gegen die Lebenden.

Erst als der weiter voraus auf dem Kamm stationierte Späher das Warnsignal gab, zogen sie sich zurück, liefen durch die Senke und gelangten bald aus der Reichweite der feindlichen Waffen. Sie folgten den Spuren der Sammads tiefer hinein ins Bergland.

Noch zweimal legten sie den Murgu Hinterhalte. Noch zweimal töteten sie und erbeuteten dann die Waffen der Gefallenen. Und flohen. So ging es, mit kurzen, teuer erkauften Ruhepausen und wenigen Stunden Nachtschlaf, bis zum Spätnachmittag des folgenden Tages, als die Sonne zum Horizont hinabsank und die Kolonne der Flüchtlinge sich erschöpft bergauf schleppte.

»Lange halten wir das nicht mehr durch«, sagte Kerrick, der vor Erschöpfung und Schmerzen nur noch wankte.

»Wir müssen. Wir haben keine andere Wahl«, erwiderte Herilak grimmig. Stetig setzte er einen Fuß vor den anderen, doch selbst seine Bärenkräfte waren ausgelaugt. Er konnte weitergehen, wußte aber, daß die Kolonne nur so schnell vorankam wie ihre langsamsten Mitglieder, und es gab nicht wenige, die mit ihren Kräften am Ende waren und nur von der Furcht vor dem sicheren Tod vorangetrieben wurden. Ein kalter Wind wehte ihm ins Gesicht. Er glitt aus, fing sich und blickte zu Boden.

Im nächsten Augenblick durchstieß Herilaks rauher Triumphschrei Kerricks erschöpfte Betäubung. Er blickte auf, zwinkerte und folgte mit seinem Blick Herilaks Fingerzeig zum Boden.

Dieser war lehmig, aufgewühlt und zertrampelt, und zwischen den Abdrücken lag ein Haufen Mastodon-Dung. Er konnte nicht begreifen, warum Herilak schrie und sich so gebärdete. Aber neben dem Weg waren weiße Flecken im Lehm, und an den Hängen rechts und links noch mehr.

Schnee.

Er lag in Mulden und schattigen Winkeln des ausapernden Hanges vor ihnen und wurde von der schmierigen, lehmigen Fährte der Sammads durchschnitten. Kerrick hinkte taumelnd zu einem Schneerest am Wegrand, grub eine Handvoll kalten weißen Schnee nach der anderen heraus und warf sie in die Luft, während die anderen lachten und riefen.

Eine Stunde später machten sie auf der Höhe Rast. Sie standen knietief in den Resten alter Schneeverwehungen und blickten zur Vorhut der Yilanè hinab. Diese zügelten ihre Reittiere, als sie die ersten zusammenhängenden Schneeflächen erreichten.

Unter ihnen machte das Heer der Verfolger halt. Tiere und Reiter drängten ungeordnet durcheinander, während die berittenen Yilanè sich versammelten, berieten und sich wieder trennten.

Dann kehrten sie um und zogen ab. Langsam und ohne Aufenthalt, bis sie außer Sicht gekommen waren.

17

Die Eisdecke auf dem Fluß war geborsten. Schollen hatten sich in mächtigen Eisstößen gestaut und waren vom anschwellenden Hochwasser der Tauwetterperiode flußabwärts zur See getragen worden. Obwohl der Frühling gekommen war, gab es an geschützten Stellen noch Eisränder an den Ufern, und in den Mulden und Vertiefungen hielten sich noch hartnäckig Schneereste. Aber auf der Wiese, wo der Fluß eine weite Schleife zog, äste bereits ein Rudel Rehe die zarten dünnen Spitzen des jungen Grases. Von Zeit zu Zeit blickten die Tiere auf, sicherten und zuckten mit den Lauschern. Etwas beunruhigte sie, denn das Leittier warf sich herum, und alle flüchteten in langen, anmutigen Sätzen zum schützenden Wald.

Herilak stand im Schatten der hohen Tannen, sog den kräftigen Duft ihrer Nadeln ein und blickte hinaus zum Lagerplatz, den sie im Herbst verlassen hatten. Die Macht des Winters war gebrochen; dieses Jahr war der Frühling eher gekommen als in den Jahren davor. Vielleicht war die Zeit der harten Winter zu Ende gegangen. Vielleicht. Hinter ihm im Wald knarrte ledernes Zuggeschirr. Ein Mastodon trompetete schrill und aufgeregt. Die Tiere kannten die Gegend, sie wußten, daß die Reise jetzt zu Ende war.

Still kamen die Jäger unter den Bäumen heraus, Kerrick war unter ihnen. Ihre Wanderung war zu Ende, sie konnten hier an diesem vertrauten Ort ihr Lager aufschlagen und Windschirme errichten. Eine

Weile ausruhen. Der eben zu Ende gegangene Winter enthob sie für die nächste Zeit aller sorgenvollen Gedanken an den nächsten. Kerrick blinzelte zu dem weißen Vogel auf, der hoch über ihnen dahinflog. Nur ein gewöhnlicher Vogel.

Vielleicht. Düstere Erinnerungen drängten sich in seine Gedanken und trübten den sonnigen Tag. Dort im Süden waren die Yilanè. Sie waren eine bedrohliche Gegenwart, gleich einem Gewittersturm, der zu jeder Zeit losbrechen konnte. Was die Tanu auch taten, was immer sie planten, ihre Gedanken und Handlungen wurden mitbestimmt von dieser tödlichen Gefahr im Süden. Das laute, triumphierende Trompeten eines Mastodons durchschnitt seinen Gedankengang. Genug. Die Zeit für Sorgen würde früh genug kommen. Jetzt war es Zeit, das Lager aufzuschlagen, die Feuer zu entfachen und frisches Fleisch zu rösten.

Am Abend versammelten sie sich um das Feuer, Kerrick, Herilak, der alte Fraken, die Sammadars. Ihre Mägen waren voll, und sie waren zufrieden. Sorli stocherte das Feuer auf, daß die Funken hochgewirbelt wurden und in der Dunkelheit verglühten. Über dem Wald erhob sich der Vollmond, und die Nacht war still. Sorli zog einen glühenden Zweig aus der Asche, blies ihn an, bis er brannte, und hielt ihn dann über den steinernen Pfeifenkopf. Er sog den Rauch ein, blies eine graue Wolke von sich und gab die Pfeife an Har-Havola weiter, der es ihm nachmachte. Ihre Sammads waren nun zu einem einzigen geworden, und niemand lachte mehr über die Art und Weise, wie er und die anderen von jenseits der Berge sprachen. Nicht nach dem letzten gemeinsam durchkämpften und durchlittenen Winter. Drei seiner jungen Jäger hatten bereits Frauen aus den anderen Sammads. Das war der Weg zum Frieden.

»Fraken«, sagte Herilak, »erzähl uns von der Schlacht und den toten Murgu.«

Der alte Schamane schüttelte den Kopf und gab Müdigkeit vor, doch als sie alle auf ihn eindrangen und er sah, daß andere sich um das Feuer versammelten, ließ er sich doch überreden. Er summte nasal vor sich hin, schwankte dabei mit dem Oberkörper von einer Seite zur anderen und begann schließlich die Geschichte des Winters zu singen.

Obwohl sie alle dabeigewesen waren, selbst an den Ereignissen teilgenommen hatten, die er schilderte, war es besser, wenn er das Geschehen erzählte. Seine Geschichte wurde mit jedem Mal besser. Die Flucht war noch ermüdender, die Frauen stärker, die Jäger tapferer. Die Kämpfe unglaublich.

»... wieder und wieder kamen sie den Hang herauf, wieder und wieder hielten die Jäger dem Ansturm stand und töteten sie wieder und wieder. Bis jeder Jäger so hoch von den Körpern der Erschlagenen umgeben war, daß er nicht mehr hinübersehen konnte. Jeder Jäger tötete so viele Murgu, wie es Grashalme auf einer Bergwiese gibt. Jeder Jäger rannte den Speer durch die Murgu durch und durch, so daß vier oder fünf von ihnen gleichzeitig auf seinem Speer staken. Stark waren die Jäger an jenem Tag, und hoch die Berge der Toten.«

Sie lauschten und nickten, geschwellt vom Stolz auf ihre Taten. Die Pfeife machte die Runde. Fraken sang die Geschichte ihrer Siege, und seine Stimme hob und senkte sich im hypnotisierenden Gleichmaß des Geschichtenerzählers, der sich bewußt ist, daß er ein Heldenepos schafft. Alle lauschten andächtig, selbst die Frauen und die kleinen Kinder. Und als er geendet hatte, schwiegen sie; erinnerten sich. Es war eine Erinnerung, die bewahrt werden mußte, etwas sehr Wichtiges.

Das Feuer brannte nieder; Kerrick warf Holz hinein, dann ließ er sich ein wenig benommen zurücksinken. Der Pfeifenrauch war stark, und er war ihn nicht gewohnt. Fraken wickelte sich in seine Felle und ging müde zu seiner Schlafstelle. Seine Zuhörer verliefen sich nach und nach, bis Kerrick sah, daß nur noch einige wenige Jäger geblieben waren. Herilak starrte ins Feuer. Har-Havola hatte den Kopf auf die Brust sinken lassen und war am Einnicken. Herilak schaute zu Kerrick auf.

»Sie sind jetzt glücklich«, sagte er. »Sie haben Ruhe und Frieden gefunden. Es ist gut, daß sie eine Weile ohne Sorgen sein können. Es war ein langer und bitterer Winter. Sie sollen ihn vergessen, bevor sie an den nächsten denken. Und mit ihm die Murgu vergessen.«

Er verstummte wieder, und es verging eine lange Zeit, ehe er von neuem anfing: »Wir töteten viele. Vielleicht werden sie nun von uns ablassen.«

Kerrick hätte ihm gern beigepflichtet, konnte es aber nicht und begnügte sich mit einem unglücklichen Kopfschütteln.

»Sie werden wiederkommen«, sagte er. »Ich kenne diese Murgu. Sie hassen uns genauso sehr wie wir sie. Würdest du sie nicht alle vernichten, wenn du könntest?«

»Sofort. Mit großem Vergnügen.«

»Genauso denken sie über uns.«

»Was sollen wir dann tun? Der Sommer wird kurz sein. Vielleicht gibt es eine gute Jagd, vielleicht auch nicht. Wir wissen es nicht. Aber dann wird der nächste Winter über uns kommen, und was sollen wir dann tun? Wenn wir nach Osten zur Küste ziehen, um dort zu jagen, werden die Murgu uns finden. Wieder nach Süden? Nun, wir wissen nur zu gut, was dort geschehen ist. Und der Norden bleibt gefroren.«

»Die Berge«, sagte Har-Havola, den die Stimmen ermuntert hatten. »Wir müssen über die Berge gehen.«

»Aber dein Sammad kommt von dort«, sagte Herilak. »Du kamst hierher, weil es dort mit der Jagd nichts war.«

Har-Havola schüttelte den Kopf. »Das ist dein Name für meinen Sammad, von jenseits der Berge. Aber was du Berge nennst, sind bloße Vorberge. Jenseits von ihnen erheben sich die wahren Berge. Sie reichen mit ihren Gipfeln bis zum Himmel und sind mit Schnee bedeckt, der niemals schmilzt. Das sind Berge.«

»Ich habe von ihnen gehört«, sagte Herilak. »Ich habe auch gehört, daß sie unpassierbar sind. Daß schon der Versuch zum Tode führt.«

»Das kann sein. Wenn du die hohen Paßübergänge nicht kennst, dann wirst du dem Winter in die Falle gehen und sterben. Aber Munan, ein Jäger meines Sammads, ist auf der anderen Seite der Berge gewesen.«

»Die Murgu kennen jene Berge nicht«, sagte Kerrick hoffnungsvoll. »Sie haben nie von ihnen gesprochen. Was liegt auf der anderen Seite?«

»Eine Wüste, hat Munan berichtet. Sehr wenig Gras, sehr wenig Regen. Er sagt, er sei zwei Tage in die Wüste gegangen, dann habe er umkehren müssen, weil er kein Wasser hatte.«

»Dorthin können wir gehen«, sagte Kerrick.

Herilak rümpfte die Nase.

»Die Eisberge überschreiten, um in der leeren Wüste umzukommen? Da sind mir die Murgu lieber. Wenigstens können wir sie töten.«

»Oder sie uns«, versetzte Kerrick. »Wir töten einige, und mehr kommen nach, denn sie sind zahlreich wie die Wassertropfen im Ozean. Am Ende werden wir alle tot sein. Aber Wüsten haben ein

Ende. Wir können Wasser mitnehmen und einen Weg hinüber suchen. Es lohnt sich, darüber nachzudenken.«

»Ja«, stimmte Herilak zu, »es ist tatsächlich etwas, worüber wir mehr wissen sollten. Har-Havola, ruf deinen Jäger, den Mann namens Munan. Laß ihn über die Berge und die Wüste zu uns sprechen.«

Munan war ein hochgewachsener, hagerer Jäger mit langen, wulstigen Narben auf den Wangen, wie es bei den Sammads jenseits der Berge Brauch war. Er paffte an der Pfeife, als sie ihm gereicht wurde, und hörte ihre Fragen an.

»Wir waren zu dritt«, erzählte er. »Alle sehr jung. Das war eine Sache, die man unternimmt, wenn man jung ist, um zu beweisen, daß man das Zeug zu einem guten Jäger hat. Man muß etwas Starkes tun.« Er berührte seine Wangennarben. »Erst wenn man sehr mutig oder sehr stark gewesen ist, kann man diese bekommen, denn sie zeigen, daß man ein Jäger ist.«

Har-Havola nickte zustimmend. Auch er trug die Narben im Gesicht.

»Drei zogen aus, zwei kamen zurück. Wir verließen den Sammad zu Beginn des Sommers und erstiegen die hochgelegenen Pässe. In meinem Sammad gab es einen alten Jäger, der sie kannte. Er wußte, welche man gehen mußte, und er erklärte uns den Weg, und wir fanden ihn. Er sagte uns genau, auf welche Landmarken wir achten und welche Paßübergänge wir ersteigen mußten. Es war nicht einfach. Oben lag hoher Schnee, aber schließlich kamen wir durch. Wir gingen immer nach Sonnenuntergang. Hat man die Berge hinter sich, kommt man durch Vorberge, und dort war die Jagd gut. Die Vorberge aber gehen in trockenes Hügelland über, und hinter diesem beginnt die Wüste. Wir zogen hinaus, fanden aber kein Wasser. Wir tranken, was wir in Wassersäcken mit uns trugen, und als wir nichts mehr hatten, kehrten wir um.«

»Aber es gab dort Wild?« fragte Herilak.

Munan nickte. »Ja, in den Bergen gibt es Regen, und im Winter fällt Schnee. Die Vorberge bleiben grün, denn auch sie bekommen noch Regen ab und nehmen die Schmelzwasser der hohen Berge auf. Aber jenseits ihrer Hügelausläufer fängt die Wüste an.«

»Könntest du die hohen Paßübergänge wiederfinden?« fragte Kerrick.

Munan nickte.

»Dann könnten wir einen Kundschaftertrupp aussenden. Er könnte den Weg suchen, der über die Berge zu den Jagdgebieten auf der anderen Seite führt. Anschließend könnte er zurückkehren und die Sammads hinüberführen, wenn alles ist, wie du sagst.«

»Die Sommer sind jetzt zu kurz«, sagte Herilak, »und die Murgu zu nahe. Wenn einer geht, gehen wir alle. Das ist meine Meinung.«

Sie besprachen es an diesem Abend, dem nächsten und dem übernächsten. Niemand hatte das Verlangen, im Sommer die Eisberge zu ersteigen; der Winter würde früh genug kommen, nur ein Narr stieg ihm aus freien Stücken nach. Aber alle sahen ein, daß etwas geschehen mußte. Es gab etwas Jagd im Umkreis ihres Lagers, und sie hatten frisches Fleisch. Auch gab es Wurzeln auszugraben, eßbare Pflanzen und Samen zu finden, aber dies alles konnte sie nicht über den Winter bringen. Ihre Zelte und vieles andere, was sie geschätzt hatten, waren verloren. Das einzige, was sie noch hatten, war das erbeutete, haltbare Fleisch in den Blasen. Niemand schätzte seinen Geschmack, und solange es noch etwas anderes zu essen gab, mochte es niemand anrühren. Aber es konnte sie für einige Zeit am Leben erhalten. Der größte Teil davon war noch vorhanden.

Herilak sah zu und wartete geduldig, während sie jagten und nach Herzenslust aßen. Die Frauen gerbten die wenigen Tierfelle, die sie erbeuteten, und sobald sie genug gesammelt hätten, würde es wieder Zelte geben. Die Mastodons hatten gute Weiden und erholten sich bald von den Anstrengungen der Wanderschaft. Herilak sah, wie ihre runzligen Häute wieder von Fettpolstern ausgefüllt wurden, und wartete. Er wartete, bis alle wohlgenährt und die Kinder wieder kräftig waren. Jeden Abend blickte er zum Himmel auf und beobachtete den Mond, wie er zunahm und heller wurde und wieder dahinschwand. Beim nächsten Neumond füllte er den steinernen Pfeifenkopf abermals mit scharf schmeckender Borke und rief die Jäger um das Feuer zusammen.

Nachdem alle geraucht hatten, stand er vor ihnen auf und teilte ihnen die Gedanken mit, die ihm durch den Kopf gegangen waren, seit sie hierher zur Flußschleife zurückgekehrt waren.

»Der Winter wird kommen, wie er es immer tut. Wir dürfen nicht bleiben und ihn hier erwarten. Wir müssen dorthin ziehen, wo es gute

Jagd und keine Murgu gibt. Ich sage, daß wir die hohen Berge überqueren und im fruchtbaren Land ihrer Westabhänge überwintern. Wenn wir jetzt gehen, wird noch Sommer sein, und wir werden die hohen Paßübergänge bezwingen können. Munan hat uns gesagt, daß jetzt die einzige Zeit im Jahr ist, die einen Übergang erlaubt. Wenn wir jetzt gehen, werden wir so leicht reisen wie damals, als wir den Murgu entkamen. Wenn wir jetzt gehen, werden wir uns nicht um Nahrung sorgen müssen, denn wir können das Murgu-Fleisch essen. Wenn wir jetzt gehen, können wir vor dem Winter in den grünen Hügeln jenseits der Schneeberge sein. Ich sage, daß jetzt die Zeit ist, wo wir aufbrechen und nach Westen ziehen müssen.«

Niemand wollte gehen; aber keiner konnte triftige Gründe zum Bleiben vorbringen. Zwischen dem Eis und den Murgu blieb ihnen keine andere Wahl. Sie sprachen darüber bis tief in die Nacht, doch alle Überlegung konnte keinen anderen Weg aufzeigen, der ihnen offengestanden hätte. Es sollten die Berge sein.

Am Morgen wurden die Schleifgestelle zusammengesetzt und alte Zuggeschirre mit neuem Leder ausgebessert. Kleine Jungen durchsuchten die Wälder nach den kompakten Gewöllekugeln aus Fell und Knochen, die die Eulen ausspien. Fraken brach sie auf und las aus dem Inhalt die Omina.

»Nicht heute, aber morgen«, sagte er. »Das wird die beste Zeit des Aufbruchs sein, beim ersten Tageslicht. Wenn die Sonne über die Hügel steigt und herscheint, wird sie nichts sehen. Wir müssen fort sein.«

An diesem Abend saß Kerrick nach der Mahlzeit beim Feuer und band kleine Grasbüschel an die langen Dornen des Schlehenstrauches. Der Vorrat an Pfeilen für die Hèsotsan ging zur Neige, und es gab in diesen Gegenden keine der Sträucher, an denen sie wuchsen. Man mußte sich ohne sie behelfen. Jedes Material von gleicher Größe wurde von den Hèsotsan ausgestoßen, und wie sich zeigte, waren die selbstgefertigten Pfeile genauso gut, sogar besser, wenn sie sorgfältig gemacht waren. Kerrick biß den Knoten mit den Vorderzähnen durch. Armun packte ihre wenigen Habseligkeiten zu Bündeln. Sie war still dabei, und Kerrick wurde plötzlich bewußt, daß sie ihre alte Gewohnheit, das Haar ins Gesicht zu halten, wieder angenommen hatte.

Als sie wieder in seine Nähe kam, nahm er sie beim Handgelenk und zog sie zu sich, aber ihr Gesicht blieb abgewendet. Erst als er es zwischen seine Hände nahm und zu sich drehte, sah er die Tränen in ihren Augen.

»Was ist geschehen?« fragte er verwundert. »Hast du dich verletzt? Ist dir nicht gut?«

Sie schüttelte den Kopf und versuchte still zu bleiben. Er aber sorgte sich und brachte sie zum Sprechen. Zuletzt wandte sie den Kopf zur Seite, hielt das Haar vor ihr Gesicht und sagte es ihm.

»Es wird ein Kind kommen. Im Frühjahr.«

In seiner Freude vergaß Kerrick ihre Tränen und Sorgen, zog sie an sich und lachte laut. Er wußte jetzt, was für eine Bewandtnis es mit Säuglingen hatte, war Zeuge von Geburten gewesen und hatte den Stolz der Eltern erlebt. Er begriff nicht, warum Armun jetzt weinte, anstatt glücklich zu sein. Sie wollte es ihm nicht sagen und wandte sich immer wieder in ihrer alten Art und Weise weg. Zuerst war er besorgt, dann begann er sich über ihr beharrliches Schweigen zu ärgern und schüttelte sie, bis sie nur noch mehr weinte. Darauf schämte er sich seines Verhaltens, wischte ihr die Tränen fort und hielt sie in den Armen. Als sie sich beruhigt hatte, wurde ihr klar, daß sie es ihm sagen mußte. Sie machte sich los und zeigte auf ihr Gesicht.

»Das Kind wird ein Mädchen sein und wie ich aussehen«, sagte sie und berührte ihre Hasenscharte.

»Das wird mir nur recht sein, denn du bist schön.«

Sie lächelte ein wenig. »Nur für dich«, sagte sie. »Als ich klein war, neckten sie mich und lachten mich aus, und ich konnte niemals froh sein wie die anderen Kinder.«

»Niemand lacht dich jetzt aus.«

»Nein, weil du hier bist. Aber die Kinder werden unsere Tochter auslachen.«

»Nein, das werden sie nicht. Außerdem ist es keineswegs ausgemacht, daß sie eine Hasenscharte haben wird. Hatten deine Mutter oder dein Vater eine?«

»Nein.«

»Warum sollte unser Kind dann eine haben? Und was ist dabei? Ich bin froh, dich zu haben, mit deinem Gesicht. Du solltest nicht weinen.«

Sie trocknete sich die Augen. »Du hast recht. Und ich sollte dich nicht mit meinen Ängsten behelligen. Du mußt den Kopf für andere Dinge frei haben, wenn wir morgen zu den Bergen ziehen. Wird es auf der anderen Seite wirklich gute Jagd geben?«

»Sicherlich. Munan hat es uns gesagt, und er ist dort gewesen.«

»Und wird es dort... Murgu geben?«

»Nein. Die lassen wir zurück. Wir ziehen in eine Gegend, wo sie nie gewesen sind.«

Er sagte nichts von dem düsteren Gedanken, den er mit niemandem teilte. Vaintè war am Leben. Sie würde nicht ruhen, niemals aufhören zu suchen, bis er und alle Tanu tot wären.

Sie konnten fliehen, aber sie würde ihnen folgen, so sicher wie die Nacht auf den Tag folgte.

18

Am fünften Tag ihrer Wanderung begann das Land anzusteigen; der Westwind war kühl und trocken. Die Jäger aus Har-Havolas Sammad sogen witternd die Luft ein und lachten fröhlich, denn dies war die Weltgegend, die sie am besten kannten. Sie führten aufgeregte Gespräche untereinander, wiesen auf vertraute Landmarken hin und eilten den Sammads und ihren schwerfällig dahinstapfenden Zugtieren voraus. Herilak hatte keinen Anteil an ihrer gehobenen Stimmung, denn die Spuren und Zeichen verrieten seinem erfahrenen Blick, wie schlecht die Jagd in diesem Gebiet war. Einige Male sah er, daß andere Tanu diesen Weg gezogen waren. Einmal fand er sogar die Reste eines Feuers, dessen Asche noch warm war. Die Jäger selbst bekam er nicht zu Gesicht; offensichtlich hielten sie sich von dieser großen und schwer bewaffneten Truppe fern.

Der Pfad, dem sie folgten, brachte sie allmählich ansteigend weiter und weiter ins Hügelland hinein. Die Tage waren warm, die Sonne heiß, doch bei Nacht waren sie froh um ihre Pelze. Dann stieß Har-Havola eines Morgens einen triumphierenden Schrei aus und zeigte nach vorn, wo das Licht der aufgehenden Sonne über dem dunstigen Westhorizont eine lange Reihe weißer Gipfel und Firnfelder berührte, die in der klaren Luft zu schweben schienen. Dies war das Schneegebirge, das sie überwinden mußten.

Einige Tage später waren sie so nahe herangekommen, daß der Gebirgswall wie eine unersteigbare Mauer aus Fels und Eis vor ihnen aufragte. Er sah abschreckend aus, und erst aus der Nähe zeigte sich, daß er in kulissenartig gestaffelte Kämme und Berggestalten gegliedert war, zwischen denen Täler und Schluchten Zugänge öffneten. Die Sammads zogen ein Tal aufwärts, immer neben dem rasch dahinströmenden Fluß entlang, dessen Wasser kalt und grau war. Die Landschaft veränderte sich. Steile Talhänge begrenzten den Ausblick zu beiden Seiten. Der Wald wurde lichter und bestand fast nur noch aus Nadelholzarten.

Eines Nachmittags nahmen sie am Hang über sich eine Bewegung wahr. Sie spähten hinauf und sahen weiße, gehörnte Tiere, die durch das unwegsame Gelände sprangen. Eins blieb auf einem Felsvorsprung stehen und schaute herab. Ein Pfeil von Herilaks Bogen warf das stolze Tier zu Boden und ließ es den Hang herabkollern. Sein Fell war lockig und weich. Das Fleisch, als sie es am Abend brieten, war wohlschmeckend und fett. Har-Havola leckte sich die Finger und grunzte zufrieden.

»Nur einmal zuvor habe ich eine Bergziege gegessen. Gut. Sehr schwierig zu erlegen. Sie leben nur im Hochgebirge. Nun müssen wir an Futter für die Mastodons und an Feuerholz denken.«

»Warum?« fragte Herilak.

»Wir kommen höher. Bald wird es keine Bäume mehr geben, dann wird auch das Gras dünn und spärlich sein. Und es wird Kälte geben, große Kälte.«

»Dann müssen wir mitnehmen, was wir brauchen«, sagte Herilak. »Ohne die Zelte sind die Gestelle nur leicht beladen. Wir werden Holz sammeln, zuschneiden und aufladen. Auch junge Zweige mit Laub für die Tiere. Sie dürfen nicht verhungern. Wird es dort Wasser geben?«

»Nein, aber das macht nichts, da dort Schnee liegen wird, den wir schmelzen können.«

Obwohl die Tage noch warm blieben, fanden sie den Boden jeden Morgen beim Erwachen gefroren, und der Atem von Mensch und Tier dampfte in der kalten Morgenluft. Es gab Klagen über die dünne Luft, die das Steigen noch anstrengender machte. Der alte Fraken keuchte schwer und konnte nicht weitergehen, so daß man ihn auf eines der Schleifgestelle setzte. Kerrick aber fand sich durchdrungen von einem Glücksgefühl, das ihm neu war. Die Klarheit der Luft, die Stille der

Berge, die nackte Sauberkeit von Himmel und Fels gefielen ihm. Wie sehr unterschied sich diese Welt von der feuchten Hitze des Südens, dem Schweiß und den Insekten! Die Yilanè konnten ihre Sümpfe und ihren endlosen Sommer haben. Sie waren dafür geschaffen. Sie würden das Leben hier unerträglich finden. Dies hier war nicht ihre Welt – konnten sie sie nicht den Tanu überlassen? Obwohl er gewohnheitsmäßig den Himmel beobachtete, sah er keinen der großen Raubvögel über ihnen kreisen. Vielleicht würden die Yilanè ihnen nicht mehr folgen. Vielleicht waren sie endlich vor ihnen sicher.

»Dort ist der höchste Paß«, verkündete Munan eines Nachmittags und zeigte voraus. »Wo die Wolken hängen. Dort schneit es. Ich erinnere mich, wie die Wolken vom Westen aufziehen und sich stauen; daher kommt es, daß oben häufig Schnee fällt.«

»Wir können nicht warten, bis der Schneefall aufhört«, sagte Herilak. »Holz und Futter gehen zur Neige. Wir müssen weiter.«

Es kostete sie einen langen Tag mühseligen Aufstiegs, um die Paßhöhe zu erreichen. Eine knietiefe Neuschneedecke lag auf dem festen Firn. Aber auch dieser konnte das Gewicht der Mastodons nicht tragen, die sich unter Aufbietung aller Kräfte vorwärts wühlen mußten und in den Schneewehen unterzugehen drohten. Für alle war es ein erschöpfendes Ringen, ein langsames, immer wieder unterbrochenes Aufwärtsstapfen. Als die Nacht kam, waren die Sammads noch immer am Hang unter der Paßhöhe und mußten dort eine schlaflose Nacht verbringen. Das letzte Futter, nur noch ein bescheidener Rest, wurde an die Tiere verfüttert, die hungrig quietschend und in der Kälte stampfend die Nachtstunden überstanden. Unfähig, Feuer zu entfachen, blieb den Sammads nichts anderes übrig, als sich in Felle zu hüllen und fröstelnd den Morgen zu erwarten. Mit dem ersten Licht zogen sie dann weiter.

Auf der anderen Seite der Paßhöhe war das Vorankommen womöglich noch schwieriger, denn hier hatte der Wind den Schnee fortgeblasen, und der Hang, über den die Kolonne absteigen mußte, war steil und vereist. Aber jetzt mußte jeder Aufenthalt vermieden werden. Das Futter war verzehrt, und die Mastodons würden eine weitere Nacht in Kälte und Schnee nicht überleben. Durch den eisigen, dichten Nebel der sich von unten heraufwälzenden Wolken tasteten sie sich abwärts. Am Nachmittag erreichten sie die Schutthänge und

Blockfelder unterhalb der Schneegrenze und entdeckten, daß dieses Gelände noch schwieriger zu begehen war als der Schnee. Es war Abend, als sie endlich die Wolkenuntergrenze durchbrachen und die warme Abendsonne auf ihren Gesichtern fühlten. Unter ihnen öffneten sich die Täler, und in weiter Ferne waren Anzeichen von Vegetation zu erkennen.

Es wurde dunkel, aber sie rasteten nur so lange, um Feuer zu machen und Fackeln anzuzünden. In ihrem flackernden Schein wankten die erschöpften Sammads weiter. Erst als sie merkten, daß jetzt weiche Erde statt scharfkantigen Gesteins unter ihren Füßen war, wurde ihnen bewußt, daß die schwere Prüfung hinter ihnen lag. Sie machten an einem rauschenden Schmelzwasserbach halt, wo saftige Matten und Grünerlendickichte die Hänge bedeckten. Erschöpft warfen sie sich zu Boden, während die Mastodons mit den Rüsseln das Laub von den biegsamen Zweigen streiften. An diesem Abend schmeckte ihnen selbst das haltbar gemachte Murgu-Fleisch.

Das Schlimmste lag hinter ihnen. Der Abstieg durch die Täler erwies sich dann als weit einfacher, als es das Hinaufsteigen gewesen war. Bald waren sie wieder unter Bäumen, wo die Mastodons die gewohnte Nahrungsvielfalt fanden. Die Jäger waren hoffnungsfroh, denn allenthalben waren Fährten und frische Losung von Bergziegen und anderem Schalenwild zu sehen, die eine gesicherte Fleischversorgung erwarten ließen. Aber die Bergziegen waren wachsam und scheu und zogen sich in unzugängliches Felsgelände zurück, ehe die Jäger auf Pfeilschußweite herankommen konnten. Erst am folgenden Tag gelang es ihnen, auf einer Waldlichtung ein Rudel Rehe zu beschleichen und zwei zu erlegen, bevor die anderen flohen. Es gab nur Wildfleisch zu essen, denn die Nadelbäume waren von einer Art, die ihnen bis dahin unbekannt gewesen war. Sie hatten süße Nüsse in dicken, bläulichen Zapfen. Die Schneeberge lagen hinter ihnen, die Zukunft schien strahlend und verheißungsvoll.

Einen Tag später und tausend Meter tiefer, schon ein gutes Stück draußen in den Vorbergen, mündete der Wildbach, dessen Lauf sie gefolgt waren, in ein felsiges Becken. Der lehmige Boden im Umkreis bewahrte die Fährten vieler Tiere. Das Wasserbecken selbst hatte keinen sichtbaren Abfluß; das Wasser mußte in ausgewaschenen Höhlen unterirdisch weiterfließen. Sie kannten solche Erscheinungen.

»Hier werden wir unser Lager aufschlagen«, sagte Herilak. »Es gibt Wasser, Weide für die Tiere, gute Jagd für uns, wenn wir die Anzeichen richtig gelesen haben. Die Sammads werden hierbleiben, und die Jäger werden frisches Fleisch herbeischaffen. Überall gibt es Beeren, Pilze und Wurzeln. Wir werden keinen Hunger leiden. Ich werde mit Munan, der dieses Gebiet schon durchwandert hat, weitergehen, um zu sehen, was im Westen liegt. Kerrick wird mit uns kommen.«

»Wir müssen Wasser in Häuten mit uns tragen«, sagte Munan. »Von hier an wird es knapp, und in der Wüste gibt es keins mehr.«

»Wir werden deinen Rat befolgen«, sagte Herilak.

Klima und Vegetation veränderten sich von Grund auf, sobald die drei Jäger das tiefergelegene westliche Hügelvorland erreichten. Der Baumbewuchs wurde spärlicher, das Gras war trocken und bildete bald keine zusammenhängende Decke mehr. Da und dort tauchten die stachligen, gefährlich aussehenden Wüstenpflanzen auf. Zwischen den letzten Hügelausläufern gingen sie bereits auf Kies und angewehtem Sand. Alle Pflanzen, die hier überdauerten, waren stachlig und trocken oder hatten harte, lederige Blätter. Alle hielten Abstand voneinander. Die Luft war trocken und reglos. Eidechsen huschten vor ihrer Annäherung davon. Nichts regte sich sonst.

»Es war ein langer, harter Tag«, sagte Herilak. »Wir werden hier haltmachen. Ein Platz ist so gut wie der andere. Ist dies die Wüste, von der du erzähltest?«

Munan nickte. »Alles ist ziemlich gleichförmig. Manche Gegenden sind sandiger, andere mit Gesteinsbrocken und Geröll bedeckt. Außer diesen stachligen Pflanzen gedeiht hier nichts. Es gibt kein Wasser.«

»Morgen früh werden wir weiterwandern. Es muß ein Ende haben.«

Die Wüste war heiß und trocken und schien trotz Herilaks hartnäkkiger Zuversicht endlos zu sein. Vier Tage gingen sie von Sonnenaufgang bis Sonnenuntergang und rasteten nur zur Mittagszeit, wenn die Sonne hoch über ihnen stand und die Hitze zu groß wurde. Am Ende des vierten Tages waren die Berge nur noch eine graue Linie am Horizont. Die Wüste breitete sich unverändert vor ihnen aus. Bei Sonnenuntergang standen sie auf einer niedrigen Bodenwelle und hielten Ausschau. Herilak beschirmte die Augen und blinzelte in den flammenden Abendhimmel.

»Das gleiche«, sagte er. »Keine Hügel, keine Berge, nichts Grünes. Nur Wüste.«

Kerrick hob die prall gefüllte Haut. »Unser letztes Wasser.«

»Ich weiß. Morgen früh kehren wir um. Wir sind so weit gegangen, wie wir können. Wie die Dinge liegen, werden wir den letzten Tagesmarsch zurück ohne Wasser unternehmen müssen. Aber am Abend, wenn wir das Hügelland erreichen, dann können wir trinken.«

»Wie soll es weitergehen?« fragte Kerrick, der trockenes Gestrüpp für ihr Lagerfeuer zusammentrug.

»Das muß überlegt werden. Wenn die Jagd gut bleibt, können wir vielleicht in den Vorbergen bleiben. Wir werden sehen.«

Als es dunkel war, hörten sie den Ruf einer Eule in der Nähe. Kerrick war sogleich hellwach und fühlte ein Frösteln über den Rücken gehen. Aber es war nur eine Eule, nichts weiter. Sie lebten hier in der Wüste und stellten den Eidechsen nach.

Die Yilanè konnten nicht wissen, daß sie hier waren. Sie konnten ihnen nicht durch die Schneefelder der Gebirgspässe gefolgt sein. Sie waren hier sicher.

Doch träumte er in dieser Nacht von Alpèasak und war wieder unter den geschäftig eilenden Fargi. Und am anderen Ende der Leine hing Inlènu. Er stöhnte im Schlaf, ohne zu erwachen, und er wußte nicht, daß seine Finger um den Eisenring an seinem Hals gekrampft waren.

Als er im Morgengrauen erwachte, war der Traum in ihm noch lebendig und lastete wie ein Alpdruck auf ihm. Es war nur ein Traum, sagte er sich; aber das Vorgefühl von Unheil wollte nicht weichen.

Der Rückmarsch brachte sie gut voran. Ohne Vorräte hatten sie weniger zu tragen und konnten schneller gehen; so durchquerten sie ein zweites Mal die ausgedörrte Wüste und die zu üppigerer Vegetation überleitenden Ausläufer des Hügellandes. Es war spät am Nachmittag, als sie sich durstig und müde dem lang herbeigesehnten Tagesziel näherten, der ersten Wasserstelle. Die Pfadspur führte durch dichtes, trockenes Gestrüpp, das knisternd ihre Beine streifte. Herilak ging mit gleichmäßigem Schritt voran. Als er sah, daß er die anderen zurückließ, blieb er stehen, um sie aufholen zu lassen.

Kaum war er stehengeblieben, da zischte ein Pfeil an ihm vorbei und bohrte sich ins trockene Gestrüpp.

Er warf sich zur Seite und rief den anderen eine Warnung zu. In der Deckung eines Strauches zog er einen Pfeil aus dem Köcher und legte ihn auf die Bogensehne. Vom höheren Buschgelände vor ihm rief eine Stimme herab.

»Herilak, bist du es? Hast du gerufen?«

»Wer ist da?«

»Sorli. Gebt acht! Von hier an, wo der Wald beginnt, wird es gefährlich.«

Herilak hielt aufmerksam Umschau, aber er sah nichts. Welche Gefahr war gemeint? Er wollte nicht noch einmal rufen, weil er damit seinen Standort verraten hätte. Kerrick erschien zwischen den Sträuchern und vereinzelten Bäumen; er schlich geduckt vorwärts. Herilak winkte ihn vor und gab ihm Zeichen, der Wegspur zu folgen. Als Munan auch vorbei war, folgte er ihnen wachsam umherspähend, den Pfeil noch immer auf der Bogensehne.

Sorli erwartete sie hinter einigen Blöcken. Andere Jäger seines Sammads waren in der Nähe verborgen. Sorli winkte sie vorbei, dann schloß er sich ihnen an. Erst als sie die nächste Anhöhe überwunden hatten, nahm er den Pfeil vom Bogen.

»Ich hörte euch durch den Busch kommen, dann sah ich einen Umriß. Ich wußte nicht, daß ihr es wart, deshalb ließ ich den Pfeil fliegen. Ich dachte, es seien die anderen. Sie griffen heute früh kurz nach Tagesanbruch an. Die Jäger auf Wache wurden getötet, konnten aber noch die Warnung weitergeben. Die anderen töteten auch eines der Mastodons, vielleicht wegen des Fleisches. Aber wir vertrieben sie, bevor sie etwas fortschleppen konnten.«

»Wer waren sie?«

»Nicht Tanu.«

»Murgu!« Kerrick hörte das Entsetzen in seiner Stimme. Nicht hier, nein, dachte er. Nicht hier.

»Nicht Murgu. Aber auch nicht Tanu, was wir unter Tanu verstehen. Einen haben wir getötet. Ihr werdet sehen. Sie hatten Speere, aber keine Bogen. Sobald die Pfeile zwischen sie fuhren, ergriffen sie die Flucht.«

Sie folgten dem Pfad zur Wasserstelle, tranken und erfrischten sich, dann zogen sie weiter. Kurz vor dem Dunkelwerden blieb Sorli stehen und zeigte auf einen Toten, der ein Stück abseits im Wald lag.

Der Mann lag, wie er gefallen war, auf dem Gesicht im Gestrüpp. Der Pfeil, der ihn getötet hatte, war herausgeschnitten worden, und an seiner Stelle klaffte ein blutiges Loch im Rücken. Er trug einen Lendenschurz aus Fell. Die Hautfarbe war dunkel, das lange Haar schwarz statt hell. Herilak wälzte den Leichnam auf den Rücken und betrachtete ihn prüfend.

»Ein Jäger. Er könnte ein Tanu sein, bis auf die Hautfarbe und dieses Haar.«

Kerrick bückte sich und zog ein Augenlid hoch; ein gebrochenes schwarzes Auge starrte glasig zu seinem blauen auf. Auch Munan beugte sich über den Toten, dann spuckte er aus.

»Harwan«, sagte er. »Als ich klein war, fürchtete ich mich vor den Geschichten, die sie über die schwarzen Männer von jenseits der hohen Berge erzählten, die in der Dunkelheit kämen, um Kinder zu stehlen und Säuglinge zu fressen. Sie wurden Harwan genannt und galten als wild und furchterregend. Einige sagten, die Geschichten seien wahr, andere lachten darüber.«

»Jetzt weißt du es«, sagte Sorli. »Sie waren wahr. Und da ist noch etwas. Seht euch dies an.«

Er führte sie ein kurzes Stück bergauf zu einer dunklen Gestalt, die ausgestreckt unter den Bäumen lag. Herilak betrachtete sie im Dämmerlicht und grunzte verblüfft. »Ein Langzahn, einer der größten, den ich je gesehen habe.«

Er war gewaltig, eineinhalbmal so lang wie ein ausgewachsener Mann. Das Maul war halb geöffnet, die zwei langen Zähne, die ihm den Namen gegeben hatten, ragten gebogen und tödlich scharf aus dem Oberkiefer.

»Er kam mit den dunklen Tanu, und er war nicht der einzige. Sie begleiteten die Jäger wie Mastodons und griffen an, wenn es ihnen befohlen wurde.«

Dies gefiel Herilak ganz und gar nicht. »Es ist eine Gefahr. Bewaffnete Tanu und diese Bestien. Woher sind sie gekommen?«

»Aus dem Norden – und dorthin haben sie sich auch zurückgezogen. Es könnte ein Jägertrupp gewesen sein.«

Herilak blickte nach Norden und schüttelte den Kopf. »Dann ist uns diese Richtung versperrt. Auch nach Westen kommen wir nicht durch, wenigstens nicht hier. Wir wissen nicht, wie viele von den dunklen Tanu es gibt, und wie viele Langzähne sie haben. Wir suchen nicht den Kampf mit ihnen. Da bleibt nur noch eine Richtung übrig, in die wir gehen können.«

»Nach Süden«, sagte Kerrick. »Durch dieses Bergland nach Süden. Aber es kann dort Murgu geben.«

»Es kann dort alles mögliche geben«, sagte Herilak in harter Entschlossenheit. »Es ändert nichts daran. Wir müssen gehen. Die Wüste kann dort zu Ende sein. Die Jagd kann dort gut sein, wir werden sehen. Nun laßt uns zum Lager gehen. Stellt nachts Wachen auf. Wir ziehen bei Sonnenaufgang weiter.«

19

Ein Kind hätte die Fährte der Sammads lesen können, so klar drückte sie sich im weichen Waldboden ab. Die von den Stangen der Schleifgestelle eingeschnittenen Rinnen, die breitflächigen Fußabdrücke der Mastodons, ihr hochgehäufter Dung. Herilak unternahm keinen Versuch, diese allzu deutliche Fährte zu löschen. Aber er ließ Jäger im Hinterhalt zurück, einige von ihnen zwei Tagesmärsche hinter den Sammads, um sich zu vergewissern, daß sie nicht verfolgt wurden. Die Tage vergingen, und nichts deutete darauf hin, daß die dunklen Tanu oder ihre Langzahn-Gefährten hinter ihnen her waren. Gleichwohl ließ Herilak in der Wachsamkeit nicht nach und ließ Tag und Nacht bewaffnete Wachen Ausschau halten.

Da alle Täler und Höhenzüge in ost-westlicher Richtung von den hohen Bergen zur Wüste strichen, wobei sie sich allmählich abflachten und mit der trockenen Ebene eins wurden, verließen sie die Vorberge und zogen zur Ebene hinaus, um leichter nach Süden voranzukommen. Statt mühsam bergauf und bergab zu steigen, ging die Wanderung am Rand der Wüste entlang. Jäger erkundeten das Gelände voraus und drangen in die Quertäler ein, um Wasser und Weide für die Mastodons zu suchen.

Der Marsch zog sich in die Länge. In den Hügelausläufern und am Rand der Wüstenebene war die Jagd schwierig. Die Vegetationszone begann sich mit Steppengräsern und Büschen weiter und weiter in die

Wüstenebene vorzuschieben, da und dort durchschnitten von den Trockenbetten jahreszeitlicher Wasserläufe. Aber es gab kein Wasser und wenig oder gar kein Tierleben. Sie konnten nur weiterziehen.

Erst als der Mond zweimal zu- und abgenommen hatte, stießen sie auf einen Fluß, der Wasser führte. Er mußte seinen Ursprung im Hochgebirge haben. Selbst hier am Rande der Wüste führte er noch beträchtliche Wassermengen und hatte ein tiefes Bett in die von Schotter durchsetzte lehmige Erde gegraben. Sie machten am Rand der Uferböschung halt und sahen das Wasser mehrere Klafter unter sich weiß gischtend über Blöcke und Felsstufen brausen.

»Hier kommen wir nicht hinüber«, sagte Kerrick. Herilak nickte und blickte flußabwärts.

»Vielleicht wäre es das Klügste, ihn nicht zu überschreiten, sondern ihm zu folgen. Er führt genug Wasser, um nicht in der Wüste zu versickern. Wo die Wüste endet, werden wir Wild finden. Wir müssen es tun, denn das Murgu-Fleisch geht zur Neige. Wir müssen eine Gegend finden, wo wir Nahrung sammeln und Wild jagen können.«

Dann sprach er den Gedanken aus, der immer mit ihnen war: »Und wir müssen diese Gegend finden, ehe der Winter kommt.«

Sie folgten den Mäandern des Flusses über die Ebene und bis in eine wüstenhafte Hügelkette hinein. Es gab zahlreiche Stellen, wo die Uferböschungen heruntergebrochen waren, und wo sie die Mastodons zur Tränke führen konnten. An manchen dieser Stellen fanden sich auch Fährten von Schalenwild. Und noch etwas fiel ihnen auf. Munan bemerkte es zuerst und brachte es zur Sprache, als er eines Abends zu Herilak und Kerrick ans Feuer kam und sich dort niedersetzte. Seinen Rücken hatte er dem steinigen Hügel zugekehrt.

»Ich habe viele Jahre gejagt«, sagte er. »Nur einmal wurde ich selbst gejagt. Laßt euch davon erzählen. Es geschah in den Bergen, wo ich den Riesenhirsch verfolgte. Es war früh am Morgen, und ich fand eine frische Fährte. Still und wachsam ging ich dahin, und doch fühlte ich, daß etwas nicht geheuer war. Nach einer Weile wurde mir klar, was es war: Ich wurde betrachtet. Ich konnte Blicke auf mir fühlen. Als ich wußte, daß es das war, sprang ich mit einem Ruck herum – und da war es über mir auf einer Felsbank. Ein Langzahn. Nicht nahe genug für den Sprung, noch nicht. Er mußte mir gefolgt sein, wie ich den Hirschen gefolgt war. Er blickte mir in die Augen, dann war er fort.«

Herilak nickte bedächtig. »Tiere wissen, wenn sie beobachtet werden. Einmal beobachtete ich heimlich ein paar Langzähne, und sie wandten die Köpfe, weil sie meinen Blick auf sich fühlten. Auch als Jäger fühlt man es manchmal, wenn man beobachtet wird.«

»Wir werden jetzt beobachtet«, sagte Munan ruhig, während er im Feuer stocherte. »Seht euch nicht um, aber geht Holz holen, und wenn ihr es tut, betrachtet den Hügel hinter mir. Da ist etwas und beobachtet uns, ich bin ganz sicher.«

»Geh Holz holen, Kerrick«, sagte Herilak. »Deine Augen sind gut.«

Kerrick erhob sich und ging ein Stück abseits, kam dann mit einigen dürren Zweigen zurück, die er ins Feuer legte.

»Schwer zu sagen«, sagte er. »Die Schatten bewegen sich im Widerschein des Feuers. Aber oben am Hügel ist eine Felsbank, und unter ihr scheint etwas Dunkles neben einem Strauch zu hocken. Vielleicht ist es ein Tier, vielleicht eine Täuschung.«

»Heute abend werden wir zusätzliche Wachtposten aufstellen«, sagte Herilak. »Dies ist unbekanntes Land. Niemand kann wissen, wer oder was hier anzutreffen ist. Vielleicht sogar Murgu.«

Die Nacht verlief ruhig. Vor Tagesanbruch weckte Herilak Kerrick, und Munan kam zu ihnen. Sie hatten sich schon am Vorabend auf einen Plan geeinigt. Auf verschiedenen Wegen näherten sie sich lautlos wie die Schatten der Nacht von den Seiten und von unten der Felsbank. Als die Sonne aufging, waren sie in ihren Positionen.

Herilak ließ einen Vogelruf hören. Es war das Zeichen, von drei Seiten gleichzeitig vorzugehen. Sie trafen an der verdächtigen Stelle zusammen, aber sie war leer. Aber etwas war dagewesen. Kerrick zeigte auf niedergetretenes Gras, dessen spröde, trockene Halme gebrochen waren. Munans Instinkt hatte ihn nicht getrogen. Etwas oder jemand hatte sie beobachtet.

»Verteilt euch«, sagte Herilak. »Wir suchen nach Spuren.«

Munan fand sie bald darauf. »Hier, im Sand. Ein Fußabdruck.«

Sie liefen zu ihm und beugten sich über die Entdeckung. Schweigend, weil es unverkennbar war, wer die Spur hinterlassen hatte.

»Tanu«, sagte Herilak, stand auf und blickte nach Norden. »Könnten die dunklen Tanu uns hierher gefolgt sein?«

»Das müßte schwierig gewesen sein«, sagte Kerrick. »Sie hätten uns

men? Die flirrende Hitze, die alle Konturen schimmern und verfließen ließ, erlaubte keine Gewißheit. Er trat einen Schritt zurück und wiederholte seinen Ruf.

Nun war eine Bewegung zu sehen. Ein Umriß erschien. Jemand stand dort. Kerrick trat wieder einen Schritt zurück, und die Gestalt kam auf ihn zu und verließ die Deckung der Stämme.

Kerricks erste Reaktion war Furcht. Er schwankte, doch ehe er seinem Impuls folgte und davonrannte, gelang es ihm, seine Selbstbeherrschung zurückzugewinnen.

Der Jäger hatte schwarzes Haar und eine dunkle Haut und war bartlos. Aber seine Hände waren leer wie die Kerricks. Auch trug er keinen Fellschurz wie der Jäger in den nördlichen Vorbergen. Er hatte etwas Weißes um den Kopf gebunden, und weiß war auch sein Lendenschurz. Nicht grauweiß wie gebleichtes und gegerbtes Leder, sondern weiß wie Schnee.

»Wir wollen sprechen«, rief Kerrick und trat einen Schritt auf den anderen zu.

Auf diese Bewegung hin machte der andere kehrt und war drauf und dran, in die Deckung der Bäume zurückzulaufen. Kerrick blieb stehen, als er das sah. Der andere ermannte sich, und Kerrick konnte sogar aus der Distanz sehen, daß er vor Angst zitterte. Darauf setzte Kerrick sich langsam auf den Boden und hatte die Hände in friedlicher Geste erhoben.

»Ich tue dir nichts«, rief er. »Komm und setz dich. Wir können miteinander reden.«

Danach rührte er sich nicht mehr von der Stelle. Als seine Arme erlahmten, ließ er sie auf den Schenkeln ruhen. Er summte vor sich hin, blickte zum Himmel auf, betrachtete die Gegend ringsum und vermied jede plötzliche Bewegung, die den Fremden erschrecken könnte. Der andere Jäger tat einen einzigen zögernden Schritt vorwärts, wartete unschlüssig, tat dann einen zweiten. Kerrick lächelte und nickte und bewegte seine Hände nicht. Schritt für Schritt kam der andere zaghaft näher, bis weniger als zehn Schritte die beiden trennten. Dann ließ er sich mit gekreuzten Beinen wie Kerrick nieder und schaute ihn mit großen und entsetzten Augen an. Kerrick sah jetzt, daß er es nicht mit einem jungen Burschen zu tun hatte. Die Haut des Mannes war runzlig, das Schwarz seines Haares war von Grau durchzogen. Kerrick lächelte und vermied andere Bewegungen. Er sah den anderen schlucken und den Mund bewegen, aber nur ein rauhes Geräusch kam hervor. Er schluckte noch einmal und war schließlich imstande zu sprechen. Die Worte kamen in einem Schwall.

Kerrick konnte nichts davon verstehen. Er lächelte und nickte, um dem anderen Zuversicht zu geben, während die leise, mit vielen Zischlauten durchsetzte Rede andauerte. Dann schwieg der andere plötzlich, beugte sich vorwärts und senkte den Kopf.

Kerrick war verblüfft. Er wartete, bis der Jäger wieder aufblickte, bevor er das Wort ergriff.

»Ich kann dich nicht verstehen. Weißt du, was ich sage? Willst du meinen Namen wissen?« Er hob langsam die Hand und zeigte auf seine Brust. »Kerrick. Kerrick.«

Es gab keine Reaktion. Der andere saß bloß da und beobachtete ihn mit offenem Mund. Seine Augen waren rund und weiß im dunklen Gesicht. Erst als Kerrick aufgehört hatte, nickte er wieder. Er sprach noch etwas, dann stand er auf und ging zu den Bäumen zurück. Ein anderer Jäger trat hinter den Stämmen hervor und gab ihm etwas. Kerrick sah, daß sich dort noch andere aufhielten. Er spannte die Beinmuskeln und setzte sich so zurecht, daß er in einer Bewegung aufspringen und fortlaufen konnte. Als keiner von ihnen näher kam, entspannte er sich ein wenig, behielt aber die Anhöhe bei den dürren Bäumen im Auge, als der erste zurückkam. Die anderen blieben, wo sie waren.

Diesmal kam der Jäger näher, bevor er sich setzte. Kerrick sah, daß er eine dunkle Schale trug, die mit Wasser gefüllt war. Er hob sie mit beiden Händen hoch und trank. Dann beugte er sich weit vor und setzte sie mit ausgestreckten Händen zwischen ihnen auf den Boden.

Jäger, die zusammen trinken, teilen etwas, dachte Kerrick. Es war ein Symbol des Friedens, hoffte er. Gleichwohl behielt er den anderen scharf im Auge, als er die Hände ausstreckte, die Schüssel aufhob und daraus trank, um sie dann zurückzustellen.

Der andere hob die Schale auf und goß das darin verbliebene Wasser neben sich auf den Erdboden. Dann klopfte er gegen die Schale und sagte ein Wort.

»Waliskis.«

Dann gab er die Schale Kerrick zurück. Dieser wunderte sich über dieses Benehmen, aber er nickte und lächelte, um seinem Gegenüber nicht den Mut zu nehmen. Er hob die Schale in Augenhöhe und sah, daß sie aus einem dunkelbraunen Material angefertigt war, das ihm unbekannt war; er untersuchte es eingehender. Ziemlich roh bearbeitet und von gleichmäßig brauner Farbe, aber nahe dem oberen Rand mit einem schwarzen Muster verziert. Er drehte sie in den Händen und entdeckte, daß auf der anderen Seite eine größere Zeichnung in Schwarz ausgeführt war.

Sie war gut gemacht, eine klare, schwarze Silhouette. Und sie zeigte nicht einen willkürlichen Flecken oder ein einfaches wiederholtes Muster, sondern eine Tiergestalt. Die Stoßzähne und der Rüssel waren unverkennbar, ebenso die charakteristische Körperform.

Es war ein Mastodon.

»Waliskis«, sagte der andere. »Waliskis.«

20

Kerrick drehte die Schale in den Händen um und um und befühlte vorsichtig die Zeichnung des Mastodons. Der andere nickte und lächelte und sagte immer wieder »Waliskis«. Aber was meinte er damit? Hatten diese Tanu auch Mastodons? Es war unmöglich zu entscheiden, da sie sich nicht verständigen konnten. Der andere griff nach der Schale und zog sanft daran, bis Kerrick sie losließ. Dann stand er auf und ging damit zu den anderen zurück.

Als er zum zweiten Mal wiederkam, war die Schale gefüllt mit einem gekochten Pflanzenbrei irgendwelcher Art, der klumpig und weiß aussah. Der Jäger nahm mit den Fingern davon und aß. Dann stellte er die Schale auf den Boden. Kerrick tat es ihm nach; es schmeckte recht gut. Sobald er dem Fremden dies durch Gesten zu verstehen gab, wandte dieser sich um und eilte wieder fort. Kerrick wartete, aber der andere kam nicht zurück.

Ihre Zusammenkunft schien beendet. Niemand zeigte sich, als Kerrick rief, und als er langsam zu der Anhöhe hinüberging, um bei den Bäumen nachzusehen, traf er dort niemanden an. Die Begegnung war merkwürdig gewesen, aber ermutigend. Der dunkle Jäger hatte keine Waffen gezeigt, sondern Wasser und Nahrung gebracht. Kerrick hob die Schale auf, nahm seinen Speer an sich und ging zurück zu den Zelten. Die Wachtposten riefen ihn an, als er in Sicht kam, und Herilak kam den Hang herauf, um ihn zu begrüßen. Er kostete von der Nahrung, fand sie wohlschmeckend, hatte aber ebensowenig wie Kerrick eine Ahnung, welche Bedeutung damit verbunden war.

Die Sammads versammelten sich um ihn, als er ins Lager kam, und er mußte die Geschichte der Begegnung wieder und wieder erzählen. Alle wollten von der neuen Nahrung kosten, und die Schale war bald leer. Auch sie selbst war ein Gegenstand großen Interesses. Herilak drehte sie in den Händen und beklopfte sie mit den Knöcheln.

»Sie ist hart wie Stein, aber zu leicht, um aus Stein zu sein. Und dieses Mastodon ist genauso hart. Ich verstehe nichts davon.«

Selbst Fraken war außerstande, eine Erklärung abzugeben. Dies alles war auch ihm neu. Zuletzt mußte Kerrick selbst entscheiden.

»Morgen früh werde ich wieder hingehen, genau wie heute. Ich werde ihnen in der Schale Fleisch bringen. Vielleicht wollten sie die Nahrung mit uns teilen.«

»Vielleicht wollten sie, daß du die Mastodons damit fütterst?« sagte Sorli.

»Wir können es nicht wissen«, meinte Kerrick, »aber ich werde ihnen von unserem Fleisch geben. Vielleicht aber ist es richtiger, wenn ich es nicht in ihrer Schale hinbringe, sondern in einem der geflochtenen Körbe mit den Mustern.«

Bevor es dunkel wurde, nahm Armun den besten Flechtkorb, den sie hatte, und wusch ihn im Fluß sauber. »Es ist gefährlich, wieder hinzugehen«, sagte sie. »Laß einen anderen gehen.«

»Nein, diese Leute kennen mich jetzt. Ich habe das Gefühl, daß die Gefahr vorbei ist. Der schlimmste Teil war der, als ich zuerst hinaufging. Ich nehme an, daß diese neuen Tanu die Gegend hier als ihr Jagdgebiet betrachten, und wenn wir bleiben wollen, müssen wir in Frieden mit ihnen leben. Und wohin sollen wir sonst gehen? Wir wissen nicht, ob es irgendwo besser sein wird oder nicht. Wir wollen jetzt essen, aber bewahre die besten Fleischstücke auf, daß ich sie im Korb mitnehmen kann.«

Als Kerrick am folgenden Morgen den Ort der Begegnung aufsuchte, war niemand dort. Doch sobald er seinen Speer niederlegte und mit dem Flechtkorb langsam auf die Bäume zuging, erschien dort eine vertraute Gestalt. Kerrick setzte sich und stellte den Korb vor sich auf die Erde. Diesmal kam der andere ohne Furcht zu ihm und setzte sich auch. Kerrick aß ein Stück Fleisch, dann stieß er den Korb hinüber und sah zu, wie der andere ein Stück nahm und es mit Zeichen des Genusses verzehrte. Dann wandte er den Kopf und rief mit lauter Stimme etwas. Unter den Bäumen kamen fünf weitere Jäger zum Vorschein, alle schwarzhaarig, bartlos und in gleicher Weise gekleidet. Sie näherten sich ihm.

Nun bekam Kerrick es mit der Angst. Er sprang auf und wich zurück. Zwei der Neuankömmlinge hatten Speere. Sie blieben stehen, als er sich bewegte, und starrten ihn neugierig an. Kerrick zeigte auf sie und machte die Bewegung des Speerwerfens. Der erste Jäger begriff, was er sagen wollte, und rief etwas, das ein Befehl gewesen sein mußte, denn sie legten die Speere nieder, bevor sie weitergingen.

Kerrick wartete, die Arme auf der Brust verschränkt, und versuchte unbesorgt zu erscheinen. Es sah alles ziemlich friedlich aus, aber sie konnten Klingen unter ihren Lendenschurzen verbergen. Sie benötigten nicht einmal Klingen, denn sie waren sechs und konnten ihn mit Leichtigkeit überwältigen und töten, wenn sie es wollten. Es war ein Risiko, das er auf sich nehmen mußte, wenn er es nicht vorzog, die Flucht zu ergreifen.

Als sie näher kamen, bemerkte Kerrick, daß zwei von ihnen kurze Keulen trugen. Nun zeigte er auf diese und machte Gesten des Niederschlagens. Sie standen still und berieten untereinander, und es dauerte eine Weile, bis sie verstanden, was er meinte. Offenbar handelte es sich nicht um Keulen. Einer von ihnen ging zurück zu den Speeren, und Kerrick stand bereit, wieder davonzulaufen. Aber der Jäger demonstrierte nur die Anwendung der hölzernen Werkzeuge. Er hielt eins in der Hand und paßte das stumpfe Ende seines Speers in eine Kerbe am anderen Ende. Dann, während der Speer auf seinem Arm ruhte und von den Fingern gehalten wurde, lehnte er sich weit zurück und schleuderte den Speer hoch in die Luft. Er sauste empor und fiel zurück, um sich tief in die Erde zu bohren. Kerrick wußte nicht zu sagen, wie das Gerät wirkte, jedenfalls erreichte es, daß der Speer viel weiter flog. Kerrick zeigte nun keine Furcht mehr, als der Jäger das Holzstück neben dem Speer liegen ließ und zu den anderen kam.

Sie umringten ihn und redeten aufgeregt in hohen Stimmen; sie waren an ihm so interessiert wie er an ihnen. Zögernd streckten sie die Finger aus, um vorsichtig die zwei Messer aus Himmelsmetall zu berühren, die er um den Hals trug. Anschließend befühlten sie mit staunendem Gemurmel den Ring. Kerrick wiederum betrachtete aufmerksam ihre Kleidungsstücke und sah, daß sie nicht aus Leder waren. Als er mit den Fingern über einen Streifen fuhr, den einer von ihnen um seinen Kopf gebunden hatte, nahm dieser ihn ab und gab ihn Kerrick. Er war weich wie Fell, aber viel leichter, und als er genau hinschaute, sah er, daß der Streifen wie ein Korb geflochten war. Aber das Material, aus dem er bestand, war fein wie Haar. Er wollte es zurückgeben, aber der Jäger wehrte ab und zeigte auf Kerricks Kopf. Als er sich den Streifen darauf über den Kopf zog, lächelten alle und machten anerkennende Geräusche.

Sie schienen zufrieden über diese erste Bekanntschaft und sprachen leise miteinander, und schließlich gelangten sie zu einer Entscheidung. Die Neuankömmlinge machten kehrt und gingen zurück zu den Bäumen. Der erste Jäger nahm Kerrick beim Arm und zeigte auf die anderen. Die Bedeutung war offensichtlich; sie wollten, daß er sie begleitete. Sollte er mitgehen? Vielleicht war dies alles nur eine List gewesen, um ihn einzufangen oder zu töten. Aber sie gaben sich so natürlich. Die zwei Bewaffneten hoben im Gehen ihre Speere auf und wanderten weiter, ohne zurückzublicken.

Das gab den Ausschlag. Wäre es eine Falle gewesen, so hätten sie die Speere liegen gelassen; andere bewaffnete Jäger hätten leicht in einem Hinterhalt bei den Bäumen warten können. Er mußte sich benehmen, als glaubte er an ihre guten Absichten. Er durfte sich seine Befürchtungen nicht anmerken lassen. Aber er war bei alledem nicht gewillt, seinen eigenen Speer zurückzulassen. Er zeigte hin und tat zwei Schritte in die Richtung. Der erste Jäger kam ihm zuvor. Er lief voraus und hob den Speer auf. Kerrick durchlebte unangenehme Augenblicke, als der Mann mit dem Speer in der Hand zurückgetrottet kam. Aber dann reichte er ihn Kerrick mit der größten Selbstverständlichkeit und kehrte ihm den Rücken, um den anderen zu folgen. Die Spannung ließ nach; vielleicht waren sie wirklich so friedfertig, wie sie sich benahmen. Kerrick holte tief Atem; es gab nur eine Möglichkeit, das in Erfahrung zu bringen. Bei den Bäumen blieben sie stehen und schauten zurück.

Kerrick atmete langsam aus und folgte ihnen.

Sie überwanden einen weiteren Höhenzug und stiegen in eine tief eingeschnittene Talschlucht hinab. Kerrick erkannte, daß sie von dem

Fluß, dem sie gefolgt waren, in die Landoberfläche gegraben worden war; offenbar zog er sich in Schleifen und Windungen durch das Hügelland. Ein ausgetretener Pfad führte sie zum Fluß hinab und sein Ufer entlang.

Mit jeder Biegung schienen die Felswände höher zu ragen, der Fluß neben ihnen schneller dahinzuströmen. Sie wanderten auf einem schmalen, sandigen Felsabsatz dahin, der von den Frühjahrshochwassern sicherlich überspült wurde. Teile der Felswand waren herabgestürzt, und der Strom brach sich rauschend an den riesigen Blöcken, die da und dort aus dem Wasser ragten. Die Jäger mußten einen steilen Schuttkegel durchqueren, dessen unteres Ende von den tosenden Wassern angeschnitten war, die gegen die senkrechten Felswände des anderen Ufers schäumten. Der Pfad stieg an und wurde immer schwieriger zu begehen. Kerrick blickte auf – und blieb stehen.

Dunkelhaarige, mit Speeren bewaffnete Jäger blickten von oben auf ihn herab. Er rief den vor ihm Gehenden an und zeigte hinauf. Sie blickten auf und verstanden. Sie riefen den anderen etwas zu, worauf diese verschwanden. Kerrick stieg ihnen weiter nach und stand endlich schnaufend auf der Höhe. Er blickte den Weg zurück, den sie gekommen waren.

Steile, schroffe Schutthänge und rötlichgelbe Felswände fielen auf beiden Seiten zu den dunklen Wassern des Flusses ab, der jetzt tief unter ihm lag. Die natürliche Barriere der Felsen, zwischen denen sich der Pfad hinaufwand, konnte durch die bewaffneten Jäger, die zurückgetreten waren, um ihn durchzulassen, mit Leichtigkeit verteidigt werden. Es war eine perfekte Abwehrstellung. Aber was beschützte sie? Neugierde verdrängte nun seine Furcht, als er auf dem abwärtsführenden Pfad den anderen nacheilte.

Je weiter sie kamen, desto mehr veränderte sich die Landschaft. Die Felswände wurden niedriger und wichen zurück und leiteten zu sandigen Hügeln über, die den Fluß begleiteten, da und dort mit dürftiger Vegetation und verkümmerten Bäumen gesprenkelt. Nach und nach wurde das Land ebener und grüner, und niedrige Sträucher standen in gleichmäßigen Reihen. Kerrick wunderte sich über diese Regelmäßigkeit, bis sie an einer Gruppe von Männern vorbeikamen, die gebückt in einer der Reihen arbeiteten.

Staunend wurde ihm klar, daß die Strauchreihen zu einem bestimmten Zweck so angepflanzt waren, und daß Jäger zwischen den Pflanzen gruben und Frauenarbeit taten. Es war höchst ungewöhnlich. Aber schließlich hatten auch die Yilanè Felder um ihre Stadt angebaut; es gab keinen Grund, daß Tanu nicht das gleiche vermochten und daß Männer nicht genauso wie Frauen daran arbeiteten. Sein Blick folgte den grünen Reihen zu der felsigen Wand auf der anderen Talseite, wo dunkle Öffnungen im Stein zu sehen waren.

Dann begegneten sie einer Gruppe von Frauen, die allesamt in das weiche weiße Material eingehüllt waren, auf ihn zeigten und mit hohen Stimmen durcheinanderschnatterten. Seine Erfahrung als Jäger sagte Kerrick, daß er hier in diesem unbekannten Tal, unter diesen dunkelhäutigen Fremden, um sein Leben fürchten sollte, aber er tat es nicht. Hätten sie ihn töten wollen, so wäre dazu längst Gelegenheit gewesen. Er mochte noch immer in Gefahr sein, aber seine Befürchtungen wurden angesichts der vielen ungewohnten Eindrücke mehr und mehr von staunender Neugierde verdrängt. Vor ihnen stieg Rauch von Feuern auf, Kinder sprangen herum, die einem Kliff gleichende Felswand kam näher – und er blieb ein zweites Mal stehen, überwältigt von der Neuartigkeit des Anblicks, der sich ihm bot.

»Eine Stadt«, sagte er laut. »Eine Tanu-Stadt, keine Yilanè-Stadt.«

Die Jäger, mit denen er gekommen war, warteten geduldig, während er umherblickte. Eingekerbte Holzbalken, die einst ganze Baumstämme gewesen sein mußten, lehnten an den Öffnungen oben in der Felswand des Kliffs. Offenbar boten diese Kerbstämme den einzigen Zugang zu den oberen Höhlen, denn er sah Gesichter von dort herabspähen. Auch hier herrschte Geschäftigkeit, nicht anders als in einer Stadt der Yilanè. Aber viele Aktivitäten blieben ihm unverständlich. Dann bemerkte er, daß der ältere Jäger, mit dem er zuerst zusammengetroffen war, ihn zu einer breiten, dunklen Öffnung am Fuß des Kliffs winkte. Kerrick folgte ihm hinein, blickte vorher noch die leicht zurückgeneigte Felswand hinauf und blinzelte dann in das Halbdunkel der Höhle. Er war kaum imstande, nach dem hellen Sonnenschein draußen Einzelheiten auszumachen. Der Jäger zeigte auf die unebene Felsoberfläche der Decke. »Waliskis«, sagte er. Es war dasselbe Wort, daß er gebraucht hatte, als er auf die Wasserschale gezeigt hatte.

Kerrick blickte zu den Felszeichnungen auf und begann zu verstehen, was der Jäger zu sagen versuchte.

Hier waren Tiere dargestellt. Sie waren farbig auf den Fels gezeichnet. Viele von ihnen sahen aus wie die Rehe und Hirsche, die er kannte. In der Mitte von allen aber war die beinahe lebensgroße Darstellung eines Mastodons.

»Waliskis«, sagte der Jäger noch einmal und verneigte den Kopf vor der Wiedergabe des gewaltigen Tieres. »Waliskis.«

Kerrick nickte zustimmend, ohne die Bedeutung der Malerei zu verstehen. Die Ähnlichkeit war groß, genauso wie bei der Darstellung des schwarzen Mastodons auf der Schale. Alle Malereien waren äußerst realistisch. Er blickte auf und berührte den Hirsch und sagte dazu das Wort »Hirsch«. Der dunkelhaarige Jäger schien nicht sonderlich interessiert. Statt darauf einzugehen, trat er wieder hinaus in den Sonnenschein und winkte Kerrick, ihm zu folgen.

Kerrick wäre gern stehengeblieben und hätte sich all die faszinierenden Aktivitäten angesehen, die sich um ihn her abspielten, aber der andere führte ihn eilig zu einem der Kerbstämme, die an der Wand des Kliffs lehnten. Er kletterte zu einem Felssims hinauf und wartete dort auf Kerrick. Der Aufstieg war einfach. Hinter dem Felssims befand sich eine dunkle Öffnung, die in eine größere Höhle führte. Man konnte nur gebückt eintreten. Auf dem Steinboden standen Töpfe, Schalen und andere Gegenstände; an einer Wand lag ein Stapel Felle. Der weißgekleidete Jäger sagte etwas, und aus den Fellen antwortete eine dünne Stimme.

Als Kerrick genauer hinsah, bemerkte er, daß eine schmächtige Gestalt unter den Fellen lag, von der nur der Kopf herausschaute. Ein runzliges und faltiges Gesicht. Die Lippen bewegten sich über einem zahnlosen Mund, und die wispernde Stimme sprach wieder.

»Woher kommst du? Wie heißt du?«

21

Als seine Augen sich an das Halbdunkel der Höhle gewöhnt hatten, sah Kerrick, daß die Haut des Alten, obschon dunkel und fleckig vom Alter, so hell wie die seine war, und daß die trüb gewordenen Augen blau waren. Das vielleicht einmal helle Haar war nun grau und spärlich. Als die dünne Stimme weitersprach, konnte er bei aufmerksamem Lauschen das meiste verstehen. Die Sprache war nicht Marbak, wie er es kannte, sondern mehr wie der Dialekt, der von Har-Havolas Sammad und den anderen Leuten jenseits der Berge gesprochen wurde.

»Dein Name«, fragte der Alte wieder.

»Ich bin Kerrick. Ich komme von jenseits der Berge.«

»Ich wußte es, ja, dein Haar ist so hell. Komm näher, daß Huanita dich sehen kann. Ja, du bist Tanu. Siehst du, Sanone, sagte ich dir nicht, daß ich immer noch sprechen kann wie diese Leute?« Trockenes Lachen raschelte in seiner Kehle.

Kerrick und Huanita sprachen weiter, und Sanone, denn dies war der Name des dunkelhäutigen Jägers, hörte zu und nickte beifällig, obwohl er kein Wort verstehen konnte. Kerrick war nicht überrascht zu erfahren, daß Huanita eine Frau war, die als junges Mädchen von fremden Jägern gefangen worden war. Nicht alles, was sie sagte, war klar, und sie neigte zu Abschweifungen und unzusammenhängenden Reden. Manchmal schlief sie mitten in der Rede ein. Einmal erwachte sie und sprach in Sesek zu ihm, der Sprache der Sasku, wie diese dunkelhaarigen Leute sich nannten. Sie wurde ärgerlich, als er nicht antwortete. Dann verlangte sie nach Nahrung, und Kerrick aß mit ihr. Es war spät am Nachmittag, als Kerrick das Gespräch abbrach.

»Sag Sanone, daß ich zu meinem Sammad zurückkehren muß. Aber ich werde morgen wiederkommen. Sag ihm das.«

Huanita schlief wieder ein, schnarchte und murmelte und war nicht mehr ansprechbar. Sanone aber schien verstanden zu haben, was Kerrick bewegte, denn er geleitete ihn durch die Felder zurück zu der Felsbarriere über dem Fluß und rief den zwei mit Speeren bewaffneten Wächtern dort Befehle zu.

Von diesem Punkt an lief Kerrick den Weg zurück zum Lager am Fluß, denn er wollte die Zelte vor dem Dunkelwerden erreichen. Herilak mußte sich bereits wegen seiner langen Abwesenheit gesorgt haben, denn in den Hügeln waren schon Jäger auf der Suche nach ihm, die ihn mit Fragen bestürmten, als sie ihn zum Lager begleiteten. Er wartete, bis er im Kreis der Zelte war und vom kühlen Wasser getrunken hatte, bevor er von seinen Erlebnissen berichtete. Herilak, Fraken und die Sammadars saßen um ihn, der Rest der Sammads drängte sich hinter ihnen.

»Zuerst müßt ihr wissen«, sagte Kerrick, »daß diese dunklen Tanu sich die Sasku nennen. Sie werden nicht gegen uns kämpfen oder uns vertreiben. Sie wollen uns helfen, uns sogar Nahrung geben, und ich glaube, daß dies wegen der Mastodons ist.«

Ein überraschtes Gemurmel beantwortete diese Eröffnung, und er wartete, bis sie still waren, ehe er fortfuhr:

»Ich bin darüber genauso verwundert wie ihr, da ich sie nicht ganz verstehe. Es gibt dort eine alte Frau, die in einer Art und Weise spricht, daß ich sie verstehen kann. Aber was sie sagt, ist nicht immer klar. Die Sasku haben keine Mastodons, aber sie wissen von ihnen. Ihr alle habt das Mastodon auf der Schale hier gesehen, und in einer Höhle haben sie ein großes Bild von einem solchen und anderen Tieren. Auch hier ist mir nicht klar, was es damit auf sich hat, aber etwas an den Mastodons ist ihnen sehr wichtig, obgleich sie keine haben. Sie haben die unsrigen gesehen, haben auch beobachtet, daß die Mastodons uns gehorchen; darum wollen sie uns helfen, wenn sie können. Sie wollen uns nicht schaden. Und sie haben viele wichtige Dinge, wie Nahrungsvorräte, die für den Winter aufbewahrt werden, Schalen wie diese, zuviel, als daß ich mich an alles erinnern könnte. Am Morgen gehe ich mit Herilak wieder zu ihnen. Wir werden mit ihnen und ihren Sammadars sprechen. Ich weiß nicht genau, was geschehen wird, aber eins ist sicher. Wir haben einen geschützten Ort zum Überwintern gefunden.«

Es war mehr als nur Zuflucht für den Winter; es versprach ein sicherer Hafen in den Stürmen der Welt zu werden, die sie vorher gebeutelt hatten. Die Yilanè waren niemals hier gewesen, noch hatten die Sasku je von ihnen gehört. Sie verstanden wenig davon, was den Sammads zugestoßen war, da die alte Frau immer wieder eindämmerte und vergaß, solch komplexe Gedanken zu dolmetschen. Wichtig war, daß sie die Neuankömmlinge bei sich wünschten. Dies hatte etwas mit den Harwan zu tun, den dunkelhäutigen Jägern im Norden, deren Überfälle von jeher eine ständige Bedrohung und Sorge für sie gewesen waren. Die Barriere der Schlucht hatte als ein natürlicher Felssturz und Erdrutsch begonnen. Aber die Sasku hatten seit Jahren Blöcke und Gesteinstrümmer bewegt, um die massive Barriere zu schaffen, die jetzt den Zugang zum Tal von Norden her versperrte. Unterhalb davon weitete sich das Tal zwischen seinen hohen Wänden und schloß bewaldete Hügel und ebenes Weideland ein. Weiter südlich schlossen die hohen Felswände sich wieder zusammen und bildeten eine enge Schlucht, durch deren Stromschnellen und Felsstufen der Fluß wie ein Wildwasser tobte, so daß kein Boot ihn befahren konnte. Trotz dieser natürlichen Barrieren blieben die Harwan eine Gefahr, da sie an Stellen in das Tal eindrangen, wo die Felswände weniger hoch und steil waren, so daß die Sasku zu allen Zeiten wachsam sein mußten. Diese Gefahr war jedoch nicht so groß, wenn die Sammads in der Nähe blieben; dann würden die Harwan sich nicht herantrauen. Die Sasku würden sie gern mit Nahrung versorgen. Das war eine Regelung, die allen paßte.

Die Sammads blieben in ihren Zelten am Fluß, denn dort und in den bewaldeten Hügeln darüber gab es ausreichend Weidegelegenheit. Die Jagd hingegen war schlecht, und wären die Sasku nicht gewesen, so hätte es einen bitteren Winter gegeben. Sie waren freigiebig mit ihrer Nahrung, von der sie im Überfluß zu haben schienen. Was sie brauchten, bauten sie auf Feldern neben dem Fluß an. Sie verlangten nichts als Gegenleistung, obwohl sie dankbar waren, wenn sie nach einer erfolgreichen Jagd frisches Fleisch bekamen. Wenn sie um etwas baten, war es nur das Vorrecht, die Mastodons zu sehen, zu ihnen zu gehen und, als äußerste Gefälligkeit, die Erlaubnis zu erhalten, ihre runzligen, haarigen Häute zu berühren.

Für Kerrick war dieses Leben reich an Freuden und Anregungen, da er jeden Aspekt des Lebens der Sasku faszinierend fand. Die anderen Jäger interessierten sich nicht im mindesten für die Sasku. Sie lachten sogar über die Männer, die wie Frauen in der Erde gruben. Kerrick verstand die Sasku besser. Er sah die Verwandtschaft zwischen ihrer Arbeit auf den Feldern und den Weidetieren der Yilanè. Er begriff ihre Sicherheit, die durch die Lebensmittelversorgung garantiert war, da sie keine jahreszeitlichen Wanderungen unternahmen. Da es mehr Jäger als Wild gab, sahen die Männer der Sammads ihn nicht ungern seine Zeit mit den Sasku verbringen. Er verbrachte manche Nacht in den Höhlenräumen der Felswand, und schließlich zog er mit Armun und all ihren Pelzen, Fellen und Gerätschaften dorthin um. Man hieß sie willkommen. Die Frauen und Kinder bewunderten ihre hellhäutige Schönheit und berührten zögernd ihr langes blondes Haar.

Wie sich zeigte, lernte Armun sehr rasch die Sprache der Sasku. Kerrick ging oft zu der alten Frau, Huanita, und lernte Saskuwörter von ihr und ließ sich die Aussprache erklären. Armun lernte diese ebenso eifrig und übte sie mit den anderen Frauen, wenn er fort war. Sie lachten hinter vorgehaltenen Händen, wenn sie sprach, und sie lächelte, weil sie wußte, daß keine Bosheit in ihrem Lachen war. Wenn sie schließlich verstanden, was sie zu sagen versuchte, sprachen sie ihr die Worte wieder und wieder vor, als ob sie ein Kind wäre. Armun wiederholte sie dann. Nach kurzer Zeit war sie diejenige, die Kerrick lehrte, und er war nicht mehr von der alten Frau und ihren senilen Unberechenbarkeiten abhängig.

Armuns Bemühungen um das Erlernen der neuen Sprache ließen Kerrick viel Zeit, die faszinierenden Beschäftigungen und Fertigkeiten der Sasku zu erforschen. Er entdeckte, daß die harten Schalen und Gefäße tatsächlich aus weichem Ton gemacht waren, der in einer dünnen Schicht an einem bestimmten Abhang gefunden wurde. Dieser Ton wurde geformt, solange er noch naß war. Dann stellte man die frischen Gefäße zum Trocknen in einen heißen Ofen, der aus Steinen und dem gleichen Ton angefertigt war. Unter diesem Ofen wurde Tag und Nacht Holz verbrannt, und die Hitze bewirkte, daß der weiche Ton zu hartem Stein wurde.

Von noch größerem Interesse waren die Fasern, aus denen sie Seile und Schnüre drehten und die sie zu Stoff webten, aus dem sie dann ihre Kleidungsstücke schnitten. Diese Fasern lieferte ihnen eine kleine grüne Pflanze, die sie Charadis nannten. Ihre Samenkörner waren nicht nur gut zu essen, sondern sie lieferten auch ein Öl von vielseitiger Verwendbarkeit, wenn man sie hämmerte und preßte. Den größten Wert aber hatten die Stengel der Pflanze.

Die Charadisstengel wurden in flache Wasserbecken gelegt und mit Steinen beschwert, damit sie unter Wasser blieben. Nach einer bestimmten Zeit nahm man die eingeweichten Stengel aus dem Wasser und trocknete sie in der Sonne, worauf sie dann auf Steinplatten geklopft wurden. Mit hölzernen Kämmen trennte und glättete man sodann die Fasern, welche von den Frauen anschließend gedreht und versponnen wurden. Wand man mehrere oder viele dieser kräftigen Stränge zusammen, entstanden Schnüre und Seile, die man zu Netzen für den Fang von Fischen und anderen Tieren knüpfen konnte. Am liebsten sah Kerrick dabei zu, wie die dünnen, gesponnenen Fäden eng beisammen auf hölzerne Rahmen gespannt wurden, worauf die Frauen andere Fäden zwischen ihnen hin und her webten, um das weiße Gewebe herzustellen, das Armun so sehr bewunderte. Bald legte sie ihre Felle ab und kleidete sich wie die anderen Frauen in den weichen weißen Stoff.

Armun war glücklich unter den Sasku, glücklicher als sie es je zuvor gewesen war. Ihr Kind sollte bald zur Welt kommen. Sie war dankbar, daß sie es hier warm und bequem hatte und den Winter nicht in einem kalten Zelt verbringen mußte. In ihrem Zustand hatte sie kein Verlangen, zur Barriere hinaufzusteigen und über die Hügel zu den Sammads am Fluß zu gehen, wenn sie ihre Stunde nahen fühlte. Aber das war nicht der wichtigste Grund. Ihr Sammad war hier. Und Kerrick der Sammadar. Der Beginn ihres wirklichen Lebens war der Augenblick, als er ihr ins Gesicht gesehen und nicht gelacht hatte. Die Sasku lachten sie auch nicht aus. Sie nahmen überhaupt keine Notiz von ihrer Hasenscharte, so sehr bewunderten sie ihre helle Haut und das feine, schimmernde Haar, das beinahe so weiß war wie Charadis. Sie fühlte sich unter ihnen zu Hause, konnte sich bald mühelos in ihrer Sprache verständigen und lernte spinnen und die Nahrungspflanzen zu bereiten, die sie anbauten. Das Kind sollte hier geboren werden.

Kerrick hatte nichts gegen diese Entscheidung, er begrüßte sie sogar. Die Reinlichkeit der Felshöhlen, die luftige Bequemlichkeit der Stoffe war den zugigen Zelten und den von Ungeziefer wimmelnden Fellen bei weitem vorzuziehen. Das Leben unter den Sasku glich in mancher Weise der Geschäftigkeit der Yilanè in einer Stadt. Aber er stellte diesen Vergleich kaum bewußt an. Er dachte nicht gern an die Yilanè, und er ließ deshalb seine Gedanken nur zu gern von ihnen abschweifen, wann immer eine zufällige Ähnlichkeit sie ihm ins Gedächtnis zurückrief. Die Berge und die Wüste waren eine Barriere: Die Yilanè konnten sie hier nicht finden. So sollte es sein. Er hatte jetzt Verantwortlichkeiten, die Vorrang vor allem anderen hatten. Die bevorstehende Geburt war das Wichtigste, wenn auch nur für ihn und Armun. Unterdessen beherrschte eine andere bevorstehende Geburt das Denken und Reden der Sasku, die darin ein Zeichen von größter Bedeutung erblickten.

Die Mastodonkuh Dooha sollte auch ein Junges zur Welt bringen. Dies würde ihr viertes Kalb sein, und sie und die Sammads nahmen es als ein natürliches Geschehen hin.

Nicht so die Sasku. Kerrick begann etwas von der Verehrung zu verstehen, die sie den Mastodons entgegenbrachten. Sie wußten vieles über die Welt, was die Tanu nicht wußten, insbesondere über die Geister der Tiere und Felsen, über alles, was jenseits des Himmels lag, sowie über den Ursprung und die Zukunft der Welt. Unter ihnen gab es besondere Personen, die Manduktos genannt wurden und nichts taten, als sich der Beobachtung, Auslegung und Erforschung solcher Dinge zu widmen. Sanone war der erste unter ihnen, und er leitete sie, und insgesamt führten die Manduktos die übrigen Sasku. Die Machtvollkommenheit Sanones ähnelte derjenigen einer Eistaa bei den Yilanè. Darum folgte Kerrick sofort der Aufforderung, als Sanone ihn eines Tages zu der Höhle mit den Malereien rufen ließ. Der Mandukto saß vor der Darstellung des Mastodons und forderte Kerrick auf, sich neben ihn zu setzen. »Du bist weit gereist, um dieses Tal zu erreichen«, sagte Sanone. Wie unter den übrigen Tanu war es auch bei den Sasku Brauch, sich dem zu verhandelnden Thema auf Umwegen zu nähern. »Und du kämpftest mit den Murgu, die wie Menschen gehen. Wir haben niemals Murgu wie diese gesehen, also mußt du mir von ihnen berichten.«

Kerrick hatte ihm oft von den Yilanè erzählt, aber er tat es noch einmal, da er wußte, daß dies ein Schritt auf dem Weg zu dem Anliegen war, das Sanone hatte.

»Solch ein Gemetzel! Solche mörderischen Lebewesen!« Sanone erschauerte bei dem Gedanken an die Untaten der Yilanè. »Und sie töteten nicht nur Tanu, sondern auch Mastodons?« Abscheu und Entsetzen sprachen aus seinem Ton wie aus seinen Zügen.

»Das taten sie.«

»Du weißt, daß wir die Mastodons verehren. Du hast die Malerei über mir gesehen. Ich werde dir jetzt sagen, warum diese großen Lebewesen von uns so hoch geschätzt werden. Dazu mußt du verstehen, wie die Welt entstand. Es war der Schöpfer, Kadair, der die Welt so machte, wie du sie jetzt siehst. Er machte das Wasser fließen, den Regen fallen, die Pflanzen wachsen. Er machte alles. Als er die Welt schuf, war sie felsig und unfruchtbar. Dann nahm er die Form eines Mastodons an. Als dieses Mastodon, das in Wirklichkeit Kadair war, mit den Füßen stampfte, brach das Felsgestein auf, und das Tal wurde geformt. Der Rüssel des Mastodons spritzte Wasser, und der Fluß strömte. Aus dem Dung des Mastodons wuchs das Gras, und die Welt war fruchtbar. So fing alles an. Als Kadair fortging, weil sein Werk getan war, blieb das Mastodon zurück, um uns stets daran zu erinnern, was er getan hatte. Aus diesem Grund verehren wir das Mastodon. Nun verstehst du.«

»Ich verstehe und bin geehrt, von diesen Dingen zu hören.«

»Es ist uns eine Ehre, dich hier zu haben. Denn du führst die Leute, welche die Mastodons pflegen, und du hast sie hergebracht. Dafür sind wir dir dankbar. Die Manduktos versammelten sich letzte Nacht und sprachen darüber, und dann beobachteten wir die Sterne. Es gab Vorzeichen am Himmel, brennendes Feuer und Feuerspuren, die in diese Richtung wiesen. Es gibt eine Bedeutung in diesen Dingen. Wir wissen, daß Kadair die Sammads aus einem verborgenen Grund hierhergeführt hat. Vergangene Nacht wurde dieser Grund klargestellt. Ihr wurdet hergeführt, damit wir Zeugen der Geburt des Mastodonkalbs würden.«

Sanone beugte sich vorwärts, und in seiner Stimme war große Sorge. »Kann die Kuh hierher gebracht werden? Es ist wichtig, daß das Kalb hier geboren wird, während die Manduktos anwesend sind. Ich kann dir nicht sagen, warum dies wichtig ist, denn das ist ein Geheimnis. Aber ich kann dir versichern, daß es große Geschenke geben wird, wenn du dies erlaubst. Wirst du es tun?«

Kerrick achtete ihren Glauben, wenn er ihn auch nicht verstand, und er wählte seine Worte mit Bedacht. »Ich würde sogleich ja sagen, aber es ist nicht an mir, darüber zu entscheiden. Der Sammadar, dem die Kuh namens Dooha gehört, wird es entscheiden müssen. Ich werde mit ihm sprechen und meinen Freunden die Bedeutung dieses Ereignisses erklären.«

»Es ist von einer Bedeutung, die du nicht verstehen kannst. Geh zu diesem Sammadar. Ich werde Manduktos mit dir aussenden. Er wird die Geschenke bringen, so daß unsere Aufrichtigkeit nicht in Zweifel gezogen werden kann.«

Armun schlief, als er zurückkam. Um sie nicht zu wecken, schnürte er sich leise die Gamaschen mit den dicken Sohlen um die Waden und ging. Sanone wartete unten. Bei ihm standen zwei jüngere Manduktos, gebeugt unter der Last großer Flechtkörbe.

»Sie werden dich begleiten«, sagte Sanone. »Wenn du mit dem Sammadar gesprochen hast, wirst du ihnen sagen, ob unsere Bitte gewährt worden ist. Dann werden sie mit der Nachricht zurückeilen.«

Kerrick war froh über die Gelegenheit, sich Bewegung verschaffen zu können; er war lange nicht mehr im Lager gewesen. Bei der Felsbarriere sah er, daß der Fluß Hochwasser führte. Im Bergland mußte die Schneeschmelze eingesetzt haben. Er wanderte in gleichmäßigem Schritt weiter, mußte aber wiederholt auf die schwerbeladenen Manduktos warten, die nicht so schnell vorankamen. Die Sonne schien warm, und die Frühlingsregen hatten überall Grün hervorsprießen lassen. Die dürren Sträucher und Bäume hatte frisch ausgetrieben, und an den Hängen der Hügel blühten blaue Blumen.

Sie zogen weiter durch die Bäume und hinaus auf den kahlen, breiten Rücken, wo er seine erste Begegnung mit Sanone gehabt hatte. Jetzt war alles grün und mit Blüten übersät. Von hier aus konnte er den Fluß und den Lagerplatz am Ufer sehen.

Er war leer. Verlassen. Die Sammads waren fort.

22

Das Verschwinden der Sammads überraschte Kerrick. Er war sogar ein wenig beunruhigt, aber auf die zwei Manduktos hatte es eine ganz verblüffende Wirkung. Sie warfen sich auf die Knie und brachen in jämmerliche Klagerufe aus. Ihr Entsetzen war so groß, daß sie Kerricks Worte nicht beachteten, und er sie an den Armen ziehen mußte, um ihre Aufmerksamkeit zu finden.

»Wir werden ihnen folgen und sie finden. Sie werden nicht sehr weit gezogen sein.«

»Aber sie sind fort, vielleicht getötet, von dieser Erde verschwunden, die Mastodons tot«, jammerte der Jüngere.

»Es ist nichts dergleichen. Die Tanu der Sammads sind nicht wie die Sasku an einen Ort gebunden. Sie haben keine Felder zu bestellen und keinc Felshöhlen, in denen sie leben. Sie müssen immer in Bewegung bleiben, um Nahrung zu finden, immer nach neuen Jagdgründen suchen. Sie haben den ganzen Winter in diesem Lager verbracht, und nun sind sie weitergezogen. Aber sie werden nicht weit sein, sonst hätten sie mich aufgesucht und es mir mitgeteilt. Kommt, wir werden ihnen nachgehen und sie suchen.«

Die Fährte war nicht zu verfehlen. Zuerst führte sie nach Norden, dann bog sie nach Westen in die niedrigen Hügel ab. Sie waren noch nicht lange marschiert, als Kerrick vor ihnen den Rauch von Lagerfeuern aufsteigen sah und die erleichterten Manduktos darauf aufmerksam machte. Die Fährte führte zurück zum Fluß, zu einer Stelle, wo das Hochufer eingestürzt war und ein Trampelpfad zum Wasser hinabführte. Die Manduktos, deren Besorgnisse nun durch den Anblick der Mastodons zerstreut waren, eilten erleichtert weiter. Einige Kinder sahen sie kommen und liefen mit Geschrei ins Lager. Kurz darauf kam Herilak heraus, um sie zu begrüßen. Er lächelte über Kerricks weiße Kleidung.

»Im Sommer besser als Felle, aber in einem richtigen Winter würdest du erfrieren. Komm, setz dich zu uns und rauche eine Pfeife und erzähle mir von den Ereignissen im Tal.«

»Das will ich gern tun. Zuvor aber mußt du Sorli rufen lassen. Diese Sasku haben Geschenke für ihn – und eine Bitte.«

Sorli wurde herbeigeholt und lächelte erfreut über die gebackenen Fladen aus Mehl und Gewürzen, die süßen, frischen Wurzeln und eine Kostprobe des seltenen und hochgeschätzten Honigs. Die Manduktos sahen besorgt zu, als er in den Körben stocherte, zeigten aber dann Erleichterung über sein Lächeln.

»Das wird uns nach dem Winter gut schmecken. Aber warum bringen sie meinem Sammad solche Geschenke?«

»Ich werde es dir sagen«, sagte Kerrick in ernstem Ton. Er blickte zu den Sammadars, dann wies er auf die Geschenke und die Manduktos. »Aber ihr dürft über das, was ich sagen werde, nicht lachen oder lächeln, denn für diese Leute ist es eine bedeutsame und ernste Angelegenheit. Denkt an all die Nahrung, die sie uns gegeben haben und weiter geben werden. Ihr wißt, daß sie die Mastodons verehren?«

»Das wissen wir«, sagte Sorli. »Ich verstehe es nicht, aber es muß ihnen etwas bedeuten, sonst würden sie nicht so handeln.«

»Es bedeutet ihnen außerordentlich viel. Wären die Mastodons nicht gewesen, ich glaube nicht, daß sie uns überhaupt geholfen hätten. Nun haben sie eine Bitte. Sie ersuchen dich um die Erlaubnis, die Kuh Dooha ins Tal zu bringen, so daß ihr Kalb dort geboren wird. Sie versprechen dir, sie während der Geburt und danach zu füttern und zu pflegen. Bist du damit einverstanden?«

»Sie wollen Dooha behalten? Das kann ich nicht zulassen.«

»Sie werden sie nicht behalten. Dooha wird nur dort bleiben, bis das Kalb geboren ist.«

»In diesem Fall bin ich einverstanden. Wo das Kalb geboren wird, ist ohne Bedeutung.«

»Aber du mußt in der Art deines Ausdrucks erkennen lassen, daß es wichtig ist. Sie hören genau zu.«

Sorli wandte sich bedächtig den beiden Manduktos zu und hob die Hände mit den Handflächen nach außen. »Es soll geschehen, wie ihr wünscht. Ich werde Dooha selbst hinführen, heute noch.«

Kerrick wiederholte seine Worte in der Sprache der Sasku, und die Manduktos verneigten sich tief.

»Du wirst diesem Sammadar danken«, sagte der ältere Mandukto. »Sag ihm, daß unsere Dankbarkeit kein Ende haben wird. Nun müssen wir mit der Nachricht heimkehren.«

Sorli blickte ihnen kopfschüttelnd nach. »Ich verstehe es nicht – und ich will es auch nicht erst versuchen. Aber wir werden ihre Nahrung essen und keine weiteren Fragen stellen.«

Nun gab es ein Festmahl, und alle Angehörigen der Sammads bekamen von den frischen Nahrungsmitteln zu kosten. Kerrick, der den ganzen Winter über nichts anderes gegessen hatte, rührte die Sasku-Speisen nicht an; ihm bereitete es Genuß, ein Stück zähen Räucherfleisches zu kauen. Als sie fertig waren, wurde die Steinpfeife in Gang gebracht und machte die Runde. Kerrick sog dankbar daran.

»Ist dieser Platz besser als der alte?« fragte er.

»Einstweilen«, sagte Herilak. »Die Weide ist besser hier, aber die Jagd ist genauso schlecht. Wir mußten bis zu den Vorbergen ziehen, um Wild in ausreichender Zahl zu finden. Das ist gefährlich, denn die Dunkelhäutigen jagen dort auch.«

»Was wollt ihr dann tun? Die Jagd mag schlecht sein, aber von den Sasku können wir alles bekommen, was wir an Nahrung brauchen.«

»Das ist gut für einen Winter, aber nicht für das Leben. Die Tanu leben von der Jagd, nicht vom Betteln. Es mag gute Jagdgebiete im Süden geben, aber wir haben entdeckt, daß es in der Richtung kahle und wasserlose Hügelländer gibt, die schwierig zu überwinden sind. Vielleicht sollten wir es dennoch versuchen.«

»Ich habe mit den Sasku über diese Hügelländer gesprochen. Es soll dort einige wildreiche Täler geben. Aber die Kargu, so nennen sie die dunkelhäutigen Jäger, sind bereits dort. Der Weg ist versperrt. Habt ihr im Westen gekundschaftet?«

»Einmal sind wir fünf Tage in die Wüste hinausgezogen, aber dann mußten wir umkehren. Es war dort immer noch Wüste, und außer den stachligen Pflanzen gedieh nichts.«

»Ich habe auch darüber mit den Sasku gesprochen. Sie sagen, es gebe dort Wälder, wenn es einem gelingt, die andere Seite zu erreichen. Aber noch wichtiger ist, daß sie den Weg durch die Wüste zu kennen scheinen.«

»Dann mußt du sie fragen. Wenn wir die Wüste durchqueren und eine Gegend finden könnten, die wildreich ist und frei von Murgu, nun, dann würde die Welt wieder sein, wie sie es früher vor der Kälte war, ehe die Murgu kamen.« Herilaks Miene verdüsterte sich, und er starrte in das erlöschende Feuer.

»Denkt nicht an sie«, sagte Kerrick. »Sie werden uns hier nicht finden.«

»Sie wollen mir nicht aus dem Kopf. In meinen Träumen marschiere ich mit meinem Sammad. Ich sehe sie, höre sie, die Jäger, die Frauen und Kinder, die großen Mastodons. Wir lachen und essen frisches Fleisch. Dann erwache ich, und sie sind tot, und Staub weht über jenen fernen Strand und deckt die weißen Gebeine im Sand zu. Wenn ich diese Träume habe, dann sind alle Sammads um mich her Fremde, und ich möchte fortgehen und nicht wiederkommen. Ich möchte wieder nach Osten über die Berge, um die Murgu zu suchen und so viele von ihnen zu töten, wie ich kann, bevor auch ich sterbe. Dann werde ich vielleicht in den Sternen Frieden finden. Mein Tharm wird nicht träumen. Der Schmerz der Erinnerung wird ein Ende nehmen.«

Der Jäger ballte die Fäuste, aber seine Finger schlossen sich um leere Luft. Die Feinde, die er bekämpfte, waren unsichtbar wie seine Gedanken. Kerrick verstand ihn, denn sein Haß auf die Yilanè war genauso stark gewesen. Nun aber, mit Armun, die bald sein Kind zur Welt bringen sollte, war sein Leben unter den Sasku so erfüllt, wie er es früher nie zu erträumen gewagt hätte. Er konnte die Yilanè nicht vergessen, aber sie waren eine Sache der Vergangenheit, und er wollte nur in der Gegenwart leben.

»Komm zu der Siedlung der Sasku«, sagte er. »Wir werden mit den Manduktos sprechen. Sie wissen vieles, und wenn es einen Weg durch die Wüste gibt, kennen sie ihn. Ziehen die Sammads in jene Gegend, so werdet ihr die zweifache Barriere der Berge und der Wüste hinter euch haben. Die Murgu werden niemals beide überwinden können. Dann kannst du sie vergessen.«

»Das wäre mir lieb, du darfst es mir glauben. Mehr als alles in der Welt wünsche ich, daß ich sie bei Tag aus meinen Gedanken und bei Nacht aus meinen Träumen verbannen könnte. Ja, laß uns gehen und mit den Dunklen sprechen.«

Herilak war nicht wie die anderen Jäger. Er lachte nicht über die Sasku, welche auf den Feldern arbeiteten, über die kräftigen Männer, die wie Frauen in der Erde gruben, statt auf die Pirsch zu gehen, wie es sich für einen rechten Jäger ziemte. Er hatte von der hier angebauten Nahrung gegessen und dank ihr den Winter gut überstanden. Als Kerrick ihm zeigte, wie die Pflanzen gesät, geerntet und gelagert wurden, hörte er aufmerksam zu.

Er sah, wie der Tagaso an hölzernen Gerüsten zum Trocknen aufgehängt wurde, mit den quastenförmigen gelben Büscheln noch an den Pflanzen. Es gab Ratten und Mäuse, die sich an dieser üppigen Nahrungsquelle gemästet hätten, wären nicht die Bansemnilla gewesen, die ihre Zahl immer niedrig hielten. Diese geschmeidigen, langnasigen Geschöpfe, die ihre Jungen im Fell mit sich trugen, verfolgten die Nagetiere in der Dunkelheit und verzehrten sie.

Sie blieben stehen, um den Frauen zuzuschauen, welche die getrockneten Körner von den Kolben kratzten und sie dann zwischen zwei Steinen mahlten. Das so gewonnene Mehl wurde mit Wasser vermischt und auf heißen Steinen vor dem Feuer erhitzt. Herilak aß davon, tauchte die heißen Fladen in Honig und biß auf ein heißes Pfeffergewürz, worauf ihm die Tränen in die Augen schossen.

»Das ist ein gutes Essen«, sagte er.

»Und immer reichlich vorhanden. Sie pflanzen und ernten und lagern es, wie du es gesehen hast.«

»Ich habe es gesehen. Ich habe auch bemerkt, daß die Felder ebenso von ihnen abhängen wie sie von den Feldern. Sie müssen für alle Zeit an diesem Ort bleiben. Das ist nicht jedermanns Sache. Wenn ich nicht mein Zelt einrollen und weiterziehen könnte, ich glaube nicht, daß ich das Leben lebenswert finden würde.«

»Diese Leute denken vielleicht genauso über dich. Vielleicht würde es ihnen fehlen, am Abend zum vertrauten Feuerplatz zurückzukehren und am Morgen nicht dieselben Felder zu sehen.«

Herilak dachte darüber nach und nickte. »Ja, das ist möglich. Du bist einer, Kerrick, der die Dinge in einer anderen Weise sieht, vielleicht durch die vielen Jahre, die du unter den Murgu verbracht hast.«

Er brach ab, als er jemand Kerricks Namen rufen hörte. Eine der Sasku-Frauen kam aufgeregt herbeigeeilt und rief mit schriller Stimme. Kerrick machte ein besorgtes Gesicht. »Das Kind ist geboren«, sagte er.

Ohne ein weiteres Wort lief er davon, und Herilak folgte mit gemessenem Schritt. Kerrick war besorgt, weil Armun in letzter Zeit so aufgeregt gewesen war. Sie weinte jeden Tag, und all ihre früheren Ängste und Befürchtungen waren wiedergekehrt. Das Kind würde ein Mädchen sein und wie sie aussehen. Die anderen Kinder würden sie auslachen und verachten, wie es ihr selbst ergangen war. Kerrick konnte es ihr nicht ausreden; nur die Geburt selbst würde ihre Sorgen und Zweifel beseitigen. Die Frauen, so hatte man ihm gesagt, waren in diesen Dingen erfahren. Er konnte nur hoffen, daß es sich so verhielt. In großer Sorge und Unruhe kletterte er den gekerbten Stamm zu ihrer Höhlenwohnung hinauf.

Ein Blick in ihr Gesicht sagte ihm alles, was er wissen mußte. Alles war endlich gut.

»Schau«, sagte sie und schlug den weißen Stoff auseinander, der den Säugling umhüllte. »Schau. Ein Junge, der seinen Vater stolz machen wird. So hübsch und so kräftig!«

Kerrick, der keine Erfahrung mit Säuglingen hatte, fand ihn runzlig, kahl und rot, und in keiner Weise ihm selbst ähnlich. Er war aber klug genug, seine Gedanken für sich zu behalten.

»Wie soll er heißen?« fragte Armun.

»Nenne ihn einstweilen, wie du willst. Ist er herangewachsen, wird er den Namen eines Jägers erhalten.«

»Dann werden wir ihn Arnhwit nennen, denn ich möchte, daß er so stark wie dieser Vogel wird, so schön und so frei.«

»Ein guter Name«, stimmte er ihr zu. »Denn der Arnhwit ist auch ein guter Jäger mit scharfen Augen. Nur ein Arnhwit kann im Wind segeln und dann herabstoßen und seine Beute greifen. Arnhwit wird ein großer Jäger werden, wenn er das Leben mit solch einem Namen beginnt.«

Als Kerrick zu ihm hinunterrief, kletterte Herilak behende den

Stamm zu ihrer Höhlenwohnung hinauf. Er trat ein und sah, daß Armun nährte und dabei von freundlichen und hilfsbereiten Frauen umringt war. Kerrick stand stolz neben ihrem Lager. Die Frauen hatten ihr Nahrung, Schalen mit Wasser und Tücher gebracht. Kerrick nickte beifällig.

»Seht die Kraft in diesen Händen«, sagte er. »Wie sie zupacken, wie die Muskeln in seinen kräftigen Armen arbeiten. Da haben wir einen großen Jäger.«

Herilak bewunderte auch den Luxus der Umgebung. Die Tontöpfe und Schalen mit Wasser und Nahrung, die geflochtenen Matten und die weichen, gewebten Stoffe. Kerrick nahm einen fein geschnitzten hölzernen Kasten aus der Nische und streckte ihn Herilak hin.

»Hier ist ein weiteres Geheimnis, das die Sasku besitzen. Laß es dir zeigen. Wenn du dies hast, brauchst du nicht mehr Feuer zu bohren oder die Glut mit dir herumtragen.«

Herilak sah staunend zu, wie Kerrick ein Stück dunklen Gesteins aus dem Kasten nahm, dann einen zweiten, polierten Stein mit eingekratzten Kerben. Als nächstes nahm er eine Prise pulverisierten Holzes heraus. Mit einer schnellen, geschickten Bewegung schlug er einen Stein auf den anderen – und ein Funke flog in das Pulver. Er brauchte nur noch behutsam hineinzublasen, und eine Flamme leckte empor. Herilak nahm die beiden Steine in die Hände und betrachtete sie neugierig.

»In diesem Stein ist Feuer gefangen«, sagte er, »und der andere Stein setzt es frei. Die Sasku besitzen in der Tat seltsame und mächtige Geheimnisse.«

Kerrick legte die Steine in den Kasten zurück und stellte ihn wieder an seinen Platz in der Nische. Herilak trat vor die Höhle und bewunderte das Leben und die vielfältigen Aktivitäten unten am Fuß der Felswand und auf den angrenzenden Feldern. Als Kerrick zu ihm hinaustrat, zeigte er hierhin und dorthin und bat ihn um Erklärungen. Aufmerksam hörte er zu, als Kerrick ihm das Spinnen und Weben erläuterte und ihm dann zeigte, wo der Brennofen war, wo das Tongeschirr gebrannt wurde.

»Und dort, auf diesen Gerüsten, werden die roten Früchte getrocknet, die so scharf sind, daß es dir die Tränen in die Augen trieb. Nach dem Trocknen werden sie zerkleinert. In den großen Tongefäßen sind die süßen Wurzeln, aus denen ein nahrhafter Brei bereitet wird. Man kann daraus gute Fladen backen. Auch die Samenkörner verschiedener Gräser werden zu Mehl gemahlen. Es gibt hier immer Nahrung, niemand ist jemals hungrig.«

Herilak bemerkte seine Begeisterung und fragte: »Wirst du hierbleiben?«

Kerrick zuckte mit der Schulter. »Das weiß ich noch nicht. Das Leben an einem Ort wie diesem ist mir vertraut, denn ich lebte viele Jahre in der Stadt der Yilanè. Es gibt keinen Hunger, und die Winter sind warm.«

»Und dein Sohn wird wie eine Frau in der Erde graben, statt dem Hirsch zu folgen.«

»Das muß er nicht. Die Sasku gehen auch auf die Jagd. Mit ihren Speerschleudern sind sie sehr geschickt.«

Herilak zog es vor, nicht mehr davon zu sprechen, aber seine Empfindungen waren an der Art und Weise abzulesen, wie er den Kopf hielt und umherblickte. Dies alles war recht interessant und gut für jene, die hier geboren waren, aber in keiner Weise dem Leben eines Jägers vergleichbar. Kerrick wollte nicht mit ihm streiten. Er blickte von Herilak zu den Sasku, die auf den Feldern arbeiteten, und konnte beide verstehen – wie er sogar die Yilanè verstanden hatte. Nicht zum ersten Mal fühlte er sich heimatlos. Er war weder Jäger noch Bebauer von Feldern, nicht Tanu noch Murgu. Sie gingen wieder in die Höhle, und sein Blick ging zu Armun, die ihren Sohn in den Armen hielt. Er wußte, daß er jetzt eine Grundlage hatte, einen eigenen Sammad, mochte er auch noch so klein sein. Sie sah diesen Ausdruck in seinen Zügen und lächelte ihm zu, und er lächelte zurück. Eine der Frauen kam vom Höhleneingang und sagte:

»Ein Mandukto ist hier und möchte mit dir sprechen.«

Der Mandukto stand draußen auf dem Felsensims. Er war so aufgeregt, daß er zitterte. »Es ist geschehen, wie Sanone sagte. Das Mastodon ist geboren, wie dein Sohn. Sanone möchte mit dir sprechen.«

»Geh zu ihm. Sag, daß ich mit Herilak kommen werde.« Er wandte sich zu dem hünenhaften Jäger. »Wir werden sehen, was Sanone will. Dann werden wir mit den Manduktos sprechen und in Erfahrung bringen, ob es wirklich einen Weg durch die Wüste nach Westen gibt.«

Er wußte, wo er Sanone zu dieser Tageszeit antreffen konnte, denn die Nachmittagssonne schien in die Höhle an der Basis des Kliffs; zu dieser Stunde hatten die Felsmalereien dort das beste Licht. Wie Fraken wußte auch Sanone vieles und konnte von Sonnenaufgang bis Sonnenuntergang aus diesem Schatz rezitieren. Anders als Fraken teilte Sanone aber sein Wissen mit den anderen Manduktos, vor allem mit den jüngeren. Wenn er sang, wiederholten sie es und lernten dabei seine Worte. Kerrick durfte zuhören und wußte die Ehre zu schätzen, die ihm damit zuteil wurde, denn nur andere Manduktos durften wissen, was gesungen und gesagt wurde.

Im Näherkommen sah Kerrick, daß Sanone mit untergeschlagenen Beinen vor der Felsmalerei des großen Mastodons saß und zu ihr aufblickte, während drei jüngere Manduktos vor ihm hockten und seinen Worten lauschten.

»Wir werden hier warten, bis er fertig ist«, sagte Kerrick. »Er erzählt den anderen von Kadair.«

»Was ist das?«

»Nicht was, wer. Hier spricht man nicht von Ermanpadar, denn diese Leute wissen nicht, daß er die Tanu aus dem Schlamm des Flußes geformt hat. Statt dessen sprechen sie von Kadair, der in der Gestalt eines Mastodons allein die Erde durchwanderte. Er war so einsam, daß er mit den Füßen so fest auf den Boden stampfte, daß der rote Fels aufbrach und die ersten Sasku hervorkamen.«

»Das glauben sie?«

»Ja, ganz fest. Für sie hat es eine große Bedeutung. Sie wissen von vielen anderen Dingen, Geistern in den Felsen und im Wasser, aber sie sind alle von Kadair gemacht. Alles.«

»Nun verstehe ich, warum sie uns hier willkommen geheißen und Nahrung gegeben haben. Wir haben ihnen die Mastodons gebracht. Haben sie keine eigenen?«

»Nein. Sie wissen von ihnen nur durch die Malereien. Sie glauben, Kadair habe ihnen die Mastodons durch uns aus einem wichtigen Grund geschickt. Nun, da das Kalb zur Welt gekommen ist, erfahren sie vielleicht den Grund. Ich verstehe nicht alles daran, aber es ist sehr wichtig für sie. Nun, die Jungen gehen, wir können jetzt mit Sanone sprechen.«

Sanone kam lächelnd auf sie zu. »Das Mastodonkalb ist geboren, habt ihr die gute Nachricht vernommen?« fragte er erfreut. »Und ich habe soeben gehört, daß auch dein Kind geboren ist. Dies ist eine Sache von großer Bedeutung.« Er zögerte. »Hat dein Sohn schon einen Namen bekommen?«

»Ja. Er heißt Arnhwit, was in unserer Sprache Falke bedeutet.«

Wieder zögerte Sanone, dann fuhr er mit gesenktem Kopf fort: »Es gibt einen tieferen Grund, daß diese Geburten am selben Tag stattgefunden haben, genauso wie es für alles, was in dieser Welt geschieht, einen Grund gibt. Du führtest das Mastodon her, und das geschah aus einem Grund. Dein Sohn ist am selben Tag wie das Kalb geboren worden, und das geschah aus einem Grund. Du hast ihm den Namen Arnhwit gegeben, und du wirst den Grund dafür kennen. Und dies ist unsere Bitte: Wir wünschen, daß der Name deines Sohnes auch dem Kalb gegeben werde. Dies ist uns sehr wichtig. Glaubst du, daß der Sammadar dies erlauben wird?«

Kerrick lächelte nicht über dieses seltsame Ansinnen, wußte er doch, wie ernst Sanone und die anderen ihre Glaubensfragen nahmen. »Es wird so geschehen. Ich bin davon überzeugt, daß der Sammadar damit einverstanden sein wird.«

»Wir werden noch mehr Geschenke übersenden, um den Sammadar freundlich zu stimmen und sein Einverständnis zu erlangen.«

»Er wird einverstanden sein. Nun habe ich eine Bitte. Dies ist Herilak, den die Waliskis-Leute zu ihrem Anführer im Kampf gewählt haben.«

»Sag ihm, daß wir ihn hier willkommen heißen, denn seine Siege im Kampf brachten die Waliskis zu uns. Seine Ankunft ist uns bekannt gewesen. Die Manduktos werden zusammenkommen, und wir werden den Porro trinken, der für diese Gelegenheiten bereitet worden ist.«

Herilak staunte, als Kerrick ihm dolmetschte. »Sie wußten, daß ich kommen würde? Wie kann das sein?«

»Ich weiß nicht, wie sie es machen, aber ich weiß, daß sie die Zukunft viel besser sehen können, als es dem alten Fraken mit seinem Gewölle möglich ist. Es ist vieles an ihnen, was ich noch nicht verstehe.«

Die Manduktos schafften große Deckelgefäße herein und versammelten sich schweigend. Die Tongefäße waren fein gearbeitet, und jedes hatte die schwarze Zeichnung eines Mastodons in die Oberfläche eingebrannt. Die Trinkschalen waren in gleicher Weise geschmückt.

Sanone tauchte eigenhändig jede Schale in die schaumig braune Flüssigkeit und reichte die erste, die er gefüllt hatte, Herilak. Kerrick setzte seine Schale gleichzeitig mit den anderen an die Lippen und schlürfte vom Getränk, das bitter, aber seltsam angenehm schmeckte. Er sah, daß die anderen ihre Schalen auf einen Zug leerten und machte es ihnen nach. Gleich wurden die Schalen nachgefüllt.

Bald machte sich in seinem Kopf ein eigentümliches Schwindelgefühl bemerkbar, und er verspürte eine leichte Sorglosigkeit, die sonst nicht seiner Art entsprach. Herilaks Gesichtsausdruck war anzumerken, daß er etwas Ähnliches fühlte.

»Dies ist das Wasser Kadairs«, intonierte Sanone. »Durch dieses Wasser kommt Kadair zu uns, und zeigt, daß er sieht und hört.«

Kerrick begann zu begreifen, daß Kadair mächtiger war, als er geahnt hatte.

»Kadair führte die Waliskis-Leute her, das ist bekannt. Als das Kalb geboren wurde, wurde auch Kerricks Kind geboren, so daß Kerrick ihm den Namen geben konnte. Nun kommt der Führer der Waliskis-Leute zu uns, denn er sucht einen Weg durch die Wüste nach dem Westen und erbittet unsere Anleitung.«

Als Kerrick die Worte übersetzte, starrte Herilak den älteren Mann mit großen, ehrfürchtigen Augen an. Diese Menschen konnten die Zukunft lesen. Angespannt lauschte er, als Sanone fortfuhr, und konnte es kaum erwarten, daß Kerrick ihm die Bedeutung des Gesagten erklärte.

»Die Waliskis-Leute werden uns verlassen, denn ihr Werk ist getan. Die Manifestation Kadairs auf Erden ist hier. Das Kalb Arnhwit ist hier und wird bei uns bleiben. Dies ist, was sein soll.«

Herilak nahm dies ohne Frage hin. Er glaubte jetzt, daß Sanone die Zukunft voraussehen könne, und daß eintreffen werde, was er sagte. Kerricks Schwindelgefühl schien ein wenig nachzulassen, und er hoffte, daß Sorli den Verlust des Kalbs ebenso stillschweigend hinnehmen werde. Es war bei allem ein guter Handel, denn sie waren von den Sasku den ganzen Winter durchgefüttert worden.

Sanone wies auf einen jungen Mandukto und rief ihn zu sich.

»Dies ist Meskawino. Er ist stark und wird euch den Weg durch die Wüste zeigen. Ich werde ihm das Geheimnis der Wasserstellen in der leeren Wüste verraten, und er wird es in seinem Gedächtnis bewahren.

Ich werde ihm sagen, auf welche Zeichen er achten muß. Keiner unter den Lebenden hat die Wüste durchquert, aber der Weg ist uns im Gedächtnis.«

Kerrick wußte, daß die Sammads weiterziehen würden. Sollte er mit ihnen gehen? Ihnen fiel die Entscheidung leicht, ihm wurde sie schwer. Wie würde seine Zukunft aussehen? Er dachte daran, Sanone zu fragen, fürchtete aber beinahe, die Antwort zu hören. Seine Trinkschale wurde aufgefüllt, und er ergriff sie dankbar und trank gierig vom Porro.

23

Dies war das Tal der Sasku. Eine breite und fruchtbare Ebene, die sich zwischen den schützenden Felswänden erstreckte, die sie hoch und ungangbar umgaben. Zu Anbeginn hatte es hier nur massives Felsgestein gegeben, aber das war am ersten Tag nach der Geburt der Welt von Kadair durchbrochen worden. So hieß es jedenfalls. Nenne glaubte daran, denn der Beweis lag vor seinen Augen. Wer anders als Kadair konnte die Kraft gehabt haben, massives Felsgestein zu zerbrechen und einzudrücken, als ob es weicher Schlamm wäre? Kadair, der Erde und Gestein auseinandergerissen und dann das Flußbett in den Talboden gekratzt hatte, um es schließlich mit gutem Wasser zu füllen. Dies alles war offensichtlich. Nenne saß im Schatten auf dem Felsensims und dachte über diese Dinge nach, denn er hörte stets aufmerksam zu, wenn Sanone von solchen Dingen sprach, und sein Gedächtnis war gut. Gedanken wie diese beschäftigten ihn, während er das Tal überblickte und bewachte.

Nur Kadair konnte in einem Augenblick das Felsgestein durchschneiden. Aber es traf zu, daß Regen, Wind und Sonne selbst den widerstandsfähigsten Fels mit der Zeit abtrugen. Die Talwände waren an dieser Stelle niedergebrochen und hatten einen Steilhang aus schroffigem Gestein und Schutt hinterlassen, der erstiegen werden konnte. Die Sasku nahmen diesen Weg, wenn sie das Tal verließen, um in der angrenzenden Steppe zu jagen. Darum saß Nenne an seinem Platz und beobachtete den Hang, denn wo sie hinauskonnten, da konnten andere auch herein. Die Kargu durchstreiften auf ihren Jagdzügen das benachbarte Hügelland.

Nenne gewahrte eine schnelle Bewegung oben zwischen den Felsen. Doch als er genauer hinsah, war sie schon verschwunden. Ein Tier vielleicht oder ein Vogel. Oder vielleicht auch nicht. Die Sasku ließen die Kargu in Ruhe, solange diese auf Distanz blieben. Sie durften sogar in friedlicher Absicht kommen, um ihr Fleisch gegen Stoffe oder Tonwaren zu tauschen. Aber man mußte sie im Auge behalten, denn sie zogen es vor zu stehlen. Und sie stanken. Den Tieren gleich, lebten sie in der freien Wildnis, und es stand fest, daß sie den Tieren näher verwandt waren als den Sasku, obwohl sie sprechen konnten. Aber sie sprachen nicht gut, und ihre Felle stanken und waren voll Ungeziefer. Die blitzartige Bewegung kam wieder, und diesmal sprang Nenne auf, den Speer in der Hand haltend.

Da war etwas, etwas Großes, das sich zwischen den mächtigen Blöcken bewegte. Nenne legte den Speer in die Speerschleuder und streckte den Arm ausholend nach hinten.

Der Kargu kam in Sicht. Er mußte müde sein, denn er blieb immer wieder stehen, um Atem zu schöpfen. Nenne beobachtete ihn bewegunglos, bis er sich überzeugt hatte, daß der andere allein war. Der Platz, wo er Wache hielt, war gewählt worden, weil er die Pfadspur beherrschte. Jeder, der hier in das Tal eindrang, mußte an ihm vorbei. Sobald er die Gewißheit hatte, daß dem Kargu niemand folgte, sprang Nenne lautlos von seinem Ausguck.

Er vernahm das helle Knirschen nachgebenden Gesteinsschutts, dann das gleichmäßige Tappen eiliger Schritte. Der Kargu kam zwischen den hohen Felstürmen durch, die wie Wachtposten am oberen Teil des Einschnitts standen. Kaum hatte er die Engstelle passiert, sprang Nenne heraus und stieß dem Eindringling das stumpfe Ende seines Speeres hart in den Rücken. Der Kargu fiel mit heiserem Aufschrei vornüber. Sofort war Nenne bei ihm, trat ihm auf das Handgelenk und stieß den Speer des anderen fort. Dann wälzte er ihn mit einem Fuß auf den Rücken und setzte die Spitze seines eigenen Speeres an das schmutzige Fell, das den Magen des Kargu bedeckte.

»Du hast im Tal nichts zu suchen.«

Eine Drehung der Speerspitze verdeutlichte die Botschaft. Der

Kargu starrte ängstlich und feindselig zu ihm auf. Ein struppiger Bart und verfilztes Haar umrahmten seine dunklen Augen.

»Ich gehe durch... zu Hügeln dahinter«, sagte er undeutlich.

»Du gehst zurück. Oder du bleibst für immer hier liegen.«

»Schneller durchgehen. Zu anderen Sammads.«

»Du bist zum Stehlen gekommen, sonst nichts. Ihr geht nicht durch unser Tal, das mußt du wissen. Warum versuchst du es jetzt?«

Zögernd und unbeholfen erklärte der Kargu ihm, warum er es getan hatte.

Die Tonbehälter mit Porro waren leergetrunken, und Kerrick war froh darüber. Das Zeug hatte eine seltsame Wirkung auf seinen Kopf, und er wußte nicht zu sagen, ob sie schlecht oder gut war. Er stand auf und reckte sich. Dann verließ er die Höhle der Bilder und wartete, bis Herilak sich zu ihm gesellte. Gemeinsam sahen sie zu, wie Sanone die Manduktos in einer feierlichen Prozession zu dem neugeborenen Mastodonkalb führte, das auf einem Strohlager ruhte. Sie stimmten einen feierlichen Gesang an, und Sanone rieb rotes Farbpulver auf den kleinen Rüssel des Tieres. Dessen Mutter schien unbesorgt über die Zuwendung, die ihrem Jungen zuteil wurde; sie kaute ruhig an einem belaubten Zweig. Kerrick wandte sich zu Herilak, um eine Bemerkung zu machen, als zwei Gestalten am Flußufer erschienen, die seine Aufmerksamkeit erregten. Die eine, mit dunklem Haar und in Felle gekleidet, mußte ein Kargu sein, dessen Anwesenheit hier nicht alltäglich war. Er wußte, daß die Jäger bisweilen kamen, um Tauschgeschäfte abzuwickeln, aber dieser hatte leere Hände; und der Sasku hinter ihm trug zwei Speere. Als sie näher kamen, stieß er den Kargu mit dem Speerende an und deutete auf Sanone.

»Was gibt es?« fragte Herilak. »Was hat es zu bedeuten?«

»Ich weiß es nicht. Laß mich hören.«

»Dieser kam ins Tal«, sagte Nenne. »Ich bringe ihn zu dir, Sanone, damit du hörst, was er zu sagen hat.« Wieder stieß er den anderen mit dem Speerende. »Sprich. Sag, was du mir erzählt hast.«

Der Kargu blickte finster umher, rieb sich mit schmutziger Hand den Schweiß vom Gesicht und verschmierte den Staub darin nur noch mehr.

»Ich war allein auf der Jagd in den Hügeln«, sagte er zögernd. »Die ganze Nacht bei einem Wasserloch. Tiere kamen nicht. Ging heute früh zurück zu den Zelten. Alle tot.«

Eine kalte Vorahnung ergriff Kerrick, als Sanone das Wort ergriff. »Tot? Dein Sammad? Was geschah mit ihnen?«

»Tot. Arderidh, der Sammadar, keinen Kopf.« Er zog sich die ausgestreckten Finger über die Kehle. »Kein Speer, kein Pfeil. Alle tot. Nur diese.«

Er suchte in seinen Fellen und zog ein zusammengefaltetes Stück Leder hervor, das er vorsichtig öffnete. Kerrick wußte, was er sehen würde, ehe der andere es vorzeigte.

Klein, spitz, gefiedert.

Pfeile von einem Hèsotsan.

»Sie sind uns gefolgt! Sie sind hier!«

Die Worte brachen aus Herilak hervor. Es war wie ein Brüllen aus unerträglichem Schmerz. Seine Faust schlug so hart auf den Arm des Kargu, daß dieser aufschrie. Die Pfeile fielen zu Boden, und Herilak zertrat und zerstampfte sie.

Die Sasku sahen verblüfft zu, ohne etwas zu verstehen. Sanone blickte fragend zu Kerrick. Dieser aber stand wie Herilak unter dem Einfluß derselben Mischung von verzweifelter Wut und Angst. Er holte tief Atem, schloß einen Moment die Augen und zwang die Worte heraus.

»Sie sind es. Aus dem Süden. Die Murgu, die wie Tanu gehen. Sie kommen wieder.«

»Sind dies die Murgu, von denen du mir erzähltest? Diejenigen, vor denen ihr geflohen seid?«

»Dieselben. Murgu von einer Art, wie du sie niemals gesehen noch für möglich gehalten hättest. Sie gehen und sprechen und bauen Städte und töten Tanu. Sie töteten meinen Sammad, sie töteten Herilaks Sammad. Jeden Jäger, jede Frau, jedes Kind. Jedes Mastodon. Tot.«

Auf diese letzten Worte nickte Sanone in ernstem Verständnis. Er hatte viel über diese Angelegenheit nachgedacht, seit Kerrick ihm von den Murgu erzählt hatte. Er hatte bis jetzt nicht darüber gesprochen. Es hatte ihm die Gewißheit gefehlt. Sie kam jetzt, denn er kannte die Lehren und wußte, daß es nur ein Lebewesen gab, das es wagen würde, ein Mastodon zu töten.

»Karognis...« sagte er, und in seinem Ton war soviel Abscheu, daß die in seiner Nähe erschauerten und zurücktraten. »Der Karognis ist über das Land gekommen und uns nahe.«

Kerrick hörte nur halb hin, denn er war nicht interessiert daran, was Sanone sagte. »Was sollen wir jetzt tun, Herilak? Sollen wir wieder die Flucht ergreifen?«

»Wenn wir fliehen, werden sie uns nur von neuem verfolgen. Jetzt verstehe ich die Bedeutung meiner Träume. Dies ist der Tag, den ich kommen sah. Ich werde ihnen entgegentreten und kämpfen. Dann werde ich sterben. Aber es wird der Tod eines Kriegers sein, denn viele Murgu werden mit mir sterben.«

»Nein«, sagte Kerrick, »das wäre gut, wenn du allein wärst und sterben wolltest, aber du bist der Sacripex. Willst du, daß die Jäger und die Sammads mit dir sterben? Hast du vergessen, daß die Murgu so zahlreich sind wie die Wassertropfen im Meer? Im offenen Kampf können wir nur verlieren. Also mußt du mir jetzt sagen, ob du der Sacripex bist, der uns in den Kampf führt, oder ob du der Jäger Herilak sein willst, der allein gegen die Murgu ziehen und sterben möchte?«

Der Jäger war einen Kopf größer als Kerrick und blickte zornig auf ihn herab. Aber Kerrick war nicht weniger wütend. Er hielt seinem Blick stand und wartete auf seine Antwort.

»Das sind harte Worte, Kerrick. Niemand spricht so zu Herilak.«

»Als Margalus spreche ich zum Sacripex. Mit dem Jäger Herilak würde ich anders reden, denn sein Schmerz ist der meinige.« Sein Ton wurde versöhnlicher. »Es ist deine Wahl, großer Herilak, und niemand kann für dich entscheiden.«

Herilak starrte schweigend. Er hatte die Fäuste so fest geballt, daß die Knöchel weiß heraustraten. Dann nickte er langsam, und als er sprach, waren Verständnis und Respekt in seinen Worten.

»Und so soll der Sohn den Vater lehren. Du rufst mir ins Gedächtnis zurück, daß ich dir einst eine Entscheidung aufzwang. Du hörtest auf mich und verließest die Murgu und wurdest wieder ein Tanu-Jäger. Wenn du das konntest, dann muß ich meine Pflicht als Sacripex tun und vergessen, was ich in meinen Träumen sah. Aber du bist Margalus; du mußt uns sagen, was die Murgu tun werden.«

Der Zwischenfall war vorbei, vergessen. Nun waren Entscheidungen zu treffen. Kerrick sah den Kargu an, doch sein Auge war unkonzentriert und sah in Gedanken durch ihn die Yilanè und die Fargi, die hierhergekommen waren. Er versuchte zu sehen, was sie taten und wie sie es taten. Der Kargu regte sich unbehaglich unter diesem abwesenden Blick, und lange Augenblicke vergingen, ehe Kerrick das Wort an ihn richtete.

»Du bist ein Jäger. Du fandest deinen Sammad tot. Welche Spuren konntest du sehen, welche Zeichen?«

»Viele Spuren von Tieren, die ich nie gesehen habe. Kamen von Süden, gingen zurück nach Süden.«

Kerrick sah einen Hoffnungsschimmer. Er wandte sich zu Herilak und dolmetschte ihm die Worte des Kargu.

»Wenn sie nach Süden zurückkehrten, müssen sie Teil eines größeren Verbandes gewesen sein. Ein kleiner Trupp Fargi würde nicht so weit kommen, das wäre unmöglich. Ihre Kreaturen, die für sie kundschaften, können fliegen. Auf diese Weise wissen sie, wo wir sind, ehe sie angreifen. Sie kannten den Lagerplatz der Kargu, also war es ihnen ein leichtes, überraschend anzugreifen und alle niederzumachen. Sie wissen, wo die Sammads sind. Und sie kennen die Sasku und dieses Tal.«

»Was geht vor?« fragte Sanone und lenkte Kerricks Aufmerksamkeit in die Gegenwart zurück. »Ich begreife nichts davon.«

»Ich sprach von den Murgu, die wie Menschen gehen«, sagte Kerrick. »Sie kommen jetzt aus dem Süden und in großer Zahl, wie ich glaube. Der einzige Zweck ihres Kommens ist, uns auszurotten. Sie entsenden abgerichtete Raubvögel als Kundschafter und stellen lange vor ihrem Angriff fest, wo wir sind.«

»Werden sie auch uns angreifen? Was werden sie tun?« fragte Sanone.

»Inzwischen werden sie von diesem Tal wissen. Und sie werden hier alle töten, weil ihr Tanus seid wie wir.«

Während er sprach, überlegte Kerrick bereits, wie und wann der zu erwartende Angriff erfolgen würde. Sicherlich würden sie zuerst die Sammads in ihrem Lager überfallen und dann gegen die Sasku ziehen. Aber wann? Sie würden das Tal umgehen müssen, waren vielleicht jetzt schon dabei, es zu tun. War es möglich, daß sie schon jetzt losschlagen würden, an diesem Nachmittag? Es war ein schrecklicher Gedanke, daß die Sammads in diesem Augenblick der Vernichtung entgegengehen mochten. Aber das entsprach nicht der Denkart der

Yilanè. Sie rückten heran, verbrachten die Nacht in der Nähe und schlugen am frühen Morgen zu. So hatten sie es in der Vergangenheit immer gemacht, und da die Methode ihnen stets Erfolg gebracht hatte, würden sie jetzt nicht geneigt sein, sie zu ändern. Er wandte sich rasch zu Herilak.

»Die Murgu werden am frühen Morgen die Sammads im Lager angreifen, davon bin ich überzeugt. Entweder morgen früh oder am Tag darauf, jedenfalls nicht viel später.«

»Ich gehe jetzt, sie zu warnen. Die Sammads müssen sofort aufbrechen.«

Er lief davon, bevor Kerrick weitersprechen konnte.

»Wohin willst du gehen?« rief er ihm nach. »Wo wollt ihr Sicherheit finden?«

Herilak blieb stehen und wandte sich zu Kerrick und seinen unerfreulichen Tatsachen um. »Wohin? Nach Norden, wo der Schnee ist. Dorthin können sie uns nicht folgen.«

»Sie sind zu nahe. Sie werden euch noch in der Steppe einholen.«

»Wohin denn?«

Kerrick zeigte mit entschlossener Gebärde auf den Boden vor seinen Füßen. »Hierher. In dieses Tal hinter der Felsbarriere. Laß die Murgu kommen. Laß sie die Todesstöcke und die Pfeile und die Speere schmecken. Laß ihre Pfeile statt uns den harten Fels treffen. Erwarten wir sie im Hinterhalt! Sie werden nicht durchkommen. Sie werden glauben, wir säßen hier in der Falle, aber wir werden sie in die Falle locken. Wir haben hier Nahrung und Wasser, und die Sasku werden uns helfen.

Laß sie angreifen und verbluten. Ich glaube, daß die Zeit des Davonlaufens ein Ende gefunden hat.« Er wandte sich an Sanone, denn ihr Überleben hing jetzt von ihm ab. »Die Entscheidung liegt bei dir, Sanone. Die Sammads können nach Norden gehen – oder wir können in dieses Tal kommen und den Angriff der Murgu hier abwarten. Wenn ihr uns einlaßt, riskiert ihr das Leben eurer Leute. Es könnte sein, daß die Murgu sich mit unserer Vernichtung zufriedengeben...«

»Sie werden uns genauso angreifen«, sagte Sanone mit ruhiger Gewißheit. »Denn nun ist die Zukunft so klar geworden wie die Vergangenheit. Wir haben in diesem Tal gelebt und unsere Kräfte gesammelt und auf die Rückkunft des Mastodon gewartet. Ihr habt es getan, habt sie zu uns gebracht, damit wir sie verteidigen können. Im Mastodon ist die Kraft Kadairs. Draußen geht der Karognis um und sucht diese Kraft zu zerstören. Ihr wißt nicht von ihm, aber wir wissen. Wie Kadair das Licht und die Sonne ist, so ist der Karognis die Nacht und die Finsternis. Wie Kadair uns auf die Erde gesetzt hat, so sucht der Karognis uns zu vertilgen. Wir wissen von seiner Existenz, und daß er eines Tages kommen würde, war uns immer bekannt. Wir wissen auch, daß er in verschiedenerlei Gestalt auftreten kann, und daß er nun gekommen ist. Diese Murgu sind mehr, als ihr glaubt – und sie sind weniger. Sie sind stark, aber sie sind der Karognis und führen Krieg gegen Kadair und sein Volk. Das ist der Grund eures Kommens. Das ist die Erklärung der Geburt des Mastodonjungen Arnhwit. Er ist die Inkarnation Kadairs. Unsere Aufgabe ist es, dafür zu sorgen, daß den Karognis Einhalt geboten werde. Ruft eure Leute herein, alle, und laßt sie schnell kommen. Der Kampf steht nahe bevor.«

24

»Wie häßlich diese Kreaturen sind«, bemerkte Vaintè. »Dieser ist womöglich noch scheußlicher anzusehen als die meisten anderen.«

Mit dem Fuß drehte sie den abgetrennten Kopf herum. Gesicht und Haar waren von geronnenem Blut, Staub und Sand verklebt.

»Auch anders«, sagte Stallan. »Siehst du, wie dunkel das Fell ist? Das ist eine neue Art von Ustuzou. Alle anderen hatten weiße Häute und helles Fell. Dieser ist dunkel. Aber auch sie hatten Stöcke mit scharfen Steinen am Ende und trugen schmutzige Fellstreifen an den Körpern.«

»Ein Ustuzou ist wie der andere«, sagte Vaintè mit Festigkeit. »Ob hell oder dunkel, sie gehören alle ausgerottet.«

Sie entließ Stallan mit einer Armbewegung und überblickte die wohlorganisierte Geschäftigkeit der Fargi. Die Sonne stand noch ein gutes Stück über dem Horizont. So war es jetzt immer, wenn sie ihr Nachtlager aufschlugen, denn es waren viele Vorbereitungen zu treffen. Während die Uruktop entladen und gefüttert wurden, zogen andere Fargi die sensitiven Reben in Kreisen um den Lagerplatz. Nun konnte sich nichts im Schutz der Dunkelheit dem Lagerplatz nähern, ohne entdeckt zu werden. Die Lichttiere waren sehr viel hellere Neuzüchtungen und besaßen eine geringe Intelligenz, so daß sie sich dem Ort der Störung zuwenden und ihn in ihr helles Licht tauchen konnten. Von noch größerem Interesse waren die eingerollten Melikkasei, die jetzt von den Fargi außerhalb der Reben sorgfältig abgespult wurden. Sie waren eine weitere Neuentwicklung. Sie waren lichtempfindliche Pflanzen, die während der Stunden des Tageslichts harmlos und unschädlich waren. Nach dem Dunkelwerden aber schoben sie giftige Stacheln aus den Blattwinkeln, die für jedes Lebewesen todbringend waren, dessen Haut von ihnen geritzt wurde. Sie zogen sich erst in der Tageshelligkeit zurück.

Eine untersetzte Yilanè kam langsam auf Vaintè zu. Es war Okotsei, unbeholfen und häßlich im Alter, aber gesegnet mit einem Gehirn, das nicht seinesgleichen hatte. Okotsei war die Schöpferin der Kreaturen, die bei Nacht sehen und Gesehenes aufzeichnen konnten. Sie hatte das Verfahren seither verbessert, so daß ihre fliegenden Kundschafter Tag und Nacht unterwegs waren, und die Bilder, die sie mitbrachten, waren schon kurz nach ihrer Rückkehr erhältlich. Ohne Umstände streckte sie Vaintè eine Handvoll Bilder hin. »Hier sind die gewünschten Aufnahmen, Eistaa. Sie wurden heute früh kurz nach Tagesanbruch aufgenommen.«

Vaintè nahm die Bilder an und sah sie aufmerksam durch. Es war keine Änderung erkennbar. Die konischen Zelte aus Tierhäuten und die Mastodons auf der nahen Weide warfen lange Schatten. Keine Veränderung. Die Befürchtungen, die sie vor drei Tagen gehegt hatte, als der alte Lagerplatz am Fluß plötzlich geräumt gewesen war, hatten sich als grundlos erwiesen. Die viehischen Ustuzou waren nicht geflohen, sondern hatten nur ihren Lagerplatz verlegt. Sie ahnten nichts; die Anwesenheit ihrer Streitmacht war noch unentdeckt.

»Zeig mir diesen Platz auf dem größeren Bild«, sagte sie.

Die Vögel flogen bei Tag und bei Nacht dicht über dem Erdboden und hoch am Himmel. Es gab für die Ustuzou kein Entkommen. Dieses neue Bild, aufgenommen von einem hoch am Himmel kreisenden Raubvogel, zeigte eine weite Strecke des Flußlaufes, des Tales und große Teile der angrenzenden Gebiete. Okotsei zeigte mit dem Daumen auf einen Punkt.

»Hier ist unser gestriger Lagerplatz. Und hier ist das zerstörte Ustuzou-Lager, wo dieser Kopf herstammt.« Ihr Daumen bewegte sich weiter. »Gegenwärtig sind wir hier. Die gesuchten Ustuzou sind dort, am Fluß.«

»Du bist sicher, daß es diejenigen sind, die ich suche?«

»Ich bin nur darin sicher, daß sie die einzige Gruppe auf dieser Seite der Schneeberge sind, die Mastodons mit sich führen. Es gibt da und dort andere Ustuzou-Rudel. Eine größere Gruppe befindet sich in diesem Tal am Fluß. Weiter nördlich, außerhalb dieses Bildes, gibt es noch andere. Aber nirgendwo befinden sich Mastodons, außer an diesem einen Lagerplatz. Östlich der Berge gibt es freilich viele Gruppen wie diese. Auf dieser Seite nur die eine.«

»Gut. Bring diese Bilder zu Stallan, damit sie den Angriff für den kommenden Morgen planen kann.«

Die Fargi, zu deren Pflichten es gehörte, brachte Vaintè die abendliche Fleischmahlzeit. Die Eistaa nahm und verzehrte sie, fast ohne es wahrzunehmen, so intensiv war sie mit ihren Plänen beschäftigt. Ihre Gedanken befaßten sich von früh bis spät mit den vielfältigen Planungen und Vorkehrungen, die sie und die bewaffneten Fargi zu dieser Zeit an diesen Ort geführt hatten. Abermals ging sie alle Teile der Planung durch, um Gewißheit zu haben, daß nichts fehlte, kein wichtiger Aspekt übersehen und kein Detail vergessen worden war. Alles war, wie es sein sollte. Sie konnten am Morgen angreifen. Und ehe die Sonne unterginge, würde Kerrick tot sein – oder in ihren Händen. Besser in ihren Händen, dachte sie, und ihre Daumen öffneten und schlossen sich bei dem Gedanken.

Sie versuchte das Problem emotionslos zu sehen, nur mit der Logik der geeigneten Strategie und Taktik. Aber jetzt, so nahe an ihrem Ziel, war sie mit der Logik fertig, und erneuerter Haß siedete in ihren Adern. Wie viele Bilder hatte sie gesehen? Man konnte sie nicht zählen. Eine Gruppe von Ustuzou sah wie jede andere aus. Die Kreaturen selbst waren schwierig zu unterscheiden. Doch war sie sicher, daß derjenige, den sie suchte, auf keinem der früheren Bilder von den Gruppen östlich der Berge war. Erst als sie das Bild betrachtet hatte, das die Mastodons gezeigt hatte, die einzigen Mastodons westlich der Berge, hatte sie das Gefühl gehabt, ihm endlich auf der Fährte zu sein. Morgen würde sie Gewißheit haben.

Als es dunkel wurde, schlief sie wie alle Yilanè fest und ruhig ein. Geschützt von den sorgfältig ausgelegten Verteidigungsanlagen. Aber in dieser Nacht gab es keinen Alarm, und ihr Schlaf blieb ungestört. Mit dem ersten Licht kam Bewegung ins Lager, und man begann mit den Vorbereitungen für den Tagesmarsch und die erwartete Schlacht.

Die Sonne wärmte noch nicht sehr, und Vaintè hielt den großen Schlafumhang um ihre Schultern, als Stallan zu ihr kam, um das Beladen der Tragtiere zu überwachen. Alles lief reibungslos ab, wie es der guten Organisation der Yilanè entsprach. Alle Gruppen und Gruppenleiterinnen wußten, was sie zu tun hatten. Wasser, Fleisch und die übrigen Vorräte wurden auf die eigens gezüchteten großen Uruktop geschnallt. Die Genugtuung über den raschen Fortgang des Aufbruchs erfuhr eine Trübung, als Vaintè bemerkte, daß Peleinè um ihre Aufmerksamkeit bat.

»Vaintè, ich möchte mit dir sprechen.«

»Heute abend, wenn die Tagesarbeit getan ist. Ich bin jetzt beschäftigt.«

»Der heutige Abend könnte zu spät sein, denn die Arbeit, die du zu tun wünschst, möchte nicht getan werden.«

Vaintè bewegte sich nicht und schwieg. Aber ein Auge maß Peleinè in kalter Prüfung, obwohl Peleinè zu aufgeregt war, um ihr Mißvergnügen zu bemerken.

»Ich wünschte, es wäre anders, aber unter den Töchtern wird viel geredet, und viele sind besorgt. Sie beginnen zu denken, daß ein Fehler gemacht worden ist.«

»Ein Fehler? Du hast mir versichert, daß ihr in allem nicht mehr die Töchter des Todes genannt, sondern von nun an Töchter des Lebens sein wollt. Echte Bürgerinnen von Alpèasak, die ihre Irrtümer abgelegt haben, bereit, in allen Angelegenheiten zu helfen und sich einzusetzen. Darum veranlaßte ich, daß dir und deinen Gefolgsleuten alle Rechte und Ehren wiedergegeben wurden. Und ich erhob dich, daß du heute an meiner Seite stehen und dienen kannst. Es ist jetzt zu spät, von Fehlern zu sprechen.«

»Bitte hör mich an, mächtige Vaintè.« Peleinè rang in unbewußter Bedrängnis die Hände, und ihre Handflächen zeigten passende Verfärbungen des Jammers und der Seelenqual. »Von Dingen zu sprechen und Entscheidungen zu treffen, ist eine Sache. Sie auszuführen, ist eine andere. Wir kamen aus freien Stücken mit dir, kamen über die See, das Land und die Flüsse, weil wir glaubten, daß dein Tun recht sei. Wir stimmten mit dir auch überein, daß die Ustuzou raubgierige Tiere seien, die abgeschlachtet werden müssen, wie Fleischtiere geschlachtet werden.«

»Das ist richtig.«

»Darin stimmten wir überein, bevor wir die Tiere sahen. Zwei der Töchter waren in der Gruppe, die gestern das Rudel der Ustuzou fand.«

»Ich weiß es. Ich selbst schickte sie mit.« Um sie an Blut zu gewöhnen, dachte sie; so hatte Stallan es ausgedrückt. So hielt Stallan es immer mit solchen Fargi, die ausersehen waren, Jägerinnen zu werden. Es gab viele, die nicht leicht töten konnten, weil sie zu lange in den Städten gelebt hatten, zu lange der See entwachsen waren und sich zu weit von ihrem Ursprung entfernt hatten, um schnell und energisch töten zu können. Ein Jäger denkt nicht; ein Jäger reagiert. Diese Töchter des Todes dachten zuviel, dachten die ganze Zeit und taten sonst wenig. Es war notwendig, sie an Blut zu gewöhnen.

Peleinè hatte Schwierigkeiten, auszudrücken, was ihr auf der Seele lag. Vaintè wartete mit kaum beherrschter Ungeduld.

»Sie hätten nicht gehen sollen«, sagte Peleinè endlich. Die Bedeutung ihrer Worte war durch unnötige Bewegungen der Gliedmaßen verwischt.

»Du willst meine Befehle in Frage stellen?« Vaintè schwoll der Kamm, sie zitterte vor Wut.

»Sie sind tot, Vaintè. Beide tot.«

»Das kann nicht sein. Der Widerstand war gering, von den unsrigen wurde niemand verletzt.«

»Diese zwei kamen zurück. Sie sprachen von dem Lager der Ustuzou und sagten, daß es einer kleinen Stadt nicht unähnlich sei. Sie erzählten, daß die Ustuzou auch viele seltsame Werkzeuge und Gegenstände hätten, und daß sie vor Schmerzen geschrien hätten, als sie starben. Beide hatten von ihren Hèsotsan Gebrauch gemacht und getötet. Als sie davon sprachen, sagte jemand, daß sie nun Töchter des Todes seien und nicht Töchter des Lebens, und sie stimmten zu, daß sie Bringerinnen des Todes seien. So starben sie. Starben genauso, als ob die Eistaa ihnen die Namen genommen und sie aus der Stadt verbannt hätte. Das ist die Art ihres Todes. Nun, da wir dies wissen, wissen wir auch, daß wir uns in unserem Glauben irrten. Das Abschlachten von Ustuzou bringt Tod, nicht Leben. Wir können dir nicht länger helfen, Vaintè. Wir können nicht für dich töten.«

Peleinès nervöse Bewegungen hörten auf, als sie dies aussprach, denn sie hatte gesagt, was zu sagen war. Die Entscheidung war gefallen. Nein, nicht gefallen, es war ihnen aufgezwungen worden. Was nun geschehen würde, war Sache der Eistaa.

Vaintè war so unbeweglich in Gedanken, wie Peleinè in Erwartung. Lange standen sie einander stumm und unbeweglich mit starren Blikken gegenüber.

Dies war Rebellion, dachte Vaintè, und ihr mußte sofort ein Ende bereitet werden. Mit dem Gedanken aber kam die Erkenntnis, daß es nicht ohne weiteres möglich war, ihr Einhalt zu gebieten, und daß diese aufsässigen Geschöpfe es sicherlich ablehnen würden, noch einmal Waffen zu gebrauchen. Der Tod war jetzt ihr Feind. Diese fehlgeleiteten Dummköpfe hatten zwei aus ihrer Mitte sterben gesehen und glaubten nun, es werde ihnen genauso ergehen. Nun, darin hatten sie recht. Der Tod würde sie nunmehr mit Gewißheit ereilen. Sie wollten nicht kämpfen, aber sterben konnten sie noch. In diesem Krieg war kein Platz für müßige Zuschauerinnen. Es würde sich eine Verwendung für sie finden lassen.

»Du bist entlassen«, sagte sie. »Geh zu deinen Töchtern des Todes und sag ihnen, daß sie ihrer Stadt Schande gemacht haben. Die Hèsotsan werden ihnen abgenommen werden. Sie sollen arbeiten, aber es wird nicht verlangt, daß sie töten.«

Peleinè machte Zeichen dankbaren Verstehens, drehte sich um und eilte davon. Sie hätte gut daran getan, noch ein wenig zu bleiben und zuzuhören, denn Vaintè war noch nicht fertig.

»Da sie ohnedies nichts taugen, brauchen sie nicht zu töten. Aber sterben müssen sie; unsere Vorräte sind nicht dazu da, unnütze Parasiten durchzufüttern.« Sie ließ sich ihren Tarakast bringen, befahl der Fargi, die das Tier führte, sich zu bücken, so daß sie, ihren Rücken als Aufstiegshilfe gebrauchend, aufsitzen konnte. Sie lenkte das Tier herum und ließ es an die Spitze der vorrückenden Kolonne laufen, wo sie den Feldzug führte.

Bewaffnete Yilanè auf schnellen Tarakast fächerten vor der Marschkolonne auf, während andere die Flanken schützten. Stallan hatte die Bilder genau studiert und wies den Weg. Es war ein leichter Ritt zu dem Halteplatz am Fluß. Vaintè hatte gerade das Signal zum Halten gegeben, als eine der Kundschafterinnen zurückgeeilt kam.

»Fort«, sagte sie einfach, und ihre begleitenden Bewegungen machten deutlich, daß eine große Gruppe von Ustuzou gemeint war.

»Sie werden ihren Lagerplatz verlegt haben«, sagte Vaintè, und Hoffnung lag in ihren antwortenden Gebärden.

»Das mag sein«, sagte die Kundschafterin. »Ich folgte der Fährte zum letzten Lagerplatz, den Fluß entlang. Sie sind in das Flußtal gezogen, und das ist alles, was ich zu melden habe.«

»Sie sind nicht abgeschwenkt oder in einer anderen Richtung entkommen?« fragte Stallan aufmerksam.

»Unmöglich. Ich folgte der Fährte, bis die Felswände sich hoch auftürmten, und es nur noch einen Weg gab, dem sie folgen konnten.«

»In der Falle!« sagte Stallan triumphierend und zog ihr Reittier näher zu Vaintè, um ihr ein Bild zu reichen. »Schau her, Sarn'enoto, sieh die Falle, in die sie getappt sind. Das Flußtal ist breit, aber die Wände sind hoch, und es hat nur diesen Eingang neben dem Fluß. Dieser verläßt das Tal hier im Süden durch eine enge Schlucht mit Felsen und Stromschnellen. Da gibt es keinen Ausweg.«

Sarn'enoto, ein alter Titel aus halbvergessener Vergangenheit, war jetzt wieder zum Leben erweckt. Eine Führerin im bewaffneten Kampf, der alle gehorchten. Nun kam es darauf an, richtig zu denken. Sie hielt das Bild hoch und berührte es mit dem Daumen. »Hier, auf dieser Seite gibt es einen Weg ins Tal; du selbst hast ihn mir gezeigt.«

»Der Zugang kann gesperrt werden. Eine Streitmacht kann dorthin entsandt werden, um den Ausgang zuzumachen. Die Hauptmacht kann hier angreifen.«

»Gut. So soll es geschehen. Gib die Befehle aus. Auf diesen anderen Bildern sehe ich mehr Ustuzou im Tal.«

»Mehr Ustuzou in der Falle«, war Stallans prompte Antwort. Sie gab ihrem Reittier die scharfen Krallen, so daß es sich aufbäumte und zischte; mühelos brachte sie es unter Kontrolle, machte kehrt und donnerte davon.

Die Sonne hatte den Zenit überschritten, als Okotsei die letzten Bilder brachte, die noch warm und feucht waren. Vaintè prüfte sie genau und gab sie an Stallan weiter, die wieder an ihrer Seite stand.

»Alles ist bereit«, sagte Stallan, nachdem sie das letzte der Bilder gesehen hatte. »Es gibt kein Entkommen.« Ihre Hand schloß sich, und die Bilder knitterten und brachen. »Der Zugang vom Kliff ist bewacht und verschlossen. Wir erwarten deine Befehle, Sarn'enoto.«

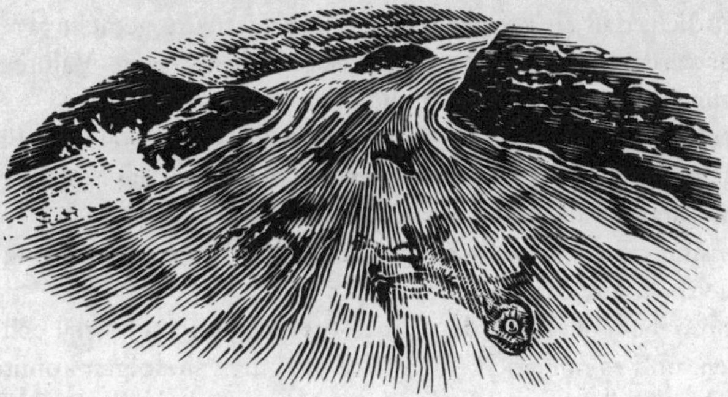

25

»Einen schnellen Angriff den Fluß entlang«, sagte Vaintè. »Zuerst aber einen plötzlichen Überfall auf die Felsbarriere, um alle Ustuzou zu töten, die dort versteckt sein können. Dann weiter ins Tal. Laß die Fargi vorgehen, aber führe sie nicht selbst. Es besteht eine Möglichkeit, daß die Ustuzou unsere Bewegungen erkannt haben. Wenn dies so ist, wird die erste Angriffswelle den Tod finden. Vorwärts.«

Die Masse der Fargi ging am Flußufer vor. An den Engstellen des Weges wurde das Gedränge so groß, daß viele im Wasser waten mußten. Vaintè beobachtete ihren Abmarsch, machte es sich dann auf ihrem Schwanz bequem und wartete in regungsloser Geduld auf den Ausgang. Hinter ihr saßen die übrigen Fargi ab und begannen mit dem Entladen der Vorräte. Sie hatten die Arbeit kaum beendet, als Stallan müde vom Fluß heraufkam und auf die schweigende Vaintè zuging.

»Sie liegen hinter der Felsbarriere in Deckung«, sagte Stallan. »Wir feuerten, aber es war nicht möglich festzustellen, ob wir Treffer erzielt haben. Die erste Angriffswelle ist gefallen, wie du vermutet hattest. Wir konnten die meisten Hèsotsan der Gefallenen bergen, dann zogen wir uns zurück. Ich ließ außer Reichweite ihrer Waffen eine Verteidigungslinie bilden und kam sofort hierher.«

Die unwillkommene Meldung schien Vaintè kaum zu überraschen.

»Sie wußten, daß wir kamen. Darum sind sie ins Tal gezogen. Nun werde ich selbst nach dem Rechten sehen.«

Mit lauten Befehlen scheuchte Stallan die Fargi auseinander, damit sie ihrer Sarn'enoto Platz machten. Stallan hatte die Verteidigungslinie in einer Flußbiegung angelegt, wo steile Felswände die rechte Flanke deckten. Einige Fargi kauerten unter den Felsen, andere hoben im weichen Flußsand Schutzgräben aus, die sich rasch mit Wasser füllten. Stallan zeigte mit ihrem Hèsotsan nach vorn.

»Jetzt heißt es vorsichtig sein. Ich gehe voran.«

Langsam gingen sie vor, bis sie die Flußbiegung hinter sich hatten. Dann winkte Stallan, und Vaintè kam vorwärts. »Von hier kann man die Barriere sehen.«

Der Schutthang unter der Barriere war übersät mit Leichen, von denen die meisten unten zwischen den Blöcken lagen; nur wenige waren ein paar Schritte aufgestiegen, bevor der Tod sie ereilt hatte. Der Fluß strömte gurgelnd durch die felsige Enge. Entlang dem Ufer lagen weitere tote Fargi, einige halb im und halb über dem Wasser. Oben bei der Felsbarriere waren Bewegungen auszumachen. Der Feind lag auf der Lauer. Vaintè blickte zur Sonne auf, die noch hoch am Himmel stand, dann gab sie das Zeichen zur Umkehr.

»Wir werden wieder angreifen. Wenn ich mich recht entsinne, können die Hèsotsan unter Wasser überleben.«

»Das ist richtig, wenn es nicht zu lange dauert. Ihre Nasenschlitze schließen sich, wenn sie untergetaucht werden.«

»Das dachte ich mir. Wir werden folgendes tun: Ein Angriff auf die Barriere wird vorbereitet. Ich wünsche nicht, daß er abgebrochen wird, wenn ein paar Fargi fallen.«

»Es wird nicht einfach sein. Der Hang ist steil und ungeschützt. Für viele wird es der sichere Tod sein.«

»Nichts ist einfach, Stallan, sonst würden wir alle Eistaa sein und keine Fargi haben, die uns dienen. Du weißt, daß die Töchter des Todes nicht kämpfen werden?«

»Ich habe ihnen die Waffen abnehmen lassen.«

»Gut. Aber sie können auf ihre Weise dienen. Sie werden der ersten Angriffswelle vorausgehen.«

Als Stallan begriff, bleckte sie zwei Reihen scharfer Zähne, um ihre Anerkennung der Maßnahme zu zeigen.

»Du bist in allem die erste und größte, Vaintè. Ihre Körper werden viele der Todespfeile auf sich ziehen, so daß die bewaffneten Fargi durchstoßen können. Du bist die einzige, die einen Weg finden konnte, diese lästigen Geschöpfe einem guten Zweck nutzbar zu machen. Es soll geschehen, wie du angeordnet hast. Die Ustuzou und die Töchter des Todes werden zusammen sterben. Was für passende Gefährten in diesem Schicksal!«

»Damit hat es noch nicht sein Bewenden. Wir könnten sie auf diese Weise überwältigen, aber die Verluste würden sehr groß sein. Während dieser Angriff ausgeführt wird, wünsche ich einen zweiten von bewaffneten Fargi im Wasser, die durch diese Felsenge schwimmen. Sie werden die Verteidiger im Rücken fassen, ablenken und töten. Dann können wir die Barriere überrennen und den Rest vernichten.«

Die Fliegen hatten sich bereits in Schwärmen über die am Fuß der Schutthalde übereinanderliegenden Körper hergemacht. Außer ihnen und dem rauschenden, gurgelnden Fluß regte sich nichts. Kerrick nahm eine Handvoll Pfeile und steckte sie einen nach dem anderen in den Hèsotsan.

»Sie sind weggelaufen«, sagte Sanone, vorsichtig über die Brustwehr spähend.

»Der Kampf hat noch nicht begonnen«, sagte Kerrick. »Das war nur ein Vorstoß, um unsere Kräfte zu erproben. Sie werden wiederkommen.« Er wandte den Kopf, um Sanone anzusehen, und erschrak. »Keine Bewegung! Bleib, wo du bist.«

Er streckte die Hand aus und zog den Pfeil aus dem Tuch, mit dem Sanone sich den Kopf umwickelt hatte. »Hätte der deine Haut geritzt, wärst du jetzt tot.«

Sanone blickte ruhig auf den tödlichen gefiederten Dorn. »Unsere Stoffe haben Vorzüge, an die ich noch nie gedacht habe. Sie können einen Speer nicht abhalten, schützen aber gegen dieses Murgu-Gift. Vielleicht sollten wir uns dick einhüllen und auf diese Weise überleben.«

Kerrick warf den Pfeil weg. »Deshalb sind wir hinter diesen Felsen und Blöcken sicher. Erst wenn die Pfeile wie Herbstlaub fliegen, wird es gefährlich.«

Er überblickte die Reihe der in Stellung liegenden Jäger. Alle waren mit Hèsotsan bewaffnet und hatten guten Gebrauch davon gemacht. Ihre Pfeile und Speere hielten sie in Reserve. Die mit Speeren bewaffneten Sasku hielten sich rückwärts der Barriere und im Tal für den Fall bereit, daß sie benötigt wurden. Nun gab es nichts zu tun, als zu warten.

Herilak stand auf dem höchsten Felspfeiler der Barriere und sah die Angreifer zuerst.

»Sie kommen wieder«, rief er und sprang in die Stellung.

»Vergeudet keine Pfeile«, befahl Kerrick. »Laßt sie diesmal näher heran, bevor ihr Pfeile verschießt.«

Als die erste Angriffswelle begonnen hatte und sie noch außer Reichweite gewesen waren, hatte einer seinen Hèsotsan übereilt und viel zu früh abgeschossen, und die anderen hatten gleichfalls angefangen. Es war eine nutzlose Vergeudung gewesen. Zwar hatten sie einen hinreichenden Vorrat an Pfeilen, aber die Hèsotsan ermüdeten und reagierten langsamer, wenn sie zuviel benutzt wurden. Diesmal galt es zu warten, bis die Fargi den Hang heraufkämen.

Sie kamen – und Kerrick bemerkte plötzlich, daß die vordersten Reihen unbewaffnet waren. Was hatte das zu bedeuten? War es eine Kriegslist? Nun, darauf kam es jetzt nicht an; tatsächlich war es besser, denn es erleichterte das Massaker.

»Loß jetzt, schießt, schießt!« rief er. Er drückte ab und sandte den Tod in die Reihen der Angreifer. Die Tanu brüllten und schossen, und immer noch brandeten Fargi den Hang herauf. Bisweilen hörte man einen Schrei, aber die meisten von ihnen starben stumm. Um so mehr Lärm machten die Verteidiger, so daß Kerrick die Rufe nicht gleich hörte. Erst als sie wiederholt wurden, horchte er auf.

»Im Fluß, dort, im Wasser!«

Er wandte sich um, starrte hinunter und erbleichte. Eine große Zahl dunkler Punkte war im rasch dahinströmenden Wasser zu sehen, einige in der Mitte der Strömung, andere, die sich zum Ufer treiben ließen. Schwimmende Yilanè, dunkle Hèsotsan in den Händen, und die ersten wateten schon ans Ufer...

»Schnell, Speere, Pfeile, tötet sie im Wasser!« brüllte Herilak. Schon hatte er die Stellung verlassen und sprang den Weg zum Tal hinab. Seine mächtige Stimme übertönte das Geschrei der anderen. »Bleib dort, Kerrick. Sie werden jetzt in Massen angreifen. Haltet sie auf!«

Kerrick sah, daß Herilak die Absichten des Feindes gut durchschaut hatte. Hinter den unbewaffneten Angreifern, deren Leichen nun den

Hang bedeckten, erschienen mehr und mehr Fargi, die jede Deckung nutzten und auf die Verteidiger schossen.

»Laßt sie nicht durch!« rief Kerrick. »Bleibt in der Stellung, schießt sie nieder!« Die vordersten Fargi hatten sich so nahe herangearbeitet, daß er genau sah, wie eine von ihnen, der plötzlich ein Pfeil in der Kehle steckte, die Augen aufriß, hintenüberfiel und den Hang hinabkollerte.

Immer neue Angriffswellen kamen über die Toten, benutzten sie als Deckung und feuerten auf die Verteidiger. Der Kampf war nicht mehr einseitig. Kurz nacheinander wurden zwei Jäger getroffen. Kerricks Hèsotsan zuckte in seinen Händen, als er ihn drückte, und es dauerte lange Augenblicke, bis er erkannte, daß die Waffe leergeschossen war. Und zum Nachladen war jetzt keine Zeit. Er raffte seinen Speer und stieß ihn einer Fargi in den Leib, die auf der Brustwehr erschienen war; nun fiel sie mit einem Schrei zurück und geriet außer Sicht. Eine Weile dauerte das Ringen noch an, dann war der Angriff abgeschlagen. Kerrick warf sich keuchend in einen geschützten Winkel und zwang seine Finger zu ruhigen Bewegungen, als sie den Hèsotsan mit Pfeilen luden. Auch die anderen nutzten die Verschnaufpause, um nachzuladen. Als er fertig war, richtete er sich auf und spähte zum Fluß hinab.

Eine nicht geringe Anzahl von Fargi hatte das Ufer erreicht, aber sie waren alle tot. Mit ihnen waren mehrere Verteidiger gefallen, denen nur mit letztem Einsatz die Abwehr des überraschenden Angriffs vom Fluß her gelungen war. Im seichten Wasser an einer Sandbank lag die dunkle Gestalt eines Sasku wie in einer obszönen Umarmung über dem Leichnam einer Yilanè. Andere Leichen trieben in der Strömung flußabwärts. Sanone rief ihm etwas zu, und Kerrick wandte sich um und sah ihn auf der Barriere stehen und Ausschau halten. Die Sonne war im Begriff, unterzugehen.

»Sie sind abgezogen!« rief er. »Sie haben den Angriff aufgegeben. Wir haben gesiegt!«

Gesiegt, dachte Kerrick trübe. Was haben wir denn gewonnen? Wir haben in einer Welt, die von Fargi wimmelt, einige getötet. Aber auch von den unsrigen sind mehrere tot, und die Yilanè werden weiter angreifen, bis wir alle gefallen sind. Wir haben sie zurückgeschlagen, aber nichts damit gewonnen. Selbst eine Niederlage würde sie nicht daran hindern, wiederzukommen. Sie hassen uns nicht weniger als wir sie. Und da sie uns überall finden können, gibt es kein Versteck für uns. Aber sie werden uns folgen, wohin auch immer wir uns wenden, also können wir auch nicht fliehen.

Nicht wir, sagte er sich. Ich. Wenn sie Tanu töten wollten, so hätten sie auf der anderen Seite der Berge genug Gelegenheit dazu. Die Raubvögel des Tages und der Nacht konnten alles sehen, konnten jeden beobachten. Dennoch war diese große Streitmacht hierher gekommen und hatte dieses entlegene Tal angegriffen. Warum? Weil er hier war; es war ein erdrückender Gedanke. Es mußte Vaintè sein, die noch immer lebte, noch immer Vergeltung suchte.

Was konnte er tun? Wohin konnte er fliehen? Welche Möglichkeiten gab es noch?

Erbitterung kam über ihn, und er sprang auf und schwang den Hèsotsan über den Kopf und brüllte über die Brustwehr:

»Es wird dir nicht gelingen, Vaintè. Du kannst uns nicht alle töten. Du wirst es versuchen, aber es wird dir nicht gelingen. Dies ist unser Land, du kannst uns nicht daraus vertreiben. Du wirst hier nicht gewinnen. Du wirst mit deinen wenigen Überlebenden nach Hause kriechen, sobald du die Lektion gelernt hast. Komm nur, wir erwarten dich...«

Er merkte, daß Sanone ihn erstaunt ansah; er konnte kein Wort verstanden haben. Er brach ab und lächelte verlegen dem Mandukto zu.

»Du hast sie heute zum ersten Male gesehen. Du hast gesehen, wie Murgu deine Leute getötet haben. Wir müssen dem ein Ende machen – ein für allemal.«

Kerrick blickte über die in Haufen herumliegenden Toten hinweg in die Richtung, in welche die Yilanè abgezogen waren. Konnte man ihnen Einhalt gebieten? Und wie?

Auf diese Frage konzentrierte sich alles. Sie konnten nicht weiter fliehen und sich verstecken.

Der Kampf mußte zum Feind getragen werden. Das war die Antwort, eine klare und unausweichliche Folgerung. Sanone musterte ihn im wachsenden Erstaunen. Zuerst glaubte er, Kerrick spreche zu sich selbst, nun aber wurde ihm klar, daß sein Gemurmel keine Sprache war, denn die Geräusche, die er von sich gab, konnten keiner menschlichen Sprache entstammen. Und dabei bewegte er den ganzen Körper, warf den Kopf zurück und fuchtelte mit den Armen, als sei er besessen.

Kerrick sah den erstaunten Ausdruck in Sanones und den anderen Gesichtern ringsum und merkte, daß er in Yilanè gesprochen hatte, weil er an die Yilanè dachte. Er besann sich, wandte sich an Sanone und sprach in betonter Nüchternheit.

»Wir werden den Krieg zu den Murgu bringen. Wir werden sie in ihrer Stadt weit im Süden heimsuchen und dort töten. Wenn diese Stadt, die sie Alpèasak nennen, zerstört ist, werden auch sie nicht mehr sein. Ich kenne diese Stadt und weiß, wie wir sie vernichten können.« Er winkte Herilak zu sich, der den Pfad vom Fluß heraufkam.

»Du wirst den Wunsch haben, zu tun, was dir im Traum gezeigt wurde, Herilak. Wir werden von hier fortziehen und nach Süden gehen, und du wirst Sacripex aller Tanu sein, die mit uns kommen. Die Murgu werden sterben, und du wirst uns führen. Ich weiß jetzt, was zu tun ist und wie es zu tun ist. Wir werden sie alle vernichten. Was sagst du dazu, großer Jäger? Wirst du uns führen?«

Herilak hörte die Gewißheit heraus und kannte Kerrick gut genug, um zu wissen, daß er nicht so gesprochen hätte, wenn er nicht wirklich wüßte, wie es gelingen konnte. Sein entschlossenes Nicken war Antwort genug.

»Sie kommen wieder!« rief Sanone vom Ausguck.

Die Schlacht hob von neuem an, und in der Bedrohung des Augenblicks waren alle Gedanken an die Zukunft vergessen.

26

Wieder brach sich der Ansturm an der Felsbastion der Verteidiger. Wieder starben die Fargi in Massen. Diesmal schien ihr Kampfgeist gebrochen, und sie unternahmen keinen Versuch, den verlorenen Angriff zu erneuern. Es war der letzte Sturm des Tages, denn die Sonne stand tief im Westen, halb versunken hinter einer Wolkenbank. Die wenigen Überlebenden zogen sich zurück.

Kerrick stand auf der Felsbarriere. Er blickte den geschlagenen Feinden nach und beobachtete die Ankunft der ersten Krähen und Geier, auf die ein üppiges Mahl wartete. Weitere Angriffe waren nicht zu erwarten, da die Dämmerung bereits anbrach und die Yilanè ihr Nachtlager aufschlagen und Verteidigungsanlagen vorbereiten mußten. Wenn er nur sehen könnte, was sie machten. Vielleicht gab es eine Möglichkeit, sie in der Dunkelheit durch Störangriffe zu beunruhigen. Es sollte ihnen nicht erlaubt sein, in Frieden zu schlafen und sich auf den nächsten Angriff am Morgen vorzubereiten. Sie waren dem Erfolg schon an diesem Tag allzu nahe gewesen; es durfte nicht wieder geschehen. Die Beute mußte jetzt zum Jäger werden.

»Wir müssen mehr tun als einfach hier liegen und auf weitere Angriffe warten«, sagte er zu Herilak. Dieser nickte bedächtig.

»Ich werde ihnen folgen«, sagte Kerrick.

»Wir werden ihnen folgen.«

»Gut – aber wir dürfen uns keiner Gefahr aussetzen. Heute habe ich beobachtet, wie ein Pfeil Sanones Stirnband traf, aber die Stofflagen nicht durchdrang. Diese Pfeile sind leicht und haben keine Durchschlagskraft.«

»Sie töten genauso sicher wie die unsrigen. Noch sicherer sogar. Ein Kratzer genügt.«

»Ihre tödliche Kraft ist klar«, erwiderte Kerrick ungeduldig. »Aber wie wäre es, wenn wir uns in Stoffe einhüllen würden, die so dick sind, daß die Pfeile sie nicht durchdringen können? Die Wachen, die sie aufgestellt haben, würden auf uns schießen und sich damit verraten. Wir könnten sie erledigen und blieben selbst unverletzt. Ich habe nicht vor, einen Kampf mit allen zu beginnen. Wir brauchen nur nahe genug heranzugehen, um sie zu beobachten.«

Als er Herilaks Einverständnis hatte, sprach Kerrick mit Sanone, der seinen Vorschlag sogleich guthieß und zwei von seinen Leuten fortschickte, den Stoff zu holen. Danach wand er das Material selbst um Kerrick, legte es in Falten und drapierte es so um seinen Körper, daß es jeden der leichten Pfeile auffangen mußte. Nachdem er ein schmaleres Stück gefaltet hatte, wand er dieses um Kerricks Hals und Kopf und ließ nur einen Augenschlitz frei. Herilak nahm einen noch nicht verschossenen Pfeil und stieß probeweise in die Stoffumhüllung, konnte aber nicht bis zu Kerricks Haut durchdringen.

»Das ist sehr gut«, sagte er. »Sag ihm, daß er mich genauso einwikkeln soll. Dann werden wir gehen und uns die Murgu genauer ansehen.«

Unter der Stoffumhüllung war es sehr warm. Es blieb aber erträglich, da die Sonne am Untergehen war und die Abendkühle sich bereits bemerkbar machte. Kerrick schwitzte, aber der Stoff sog allen Schweiß auf und ließ nichts in seine Augen rinnen. Als auch Herilak eingehüllt war, stiegen sie den Steilhang vor der Felsbarriere hinab.

Um hinunter zu gelangen, mußten sie über die aufeinandergehäuften Leichen steigen, die sich unter ihrem Gewicht in sehr unangenehmer Weise bewegten. Kerrick versuchte die gebrochenen Augen und die halboffenen, zähnestarrenden Rachen zu ignorieren und stieg vorsichtig abwärts, bis sie endlich das Flußufer und ebenen Boden erreichten. Er wandte sich um und rief zu den Wächtern auf der Felsbarriere hinauf:

»Alle Murgu hier sind tot. Wartet, bis wir die Biegung voraus passiert haben. Dann könnt ihr herunterkommen und alle Todesstöcke einsammeln, die sie zurückgelassen haben. Sie haben mitgenommen, was sie konnten, aber viele liegen noch herum, die wir gebrauchen können.«

Die Yilanè hatten tatsächlich Wachen aufgestellt. Als die weißgekleideten Jäger vorsichtig dem Weg um die Flußbiegung folgten, knallte es plötzlich dreimal. Sie rannten im fortgesetzten Feuer weiter, erreichten die hinter den Blöcken versteckten Fargi und erwiderten das Feuer. Zwei starben auf der Stelle, während die dritte aufsprang und die Flucht ergriff; Herilaks Pfeil traf sie in den Rücken und warf sie nieder. Die beiden blieben stehen, und Herilak zog einen Pfeil aus dem Stoff, der Kerricks Brust bedeckte, und warf ihn in den Fluß. »Diese Umhüllungen sind heiß – aber wir leben.«

Kerrick revanchierte sich, indem er zwei Pfeile aus den Kleidern des Jägers zog. Dann gingen sie weiter. »Ich kenne diese Yilanè«, sagte Kerrick, als sie den dritten Leichnam betrachteten. »Sie ist eine Jägerin, eine enge Vertraute Stallans. Stallan und Vaintè werden beide hier sein.« Bei dem Gedanken, die beiden vor die Mündung seines Hèsotsan zu bekommen, packte er die Waffe unwillkürlich fester.

»Wir können ihre Todesstöcke auf dem Rückweg mitnehmen«, sagte Herilak, und mit schußbereiten Waffen gingen sie weiter.

Als sie zum Hochufer aufgestiegen waren und die Ebene vor sich hatten, konnten sie das Lager der Yilanè in der offenen Steppenlandschaft sehen. Es war mit einer großen Zahl von Reittieren versehen und hatte Berge von Vorräten. Und das ganze Lager wimmelte von Fargi, weit mehr, als an diesem Tag angegriffen hatten. Angesichts dieser Massen fühlte Kerrick Bestürzung und ein wenig Angst; erst der Gedanke, daß die Angriffe abgeschlagen worden waren, konnte ihn wieder ermutigen. Wenn sie noch einmal kämen, sollten sie abermals zurückgeschlagen werden. Wenn Vaintè alle Fargi tot sehen wollte – die Tanu waren bereit, ihr Bestes zu tun, um ihr diesen Wunsch zu erfüllen.

Außerhalb des Kreises waren mehr Wachen aufgestellt. Die Sonne war mittlerweile untergegangen, und sie zogen sich zurück, als die beiden weißgekleideten Gestalten aus der Dunkelheit kamen. Durch eine Lücke, die von den Fargi freigehalten worden war, suchten sie die Sicherheit des Lagers innerhalb des Verteidigungsrings auf.

»Signalgeber und Fallen«, sagte Kerrick. »Siehst du, wo sie arbeiten? Sie legen diese Ranken im Gras aus. Und die langbeinigen Tiere hinter der Sperre müssen das Licht erzeugen, das damals auf uns schien.«

»Jetzt sind sie alle drinnen und schließen die letzte Lücke.«

»Gut. Nun laß uns sehen, wie nahe wir herangehen können. Sie werden nicht wieder herauskommen, dafür ist es ihnen schon zu dunkel. Ich möchte nur sehen, welche Verteidigungseinrichtungen sie jetzt haben.«

Herilak zögerte, gegen diese gewaltige Murgu-Armee und gegen die schnellfüßigen Reittiere vorzugehen, die um ein Vielfaches schneller liefen als ein Jäger. Kerrick aber, der die Yilanè gut kannte, wußte, daß sie bei Nacht nicht aus der Sicherheit ihrer lebenden Verteidigungsanlage herauskommen würden. Er ermutigte ihn und ging voraus. Als sie den äußeren Kreis der rebenartigen Pflanzen erreichten, war noch genug Licht am Himmel, daß sie sehen konnten, wie die Stacheln sich langsam aus den Blattwinkeln hervorschoben.

»Giftig, darauf kannst du dich verlassen«, sagte Kerrick. »Und aus dieser Distanz können uns aus dem Lager abgefeuerte Pfeile erreichen. Das ist nahe genug.«

»Warum schießen sie nicht auf uns?« fragte Herilak und wies auf die Murgu mit Todesstöcken auf der anderen Seite der Barriere. Sie standen still und schweigsam und blickten die vermummten Jäger gleichmütig an. Hinter ihnen bewegten sich andere Fargi, aßen, legten sich nieder, nahmen keine Notiz vom nahen Feind.

»Sie haben keinen Befehl zu schießen«, sagte Kerrick. »Die Fargi denken niemals selbst, also tun sie nichts, wenn sie keinen Befehl dazu erhalten. Ich nehme an, man hat ihnen gesagt, daß sie schießen sollen, sobald die Lichter angehen. Dann werden sie gehorchen.« In der Nähe war ein niedriger Hügel, und Kerrick machte eine Kopfbewegung in diese Richtung. »Jetzt werden wir feststellen, von welcher Art der Willkommensgruß ist, den sie für uns vorbereitet haben. Selbst wenn die Pfeile so weit schießen, wird uns der kleine Hügel Schutz bieten.«

Kerrick stieß mit den Fersen in die Erde, bis er einen ziemlich großen Klumpen mit anhaftenden Grasbüscheln losgerissen hatte. Er nahm ihn bei diesen Grashalmen und schwang ihn über den Kopf. »Leg dich hin!« rief er und ließ sein Geschoß fliegen.

Der Erdbrocken landete zwischen den Verteidigungslinien. Im Augenblick seines Aufpralls beleuchtete grell aufflammendes Licht den Umkreis des Lagers. Aus dem Inneren drang das unaufhörliche Knattern zahlreicher, gleichzeitig abgeschossener Hèsotsan: Ungezählte Pfeile raschelten über ihnen durch die Luft. Sie blieben am Boden liegen, während weitere Pfeilsalven abgeschossen wurden und Stimmen laut durcheinanderriefen. Die Aufregung legte sich aber bald, und nach einer Weile wurden die Lichter trüber und gingen aus. Jetzt erst wagten die beiden aufzustehen, blinzelten und blickten umher, noch geblendet vom unerwartet hellen Licht. Als ihre Augen sich wieder an das Halbdunkel der beginnenden Nacht gewöhnt hatten, konnten sie die Grasbüschel an den Enden großer Pfeile sehen, die im Boden staken.

»Etwas Neues«, sagte Kerrick. »Diese sind größer als alles, was ich bisher gesehen habe. Schau her, wie weit sie tragen. Das Doppelte der Entfernung, die unsere Todesstöcke erreichen. Sie müssen stärkere Todesstöcke gezüchtet haben, die gelernt haben zu schießen, wenn die Signalgeber berührt werden. Bei der Berührung gehen die Lichter an, und diese Dinger schießen ihre Pfeile ab. Ich glaube, daß es selbst mit den schützenden Stoffen gut wäre, weiter von ihnen weg zu sein.«

Sie zogen sich eilig zurück, um in sicherer Entfernung abermals stehenzubleiben und zu dem dunklen und stillen Lager zurückzublicken. Kerrick war in Schweiß gebadet und wickelte langsam die Stoffbahn von seinem Kopf, bis er ungehindert die kühle Abendluft einatmen konnte. Er maß mit den Augen die Entfernung zu der dunklen Masse der schlafenden Feinde und überlegte.

»Du bist ein kräftiger Bogenschütze, Herilak. Sag mir, könntest du von hier aus das Lager erreichen?«

Herilak wickelte den Stoff von seinem Kopf und rieb sich das schweißnasse Gesicht damit ab. Er blickte zu dem Hügel, den sie verlassen hatten, und schätzte die Distanz zum Lagerplatz.

»Leicht ist es nicht. Ein kräftiger Bogenschütze könnte mit dem Pfeil ins Lager treffen, aber es würde sehr schwierig sein, aus dieser Entferung ein bestimmtes Ziel zu treffen.«

»Auf das Zielen kommt es nicht an, solange die Pfeile ins Lager treffen. Und ich glaube, daß die Sasku mit ihren Speerschleudern auch so weit werfen können.«

»Du planst gut, Margalus«, sagte Herilak lachend. »Die Murgu sind dort zusammengedrängt wie Samenkörner in einer Kapsel. Es ist kaum möglich, nicht irgend etwas zu treffen, wenn man einen Pfeil oder Speer hineinschleudert.«

»Statt zu schlafen, werden die Murgu heute nacht an anderes zu denken haben! Laß uns diese Stelle markieren, damit wir sie wiederfinden können, wenn wir zurückkommen.«

»Mit Bogen und Speeren!«

Herilak hatte richtig geschätzt. Ein aufwärts gezielter und mit der vollen Spannkraft des Bogens abgeschossener Pfeil fand auf Anhieb ein Ziel im Lager. Ein dünner Schmerzensschrei drang zu den Jägern herüber, die vor Lachen brüllten und einander auf die Schultern schlugen. Sie beruhigten sich erst, als Sanone einen Speer in die Schleuder legte. Dann sahen sie aufmerksam zu, wie er sich weit zurücklehnte und den Speer fliegen ließ. Ein Tier kreischte, und sie wußten, daß seine Spitze ein Ziel gefunden hatte. Jäher Lichtschein blendete ihre Augen, und sie wichen unwillkürlich zurück, als eine Wolke von Pfeilen auf sie zuflog. Alle fielen zu kurz. Das einseitige Nachtgefecht nahm seinen Fortgang.

Trotz allem, was Kerrick ihnen gesagt hatte, glaubten die anderen nicht wirklich, daß der Feind stillhalten und den Beschuß ertragen würde, ohne seine Quälgeister durch einen Gegenangriff zu vertreiben. Sie standen bereit, um in die Dunkelheit davonzurennen, sollte es zu einem Ausfall kommen. Aber die Murgu verhielten sich ruhig. Es gab nur die flackernden Lichterscheinungen und dann eine Bewegung innerhalb des Lagers, als die Fargi versuchten, sich vor den Speeren und Pfeilen zum Mittelpunkt zurückzuziehen.

Waffen waren aber nicht unbegrenzt vorhanden, und Herilak ließ den Beschuß bald einstellen. Die Lichter verloschen, und die Murgu legten sich wieder schlafen – und die Pfeile zischten wieder in ihre Reihen.

Dies dauerte die ganze Nacht an, und ausgeruhte Jäger kamen heraus, um die Plätze der ermüdeten einzunehmen. Kerrick und Herilak schliefen eine Weile. Dann, als der Morgen graute, ordneten sie den Rückzug zur Felsbarriere an.

Dort standen sie den ganzen Tag bereit und warteten auf den Angriff, wobei sie umschichtig schliefen und Wache hielten. Der Vormittag verging, doch der Angriff blieb aus. Als es Nachmittag wurde und noch immer kein Murgu in Sicht gekommen war, wurde Herilak von Freiwilligen bedrängt, welche die feindlichen Positionen auskundschaften wollten. Er ließ es nicht zu. Durch den Verlust weiterer Leben wäre nichts gewonnen. Als der Abend dämmerte – noch immer ohne ein Zeichen eines Angriffs –, ließen er und Kerrick sich wieder in Stoff einhüllen. Wachsam und mit schußbereiten Hèsotsan drangen sie den Fluß entlang vor. Aber diesmal lag dort niemand auf der Lauer. Ohne in ihrer Wachsamkeit nachzulassen, stiegen sie den Pfad zum Hochufer hinauf und spähten durch die Sehschlitze im Stoff zur Steppe hinaus.

Die Ebene war leer.

So schnell, wie er gekommen war, war der Feind wieder abgezogen. Die breite, mit Kothaufen übersäte Trampelfährte führte zum Horizont.

»Sie sind abgezogen! Wir haben sie geschlagen!« brüllte Herilak und schüttelte triumphierend die Fäuste zum Himmel.

»Nicht geschlagen«, sagte Kerrick, den es vor Müdigkeit und Erleichterung schwindelte. Er setzte sich nieder, wickelte die erstickende Stoffbahn vom Gesicht und überblickte die Fährte. »Sie sind besiegt und zurückgeworfen worden. Aber sie sind wie giftige Stacheln. Schneiden wir sie an einer Stelle, wachsen sie an einer anderen um so stärker.«

»Dann werden wir sie ein für allemal mit den Wurzeln ausreißen. Vernichten, daß sie nicht nachwachsen und wiederkommen können.«

Kerrick nickte feierlich. »Das ist es. Und ich glaube zu wissen, wie wir es erreichen können. Jetzt werden wir die Sammads und die Maduktos der Sasku zusammenrufen. Die Zeit ist gekommen, daß wir die Yilanè austilgen, wie sie versucht haben, uns auszutilgen.

Wir werden ausziehen und den Kampf zu ihnen tragen.«

27

Die beiden Jungen, schweißtriefend durch ihre Nähe zu den Flammen, legten trockene Zweige ins Feuer, sobald es niederbrannte. Knisternd sprang die Flamme auf und tauchte das Höhleninnere in flakkerndes goldenes Licht, so hell, daß die gemalten Tiere sich über Wände und Decken zu bewegen schienen. Sanone war noch nicht eingetroffen, aber die anderen Manduktos saßen unter dem Bild des Mastodons, wie es ihnen zukam. Kerrick, Herilak und die Sammadars saßen mit ihnen auf derselben Seite des Feuers.

Jenseits davon und ihnen gegenüber waren die Jäger versammelt. Sanone hatte dieser Regelung mit großem Widerwillen zugestimmt, da es bei den Sasku der Brauch war, daß die Manduktos alle Entscheidungen trafen; für ihn war es schwierig zu verstehen, daß die Sammadars nicht mit der gleichen Autorität herrschten. Schließlich war man zu diesem Kompromiß gelangt, der die Führer von den Geführten trennte. Die Sasku wußten nicht recht, was sie von dieser ungewöhnlichen Regelung halten sollten. Nur einige wenige kamen in die Nähe und lauschten aus der Dunkelheit und spähten erwartungsvoll über die Schultern der Sitzenden. Dann, als ein Mastodon in der Dunkelheit trompetete, machten sie sich davon. Schwere Füße stampften, Fackelschein flammte in der Finsternis auf, und die Umrisse dunkler Gestalten bewegten sich.

Die Mastodons kamen in den Lichtkreis. Zuerst erschien die große

Kuh Dooha, von Sanone geführt und von einem der Tanu-Jungen gelenkt, der mit einem Stock auf ihrem Nacken saß. Aber die Sasku bewunderten nicht sie, sondern nur das Junge an ihrer Seite. Sanone streckte die Hand aus und berührte den Rüssel des Kleinen, und ein glückliches Gemurmel erhob sich in der Dunkelheit. Darauf trat er zu den anderen in die Höhle, wo das Feuer brannte.

Armun stand mit den anderen vor dem Höhleneingang. Sie hatte den schlafenden Säugling in einem Tragbeutel aus Hirschfell auf dem Rücken. Kerrick stand auf, um zu sprechen, und das Gemurmel verebbte. Sie verbarg das Gesicht hinter ihrem langen Haar, damit die anderen nicht ihr stolzes Lächeln sähen. Er sah so aufrecht und stark aus, wie er dort im Feuerschein stand, das lange Haar mit einem Stirnband umwunden, bärtig wie die anderen. Als Stille eingekehrt war, nahm er mit erhobener Stimme das Wort.

»Gestern töteten wir die Murgu. Heute verscharrten wir sie, und alle hier wissen, wie viele von ihnen während des Angriffs den Tod fanden. Wir töteten sie in großer Zahl, und die wenigen Überlebenden sind geflohen. Sie werden nicht so bald zurückkehren.«

Beifällige Rufe der Jäger waren die Antwort auf diese Worte. Aus der Dunkelheit draußen drangen Trommelklang und das Geklapper von Kürbisrasseln, als er die Sätze für die Sasku in ihrer Sprache wiederholt hatte. Kerrick wartete, bis sie wieder still waren, bevor er weitersprach.

»Sie werden einstweilen nicht zurückkommen – aber eines Tages werden sie wieder hier sein, stärker und mit besseren Waffen. Sie kommen immer wieder. Sie werden wieder und wieder zurückkommen und nicht ruhen, ehe wir alle tot sind. Das ist die Wahrheit und muß stets bedacht werden. Denkt auch an jene von uns, die getötet wurden.«

Alles verharrte in bedrücktem Schweigen, bis Herilak mit grimmiger Miene das Wort ergriff.

»Dies ist wirklich die Wahrheit«, sagte er. »Kerrick weiß es, denn sein Sammad war der erste, den die Murgu vernichteten. Er allein blieb am Leben, er allein wurde von den Murgu gefangengenommen und verbrachte Jahre der Gefangenschaft bei ihnen. In dieser Zeit lernte er ihre Sprache. Er kennt ihre Gewohnheiten und weiß, wie sie denken. Darum müßt ihr auf ihn hören, wenn er von den Murgu spricht. Ihr müßt auch verstehen, wenn ich vom Tod spreche, denn ich bin hier, und Ortnar sitzt dort – und alle anderen in unserem Sammad sind tot, alle Frauen und Kinder, alle Jäger und Mastodons wurden erschlagen von den Murgu.«

Eine Bewegung ging durch die Zuhörer, als Kerrick seine Worte dolmetschte. Sanone blickte zu dem Mastodon an der Decke auf und flüsterte ein stilles Gebet zum Gedenken an jene unschuldigen Tiere.

»Es gibt keinen Zufluchtsort, kein Versteck, wo sie uns nicht finden können«, fuhr Kerrick in seiner Rede fort. »Die Sammads, die hier sitzen, bekämpften sie an der Küste des großen Ozeans, auf den Ebenen der Entenschnäbel und in diesem Tal, nachdem wir die hohen Berge überwunden hatten, um diesen Murgu zu entgehen. Nun ist die Zeit gekommen, daß wir nicht mehr an Flucht denken. Wir wissen jetzt, daß sie uns immer und überall finden werden. Deshalb sage ich euch jetzt, was wir tun müssen.«

Er machte eine Pause, um die Spannung noch zu erhöhen, blickte in die Runde der erwartungsvollen Gesichter und sagte dann: »Wir müssen den Krieg zu ihnen tragen, gegen ihre Stadt ziehen und sie vernichten.«

In die zustimmenden Rufe mischte sich ungläubiges und zweifelndes Gemurmel. Die Sasku stellten Fragen, und Kerrick dolmetschte, was er in Marbak gesagt hatte. Dann verschaffte sich Har-Havola Gehör, und alles wurde wieder still und lauschte.

»Wie soll das geschehen? Wie sollen wir diese Armeen von Murgu bekämpfen? Wie sollen wir eine ganze Stadt zerstören? Wir sind wenige. Das sind Dinge, die ich nicht verstehe.«

»Dann gib acht«, sagte Kerrick. »Ich sage dir, wie es gelingen kann. Herilak kennt alle Wege, die zu der Stadt Alpèasak führen, denn er ist mit seinen Jägern dort gewesen und hat Murgu getötet – und ist lebendig zurückgekehrt. Er wird das wieder tun. Nur wird er diesmal nicht eine Handvoll Jäger anführen, sondern viele. Er wird sie auf Schleichwegen durch den Dschungel geleiten, so daß die Armeen der Murgu sie nicht finden werden, mögen sie noch so viel suchen. Er wird die Jäger nach Alpèasak bringen, und ich werde ihnen dann zeigen, wie sie diese Stadt und jeden Murgu darin vernichten können. Ich werde euch jetzt sagen, wie es gelingen kann.« Er wandte sich zu den Manduktos und wiederholte, was er gesagt hatte, damit auch sie es verstünden.

Die Stille war vollkommen. Keiner der Zuhörer regte sich. Alle Blicke ruhten auf ihm, als er vorwärts trat. Er hob einen trockenen Zweig auf und stieß ihn ins Feuer, bis eine Funkenwolke emporstob. Dann zog er den flammenden, knisternden Zweig heraus und hielt ihn in die Höhe.

»Dies werden wir tun – wir werden Feuer in ihre Stadt der Bäume bringen, wo es nie welches gegeben hat. Die Murgu gebrauchen kein Feuer und wissen daher auch nichts von der Zerstörung, die es anrichten kann. Wir werden es ihnen jetzt zeigen. Wir werden Alpèasak in Brand setzen, es niederbrennen und jeden Murgu darin, so daß nichts als Asche zurückbleibt.«

Seine letzten Worte gingen in wildem Beifallsgeheul unter.

Herilak trat zu ihm. Er hatte einen Feuerbrand in der emporgereckten Rechten und gelobte seine Treue zur gemeinsamen Sache, doch verhallte seine Stimme ungehört im Tumult. Die anderen Sammadars folgten seinem Beispiel, während Kerrick für die Manduktos dolmetschte. Sobald er verstanden hatte, wartete Sanone, bis die allgemeine Aufregung sich gelegt hatte, bevor er zum Feuer trat, ein brennendes Stück Holz ergriff und in die Höhe hielt.

»Kadair hat dieses Tal für uns geschaffen und uns hierher geführt, als es nur Dunkelheit gab. Dann machte er die Sterne für uns, daß der Himmel nicht leer sei, dann machte er den Mond, unseren Weg zu beleuchten. Aber noch immer war es zu dunkel für das Wachstum der Pflanzen, also tat er auch die Sonne in den Himmel, und so ist die Welt seither gewesen. Wir leben in diesem Tal, denn wir sind die Kinder Kadairs.« Er ließ seinen Blick über die Köpfe der schweigenden Zuhörer schweifen, holte tief Atem und rief mit lauter Stimme ein einziges Wort:

»Karognis!«

Die Sasku-Frauen bedeckten ihre Gesichter, und die Männer stöhnten laut, wie in Schmerzen; die Tanu beobachteten alles mit großem Interesse, obwohl sie nichts verstanden. Sanone schritt vor dem Feuer auf und nieder und fuhr mit lauter, von energischen Handbewegungen begleiteter Stimme fort:

»Karognis kam in der Gestalt dieser Geschöpfe, die Murgu genannt werden, und wurde besiegt. Aber das ist nicht genug. Solange sie leben, lebt Karognis, und solange die Drohung seiner Existenz lebt, können wir nicht sicher sein. Aus diesem Grund kam Kadair in dem neugeborenen Mastodon zu uns; er will uns den Weg weisen, wie wir Karognis bezwingen können. Die Mastodon-Leute werden die Murgu angreifen und töten.« Er bückte sich plötzlich und ergriff einen brennenden Zweig und wirbelte ihn über dem Kopf herum. »Wir werden mit euch ziehen. Karognis wird vernichtet werden! Wir werden an eurer Seite kämpfen. Die Mörder der heiligen Tiere sollen vom Feuer verzehrt werden.«

Seine Gesten machten den Inhalt seiner Rede hinreichend deutlich, und seine Zuhörer warteten nicht erst die Übersetzung ab, um in erneutes Beifallsgeheul auszubrechen. Die Zukunft war entschieden. Alle fingen gleichzeitig zu reden an, und es gab viel Geschrei und Konfusion. Herilak überbrüllte alle, bis allmählich wieder Ruhe einkehrte.

»Genug! Wir wissen, was wir wollen, aber ich möchte von Kerrick hören, wie es geschehen soll. Ich weiß, daß er lange über diese Dinge nachgedacht hat. Laßt ihn sprechen.«

»Ich will euch sagen, wie es geschehen wird«, sagte Kerrick. »Sobald in den hohen Bergen der Schnee schmilzt, werden wir mit allen Sammads wieder über die Gebirgspässe ziehen. Unsere Wanderung wird den Murgu nicht verborgen bleiben; sicherlich werden sie uns sehen, wenn wir die andere Seite erreichen. Deshalb müssen sie Sammads auf der Wanderung sehen, Frauen und Kinder und Tiere, nicht eine Tanu-Armee auf dem Marsch. Sie müssen getäuscht werden. Auf unserem Zug nach Westen werden wir mit anderen Sammads zusammentreffen. Wir werden uns trennen und wieder zusammenfinden und so unsere Fährten verwirren. Für die Murgu gleichen wir einander so, daß sie nicht mehr wissen werden, welcher Sammad wo ist. Erst wenn dies geschehen ist, werden wir zur Meeresküste vorstoßen. Wir werden jagen und fischen, wie wir es vorher taten, als wir die Murgu töteten, die uns überfallen wollten. Sie werden es sehen und darüber nachdenken – und sie werden glauben, daß es eine weitere Falle ist.«

Kerrick hatte lange über diese Strategie nachgedacht. Er hatte versucht, sich in die Yilanè hineinzuversetzen und zu denken, wie sie denken würden. Wie Vaintè denken würde, denn er wußte, daß sie unnachgiebig war, daß sie fortfahren würde, die Fargi gegen ihn zu führen, so lange sie lebte. Sie würde mit Sicherheit eine Falle vermuten und ihr möglichstes tun, die vermeintliche Falle gegen ihre Urheber zu kehren. Dazu standen ihr verschiedene Möglichkeiten offen – doch ihn kümmerte nicht, was sie tat. Die Sammads würden nicht dort sein, wenn sie zuschlug.

»Es ist gleich, was die Murgu glauben«, sagte er. »Die Sammads werden nämlich das Ufer verlassen, bevor die Angreifer uns erreichen können. Sie werden gerade lang genug bleiben, um Nahrungsvorräte für den Winter sammeln zu können. Dies wird nicht schwierig sein, da es viele Jäger und wenige Esser geben wird. Denn sobald wir umkehren und durch die Vorberge nach Norden ziehen, werden wir uns trennen. Die Sammads werden ins Bergland gehen, wo Schnee liegt, und dort in Sicherheit sein.

Die Murgu-Jäger aber werden nach Süden ziehen. Schnell. Wir werden an Nahrung nur das Nötigste mitnehmen und unterwegs erlegen, was wir brauchen. Herilak kennt die Wege, die durch das Hügelland führen, denn er ist zweimal dort gewesen. Wir werden durch den Wald ziehen, wie nur Jäger es können, und vielleicht werden wir ungesehen bleiben. Aber die Murgu haben viele Augen, und wir können nicht hoffen, ihnen allen zu entgehen. Das ist nicht wichtig. Sie werden nicht imstande sein, uns aufzuhalten. Sie haben nur wenige Jäger, denen das Leben im Wald vertraut ist, und wir sind viele. Sollten sie uns angreifen, werden sie sterben. Sollten sie Armeen von Fargi aussenden, werden sie in Armeen zugrunde gehen. Wir werden in den Wäldern untertauchen und warten, bis die rechte Zeit gekommen ist. Wenn die trockenen Winde vor den Winterregen wehen, werden wir zuschlagen und sie und ihre Stadt niederbrennen und vernichten. Das ist, was wir tun werden.«

So wurde es beschlossen. Wenn es welche unter ihnen gab, die anderer Meinung waren, verhielten sie sich still, denn alle, die sich zu Wort meldeten, wollten das gleiche. Sie wollten sich zur Wehr setzen.

Als das Feuer niedergebrannt war und die Diskussion ein Ende gefunden hatte, gingen die Teilnehmer an der Versammlung zu ihren Zelten und Felshöhlen zurück. Armun kam und ging neben Kerrick.

»Mußt du das tun?« fragte sie, aber in ihrer Stimme war bereits das Wissen, daß er es tun würde, so daß er auf eine Antwort verzichtete. »Sei nicht zu tapfer, Kerrick. Ich möchte nicht in einer Welt ohne dich leben.«

»Auch ich möchte nicht ohne dich sein. Aber es muß getan werden.

Diese Vaintè wird keine Ruhe geben und mir nachstellen, bis einer von uns tot ist. Ich trage den Krieg nach Alpèasak, um sicher zu sein, daß sie diejenige ist, die fällt. Mit ihrem Tod, der Zerstörung ihrer Stadt und der Vernichtung der Yilanè wird endlich Ruhe sein; dann werden wir in Frieden leben können. Aber nicht vorher. Das mußt du verstehen. Es bleibt mir nichts anderes übrig.«

28

Seit ihrer Rückkehr nach Alpèasak war Vaintè wiederholt zu verstehen gegeben worden, daß sie bei Malsas in Ungnade gefallen war. Der Grund dafür war leicht zu erraten. Vaintè war die erste Sarn'enoto, welche diese Stadt gekannt hatte. In dieser Eigenschaft hatte ihre Macht bisweilen selbst diejenige der Eistaa überstiegen. Malsas hatte das gebilligt, hatte alle Feldzugspläne und Vorbereitungen Vaintès gutgeheißen. Aber nachdem sie unverrichteterdinge aus dem Westen zurückgekehrt war, hatte sich alles geändert.

Bis dahin hatte sie über die Hilfsquellen der Stadt und selbst jene des großen Kontinents jenseits des Ozeans gebieten können. Die Flotte der Uruketo, welche die Einwohner Inegbans nach Alpèasak gebracht hatte, hatte den Städten von Entoban willkommene Botschaften übermittelt: daß jenseits der See eine neue Welt erschlossen und die dort gegründete Stadt Alpèasak nun fest etabliert war. Alpèasak, das in jener unbekannten Wildnis gewachsen und groß geworden war, konnte den Städten Entobans helfen und ihnen den Bevölkerungsüberschuß an Fargi abnehmen, der die Wege ihrer Städte verstopfte und ihre Nahrung verzehrte. Die Eistaa dieser Städte waren nur zu gern bereit, sich der Bürde unerwünschter Fargi zu entledigen, und darüber hinaus froh, den Abnehmern kleine Gefälligkeiten in Gestalt von Tieren und Pflanzen zu erweisen, die Alpèasak gebrauchen konnte.

Unterdessen ging neben dem Modell von Alpèasak das von Gendasi der Fertigstellung entgegen. Anfangs war nur die Küste nördlich der Stadt bekannt und in allen Einzelheiten vollständig, während es landeinwärts wenige oder keine Merkmale gab. Dies änderte sich allmählich in dem Maße, wie die Raubvögel und die neueren, zur Erkundung eingesetzten Vogelarten mehr und mehr Bilder vom Kontinent zurückbrachten. Geschickte und erfahrene Yilanè setzten die zweidimensionalen Abbildungen in Flüsse und Berge, Täler und Wälder um, bis das Modell immer vollkommener und reicher an Details wurde. Westlich von Alpèasak lag eine warme See mit üppig begrünten Küsten. Breite Flüsse mündeten dort, die ein reiches, fruchtbares Land entwässerten. Ein Land der Fülle, das nur darauf wartete, in Besitz genommen zu werden. Sein einziger Schönheitsfehler waren die dort ansässigen Ustuzou.

Ihre Anwesenheit in diesem ansonsten unübertrefflichen Land war äußerst verdrießlich. Die meisten von ihnen lebten im Norden, und die Aufenthaltsräume ihrer Rudel waren auf dem Modell sorgsam markiert. So war zu erkennen, daß die Besiedlung sich in einer dünnen und mehrfach unterbrochenen Linie vom Ozean bis zu den hohen Bergen erstreckte, um südlich der Zone des ewigen Schnees zu enden. Zu gegebener Zeit sollte ihnen allen das gleiche Schicksal bereitet werden, das andere vor ihnen schon ereilt hatte. Jedesmal, wenn einzelne Rudel nach Süden vorgedrungen waren, hatte Vaintè ihre Fargi auf die neuen Uruktop gesetzt und die Ustuzou angegriffen, getötet und in das Land des Eises zurückgetrieben. Mit jedem dieser Siege waren Vaintès Ruhm und die Wertschätzung, der sie sich erfreuen durfte, gewachsen. So bedurfte es schon eines schwerwiegenden Versagens, um sie in Ungnade fallen zu lassen.

Als jenseits des Schneegebirges im Westen weitere Ustuzou entdeckt worden waren, da war es für Vaintè keine Frage gewesen, daß sie vernichtet werden mußten. Es gab gute Gründe für die Annahme, daß diese Gruppe mit jener identisch war, bei der sich Kerrick aufhielt und die sich ein Jahr zuvor im Osten durch den Rückzug in die Schneeberge der Vernichtung entzogen hatte. Die zu überwindenden Entfernungen waren gewaltig, aber ihr Vergeltungsdrang war stark genug, um jedes Hindernis zu überwinden. Viele Uruketo waren nötig gewesen, die Menge der Fargi und Reittiere zum Landeplatz an der Küste zu schaffen. Als der Winter zu Ende gegangen war, hatte Vaintè eine

Armee angeführt, wie die Welt sie noch nicht gesehen hatte. Sie war gut ausgerüstet und versehen mit starken Verteidigungsmitteln landeinwärts marschiert. Der Aufenthalt aller Ustuzou-Rudel war genau bekannt gewesen; sie sollten eines nach dem anderen überwältigt und ausgelöscht werden. Dieser Feldzug hatte das Ende der Ustuzou einleiten sollen.

Dann war die geschlagene, dezimierte Armee zurückgekehrt.

Meldungen von der Niederlage hatten die Stadt erreicht, lange bevor die ersten Fargi an Land gegangen waren. Und als Vaintè vor dem Rat zur Berichterstattung erschienen war, hatte Malsas es vorgezogen, abwesend zu sein. Das Nichterscheinen der Eistaa war eine deutliche Botschaft für sie gewesen. Der Rat hatte sich kalt ihre Erklärungen angehört, ihre Verluste aufgelistet und sie dann entlassen, fortgeschickt wie eine gewöhnliche Fargi.

Nach diesem Sturz von der Höhe der Macht hatte Vaintè sich nicht mehr in der Nähe des Ambesed blicken lassen, wo die Yilanè täglich zusammenkamen, wo die Eistaa saß und wo die wichtigen Entscheidungen in der Stadt getroffen wurden. Sie hielt sich abseits, allein und scheinbar vergessen, und wartete auf eine Nachricht, die nicht kommen wollte. Sie war in Ungnade gefallen, und niemand kam zu ihr, um nicht durch den Umgang mit einer Ausgestoßenen selbst Nachteile zu erleiden.

Nach vielen Tagen erhielt sie doch noch Besuch, aber es war eine Besucherin, die sie lieber nicht gesehen hätte. Aber einer Zusammenkunft mit einer Efensalè konnte man nicht aus dem Wege gehen.

»Natürlich mußtest du es sein«, sagte Vaintè grimmig. »Die einzige, der es nichts ausmacht, mit mir gesehen zu werden: eine Tochter des Todes.«

»Ich möchte mit dir sprechen, Efensalè«, sagte Enge. »Ich habe viele Geschichten über dieses letzte Unternehmen gehört, und alle machen mich traurig.«

»Ich bin auch nicht erfreut, Efensalè. Als ich von hier aufbrach, war ich Sarn'enoto. Nun sitze ich allein und warte auf einen Ruf, der niemals kommt. Ich weiß nicht einmal, ob ich noch Sarn'enoto bin oder etwas, was noch tiefer steht als eine Fargi.«

»Ich bin nicht hier, um dein Elend zu vermehren. Obwohl diejenigen, die zum Kamm der höchsten Welle schwimmen...«

»Nur in das tiefste Wellental sinken können. Erspare mir deine primitive Philosophie und trage sie deinen Gefährtinnen vor. Ich kenne all die Dummheiten, die eure Gründerin Farneksei von sich gegeben hat, und ich lehne sie in ihrer Gesamtheit ab.«

»Ich werde meinen Aufenthalt kurz gestalten. Ich bitte dich nur, mir die Wahrheit zu sagen, die hinter den geflüsterten Geschichten steckt...«

Vaintè schnitt ihr das Wort mit einer abrupten Handbewegung ab. »Mich kümmert es nicht, was die einfältigen Fargi einander erzählen, noch bin ich bereit, über ihr hirnloses Geschwätz zu diskutieren.«

»Dann wollen wir nur von Tatsachen sprechen.« Enges Bewegungen signalisierten grimmige Entschlossenheit. »Es gibt eine Tatsache, die uns beiden bekannt ist. Peleinè spaltete die Reihen der Töchter mit ihren Zweifeln und ihren Argumenten. Sie überzeugte viele davon, daß deine Sache eine gerechte sei, und diese fehlgeleiteten Schwestern ließen die Reihen deiner Armee anschwellen. Sie zogen mit dir aus und nahmen an deinem mörderischen Feldzug teil. Sie kehrten nicht zurück.«

»Natürlich nicht.« Vaintè machte beim Sprechen nur die geringsten Bewegungen und übermittelte so das absolute Minimum an Informationen. Am Ende einer Antwort erstarrte sie augenblicklich in Bewegungslosigkeit. »Sie sind tot.«

»Du tötetest sie.«

»Die Ustuzou töteten sie.«

»Du schicktest sie ohne Waffen gegen die Ustuzou vor, so daß sie nur sterben konnten.«

»Ich schickte sie wie alle anderen gegen die Ustuzou vor. Sie zogen es vor, keine Waffen zu tragen.«

»Warum taten sie das? Du mußt es mir sagen.« Enge beugte sich mit Zeichen der Erwartung und Furcht vorwärts. Vaintè lehnte sich zurück, um ihr nicht zu nahe zu sein.

»Ich habe nicht die Absicht, es dir zu sagen«, erwiderte sie. »Laß mich allein.«

»Nicht eher, als bis du meine Frage beantwortet hast. Ich habe lange darüber nachgedacht und bin zu der unausweichlichen Folgerung gelangt, daß der Grund ihres Handelns wesentlich für unsere Existenz ist. Peleinè und ich wichen in unseren Interpretationen von Uguenapsas Lehren voneinander ab. Peleinè und ihre Anhängerinnen entschieden, daß deine Sache eine gerechte sei, also gingen sie mit dir. Nun sind sie tot. Warum?«

»Du wirst keine Antwort von mir bekommen, keine Worte, die deine destruktive Philosophie stützen oder ihr Vorschub leisten könnten. Geh.«

Vaintès Wand aus grimmiger Unnahbarkeit zeigte keinen Riß, aber Enge war in ihrem Angriff ebenso hartnäckig und entschlossen.

»Sie trugen Waffen, als sie von hier aufbrachen. Sie hatten leere Hände, als sie starben. Du hast mir gesagt, es sei ihre eigene Wahl gewesen. Deine Wahl war bloß die einer Mörderin, einer Schlächterin, die sie in den Tod schickte.«

Vaintè war nicht immun gegen diese kalkulierten Beleidigungen; ein Zittern ging durch ihre Gliedmaßen, aber sie schwieg beharrlich. Enge fuhr erbarmungslos fort:

»Nun frage ich dich: Warum entschieden sie sich dafür? Welches Ereignis hatte zur Folge, daß sie ihre Meinung über das Waffentragen änderten? Etwas mußte geschehen sein. Du weißt, was es war. Du wirst es mir sagen.«

»Niemals!«

»Du wirst!«

Enge kam näher und packte Vaintès Arme mit ihren kräftigen Händen und sperrte in erbitterter Wut den Rachen auf. Dann bemerkte sie die leisen Reaktionen von Befriedigung und Freude und ließ Vaintè los. Sie stieß sie von sich und stolperte zurück.

»Dir würde es gefallen, wenn ich zur Gewalt Zuflucht nähme, nicht wahr?« sagte sie, keuchend von der Anstrengung, ihren heftigen Gefühlsausbruch zu beherrschen. »Du würdest es gern sehen, daß ich die Wahrheit meiner Lehren vergesse und auf deine Ebene verzweifelter Gewalttätigkeit herabsinke. Aber ich werde mich nicht so weit erniedrigen, gleichgültig, wie sehr ich herausgefordert werde. Ich werde mich nicht auf die Ebene deiner abscheulichen tierischen Entartung begeben.«

Das war zuviel. Rasender Zorn fegte Vaintès Zurückhaltung beiseite und ließ allen Groll hervorbrechen, der sich seit ihrer Rückkehr und ihrem Sturz angestaut hatte.

»Du willst dich nicht mit mir gemein machen? Du hast es getan!

Diese Druckstellen in meiner Haut, wo deine Daumen sich eingekrallt haben, beweisen es! Deine hochgeschätzte Überlegenheit ist so leer und hohl, wie du es selbst bist. Du wirst wütend wie ich – und du wirst töten, wie ich es tue.«

»Nein«, sagte Enge, wieder ruhig. »Das werde ich nie tun, so tief werde ich niemals sinken.«

»Niemals! Du wirst, ihr alle werdet es tun. Diejenigen, welche Peleinè folgten, waren keine Ausnahme. Fröhlich zielten sie mit ihren Hèsotsan und töteten die schädlichen Ustuzou. In diesen Augenblikken waren sie wahre Yilanè und keine winselnden und verächtlichen Ausgestoßene.«

»Sie töteten – und sie starben«, sagte Enge mit leiser Stimme.

»Ja, sie starben. Sie konnten wie du die Tatsache nicht ertragen, daß sie nicht anders, nicht besser sind als wir alle...«

Vaintè brach ab. Sie begriff, daß sie in ihrem Zorn Enges Fragen beantwortet und sie in ihrem schwachsinnigen Glauben noch bestärkt hatte.

Mit der Erkenntnis der Wahrheit war Enges Zorn wie weggeblasen. »Danke, Efensalè, danke. Du hast mir und den Töchtern des Lebens heute einen großen Dienst erwiesen. Du hast uns gezeigt, daß unsere Füße auf dem rechten Weg sind und daß wir ihn weitergehen müssen, ohne davon abzuweichen. Nur in dieser Weise können wir der Wahrheit näherkommen, von der Uguenapsa sprach. Diejenigen, die töteten, starben daran. Die anderen sahen es und beschlossen, nicht in der gleichen Weise zu sterben. So geschah es, nicht wahr?«

»So geschah es«, antwortete Vaintè in kalter Wut. »Aber nicht aus dem Grund, welchen du der Sache unterschiebst. Sie starben nicht, weil sie besser oder in irgendeiner Weise den anderen Yilanè überlegen gewesen wären; sie starben, weil sie genauso waren. Sie glaubten, sie könnten dem Tod jener entgehen, die ihres Namens beraubt aus der Gemeinschaft der Yilanè verstoßen werden. Sie irrten sich. Sie starben genauso. Ihr seid nicht besser als alle anderen; wenn es einen Unterschied gibt, dann allenfalls den, daß ihr viel geringer seid.«

Enge wandte sich in nachdenklichem Schweigen um und ging. In der Türöffnung blieb sie stehen und blickte zurück. »Danke, Efensalè«, sagte sie. »Danke, daß du mir diese große Wahrheit enthüllt hast. Ich beklage, daß so viele sterben mußten, um sie zu erkennen, aber vielleicht war das die einzige Möglichkeit, daß sie uns bekannt werden konnte. Vielleicht wirst du sogar in deiner Suche nach dem Tod uns helfen, Leben zu bringen. Ich danke dir.«

Vaintè zischte vor Zorn und hätte Enges Kehle aufgerissen, wäre sie nicht schnell hinausgegangen. Diese Demütigung zu allem anderen war mehr, als sie ertragen konnte. Etwas mußte geschehen. Sollte sie zum Ambesed gehen, vor die Eistaa hintreten und zu ihr sprechen? Nein, das wäre unklug, denn ein solches Auftreten könnte zu einer öffentlichen Demütigung führen, von der sie sich niemals würde erholen können. Was dann? Gab es niemanden, bei der sie Rat und Hilfe finden konnte? Doch, eine. Eine, die wie sie daran glaubte, daß es nichts Wichtigeres gab als die Auslöschung der Ustuzou. Sie ging hinaus und bedeutete einer vorbeigehenden Fargi, eine Botschaft zu überbringen, und gab ihr die nötigen Instruktionen.

Der größte Teil des Tages verging, und niemand kam, und Vaintès unruhiges Auf und Ab wurde zu stumpfem, bewegungslosem Abwarten. So trübe und umdüstert war ihre Stimmung, daß sie sich kaum daraus befreien konnte, als sie endlich bemerkte, daß jemand vor ihr stand.

»Du bist es, Stallan.«

»Du hast nach mir geschickt.«

»Ja. Du bist nicht gekommen, um mich aus freien Stücken zu sprechen?«

»Nein. Es wäre sicher gesehen worden, und Malsas hätte davon erfahren. Ich kann diese Art von Aufmerksamkeit seitens der Eistaa nicht gebrauchen.«

»Ich hatte geglaubt, daß du mir dientest. Jetzt schätzt du deine eigene schuppige Haut höher?«

Stallan stand in ruhiger Festigkeit, die Beine gespreizt, und gab nicht nach. »Nein, Vaintè, ich schätze meinen Dienst höher. Meine Arbeit ist das Töten von Ustuzou. Wenn du führst, werde ich dir folgen. Im Norden wimmeln sie wie Ungeziefer. Es ist nötig, sie zu zertrampeln. Wenn du nicht führst, warte ich.«

Vaintès Niedergeschlagenheit wich ein wenig von ihr. »Habe ich recht, wenn ich aus deinen Worten eine Mahnung heraushöre, eine Andeutung, daß ich besser daran getan hätte, in der Ausrottung der nächstbesten Ustuzou fortzufahren? Daß ich den großen Feldzug zur

Verfolgung und Vernichtung eines einzigen elenden Ustuzou nicht hätte führen sollen?«

»Du hast das gesagt, Vaintè, nicht ich. Aber es sollte bekannt sein, daß auch ich dein Verlangen teile, diesem bestimmten Ustuzou die Kehle zu öffnen.«

»Nur ist dein Verlangen nicht groß genug, daß du ihn verfolgen würdest, wohin er sich auch wendet und zu verbergen sucht, nicht wahr?« Vaintè ging in ihrem Raum auf und ab. Erbitterung lag in jeder Körperbewegung. Die Fußkrallen hatte sie in das Mattengeflecht des Bodens gebohrt. »Ich sage dies nur dir, Stallan: Vielleicht war dieser letzte Angriff ein Fehler, aber niemand unter uns konnte den Ausgang vorhersehen, als wir anfingen. Wir alle waren von dem ehrgeizigen Ziel erfüllt, das wir uns gesetzt hatten. Selbst diejenige, die nun nicht mehr mit mir sprechen will.« Sie fuhr herum und machte eine zustoßende Handbewegung.

»Sag es mir, treue Stallan. Wie kommt es, daß du mich all diese Zeit gemieden hast – und jetzt doch gekommen bist?«

»Die Verluste sind vergessen. Schließlich waren die meisten der Getöteten bloß Fargi. Es wird nur noch von jenen Yilanè gesprochen, die von den Ustuzou im Wald getötet worden sind, und von den toten Männern am Strand. Ich habe dafür gesorgt, daß viele von den Bildern, welche die Vögel zurückbringen, weitergereicht werden. Es sind Bilder von den Ustuzou. Die Yilanè sehen sie und werden zornig. Sie fragen sich, warum die Bekämpfung der Ustuzou aufgehört hat.«

Vaintè zeigte sich erfreut.

»Treue Stallan, ich habe dir Unrecht getan. Während ich mich in meinem finsteren Zorn hier verkroch, tatest du das einzige, was geeignet sein kann, mein Exil zu beenden. Du hast sie an die Ustuzou erinnert, ihnen gezeigt, was die Ustuzou getan haben und wieder tun werden und daß es nötig ist, sie zu töten. Bald wird man wieder zu mir kommen, Stallan, weil man sich erinnern wird, daß die Verfolgung und Ausrottung von Ustuzou etwas ist, worin ich sehr gut bin. Wir haben unsere Fehler gemacht, und wir haben daraus gelernt. Von nun an wird es ein nüchternes, umsichtiges Abschlachten sein. Wie man Früchte von einem Baum pflückt, um die Tiere zu füttern, so werden wir diese Ustuzou pflücken, bis der Baum leer ist und sie vom Angesicht der Erde verschwunden sind und Gendasi in seiner ganzen unermeßlichen Ausdehnung den Yilanè gehören wird.«

»Ich werde dir darin beistehen, Vaintè. Seit ich meine ersten Ustuzou sah, habe ich in meinem Innersten gewußt, daß einer von uns weichen muß, Ustuzou oder Yilanè. Wir oder sie.«

»So ist es. Das ist unser Schicksal, und danach muß gehandelt werden. Es wird der Tag kommen, an dem der Schädel des letzten Ustuzou an den Dornen der Wand der Erinnerung hängen wird.«

»Und deine Hände werden es sein, die ihn dort aufhängen, Vaintè«, sagte Stallan in ruhiger Aufrichtigkeit. »Deine allein.«

29

Vaintè nahm die Gewohnheit an, jeden Abend kurz vor Sonnenuntergang das Modell von Gendasi zu besuchen. Zu dieser Zeit waren die Erbauer fort, hatten ihre Tagesarbeit getan, und sie hatte die ganze trüb erhellte Fläche für sich allein. Dort studierte sie dann die Veränderungen, die im Laufe des Tages daran vorgenommen worden waren, und ersah daraus, ob die Vögel interessante Bilder mitgebracht hatten. Es war jetzt Sommer, und die Tiere waren auf der Wanderschaft, gefolgt von den Rudeln der Ustuzou. Sie sah die einzelnen Rudel umherziehen, zusammenkommen und wieder auseinandergehen, bis eines nicht mehr vom anderen unterschieden werden konnte. Weil sie keine Autorität mehr hatte, konnte sie keine Erkundungsflüge anordnen und mußte ohne Frage hinnehmen, was die Bilder an Informationen enthielten.

Eines Abends, als sie wieder dort war, kam Stallan und brachte neu eingetroffene Bilder, die sie mit der Darstellung des Modells vergleichen wollte. Vaintè griff begierig zu und betrachtete die Bilder im schwindenden Licht, so gut sie konnte. Obwohl es keine ausgesprochene Vereinbarung zwischen ihnen gab, kam Stallan fast alle Tage und brachte neue Bilder von den Bewegungen der Ustuzou, sobald sie entdeckt hatte, daß Vaintè sich zu dieser Tageszeit am Modell aufzuhalten pflegte. Auf diese Weise erfuhr Vaintè alle Neuigkeiten über die Ustuzou, die zu vernichten sie sich geschworen hatte.

Neue Bilder von den im Flußtal westlich des Schneegebirges lagernden Ustuzou untersuchte sie mit besonderer Sorgfalt; und sie war nicht überrascht, als die Fellzelte und die großen Tiere eines Tages fort waren. Kerrick wartete nicht auf ihre Rückkehr. Er war aufgebrochen. Aber er würde wieder zum Vorschein kommen, soviel war gewiß.

Den ganzen Sommer lang studierte sie das Modell, blieb für sich und wartete. Sie verfolgte die Bewegungen der verschiedenen Rudel und sah, daß eines der größeren stetig nach Osten zog. Als dieses Rudel tatsächlich den Schutz der Vorberge verließ und sich der Meeresküste näherte, wartete sie und sagte nichts. Als die Ustuzou in Reichweite eines Angriffs von der See ihr Lager aufschlugen, wartete sie noch immer. Ihre Geduld mußte die größere sein. Stallan berichtete von besorgten Gesprächen unter den Yilanè, weil die Ustuzou so nahe waren, und auch von der Verärgerung, daß sie nicht angegriffen wurden. Auch Malsas mußten diese Gespräche zu Ohren kommen, auch sie mußte die Bilder sehen und wissen, daß etwas geschehen mußte. Der Druck lag jetzt auf ihr, nicht auf Vaintè, und dieser Umstand erlaubte es der letzteren, ihre Ungeduld zu zügeln. Gleichwohl fiel es ihr sehr schwer, denn sie war von aktiver Wesensart. Sie versuchte sich mit dem Bewußtsein zu trösten, daß sie alles zu gewinnen und wenig zu verlieren hatte. Als die Fargi zu ihr kam, verbarg sie ihre freudige Erleichterung hinter unbewegtem Gleichmut.

»Eine Botschaft, Vaintè, von der Eistaa.«

»Sprich.«

»Deine sofortige Anwesenheit auf dem Ambesed ist erwünscht.«

»Ich komme.«

Vaintè hatte viel über diesen Augenblick nachgedacht und überlegt, wieviel Zeit sie zwischen dem Erhalt der Aufforderung und ihrer Befolgung verstreichen lassen sollte. Nicht zu viel; es war nicht zweckdienlich, Malsas unnötig zu verärgern. Sie hatte daran gedacht, die Arme in der formalen Weise zu bemalen, die Idee aber dann wieder verworfen. Es durfte keine offensichtliche Schaustellung geben. Statt dessen tat sie ein paar Tropfen duftendes Öl auf ihre Handflächen, rieb etwas davon in ihren Kamm, so daß er ein wenig glänzte, und verrieb den Rest auf Unterarme und Handrücken. Damit ließ sie es bewenden. Dann ging sie ohne Eile, nahm aber den kürzesten Weg zum Ambesed. Dort, im Herzen der Stadt, hatte sie einst als Eistaa gesessen.

Nun kehrte sie zurück – als was? Als reuige Bittstellerin? Nein, das nicht, lieber würde sie sterben, ehe sie um eine Gunst bettelte. Sie ging, bereit, Befehle anzunehmen und der Stadt zu dienen, mehr nicht. Diese Entscheidung war an jeder Bewegung ihres Körpers zu erkennen, als sie ging.

Der Ambesed war vergrößert worden, seit alle Einwohner Inegbans gekommen waren und die Reihen der Yilanè hatten anschwellen lassen. Sie standen in Gruppen beisammen, ins Gespräch vertieft, oder bewegten sich langsam von einer Stelle zu einer anderen. Sie bemerkten ihr Kommen und gingen wie beiläufig zur Seite, um sie durchzulassen, aber niemand blickte ihr ins Auge oder grüßte sie. Sie war da, blieb aber eine Unperson, solange Malsas nicht mit ihr gesprochen hatte und ihr Status ungeklärt blieb.

Bei ihrer Annäherung machte die Gruppe um die Eistaa ihr Platz, ohne jedoch Notiz von ihr zu nehmen, indem sie wie zufällig zur Seite traten. Sie ignorierte diese halben Beleidigungen und ging ruhig weiter, bis sie vor Malsas stand. Stallan war an der Seite der Eistaa. Die Jägerin schaute Vaintè an und machte eine kleine Geste der Begrüßung. Vaintè erwiderte sie und gelobte im stillen, daß sie nie den Mut dieser einfachen Gebärde des Wiedererkennens in einem Augenblick, da alle anderen sich von ihr abgewandt hatten, vergessen wollte. Sie stand schweigend und wartete, bis Malsas ein Auge in ihre Richtung drehte.

»Ich bin hier, Eistaa.«

»Ja, das bist du, Vaintè.« Die Feststellung war vollkommen neutral und enthielt weder Begrüßung noch Ablehnung. Als Vaintè in ihrer Erwartungshaltung verharrte, fuhr Malsas fort:

»Die Ustuzou des Nordens sind kühn genug, sich der Küste zu nähern, wo man sie überfallen und erschlagen kann.«

»Ich weiß davon, Eistaa.«

»Weißt du auch, daß ich Stallan den Befehl erteilt habe, dorthin zu ziehen und sie zu töten?«

»Das wußte ich nicht. Aber ich weiß, daß Stallan die erste ist, die Ustuzou tötete, und noch immer die beste.«

»Ich bin erfreut, das zu hören, aber Stallan stimmt darin nicht mit dir überein. Sie glaubt, sie sei zu unerfahren, zu führen und in der Verfolgung der Ustuzou Sarn'enoto zu sein. Ist das auch deine Meinung?«

Die Antwort mußte sorgfältig formuliert sein. Hier lag eine große

Gefahr und war kein Spielraum für Fehler. Als Vaintè sprach, waren Aufrichtigkeit und Festigkeit des Vorsatzes in ihren Bewegungen.

»Stallan hat große Erfahrung im Aufspüren und Töten von Ustuzou, und wir alle lernen von ihr. Was ihre Fähigkeit als Sarn'enoto betrifft, so ist es nicht an mir, darüber zu urteilen. Nur die Eistaa kann eine Sarn'enoto ernennen, und nur die Eistaa kann sie wieder absetzen.«

Nun war es gesagt. Keine Rebellion, kein Versuch, zu argumentieren oder zu schmeicheln, nur eine einfache Feststellung von Tatsachen. Wie immer mußten die Entscheidungen von der Eistaa getroffen werden. Andere konnten beraten, doch nur sie konnte entscheiden.

Malsas blickte von einer zur anderen, während alle Mitglieder ihres Gefolges schweigend zusahen. Stallan stand fest und ruhig wie ein Baum, bereit, die Befehle zu befolgen, die ihr gegeben wurden. Wer sie sah, konnte sich nicht vorstellen, daß sie jemals einen Befehl der Eistaa verweigern würde. Wenn sie sagte, sie habe nicht die Fähigkeit, als Sarn'enoto zu dienen, so aus dem einfachen Grund, daß sie selbst davon überzeugt war.

Auch Vaintè rebellierte nicht gegen Befehle. Sie war hier, um sie entgegenzunehmen. Malsas überlegte und traf ihre Entscheidung.

»Die Ustuzou müssen vernichtet werden. Ich bin die Eistaa und ernannte Vaintè zur Sarn'enoto, damit sie diese Vernichtung durchführe. Wie gedenkst du das zu bewerkstelligen, Sarn'enoto?«

Vaintè schob alle triumphierenden Empfindungen von sich und unterdrückte alle Zeichen der Genugtuung und Freude. Statt dessen signalisierte sie einfach Bereitschaft zur Pflichterfüllung und begann zu sprechen.

»Alle Ustuzou meiden jetzt die Küste, wo andere ihrer Art getötet worden sind. Aber einmal kam ein Rudel von ihnen und stellte uns eine Falle. Wenn ich dieses neue Rudel in der Nähe der Küste sehe, sehe ich die gleiche Falle wieder. Dies bedeutet, daß zweierlei getan werden muß. Es gilt, der Falle auszuweichen und die Ustuzou selbst zu fangen.«

»Wie wirst du das anfangen?«

»Wir werden die Stadt in zwei Gruppen verlassen. Stallan wird die erste befehligen, welche in Booten nach Norden fahren wird, um die Ustuzou in der gleichen Art und Weise anzugreifen, wie wir es in der

Vergangenheit bereits getan haben. Ihre Gruppe wird die Nacht vor dem Angriff am Ufer verbringen. Ich werde die zweite Gruppe in schnellen Uruketo zur See hinausführen, außer Sicht von der Küste. Wir werden im Norden der Ustuzou landen und unerwartet zuschlagen, ehe sie wissen, daß wir da sind.«

Malsas zeigte Verständnis, aber auch Verwunderung. »Das mag uns die Ustuzou vom Hals schaffen, aber was soll unterdessen andere Ustuzou, die sich vielleicht verborgen halten, daran hindern, Stallan und ihre Fargi in der Nacht zu töten, während sie am Strand schlafen?«

»Die Eistaa zeigt ihre Weisheit in dieser wichtigen Frage. Wenn die Ustuzou Stallans Landung beobachten, werden sie nur sehen, daß Fleisch und Wasser entladen werden. Erst nach Anbruch der Dunkelheit werden diese Vorräte geöffnet werden, denn unter ihnen werden sich unsere neuen Nachtwaffen befinden. Sobald dies geschehen ist, werden die in dieser Operation geübten Yilanè in die für nächtliche Unternehmungen ausgebildeten Boote steigen. Wenn der Angriff kommt, werden die Boote ablegen; am Strand wird nur Tod zurückbleiben.«

Malsas dachte darüber nach, dann signalisierte sie Zustimmung. »Macht es so. Es ist ein gut durchdachter Plan. Ich sehe, daß du dich viel mit diesen Fragen beschäftigt hast, Vaintè.«

In ihren Worten schwang ein Ton milder Ermahnung mit, daß Vaintè bereits Pläne gemacht hatte, ohne überhaupt Klarheit über ihren Status zu haben. Aber es war eine bloße Andeutung, und eine verdiente obendrein, und Vaintè ließ sie sich gefallen. Sie war wieder Sarn'enoto – das war alles, worauf es ankam. Ohne sich ihre Hochstimmung anmerken zu lassen, sprach sie, so ruhig sie konnte.

»Mit der von Stallan geführten Streitmacht hat es noch eine Bewandtnis, von der ich dir erzählen muß. Als wir die Nachtwaffen entwickelten, stellten wir fest, daß es nur wenige Yilanè gab, die in der Dunkelheit tätig sein konnten, selbst mit Lichtern. Diese Spezialisten werden die Waffen auslösen und anschließend den Beleuchtern in die Boote folgen. Der Rest der Fargi wird am Ufer bleiben müssen. Gibt es einen Angriff, so besteht die Wahrscheinlichkeit, daß alle von ihnen getötet werden.«

»Das ist nicht gut«, sagte Malsas. »Zu viele Fargi sind bereits tot.«

»Ich weiß das, Eistaa. Wer von uns allen wüßte das besser? Darum ist es mein starker Wunsch, keine weiteren Fargi in den Tod gehen zu lassen. Mein Vorschlag ist deshalb, daß wir diese Fargi durch Töchter des Todes ersetzen, da von diesen nicht erwartet werden kann, daß sie kämpfen. Sicherlich sollten diese Parasiten an den Hilfsquellen unserer Stadt zu etwas gut sein.«

Malsas zeigte ihre wohlwollende Anerkennung über diesen Vorschlag durch eine erfreuliche Gelbverfärbung ihrer Handflächen. »Du bist Sarn'enoto, Vaintè, weil du Ideen dieser Art hast. Tue das, veranlasse alles Nötige.«

»Die Vorbereitungen werden noch heute beendet sein. Die Verladung der Vorräte kann bis zum Abend abgeschlossen sein. Beide Gruppen werden im Morgengrauen auslaufen.«

Die Zeit war kurz, aber Vaintè hatte diesen Angriff seit Tagen geplant, ohne überhaupt zu wissen, ob sie jemals imstande sein würde, die nötigen Befehle zu erteilen, aber doch bereit dazu, sollte die Gelegenheit sich ergeben. Die beschleunigte Vorbereitung wurde mit der Effizienz vorangetrieben, die für alle Gemeinschaftsunternehmen der Yilanè charakteristisch waren. Nur Enge bereitete ihnen Schwierigkeiten. Sie bestand darauf, mit Vaintè zu sprechen, und ließ sich nicht abweisen, bis die Audienz gewährt wurde. Sie war überrascht, daß Vaintè ihrem Ersuchen trotz der Fülle ihrer Aufgaben überhaupt stattgab.

»Was sind das für Befehle, die du ausgegeben hast, Vaintè? Was hast du mit den Töchtern des Lebens vor?«

»Ich bin Sarn'enoto. Du wirst mich so und nicht anders anreden.«

Enge richtete sich auf, sah aber ein, daß persönlicher Stolz jetzt nicht wichtig war.

»Von der Niedrigsten zur Höchsten, ich sprach übereilt, Sarn'enoto. Bitte unterrichte mich über die Natur deiner Befehle.«

»Ihr werdet in Booten nach Norden geschickt. Es wird nicht verlangt, daß ihr Waffen gebraucht oder tötet. Wir wünschen nur eure Arbeit zum Besten unserer Stadt, die auch die eure ist.«

»Es ist mehr daran, Sarn'enoto. Du hast mir nicht alle deine Pläne erklärt.«

»Nein, das habe ich nicht, auch denke ich nicht daran, es zu tun. Ihr eßt die Nahrung von Alpèasak, ihr werdet beschützt von jenen, die bereit sind, für Alpèasak zu sterben. Wenn eure Hilfe benötigt wird, werdet ihr tun, was euch befohlen ist.«

»Etwas ist hier nicht in Ordnung. Die Anordnung macht mich mißtrauisch. Wie, wenn wir uns weigerten?«

»Dann werdet ihr trotzdem die Reise antreten. Gebunden und zusammengekettet, wenn nötig, aber ihr werdet gehen. Und nun wirst du mich verlassen. Die Entscheidung liegt bei dir und hat für mich keinerlei Bedeutung. Geh jetzt. Ich habe viel zu tun.«

Vaintès Festigkeit und ihre Gleichgültigkeit gegenüber jeglicher Entscheidung gegenüber den Töchtern mußte Enge überzeugt haben, daß sie gefesselt und verladen würden, wenn sie nicht freiwillig den Befehlen nachkämen. So sah man bei Tagesanbruch die Töchter des Lebens beim Verladen von Ausrüstungsgegenständen und Vorräten in die Boote, worauf sie sich ohne weitere Proteste selbst an Bord begaben.

Vaintè vergewisserte sich persönlich, daß alle Nachtwaffen und Verteidigungsmittel auch ordnungsgemäß untergebracht waren. Sie wandte sich aber augenblicklich um, als Stallan mit einem Packen von Bildern zwischen den Daumen herbeigeeilt kam.

»Dies sind die vergrößerten Bilder, die du bestelltest, Sarn'enoto.«

»Hast du ihn gesehen? Ist er bei diesem Rudel?«

Stallans Bewegungen waren doppeldeutig. »Es ist eine Kreatur darunter, die in Frage käme, aber sie haben alle Felle um sich geschlungen und nehmen sich in meinen Augen alle gleich aus.«

Vaintè nahm die Bilder und ging sie rasch durch. Sie warf die überprüften eins nach dem andern auf den Boden – bis sie fand, was sie suchte. Triumphierend hielt sie ein Bild hoch. »Hier, das ist Kerrick, ohne allen Zweifel! Das Fell auf seinem Kopf und an seinem Gesicht ist nachgewachsen, aber diese Züge sind unverkennbar. Er ist da, an der Küste, und diesmal soll er uns nicht entkommen. Du weißt, was du zu tun hast?«

»Ich weiß es. Es ist ein guter Plan.«

Nachdem sie dies gesagt hatte, gestattete sich Stallan eine ihrer seltenen Schaustellungen guter Laune. »Ein sehr glücklich machender Plan. Es ist das erste Mal, daß ich einen Ustuzou-Angriff begrüßt habe.«

Alles ging an Bord, und Stallan führte die Boote nach Norden. Erst am Ende des Tages wußte sie, daß alle Anstrengungen umsonst gewesen waren. Obgleich sie in allem den Plan befolgten und den ganzen Tag nordwärts segelten, um am Abend den vorgesehenen Strand zu erreichen, obwohl sie die Boote entluden und die Falle vorbereiteten, sollte sie nicht zuschlagen. Mit dem letzten Licht erschien jenseits der Brandungswellen ein Uruketo, umspielt von den begleitenden Entisenat. Eine Yilanè winkte von der hohen Rückenflosse um Aufmerksamkeit. Stallan ließ sich von einem der Nachtboote hinausbringen. Als sie dem Uruketo nahe war, rief die Yilanè zu ihr herab:

»Ich spreche für Vaintè. Sie beauftragt dich, am Morgen nach Alpèasak zurückzukehren. Bring alles zurück. Der Angriff wird nicht wie geplant durchgeführt.«

Das war das letzte, was Stallan erwartet hatte. Sie war bestürzt und wollte mehr wissen.

»Der Grund«, sagte die Yilanè, »ist, daß die Ustuzou fort sind. Sie haben die Küste verlassen und sind landeinwärts gezogen, so schnell sie kriechen können. Es sind keine zurückgeblieben, die wir vernichten könnten.«

30

Es war schon Spätnachmittag, als der Raubvogel nach Süden flog. Einige Zeit vorher hatte er ein Kaninchen erbeutet, es in den Wipfel eines hohen Baumes getragen und dort zerrissen und verzehrt. Anschließend war er gesättigt noch eine Weile auf seinem toten Aas sitzen geblieben und hatte sich der Gefiederpflege hingegeben. Die dunkle, klumpige Verdickung an seinem Bein war für jeden erkennbar, der sich die Mühe machte, vom Lagerplatz zwischen den verstreuten Zelten zu ihm aufzublicken. Schließlich rieb der Raubvogel seinen Hakenschnabel am weißgebleichten Holz, breitete die Flügel aus und stieß sich ab. Mit schweren Flügelschlägen strebte er der nächsten Aufwindzone über der Küste zu, ließ sich in weiten Kreisen emportragen und flog schließlich nach Süden. Einer der Jungen, der die Anweisung erhalten hatte, den Vogel zu beobachten, rannte los, um es Kerrick zu sagen, der seine Augen beschirmte und zum Himmel emporspähte, bis er den schon weit entfernten Vogel erblickte.

»Herilak, er fliegt fort«, rief er.

Der Jäger richtete sich von dem Hirschkadaver auf, den er gerade ausweidete. Seine Arme waren rot bis zu den Ellbogen. »Es könnten andere in der Nähe sein.«

»Das ist möglich, wir werden niemals Gewißheit haben. Aber auch der Schwarm der Seevögel ist fort, und die Jungen sagen, daß keine anderen großen Vögel zu sehen seien.«

»Was sollten wir deiner Meinung nach tun, Margalus?«

»Jetzt aufbrechen und nicht auf die Dunkelheit warten. Wir haben an Nahrung, was wir brauchen. Durch einen längeren Aufenthalt ist hier nichts zu gewinnen.«

»Einverstanden. Wir gehen.«

In den Zelten lagen alle Habseligkeiten und Vorräte bereits gebündelt und verpackt und brauchten nur noch aufgeladen zu werden. Während die Zelte zusammengelegt wurden, spannte man die Mastodons vor die Schleifgestelle, die rasch beladen wurden. Alle hatten es eilig, die gefährliche Küste zu verlassen. Als die letzten Ladungen noch festgebunden wurden, trotteten die ersten Mastodons schon schwerfällig vom Lagerplatz. Die Jäger blickten wachsam umher, aber das Ufer war leer wie der Himmel. Die Feuer rauchten noch, der halb ausgeweidete Hirsch hing vom Rahmen. Die Sammads waren fort.

Sie wanderten, bis es dunkel wurde, machten halt und aßen kaltes Fleisch. Sie zündeten keine Feuer an und zogen weiter. Der Marsch dauerte die ganze Nacht hindurch an, mit nur kurzen Ruhepausen für die Tiere, die Frauen und Kinder. Als der Morgen graute, waren sie in den bewaldeten, hügeligen Ausläufern des Berglandes, weit entfernt von der Route, die sie auf ihrer Wanderung zur Küste genommen hatten. Die Mastodons wurden ausgeschirrt, um sich sattzufressen, und die müden Sammads schliefen unter den Bäumen.

Als Armun die Augen aufschlug, verrieten ihr die schräg durch Zweige und Laubwerk einfallenden Sonnenstrahlen, daß es bereits Nachmittag war. Das dünne, hungrige Geschrei des Säuglings hatte sie geweckt. Sie lehnte sich an einen Stamm und gab dem Kleinen die Brust. Kerrick war nicht bei ihr; sie sah ihn auf der Lichtung stehen und mit den Sammadars sprechen. Als er zu ihr kam, waren seine Züge verschlossen und ernst, doch erhellte ein Lächeln sein Antlitz, als er sie mit dem Kind sitzen sah. Ihr Lächeln erwiderte das seine, und sie nahm seine Hand, als er sich bei ihr niederließ.

»Wir brechen bald auf«, sagte er und schlug den Blick nieder, als er das Lächeln auf ihrem Gesicht erstarren sah. Ihre Hand drückte fest zu.

»Du wirst mich verlassen...« Ihre Stimme klang heiser; in ihr war die Erinnerung an den Schmerz ihres einsamen Lebens. »Du bist alles, was ich habe.«

»Das ist nicht wahr. Du hast jetzt Arnhwit, und du wirst für ihn sorgen, bis ich wiederkomme. Wir, ich und alle anderen, tun dies aus dem gleichen Grund: daß die Sammads in Sicherheit leben können. Es gibt aber keine Sicherheit, solange die Murgu uns jagen und niedermetzeln können. Nur wenn sie tot sind, können wir den Frieden wiederfinden, den wir einst hatten. Geh mit den Sammads zu der Wiese in der Flußschleife. Wir werden euch dort treffen, ehe der Winter um ist. Gib acht auf dich und den Kleinen, bis ich zurückkomme.«

»Du wirst zu mir zurückkommen, sag mir das.«

Sie hatte den Kopf gesenkt, und ihr dichtes Haar fiel ihr ins Gesicht, wie damals, als er sie das erste Mal gesehen hatte. Der Kleine saugte und schmatzte zufrieden und blickte aus runden blauen Augen zu ihm auf. Kerrick umfaßte Armuns Kinn und hob behutsam ihr Gesicht. Er strich das Haar zur Seite und fuhr mit den Fingerspitzen über ihre Wange.

»Wie du habe ich ein einsames Leben geführt«, sagte er leise, so daß nur sie es hören konnte. »Wie du war ich anders als alle, die um mich waren. Ich haßte sie alle. Das ist jetzt vorbci. Wir sind zusammen, und nach meiner Rückkehr soll uns nichts mehr trennen. Das verspreche ich dir.«

Seine liebevolle Berührung entwaffnete sie, denn sie wußte, daß er es aufrichtig meinte. Die Tränen stiegen ihr in die Augen, und sie konnte nur nicken, als er aufstand und ging. Sie blickte durch ihre Tränen den Säugling an und wiegte ihn und hob den Kopf erst dann wieder, als sie wußte, daß die Jäger fort waren.

Herilak führte sie durch den Wald die Hügel hinauf. Er schritt rasch und gleichmäßig aus, und die anderen folgten ihm. Sie waren alle kräftig und ausgeruht, hatten geschlafen und gut gegessen. Nun gingen sie gebeugt unter ihren Traglasten, doch bestanden diese größtenteils aus Nahrung, so daß sie im weiteren Verlauf des Marsches leichter zu werden versprachen. Es war wichtig, daß sie keine Zeit mit Jagdunternehmungen verloren, sondern so rasch wie möglich Distanz zwischen sich und die Sammads legten. Wenn die Vögel flogen, was mit Sicherheit zu erwarten war, durfte ihr Abmarsch nicht bemerkt werden. Sie mußten spurlos in der Wildnis verschwinden.

Sie marschierten ohne Unterbrechung, bis die Dunkelheit unter den Bäumen so stark war, daß sie nichts mehr sehen konnten und unter ihren Lasten immer häufiger strauchelten. Dann ließ Herilak halten, warf seine Last von sich und setzte sich. Die anderen folgten seinem Beispiel, grunzend und seufzend vor Erleichterung. Kerrick teilte ein Stück Fleisch mit ihm, und schweigend aßen sie, während die Dunkelheit schwärzer wurde und Sterne hier und dort durch das Laubdach blitzten. In den Wipfeln über ihnen rief eine Eule.

»Beobachten sie uns schon?« fragte Herilak besorgt. »Wird diese Eule den anderen Vögeln verraten, daß wir hier sind?«

»Nein, das ist bloß eine Eule. Die Vögel, die uns auskundschaften, sprechen nur zu den Murgu, nicht zueinander. Der Raubvogel, der uns gestern sah, wird noch nicht in Alpèasak angekommen sein, hoffe ich, so daß man dort nach wie vor glauben wird, wir hätten unseren Lagerplatz an der Küste nicht verlassen. Bis sie entdecken, daß wir fortgezogen sind, und andere Vögel aussenden, damit sie uns suchen, werden wir weit entfernt sein. Sie werden die Sammads finden und ihre Fährte verfolgen. Sie werden nicht daran denken, uns hier zu suchen. Die Gefahr, gesehen zu werden, wird erst in der Nähe ihrer Stadt wieder größer werden.«

»Dann wird es zu spät sein.«

»Ja, dann wird es ihnen nicht mehr helfen.«

Zuversichtliche Worte, dachte Kerrick bei sich und lächelte kläglich in die Dunkelheit. Konnte dieser kleine Jägertrupp wirklich hoffen, jene mächtige Stadt mit dem Gewimmel ihrer Einwohner zu zerstören? Es schien kaum möglich. Wie viele waren sie hier? Weniger als drei Hault, die Zahl von sechzig Männern. Alle bewaffnet mit Hèsotsan, aber die hatten die Yilanè auch. Hèsotsan und Pfeile und Bogen und Speere besaßen sie, um gegen eine mächtige Rasse zu kämpfen, die seit dem Ei der Zeit die Erde bevölkerte. Die Unmöglichkeit des Unterfangens brachte eine Düsternis in seine Gedanken, die noch drükkender schien als die Nacht ringsum. Wie konnte es gelingen?

Wie um diese zweifelnden Gedanken zu zerstören, berührten seine tastenden Finger den hölzernen Kasten, den er aus dem Tal mitgebracht hatte. Darin lagen die Steine, in denen das Feuer aufbewahrt war. Mit Feuer konnte es gelingen, mußte es gelingen. Mit diesem festen Beschluß legte er sich auf die Seite und schlief ein.

»Die ersten Vögel, die wir aussandten, sind zurückgekommen«, sagte Vaintè. »Die Bilder sind ausgewertet, und wir glauben, daß das Ustuzou-Rudel von der Küste jetzt diesen Bergen nahe ist, weiter im Norden.«

»Ist das gewiß?« fragte Malsas.

»Da diese Geschöpfe einander so sehr gleichen, gibt es über die Ustuzou niemals Gewißheit. Aber wir sind sicher, daß sie nicht mehr an der Küste lagern, und es gibt auch keine anderen Rudel, die sich noch im Süden aufhalten.«

Stallan hielt sich im Hintergrund, schweigsam und aufmerksam. Man hatte in der Nähe der Küste keine Rudel gefunden, soviel war richtig. Aber das hatte vielleicht nicht viel zu bedeuten. Etwas stimmte da nicht, sagte ihr der Instinkt des Jägers, wenn sie auch nicht zu sagen vermochte, worauf dieses Gefühl beruhte. Malsas, obgleich keine Jägerin, teilte ihr instinktives Unbehagen.

»Ich verstehe das nicht. Warum haben die Rudel diesen langen Marsch zur Küste unternommen, wenn sie jetzt so frühzeitig umkehren?«

Vaintè machte eine Bewegung der Ungewißheit. »Sie jagen Tiere, die ihnen als Nahrung für den Winter dienen. Und sie fischen in der See.«

»Sie hatten nicht viel Zeit für die Jagd«, sagte Stallan.

»Richtig«, stimmte Malsas ihr zu. »Was kann also ihr Motiv gewesen sein, den Rückmarsch schon jetzt anzutreten? Haben sie Motive – oder laufen sie wie Tiere einfach herum? Du hast lange einen in Gefangenschaft gehalten, Vaintè, du mußt es wissen.«

»Sie denken. Sie überlegen. Sie haben eine tierische Schlauheit, die sehr gefährlich sein kann. Wir dürfen nicht vergessen, auf welche Art und Weise sie die Fargi am Strand niedermetzelten.«

»Dein Ustuzou ist entkommen, nicht wahr?« fragte Malsas. »War er bei diesem Rudel an der Küste?«

»Ich glaube es«, sagte Vaintè so ruhig sie nur konnte. »Und dieser Betreffende ist besonders gefährlich, denn er besitzt nicht nur die tierische Schlauheit eines Ustuzou, sondern auch einiges vom Wissen und den Kenntnissen der Yilanè.« Malsas ließ sie also beobachten und wußte von ihrem Interesse an den vergrößerten Bildern. Das war nur zu erwarten: Sie selbst hätte an ihrer Stelle nicht anders gehandelt.

»Dieser Ustuzou muß getötet und seine Haut an der Dornenwand aufgehängt werden.«

»Das ist auch mein Wunsch, Eistaa.«

»Wie sehen deine Pläne aus?«

»So sehr ich auch diesen einen Ustuzou zur Strecke bringen möchte, ich glaube, es ist wichtiger, alle Ustuzou auszurotten. Am Ende wird damit das gleiche bewirkt. Wenn alle tot sind, ist auch er tot.«

»Das ist ein ehrgeiziger Plan. Wie willst du ihn ins Werk setzen?«

»Mit der Erlaubnis der Eistaa möchte ich ein groß angelegtes Trumal veranstalten, das dieser Gefahr ein für allemal ein Ende machen wird.«

Malsas reagierte mit Zeichen der Zustimmung und des Zweifels zu gleichen Teilen. Sie alle hatten im Ozean in ihrer Jugend von Zeit zu Zeit an einem Trumal teilgenommen, wenn verschiedene Efenburu sich zusammenschlossen und gemeinsam gegen ein einziges Ziel operiert hatten. Anlaß zu einem Trumal war etwa eine Schule von Tintenfischen, die zu groß war, um von einem Efenburu eingekreist zu werden. Wenn sich aber mehrere zusammenschlossen, konnte die Beute eingeschlossen und bis zum letzten Tier erlegt werden.

»Ich verstehe deine Zweifel, Eistaa, aber es muß getan werden. Es müssen mehr Fargi aus den Städten Entobans herbeigeschafft werden, mehr Uruketo, mehr Waffen. Dann werden wir nach Norden ziehen, sobald der Frühling zum Sommer wird, werden dort landen und das Land in westlicher Richtung durchkämmen und sie alle aufstöbern und töten. Bis zum Ende des Sommers werden wir die Schneegebirge erreicht haben und uns dann nach Süden zur warmen See wenden, um dort zu überwintern. Vorräte und Material können uns während des Winters auf dem Seewege erreichen. Mit dem nächsten Frühling werden wir dann westlich der Gebirge vorgehen, und wenn der nächste Winter kommt, wird diese Art von Ustuzou ausgestorben sein. Nicht ein einziges Paar wird übrig sein, um sich in irgendeinem dunklen und schmutzigen Winkel fortzupflanzen. Das ist, was nach meiner Überzeugung geschehen muß.«

Malsas hörte und akzeptierte es, sie war aber immer noch besorgt, einen derart ehrgeizigen Plan zu verwirklichen. Sie betrachtete das Modell, dachte an die weiten Entfernungen, an die Ustuzou, von denen es dort wimmelte. Konnte man sie wirklich ausrotten?

»Sie müssen alle getötet werden«, sagte sie in Beantwortung ihrer eigenen unausgesprochenen Frage. »Es muß getan werden, dieser Tatsache können wir nicht ausweichen. Aber kann es in diesem nächsten Sommer geschehen? Wäre es nicht besser und wirkungsvoller, kleinere Abteilungen auszusenden, daß sie die Rudel, die wir entdeckt haben, einzeln vernichten?«

»Die Ustuzou werden sich verbergen, sie werden nach Norden in die gefrorenen Gegenden fliehen, wohin wir ihnen nicht folgen können. Ich wünschte, es könnte so geschehen, fürchte aber, daß es nicht möglich sein wird. Eine Armee von Fargi, ein systematisches Durchkämmen des Landes. Ein Ende dieser Bedrohung.«

»Was sagst du, Stallan?« wandte sich Malsas an die schweigsame Jägerin. »Du hast mehr Ustuzou verfolgt und getötet als sonst jemand. Wird dieser Plan halten, was Vaintè sich davon verspricht? Sollen wir es versuchen?«

Stallan überblickte das weitläufige Modell und ordnete ihre Gedanken, um sie klar auszusprechen.

»Wenn wir ein Trumal veranstalten, werden die Ustuzou sterben. Ich weiß nicht, ob genug Kräfte gesammelt werden können, um es zu schaffen. Ich herrsche nicht, also kann ich es nicht sagen. Was ich aber weiß, ist, daß ein Trumal dieser Art gelingen wird, wenn die Streitmacht stark und zahlreich genug ist.«

Alles verharrte in Stillschweigen, während Malsas das Für und Wider dessen, was gesagt worden war, gegeneinander abwog. Als sie endlich sprach, war es ein Befehl.

»Ein Trumal, Sarn'enoto. Vernichte die Ustuzou.«

31

»Verzeih die Störung einer so hart Arbeitenden und Wichtigen durch eine von so geringer Bedeutung«, sagte Krunat schüchtern und näherte sich Vaintè mit den Zeichen von Ehrerbietung und Bescheidenheit.

Vaintè stand tief in Gedanken versunken vor dem Modell von Gendasi. Sie dachte über den geplanten Feldzug nach. Ihr Gruß war eine mechanische Geste, und es kostete sie einen Augenblick, sich darauf zu besinnen, wer die andere war. Sie hatten einander schon früher gesprochen. Ja, das war Krunat, die Sòkains Pläne zur Stadterweiterung weitergeführt hatte. Ihre Assistentinnen hatten dieses Modell angefertigt, und Krunat hatte an der Planung mitgewirkt. Nun stand sie vor Vaintè, bescheiden wie die niedrigste Fargi. Sie war eine ausgezeichnete Planerin, hatte aber eine zu geringe Meinung von ihrem eigenen Wert. Vaintè riß ihre Gedanken vom Feldzugsplan los und zwang sich trotz ihrer Verdrießlichkeit über die Unterbrechung zu einer freundlichen Antwort.

»Es ist immer eine Ehre, mit Krunat zu sprechen. Wie kann ich dir helfen?«

Krunat zeigte eine Anzahl von Bildern, die sie mitgebracht hatte. Demut lag in jeder Bewegung ihres Körpers.

»Zuvor meine größte Dankbarkeit für deine Entwicklung der Vogelbilder-Technik, Vaintè. Sie ist von größtem Nutzen für die Planung der Stadterweiterung gewesen. Meine Dankbarkeit ist endlos.«

Vaintè gestattete sich nur ein kurzes Zeichen der Billigung, da sie ihre wachsende Ungeduld nicht zeigen wollte. Krunat durchblätterte langsam die Bilder, während sie sprach.

»Im Norden von Alpèasak, wo der Boden sandig und unfruchtbar ist, gibt es Nadelwälder. Ich habe die Erweiterung des Kanalsystems erwogen, um Wasser in die Gegend zu bringen und um vielleicht auch Suhlen für die größeren Tiere zu schaffen. Deshalb sind von diesem Gebiet viele Bilder angefertigt worden, die für dich natürlich ohne Interesse sind. Ausgenommen vielleicht dieses eine. Es könnte von Wert sein, weil wir an der möglichen Ausbeutung einheimischer Lebensformen interessiert sind. Deshalb habe ich es vergrößern lassen...«

Vaintès Ungeduld war so groß, daß sie nicht zu sprechen wagte, aber etwas von ihren Empfindungen kam zutage, als sie das Bild Krunats Hand entriß; die andere wich erschrocken zurück. Ein einziger Blick verwandelte Vaintès Haltung vollständig. »Gute Krunat«, sagte sie mit aufrichtiger Wärme, »du hattest recht, mir dies zu bringen. Kannst du auf diesem Modell die Stelle zeigen, an der das Bild gemacht wurde?«

Als sie mit Krunat um das Modell ging, betrachtete Vaintè das Bild genauer. Es war ein Ustuzou darauf zu sehen, der in einer Pfote einen langen Stab mit einer steinernen Spitze trug. Ein Zweifel war nicht möglich. Krunat war durch Zufall auf etwas Wichtiges gestoßen.

»Hier, Vaintè, das ist die Stelle, wo das Bild entstanden ist.«

So nahe! Es war bloß ein Ustuzou, ein Tier, aber seine Anwesenheit so weit südlich war verdrießlich, sogar beunruhigend. Vieles sprach dafür, daß er nicht allein bis in die Nähe der Stadt vorgedrungen war. Und schon früher waren Yilanè nahe der Stadt von diesen Kreaturen ermordet worden. Sie winkte einer Fargi.

»Bring die Jägerin Stallan sofort hierher. Und dir, kluge Krunat, meinen Dank und den Dank von Alpèasak. Dieses Lebewesen hat nichts Gutes im Sinn, und wir werden uns seiner annehmen.«

Stallan zeigte sich genauso besorgt wie Vaintè, als sie das Bild sah. »Ist es das einzige Bild?«

»Ja, ich habe alle durchgesehen, bevor Krunat sie mitnahm.«

»Das Bild ist wenigstens zwei Tage alt«, sagte Stallan und wies auf das Modell. »Wenn der oder die Ustuzou weiter nach Süden vorgestoßen sind, könnten sie inzwischen dort sein. Welche sind deine Anordnungen, Sarn'enoto?«

»Laß die Wachen um die Stadt verdoppeln. Vergewissere dich, daß die Alarmvorrichtungen ordnungsgemäß funktionieren. Dann sage mir, wie das Gelände in dieser Gegend hier ist. Wenn die Ustuzou näher an Alpèasak herankommen, könntest du ihnen den Weg versperren und sie aufhalten. Was sagst du dazu?«

Stallan begleitete ihre Erklärung mit ausholenden Armbewegungen über dem Modell. »Da ist dichter Busch mit Dornsträuchern. Es ist fast unmöglich durchzukommen, wenn man nicht den Wildwechseln folgt. Ich kenne diese Fährten gut. Laß die Vögel fliegen, am besten die Eulen, um festzustellen, wo die Ustuzou sind. Wenn wir sie ausfindig gemacht haben, werde ich meine besten Leute nehmen und ihnen eine Falle stellen.«

»Tue das.« Vaintès Kamm stand aufrecht und vibrierte vor Erregung. »Ich glaube, daß Kerrick da draußen ist. Nur er kann die Verwegenheit besitzen, so nahe an Alpèasak heranzukommen und andere Ustuzou mitzubringen. Töte ihn für mich, Stallan. Bring sein Fell zurück. Dann stecken wir es mit Dornen an diese Wand, wo wir zusehen können, wie es trocknet.«

»Dein Wunsch ist der meinige, Vaintè. Ich will seinen Tod genau wie du.«

»Das ist der Rest vom geräucherten Fleisch«, sagte Kerrick und stocherte die Maden mit einem Zweig aus dem harten Klumpen. »Ein paar Jäger haben noch Ekkotaz, aber nicht sehr viel.«

Herilak kaute energisch auf seinem lederigen Stück Fleisch, ohne auf die Maden zu achten. »Näher an der Stadt gibt es Wild. Dann werden wir frisches Fleisch haben.«

Selbst hier, im luftigen Schatten der Schirmkiefern, war die Luft heiß und stickig. Fliegen umsummten ihre Köpfe und setzten sich in ihre Augenwinkel. Sie hatten einen langen und ermüdenden Marsch hinter sich, doch es gab keine Klagen. Nur wenige der Jäger waren unter den Bäumen sichtbar, die anderen warteten im Wald. Kerricks einzige Sorge war, daß er sie womöglich in den sicheren Tod führte. Je näher sie der Stadt kamen, desto häufiger stellte sich dieser krankhafte Gedanke ein.

»Weiter«, sagte Herilak, stand auf und hängte sich den Bogen über die Schulter, wo er neben dem Hèsotsan in seinem Tragbeutel ruhte. Der große Jäger fühlte sich sicherer, wenn er auf dem Marsch den Speer in der Hand hielt.

Kerrick signalisierte dem nächsten Jäger, der den Befehl weitergab. Der Marsch begann von neuem und wurde von Herilak angeführt. Sie folgten ihm über die wellige, mit Busch bedeckte Ebene, dann am Rand eines von Bäumen überhangenen Sumpfes entlang, wo Stechmücken in Wolken aufstiegen und über sie herfielen. Der Sumpf hatte seinen Ausfluß zwischen niedrigen Hügeln. Herilak verhielt, schnupperte die Luft und gab das Zeichen zum Halten. Als der Befehl weitergegeben war, kam er zu Kerrick und setzte sich am Rand des Wasserlaufes in den Schatten einer Weide.

»Hast du die Vögel voraus gesehen? Sie umkreisten die Bäume, dann flogen sie fort, ohne sich niederzulassen.«

»Nein, Herilak, es ist mir nicht aufgefallen.«

»Im Wald mußt du alles bemerken, wenn du am Leben bleiben willst. Nun hole tief Atem, aber durch die Nase. Was riechst du?«

»Sumpf.« Kerrick lächelte, aber Herilaks Miene blieb ernst und grimmig.

»Ich rieche sie vor uns. Mach jetzt keine Bewegung. Murgu.«

Kerrick fühlte sein Herz heftig pochen; es kostete ihn eine große Willensanstrengung, sich nicht umzuwenden. »Bist du sicher?«

»Es gibt keinen Zweifel.«

»Was machen wir?«

»Wir töten sie, bevor sie uns töten. Bleib hier. Warte, bis ich Nachricht gebe, dann geh langsam weiter. Halte deinen Todesstock bereit.«

»Soll ich allein gehen?«

»Nein. Die Sasku werden mit dir gehen. Die Jäger werden mich begleiten. Sie verstehen sich anzupirschen.«

Herilak schlüpfte davon und ging den Weg zurück, den sie gekommen waren. Er sprach leise zu dem nächsten Jäger, der im Schatten eines Busches kauerte. Beide verschwanden zwischen Bäumen und Unterholz. Bald darauf erschien Sanone an der Spitze seiner mit Speeren bewaffneten Sasku.

»Was gibt es?« fragte er. »Herilak winkte uns vorwärts und sprach deinen Namen. Wohin sind er und die Jäger gegangen?«

»Haltet Abstand auf der Fährte«, rief Kerrick den Sasku zu. »Drängt euch nicht zusammen.« Dann berichtete er Sanone mit halblauter Stimme, was geschehen war. Der Mandukto war nicht glücklich darüber.

»Sind wir also Köder für eine Falle?«

»Ich denke, wir können Herilak vertrauen, daß er unbemerkt an sie herankommt. Er hat es schon öfter getan.«

Sie warteten schweigend und versuchten, mit ihren Blicken das Dickicht zu durchdringen, das unbekannte Gefahren verbarg. Etwas bewegte sich, und Kerrick hob die Waffe, bevor er sah, daß es einer von Herilaks Jägern war. Er winkte sie vorwärts, bevor er wieder verschwand.

Kerrick ging voraus und versuchte die Angst zu ignorieren, die sie alle erfaßt hatte. Das lichtgesprenkelte Halbdunkel des Unterwuchses hatte etwas Bedrohliches; eine Armee von Yilanè konnte dort auf der Lauer liegen, die Waffen schußbereit... Er tat zögernd einen Schritt nach dem anderen, umklammerte den Hèsotsan so fest, daß er fühlte, wie das Tier sich in seinem Griff regte.

Ein schrilles Kreischen zerriß die drückende Stille, dann ein zweites, gefolgt vom Knattern mehrerer Hèsotsan. Kerrick war unschlüssig, ob er weitergehen sollte. Es war nicht zu erkennen, was weiter vorne vorging. Er winkte die Sasku in Deckung und kauerte sich nieder.

Augenblicke später rauschte und knackte es im Dickicht, und eilige Schritte näherten sich. Kerrick hob die Waffe, als eine dunkle Gestalt unter den Bäumen vor ihm in Sicht kam und suchend umherblickte.

Eine Yilanè! Er zielte und schoß, aber der Pfeil wurde von den Zweigen eines Strauches abgelenkt. Die Yilanè wandte den Kopf und starrte ihn an.

Es war, als bliebe die Zeit stehen. Er war der Yilanè so nahe, daß er ihr keuchendes Atmen hören und das schnelle Heben und Senken ihrer Brust sehen konnte. Der zähnestarrende Rachen war weit geöffnet. Ein Blick in ihr Gesicht war genug, um sie wiederzuerkennen. Auch in ihren Augen lag Wiedererkennen, begleitet von einer Veränderung des Ausdrucks, das nackten Haß enthüllte.

Der Augenblick endete, als der Speer eines Sasku neben ihr in einen Baumstamm fuhr. Sie warf sich seitwärts ins Dickicht und verschwand, ehe Kerrick zielen und einen zweiten Schuß abgeben konnte.

»Stallan!« rief er. »Es ist Stallan!«

Er stürzte ihr kopflos nach. Er hörte die Sasku hinter sich, blieb aber nach einigen Dutzend Schritten wieder stehen, als er sah, wie undurchdringlich das Dickicht war. Hier würde er sie niemals finden – während sie ihm hinter jedem Busch auflauern konnte. Er kehrte zurück zum Wildwechsel und erreichte ihn, als Herilak angetrottet kam. Sein Gesicht glänzte vom Schweiß, aber er lächelte und er schüttelte triumphierend den Speer.

»Wir überfielen sie von hinten, die dummen Murgu. Sie lagen im Versteck und rührten sich nicht, bis wir herangekommen waren. Alle sind tot.«

»Alle bis auf eine. Die Anführerin, Stallan. Ich schoß auf sie, aber daneben.«

»Das kommt vor. Es macht nichts. Sie wissen, daß wir hier sind, aber sie können nicht viel dagegen unternehmen. Außerdem sind wir jetzt gewarnt und werden ihnen nicht noch einmal in die Arme laufen.«

»Was machen wir?«

»Wir nehmen ihre Todesstöcke an uns und gehen weiter vorwärts. Der Kampf um diese Stadt hat begonnen.«

32

Vaintè verhandelte mit Malsas gerade über Einzelheiten des geplanten Trumal, als auf der anderen Seite des Ambesed Unruhe entstand. Yilanè, die sich dorthin wandten, wurden brüsk beiseite gestoßen, und Stallan kam in Sicht. Ihr Anblick erklärte die allgemeine Aufregung: Ihre Haut war zerkratzt und schlammbespritzt, aus Schnittwunden tropfte Blut. Sie trat vor Malsas hin und erschlaffte in einer Haltung, die Niederlage und Resignation anzeigte. Dies war an sich schon erschreckend, denn niemand hatte sie jemals anders als aufrecht und stolz gesehen. Sie lauschten in bestürztem Schweigen, als sie das Wort ergriff.

»Unheil, Eistaa. Alle tot. Ich allein bin zurückgekehrt.«

»Ich verstehe nicht. Tot, wie?«

Stallan hob den Kopf und richtete sich zornig auf. »Ich legte ihnen einen Hinterhalt. Wir wollten die Ustuzou töten, wenn sie kämen. Aber sie sind Tiere, ich hätte es wissen sollen. Sie umgingen uns, und wir merkten nicht einmal, daß sie da waren. Alle Jägerinnen und Fargi wurden getötet. Ich konnte entkommen. Wäre ich geblieben, um Gegenwehr zu leisten, so wäre ich tot und du wüßtest nicht, was geschehen ist. Ich habe es dir gesagt. Nun sterbe ich, denn ich bin beschämt. Du brauchst nur die Worte zu sprechen, Eistaa...«

»Nein!« rief Vaintè mit lauter Stimme, gebieterisch und fordernd. Stallan starrte sie verblüfft an; selbst Malsas reagierte nur mit Erstaunen auf diese Unterbrechung. Vaintè sprach hastig weiter, bevor die Überraschung in Zorn umschlagen konnte.

»Ich meine es nicht beleidigend, Eistaa. Ich sprach nur, um Stallans Leben zu retten. Befiehl ihr nicht zu sterben. Sie ist eine treue und loyale Dienerin der Stadt, wir müssen zu ihr stehen. Ich befahl ihr, mit ihren Jägerinnen auszuziehen und den Ustuzou eine Falle zu stellen. Wenn es Schuld gibt, dann liegt sie bei mir. Wir brauchen diese tapfere Kämpferin. Die Todesfälle waren nicht ihre Schuld. Wir stehen im Krieg mit den Ustuzou. Laß sie nicht dafür sterben, daß sie ihnen entgegengetreten ist. Ich weiß, daß ich übereilt gesprochen habe. Ich erwarte nun dein Urteil.«

Vaintè stand mit gesenktem Kopf. Mit ihrer Intervention hatte sie ein großes Risiko auf sich genommen und mußte nun damit rechnen, für ihre Voreiligkeit selbst den Tod zu erleiden. Aber Stallan war zu wertvoll, als daß man sie jetzt opfern konnte. Und sie war die einzige Yilanè, die sie gegrüßt und mit ihr gesprochen hatte, als sie eine Ausgestoßene in dieser Stadt gewesen war.

Malsas blickte mit undurchdringlicher Miene auf die zwei gebeugten Gestalten vor ihr und überdachte, was beide gesagt hatten. In der Stille war nur das Scharren vieler Füße zu vernehmen, mit dem alle versammelten Yilanè näherdrängten. Eine Entscheidung über Leben und Tod war zu treffen.

»Du sprachst mit ungehöriger und unreifer Voreiligkeit, Vaintè. Zu jeder anderen Zeit wäre dies unverzeihlich gewesen und hätte deinen Tod zur Folge gehabt. Aber ich wittere zu viele andere Tode im Wind und ziehe es vor, dich zur Verteidigung der Stadt am Leben zu lassen, geradeso wie du Stallan am Leben erhalten möchtest. Ihr werdet beide benötigt. Nun sage mir die Bedeutung dieses schlimmen Ereignisses.«

»Zuvor meinen Dank, Eistaa. Wie Stallan, lebe auch ich nur, um Alpèasak zu dienen. Die Bedeutung dieses und auch der vergangenen Ereignisse ist klar. Eine bewaffnete und gefährliche Streitmacht von Ustuzou marschiert auf Alpèasak zu. Sie muß aufgehalten werden. Es ist nun auch bekannt, welchen Zweck der Aufenthalt der Ustuzou an der Küste verfolgte. Es war eine List, die uns ablenken sollte. Als sie zu den Bergen zurückkehrten, trennten sie sich, und dieses Rudel wilder Tiere kam heimlich und entschlossen nach Süden. Sobald ich von ihrer Anwesenheit erfuhr, wurde eine Jagdgruppe ausgesandt, die ihnen eine Falle stellen sollte. Wir wurden geschlagen. Es muß unsere letzte Niederlage sein, oder ich fürchte um unsere Stadt.«

Malsas erschrak über diese Worte. »Welchen Schaden können diese Tiere der Stadt zufügen?«

»Ich weiß es nicht, aber ich fürchte sie. Die Entschlossenheit ihres Vorrückens und die Kraft ihres Angriffs gibt Anlaß zu Befürchtungen. Würden sie soviel riskieren, wenn sie nicht planten, uns in dieser oder jener Weise Schaden zuzufügen? Wir müssen unsere Verteidigungsanstrengungen verstärken.«

»Das müssen wir tun.« Malsas wandte sich zu Stallan. »Ich verstehe nun besser, warum Vaintè ihr Leben riskierte, um das deinige zu retten. Du warst diejenige, welche die Verteidigungseinrichtungen dieser Stadt entwarf, Stallan, ist das nicht so?«

»Es ist so, Eistaa.«

»Dann verstärke und vervollkommne sie. Du sprichst für die Eistaa. Verlange alles, was du brauchst. Die Sicherheit unserer Stadt ist in deinen Händen.«

»Ich werde sie festhalten, Eistaa. Mit deiner Erlaubnis werde ich mich jetzt der nötigen Vorkehrungen annehmen.«

Malsas sah ihr verwirrt und ungläubig nach. »Es ist schwierig, die Verhältnisse in diesem neuen Land Gendasi zu verstehen. Nichts ist so, wie es in Entoban war. Seit Ustuzou uns Yilanè töten, ist die natürliche Ordnung verletzt. Wo wird dies enden, Vaintè? Weißt du es?«

»Ich weiß nur, daß wir diese Kreaturen bekämpfen werden. Und wir müssen gewinnen.«

Doch so sehr sie sich auch bemühte, Vaintè konnte die Zeichen des Zweifels nicht aus ihren Worten heraushalten. Alle Anwesenden konnten ihre Unsicherheit und Furcht spüren.

Herilak hob den Arm, als er den schrillen Schrei aus dem Wald voraus vernahm. Die Jäger blieben stehen, blickten ängstlich umher, als der Schrei sich wiederholte; ihm folgte ein schweres, dumpfes Stampfen, das den Boden unter ihren Füßen erzittern ließ.

»Weißt du, was das ist?« fragte Herilak.

»Ich denke schon«, antwortete Kerrick. »Gehen wir jetzt langsamer vor, denn die ersten Felder und Weiden müssen vor uns liegen.«

Der Urwald war dicht, und der Wildwechsel, dem sie folgten, wand sich zwischen Stämmen und dichtem Unterholz durch. Herilak ging voraus, dichtauf gefolgt von Kerrick. Das Stampfen wiederholte sich, die Schreie gleichfalls. Dann hielt Kerrick seinen Vordermann zurück.

»Halt! Siehst du diese Ranken, die über dem Pfad hängen? Sie haften an der Haut und lassen sich nicht lösen. Ich wurde einmal von ihnen festgehalten. Warne die anderen. Wir sind jetzt am äußersten Rand der Stadt.«

Nachdem sie die Ranken mit toten Ästen emporgehoben und abgestützt hatten, gingen sie vorsichtig weiter, obwohl jedes Geräusch, das sie hätten machen können, ohne Zweifel im Tumult auf der Wiese vor ihnen untergegangen wäre. Am Waldrand machten sie halt und sahen in ehrfürchtigem Staunen auf die offene Fläche hinaus.

Zwei riesenhafte Tiere, jedes viel größer als das größte Mastodon, umkreisten einander im hohen Gras, während ein drittes zusah. Ihre runzligen Häute waren gelblichbraun, die breiten Köpfe schwer gepanzert, während rötliche, verhornte Platten ihre Rücken bedeckten. Eines von ihnen sprang das andere an und schnappte mit einem hornigen, zahnlosen Schnabel zu, wobei es laut kreischte. Das andere wich seitwärts aus und schwang seinen Schwanz, dessen knochige, keulenartige Spitze zuschlug. Sie traf die Erde mit einem den Boden erschütternden Aufschlag, denn das erste Tier war rechtzeitig ausgewichen.

»Ruutsa«, sagte Kerrick. »Sie tun das, wenn sie um ein weibliches Tier kämpfen. Dort ist es, es frißt ruhig weiter. Ich kenne diese Wiese; ich weiß, wo wir sind!«

Er befreite ein Stück schwarzer Erde von Laub und Zweigen, bückte sich und kratzte mit der Spitze seines Steinmessers Linien hinein.

»Schau her, Herilak – so sieht die Stadt aus. Sie haben dort ein Modell, das ich mir so lange eingeprägt habe, daß ich es noch jetzt im Kopf habe. So ungefähr sieht es aus. Hier ist das Meer, dort sind die Strände, dann kommt der Wall. Hier ist der Ambesed. Das ist ein großer, freier Platz, wo alle zusammenkommen.«

Herilak sah aufmerksam zu, wie Kerrick die Stadt und dann die ringsum angelegten Felder und Weideflächen skizzierte.

»Die Felder umgeben die Stadt in konzentrischen Ringen, die im Laufe der Zeit immer mehr ausgeweitet wurden, und die Ruutsa befinden sich hier.«

Herilak studierte die in den Boden geritzten Linien und zupfte nachdenklich an seinem Bart. »Bist du sicher, daß wir hier sind? Es ist viel Zeit vergangen, seit du die Stadt verlassen hast, sie könnten die Weideflächen verändert und die Tiere verlegt haben.«

»Niemals, nicht die Yilanè. Was ist, ist, und ändert sich auch nicht mehr. Kleine Dinge mögen von Tag zu Tag verschieden sein, aber sobald etwas geplant und angelegt ist, bleibt es so für alle Zeit.«

»Dann glaube ich dir, denn du bist der einzige, der die Murgu so gut kennt...«

Ein Schmerzensschrei unterbrach ihn, und als sie die Köpfe wandten, sahen sie einen Sasku-Jäger sich aufbäumen und schwer auf den Boden schlagen. Sie kamen ihm zu Hilfe, und Herilak streckte die Hand aus, um eine stachlige Rebe von seinem Arm zu reißen, aber Kerrick hielt ihn zurück.

»Nicht anfassen, oder du bist auch tot. Ihm kann nichts mehr helfen. Das Gift ist schon in seinem Körper.«

Der Unglückliche bog vor Schmerzen den Rücken durch, so daß der Brustkorb hervortrat, und auf seine Lippen trat Schaum, der sich rot färbte, weil seine verkrampften Kiefer die Zunge zerbissen. Bald war er gelähmt und besinnungslos, doch dauerte es noch lange, bis er starb.

»Wenn ihr dieser Art von Tod entgehen wollt, laßt euch nicht von den herabhängenden oder am Boden liegenden Schlingpflanzen berühren, bis wir auf der Wiese sind«, sagte Kerrick. »Gebt acht, wo ihr eure Füße hinsetzt, und streift im Vorbeigehen keine Pflanzen. Manche von ihnen haften an euch fest und lassen sich nicht mehr lösen, andere sind giftig, wie ihr gesehen habt.«

»Ist es in der ganzen Stadt so?« fragte Herilak.

»Nein, nur der äußere Rand, um Raubtiere und Tanu fernzuhalten. Sobald wir diese Barriere hinter uns haben, droht Gefahr nur von den bewaffneten Wachen. Sie sind hinter Laub und Dornenhecken geschützt und schwierig zu erkennen.«

»Aber sie müssen bei Nacht schlafen«, sagte Herilak.

»Das müssen sie, aber es kann sein, daß sie hier Alarmeinrichtungen geschaffen haben. Wir werden ihre Positionen ausfindig machen und ihnen fernbleiben.«

»Wie soll es weitergehen?«

Kerrick ging zu seiner Ritzzeichnung zurück und zeigte auf den äußeren Kreis. »Wir müssen diese Felder hinter uns bringen. Die meisten der Weidetiere, Pflanzenfresser wie die Ruutsa auf dieser Wiese, werden nicht angreifen, solange wir sie in Ruhe lassen.«

Er hob den Kopf und schnüffelte die Luft. »Der Wind weht aus Westen, also müssen wir einen Bogen schlagen, um Rückenwind zu haben. Jenseits der Weiden und Felder beginnen die Bäume der Stadt. Sie stehen nahe beisammen. Sobald das Feuer ausbricht und sich ausbreitet, wird es nicht mehr aufzuhalten sein.«

»Wird dort trockenes Holz zu finden sein?« fragte Herilak.

»Nein, das glaube ich nicht.«

»Dann werden wir jetzt welches suchen und mit uns nehmen.«

»Warte, bis wir die Felder im Westen der Stadt erreicht haben. Dann können wir das Holz sammeln und alles vorbereiten. Wir müssen sehen, daß wir bei Sonnenuntergang durch die äußere Barriere kommen. Alle Yilanè, mit Ausnahme der Wachen in ihren Außenposten, werden dann zur Stadt zurückgekehrt sein, so daß wir unbeobachtet bleiben können. Wir werden den Wachen ausweichen und bei Dunkelheit die innere Stadtgrenze erreichen, wo die Bäume beginnen. Dann werden wir unsere Feuer legen.«

Alle drei Ruutsa weideten friedlich. Als sie gingen, hatten sie ihren Kampf schon vergessen.

Es war Spätnachmittag, bis sie sich durch den dichten Wald um die außenliegenden Felder vorgearbeitet hatten. Keiner der Wildwechsel schien in der geeigneten Richtung zu verlaufen, und sie mußten sich durch dichtes, verfilztes Unterholz vorarbeiten und dabei jedes laute Geräusch vermeiden. Als sie zu einem träge fließenden Wasserlauf kamen, ließ Kerrick halten und die Jäger zusammenkommen. Das Wasser war sauber und klar. Alle wateten hinein, um zu trinken. Sobald sie ihren Durst gestillt hatten, sagte ihnen Kerrick, was zu tun war und wiederholte seine Befehle für die Sasku. Alle lauschten ihm mit grimmiger Aufmerksamkeit, denn sie waren am Ziel. Jetzt gab es nur noch Sieg oder sicheren Tod.

Keiner von ihnen hatte bemerkt, daß Wolken aufgezogen waren. Als die ersten Tropfen fielen, brach Kerrick seinen Vortrag überrascht ab.

Alle blickten besorgt zum Himmel auf. »Wenn es regnet«, sagte

Herilak und drückte damit aus, was alle dachten, »können wir nicht angreifen, denn die Stadt wird nicht brennen.«

»Es ist noch Trockenzeit«, sagte Kerrick mit mehr Selbstsicherheit, als er verspürte. »Das wird nicht lange dauern.« Er wagte nicht daran zu denken, was sie anfangen würden, wenn es doch regnete.

Sie verteilten sich im Wald, um trockenes Holz zu sammeln, und keiner war unter ihnen, der nicht immer wieder besorgt zum Himmel über den Wipfeln aufblickte. Er blieb dunkel, und der Wind nahm zu; er rauschte in den Bäumen. Dumpfes Donnergrollen rollte über den Horizont.

»Wir können nicht bis zum Abend warten«, sagte Herilak. »Wir müssen die Feuer legen, bevor es regnet.«

»Es werden Murgu auf den Feldern sein, wir könnten gesehen werden.«

»Ein Risiko, das wir auf uns nehmen müssen. Hilf mir, einen Durchschlupf durch die Dornenhecke vorzubereiten, während die anderen Holz sammeln.«

Sie rissen dicht belaubte Zweige von den Sträuchern und Bäumen und deckten sie in einer dicken Schicht über das Gewirr der giftigen, ineinander verschlungenen Ranken. Als sie durch vorsichtiges Brechen und Zurückbiegen der Zweige eine Bresche in die Dornenhecke geschlagen hatten und durchkrochen, sahen sie sich auf dem offenen Feld großen Tieren mit Entenschnäbeln gegenüber, die sie mit großen Augen ansahen, bevor sie die Flucht ergriffen. Herilak winkte die anderen durch, als sie mit dem trockenen Holz zurückkamen.

Sie versammelten sich innerhalb der Barriere und warteten, bis alle zurückgekehrt waren. Erst dann gingen sie wachsam weiter, die Feuerholzbündel auf dem Rücken und die Waffen in den Händen. Kerrick führte sie. Nach all diesen langen Jahren war er nach Alpèasak zurückgekehrt. Der Donner polterte näher, und Kerrick fing an zu laufen, als ihm die ersten Tropfen des nahenden Gewitters auf die Schultern fielen.

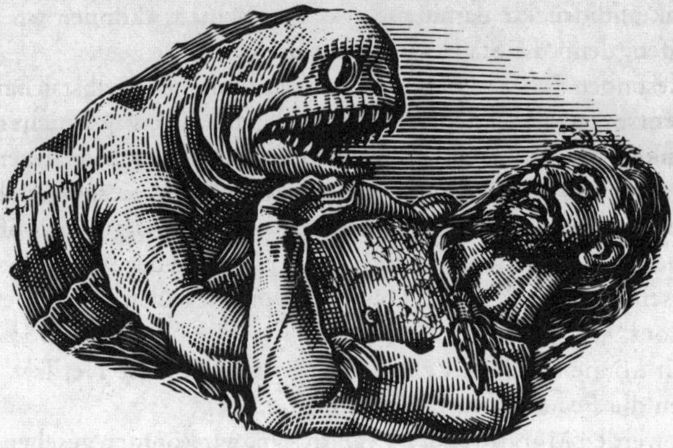

33

Der Säugling auf Armuns Rücken war wach und jammerte unglücklich. Er war vom peitschenden Regen durchnäßt und abgekühlt. Sie kniete triefend naß und frierend am Boden, die Arme und Beine schwarz von der aufgeweichten Erde, aus der sie mit ihrem scharfen Grabstock die Wurzelknollen gewühlt hatte. Ein Blitz flackerte über den Himmel, und unmittelbar darauf krachte ein gellender Donnerschlag, der sie für Augenblicke halb betäubte. Ermanpadar war ungehalten über etwas. Es war Zeit, zu den Zelten zurückzukehren. Der Säugling wimmerte noch lauter, als sie aufstand und den Korb mit Knollen an sich nahm. Eine Bewegung im regnerischen Grau über ihr ließ sie aufblicken. Sie sah einen großen Vogel mit weit ausgebreiteten Schwingen lautlos vorübergleiten. Er segelte auf den Wipfel eines hohen Baumes am Rand des Lagers zu, streckte die Beine vor und bäumte mit zwei abbremsenden Flügelschlägen auf. Dann legte er den Kopf auf die Seite und beobachtete sie mit einem kalten Auge hinter dem grausamen Krummschnabel. Armun konnte die schwarze Verdickung an seinem Bein erkennen und schwenkte ab und rannte schreckerfüllt unter die Bäume. Der Blitz, der Donner und der Vogel, der den Murgu sagte, wo sie waren. Angst würgte sie, als sie auf einem Umweg der Sicherheit der Zelte zueilte.

Vaintè betrachtete gerade das Modell von Alpèasak, als eine Fargi die Nachricht brachte, daß ein Uruketo in den Hafen einlaufe. Sie entließ die Botin mit einer heftigen Armbewegung, aber es war um ihre Konzentration geschehen. Sie war auch durch das Betrachten des Stadtmodells nicht wiederherzustellen. Die Verteidigungsanlagen waren stark, und Stallan baute sie noch weiter aus. Sie konnte keine Schwachstellen erkennen, keine Orte sehen, wo die Ustuzou größeren Schaden als das Abschlachten einiger Weidetiere anrichten konnten. Sie beunruhigte sich nur selbst, wenn sie hier stand und grübelte.

Sie beschloß zum Hafen zu gehen und zu erfahren, welche Ladung der Uruketo hatte. Von Entoban waren weitere Fargi auf dem Weg hierher, dazu noch Hèsotsan mit erhöhter Reichweite. Viele Städte jenes großen Kontinents unterstützten den geplanten Feldzug durch Hilfslieferungen. Ihrer Armee würde es an nichts fehlen; sie würde den Ustuzou den Garaus machen.

Als sie den offenen Weg erreichte, fielen ihr die dichten Wolken und das ferne Donnergrollen auf. Einzelne große Regentropfen klatschten ringsum in das Laubwerk. Es schien ein Gewitter im Anzug. Sie fühlte sich nicht beunruhigt; Gewitter waren nicht selten, und sie hatte Wichtigeres zu bedenken.

Krunat folgte einer Gruppe von Fargi den staubigen Pfad entlang. Ihre Assistentin eilte mit einem Bündel hölzerner Stäbe unter dem Arm hinterdrein. Jede von den Fargi trug einen jungen Obstbaum aus der Pflanzenschule, deren Wurzelballen sorgfältig eingewickelt und zum Einpflanzen vorbereitet waren. Diesmal begleitete Krunat den Arbeitstrupp, um sich zu vergewissern, daß die Bäume dorthin gepflanzt wurden, wo sie stehen sollten. Einige Yilanè in dieser Stadt waren so dumm wie Fargi, vergaßen Anweisungen und verpfuschten die einfachsten Arbeiten. Sie hatte eine Anzahl von Feldern und Pflanzen gefunden, die in keiner Weise dem Modell entsprachen, und hatte Korrekturen vornehmen müssen. Diesmal sollte das nicht geschehen. Sie hatte beschlossen, die Markierungsstäbe selbst zu setzen und das Einpflanzen der jungen Bäume zu überwachen. Mit einem Auge blickte sie prüfend zum düsteren Himmel auf. Es sah nach Regen aus. Gut, die jungen Bäume brauchten das.

Eine Wegbiegung brachte sie an den Rand eines grünen Feldes. Eine

Reihe von Fargi kam durch das Gras auf sie zu. Das war Krunats erster Eindruck – aber etwas an ihnen war fremdartig. Sie waren zu groß, zu dünn und trugen Felle.

Sie blieb vor Schreck erstarrt stehen. Ustuzou hier in der Stadt? Es war nicht möglich. Ihre Assistentin ging an ihr vorbei, und im selben Augenblick ertönte das trockene Knacken von Hèsotsan über das Feld. Fargi krümmten sich und fielen. Ihre Assistentin ließ die Markierungsstäbe klappernd fallen, als ein Pfeil sie in die Seite traf. Krunat machte in Panik kehrt und rannte in die Sicherheit der Bäume zurück. Sie kannte die Stadt gut. Es waren Wachen in der Nähe, sie mußten gewarnt werden.

»Einer von ihnen ist entwischt, dort!« rief Herilak. Er wollte die Verfolgung aufnehmen.

»Keine Zeit!« rief Kerrick. »Wir haben es nicht mehr weit, und wir müssen die Feuer in Gang bringen, bevor der Regen kommt.«

Er rannte jetzt, keuchend unter der Last des trockenen Holzes, gefolgt von den übrigen Jägern. Diese Baumreihe vor ihnen, das mußte die richtige Position sein. Er hörte, wie hinter ihm Hèsotsan abgeschossen wurden, wagte aber nicht hinzusehen, und lief weiter.

Er stolperte und fiel unter der mächtigen immergrünen Eiche zu Boden. Er warf seine Waffen ab und zog den geschnitzten Kasten aus dem Beutel an seiner Hüfte. Es gab weitere Schüsse und laute Rufe, dann kam Herilak zu ihm.

»Sie wissen, daß wir hier sind. Wir töteten ein paar von ihnen, aber sie auch einige von uns. Jetzt haben sie sich hinter die Bäume zurückgezogen, und wir halten sie in Schach.«

»Schafft mir die Zweige und Äste her!« rief Kerrick. Er zwang sich zur Ruhe, kniete nieder und nahm die Feuersteine aus dem Kasten. Als er eine Prise getrocknetes Holzpulver herausnehmen wollte, blies ein plötzlicher Windstoß es ihm von der Hand; Regentropfen klatschten über ihm in die Blätter. Nun kamen die anderen heran, warfen trockenes Geäst und Zweige neben ihn auf den Boden, eilten weiter, um die nächsten Brandherde vorzubereiten.

Langsam, nur langsam! Es mußte auf Anhieb richtig gemacht werden, weil es eine zweite Chance nicht geben konnte. Mit zitternden Händen legte er den hölzernen Kasten auf den Boden, scharrte alles

Holzpulver zusammen und tat es hinein. Dann schlug er die Steine scharf gegeneinander, gerade so, wie er es unzählige Male geübt hatte. Die langen Funken flogen, wieder und wieder.

Ein dünner Faden blauen Rauchs stieg aus dem Kasten auf.

Er beugte sich darüber, blies behutsam hinein, tat Bruchstücke trockener Blätter dazu, um die winzige Glut zu nähren, und blies wieder hinein. Eine dünne rote Flamme leckte empor. Eins nach dem anderen fügte er die Blätter hinzu, dann grub er die Borkenstücke und Zweige aus seiner Tasche und legte sie in die Flammen. Erst als sie alle lichterloh brannten, wagte er aufzublicken und sich umzusehen.

Auf dem Feld hinter ihm lagen Leichen, Tanu und Yilanè. Es waren nicht so viele, wie er befürchtet hatte. Herilak hatte die Angreifer vertrieben und Jäger als Wachen aufgestellt. Sie kauerten mit schußbereiten Waffen hinter den Bäumen und verhinderten die Rückkehr der Murgu. Herilak kam zurückgelaufen, das Gesicht schweißüberströmt, aber breit lächelnd, als er die lodernden Flammen sah.

Der hölzerne Kasten hatte gleichfalls Feuer gefangen, und Kerrick schob ihn mit den brennenden Zweigen in das aufgeschichtete Brennholz. Dann legte er Stücke von größeren Ästen darauf. Gierig fraßen sich die Flammen durch das trockene Holz. Die Hitze begann auszustrahlen, und Regentropfen verzischten in der Glut. In verbissenem Eifer schürte und nährte er das prasselnde Feuer, ohne zum dräuenden Gewitter aufzusehen. Erst als die Äste in hellen Flammen standen und ihre Hitze ihn zwang, das Gesicht mit dem Arm zu bedecken, rief er den anderen zu, so laut er konnte.

»Jetzt! Alle her, zum Feuer! Verteilt die Feuerbrände!«

Alles kam herbeigestürzt. Aufgeregte Rufe flogen hin und her. Feuerbrände wurden herausgezogen und im Laufschritt davongetragen, so daß knisternde Funken flogen. Kerrick selbst ergriff einen brennenden Ast, rannte ins Dickicht und stieß ihn ins ausgetrocknete Laub. Es schwelte und rauchte und flammte dann hell auf. Er sprang weiter, setzte andere Büsche in Brand, bis die Hitze ihn zurücktrieb und der schwelende Ast seine Hand verbrannte. Er schleuderte ihn durch die Flammen in das Dickicht dahinter.

Allenthalben schossen Flammen durch trockenes Gesträuch, breiteten sich aus und griffen auf benachbarte Bäume über. Schon schoß die feurige Lohe durch die Laubmassen der immergrünen Eiche vor ihm, erfaßte im Nu den ganzen Wipfel, der prasselnd in Flammen aufging. Die Windböen rissen Glutfetzen und Funkenwolken aus dem Brand und fegten sie stadteinwärts. Ein einziger brennender Ast lag noch in dem Feuer, das er entzündet hatte; Kerrick riß ihn heraus und rannte damit los, die Reihe der anderen entlang, vorbei an Sanone, der am rechten Flügel der Truppe Feuerbrände in die Sträucher stieß, und noch ein gutes Stück weiter bevor der die Glut ins Unterholz steckte. Der Wind blies Funken und Flammen in die ausgetrockneten Stauden, und in wenigen Augenblicken ging das ganze Dickicht in prasselnden Flammen auf.

Die von den Windböen zu rasender Ausbreitung angefachten Brände vereinigten sich zu einer Feuerwand, die unter unheimlichem Prasseln und Tosen Flammenzungen, Rauch und Funken hoch in den dunklen Himmel schleuderte. Die Bäume brannten wie Fackeln. Donner polterte, aber noch immer brach das Gewitter nicht los.

Die Fargi hatten Mühe, die zur täglichen Schlachtung ausersehenen Tiere zusammenzutreiben. Etwas machte sie unruhig; aufgeregt rannten sie von einer Seite der Einfriedung zur anderen, stießen sogar eine der Fargi nieder und rollten mit den Augen, daß das Weiße darin zu sehen war. Die aufsichtführende Yilanè rief laute Befehle, doch es half nichts. Auf einmal bemerkte sie ein prasselndes Geräusch und einen seltsamen, stechenden Geruch. Sie wandte sich um und sah die glutheile, windzerfetzte Lohe zum Himmel steigen und dahinter schwarze Gewitterwolken. Der Geruch kam wieder, diesmal mit einer Welle köstlich warmer Luft. Was geschah, was konnte das bedeuten? Sie stand staunend da und starrte, als der Brand sich näherfraß und an den Bäumen in ihrer Nähe emporleckte. Wundervoll warm. Die Tiere schrien hinter ihr, aber sie ging näher heran und streckte die Hand der Wärme und dem Licht entgegen. Dann schrie auch sie...

Alpèasak brannte. Das vom Wind vorwärtsgepeitschte Feuer sprang von Baum zu Baum, erfaßte in Sekundenschnelle ganze Gebüsche, deren Laubwerk explosionsartig in Glut und davonstiebenden Funken aufging. Die Hitze war so groß, daß mit dem Eintreffen der Feuersbrunst von den transparenten Schutzdächern über die Wände bis zu den Flechtmatten am Boden alles gleichzeitig Feuer fing.

Für die Yilanè war es ein unvorstellbares Unheil, ein physikalisches Phänomen, das sie nicht verstanden. In einem tropischen Regenwald gibt es kein natürliches Feuer, und so hatten sie auch keine Erfahrung und zum größten Teil keinerlei Kenntnis davon. Manche von ihnen kannten Feuer als Folge von Blitzschlägen, und ihre Wissenschaftlerinnen verwendeten es bisweilen im Laboratorium. Dies aber war etwas völlig anderes, denn hier brannte es auf allen Seiten. Die alles verzehrenden Flammen loderten hoch in den Himmel, stießen brodelnde Massen gelblichweißen Qualms aus, der vom Wind in langen Fahnen über die Stadt getrieben wurde. Faszinierend zuerst, da eine angenehme Wärmequelle, dann ein unentrinnbarer Schmerz. So starben sie, verbrannten, blieben als geschwärzte, leblose Klumpen in der Asche zurück. Das Feuer raste weiter.

Auf der Suche nach einer Erklärung strömten die verwirrten und ängstlichen Yilanè auf dem Ambesed zusammen. Sie füllten den Platz bis zum Bersten. Doch es kamen noch mehr und drängten vorwärts, bis die Fläche in eine wogende See dichtgedrängter Leiber verwandelt war. Sie suchten den Rat von Malsas, umdrängten sie, wurden gegen sie gestoßen, bis die Eistaa ihnen befahl, zurückzuweichen. Die vorderen Reihen versuchten zu gehorchen, vermochten aber nichts gegen die von rückwärts nachfolgenden, angstgetriebenen Massen.

Eine allgemeine Panik brach aus, als die Flammen dann den Ambesed erreichten und umschlossen. Die zusammengedrängten Yilanè konnten nicht entkommen; sie wälzten sich in regelloser Flucht in die einzige Richtung, die ihnen noch offenstand. Malsas und ungezählte andere wurden niedergetrampelt und waren tot, bevor die Flammen über sie hinwegrasten.

Am Himmel polterte noch immer Donner zwischen hochgetürmten Wolkenbergen, die in rascher Folge vom Widerschein fahl flakkernder Blitze erhellt wurden. Die schweren Regentropfen, die einen Wolkenbruch anzukündigen schienen, fielen nicht mehr. In den schweren, tiefhängenden, dunklen Wolken unter dem Kumulusgebirge lag die Rettung, obgleich die Yilanè es nicht wußten. Da die meisten von ihnen nie Feuer gesehen hatten, war ihnen auch nicht bekannt, daß ein Wolkenbruch es löschen konnte.

Alpèasak starb, die Yilanè starben. Von den außenliegenden Wiesen und Feldern bis zum Ozean raste die Feuersbrunst, verbrannte alles, was ihr in den Weg kam, und erstickte in ihrem wütenden Tosen die Schreie der Sterbenden.

Die Jäger lagen rauchgeschwärzt und erschöpft am Boden. Die bewaffneten Yilanè, mit denen sie im Kampf gestanden hatten, waren entweder getötet oder in die Flammen zurückgetrieben worden. Der Kampf war zu Ende – der Krieg war zu Ende. Aber sie waren zu erschöpft, um das zu verstehen. Nur Kerrick und Herilak standen beisammen und berieten.

»Wird es Überlebende geben?« fragte Herilak, auf seinen Speer gestützt.

»Ich weiß es nicht, aber wahrscheinlich schon.«

»Sie müssen auch getötet werden.«

»Ja, ich denke schon.«

Das Zerstörungswerk widerte Kerrick plötzlich an. In seinem Vergeltungsdrang hatte er nicht nur die Yilanè ausgelöscht, sondern auch diese wundervolle Stadt. Er erinnerte sich, mit welchem Vergnügen er sie erforscht und ihre Geheimnisse erkundet hatte. Die Gespräche im Hanalè, die vielen Tiere auf den Weideflächen, die bunten Vogelschwärme in den Bäumen der Stadt – dies alles war nicht mehr, war unwiederbringlich verloren. Hätte es eine Möglichkeit gegeben, die Yilanè zu töten und die Stadt zu retten, er hätte sie genutzt. Aber eine solche Möglichkeit hatten sie nicht gehabt. Die Yilanè waren tot und Alpèasak mit ihnen.

»Wo werden sie sein?« fragte Herilak, und als Kerrick ihn geistesabwesend ansah, fügte er hinzu: »Die Überlebenden! Du sagtest, es werde wahrscheinlich welche geben.«

»Ja. Aber nicht in der Stadt, die existiert nicht mehr. Einige sind vielleicht auf den Weiden bei den Tieren. Und am Strand, am Ufer könnten welche überlebt haben. Wenn das Feuer niedergebrannt ist, können wir gehen und nachsehen.«

»Das wird zu lange dauern. Ich habe schon Waldbrände erlebt. Die großen Bäume schwelen und qualmen tagelang. Können wir nicht am Ufer entlang vordringen?«

»Ja, es gibt dort Sandbänke, die bei Ebbe trocken liegen.«

Herilak sah sich nach den ruhenden Jägern um, dann grunzte er und setzte sich wieder. »Zuerst eine kurze Rast, dann gehen wir weiter.«

Blitze zuckten, und Donner grollte über den Himmel. Das Zentrum des Gewittersturms schien vorbeizuziehen. »Ermanpadar liebt die Murgu so wenig wie wir«, sagte Herilak. »Er hält den Regen zurück.«

Als sie endlich weitergingen, schlugen sie einen weiten Bogen um die geschwärzten, rauchenden Bäume und nahmen den Weg durch die unverbrannten Felder und Weiden. Obwohl der Rauch sie zuerst aufgeschreckt hatte, waren die Tiere bald wieder ruhig geworden und grasten friedlich. Hirsche sprangen bei ihrer Annäherung fort, und gigantische, gehörnte und mit Panzerplatten gewappnete Tiere sahen ihnen gleichmütig nach. Als sie an einen Wasserlauf kamen, fanden sie ihn mit treibender Asche bedeckt; die Jäger mußten sie mit den Händen auseinanderhalten, um zu trinken. Der Wasserlauf führte zur Küste.

Es war Ebbe, und sie konnten auf festem, kühlem Sand gehen, den Ozean auf der einen Seite, die geschwärzten, rauchenden Ruinen Alpèasaks auf der anderen. Sie hielten die Waffen bereit, aber niemand war da, ihnen Widerstand zu leisten. Dann kamen sie um eine Landzunge und blieben stehen. Vor ihnen lag eine Flußmündung, und etwas Großes und Schwarzes kam von der See herein. Es war durch die treibenden Rauchschleier zu sehen.

»Ein Uruketo!« rief Kerrick aus. »Es läuft den Hafen an. Dort könnten noch einige am Leben sein, am Fluß!« Er lief voraus, und die anderen eilten hinterdrein.

Stallan blickte auf die Körper der Yilanè, die ausgestreckt am Ufer lagen oder im Wasser trieben. Einen, der nahebei lag, stieß sie mit dem Fuß an; die Fargi rollte auf den Rücken. Die Augen waren geschlossen, der Mund aufgesperrt, die Atmung kaum noch erkennbar.

»Sieh sie dir an«, sagte Stallan, Abscheu und Verachtung in jeder Bewegung. »Ich brachte sie hierher, zwang sie ins Wasser, wo sie Sicherheit finden konnten, und trotzdem sterben sie. Sie schließen ihre dummen Augen, legen die Köpfe in den Nacken und sterben.«

»Ihre Stadt ist tot«, sagte Vaintè matt. »Also sind sie auch tot. Sie sind verstoßen worden. Wenn du wissen willst, wer lebt, dann kannst du es dort sehen.« Sie zeigte auf eine Gruppe von Yilanè, die knietief im Fluß standen.

»Die Töchter des Todes«, sagte Stallan mit unverminderter Abscheu. »Das ist alles, was von Alpèasak übriggeblieben ist. Nur die?«

»Du vergißt uns, Stallan.«

»Ich weiß wohl, daß wir zwei hier sind – freilich verstehe ich nicht, warum wir nicht mit den anderen den Tod gefunden haben.«

»Wir leben, weil wir zu sehr hassen. Die Ustuzou hassen, die dies getan haben. Nun wissen wir, warum sie kamen. Sie brachten ihr Feuer und haben unsere Stadt niedergebrannt...«

»Schau, dort, der Uruketo! Er läuft den Hafen an.«

Vaintè blickte flüchtig zu der dunklen Gestalt, die langsam näher kam. »Ich habe sie weggeschickt, als das Feuer kam, und ihnen befohlen, zurückzukehren, sobald die Gefahr vorüber wäre.«

Auch Enge hatte den Uruketo gesehen. Sie verließ die anderen Überlebenden und watete an Land. Vaintè sah sie kommen und beschloß, ihre fragende Haltung zu ignorieren. Als Enge dies erkannte, trat sie vor Vaintè hin und nahm ohne Umschweife das Wort.

»Was soll jetzt geschehen, Vaintè? Der Uruketo kommt, aber du geruhst nicht, zu uns zu sprechen.«

»Das ist meine Entscheidung. Alpèasak ist tot, und ich wünsche auch euch nichts anderes als den Tod. Ihr werdet hierbleiben.«

»Ein hartes Urteil, Vaintè, gesprochen über jene, die dir niemals etwas zuleide getan haben. Und eine harte Behandlung für eine Efensalè.«

»Ich verleugne dich und will mit dir nichts mehr zu schaffen haben. Du warst es, die Schwäche unter den Yilanè säte, als wir unsere ganze Kraft brauchten. Stirb hier.«

Enge sah ihre Efensalè an, Vaintè, welche die Stärkste und Beste des ganzen Efenburu gewesen war, und in jeder Faser ihres Wesens regten sich Auflehnung und Widerspruch.

»Du, deren Haß Alpèasak zerstört hat, verleugnest mich? Ich nehme das an und sage meinerseits, daß alles, was zwischen uns gewesen ist, nicht mehr sein wird. Nun bin ich es, die dich verleugnet und dir nicht länger gehorchen wird.«

Sie kehrte Vaintè den Rücken und sah den Uruketo nahe am Ufer. Sie rief den Töchtern zu: »Wir verlassen diesen Ort. Schwimmt zum Uruketo!«

»Töte sie, Stallan!« rief Vaintè. »Schieß sie nieder.«

Stallan hob ihren Hèsotsan, ohne Enges Jammergeschrei zu beachten, zielte und schoß einen Pfeil um den anderen auf die schwimmenden Yilanè. Sie schoß ausgezeichnet, und eine nach der anderen wurde getroffen und versank im Wasser. Dann war der Hèsotsan leer, und sie ließ ihn sinken und hielt Ausschau nach weiteren Pfeilen.

Die überlebenden Schwestern hatten den Uruketo erreicht. Enge, die unweit von ihnen am Ufer stehengeblieben war, kam mit allen Zeichen verzweifelter Bitterkeit zurück. »Du bringst nur Tod, Vaintè«, sagte sie. »Du bist zu einem Geschöpf des Todes geworden. Wenn es möglich wäre, würde ich meinen Glauben aufgeben, nur um dein Leben auszulöschen.«

»Dann tue es«, sagte Vaintè herausfordernd. Sie hob den Kopf und bot der anderen die Kehle. »Beiß zu. Du hast Zähne. Tue es.«

Einen Augenblick schien Enge zu schwanken, dann trat sie zurück, denn sie vermochte nicht zu töten, nicht einmal eine, die wie Vaintè hundertfachen Tod verdient hatte.

Vaintè senkte den Kopf, setzte zum Sprechen an und wurde von Stallans rauhem Ausruf daran gehindert.

»Ustuzou!«

Vaintè fuhr herum und sah sie kommen, Hèsotsan und zugespitzte Stangen in den Händen. Ohne zu überlegen, ballte sie die Daumen zur Faust und schlug Enge nieder. »Stallan!« rief sie, schon zum rettenden Wasser eilend, »zum Uruketo!«

Dieses Bild bot sich Kerrick, als er das Hafenbecken am Flußufer erreichte. Tote Yilanè überall verstreut, nur ein paar lebende im Wasser. Nur eine stand am Ufer und blickte ihm entgegen, eine Yilanè, die er niemals vergessen würde.

»Nicht schießen!« rief er den anderen zu, dann noch einmal in Sasku. »Dieser Marag gehört mir.« Ohne in seinem Vordringen zu verhalten, rief er in Yilanè:

»Ich bin es, Stallan, der Ustuzou, der dich haßt und töten wird. Willst du fliehen, Feigling, oder auf mich warten?«

Stallan nahm die höhnischen Worte kaum wahr; ihr genügte der Anblick des siegessicheren Ustuzou. Dies war die Bestie, die sie erbitterter haßte als alles andere in der Welt. Es war der Ustuzou, der Alpèasak zerstört hatte. Sie warf den leeren Hèsotsan von sich und stürzte sich zischend vor Wut auf ihn.

Kerrick hob den Speer, ohne an seinen Hèsotsan zu denken, und führte einen tödlichen Stoß gegen Stallans Körper. Die Jägerin aber kannte die wilden Tiere gut und wich geschickt aus. Dann warf sie sich auf Kerrick und schleuderte ihn zu Boden. Ihre Daumen packten ihn beim Haar und rissen ihm den Kopf in den Nacken. Ihre Muskeln waren steinhart. Er zappelte und wand sich, konnte sich aber nicht aus ihrem Griff befreien. Ihr Rachen mit den spitzen Zahnreihen gähnte über ihm, bereit, ihm in blitzschnellem Zustoßen die Kehle herauszureißen.

Herilaks Speer fuhr Stallan durch das Auge in den Kopf. Sie war tot, bevor sie von Kerrick herunterrollte. Er stieß ihren erschlaffenden Körper von sich und stand mit wankenden Knien auf. Er war leichenblaß.

»Gut gemacht, Herilak«, sagte er.

»Weg da, zur Seite!« rief Herilak, den Bogen von der Schulter reißend. Kerrick wandte sich um und sah Enge aufstehen. Sie war noch benommen von dem Schlag, der sie niedergestreckt hatte.

»Laß gut sein«, sagte er. »Ihr alle, laßt die Waffen, wo sie sind. Von diesem Marag droht keine Gefahr.«

Große Regentropfen zerplatzten in der aufspritzenden heißen Asche und auf ihren Schultern und Köpfen und verstärkten sich rasch zu einem prasselnden Wolkenbruch. Der Gewitterregen setzte ein, aber zu spät, um die Stadt Alpèasak zu retten. Nun rauschte er herab, ein tropischer Wolkenbruch, der Dampfwolken aus der schwelenden Brandstätte steigen ließ.

»Du hast uns den Tod gebracht, Kerrick«, sagte Enge, deren Stimme im Prasseln des Regens unterzugehen drohte. Trauer war in ihren Bewegungen.

»Nein, Enge, darin irrst du. Ich habe meinen Ustuzou das Leben gesichert, denn ohne mich hätten Kreaturen wie dieses tote Stück Fleisch vor mir uns alle getötet. Nun ist sie tot, und Alpèasak ist tot. Der Uruketo wird die Rückreise nach Entoban antreten, und die letzten von euch werden mit ihm das Land verlassen. Ich aber werde meine Ustuzou hierherbringen, und es wird unsere Stadt werden. Ihr werdet in Entoban bleiben und euch mit Furcht und Schrecken der Dinge erinnern, die hier geschehen sind, und niemals zurückkehren. Ihr werdet allen, die dort leben, eine Warnung und eine Mahnung sein. Seht zu, daß sie den Tod, der hier so viele dahingerafft hat, für alle Zeit im Gedächtnis bewahren werden. Sagt ihnen, wie sie alle in der Feuersbrunst umgekommen sind, die Eistaa, ihre Beraterinnen, Vaintè...«

»Vaintè ist dort«, sagte Enge mit einer Handbewegung zum Uruketo. Kerrick sah durch den grauen Regenvorhang hinüber, konnte sie aber nicht von den Gestalten unterscheiden, die auf den breiten, nassen Rücken des Uruketo kletterten. Sie hatte also überlebt. Diejenige, die er am meisten haßte, war davongekommen. Ja, er haßte sie – aber woher kam dann dieses seltsame Gefühl der Befriedigung, daß sie nicht tot war?

»Geh zu ihr«, sagte er, »und richte ihr aus, was ich dir gesagt habe. Jede Yilanè, die hierher zurückkommt, wird sterben. Sag ihr das.«

»Kann ich ihr nicht sagen, daß das Töten ein Ende hat? Daß es von nun an Leben geben soll, nicht Tod? Das würde am besten sein.«

Er machte eine verneinende Geste. »Ich hatte vergessen, daß du eine Tochter des Lebens bist. Geh und sag ihr, sag ihnen allen, daß alle Toten in Alpèasak noch am Leben wären, wenn sie auf dich gehört hätten. Aber jetzt ist es zu spät für einen Frieden, Enge, selbst du mußt das begreifen. Haß und Tod stehen zwischen uns, sonst nichts.«

»Zwischen Ustuzou und Yilanè, ja, aber nicht zwischen uns, Kerrick.«

Er wollte widersprechen. Es konnte nur Haß geben. Dieses fremdartige Geschöpf konnte ihm nichts bedeuten. Er sollte den Speer erheben und es hier und jetzt töten. Aber er konnte es nicht. Mit einem schiefen Lächeln sagte er:

»Das ist wahr, Lehrerin. Ich werde daran denken, daß es wenigstens einen Murgu gibt, nach dessen Tod mich nicht verlangt. Nun geh mit diesem Uruketo und komme nicht wieder. Ich werde mich an dich erinnern, wenn ich alle anderen vergessen haben werde. Geh in Frieden.«

»Auch dir Frieden, Kerrick. Und Friede zwischen Ustuzou und Yilanè.«

»Nein. Nur Haß und einen weiten Ozean. Solange ihr auf eurer Seite bleibt, sollt ihr euren Frieden haben. Geh.«

Enge ließ sich ins Wasser gleiten, und er stand auf seinen Speer gestützt, ausgelaugt von Empfindungen, und sah sie zum Uruketo schwimmen und an Bord klettern. Als das mächtige Tier langsam umdrehte und sich mit der Strömung seewärts entfernte, fühlte er sich von einer großen Müdigkeit ergriffen.

Es war vorbei, zu Ende, überstanden. Alpèasak war nicht mehr.

Seine Gedanken gingen zu den Bergen des Nordens, zu dem bescheidenen Kreis von Zelten in einer Flußschleife. Dort wartete Armun auf ihn. Herilak kam langsam an seine Seite, und er wandte sich dem hünenhaften Jäger zu und faßte ihn bei den Armen.

»Es ist getan, Herilak. Wir haben uns gerächt. Laß uns die Speere nehmen und nach Norden ziehen, bevor der Winter kommt.

Laß uns heimgehen.«

Die Welt diesseits von Eden

INHALT

Die Yilanè

Anmerkung des Übersetzers

Der folgende Abschnitt ist aus dem Yilanè übersetzt worden, eine Aufgabe; die erhebliche Probleme mit sich bringt. Notwendigerweise muß es sich um eine freie Übersetzung handeln, und der Verfasser entschuldigt sich im voraus für alle Irrtümer oder Unrichtigkeiten, die sich vielleicht in den Text eingeschlichen haben mögen.

Die Geschichte der Welt

Am Anfang dieser Geschichtsbetrachtung muß darauf hingewiesen werden, daß sie von vielen ›geschichtlichen‹ Darstellungen, die derzeit verbreitet sind, nicht unerheblich abweicht. Sie unterscheidet sich in ihrer Art, und das ist ein Umstand, den der einsichtige Leser immer in Betracht ziehen muß. Allzu lange ist die Geschichte der Yilanè die Domäne von Märchenerzählern und Träumern gewesen. Während intelligente Yilanè alle Mutmaßungen oder Spekulationen in einem physikalischen oder biologischen Text als unseriös verwerfen würden, ist es in historischen Werken üblich geworden, daß die Autoren sich bis zum Exzeß allen Arten von phantastischen Spekulationen hingeben. Ein treffendes Beispiel rein fiktiver Spekulation, die sich als wissenschaftlich ausgibt, ist die zur Zeit beliebte ›geschichtliche‹ – in Wahrheit aber völlig unhistorische und wissenschaftlich nicht haltbare – Darstellung dieser Welt, in welcher geschildert wird, wie die Erde vor 75 Millionen Jahren von einem Riesenmeteor getroffen wurde, der 85 % der damals vorhandenen Arten auslöschte. Diese Darstellung erläutert dann bis ins Detail die Entwicklung warmblütiger Lebensformen, die schließlich auf diesem Planeten vorherrschen. Derartige Vermengungen von Fakten, Halbwahrheiten und spekulativem Unsinn, für den einfachen Leser leicht faßlich aufbereitet, nehmen heutzutage überhand, und man kann diese Entwicklung nur beklagen. Kein Himmelskörper dieser Größe ist jemals auf die Erde gestürzt. Die Erde, wie wir sie sehen, ist so, wie sie immer gewesen ist und immer sein wird, eine Welt ohne Ende. Im Hinblick auf andere zweifelhafte Werke dieser Art ist es daher notwendig, daß wir den Begriff der Geschichte bestimmen, bevor wir fortfahren können.

Geschichte, wie sie heute betrieben wird, ist allzu häufig eine sehr ungenaue Wissenschaft, so ungenau, daß sie mehr Erfindung als Tatsache ist, mehr Spekulation als Darstellung. Dies liegt an wesentlichen Aspekten der Natur der Yilanè. Uns kümmert es wenig, wo wir gewesen sind – aber wir wissen genau, wohin wir gehen. Wir begrüßen Veränderungen von kurzer Dauer, während wir gleichzeitig verlangen, daß die Zukunft wie die Gegenwart sei, unverändert und unveränderlich. Da diese Notwendigkeit langfristiger Kontinuität ein Wesensmerkmal unserer Natur ist, sind wir oft unglücklich über die Vergangenheit, weil sie langfristige Veränderungen erkennen läßt, die wir als anstößig empfinden. Deshalb beziehen wir uns vage auf das ›Ei der Zeit‹ und nehmen dabei an, daß dies der Zeitpunkt war, als die Welt geboren wurde, ganz und neu – um unverändert geblieben zu sein.

Was natürlich Unsinn ist. Der Zeitpunkt ist gekommen, zu erklären, daß die Geschichte der Yilanè, wie wir sie kennen, wertlos ist. Wir hätten die vorliegende Arbeit daher als neue Geschichte bezeichnen können, sehen jedoch davon ab, weil dies der ›alten Geschichte‹ ein Element von Glaubwürdigkeit verliehen hätte. Aus diesem Grund lehnen wir alle anderen bisher erschienenen historischen Darstellungen ab und erklären, daß es von nun an nur eine Geschichte geben soll. Die vorliegende.

Wesentliche Anregungen zu diesem geschichtlichen Abriß verdanken wir den wenigen Yilanè mit einem Interesse an den Wissenschaften der Geologie und Paläontologie. Wir möchten diesen Wissenschaften die ihnen zukommende Ehre erweisen und sie zu den wahren Wissenschaften zählen, nicht anders als die Physik oder die Chemie, und sie damit aus dem Zwielicht der Halbwissenschaftlichkeit herausführen, in welchem sie bisher unverdient hatten ausharren müssen.

Die Vergangenheit hat existiert, ganz gleich, wie sehr uns daran gelegen sein mag, diese unangenehme Tatsache zu ignorieren. Wir sind überzeugt, daß es intellektuell mutiger ist, sie zu akzeptieren und uns einzugestehen, daß die Yilanè nicht plötzlich erschienen, als das Ei der Zeit aufplatzte. Und dies um so mehr, als die wahre Geschichte bei weitem erregender und faszinierender ist.

Wir haben nicht die Absicht, in unserer Darstellung bis zum Ursprung allen prokaryotischen Lebens zurückzugehen. Diese Entwicklungsgeschichte ist in anderen Werken sehr viel ausführlicher dargestellt. Unsere historische Betrachtung beginnt vor ungefähr 270 Millionen Jahren, als die Reptilien bereits das Tierleben der Erde beherrschten.

Zu jener Zeit gab es vier Hauptgruppen von kegelzähnigen Kriechtieren, die als Thekodontier bezeichnet werden. Diese primitiven Geschöpfe suchten ihre Beute in den Flachwasserzonen. Durch kräftige Schläge ihrer gut ausgebildeten Schwänze konnten sie leicht und schnell schwimmen. Einige dieser Thekodontier verließen im weiteren Verlauf den Lebensraum des Wassers und wurden zu Bewohnern des Festlandes, wo ihre Art der Fortbewegung sich jener vieler anderer Arten wie der Proterosuchier, der Vorfahren unserer heutigen Krokodile, als überlegen erwies. Jeder kennt die unbeholfene Fortbewegungsweise der Krokodile, die mit weit gespreizten Beinen dahinwatscheln, während der Körper gleichsam als totes Gewicht zwischen den Beinen hängt. Nicht so die Thekodontier, die ihre Gliedmaßen bei jedem Schritt biegen und strecken. Da die Geschichte jener Tage nur aus den in Versteinerungen erhaltenen Fossilien abgelesen werden kann, gibt es viele Lücken. Aber mag es auch an Einzelheiten zur Füllung dieser Lücken fehlen, ist der gesamte Entwicklungsablauf dennoch erstaunlich klar. Unsere entfernten Vorfahren waren die Mesosaurier, Meeresechsen, die sehr erfolgreich wurden. Sie spezialisierten sich auf das Leben in der See durch die Entwicklung einer Rückenflosse, während ihre Gliedmaßen zu Ruderflossen umgebildet wurden. Eine besonders charakteristische Form dieser Gattung war der Tylosaurus, ein großes und schönes Geschöpf von mächtiger Größe. Schön war es insofern, als es den Yilanè in mancherlei Weise bereits ähnelte, während seine Körpergröße die Länge von sechs Yilanè überstieg. Sie waren unsere unmittelbaren Vorfahren.

Vergleichen wir das Yilanè-Skelett mit dem eines Tylosaurus, so ist die Verwandtschaft augenfällig. Die Zahl der unter dem Fleisch der Flossen verborgenen Zehen ist vier und entspricht damit genau dem Yilanè-Skelett. Der Schwanz ist vergleichbar. Eine besondere Ähnlichkeit finden wir im Brustkorb, einem langgezogenen Rippengehäuse, das vom Schlüsselbein bis zum Beckengürtel reicht. Die Betrachtung dieser beiden ähnlichen Skelette zeigt Vergangenheit und Gegenwart nebeneinander. Hier werden die Entwicklungslinien unserer wahren Geschichte sichtbar, einer Geschichte, die nichts mit vagen Erklärungen über ein Hervorschlüpfen aus dem Ei der Zeit zu schaffen hat. Wir sind die Nachfahren dieser edlen Geschöpfe, die vor einigen 40 Millionen Jahren zu Yilanè wurden.

Die frühen Jahre

Vieles von dem, was entwicklungsgeschichtlich dann folgt, ist zwangsläufig eine Sache von Vermutungen. Aber Vermutungen, die auf den Tatsachen der fossilen Funde beruhen, und keine Phantasiegebilde. Die fossilen Aufzeichnungen sind in den Gesteinen erhalten. Wir setzen nur die Teile zusammen und fügen sie zu einem Bild, wie man die zerbrochenen Stücke einer Eierschale zusammensetzen mag.

Natürlich ist es mit dem Zusammenfügen der Stücke noch nicht getan. Es ist notwendig, daß wir uns auch mit dem geologischen und paläontologischen Umfeld beschäftigen. Hier stehen uns glücklicherweise wissenschaftliche Arbeiten zur Verfügung, aus denen nicht nur der Ursprung der Arten erkennbar wird, das heißt die allmähliche Entwicklung früherer Lebensformen durch verbesserte Anpassung zu vollkommeneren, sondern es finden sich dort auch die Geschichte der Eiszeit, Untersuchungen des Phänomens der Kontinentalverschiebung und sogar Aufschluß über die in erstarrten Basaltgesteinen erhaltenen Orientierungen von Magnetitkristallen. Sie liefern den Beweis, daß der magnetische Pol nicht immer im Süden lag, wo er sich jetzt befindet, sondern im Laufe der Erdgeschichte wiederholt Umkehrungen erfahren hat. Selbstverständlich sind diese im Gestein erhaltenen Informationen für das unwissende Auge nicht leicht zu erkennen; ohne eingehende Studien ist hier wie überall nicht viel zu erreichen.

Betrachten wir also die Welt, wie sie vor etwa 40 Millionen Jahren ausgesehen haben muß, als die ersten einfachen und glücklichen Yilanè die Erde durchstreiften. Es war eine feuchtere und wärmere Welt, die sich durch einen Überfluß an Nahrung auszeichnete. Damals wie heute waren die Yilanè Fleischfresser, die von den Tieren des Landes und der See lebten. Damals wie heute sammelten sich die Jungen in Efenburu und durchzogen die Meere in Schwärmen und jagten gemeinsam. Was geschah, wenn sie an Land gingen, ist aus den geologischen Funden nicht ersichtlich, und wir sind auf Vermutungen angewiesen.

Nachdem die Yilanè im Meer gelernt hatten zusammenzuarbeiten, werden sie diese Fähigkeit nicht verloren haben, als sie den Ozean verließen und auf festem Boden gingen. Die männlichen Vertreter der Spezies werden schon damals die einfachen, freundlichen und schutzbedürftigen Geschöpfe gewesen sein, und wir nehmen an, daß auch damals die Strände bewacht worden sind, während die Eier ausgebrütet wurden. Nahrung war reichlich vorhanden, und das Leben war gut. Ohne Zweifel war dies das wahre Ei der Zeit, als das Leben heiter und einfach war.

Schon in jener frühen Zeit sind erste Ursprünge der Yilanè-Wissenschaft zu erkennen. Es wurden Dornenhecken gepflanzt, und zur Verteidigung ergriff man große Krustentiere und verwendete sie gegen räuberische Eindringlinge. Je größer die Scheren dieser Tiere, desto wirksamer die Abwehr, also wird man die größten Tiere ausgewählt haben. In gleicher Weise suchte man die stärksten und scharfkantigsten Korallen zur Verteidigung der Strände auf der Seeseite. Die ersten tastenden Schritte auf dem Weg zu der fortgeschrittenen Wissenschaft der Biologie, wie wir sie heute kennen, wurden damals getan.

Aber dieser einfachen Existenz war kein langes Leben beschieden. In dem Maße, wie die Yilanè sich erfolgreich behaupteten, mußten sie über die Grenzen jener ersten Siedlung am Rande des urzeitlichen Meeres hinauswachsen. Tochtersiedlungen entstanden, und mit dem Wachsen der ersten Städte wird es sicherlich vereinzelt zu Lebensmittelknappheiten gekommen sein. Als logische Folgerung aus solchen Erfahrungen mußte sich die Einzäunung von Weideflächen sowie die Aufzucht von Nahrungstieren und ihr Schutz gegen räuberische Lebewesen angeboten haben.

Damit bewiesen die Yilanè ihre Überlegenheit gegenüber den geringeren Lebensformen. Primitive Fleischfresser wie der Tyrannosaurus können ihre Beute nur verfolgen, zerreißen und an Ort und Stelle verzehren, wobei ein guter Teil des Fleisches am Kadaver bleibt und vergeudet wird. Sie denken niemals an den nächsten Tag, noch halten sie Herden. Sie sind gedankenlose Zerstörer. Die überlegenen Yilanè hingegen sind intelligente Erhalter. Dem Wissenschaftler sind alle Lebensformen gleich. Die Vernichtung einer Art ist die Vernichtung unserer eigenen Art. Unser Respekt vor allem Lebendigen manifestiert sich in den vielen verschiedenen Arten, die unsere eingezäunten Weiden bevölkern. Es sind Arten, die schon vor Jahrtausenden verschwunden wären, hätten unsere Anstrengungen sie nicht erhalten. Wir sind Erbauer, nicht Zerstörer, Erhalter, nicht Verbraucher. In Anbetracht dieser Tatsachen kann es nicht wundernehmen, daß wir die dominierende Art auf dieser Erde sind. Es ist kein Zufall, sondern das logische Endprodukt der Umstände.

Die Physiologie der Yilanè

Um unsere eigene Physiologie zu verstehen, müssen wir zuvor diejenige anderer Tiere betrachten. Einfache Lebensformen, wie etwa die meisten Insekten, sind poikilotherm, daß heißt, sie sind eins mit ihrer Umgebung, und ihre Körpertemperaturen entsprechen jeweils der Lufttemperatur. Während dies für die einfacheren Lebensformen ausreichend ist, benötigen komplexer gebaute Organismen eine Regulierung der Körpertemperaturen. Diese Tiere sind homöotherm, das heißt, sie haben eine relativ konstante Körpertemperatur, die von jener der Umgebung weitgehend unabhängig ist. Die Yilanè gehören zu den warmblütigen oder exothermen Arten. Alle hochentwickelten Arten sind exotherm, da diese Methode zur Beherrschung der Körpertemperatur derjenigen weit überlegen ist, die von den Ustuzou verwendet wird: Sie müssen unaufhörlich Energie verausgaben, um zu allen Zeiten die gleiche Körpertemperatur zu erhalten.

Wir sind eins mit unserer Umgebung. Wir machen die natürlichen Temperaturunterschiede nutzbar, um die Übereinstimmung unserer Körpertemperaturen aufrechtzuerhalten. Nach einer kühlen Nacht suchen wir die Sonne auf; wird es uns warm, wenden wir uns gegen den Wind, setzen weniger von unserer Körperoberfläche der Sonne aus, richten unsere Kämme auf oder begeben uns in den Schatten. Wir tun dies so automatisch, daß uns diese Art der inneren Temperaturregelung ebensowenig bewußt wird wie das Atmen. Auch in anderer Weise ist unsere Physiologie derjenigen der endothermen Ustuzou überlegen. Ihre endlose Suche nach Nahrung, um die gierigen Körperzellen zu füttern und ihnen neue Energie zuzuführen, ist uns fremd. Unser Stoffwechsel paßt sich durch Veränderung immer den Umständen an. Auf langen Reisen mit dem Uruketo können wir unsere Körperfunktionen einfach verlangsamen. Die subjektive Zeit vergeht dann rascher, und jedes Individuum benötigt weniger Nahrung.

Ein noch überzeugenderes Beispiel physiologischer Überlegenheit ist die untrennbare Beziehung unseres Stoffwechsels zu unserer Kultur; wir sind unsere Stadt, unsere Stadt ist in uns. Das eine kann ohne das andere nicht leben. Das erweist sich durch die irreversible physiologische Veränderung, die in den sehr seltenen Fällen eintritt, wenn ein Individuum die Regeln des Gemeinschaftslebens übertritt und das tut, was nach den Grundsätzen der Schicklichkeit und Angemessenheit für Yilanè unzulässig ist. Keine äußere physische Gewalt ist nötig, um das schuldige Individuum zu bestrafen. Die Gerechtigkeit ist bereits in seinem Körper. Die Eistaa, Verkörperung der Stadt, unserer Kultur und unserer Gesetze, braucht dem schuldigen Individuum nur das Verlassen der Stadt zu befehlen und ihm den Namen zu nehmen. Diese Ausstoßung aus der Gemeinschaft der Yilanè läßt das schuldige Individuum die unwiderrufliche physiologische Veränderung erleiden, die zum Tode führt.

Der Mechanismus wird durch Hormone gesteuert, wobei das Prolaktin, das normalerweise zur Regulierung des Stoffwechsels und des Sexualverhaltens dient, eine wichtige Rolle spielt. Wird ein Individuum auf seine Schuld hingewiesen und mit Verstoßung aus der Gemeinschaft bestraft, kommt es zur Überladung des Hypothalamus, und das Individuum tritt in einen nicht umkehrbaren und unausgeglichenen physiologischen Zustand ein, der in unseren Vorfahren ein Überlebensfaktor war, weil er den Winterschlaf auslöste. In unserem heutigen entwickelten Zustand ist die Reaktion jedoch tödlich.

Ernährung

Schaut man einem Lebewesen ins Maul, so weiß man, was es frißt. Die Zahnbildung verrät die Ernährungsweise. Ein Nenitesk hat abgeflachte, breite Zähne zum Zermahlen der ungeheuren Mengen pflanzlicher Stoffe, von denen es sich ernährt, dazu scharfrandige Schneidezähne zum Abbeißen und Losreißen der Pflanzen. Die sauberen, attraktiven Reihen kegelförmiger Zähne in unseren Kiefern verraten unsere gesunde Vorliebe für eine Nahrung aus Fleisch und Fischen. Die Stärke und Kraft unserer Kiefer zeigt überdies, daß in der Ernährung unserer Vorfahren Schalentiere eine große Rolle spielten; damals pflegte man die harten Kalkschalen dieser schmackhaften Geschöpfe mit den Zähnen zu zerbeißen – was uns noch heute möglich ist.

Fortpflanzung

Es gibt gewisse Dinge, über welche Yilanè nicht sprechen, und das ist in einer geordneten Gesellschaft recht und schicklich. Wenn wir jung sind und uns in der See tummeln, ist das Leben ein immerwährendes Vergnügen. Diese Lebensfreude dauert noch an, wenn wir Fargi sind; unsere einfachen Gedanken sollten nicht mit Gegenständen belastet sein, die zu komplex sind, um verstanden zu werden.

Als Yilanè können wir nicht nur jede Frage überdenken und diskutieren, sondern wir müssen dies tun, wenn wir die Welt, in der wir leben, verstehen wollen. Der Lebenszyklus der Yilanè ist vollkommen in seiner Symmetrie. Wir beginnen unsere Betrachtung dieser Lebenszyklen mit seinem eigentlichen Anfang, wenn die Jungen den Schutz des Vaters verlassen und in die See eingehen.

Dies ist der Beginn des bewußten Lebens. Obwohl alle frühen Aktivitäten angeborene Reflexe sind – Atmen, Schwimmen, Zusammenschließen in Gruppen –, entwickelt sich dort bereits die Intelligenz. Die Kommunikation beginnt, Beobachtungen werden gemacht, und daraus erwachsen dann Denkvorgänge und Folgerungen. Mitglieder der jungen Efenburu lernen durch die Beobachtung der älteren.

Damit nimmt die Sprache ihren Anfang. Unter denen, die sich mit dem Studium von Sprachen beschäftigen, gibt es zwei Theorien über den Ursprung der Sprache. Ohne auf die detaillierten Argumente einzugehen, könnte man sie populär als die Schwimm-schwimm- und die Ping-ping-Theorie bezeichnen. Die Schwimm-schwimm-Theorie behauptet, daß unsere ersten Verständigungsversuche durch das Imitieren anderer Meereslebewesen zustande kommen: daß heißt, eine Bewegung des Armes und der Hand, die Schwimmbewegungen eines Fisches nachahmt, würde die Vorstellung von einem Fisch übermitteln. Auf der anderen Seite vertreten die Anhänger der Ping-ping-Theorie die Meinung, daß der Ton zuerst da sei, daß also die von Meeresbewohnern zur Verständigung untereinander ausgestoßenen Töne imitiert werden. Wir wissen nicht, welche dieser Theorien zutrifft, vielleicht werden wir es auch nie erfahren. Aber wir können beobachten, wie die Jungen auf offener Straße lernen, sich zu verständigen, und wir haben es getan.

Die Elemente, die sie verwenden, sind alle von der Art, die sie später noch gebrauchen werden, aber sehr vereinfacht. Bewegungen der Gliedmaßen, Verfärbungen der Handflächen, einfache Geräuschfolgen. Diese genügen, um die Mitglieder eines jeden Efenburu zusammenzuhalten und die starken Bindungen zu entwickeln, die ein Leben lang andauern und ihnen die Bedeutung gegenseitiger Hilfe und Zusammenarbeit nahebringen.

Erst wenn sie die See verlassen, entdecken die Fargi, daß die Welt ein schwieriger Ort sein kann. Wir dürfen vermuten, daß der Wettbewerb in ferner Vergangenheit, als unsere Rasse noch jung war, nicht so hart war wie heute. Erst als die Kommunikation in einer fortgeschrittenen Gesellschaft die größte Bedeutung erlangte, begann das Individuum zu leiden.

Es ist ein Naturgesetz, daß die Schwachen den Starken unterliegen. Der langsame Fisch wird vom schnellen Fisch gefressen und kommt nicht zur Fortpflanzung. Der schnellere Fisch überlebt und gibt seine Gene für schnelleres Schwimmen weiter. So ist es bei den Yilanè, denn viele Fargi lernen niemals gut genug sprechen, um am fröhlichen, kommunikativen Miteinander der Stadt teilzunehmen. Sie werden ernährt, denn kein Yilanè verweigert anderen die Nahrung. Aber sie fühlen sich unsicher, ungewollt und minderwertig, wenn sie sehen, wie es anderen Mitgliedern ihres Efenburu gelingt, sich durch Beherrschung der Sprache in das geschäftige Leben der Stadt einzugliedern. Entmutigt fischen sie in der See ihre eigene Nahrung, wandern fort und werden nicht mehr gesehen. Wir können mit ihnen empfinden, aber wir können ihnen nicht helfen. Es ist ein Naturgesetz, daß die Schwachen am Weg zurückbleiben.

Es versteht sich von selbst, daß diese Ausgestoßenen aus eigener Wahl allesamt weiblichen Geschlechts sind. Alle Jungen männlichen Geschlechts werden bei ihrem Hervorkommen aus dem Ozean ausgesondert und einer besonderen Pflege zugeführt. Dem Untergang geweiht wäre die Kultur, die diese einfachen, gedankenlosen Geschöpfe den Wechselfällen des Schicksals und damit nur allzuoft dem Untergang ausliefern würde! Noch naß vom Ozean, werden sie in den Hanalè gebracht, wo sie das ihnen gemäße bequeme und untätige Leben führen. Gut genährt und beschützt, leben sie unbeschwert und fröhlich in den Tag hinein und warten nur auf das große Ereignis, wenn sie der Gemeinschaft den größten Dienst zur Erhaltung der Art leisten können.

Während der Fortpflanzung findet ein Prozeß statt, in dessen Verlauf männliches Genmaterial, Sperma genannt, sich mit dem Ovum genannten weiblichen Genmaterial verbindet. Dadurch wird dieses Ovum zu einem Ei, das der männliche Yilanè in einem Beutel trägt und ausbrütet. Während der männliche Yilanè die Eier bei sich trägt und ausbrütet, wird er fett und träge und verbringt den größten Teil des Tages schlafend am Strand. Eines Tages schlüpfen die Jungen aus und eilen ins Meer und beginnen dort ihr bewußtes Leben.

Die Vereinigung von Sperma und Ovum findet während eines Prozesses statt, der die Bezeichnung Verkehr trägt. Es folgt eine Beschreibung dieses Vorgangs.

Der männliche Yilanè wird durch die Stimulationen eines weiblichen in einen Zustand der Erregung gebracht. Wenn dies geschieht, schieben sich die männlichen Zeugungsorgane aus ihrem Behältnis an der Schwanzbasis heraus. Dann besteigt die weibliche Yilanè den Partner und nimmt das Zeugungsglied mit der Kloakenöffnung auf. An diesem Punkt verursacht beiderseitige Reizung, die keiner Beschreibung bedarf, die Ausstoßung des Spermas. Dieses vereinigt sich mit Ova im weiblichen Körper, und es entstehen befruchtete Eier. Mit dem Sperma wird gleichzeitig ein Prostaglandin ausgestoßen, welches im weiblichen Körper eine Reaktion hervorruft, die unter anderem zu einer Gliederstarre führt. Dadurch wird die Vereinigung ausgedehnt, oft auf die Dauer eines ganzen Tages. (Verkehr ohne Produktion des Hormons wird Perversion genannt und hier nicht erörtert.) Während dieser Periode entwickeln sich die befruchteten Eier rasch und wachsen, bis sie herausgepreßt werden und im Beutel des männlichen Yilanè Aufnahme finden.

Damit ist der Anteil der weiblichen Yilanè am Fortpflanzungsprozeß beendet, und die Verantwortung für den Fortbestand der Rasse obliegt dem männlichen Teil. Die übertragenen Eier bilden nun Plazentas aus und wachsen in dem Maße, wie sie aus Sekretionen des Beutels Nahrung erhalten. Damit dies geschehen kann, gehen im männlichen Körper größere Veränderungen vor sich. Zu diesen gehört der Drang, in die warme See zurückzukehren. Dies geschieht im allgemeinen innerhalb von zwei Tagen nach der Eiaufnahme, da die reifenden Eier eine gleichmäßige Temperatur benötigen. In der See und am Strand erfreut sich der männliche Yilanè einer physiologischen Veränderung. Er wird faul und langsam und schläft die meiste Zeit. Dieser Zustand dauert bis zum Ausschlüpfen der Jungen an.

Obwohl es keinen Einfluß auf die Arterhaltung hat, sollte erwähnt werden, daß jedes Jahr einige männliche Yilanè an den Stränden sterben, da ihre Körper die metabolische Rückwandlung zu ihrem Normalzustand nicht bewältigen. Da dieses Phänomen aber nur männliche Yilanè betrifft, ist es ohne Bedeutung.

So beginnt der Lebenszyklus der Yilanè von neuem.

Die Wissenschaft der Yilanè

Es gibt zahlreiche Wissenschaftszweige, von denen jeder eine spezialisierte Studienrichtung ist; deshalb ist es nicht möglich, im Rahmen dieses kurzen historischen Aufsatzes detailliert darauf einzugehen. Wer daran interessiert ist, kann spezialisierte Lehrbücher studieren, die sich mit Chromosomenchirurgie, Chemie, Geologie, Physik, Astronomie etc. befassen. Wir wollen uns hier auf eine kurze Betrachtung der Fächer Genetische Technik und Mathematik beschränken. Wie alles andere in der Geschichte der Yilanè, verliert sich unsere biologische Entwicklungsgeschichte im Nebel der Urzeit. Wir können jedoch einige logische Vermutungen wagen, die die bekannten Fakten klären. Mit Geduld und Zeit läßt sich jedes genetische Problem lösen. Man darf annehmen, daß in der Anfangszeit primitive Züchtungsmethoden die einzige gebräuchliche Technik waren. Im Laufe der Zeit und mit der Zunahme des Interesses an bestimmten Züchtungszielen und den biologischen Vorgängen der Reproduktion wird man mit der Erforschung der Genstruktur begonnen haben. Der erste wirkliche Durchbruch mußte mit der Kristallisation der Genome gelungen sein, der einfachen Chromosomensätze einer Zelle. Sie brachte einen evolutionären Stillstand hervor. Nur wenn wir die Evolution anhalten können, wird ein Verständnis möglich.

Der uninformierte Leser mag sich an dieser Stelle fragen, wie man die Evolution anhält und genetische Veränderungen bewirkt. Die Antwort ist nicht einfach, und um sie geben zu können, müssen wir etwas weiter ausholen.

Das Verständnis der Gentechnik setzt einige Kenntnisse vom biologischen Aufbau des Lebens auf dieser Welt voraus. Die einfachsten Organismen sind die Prokaryoten, gewöhnliche Bakterien, Blaualgen, Viren und so weiter. Die größeren und komplexeren Lebensformen, die Eukaryoten, werden im weiteren Verlauf behandelt. Sehen wir uns zunächst die Prokaryoten an.

In ihnen allen ist ihre Erbmasse, das genetische Material, in Form von DNS-Ringen angeordnet, bei einigen Tieren von RNS. Diese winzigen Organismen scheinen mit ihrem genetischen Material sparsam umzugehen, weil viele dieser Verschlüsselungsregionen überlappen. Sie besitzen besondere DNS-Sequenzen zwischen den Genen, die wenigstens zwei Aufgaben haben. Erstens die Steuerung der Genfunktion, wie etwa das Abschalten von Genübertragungen durch die Produkte verschlüsselter Enzyme, und zur Bereitstellung von Sequenzen, die von den Übertragungs- oder Verdoppelungsenzymen erkannt werden. Zweitens gibt es DNS-Sequenzen, welche die DNS zwischen ihnen in andere DNS-Stränge aufnehmen. (Beispiele wären die Aufnahme von Plasmiden oder Bakteriophagen in eine Wirtsbakterie oder die Aufnahme eines Virus in die eukaryotische Wirtszelle.) Verschiedene Bakterien erzeugen Enzyme, die DNS-Ketten unterbrechen oder zusammenfügen, indem sie spezifische Sequenzen für das Unterbrechen oder Zusammenfügen zwischen zwei Nukleotiden erkennen. Durch die Verwendung dieser Enzyme ist es möglich, die Sequenz von DNS-Ketten zu bestimmen. Dies geschieht, indem man sie sequenzweise mit Enzymen ordnet, welche die verschiedenen Sequenzen erkennen. Dann wird jede Mischung von sich ergebenden kürzeren Sequenzen mit anderen Enzymen analysiert.

Dies ist ein langwieriger Prozeß, der Millionen Versuche erfordert. Aber die Geduld der Yilanè ist unendlich, und wir hatten Millionen Jahre Zeit, den Prozeß zu entwickeln. Um bestimmte Sequenzen zu erkennen, werden radioaktive DNS- oder RNS-Boten eingeführt. Anschließend werden bestimmte DNS-Längen durch spezielle Enzyme herausgenommen und in den DNS-Ring eines anderen Organismus eingefügt. Dies ist die Methode zur Veränderung von DNS-Ringen in Bakterien und anderen Prokaryoten. Dies geschieht durch die Verwendung von Plasmiden, den natürlichen ›Geschlechts‹-Sequenzen der Bakterien. Zweitens durch Phagen, Viren, die ihrer Natur nach Bakterien angreifen, und drittens durch den Einsatz von Cosmiden, künstlichen DNS-Ringen mit besonders eingefügten Sequenzen, deren jede neue oder veränderte Gene aufnehmen kann, so daß die veränderte Bakterie neue Proteine herstellen kann.

Daraus wird ersichtlich, daß es relativ einfach ist, die Protein-Chemie einer Bakterie zu verändern. Genauso geht man vor, um einfache Eukaryoten wie Hefepilze zu verändern und andere eukaryotische Zellen in ähnlich einfacher Weise umzuprogrammieren.

Sehr viel komplizierter ist es, gewünschte Veränderungen in den größeren eukaryotischen Tieren hervorzurufen. In diesen Fällen wird das befruchtete Ei dem Muttertier entnommen und das in ihm enthaltene genetische Programm nach den gewonnenen Erkenntnissen und Erfordernissen verändert. Darauf wird das Ei wieder eingepflanzt und entwickelt sich in den natürlichen Teilungsprozessen zum Embryo fort. Erst nach der Entstehung dieser embryonalen Struktur produziert jede Zelle Proteine, welche die Zelle selbst ebenso wie andere benachbarte in einem Prozeß verändert, der endlich zum jugendlichen Organismus führt. Wie dieser Prozeß durch die Einführung veränderten Genmaterials in der gewünschten Art und Weise gesteuert und gemeistert wird, ist zu kompliziert, als daß wir in diesem kurzen Abriß darauf eingehen könnten. Auch andere Facetten der Wissenschaft verdienen Berücksichtigung.

Die Wissenschaft der Mathematik beruht auf Zahlen. Will man Zahlen verstehen, so breitet man die Hände vor sich aus, so daß die inneren Daumen einander berühren. Nun bewegt man den äußeren rechten Daumen. Das ist die Zahl eins. Nun bewegt man einen Finger von rechts nach links, dann ist der benachbarte Finger zwei, der nächste Finger drei, der innere Daumen vier. Der linke innere Daumen fünf, die Finger sechs und sieben, und schließlich der äußere Daumen zur Linken zehn. Die Zehn wird auch Grundzahl genannt, ein technischer Begriff, den wir hier nicht erörtern wollen. Es genügt zu wissen, daß das Zählen von neuem anfängt, nachdem die Grundzahl erreicht ist, zehn-und-eins, zehn-und-zwei, bis hinauf zu zwei-mal-zehn. Die Zahl der Vielfachen von Zehn, die man erreichen kann, ist unbegrenzt. Darum sind auch die Zahlen in allen Wissenschaften von so großer Bedeutung, wo Dinge gewogen, gemessen, aufgezeichnet, gezählt oder sonstwie berechnet werden müssen. Die Mathematik selbst ist sehr einfach. Sie ist nur eine Aufzeichnung von Dingen, die größer oder kleiner als andere Dinge sind, oder die anderen Dingen gleich oder nicht gleich sind.

Der Ursprung der Mathematik verliert sich in ferner Vorzeit. Die Mathematiker sind der Meinung, daß jede Zahl als Grundzahl geeignet sei, was theoretisch zutreffen mag, in der Praxis freilich äußerst fraglich erscheint. Wenn wir zwei zur Grundzahl machten, dann würde zwei zehn sein, drei hingegen elf und so weiter. Dies ist sehr unpraktisch und ohne eigentlichen Nutzen. Man hat sogar die Ansicht geäußert, daß, wenn Ustuzou zählen könnten, was jedenfalls eine Vorstellung abwegiger Phantasie ist, ihre Grundzahl Zehn unsere Zwölf sein würde. Auch unsere übrigen Zahlen würden sich verändern; die 40 Millionen Jahre der Yilanè-Existenz würden auf bloße 30 Millionen Jahre schrumpfen. Man mag daraus ersehen, wohin solch unkluge Spekulationen führen können; wenden wir uns also von verwirrenden Theorien dieser Art ab und überlassen wir sie jenen, die Befriedigung darin finden mögen.

Die Kultur

Wir haben in dieser kurzen Zusammenfassung eine Anzahl neuer Begriffe einführen müssen, zu denen auch der Begriff Kultur gehört. Kultur läßt sich als Gesamtsumme unserer Lebensweise bestimmen, wie sie durch die Zeitalter auf uns gekommen ist. Wir können vermuten, daß unsere Kultur historische Anfänge hatte. Wir haben aber keine Möglichkeit, zu einer gesicherten Darstellung ihrer möglichen Erscheinungsform zu gelangen. Darum müssen wir uns auf eine kurze Schilderung unseres heutigen kulturellen Entwicklungsstandes beschränken.

Jede Yilanè hat ihre Stadt, denn das Leben der Yilanè dreht sich um die Stadt. Wenn wir die See verlassen, können wir nur in sprachloser Ehrfurcht die Schönheit und Symmetrie unserer Stadt betrachten. Wir betreten sie als Fargi und werden aufgenommen und ernährt. Wir hören zu und lernen von den anderen. Wir beobachten und lernen. Sobald wir sprechen können, bieten wir unsere Dienste an und werden gütig behandelt. Wir sehen das vielfältige Leben der Stadt und lernen ihre verschiedenen Funktionen und Teile kennen. Einige von uns dienen bescheiden bei den Herden und auf den Schlachtplätzen. Alle Yilanè, die dies lesen, sollten sich vergegenwärtigen, daß Dienst an der Gemeinschaft nicht nur in den Wissenschaften und Studien geleistet wird; alle dienen der Stadt, jede auf ihre Weise, und darin sind alle Yilanè gleich.

Wie eine Stadt in konzentrischen Ringen erbaut ist, mit Feldern und Weiden an der Peripherie, anschließend der lebendigen Stadt und den Geburtsstränden und dem Ambesed im Kernbereich, so ist auch unsere Gesellschaft aufgebaut. Der große Kreis der Fargi ist gleichsam der äußere Ring. Innerhalb von ihm sind die Assistenten und die ausgebildeten Arbeiterinnen in den verschiedenen Spezialgebieten. Sie wiederum bilden einen Kreis um die Wissenschaftlerinnen, die Aufseherinnen, die mit der Stadtentwicklung und Planung beschäftigt sind, kurzum all jenen, die an der Spitze ihrer erlernten Gewerbe stehen. Sie wiederum blicken auf die Vorsteherinnen der Stadt, und alle blicken auf die herrschende Eistaa. Es ist ein logischer, einfacher und vollständiger Aufbau, das einzig mögliche System.

Dies ist die Welt der Yilanè. Sie ist seit dem Ei der Zeit so gewesen und wird immer so sein. Wo Yilanè leben, herrschen ihr Gesetz und Recht, und alle sind glücklich.

An beiden Polen unseres Erdballs herrschen große Kälte und Beschwerden aller Art. Die Yilanè sind zu klug, um in diese lebensfeindlichen Gebiete vorzudringen. Aber erst vor kurzer Zeit ist entdeckt worden, daß es auf dieser Welt auch noch angenehme, von der Natur begünstigte Regionen gibt, wo keine Yilanè leben. Wir sind es uns selbst und der Welt schuldig, diese leeren Räume mit unserem Leben zu erfüllen. Einge dieser Gebiete werden von Ustuzou bewohnt, die mit Interesse der Wissenschaft erforscht werden. Die meisten Leser werden diesen Band nun schließen, da sie an solchen Dingen kein Interesse haben. Was in dem auf Seite 563 beginnenden Abschnitt folgt, ist für solche Leser bestimmt, die sich über das notwendige Maß hinaus informieren möchten.

Anmerkung des Übersetzers

Hier endet die Übersetzung aus dem Yilanè. Wer sich ein Bild von den komplexen – und faszinierenden – Problemen machen will, mit denen der mit dieser ungewöhnlichen Sprache arbeitende Übersetzer konfrontiert ist, findet im folgenden Abschnitt eine Einführung in diese Sprache.

Die Sprache

Eine stetige Entwicklung über Jahrmillionen hinweg hat eine reiche und komplexe Sprache geschaffen. Sie ist so komplex, daß es vielen niemals gelingt, sie zu beherrschen, und daß es ihnen damit verwehrt bleibt, Yilanè zu werden. Dieses kulturelle Unvermögen teilt die Rasse in zwei Untergruppen, von denen die eine, ausgeschlossen vom Leben in den Städten, in einem Zustand unzivilisierter Wildheit verharrt und meist von selbstgefangenen Meerestieren lebt. Ihre Angehörigen können sich nicht fortpflanzen, weil ihnen der Zugang zu den männlichen Yilanè verschlossen bleibt. Ihr Verlust bewirkt eine allmähliche Veränderung des Genreservoirs der Art, aber der Prozeß verläuft mit gletscherhafter Langsamkeit.

Die Yilanè sprechen in einer zusammenhängenden Kette von Abläufen; jeder davon enthält einen bis vier Begriffsinhalte. Jeder Ablauf hat darüber hinaus ein Kontrollzeichen, das durch eine stilisierte Körperhaltung oder Bewegung, die in Beziehung zum Gesamtausdruck steht, angedeutet wird. Es gibt eine Unzahl möglicher Kombinationen dieser Abläufe, die auf 125 Millionen geschätzt werden.

Der Versuch, Yilanè in menschliche Sprache zu übertragen, bringt kaum lösbar scheinende Probleme mit sich. Zunächst sind die Kontrollzeichen der stilisierten Körperhaltungen und Bewegungen zu bedenken. Es folgt eine (unvollständige) Liste mit stilisierten Umschreibungen:

Der Tonbereich der Sprache ähnelt dem der menschlichen Sprache, doch ist es zu einem grundlegenden Verständnis nicht notwendig, alle Unterschiede aufzuzeigen. In der Umschreibung wird zh wie das weiche sch in rouge ausgesprochen, x wie das ch in Loch. Th und dh werden selten verwendet. Vier zusätzliche Zeichen bedeuten Geräusche, die den Yilanè eigentümlich sind:

' (Glottalstop), ‹ (tock), ! (klick) und * (schmatzen).

Der Reichtum der Sprache und die Schwierigkeit genauer Umschreibung sind aus der Übersetzung der folgenden Wendung ersichtlich:

Des Vaters Liebe zu verlassen und in die
Umarmung der See einzugehen, ist der erste
Schmerz im Leben; die erste Freude sind die
Gefährten, die sich dort zu dir gesellen.

Zunächst die Kernreihe der Abläufe, von denen jeder ein separates Kontrollzeichen hat; der Übersichtlichkeit halber von C1 bis C12 numeriert:

C1 (X) enge	C7 (ƴ) hè. awa. ihei //[4]
C2 (⊢⊣) han. natè. ihei	C8 (✱) hè. vai<. ihei
C3 (λ) aga ptè	C9 (∿) kakh. shei. intè
C4 (π) embo.[1] *kè.[2] ka<	C10 (Y) end. pelei. uu
C5 (ℷ) igi. rubu. shei[3]	C11 (∼) asak. hen
C6 (∼) kakh. shei. sèsè	C12 (⊣) enge

(1) Einschließung wird an diesem Punkt auch durch Rotation der Schwanzspitze angedeutet.
(2) Wärme auch durch Öffnen der Kiefer wie zum Gähnen angedeutet.
(3) Man beachte, daß die Einheiten 4 und 5 durch Kontrollzeichen, 3 und 5 durch entgegengesetzte Begriffspaare am Anfang verbunden sind.
(4) Die Yilanè halten hier ein und wiederholen die Abläufe in umgekehrter Reihung, um ein Gleichgewicht oder einen Chiasmus zu erreichen.

Eine wortgetreue Übersetzung des Textes, mit den Bestimmungen der Kontrollzeichen in Klammern, liest sich folgendermaßen:

C1 (wärmen) Liebe
C2 (liegen) Männlichkeit. Freund. Empfindungen von Berührung/Geruch/Gcfühl
C3 (stoßen) Abreise. Selbst
C4 (fallen) Druck. Enge. Beendigung
C5 (fallen) Eintritt. Schwerelosigkeit. Kälte
C6 (schwimmen) Salz. Kälte. Bewegung
C7 (kauern) Zahlwort 1. Schmerz. Empfindungen von Berührung/Geruch/Gefühl //
C8 (Stern) Zahlwort 1. Freude, Empfindungen von Berührung/Geruch/Gefühl
C9 (schwimmen) Salz. Kälte. Jagd
C10 (strecken) Sicht. Entdeckung. Zunahme
C11 (schwimmen) Strand. Männlich/weiblich
C12 (reichen) Liebe

Eine ungefähre Umschreibung würde etwa so lauten:

Enge hantèhei, agatè embokèka iirubushei kaksheisè, hèawahei; hèvai'ihei, kaksheintè, enpeleiuu asahen enge.

Die genaueste Übersetzung würde sich der Versform bedienen müssen; davon abgesehen, würde eine annähernd genaue Übersetzung sich so anhören:

Die Liebe deines Vaters, von ihr ausgestoßen zu sein und in die kalte lieblose See zu gehen, das ist der erste Schmerz im Leben; die erste Freude im Leben (in diesem kalten Jagdgrund) ist, deine Gefährten zu finden und ihre Liebe dich umschließen zu fühlen.

Die grundlegenden Unterschiede zwischen der menschlichen Sprache und Yilanè sind so groß, daß die Schwierigkeiten des Erlernens beinahe unüberwindlich sind. Menschen, die sich in einer anderen Sprache verständigen wollen, fangen damit an, daß sie Gegenstände aufheben und benennen: Stein, Holz, Blatt. Ist ein erstes Verstehen erreicht, gehen sie zu Handlungen über: Stein werfen, Blatt aufheben etc.

Dies ist mit den Yilanè nicht möglich. Sie benennen Dinge nicht, sondern beschreiben sie. Anstelle des Substantivs ›Stuhl‹ würden sie sagen: »Kleines Holz zu sitzen darauf.« Wo wir das Substantiv ›Tür‹ verwenden, würden die Yilanè sich mit verschiedenen Konstruktionen wie »Eingang zu warmem Ort« oder »Ausgang zu kaltem Ort« behelfen.

Dies sind Vorgänge, die Ysel nie begriffen hatte. (Siehe Seite 124.) Sie lernte ein paar Worte und Begriffe auswendig und hatte eine vage Idee vom Gebrauch der Kontrollzeichen. Als Vaintè zu ihr spricht, geht der Austausch folgendermaßen vor sich:

Vaintè sagt: (*) esekapen (↑) yidshepen (y) yileibesat (y) efenduruu (↑) yilsatu (*) yilsatefen.

Was übersetzt werden könnte als: (Stern) höchstes Verlangen (krümmen) diese verlangt sprechen (strecken) sprechen Schwierigkeit gleich (strecken) Leben-Fortsetzung Zunahme (krümmen) sprechengleich Zunahme (Stern) sprechen gleich leben.

In der Übersetzung: »Dies ist meine persönliche Forderung, und sie ist sehr dringend. Du wirst jetzt sprechen, und du wirst so gut sprechen wie irgendeine Yilanè. Wenn du das tust, wirst du weiterleben und wachsen. Sprache bedeutet Wachstum; Sprache bedeutet Leben. Hast du verstanden?«

Darauf vermag Ysel nur zu sagen: »Has leibe ene tu.« Sie glaubt zu sagen: »Ich finde es schwierig zu sprechen, bitte.« Was an Bedeutung herauskommt, nimmt sich fatalerweise mehr wie »weiblich – – Alter/Verfall – – Fülle – – Zunahme« aus. Die Fehler, die sie gemacht hat, sind folgende:

(1) *has* bedeutet nicht ›ich‹, sondern ›weiblich‹. Die Verwirrung entstand, weil Enge auf sich selbst zeigte, als sie es sagte.

(2) *leibe* bedeutet tatsächlich ›schwierig‹ – wenn es mit einem Kontrollzeichen versehen ist, das ein gewisses Maß an Zurückhaltung impliziert, zum Beispiel ›krümmen‹, ›bücken‹ oder ›kauern‹. Ohne dieses Zeichen neigt die Bedeutung zu Alter, d. h. zum Prozeß der Abnutzung und des Niedergangs.

(3) *ene* bedeutet nicht ›sprechen‹, sondern deutet Fülle an, auch Nachgiebigkeit. Dies sind Begriffe, die von den Yilanè häufig assoziiert werden.

(4) *tu* ist eine vielfach gebrauchte Endung, die Enge in ihren Lektionen als Ermutigung gebrauchte. Sie enthält Begriffe wie ›wachsen‹, ›weitermachen‹, ›versuchen‹, sie bedeutet aber nicht ›bitte‹.

Da Ysel keinen Schwanz hat, kann sie die Kauergebärde nicht richtig ausführen. Damit nicht genug, macht sie auch noch den fatalen Fehler, Vaintès letzte Haltung zu imitieren, den Stern, der drohende Dominanz ausdrückt. Also glaubt Vaintè, daß Ysel etwas wie »Das alte Weib wird frech« gesagt habe, oder vielleicht sogar »Wachsende Fülle legen die Jahre auf weibliche Personen«. Dies hat nichts mit der geforderten Antwort zu tun, und Vaintè verliert mit Recht die Beherrschung, wobei ihre Verärgerung noch durch den Umstand genährt wird, daß sie zu diesem Tier höflich gewesen ist. Damit ist Ysels Schicksal besiegelt.

Im Gegensatz dazu kommt Kerrick mit der Äußerung:

(⋎) esekakurud (⫠) esekyilshan (⊢) elel (H) leibeleibe. Das heißt, er kommuniziert (kauern) größter Abscheu aufhören (heben) größter Wille sprechen (neutral) lang-lang (neutral) angestrengt-angestrengt.

Vaintè interpretiert: »Ich möchte sehr viel nicht sterben, ich möchte sehr viel sprechen, sehr lang.« Zuerst bemerkt sie das ›kauern‹ nicht, da er keinen Schwanz hat. Aber sie erkennt das ›heben‹ und versteht allmählich, was er zu sagen versucht.

Yilanè – Deutsch

(Diese Liste enthält sowohl einzelne Elemente
als auch einige gängige Begriffsabläufe.)

aa	in
aga	Abreise
aglè	Passage, Überfahrt
aka	Abscheu
akas	bestelltes Land
akel	Güte
akse	Stein
alak	Folge
Alakas-aksehent	Florida Keys
alè	Käfig
alpè	Schönheit
ambei	Höhe
ambesed	zentraler Versammlungsplatz
anat	Gliedmaßen
ankanaal	Binnenmeer
ankè	Gegenwart
apen	Forderung
asak	Strand
ast	Zahn
asto	Bewegung
awa	Schmerz
ban*	Heim, Heimat
buru	Umgebung
dee	dies
ee	hinaus
eede	das
eesen	Ebene
efen	Leben

efenburu	Kindheitsgefährten
efensalè	Mitglied eines efenburu
eisek	Schlamm
eisekol	Baggertier
eiset	Verantwortung
eistaa	Stadtoberhaupt
eksei	Vorsicht
elin	klein
embo	Druck
empè	Empfehlung
end	Sicht
enet	See
ènè	Fülle
enge	Liebe
entisenat	Plesiosaurus
ento	einzeln
Entoban*	Afrika
erek	Geschwindigkeit
esek	Spitze
esekasak	Wächter
esik	Süden
espei	Haltung
eto‹	schießen
fafn	fangen
far‹	Nachforschung
fargi	Anfängerin
gen	neu
Gendasi	Nordamerika
gul	Anhörung
han	Männlichkeit
hais	Geist, Seele
hanalè	Wohnbezirk der Männer
has	Weiblichkeit
has	gelb

(Die Begriffe werden durch Kontrollzeichen unterschieden.)

hè	Zahlwort eins
hen	männlich/weiblich
hent	Umdrehung
hèsotsan	Pfeile verschießende Waffe
hornsopa	genetische Form

igi	Eingang, Zutritt
ihei	Geruch, Berührung, Gefühl
ineg	alt
Inegban*	Heimatstadt
inlè	groß
intè	Jagd
ipol	reiben
Isegnet	Mittelmeer
isek	Norden

ka‹	Aufhören
kain	Visierlinie
kakh	Salz
kal	Gift
kalkasi	Dornbusch
kasei	Dorn
kem	Licht
khets	konvexe Form
kiyis	Osten
kru	kurz

lan‹	Kopulation
leibe	Schwierigkeit
lek	Schlechtigkeit

mal	Sorglosigkeit
man‹	letzt
Maninlè	Kuba
melik	dunkel

natè	Freund
nefmakel	Bandagentier
neni	Schädel
Nenitesk	Triceratops
nin	Abwesenheit
ninsè	Gleichgültigkeit
nu*	Angemessenheit
okol	gut
onetsensast	Stegosaurus
pelei	Entdeckung
rubu	Schwerelosigkeit
ruud	Beendigung
sas‹	Schnelligkeit
sat	Gleichheit
selè	Bande der Freundschaft
sèsè	Bewegung
sete	Zweckverband
shak	Veränderung
shan	Wille
shei	kalt
sokèi	Rodungsfläche
son*	Element
stal	Beute
takh	rein
tarakast	Reittier
tesk	konkave Form
top	laufen
trumal	Treibjagd
tsan	Tier
tso	Exkrement
tup	fett, träg

unut	kriechen
unutakh	Haar fressende Schnecke
uruketo	mutierter Ichthyosaurus
uruktop	achtbeiniges Lasttier
urukub	Brontosaurus
ustu	Blut
ustuzou	Säugetier (Warmblüter)
yil	Sprache

Die Tanu

Die Geschichte der Erde ist in ihrem Gestein niedergeschrieben. Zwar gibt es noch unbeantwortete Fragen, aber die Geschichte unseres Planeten vom Paläozoikum bis heute ist in großen Zügen anhand fossiler Überreste zu beweisen. Das Paläozoikum war das Zeitalter der beginnenden Ausbreitung des Lebens, vor ungefähr 600 Millionen Jahren, als die einzigen Bewohner der warmen Flachmeere und Küstengewässer Würmer, Quallen und andere wirbellose Tiere waren. Die Kontinente waren damals noch in einer einzigen gewaltigen Landmasse zusammengefügt, die Pangäa genannt worden ist.

Schon damals bauten einige Meerestiere durch Anlagerung Kalkschalen zum Schutz und zur Stützung ihrer Körper. Die Entwicklung innerer Skelette kam später, als die ersten Fische auftraten. Spätere Fische hatten dann Lungen und quastenähnliche Stummelflossen, die sie tragen konnten, wenn sie aus der See auf das Land gingen, sei es um dort Nahrung zu suchen, sei es um ein anderes Gewässer aufzusuchen. Aus diesen ersten Amphibien entwickelten sich vor etwa 290 Millionen Jahren die ersten Reptilien.

Die Dinosaurier erschienen vor etwas mehr als 205 Millionen Jahren auf der Erde. Zu dieser Zeit begann der Urkontinent Pangäa auseinanderzubrechen. Es blieb den Dinosauriern jedoch genug Zeit, sich über alle Teile des Großkontinents auszubreiten. Dies war ihre Welt, und sie entwickelten zahlreiche Arten, die durch Anpassung alle ökologischen Nischen ausfüllten.

135 Millionen Jahre lang beherrschten sie die Erde.

Nach dem Auseinanderbrechen des Großkontinents waren die Landtiere auf den Teilkontinenten isoliert; ein Abwandern war nahezu unmöglich. Um zu überleben, mußten die Tiere sich den Veränderungen anpassen, denen ihr Lebensraum unterworfen war; gleichzeitig war der Wettbewerb stark eingeschränkt, und neuere Arten hatten bessere Überlebenschancen. Die Folge war, daß sich zahlreiche neue Ordnungen landbewohnender Wirbeltiere entwickelten, von denen die meisten noch heute existieren. Eine ähnliche Entwicklung vollzog sich entlang den kontinentalen Küsten. Das Auseinanderbrechen Pangäas durch die Kräfte der Plattentektonik vergrößerte die bisherige Küstenlinie um ein Mehrfaches und bot neue und vielfältige marine Lebensräume. Dieses Auseinanderbrechen Pangäas und die als Plattentektonik bezeichnete Verschiebung der Kontinente hat ebenso zum Untergang früherer wie zur Entstehung neuer Arten beigetragen. Für das relativ rasche Verschwinden der Dinosaurier vor rund 65 Millionen Jahren sind verschiedene Erklärungen abgegeben worden. Eine vermutet eine globale, durch den Aufschlag eines Riesenmeteors verursachte Katastrophe. Eine andere, die sich auf die Theorie der Plattentektonik stützt und eine Weltuntergangskatastrophe ausschließt, geht davon aus, daß die Nordverlagerung der Kontinente ein deutliches Absinken der mittleren Jahrestemperatur und eine Zunahme jahreszeitlicher Klimaschwankungen mit sich brachte. Die Dinosaurier, die von den Teilkontinenten, auf denen sie lebten, nicht abwandern konnten, und die zu groß waren, um dort Schutz zu finden, könnten mit vielen anderen Reptilienarten Opfer der Kälte und des Nahrungsmangels infolge der sich wandelnden Pflanzenwelt geworden sein. Eine dritte Theorie vermutet, daß die aufkommenden Ordnungen der Säugetiere den Niedergang der Dinosaurier verursachten, indem sie sich auf den Verzehr ihrer Eier spezialisierten. Jedenfalls waren die Säugetiere zu der Zeit, als die Dinosaurier verschwanden, aufgrund ihrer anatomisch bedingten besseren Anpassungsfähigkeit gut vorbereitet, ökologische Veränderungen auf den treibenden Kontinenten zu überleben und ihre evolutionären Möglichkeiten zu nutzen.

Wie wäre es aber gewesen, wenn die Entwicklung anders verlaufen wäre? Betrachten wir unsere Welt, wie sie gewesen sein könnte.

Die Herrschaft der Dinosaurier ist ungebrochen. Die Welt gehört ihnen, und sie stellen auf allen Kontinenten die vorherrschenden Spezies. Und am Höhepunkt ihrer Entwicklung stehen die Yilanè.

Ausgenommen in der westlichen Hemisphäre. Obgleich Südamerika von den Reptilien beherrscht wird, gilt dies nicht für den Norden. Die Landbrücke Mittelamerikas, welche Nord- und Südamerika verbindet, besteht erst seit einigen Millionen Jahren und hat früher nicht existiert. So konnten sich auf dem nördlichen Kontinent warmblütige Lebensformen ungestört entwickeln und dominant werden.

Als die Landbrücke Mittelamerikas durch Unterschiebung der Cocos- unter die Karibische Platte und den daraus resultierenden Vulkanismus entstand, konnten die Reptilien allmählich auch nach Norden vordringen. Gegen gepanzerte Lebewesen und achtzig Tonnen Gewicht gibt es keine Gegenwehr, und Rückzug bleibt der einzige Ausweg.

Nur im kühlen Norden und in den Bergländern können die Säugetiere überleben. Unter ihnen waren die Neuweltaffen, von denen die Tanu abstammen.

Es gibt hier keine Säugetierarten der Alten Welt, weil die Alte Welt von Sauriern beherrscht wird. Es gibt weder Bären noch Hundeartige. Aber Neuwelthirsche, von den kleinsten bis zu Arten von der Größe ausgewachsener Elche, bevölkerten den Kontinent in großer Zahl, ebenso wie das Mastodon und viele Beuteltiere, darunter auch Säbelzahntiger. Eine reiche Vielfalt von Säugetieren gedeiht in den fruchtbaren Gebieten südlich des Eises und nördlich der Saurier.

Die meisten Tanu haben sich niemals über die Stufe der nomadischen Jäger und Sammler hinausentwickelt, aber auf dieser Ebene sind sie durch Anpassung erfolgreich. Es gibt einige Ausnahmen wie die Sasku, die auf einer Ebene der neolithischen Bauernkultur seßhaft geworden sind. Sie haben die Techniken der Töpferei und des Webens entwickelt und zeigen bereits eine komplexe und geschichtliche Gesellschaftsstruktur. Dies bedeutet jedoch nicht, daß sie den wildbeuterischen Tanu überlegen wären, die sich mit einer reichen Sprache, einfacher Gebrauchskunst, vielen Überlebenstechniken und einer auf dem Sippenverband beruhenden Gesellschaftsform zufriedengeben.

Die Sprache

Marbak ist wie die anderen, von den Tanu gesprochenen Sprachen eine neuzeitliche Ausformung der untergegangenen Ursprache, die im Bereich der Ostküste entstanden sein dürfte. ›Mensch‹ ist in Marbak Hannas, der Plural lautet Hannasan. Abweichende Dialektformen sind Hennas in Wedaman, Hnas in Levrewasan, Neses in Lebnaroi etc.

Alle Namen dieser kleinen Stammesgruppen sind deskriptiver Natur. So bedeutet Wedaman beispielsweise ›Die Inselleute‹, Levrewasan ›Schwarzzeltleute‹. Wie Hannas, das sowohl ›Mensch‹ als auch ›Mann‹ bedeutet, hat auch Linga, ›Frau‹, Plural Lingai, verbreitete Ähnlichkeit. Eine Person, deren Geschlecht nicht besonders bezeichnet wird, heißt Tier, während der Plural Tanu allgemein als Sammelbezeichnung für die Gesamtheit aller Stämme gebraucht wird.

Die üblichste substantivische Deklination ist:

	Singular	Plural
Nominativ	Hannas	Hannasan
Genitiv	Hannasa	Hannasanna
Dativ	Hannasi	Hannasanni
Akkusativ	Hannas	Hannasan
Lokativ	Hannasi	Hannasanni
Instrumental	Hannasom	Hannasom

Marbak – Deutsch

Alladjex	Schamane
Amaratan	Unsterbliche (göttliche Wesen)
Arnwhit	Falke
Atta	Väterchen
Bana	Söhnchen
beka	knoten
Bensil	Torfmoos
Dalas	Suppe
Eghoman	die Verschworenen
Ekkotaz	Nüsse und Beeren
Elsk	Mastodon
Erman	Himmel
Ermanpadar	Himmelsvater
Hans	Kriegertrupp
Hannas	Mensch, Mann
Hardalt	Tintenfisch
Hault	Zwanzig
Himin	Berg
Istak	Pfad
Kurmar	Fluß
Kurro	Herr
Levrelag	Lagerplatz
Levrewasan	Schwarzzeltleute
Ley	Brandrodung
Linga	Frau

Madrap	Fußbekleidung
Margalus	Kenner der Murgu
Mar	Haar
Marag	Wechselblüter
Marin	Stern
Marsk	Ichthyosaurier
Murgu	Plural von Marag
Nat	Töter
Naudinz	Jäger
Parad	Furt
Sammad	Sippenverband
Sammadar	(gewähltes) Sippenoberhaupt
Stessi	Strand
Tais	Mais
Tanu	Leute, Menschen
Ter	Person
Terred	Gruppe von Personen, Abordnung
Terredar	Führer derselben
Tharm	Geist eines Verstorbenen
Torsk	Ichthyosaurier (auch Marsk)
Torskan	Plural von Torsk
Torskanat	Gift des Ichthyosauriers
Ulfadan	Langbart
Wedam	Insel

BANSEMNILLA (Metatheria: Didelphys dimidiata)
Dies ist ein rötlich-graues Beuteltier mit drei schwarzen Rückenstreifen. Es besitzt einen Greifschwanz und gegengestellte Zehen an den Hinterfüßen. Es wird zu den Fleischfressern gezählt und lebt hauptsächlich von Ratten und Mäusen. Die Sasku haben es gezähmt und halten es, um diese Nager von ihren Mais- und Getreidevorräten fernzuhalten.

BOOT (Cephalopoda: Archeololigo olcostephanus mutatus)
Sie werden von den Yilanè als Transportmittel auf Wasserwegen gezüchtet. Der Antrieb erfolgt durch einen starken Wasserstrahl, der am Heck ausgestoßen wird. Die Tiere haben wie ihre Stammväter, die Tintenfische, nur rudimentäre Intelligenz, können aber abgerichtet werden, einfache Befehle zu befolgen.

EISEKOL (Eutheria: Trichechus latirostris mutatus)
Ein pflanzenfressendes Säugetier der Flachwasserzonen, das ur-

sprünglich von Wasserpflanzen lebte. Durch genetische Manipulation wurde die Körpergröße des Tieres beträchtlich vermehrt, so daß es für Baggerarbeiten eingesetzt werden kann.

▲

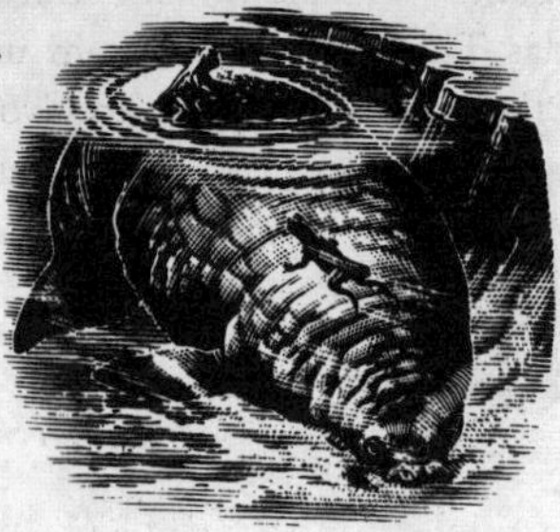

▼

ELINOU (Saurischia: Coelurosaurus compsognathus)
Ein kleiner und gewandter Dinosaurier, der wegen seiner Fähigkeit, kleine Säugetiere wie Mäuse und Ratten zu vertilgen, von den Yilanè geschätzt wird. Seine Nützlichkeit, die bunte Zeichnung und seine anschmiegsame Natur haben das Tier zu einem beliebten Hausgenossen gemacht.

ENTISENAT (Sauropterygia: Elasmosaurus plesiosaurus)
Es handelt sich um ein räuberisch lebendes Meeresreptil, das dem Leben auf hoher See gut angepaßt ist und seit der Kreidezeit relativ unverändert geblieben ist. Der kleine, kurze Kopf sitzt auf einem langen, biegsamen Hals. Die paddelförmigen Flossen sind denen der Meeresschildkröte ähnlich. Neuere Züchtungen mit vergrößerter Schädelkapazität können dahingehend abgerichtet werden, den größeren Uruketo mit Nahrung zu versorgen.

EPETRUK (Saurischia: Tyrannosaurus rex)
Er ist der größte und gefährlichste der großen fleischfressenden Saurier. Mehr als zwölf Meter lang, wiegen die männlichen Tiere bis zu sieben Tonnen. Die vorderen Gliedmaßen sind klein, aber kräftig. Wegen seines großen Gewichts ist das Tier ziemlich langsam und greift daher nur die schwerfälligsten Pflanzenfresser an. Einen Großteil seiner Nahrung erbeutet dieser Saurier, indem er kleinere Raubtiere von ihrer geschlagenen Beute vertreibt.

▲

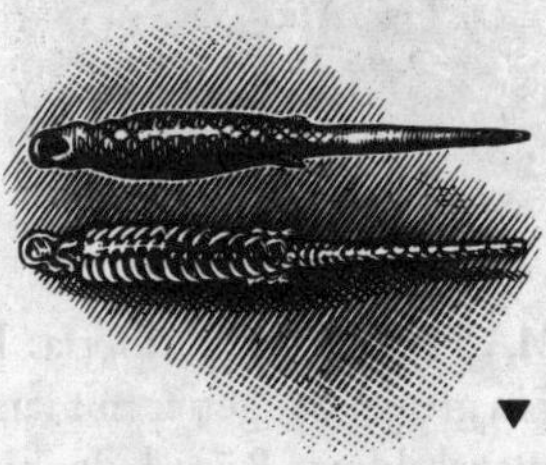

▼

HÈSOTSAN (Souamiata: Paravaranus comensualis mutatus)
Diese Waran-Art ist durch gentechnische Eingriffe so verändert worden, daß sie nur noch wenig Ähnlichkeit mit dem Original besitzt. Dampferzeugende Drüsen von Käfern der Art Brachinus stoßen einen Pfeil aus, der vergiftet wird, wenn er die Geschlechtsorgane eines parasitären Tetradonten passiert. Dieses Gift, das tödlichste unter den bekannten Giften, bewirkt schon bei einer Menge von nur 500 Molekülen Lähmung und Tod.

HIRSCH (Eutheria: Cervus mazama mazama)
Ein kleiner Hirsch mit geringfügig verzweigtem Geweih, der in großer Zahl die nördliche Gemäßigte Zone bevölkert. Die Tanu schätzen ihn wegen seines Fleisches und des wärmenden Fells. Aus den Häuten werden Kleidungsstücke und Lederartikel aller Art angefertigt.

LANGZAHN (Metatheria: Machaerodus neogeus)
Ein Großraubtier aus der Familie der Beuteltiger, das seine enorm vergrößerten Eckzähne zum Reißen der Beute verwendet. Einige Jäger der Kargu haben diese Tiere gezähmt und verwenden sie als Helfer bei der Jagd.

MASTODON (Eutheria: Mastodon americanus)
Ein großes Säugetier mit langen Stoßzähnen und einem als Greiforgan ausgebildeten Rüssel, der bis zum Boden reicht. Seine Zähmung durch die Tanu ermöglicht ihnen das Zurücklegen weiter Strecken auf ihren jahreszeitlichen Wanderungen, wobei die Mastodons als Zugtiere eingesetzt werden und Zelte und Hausrat befördern.

NENITESK (Ornithischia: Triceratops elatus)
Ein vierbeiniger Pflanzenfresser mit einem langen spitzen Horn, das einem knochigen Schutzschild des Kopfes entwächst. Das Tier hat seit der Kreidezeit unverändert überdauert und zählt zu den eierlegenden Sauriern. Schädelkapazität und Intelligenz sind gering. Da es trägwüchsig ist, ist seine Brauchbarkeit als Fleischlieferant begrenzt. Dennoch wird der Nenitesk wegen seiner außerordentlich dekorativen Erscheinung geschätzt.

ONETSENSAST (Ornithischia: Stegosaurus variatur)
Er ist der größte unter den gepanzerten Dinosauriern. Diese gewaltigen Pflanzenfresser sind durch zwei Reihen von Panzerplatten, die sich über Hals und Rücken erstrecken, und durch große Schwanzstacheln gegen Angriffe von Raubtieren geschützt. Sie entwickelten sich in der späten Jurazeit, und nur sorgfältige Schutzmaßnahmen seitens der Yilanè haben das Aussterben dieses lebenden Fossils verhindert.

▲

▼

RIESENHIRSCH (Eutheria: Alces machlis gigas)
Der größte aller Hirsche. Er unterscheidet sich von anderen Mitgliedern Cervidae durch das mächtig ausladende Geweih. Seine zähe und feste Haut dient den Tanu zur Abdeckung ihrer Zelte.

SANDUU (Anuva: Rana catesbiana mutatus)
Umfangreiche gentechnische Manipulationen haben dieses Tier beinahe völlig verändert; nur seine Haut läßt noch erkennen, daß seine Stammväter Frösche waren. Einfallendes Sonnenlicht wird durch die

verschiedenen organischen Linsen in seinem Kopf gelenkt und ermöglicht die Betrachtung eingeschobener Objekte bei zweihundertfacher Vergrößerung.

TARAKAST (Ornithischia: Segnosaurus shiungisaurus mutatus)
Ein scharfgeschnäbelter fleischfressender Dinosaurier, der in seinen größten Exemplaren mehr als vier Meter Höhe erreicht. Er ist schwierig abzurichten. Es bedarf großer Kraft, ihn unter Kontrolle zu halten, aber nach angemessener Zähmung erweist er sich als ausdauerndes und schnelles Reittier.

▲

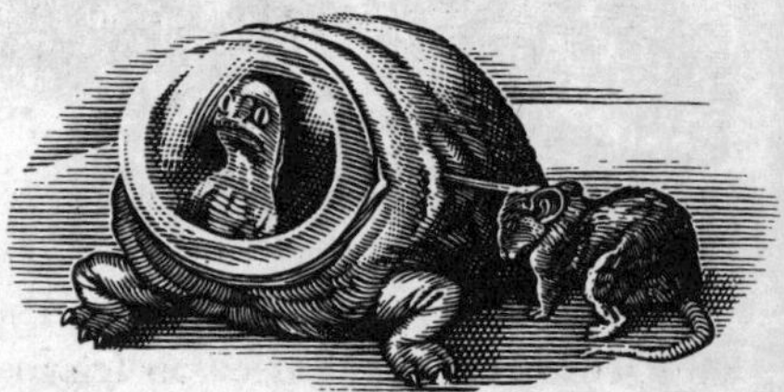

▼

UGUNKSHAA (Souamata: Phrynosoma fjernsvna mutatus)
Weil die Yilanè-Sprache von Hautfarbe und Körperbewegungen ebenso abhängig ist wie von gesprochenen Tönen, ist es unmöglich, geschriebene Aufzeichnungen anzufertigen; aus diesem Grunde ist die Schrift niemals entwickelt worden. Historisches und technisches Wissen wurde verbal weitergegeben. Die Aufzeichnung dieser Informationen wurde erst möglich, als eine organische Flüssigkristallanzeige zur visuellen Begleitung der hörbaren Gedächtnisaufzeichnungen entwickelt wurde.

UMHANG (Selachii: Elasmobranchus kappe mutatus)
Von den Yilanè als wärmendes Kleidungsstück bei Nacht und bei unfreundlichem Wetter verwendet. Diese durch gentechnische Manipulation geschaffenen Lebewesen haben keinerlei Intelligenz, bewahren aber bei guter Ernährung eine gleichmäßige Körpertemperatur von ungefähr 40° Celsius.

UNUTAKH (Cephalopoda: Deroceras egreste mutatus)
Eines der hochspezialisierten Tiere, die in der Technologie der Yilanè Verwendung finden. Dieser Kopffüßler verdaut alles proteinhaltige Material, insbesondere Haar und hornige Hautverdickungen.

▲

▼

URUKETO (Ichthyosaurus monstrosus mutatus)
Die größte der ›Fischechsen‹, eine Familie großer meeresbewohnender Dinosaurier. Jahrtausende genetischer Veränderungen und Züchtungen haben eine Rasse von Ichthyosauriern entstehen lassen, die sich von ihren natürlichen Vorfahren stark unterscheidet. Über dem Rückgrat befindet sich eine große Kammer zu beiden Seiten der Rükkenflosse, die zur Aufnahme von Besatzung und Fracht gebraucht wird.

URUKTOP (Chelonia: Psittacosaurus montanoceratops mutatus)
Eines der in größtem Umfang veränderten Nutztiere der Yilanè. Für den Lastentransport über Land entwickelt, kann es mit seinen durch Genverdoppelung entstandenen acht Beinen schwere Lasten über weite Entfernungen befördern.